"新时代筑高峰"大连原创文艺作品丛书

蓝鲸兵魂

宋元家 著

大连出版社
DALIAN PUBLISHING HOUSE

2018年建军节作者（左）与王继英将军在大连

写在前面的话

我几次到大连都听宋元家同志说,要创作一部反映潜艇兵生活的长篇小说。今天喜闻《蓝鲸兵魂》即将出版,我向他表示祝贺。

这部反映潜艇兵生活的长篇小说,描写了20世纪七八十年代某潜艇官兵发扬"无私奉献的敬业精神、勇于拼搏的上进精神、艰苦奋斗的创业精神、同舟共济的团队精神",通过鲜为人知的接艇、修舰、全训、远航和突破第一岛链到太平洋历练的过程,多方面揭示了潜艇兵艰险而快乐的生活,展示出他们骑鲸蹈海、生死与共、挺进深蓝的英勇风采,从一个侧面见证了人民海军潜艇部队从无到有、从小到大、从弱到强的发展历程,阅后能让更多的人了解潜艇兵的生活,知道潜艇兵的艰辛,从而更加崇敬潜艇兵,使"听党指挥、同舟共济"的潜艇兵魂得以发扬光大。

我在潜艇部队担任支队长时,元家同志是由一名潜艇轮机兵提升上来的新闻干事。他时常随我出海训练,采访水下练兵中涌现出的新人新事,发表了不少反映军政训练的稿子,《人民海军》报曾载文称他是"潜艇上的'土记者'"。元家同志是由一名普通潜艇兵成长为一名海军宣传干部的,转业到地方工作后,他仍然保持着潜艇兵的拼搏精神,笔耕不辍,常有作品见诸各报刊,还出版了几本著作,并且获得了多个奖项。我想,这除了得益于部队大熔炉的陶冶外,也是他吃苦劳作、勤奋好学的结果。

今年是中国人民解放军海军潜艇部队诞生七十周年。我在海军戎马倥偬近半个世纪,参加和见证了在党的领导下潜艇部队的建设发展。1956年,我有幸成为毛泽东主席视察过的"56-110"潜艇的一员。1964年10月,周恩来总理健步登上126潜艇那一刻,我站在舰桥鸣礼哨,带领全艇官兵一起敬礼,接受共和国总理的检阅。1977年冬季,我率潜艇执行远航训练任务,水下航行近万里,历时三十三昼夜,以单艇首次突破第一岛链,抵近第二岛链岛屿施行侦察,开创了人民海军巡航西太平洋的新纪录。至今想来,仍是心潮澎湃。

中国潜艇部队从1954年6月19日成立至今,经过几代潜艇人的追梦奋斗,终于发展成了具有相当规模、相当战斗力的"水下长城",成了掌握"国之重器"的水下尖兵部队。我作为一名潜艇老兵深感骄傲。在此,我向曾为海军潜艇事业做出贡献的战友们深表敬意,也祝大家健康幸福。

王继英
(海军中将、原济南军区副司令员兼北海舰队原司令员)
2024年春节于上海

目录

001	引　子	将军回乡
005	第 一 章	军港洗礼
030	第 二 章	进厂接艇
057	第 三 章	潜艇试航
077	第 四 章	码头值更
091	第 五 章	迎接参观
109	第 六 章	英年早逝
123	第 七 章	水下练兵
152	第 八 章	老兵退伍
165	第 九 章	回乡探亲
184	第 十 章	坞　修
205	第十一章	突破岛链
238	第十二章	凯旋之后
268	第十三章	锚地唱晚
284	第十四章	新婚蜜月

304	第十五章	进校深造
330	第十六章	激浪冲天
347	第十七章	重振雄风
369	第十八章	潮涨潮落
390	第十九章	转　业
411	尾　声	潜艇今天挂满旗
424	后　记	一名潜艇老兵的心愿

引 子

将军回乡

海军中将单若冰参军离乡已有四十个春秋了,这次受命回到大连,是为筹备我国第一艘航空母舰入列仪式。

想到今天下午没有什么活动安排,向秘书做了交代后,单将军换上一件便服,将短袖白衬衣的下摆扎在了裤腰内,又揣上军官证,走出海军招待所,向不远处的潜艇展览馆奔去了。

这是全国首个潜艇军事文化展览馆,坐落在军港的东岸,是省、市爱国主义和国防教育基地。单将军大老远就望见一艘033型潜艇横卧在圆形坞内,舰桥上的"蓝鲸"舷号分外醒目,游客们正排着队鱼贯入舱参观。

单将军对这艘潜艇富有感情,他从入伍时就在艇上当鱼雷兵,后来被提升为鱼雷军士长、鱼导部门长、副长,一直干到了艇长。他还有一个非来不可的缘由——馆长萧雨笛是他同年入伍的老战友。

单若冰走近潜艇展览馆的入口处,问一名胖保安:"你们馆长在吗?"

蓝鲸兵魂

胖保安约莫三十来岁,头扣一顶红色贝雷帽,两肩扛着类似军衔的肩章,不宽的腰带把肚皮勒出了一圈赘肉。听了来人的问话后,他轻蔑地说:"老爷子,找我们馆长啊,你有证吗?"

单将军比胖保安年长三十来岁,一张典型的国字脸,额头方广,两眼炯炯有神,面部表情十分严肃。他心里嘀咕着:"小保安居然称我为老爷子,我有那么老吗?"不过他没有计较,觉得没有必要与一个保安人员较真儿,于是便从衬衣兜掏出了红塑料皮的军官证。

胖保安接过军官证,打开一看,照片上的人穿着白色海军服,左胸前挂了六排蓝黄相间的资历章,再望一眼面前这个貌不惊人的小老头,惊奇地念道:"姓名:单若冰。性别:男。职务……"

"嗨,司令,海军中将?"胖保安合上军官证,指着自己的肩章嘲笑般地说,"瞧,我这肩上一边还扛了仨豆呢,属于上将级别了吧?"

单将军笑了笑,不由得想起了曾听说过的一个笑话。有支新兵队外出拉练,一个新兵看见路边有个穿制服的人,双肩扛了六颗星,便心中一惊道:"嘀,六颗星?"于是,新兵"啪"的一个军礼,以示敬意。班长见状就是一顿训:"你敬个屁礼,那是个保安啊。"真滑稽,这种事今天竟让自己也碰上了。

胖保安一边打量着单将军,一边拿起军官证在另一只手掌上不停地拍打着,傲慢地说:"老爷子啊,俺真让你磕(耍)了,你都这么个岁数了,还拿着军官证蒙俺哪。"

"你跟谁那么说话啊?!"突然,从背后传来一声训斥。

胖保安似耗子见到了猫,闻声转过身,肚皮向前一腆,急忙抬起右手敬礼道:"馆长好!"

单将军抬头一看,来人正是萧雨笛,当年英姿潇洒的小伙子,现已显出老态,眼袋下垂,肚皮微微隆起,只是那后梳的背头仍倍儿亮。

单将军上前一步,在萧雨笛的前胸轻轻捶了几拳,风趣地说:"'小哩格儿楞'啊,没想到见你一面还这么难啊!"

"小哩格儿楞"是萧雨笛在部队时的绰号,好几年没人这样称呼了,今天听起来还是那么亲切,他挺起了胸脯,尽情享受着老战友的拳拳之情。

萧雨笛细心地打量单将军,大半辈子的潜艇生涯,将这位老战友的鬓角染上了霜。不过,虽然已年近六旬,他的额、鼻、颊、腮、下颌仍端正大方,边缘又收得紧,没有一丝赘肉,俨然一身将军风骨。

萧雨笛又上前拥抱着单将军,不停地念叨:"若冰啊,我的老战友,想死我了。"

在萧雨笛的陪同下,单将军走进了潜艇展览馆。

这是我国自行研制的033型潜艇,将军见到它就有一种久违的感觉。他俩对已退役的这艘潜艇是太熟悉了,可以说,他们的青春年华是与潜艇同呼吸、共命运的。

为了便于参观者进出,潜艇艏部和艉部各凿开了一道长方形的舷外门。单将军进入艏舱,看到左右两排六个鱼雷发射管静静地卧在那儿,仍然是那样锃光瓦亮,便伸出手来轻轻地抚摸着它们。发射管盖上的麦穗与齿轮图案红、蓝、黄三色相衬,清晰悦目。这是将军上艇后的第一个战位,他就是从这里起步走向大海、挺进深蓝的。

进入二舱时,游客们刚刚离去,单将军看到左舷多能桌的上方挂着一块块横匾,匾上分别镶裱有中央和军委首长视察本艇的图片,其中有1954年7月陈毅同志所写的《潜艇上留题》:

人口六万万,立国太平洋。

面对侵略者,必须有海防。

水上多舰艇,空中能飞航。

海底深千尺,潜水亦所长。

件件皆掌握,样样是内行。

严整陆海空,捍卫我边疆。

和平可确保，建设日辉煌。

战贩如伸手，必定遭灭亡。

大哉新中国，指日富且强。

在横匾对面的隔板上，是033型潜艇的发展史，陈列着新旧不一的一排镜框，镶有历届艇长和政委的照片，还有参加重大军演所获得的奖杯、奖章和奖旗的照片。单将军是第三任艇长，他的照片与政委衣庚锦的并列在一起。

右舷的艇长室、政委室、机电长室基本保持着原样。艇长室的舷壁上镶着一张大照片，背景是挂满彩旗的191潜艇，六名风华正茂的水兵肩并肩地站在潜艇前。单将军清楚地记着，这是1974年5月1日海军恢复水兵服时自己与五个同乡战友的合影。

面对着这张已经褪色的黑白照片，单将军不由得弓腰进门伸出右手食指，从左至右点着照片上的人物："衣庚锦、刘百顺、何久先、谭彦多，这是你萧雨笛、我单若冰啊，哈哈……想当年咱们还都是小帅哥嘛。"转而，他又满怀想念地说："庚锦怎么样了，他还好吗？"

萧雨笛兴奋地说："好着呢，庚锦现在是鹤龙岗公墓董事长呢。"

重温老战友的名字，单将军和萧雨笛的思绪不由得穿越时空，脑海中泛起了往事的涟漪……

第一章

军港洗礼

迎新晚宴

夕阳西下,军港披上了一层绚丽的锦缎,海鸥在飞旋鸣唱,威武的潜艇似一头头蓝鲸在码头枕戈待旦。

191潜艇艇员们在水兵大楼前列队完毕,他们身着六五式灰色海军服装,解放帽上缀着一颗红五星,上衣领缀着两方红领章,把他们的面庞衬托得那么鲜活。每人左胸前都别着一枚金色五角形毛主席像章,下方配有一枚长条形"为人民服务"红色徽章,人人笔挺站立,个个朝气蓬勃。

队列的左前方,是下午刚报到的十六名新艇员。他们来自天南海北,经过三个月的新兵训练,又通过潜艇专业的严格训练,经考核合格,被分配到了东坪港。

从大连入伍的五十一名新兵艇员中,只有六名被分配到了同一艘潜艇上。

"衣庚锦——""到！""轮机班。""是！"

"单若冰——""到！""鱼雷班。""是！"

"萧雨笛——""到！""无线电班。""是！"

"刘百顺——""到！""电工班。""是！"

"何久先——""到！""厨师班。""是！"

"谭彦多——""到！""舵信班。""是！"

……

艇长朱惠凯站在队列前，一一点着新艇员的名字，被点到的人依次走向各专业班，从此开始他们的潜艇生涯。

呼点完毕，朱艇长豪迈地说："从今天起，你们就是人民海军的一员了。作为一名潜艇兵，首先要牢记我们的潜艇兵魂：'听党指挥，同舟共济。'"

"听党指挥，同舟共济！"显然，新艇员们被朱艇长这铮铮有声的话语感染了，大家放开嗓子齐声喊道。

为了欢迎新战友的到来，今晚饭堂特地举行了会餐。艇员们每八个人围坐在一张长方形的木桌前，每桌十菜一汤，桌角一侧摆有八瓶啤酒，还有八瓶杨梅汽水。

艇政委王敬儒动员说："同志们，今晚举行小会餐，也是迎新晚宴，希望大家要吃饱吃好，吃饱了就不想家嘛。有一句话说得好，'离开父母泪哗哗，到了潜艇胜过家'啊。"

王政委个儿不高，乍看像一个慈善的老太太。他可是"老潜艇"了。1949年4月23日，华东军区海军在江苏泰州白马庙成立。跟随第三野战军东路渡江作战的司号员王敬儒，在司令员兼任政委张爱萍的率领下，从此跨入了人民海军的行列，这年他刚满十六岁。1951年2月，王敬儒被选送到旅顺潜艇学习队，当上了轮机学兵，后来被提升为军士长、动力长、副政委、政委。

平时，王敬儒喜欢搜罗民间俚语和顺口溜之类的话，几乎是张口就来。

看到新艇员们听得挺来劲,他又"嗯哼哈"地清了两下嗓子,继续说:"我再朗诵一首自己写的小诗,献给各位新战友:'妈妈妈妈您别愁,当兵不过四五秋。门前栽棵小桃树,等儿回来把果收。'"

老艇员们听后都"哄"的一声笑了,他们在每年的新兵欢迎会上都能听到这首"小诗"。新艇员们也都被这风趣的话语逗乐了。

王政委讲完后,会餐就开始了。只听全场"嗷"的一声喊,老艇员们纷纷将碗中的啤酒一饮而尽。

看到新兵们一副副惊讶而又好奇的面孔,朱艇长走来故弄玄虚地问:"你们这几个新同志,知道咱们艇的舷号吗?"

新艇员们敞开嗓子,齐声回答:"191!"

"对,191。"朱艇长加重了语气说,"从今天起,你们活是191潜艇的兵,死是191潜艇的魂,要时刻做到脑子里有敌情、眼睛里有任务、骨子里有血性!"

望着新兵那一张张稚嫩而又可爱的脸庞,朱艇长又鼓动道:"咱们潜艇兵啊,就是要敢拍着胸膛钻大海,既要有血性,又要有士气。别看今天我们喝的不是白酒,有人喝着汽水,但是悄没声地喝没啥意思,还必须喊出个气势来。"

说毕,朱艇长又端起碗,引吭喊道:"同志们,一二三!"

"嗷、嗷、嗷——干!"官兵们拿出了吃奶的劲,举碗齐吼。

整个饭堂人声鼎沸,碗碗见底,新艇员们第一次感受到了潜艇兵那特有的喊酒的气势。

轮机兵衣庚锦没有跟着一起喊,他看到桌上有一碗色泽红润的红烧肉,在家时连肉都不常见,别说是吃红烧肉了。他夹起一块红烧肉,发现肉皮上有几根"猪毛",就低下头来一根一根地拔,等拔净后才送进了嘴里,一嚼觉得有一股辣味,便吐了出来,再一细瞅,原来是一块姜,他只好又囫囵吞枣般地咽下了肚,差点儿把眼泪辣了出来。

看到衣庚锦的碗里是淡红色的杨梅汽水,朱艇长问道:"你咋不喝酒呢?"

"报告艇长，"衣庚锦站起端起碗，如实回答，"俺、俺爹不让喝。"

看到衣庚锦害羞的样子，无线电兵萧雨笛解围说："艇长，衣庚锦同志真的不会喝酒。当兵临走前，他爹还再三叮嘱我俩说，到了部队以后，一不要学喝酒，二不要学抽烟，就是要把毛泽东思想学好。"

衣庚锦又嗫嚅道："俺爹还说，干活要抢在前头，开会一定要坐后头，散会后溜得还要快。"

朱艇长听后不禁笑了，鼓励他说："毛泽东思想当然要学好，可是当潜艇兵如果滴酒不沾也不中，以酒助兴精神爽嘛，关键是喝酒要有度，喝好不喝醉。"

在潜艇上，虽说艇长和政委是团职干部，其实他们和陆军中的连长、指导员差不多，长年与士兵同吃、同住、同乐、同操练，几乎没有什么官架子，说白了也就是一个"兵头"。所以说，潜艇上的官兵关系很融洽，团队意识也很强。

朱艇长高高的个子，长方脸上镶有一双大眼睛，耸立着高鼻梁。与河南人不同的是，朱艇长不大喜欢面食，却特爱吃猪肝，还爱吃菠菜拌蜇皮。眼下喝完酒坐下后，他就指着一盘凉拌菜，生气地对炊事班长苟得福说："瞧你这凉菜拌的，全都是些海蜇皮，你就不能多加点儿菠菜？"

苟得福连忙称是，说今后一定要多加点儿菠菜。吃了一口凉拌菜后，朱艇长又把一盘猪肝端到自己面前。

王政委见状故意伸手与他抢猪肝，朱艇长情急生智，立即低下头，作势往猪肝上"呸、呸"地吐了几口吐沫。

衣庚锦看后嫌埋汰，再也不愿动筷子了。只见朱艇长低头独自吃着，最后竟连汤都倒进碗里，拌着米饭全都扒拉到自己的肚里了。

放下碗后，朱艇长又大声对炊事班长说："小苟啊，你的肝嘛，今天炒得真不错啊。"

王政委一语双关地纠正道："这可不是狗（苟）肝，而是猪（朱）肝啊。"

话音刚落，全桌人大笑。

苦涩的枇杷

会餐完毕，艇员们有的遛海堤，还有的会老乡，衣庚锦则径直回到水兵大楼整理自己的内务去了。

潜艇兵与水面舰艇兵的居住方式不一样。除了进厂接艇、修艇外，水面舰艇兵是"海上为家，陆地做客"，官兵的服役期几乎都是在舰艇上度过的。只要是不出海、不上艇转动机械和值更，潜艇官兵便一年四季都住在陆地上。因此，"海浪把战舰轻轻地摇"这句歌词，可以说是专门为水面舰艇而写的。

潜艇虽然建制较高，可是宿舍分布与步兵连大致相同。除艇首长住艇部外，其余艇员都住在一个大房间里，喜怒哀乐、放屁打嗝都要共同分享。

与陆地兵相比，潜艇兵不用每天叠"豆腐块"，而是将蓝灰色的被子随床折叠平铺，床上的物品铺放整齐有序，由下至上依次为床垫、褥子、被子，上面用黄毛毯裹好，再折叠成长方块状的"豆腐板"。

艇员平时不准坐床铺，可以坐在小马扎上，趴在下铺床边读书看报、写家书。衣庚锦感到这样挺好，每天不用再去练"床上功夫"了。

轮机班在二楼西侧第一个房间，衣庚锦睡在下铺，正好与轮机军士长王金华头挨着头。由于王军士长蓄有络腮胡，所以老兵们都叫他"王大胡子"。

按照艇上的统一规定整理完内务后，衣庚锦看到"王大胡子"正对着小镜子刮胡子，剃须刀在"嗡嗡"地转动，便上前毕恭毕敬地说："军士长，您好。"

"王大胡子"点了一下头，以审视的眼神打量着面前这个新兵蛋子，觉得他长得像电影《英雄儿女》中的王成，两眼透露出一股锐气。一会儿，"王大胡子"又将剃须刀移到了左腮上，继续刮着，不紧不慢地问："你是新来的？叫、叫什么'一根筋'？"

听"王大胡子"把自己叫成了"一根筋",衣庚锦就一字一句纠正道:"军士长,俺叫衣、庚、锦——衣服的衣,华罗庚的庚,锦绣河山的锦。"

看到这新兵不大高兴的样子,"王大胡子"心里想,是挺犟的,不然他怎么能叫"一根筋"呢。于是,他和蔼地说:"对,对,叫衣锦庚,不叫'一根筋'。"

衣庚锦听他把自己的名字给说颠倒了,也没再争辩,心里却在想,谁让自己是个新兵蛋子呢!

"王大胡子"终于关上了旋转的剃须刀,一边用小毛刷细心地清洁上面的胡须末,一边叮嘱道:"你刚刚上艇,不要学那几个'屌毛灰',整天蔫了吧唧的,背后偷着喊我'王大胡子'。"

"屌毛灰"一词,衣庚锦在新兵连时就听说过,这是海军部队当下流行的一种口头禅。据考究,它最早是旅顺潜艇学习队士兵从苏联水兵那里学来的。苏联有一句民间俚语叫作"灰幺子",发牢骚时常常被挂在嘴边,翻译成中文就成"屌毛灰"了。当然,它绝非阳物之灰,也不是洛阳方言的骂人话,而是一种轻蔑意思的表达,类似东北方言"小样儿"。平时,亲昵地说一句"屌毛灰",能融洽官兵关系,活跃生活气氛。有趣的是,每当说完一句"屌毛灰","王大胡子"还不忘捎上一句家乡的口头禅:"妈拉个巴子。"

衣庚锦在家中排行老大,还有一个弟弟和妹妹。他在娘胎里待了不到九个月就出生了,下生时气力不够,哭声像蝈蝈,有点儿尖,还上气不接下气。刚过一岁时,他就害上了一场大病,由于家里没钱医治,就找来算命先生掐算。那先生说,这孩子是得了痨病没救了。父母眼睁睁看着孩子没了气息,算命先生用一张破炕席将孩子一卷,就送到了乱葬岗。他掏出火柴点燃席角时,死孩子忽地站立起来,算命先生吓得屁滚尿流,一边拼命地跑,一边声嘶力竭地喊:"哎呀,活见鬼了……"跑出几十米远后,听到了一阵啼哭声,算命先生觉得不大对劲,转回身来将"死孩子"抱回了家。看到"起死回生"的儿子,父亲衣耿山说:"这孩子命硬,长大就去当兵吧。"

由此，当兵就成了衣庚锦儿时的梦想，也是全家人的盼头。高中毕业时，衣庚锦正好赶上部队来征兵，母亲心疼儿子，有点儿舍不得。衣耿山劝道："这小子都死过一回了，还怕什么？"

正在"王大胡子"与衣庚锦说话间，班长梅绍乾和老兵邵玉卯抬着一笼子黄澄澄的枇杷进来了。东北不产这种水果，衣庚锦又是头一次见到，便问这叫什么。

"王大胡子"介绍说："这叫枇杷，有人说由于它的叶子长得像琵琶，所以就叫枇杷了。"

衣庚锦感到很稀奇，就向他请教怎么个吃法。

"王大胡子"心不在焉地说："剥皮、剥皮吃，吃里面的啊。"

按照"王大胡子"的说法，衣庚锦接连吃了几个枇杷，一边吃，一边摇头说："怎么有股怪味啊，太难吃了。"

衣庚锦不由得想起了家乡的国光苹果。在他的眼里，国光苹果就好像东北人，咬一口嘎巴溜脆，如毛头小子。而枇杷的味道却如此难以形容。

看到衣庚锦把枇杷肉都剥下扔掉了，邵玉卯"嘿嘿"地笑着向走廊走去了。一会儿，几拨人来到了轮机班，轮番观看衣庚锦是如何吃枇杷的。随即，全艇传开了一个笑话："轮机班才来的'一根筋'，吃枇杷专吃枇杷核。"

衣庚锦一副窘态，羞愧得脸上红一阵白一阵，真不知道如何解脱。

梅班长劝慰他说："我当新兵那会儿，拿起香蕉连皮也不扒，在大腿上蹭了蹭就往嘴里填，还问这东西咋这么难吃啊。"

看到衣庚锦还是闷闷不乐的样子，"王大胡子"宽慰地说道："俺小时候啊，家里挺穷，俺饿得就像一只瘦猴，不要说吃香蕉了，沂蒙山那个地方连香蕉皮都没有见过啊。有一天啊，娘抱着俺在车站等火车，人们都笑话俺长得太难看，俺娘就哭了。这时，卖香蕉的老大爷劝俺娘说：'大妹子啊，你别哭了，拿只香蕉给猴子吃吧。真可怜的，你看它饿得毛都没了。'"

衣庚锦仍然没有笑意，只是嘴角翕动了一下，露出一丝苦涩的表情。

黄油的味道

无线电兵萧雨笛与单若冰、衣庚锦、刘百顺、何久先、谭彦多，是鑫城三中的同学，他的父亲萧沫亮是该校校长。

"文革"刚开始的一天傍晚，学校组织学习毛主席著作。教师们都到齐后，萧校长右手举起《一切反动派都是纸老虎》单行本，心不在焉地说："今天晚上啊，我们就学习'纸老虎'这篇文章，大家都带来没有啊？"没料到这句话很快就被反映上去了，红卫兵说萧沫亮思想反动，把"红宝书"说成是"纸老虎"。当天，他就被关进了"牛棚"。直到林彪坠机后，他才得以平反。可是，由于他校长的职务没得到恢复，这就给儿子萧雨笛应征入伍政审带来了麻烦。

潜艇兵的政审是极为严格的，要查到"八辈祖宗"没有丝毫政治污点才能过关。鉴于萧沫亮的政治问题，接兵干部将情况反映到了接兵师赵政委那里。赵政委仔细地翻看着萧雨笛的"新兵应征入伍登记表"，当看到"特长"一栏写的是"山东快书"时，顿时眼睛一亮，仿佛发现了一匹千里马。

围绕着萧雨笛能否入伍的问题，赵政委与张师长的意见有了分歧。张师长认为对萧沫亮的问题还没有最终结论，还是稳妥为好。赵政委则据理力争说："萧雨笛有文艺细胞，部队就缺少这样的青年。"

两人正说话间，忽然传来一阵"咚咚"的敲门声，赵政委开门一问，来人正是萧雨笛，后面紧跟着衣庚锦。

萧雨笛的个儿不太高，有一米七，梳着小分头，浑身透露出一股机灵劲。想到自己当兵的事一直没着落，他就跑去问衣庚锦怎么办。

衣庚锦催促道："咳，活人还能让尿憋死了？我陪着你赶快去找啊。"

跑到了征兵办公室，两人做了一番自我介绍后，衣庚锦指着萧雨笛腰间的两个月牙形铜片推崇道:"他会说山东快书,说得特别棒。"

赵政委听了兴趣顿生,便走上前让萧雨笛即兴表演一个节目。

萧雨笛毫不怯场,立马掏出月牙板,拉开架势,表演起当下流行的一段山东快书:

> 当哩个当,当哩个当,
> 当哩个当哩个,当哩个当。
> 哎——火车站里旅客多,
> 有个旅客她叫李淑娥,
> 李淑娥提了个大包裹……

一番绘声绘色的表演,引得两位首长哈哈大笑。赵政委当即拍板道:"好小子,你有戏了。"

衣庚锦喜形于色,急忙催道:"雨笛,快给这位首长行礼啊。"

还不懂敬军礼的萧雨笛立即给赵政委深深地鞠了一躬。

张师长没有当即表态,尴尬地一笑说:"拿到定兵会上,让大家讨论讨论再说吧。"

定兵会上,赵政委拿着征兵命令据理力争道:"1972年的征兵命令是伟大领袖毛主席亲自圈阅,周总理亲自修改的。今年征兵规定的第一条就是:征集的主要对象是'出身工人、贫下中农、革命军人、革命干部和其他劳动家庭的革命青年'……萧雨笛的家庭出身是贫农,虽然他父亲的问题尚未有结论,但我认为他符合征兵条件,何况我们部队建设需要多才多艺的青年啊。"

赵政委的一席话刚说完,在座的大多数征兵人员便举手通过了。

次日,萧雨笛接到了县里颁发的两张奖状样式的证书,上面写道:

入伍通知书

萧雨笛同志：

你坚决响应伟大领袖毛主席提出的"提高警惕，保卫祖国"的号召，积极报名参加中国人民解放军，这是很光荣的，现经审查批准你入伍。

望你于 11 月 24 日到县第一招待所集中。

中国人民解放军鑫城县人民武装部

1972 年 11 月 1 日

革命军人证明书

萧雨笛同志于 1972 年 11 月应征入伍，其家属享受现役军人家属优待。

中国人民解放军鑫城县人民武装部

1972 年 11 月 1 日

萧雨笛拿着入伍通知书一边往家跑，一边兴奋地喊："我当兵了，我当潜艇兵了……"

拿着盖有"鑫城县人民武装部"红印章的入伍通知书，萧沫亮兴奋地说："还是人民子弟兵亲啊。"

入伍离家那天，萧雨笛把两块月牙板别在了武装带下，军用背包的一侧还插了一根长箫，箫的上头系了一根红穗，一路上吸引了不少小朋友跟随，不明白的人还会以为这是佩带了啥新式武器呢。

今天的早餐是牛奶、面包和黄油，新艇员都觉得很新奇。

潜艇兵是严格程度仅次于飞行员而被精选和严训出来的兵种。部队伙食费在 20 世纪 60 年代有"43215"之说，指的是步兵每天是 4 角 3 分钱，而潜艇兵每天则是2元1角5分钱。潜艇兵的伙食费标准为何如此高呢？众所周知，潜艇兵生活条件艰苦，工作强度高，压力大，伙食和营养必须得跟上，所以潜艇兵是全军伙食费标准最高的兵种之一。其实，世界各国军队在伙食上对潜艇兵都是呵护备至，因为他们知道，潜艇兵是拿命干活，丰盛的食物对保持体力、维护士气是必不可少的。即使在我国最困难的时期，潜艇兵也绝无食物匮乏之忧，早饭时成桶的咖啡、牛奶、水果羹、各色可口的热粥敞开喝，面包、点心、包子、炸制的主食随便吃，还配有各色富含营养的菜式：外界鲜见的香肠、凤尾鱼罐头、花生米罐头，各样腌制的鸡蛋、鸭蛋，还有开胃的各色腐乳、咸菜，一样不缺。中餐、晚餐更是丰盛，百姓餐桌上罕见的鸡、鸭、肘子、大虾、黄花鱼等更是当家菜，各色时鲜蔬菜应有尽有。

20世纪60年代初，由于我国物资极度匮乏，有关部门提出要降低潜艇兵伙食费标准，时任外交部长的陈毅同志听了后，当即表态说："国家宁肯少还外债，也要让我们的潜艇兵吃好。"于是，部队后勤部门更加挖空心思、变着花样地调剂食谱，专用的运输舰和运输汽车每年都天南海北地跑，拉来各地的时鲜水果供艇员食用。艇上供给的水果量极大，大连苹果、莱阳梨、黄岩蜜橘等都是成筐地运来。

早餐的黄油呈奶黄色，长方形，似现在的奶油雪糕。这些黄油摆放在方盘里，放在大餐桌一角，谁吃谁自己拿，吃多少就用餐刀削多大片。一般来说，一个人能吃下三分之一块的黄油就不算少了。老兵们拿起一小块黄油后，坐下来用餐刀削成薄片夹在两片面包中间，慢慢送入嘴中，顿时一股香甜的味道弥漫开来。

萧雨笛是头一次见到黄油，他问："这是什么东西？我从来没吃过。"

衣庚锦低声说："是冰棍吧？可又像冰块啊。"

一听说是冰块，正好自己有点儿渴，萧雨笛一下就拿了两块。

衣庚锦低声提醒："你能吃得了吗？千万别浪费了。"

萧雨笛入座后，张嘴咬了一口黄油，觉得不大对劲，满口都是一种黏糊糊的香甜味，他才知道这不是冰棍，也不是冰块。他咬着面包，就着黄油，硬着头皮总算吃下了一块。剩下一块实在咽不下去了，就一掰两半，悄悄地扔进了泔水桶，然后离开饭堂回水兵大楼了。

萧雨笛回到寝室不一会儿，一阵急促的哨声响起，内务更大声喊道："紧急集合，楼前点名！"

全艇艇员在楼前列队完毕后，大家你瞅瞅我，我望望你，有点儿莫名其妙，不知道究竟突发了什么大事。

值日官站在队前，两手迅速提到腰际，转身跑向王敬儒面前报告："政委同志，191潜艇集合完毕，应到67人，实到67人，请您指示。值班员卞宏伟。"

"请稍息。"王政委举手还礼后走到队列前，又从下衣兜里掏出一块手帕，拿出两半黄油举在面前晃动了一下，怒声问道："这是谁扔掉的？败家子，简直是败家子呀！"

二十年前，王敬儒头一次吃黄油，是在旅顺潜艇学习队。当时学员与苏军潜艇兵一起进餐，长条桌的两头一天三顿摆放有一碟黄油、一盘黑面包、蔬菜沙拉和水果拼盘。黄油是大家吃不惯的那种味，再加上又咸又腥的生鱼，更是难以下咽。有个无线电军士长取过一块黑面包，咬了一口，皱着眉头说："翻译，问问他们，面包怎么都馊了？"翻译与苏军值日军官嘀咕了两句，告诉大家说："这是正宗的俄罗斯大列巴，没馊，就这味。"有个学员风趣地说："早餐是一块黄油一杯茶，外加一块黑列巴；午餐是玉盘来盛白菜汤，土豆成泥垫饥荒；晚餐是大米小米荞麦饭，和些色拉拌一拌。"一天两天还能坚持，三天四天就难以忍受了。学员们吃不惯这种西餐，常饿肚子，还闹了一场"罢饭"风波。一天，军需从街上买回来点儿腌香椿和咸疙瘩头，在码头上等交通艇时，被王敬儒和几个战友发现了，就嘻嘻哈哈齐动手，这些咸菜一会儿都被分吃光了。一个休息日的下午，王敬儒和几个学员一起到海边挖野韭菜，捡海蛎子，抓海螺，装在罐头盒里就地架灶烧煮，吃了个痛快。不知是炊烟还是笑声引来了苏军值日军官。值日军官不懂汉语，就用手指着地上的罐头盒，惊奇而又恼火地瞪着他们，嘴里狠狠地嘟囔着什么，最后还拉着一位翻译向傅大队长告状说："您的水兵违反条令，私自到海边野炊，吃海里的虫子，这样会影响他们的身体健康，您应该管一管。"

这位苏军值日军官为什么要发那么大的火？因为他觉得不吃黄油和大列巴就是瞧不起苏联。为了表示不袒护自己的水兵，也为了消消这位苏军值日军官的火，傅大队长马上跑到海边现场，训责他们"乱弹琴"。最后，傅大队长把所有人员集合到一起动员说："同志们，我们是来学习的，可是连吃饭这一关都过不了，还能学习什么潜艇技术啊。今天，我重申：为了不辜负毛主席所嘱、全军所托、全民所望，吃不惯西餐也要吃，一定要过好这一关。"王敬儒和战友们羞愧地低下了头，很快就习惯吃黄油和黑面包了。

今天，王敬儒竟在泔水桶里发现了黄油，真是火冒三丈，高声说道："你们知道吗？为了能让我们吃上这一块黄油，一个工人起码要上班八个小时。可是，我们有的同志啊，竟忍心将这么贵的黄油扔进了泔水桶，请问你这样做能对得起衣食父母吗？"

衣庚锦缓缓地举起右手，显然他是要把这件事揽自己身上，因为是自己告诉萧雨笛说它是冰棍、冰块的。

萧雨笛也举手欲承认错误，知道自己不该不听衣庚锦的劝说。

看到两位新兵同时举手报告，王政委很是高兴，觉得已经达到了教育的目的。考虑到这次是新兵初犯，他也就没再指名道姓，而是先让他俩将手放下，然后风趣地说："同志们，作为人民养活的潜艇兵，我们可要记住喽，'四个菜，一个汤，吃完莫忘党培养；巧克力，牛奶糖，吃完别忘爹和娘'啊。"

王政委说完后，将手中的两半黄油填到自己嘴里嚼了几下，又一仰脸吞了下去，噎得直抻脖子，"呃、呃、呃"地连续打饱嗝，队伍中爆发出一阵笑声。

衣庚锦如释重负。萧雨笛却没有一丝笑意，羞愧地低下了头。

"小媳妇"

　　东坪港是竹的故乡，山山有竹，沟沟有竹，四季郁郁葱葱。

　　水兵大楼的后山有一片翠绿的竹林，一条蜿蜒的小路通向半山腰的一口小水井，井沿长了一圈青苔。井水清澈，用来洗水兵服越洗越白。衣庚锦听朱艇长说，这井水是甜的，生喝比熟喝味长，泡茶比自来水好，常喝后觉得心脾清爽，连看书读报都有了精神和灵性了。

　　说这是一口水井，其实就是个深水塘。这里以前用水很紧张，部队供水站每天给水时间很短，有时脸还没洗完水就没了。于是，官兵们就开始自己四处找水。

　　离水兵大楼不远处，有一片绿油油的菜地，菜地下面有一个挺大且非常清澈的水塘。开始时，艇员们三五成群地到这个水塘边洗脸漱口，有时一围就是几十个人。为了保持水塘清洁，艇员们取完水到塘外洗漱，洗完衣服的水都自觉倒在塘外了。几天后，衣庚锦忽然发现有个老乡经常到菜地浇大粪水，他是从厕所里淘来大粪水浇蔬菜，浇完后就到水塘里刷粪桶。衣庚锦感到恶心，立即告诉了大家。从此，再也没人来水塘洗漱，大家只好另寻水源了。

　　这天早上，衣庚锦发现楼后山脚的一条石缝总往外流水，虽然没有"泉水叮咚响"，但也总是细流潺潺。他立即告诉萧雨笛和单若冰，他们组织几个新兵挖坑造井，找来石块弄些水泥，砌上一圈石墙，水流就给截住了。从此，这里就有了小水井，艇员们又都聚集到这里洗漱、冲澡、洗衣服，说说笑笑，好不热闹。每到星期天，两根水泥杆或竹竿之间便拉起一道一道铁丝或绳子，挂满了水兵服、海魂衫、背心和裤衩，风一吹起，煞是好看，成了一处别样的风景。

第一章 军港洗礼

星期天早餐后，舵信兵谭彦多端着黄瓷脸盆来到了小井边，蹲在井台上洗衬衣、背心和裤衩。他在家时从来没有动手洗过衣服，当兵后是赶着鸭子上架，自己如不动手洗就得穿脏衣服了。

看到谭彦多生硬地搓来搓去，衣庚锦介绍经验说："这洗衣服啊，其实并不难，老兵教我说，记住'一二三，齐步走'就行了。"接着，他接过白衬衣示范说："这一啊，就是领子。这二啊，就是前襟和后背。这三啊，就是两个袖口和下巴前的一块。打上肥皂后用力搓几下，最后用水漂净就好了。"

谭彦多按照衣庚锦说的洗了一遍，三下五除二，果然简单易学，三件衣服一会儿工夫全洗完了。最后，他站起来双手抓住衣领，使劲用力一抖，白衬衣发出"啪啪"的声响。

衣服晾晒完后，谭彦多回到寝室，换上了一双脚踝外侧有松紧带的黑皮鞋，虽然不是光可鉴人，但也是油光锃亮。衣庚锦看到这双皮鞋觉得眼熟，可一时又想不起来在哪里见过。

何久先笑着说："没见过吧，这就是潜艇翻毛工作鞋啊。"

衣庚锦不解地问："真是潜艇工作鞋？上面的毛呢？"

何久先笑着说："跟老兵学的，先用砂纸把毛打掉，再刷上几遍鞋油。你看，不错吧？"

衣庚锦委婉地批评说："不错是不错，可惜是双'盗版皮鞋'啊。"

穿上了新改的皮鞋，谭彦多觉得挺展扬，踏着"咯吱咯吱"的脚步声，与衣庚锦一起走出了营区，两人结伴去逛街了。走到半路上，他俩遇上了鱼雷兵单若冰，他要给天津的姐姐寄几本书。

自从来到东坪港后，衣庚锦和单若冰还是头一次逛街。谭彦多说自己这是第二次了，第一次是班长给带的路，还了解到了一些风土人情。

这里原先很荒凉，很闭塞，近几年才开始动工兴建军港。海军工程兵刚进驻时，村民们头一次看到解放牌大卡车，吓得急忙躲闪，不知是何庞然大物。放电影出现下雨的镜头时，不少村民误以为是降雨了，竟脱下衣服挡在头上遮雨。这些足以说明当初这里是多么贫穷与落后。

谭彦多似有经验地显摆说："东坪港啊有'三宝'——稻草拴猪猪不跑，石头垒墙墙不倒，大姑娘外宿娘不找。"

看到衣庚锦和单若冰听乐了，谭彦多又继续说："东坪港啊，还有'三大怪'：一是茅房朝着马路开，厕所里面谈恋爱；二是三个蚊子炒盘菜，母蚊比公蚊还厉害；三是小娘婢是老太太，千万不要把她爱。"

瞅着他俩稀里糊涂的样子，谭彦多又解释说："这最后一怪啊，是说这里的妇女不分老少，一律都称小娘婢。"

衣庚锦抿嘴直乐，不解地问："这谈恋爱怎么还能在厕所里啊？"

谭彦多指着远处的一处茅房，学着听来的说法解释道："东坪港民风淳朴，茅房可以男女混用。你们看那个茅房三面有墙，前面朝马路开，如厕时男女可以共同坐在一条木杠上聊天。前两天，我拉肚子就钻进了茅房，刚坐下一位小媳妇就钻了进来。她褪下裤子毫不客气地坐在我的旁边，把我臊得恨不得找个地缝钻进去，急忙掏出一张报纸挡住了脸，不敢转头看她一眼。没想到那小媳妇却落落大方，微笑着说：'解放军叔叔，今天的报纸上都有啥新闻呀？'"

东坪港最繁华的一条街叫下沙角，南头是街，北头是山，东面是海，西面是村。由于平日里光照不足和雨水多，路面常年湿漉漉的，东面的石阶下长了许多绿茸茸的青苔。三个人刚行至街口时，迎面走来一位瘦瘦的老太太，笑嘻嘻地主动打招呼说："'大便'吃过了？"

衣庚锦一时愣在那儿，不知如何是好。还是谭彦多反应快，马上回答说："吃过了，吃过了。"

看到他俩疑惑的样子，谭彦多便笑着解释说："听俺班长说，这里的老百姓说的'大便'是方言，意思是'当兵的'。"

衣庚锦和单若冰恍然大悟。

下沙角的街中心有一个很小的邮政所，仅有的一个员工是资历较深的史老头，当兵的都叫他"雷达头"，因为他的头上长了许多凸包，好似潜艇雷达的球状天线。解放前国民党军队驻守东坪港时，"雷达头"就在这里任职，他自认为经历过两个"朝代"，见多识广。"雷达头"非常倔强，脾气也大，私下也有人叫他"老死头"。

进了邮政所后，单若冰递上包裹，"雷达头"戴上老花镜仔细地审视着，看了包裹上的地址后，他马上就把包裹甩了出来，不客气地说："这地址写错了，不能只写天津市，要写河北省天津市。"

单若冰一听，晕了，赶忙解释说："老同志，天津改成直辖市五年多了，现在不属于河北省了。"

"雷达头"听了反而大怒道："你这个小当兵的，懂个啥啊？天津本来就是河北省的，让你改你就改，否则就别想邮走了。"

考虑到东坪港只有这么一家邮政所，衣庚锦劝说道："咱们还是听史老头的吧，不然还要到枫城去邮，来来回回可要跑一百多公里啊。"

单若冰无奈地摇了摇头，只好勉强地在天津市的前面加上了"河北省"。也许是"雷达头"发现了自己的过错，又不肯当面认输，三人刚迈出门后，他就拿出圆珠笔将"河北省"划掉了。

邮政所的隔壁是缝纫店，谭彦多神秘地说："老板娘叫'阿庆嫂'，是个寡妇，水兵服改得很漂亮，就是人长得丑点儿。"

再往前走就是理发店、储蓄所和军人服务社了。平时，官兵们的生活日用品大都在这里购买，买得最多的是小管装的"西湖牌"牙膏。

进了军人服务社后，谭彦多径直走向柜台，掏出五角钱说："售货员，给我来一支'小西湖'。"

售货员胖大嫂是随军家属，她用浓重的湖北襄樊口音说："买啥子嘛，你要'小媳妇'？"

谭彦多一听笑了，用才学的方言说："是啊'小娘婢'，给我来一个'小媳妇'。"

胖大嫂没听明白，误认为"小娘婢"是骂人的话，顿时大怒道："流氓！"

"六毛？"谭彦多一听急眼了，急切地说，"这明明标价是两毛五，你为什么多要钱啊？"

"畜生！"胖大嫂气愤地大声回答。

"贫农？"谭彦多还是丈二和尚摸不着头脑，心里琢磨道，怎么买个牙膏，还问什么出身啊？

衣庚锦和单若冰站在一旁哭笑不得，只见胖大嫂从货架上抓起几支"小西湖"，使劲地砸过来，嘴里还骂道："给你'小媳妇'，看你还敢再要'小媳妇'，跑到老娘这儿耍流氓来了！"

一看是有理说不清了，衣庚锦立即一挥手道："撤，快撤！"说完，他拉着单若冰就向门外跑。

谭彦多吓得连连后退，"小西湖"也顾不上要了，撒腿就跑出了军人服务社，嘴里还嘟囔道："这老媳妇也太厉害了，惹不起咱还躲不起嘛。"

"无字家书"

何久先上艇第二周，就被安排到伙房帮厨了。身为潜艇厨师，为啥还要到陆地炊事班帮厨呢？

潜艇部队做饭的有厨师与炊事兵之分，虽然同是"大老炊"，但是"含金量"不一样。厨师属于潜艇兵，战位在潜艇上，穿呢子服，吃潜灶，每月额外有三元钱"潜补"。而炊事兵属于陆勤人员，当潜艇不出海时，负责为潜艇兵提供岸上饮食服务。

帮厨是潜艇部队的一个传统，一般分为两种：一是海上帮厨，二是岸上帮厨。而岸上帮厨也分为两种：一是临时性的帮厨，也就是常说的"出公差"，比如平时聚餐、过节会餐、包水饺或包包子等一次性的帮厨；二是阶段性的帮厨，一帮就是一个月或者小半年，最多是一年。在当时的条件下，帮厨可算是个美差了，不是谁想帮就能帮得上的。一般来说，帮厨者大多是入党积极分子、提干或转志愿兵的对象,显然,帮厨就成了进步前的一个"小熔炉"了。

帮厨的主要任务是烧火择菜、刷碗洗盘。冬天,天不亮就要从热被窝里爬起来生火,人有时刚醒又坐着睡着了。帮厨时最怕睡过了时间,既耽误艇员按时开饭,又影响自己进步。而艇领导派何久先帮厨的主要目的是让他体验一下伙房的生活,学习掌握烹饪手艺,为以后出海下厨打好基础。

何久先私下不大高兴地说:"我好赖是个厨师啊,'师'还用到伙房当'大老炊'吗?"

衣庚锦知道他嫌帮厨掉价,怕他闹情绪影响进步,便做思想工作说:"久先啊,炊事工作很光荣,就连刘伯承同志也是'大老炊'出身。刘伯承同志早年考入重庆军政府将校学堂,毕业后被分配到川军当了一名司务长。翻阅古今中国军队名人成长史啊,我们不难发现,许多的将军、元帅都当过'大老炊'。咱们还都是新兵,革命万里路,要迈好第一步嘛。"

听了衣庚锦的一番劝说,何久先想开了,觉得他说得有道理;再说了,帮厨不仅自由,而且不亏嘴,"近水楼台先得月"嘛。

何久先最爱吃清蒸带鱼,说舟山带鱼是"世界上最好吃的带鱼",眼睛呈黑色,骨小体肥,背脊上无凸骨,有鳞片且容易脱落。

炊事班长苟得福却说,咱大连的"渤海刀"也不差,鲜嫩、味正,营养价值高,也含其他渔场带鱼所没有的"脑黄金"成分。

每次收拾带鱼时,何久先都先从筐里抓起一条带鱼托住中间,如果鱼能一挂到底,然后形成一个倒"U"字形,就说明非常新鲜。他把切好的巴掌大的一块块带鱼摆在盘中,加上生姜片和料酒,上锅清蒸十五分钟后,吃起来是那样鲜嫩,真是鲜而不腥,嫩中含香,他一次至少能吃一大盘子。

如果本周食谱没有吃带鱼的计划,那就安排吃鸡蛋了。他想出了一个新的吃法:在煤铲上放两个鸡蛋,送到灶火上烧烤,当听到"嘭嘭嘭"的声响时,就迅速离火出灶,蛋壳立马就爆出一道裂缝,"哧哧哧"地冒着白汽。将蛋壳扔掉,颤悠悠的蛋白和酥香的蛋黄便呈现在眼前,再轻轻地咬上一口,那淡淡的蛋香味直扑鼻孔,口感嫩极了。

衣庚锦隔三岔五地跑到伙房看望何久先，渐渐地与炊事班长苟得福混熟了。

苟得福是鑫城洼店人，1970年入伍。陆勤兵服役期为四年，他已经超期服役两年了。他家与衣庚锦家相距不算远，"老乡见老乡，两眼泪汪汪"嘛。

这天午餐后，衣庚锦一边帮着洗碗，一边与苟班长聊天。随后，苟班长拿出了妻子的来信，越看越觉得亲切。看后，他又把信递给衣庚锦。衣庚锦接过一看，信纸上画了一个婴儿，腹部还用红笔画了一个"？"，便不解地问道："苟班长，这、这是什么意思啊？"

苟班长嘿嘿一笑，解释说："我老婆啊，怀孕了，这个问号是说现在还不知孩子是男还是女呢。"

衣庚锦抿嘴直乐，觉得挺稀奇，祝贺说："恭喜你啊，老乡。"

苟班长转过身来拿回信，又从床垫下拿出一支圆珠笔，笑嘻嘻地在"？"上画了一支长枪。

衣庚锦一时没弄明白是什么意思，就奇怪地问："你画的这杆枪，是表示什么？"

苟班长露出一口大白牙，得意地说："我把这封信再邮回去，俺老婆一看就能明白了，我这是在告诉她，你一定要生一个大胖小子，长大了好当兵啊。"

"哈哈……"衣庚锦差点儿笑岔了气，走过去拍着他的肩膀说，"老乡啊老乡，这真是一封绝妙的'无字家书'啊。"

苟班长告诉衣庚锦说，他的媳妇是个地道的"大文盲"，除了自己的名字外，认不了几个字，平时写信只好请叔家的儿子代笔。五一结婚后，小两口一下子就结出了"硕果"，妻子要去信报喜，可又不想外传，只好信封找人代写，信瓤自己来画，这次就画了一张"孕妻图"。

几天后，苟班长正式填写了入党志愿书，当填到配偶的"文化程度"一栏时，他先写了一个"大"字。衣庚锦还以为是"大学"，结果他却一笔一画地写道："大文盲。"

看到何久先在旁边老是"嘻嘻"地笑,衣庚锦嘱咐他说:"笑什么?别只想着吃香的喝辣的,你要跟苟班长好好练刀工。"

苟班长答应道:"小衣说得对,墩上功夫练好了,那才是一个厨师的真本事哪。"

何久先感激地说:"还是老乡亲啊,让我怎么感谢你才好呢?"

苟班长不客气地说:"你还是先感谢小衣吧,是他让我帮你学刀工的。要想真感谢我啊,你就帮我找几个废油漆桶吧。"

衣庚锦不解地问:"你要废油漆桶干什么呀?"

苟班长解释说:"过了春节,我就要退伍了,正好能赶上俺媳妇生孩子,我想找几个空桶刷干净,装上豆油,再炼上一桶猪大油,带回家给她坐月子时吃啊。"

衣庚锦爽快地说:"行啊,苟班长,不过我也得跟你学刀工啊。"

苟班长不解地问:"学那玩意干什么?你把轮机专业学好了,回家后就可以开拖拉机了。"

衣庚锦诙谐地说:"我就是将来开飞机了,也离不开切菜做饭啊。"

衣庚锦说完就系上了围裙,和何久先一起拿起菜刀开始切土豆丝了。

常言说,好木匠要从做小板凳开始,好厨子须从切土豆丝练起。笨手笨脚的几刀下来,何久先竟把自己的左手食指切破了,血把筷子粗的土豆条染成了殷红色。

苟班长走过来,轻轻地掐了一下他带血的食指,鼓励地说:"这没有什么,要想当一个合格的厨师啊,就要准备手指切掉一两肉,你可别把这点儿小毛病当成偷懒的理由哟。"

何久先感到挺委屈,生怕被大家说自己偷懒了。

苟班长指点说:"你之所以切了自己的手指头,主要是没掌握好要领。"

何久先伸出带血的手指,在嘴里吮了一下,又将口中的血水"呸"地吐到地上,开始观摩起苟班长的示范动作。

苟班长系上围裙,随手拿起一个大白萝卜,给他俩做示范说:"左手握住萝卜，用拇指和小拇指固定住，中间三个手指头要弯曲，刀面贴着中指的第一个关节往下切。刀不能抬得太高，要直着往下切，这样才不会切到手指头。眼睛要看刀的内侧而不是看刀的外侧，这样就会注意调整我们握萝卜的手了。"

衣庚锦模仿苟班长的样子"唰唰"地切了起来，瞬间菜墩上便留下一排细粉般的萝卜丝。

苟班长鼓励何久先要沉下心来，虚心向衣庚锦学习。

何久先开始从基本功练起，横刀、斜刀、花刀、文火、武火、中火……他觉得"大老炊"的生活有滋味、有趣味了，虽然锅碗瓢盆比不上潜艇上的精密仪器复杂，但是要熟练操作也要付出辛勤的汗水。从此，他的生活变了样：水龙头流淌出欢乐的心情，锅碗瓢盆奏响火红的青春，柴米油盐洋溢出"大老炊"的欣喜，色、香、味的交融成了永远的主题。每当学会一款新菜，他就觉得欣然自喜。每逢听衣庚锦说一句"好吃"，他就觉得那是在表扬自己。

三个月后，何久先结束了帮厨生活，还受到了艇党支部的嘉奖。

春节过后，苟班长退伍了，带了几桶豆油、猪大油，还有几袋大米和白面。临行前，衣庚锦和何久先特地买来红皮日记本和钢笔送他做纪念。

苟班长郑重地向他们传授烹饪秘诀："你俩记住了，菜品如人品，做菜要从刀练起，做人要从心开始。"

衣庚锦回答说："老班长，您放心吧，我俩一定修炼好人品，当一个好潜艇兵。"

初上码头

我爱这蓝色的海洋，祖国的海疆壮丽宽广。

我爱海岸耸立的山峰，俯瞰着海面像哨兵一样。

嫣红的太阳像被压瘪的气球,在海平面悠悠地弹了弹,猛地跃出海面,给东坪港洒下了一片霞光。嘹亮的歌声为军港唱响了优美的晨曲。

出操号响后,水兵们喊着"一、二、三……"跑向了大操场,出队列、玩旋梯、走浪桥、练旗语……一派演兵景象。

衣庚锦和新战友一起,跟随着水手长周尚兵第一次来到了码头。迎着和煦的海风,新艇员们笔直地列队站在三号码头的引桥上,听周水手长介绍军港的地理风貌。

周尚兵 1969 年入伍,入伍时刚满十七岁,提升为水手长才两个多月。他穿了一身灰色干部服,眉宇间透露出一股俊气。

站在码头上,周水手长指着远处的山峰向新兵们介绍说,据县志记载,宣统元年(1909年)清廷就计划辟东坪港为军港,后因辛亥革命爆发而搁浅了。1916 年 8 月,孙中山先生亲临这里视察,称其为"东方不老港",还拟在此筹建海军学校。1954 年 5 月,朱德同志还到这里视察过……

东坪港是被海拔三百多米高、起伏叠翠的山峦环抱的一个马蹄形港湾,具备完整的驻泊体系。这里是天然良港,水域面积近两平方公里,水深十多米,清澈透底。湾内底深水碧,常年不冻。任凭北风劲吹、浪涛汹涌,港内仍水平如镜,所以渔民又称这里为"太平湾"。不过,偶遇西南大风时,港外浪头高达五米。渔民有句顺口溜说:"东坪港,浪打浪,港内港外一个样。"

东坪港港口面向南,约有十多链宽,两坝遥遥对峙,犹如两条玉龙卧在港口,护卫着舰艇的进出,抵御着浪潮的冲击。东坝的尽头耸立着一块六米多高的礁石,挺立在浪花丛中,远远望去宛如一只褐色的巨兔蹲在水道口,大有"铁门一关,万夫莫开"之势,渔民称这里是"关门嘴"。

周水手长继续介绍说,1969 年初春,东坪港开始建设潜艇基地,装备设施还比较落后,用一句顺口溜来概括就是:"吃水基本靠沟,用电基本靠油,通信基本靠吼,交通基本靠走。"这充分反映出在建港之初潜艇兵艰苦奋斗精神与革命乐观主义相结合的高尚情操。

当走近浮桥时,周水手长指着停靠在码头上的一艘舷号为"56-110"的潜艇神秘而骄傲地说:"新战友们,这是我们伟大领袖毛主席亲自视察过的战艇,也是中国建造的第一艘03型潜艇。我们永远不会忘记1956年1月10日这天,这是伟大领袖毛主席第一次视察人民海军潜艇。"

听到此处,衣庚锦不由得挺直了身板,肃然起敬,向这艘光荣的战艇投出羡慕的目光,好像毛主席已来到了自己的身边。

周水手长又崇敬地说:"1969年1月10日,在纪念毛主席视察潜艇十三周年之际,海军特授予这艘艇'56-110'的荣誉舷号,这是海军迄今唯一被授予荣誉舷号的潜艇。这些年支队新兵上艇的第一件事就是要到这里走红色路线,到毛主席当年视察过的潜艇的甲板上走一圈,这是无上的光荣。"

衣庚锦与新艇员迅速站成了一排,先是庄严地向这艘光荣的潜艇敬礼,然后又上了潜艇甲板,沿着红色路线走了一圈。

在四号码头,浮桥左侧停泊着两艘破旧的苏联"秀克"级潜艇。看到艇上还有两门火炮,电工兵刘百顺觉得很稀奇。

周水手长解释说:"这两门火炮啊,前甲板的是一百炮,舰桥上的是四五炮。"

刘百顺跑到了炮位上,抚摸着杯口粗的炮管,又摆了一个站姿说:"要是能在火炮前照张相片,寄回家让俺奶奶看看,那该是多么神气啊。"

衣庚锦低声提醒:"百顺,潜艇火炮是保密的,不允许照相啊。"

刘百顺吐了两下舌头,意思是说他懂了。

浮桥右侧还停泊了两艘"斯大林"级M型潜艇,看上去比"秀克"级潜艇大一些。外舷的灰漆已变成了锈色,甲板上锈迹斑斑,导水孔溢出了一道道锈水。

周水手长带领大家走到了M型潜艇舷旁,与值更的老兵商量说:"这几个新艇员,想上甲板看一看。"

经请示艇值更人员后,老兵允许他们到甲板上参观。衣庚锦先走到前甲板,从一舱升降口往下望去,下面黑咕隆咚的挺怵人。值更的老兵学着电影《地道战》台词大声说:"要说这地道嘛,那不含糊,这就是啊。但是未经批准,你们不能下去的。"

看到新艇员们哈哈大笑,值更的老兵更加热情,又兴致勃勃地介绍说:"这是舰桥,那是三舱升降口、水上厕所、失事浮标……"到处都是纵横交错的管路,上下都有陡直的铁梯,新艇员们看得眼花缭乱,觉得一切都很新奇。

衣庚锦向周尚兵打探说:"水手长,这艘潜艇打过仗没有?"

周水手长回答说:"1950年时,毛主席亲自给斯大林同志发电报,希望苏联在中国海军潜艇艇员的训练上给予援助。苏军先是为我国提供了那两艘'秀克'级潜艇,1954年又援助了这两艘M型潜艇。它们都是1948年后下水的,那时候第二次世界大战已经结束了,哪里可能参加过什么战斗呢?"

衣庚锦又好奇地问:"周水手长,怎么没见到咱们的191潜艇呢?"

萧雨笛和几个新艇员也异口同声地问:"是啊,我们潜艇在哪儿啊?"

周水手长笑呵呵地说:"咱们191潜艇啊,是我国自行研制的一艘033型潜艇,现已在上海江南造船厂下水了。"

"噢——"衣庚锦和新艇员们一起欢呼雀跃。

第二章

进厂接艇

"学不完的'潜构'"

回到水兵大楼后，衣庚锦一走进轮机班就悄悄地问"王大胡子"："军士长，咱们什么时候能接新艇啊？"

"王大胡子"特意逗他说："你急什么，老 M 艇缺人，你想去啊？"

衣庚锦连连摆手说："不去，我可不去啊。"

"王大胡子"又模仿着那时流行的电影《列宁在1918》中的一段话说："'瓦西里同志，面包会有的'，现在我们的主要任务是学习专业、掌握技能，准备去接中国自己造的新潜艇啊。"

衣庚锦信心十足地挺起了胸脯，他相信自己的军士长，因为军士长是干部，听干部的话还有错吗？

在当时，潜艇军士长属干部编制，为排职军官，行政23级，加上潜艇补助费，每人每月可领取 60 多元，比陆军步兵连长的工资还高。全艇设有多个专业军士长，各辖一个班，并配有一名班长。进入 20 世纪 80 年代，潜艇军士长一职就由志愿兵担任，后称士官了。

几天后，191 潜艇进入了基础科目训练。按照《训练大纲》要求，潜艇要进行多科目训练，苦练如何跑得快，怎样打得准。不管是艇上哪个专业，都要共同学习潜艇构造，这就好比是队列操练的"一二一，齐步走"。

早餐后，全体艇员在俱乐部集合，由艇长朱惠凯进行军事训练动员。

俱乐部里，正面墙壁上镶嵌的是毛主席像，两侧墙壁上各挂一排镜框。左侧镜框里是一幅大照片，毛主席身穿黄呢大衣站在军舰的前甲板，扳着手指头在谆谆教诲，十几个身着灰呢子服的海军战士在认真聆听。右侧墙壁上依次悬挂着世界地图和中华人民共和国地图。

动员会开始了，朱艇长站在前面做动员说："潜艇这种集战略威慑与战术投放于一体的水下作战兵器，从它诞生的那一天起，就成为战争的'宠儿'。'水下铁拳'能否给对手以致命一击，关键在于全艇人员素质的高低。我们潜艇兵有一句老话，叫'学不完的"潜构"，刮不完的铁锈'，说的就是基础训练的循环性和重要性。"

"什么是'潜构'呢？"朱艇长拿出一本《新型潜艇构造图册》继续说，"'潜构'就是'潜艇构造'的简称，属于共同科目。虽然潜艇训练科目多、考试多，但是不管你是哪个专业的，'潜构'是逢学必考，这没什么诀窍，也没有什么捷径，说到底就是四个字：死记硬背。"

朱艇长转身指着挂在黑板上的一幅潜艇图纸，比画着说："比如，全艇各舱位置是从某某号肋骨到某某号肋骨，各个水柜的位置是从某某号肋骨到某某号肋骨，还有各舱室、水柜容积等诸如此类的数据都要死记，要死死记牢'潜构'的每一个数据。硬背嘛，就是要熟练记住潜艇各舱室每个部位的构造。不过嘛，如能有一个记忆诀窍帮助你，那当然更好了……"

朱惠凯当过"秀克"级潜艇的电工军士长、动力长、机电长，后来提升为副长，再后来就调到目前尚未正式入列的 191 潜艇当艇长了。平时，老兵们都叫他"朱老 K"，这不仅是因为他扑克玩得好，还因为他能时常"K"（开）启艇员们的心灵之门。

朱艇长讲完后，政委王敬儒又从政治工作的角度强调说："我们每一个艇员，除了学好'潜构'外，一定要树立潜艇兵魂，牢记五条铁规：我听党的话，艇听我的话；怕苦不当潜艇兵，怕死不上潜艇来；宁可丢性命，也不能违命令；动艇三分险，按规操作就不危险；这最后一条嘛，就是既要同舟共济一条心，更要协同配合如一人。"

动员会结束后，全艇进入基础科目训练。虽然没有热火朝天的练兵场面，但是各部门按部就班，大都采取了"三人一组"的方式进行学习，轮机班则是"以老带新，两人一组"。

衣庚锦与大轴兵邵玉卯一组。两人来到后山的毛竹林中，坐在草地上拿着"潜构"教材，我背诵给你听，你默写给我看。枯燥的数字，单调的线条，让他俩一会儿就失去兴趣，开始望竹聊天了。

衣庚锦说："我们大连没有竹子，山上都栽槐树，我最喜欢槐花了。"

邵玉卯说："我们老家绵阳，出了家门就是一片竹林。我最喜欢的是竹沥，就是把新鲜的竹竿劈开，然后用火烤灼，青翠的竹子受热以后，就会流淌出一种淡黄色的澄清液体，就是翠竹的眼泪——竹沥了。中医书上说：竹沥，甘，大寒，无毒，消风降火，润燥行痰。"

衣庚锦羡慕地说："听你这么一说，我才知道竹子还有药用价值啊。"

邵玉卯说："那当然了，它还能治疗中风口噤、风痉癫狂、外感咳嗽呢。"

忽然，一种不知叫啥名字的鸟儿飞来，身披绿色的绒毛，头顶一撮白花翎，站在竹枝上东张西望。

每天清晨，伴随着嘹亮的军号声，衣庚锦透过窗口就能听到这种鸟在叫，那绵长、温润、清脆而又悠扬的声声啼鸣，完美地终结了一夜的寂静，开启了新的一天。接着，第二只、第三只陆续飞来，像是幼儿园的孩子从梦中醒来，片刻迷瞪之后，它们一下子热闹起来，此起彼伏地"啾啾"地欢鸣起来了。

衣庚锦盯着竹枝上的鸟儿，鸟儿也在望着他，忽然他迅速伸出手猛地一挥，鸟儿就"扑棱"一声飞去了。他的目光又循着声音去追寻鸟儿的踪影。鸟儿落在了不远处的竹枝上，与另一只胖鸟儿遥遥相伴。

一会儿，两只鸟儿又从竹枝上飞落下来，蹦蹦跳跳地在草丛边觅食。他想起在家时常和萧雨笛一起扣麻雀的情景——下雪时在地上扫出一块地方，撒上一把小米，用木棍把大筐支在上面，等麻雀飞来吃食时，一拉绳子就把麻雀扣在筐下了。

邵玉卯饶有兴趣地说："咱俩休息一会儿，捉鸟儿玩吧。"

衣庚锦好奇地问："没有筐，也没有绳子，拿什么捉啊？"

邵玉卯神秘地说："不用筐，也用不着绳子，看我的。"

邵玉卯走到不远处蹲下来，好像工兵挖地雷，用竹棍在地面掘了个比砖头小点儿的坑体，又找来几块砖头将它砌成一个长方形凹槽，在槽底扔下吃剩的一颗苹果核。用一根小竹棍把上盖的砖头支撑起来后，两人就躲在大石头后悄悄张望，耐心地等待鸟儿上钩。

看到两只鸟儿又飞回竹枝上张望，邵玉卯兴奋地说："听鸟儿的叫声就知道它们饿急眼了，一会儿我们就可以吃到香喷喷的鸟肉了。"

衣庚锦总是怕鸟儿会有所警觉，一遍又一遍地说出自己的担心。邵玉卯提醒说："不要再讲话了，鸟儿听到会吓飞的。"

衣庚锦不禁偷笑起来："难道鸟儿还真能听懂我们讲的话不成？"

邵玉卯一本正经地说："一定能听得懂，你看它俩多小心，你以为鸟儿真像你想的那么傻啊。"

在衣庚锦的眼里，鸟儿就是头脑简单的小家伙，从鸟儿脑袋的大小，就可以看出来它不够聪明，要不然它怎么会成了邵老兵口中的佳肴呢？

两只鸟儿再次飞落下来，一蹦一跳地朝凹槽走去，显然是被槽里的苹果核吸引住了。不过它们还真是非常小心，似乎知道了有阴谋所在。可是，鸟儿又饥饿无比，虽然充满了怀疑，最终还是抵挡不住诱惑，无法不去铤而走险了。

终于，瘦鸟儿小心翼翼地先跳上砖头，胖鸟儿在原地负责瞭望，彼此又迅速地交换了一下眼神。

经过一番侦察后，两只鸟儿又耳语了一阵，胖鸟儿仍担任观察哨，警惕地瞭望，瘦鸟儿先跳下了凹槽，伸出脖子试探了一圈后，猛地一口叼住了苹果核。可能是由于太得意忘形了，瘦鸟儿一不小心，翅膀触动了竹棍，顷刻上面的砖头"啪"地落下，瘦鸟儿还没来得及反应，就被砖头活生生地扣在了凹槽里。胖鸟儿则吓得望风而逃了。

衣庚锦和邵玉卯一起跳了起来，飞奔向被扣住的鸟儿。

邵玉卯毕竟是扣鸟的老手，用左手轻轻地将砖头移开一条缝，伸进右手将鸟儿轻轻握住，又慢慢地将它掏出。鸟儿毫无损伤，转动着小脑袋惊恐地张望。

衣庚锦接过了鸟儿，爱惜地抚摸着，发现它脖颈上长了一圈淡黄色的羽毛，看上去很是机灵可爱。想到邵玉卯刚才说"要吃香喷喷的鸟肉"，他于心不忍，便提出要把鸟儿放了。

邵玉卯笑着说："你还当真了，这鸟肉还不够塞牙缝的。"

衣庚锦一听笑了，两手捧起鸟儿，像放鸽子那样松开了双手。鸟儿张开翅膀"扑棱棱"地飞回了竹林，仿佛带走了他的思绪和精力。

经过半个月的学习，基础科目第一阶段的考核开始了，艇员们都集中在俱乐部，进行闭卷考试。半个多小时的工夫后，大家先后交了卷。

次日上午，共同科目考试成绩公布了。可是，看到榜上既没有自己的名字，也没有考试的成绩，衣庚锦就急匆匆地来到了艇部想问个究竟。

"报告！"衣庚锦立正地站在艇长室门前。

"请进！"看到是衣庚锦进来了，朱艇长让他坐下后，拿出一张试卷让他看。

衣庚锦的填充题是这样作答的："艇长：（朱惠凯）；艇宽：（6.7米）；水上排水量：（1319.36吨）……"

显然，衣庚锦是将"艇长（cháng）"误解为"艇长（zhǎng）"了。再看其他题，他也答错了几道。因此，衣庚锦的得分排在了最后一位，拖累了部门的考核成绩。

看到衣庚锦懊恼的样子，朱艇长给他倒了一缸茶水，循循善诱地说："'潜构'科目虽然是一堆数字，刚接触时难免感到枯燥，需要下功夫死记硬背，但是它也有学习的技巧，学会联想、形象、理解着记忆，那就不难了。"

朱艇长信奉"好马不用鞭催，响鼓何用重锤"的带兵之道，对衣庚锦由于捉鸟玩而影响了专业学习的事情心知肚明，可是他又觉得像衣庚锦这样的新兵悟性好，一点即通，无需过多地去指责什么。

朱艇长走到世界地图前，启发他说："小衣啊，1900年5月28日，八国联军发动了侵华战争，你知道是哪八个国家吗？"

衣庚锦吞吞吐吐地说："大概有美、法、日……几个国家吧。"

"我们先把八个国家名称的头一个字提取出来，"朱艇长耐心地说，"用谐音法记忆就是：'饿的话，每日熬一鹰。'这样，就能记住这些国家是俄国、德国、法国、美国、日本、奥地利、意大利、英国了。"

衣庚锦觉得挺新奇，挠着头会心地笑了。

朱艇长又走到一个潜艇模型前，启发衣庚锦触类旁通："例如，033型潜艇的长度是76.6米，艇宽是6.7米，两个数字颠倒一下便都能记住。再比如说，1954年6月19日是咱们潜艇部队永载史册的日子，经中央军委批准，人民海军第一支潜艇部队，也就是海军独立潜艇大队，宣告成立，'八一'军旗在中国潜艇上第一次冉冉升起了，这一天正好也是你的生日啊。"

衣庚锦兴奋地说："这真是缘分，我与中国潜艇部队同年同日诞生啊。"

朱艇长又拍着他的肩膀，激励地说："祝愿小衣同志能与中国潜艇部队一道成长啊。"

朱艇长的话似一把钥匙开启了衣庚锦的心扉，经他这么一点拨，一串串生硬而无趣的数字仿佛一下子就变得生动而有趣了。

衣庚锦感到豁然开朗，信心陡增，转身回到了寝室，拿起教材专心致志地学了起来。每天熄灯号吹响后，他躲在储藏室里，借着灯光认真做笔记。某天半夜时分，他忽然来了灵感，奋笔疾书，最终还与单若冰一起，编出了一篇《033型潜艇构造学习顺口溜》：

刮不完的铁锈，
学不完的"潜构"。
干部拿它当口头禅，
老兵常把它挂口头。
咱是新兵得抓紧，
稍微松懈就要落后。

最大宽度六米七，
长度七十六点六，
高度十五点三五。
水上最大航速十五节，
水下最低两节慢慢遛。
最大续航一万四，
最小二二三四刚刚够。
自给力最长六十天，
水下最长六百小时可停留……

功夫不负有心人。在接下来的基础科目考核中,衣庚锦每轮考试都夺得全艇第一名。

一个月后,经过支队司令部和政治部联合考核组的考评,191潜艇基础科目全部达到了优秀标准,为接收新型潜艇打下基础,并做好了充分的准备。

衣庚锦和单若冰所编的"顺口溜"在全支队推广,后经舰队训练部门修改为《033型潜艇构造学习口诀》,在海军各潜艇部队广为传播,直至后来033型潜艇全部退出现役。

接艇动员

1974年初春,191潜艇艇员终于接到赴上海江南造船厂接收新型潜艇的命令。

上午八时,191潜艇举行了接艇动员大会,除了值更人员外,全体艇员都在俱乐部集合。

潜艇平时开会很简单,没有桌子,也没有主席台,艇员们都坐在小马扎上。四位艇首长坐在第一排,轮到谁讲话了,谁就站到前面一二三地开讲,直截了当,简单明了。

全体起立,值更人员报告完毕,会议就开始了。政委王敬儒主持会议,副长邵建国布置接新艇任务。新来的副政委、团支书左青云就乘车、船途中青年、团员如何开展学雷锋、做好事活动做了具体布置。

接着,左副政委又拿出一页纸宣布道:"经全体团员大会投票选举,由艇党支部批准决定:轮机兵衣庚锦同志为191潜艇团支部副书记,无线电兵萧雨笛同志为文体委员……"随即,全体艇员报以热烈掌声。

衣庚锦和萧雨笛站了起来,面向大家举手敬礼致意。

最后,艇长朱惠凯强调说:"关于接新艇的意义、目的和步骤等方面,王政委、邵副长和左副政委都讲过，我就不再重复了。下面呢，我再强调一下纪律，提几点要求。"

朱艇长望了一眼坐在马扎上的王政委，故意抬高嗓门说："同志们都知道，这个大上海啊，可是个大都市，咱们在这山沟里待习惯了，进了那花花绿绿的世界后，个别同志可别像《霓虹灯下的哨兵》里的赵大大那样看花了眼，连在农村的老婆春妮也嫌弃了。"

除了"革命样板戏"外，《霓虹灯下的哨兵》是常放的电影，官兵们也记不清到底看过多少遍了。无线电兵萧雨笛不仅对演员和插曲烂熟于心，而且对导演和编剧也是了如指掌。原来住在楼下的169潜艇的吕动力长是他才拜的文学老师。吕动力长告诉他，这部电影的编剧之一吕兴臣，就是自己的老爸。就冲着这一点，萧雨笛对吕动力长那是相当崇拜，一有空闲两人就在一起聊文学创作。所以，当听到朱艇长讲到赵大大嫌弃春妮时，他就觉得不对劲，便举起手来说："报告艇长，你说得不对。"

朱艇长急忙问："不对？我哪儿说错了？"

萧雨笛回答："喜新厌旧的那个人不叫赵大大。"

朱艇长反问道："不叫赵大大？那个长得黑不溜秋的人，不叫赵大大吗？"

萧雨笛纠正道："他叫陈喜，是他嫌弃春妮的。"

"对，对，是叫陈喜。"朱艇长知道是自己口误，便马上纠正，"你们啊，都是小伙子，年轻气盛火力旺，可别像陈喜那样啊，一见到上海姑娘啊，就黏黏糊糊的迈不动腿了。"

朱艇长又看了一眼坐在下面的三位艇领导，提醒道："我、政委、副长和副政委，还有稍老一点儿的部门长啊，都是过来的人，对那些花花绿绿的东西已经不感兴趣了。"

轮机军士长"王大胡子"悄声说："嘿，那可不好说啊。"

"哈哈……"潜艇员们大笑。

"好了，大家静一静。"怕冲淡今天这个会议严肃的主题，王政委站起来解围说,"艇长的意思是说,我们到了大上海,千万不能犯了作风方面的错误,一定要牢记'三大纪律八项注意',特别是其中的第七条啊,年轻人稍一疏忽就容易'走火',不要以为我这个当政委的年纪大了,什么事情都'知不道'啊。"

衣庚锦听说,"知不道"这三个字是王政委的口头禅,在唐山人的嘴里有"知道但不告诉你"之意。

听了王政委刚才的讲话,新艇员们只是笑,没吭声,几个老兵却窃窃私语。电工兵刘百顺似懂非懂,便问坐在身边的衣庚锦:"政委刚才说的'三大纪律八项注意',那第七条是什么啊?"

衣庚锦轻轻拍了刘百顺头一下,低声说:"你这个小毛孩,不会也是'知不道'吧?"

衣庚锦说完又凑到刘百顺的耳边,悄声地唱道:

第七不许调戏妇女们,流氓习气坚决要除掉……

夜摆"龙门阵"

经过一天一夜的舟车劳顿,191潜艇艇员终于奉命来到了大上海。

一路上,新上任的副书记衣庚锦带领团员们开展学雷锋活动,乘车时是好事做了一车厢,坐船时又是好事做了一船舱,乘客们称赞遇到了穿灰军装的"活雷锋"了。

海军接艇部队住在黄浦江边的龙华路150号,与江南造船厂毗邻。从各舰队来的修舰、接艇官兵都住在一幢红砖五层楼里,官兵们都称它作"红楼"。

"红楼"是洋建筑,呈正方形,有点儿巴洛克风格,有大柱子、彩色玻璃;又有点儿像日本建筑风格,铺着柚木地板,中间镂空。天井是官兵食堂,到了就餐时间,这里便成为一个别样的水兵世界。

191潜艇艇员自从来到上海后,不像水面舰艇官兵那样集体住一个大通房,而是以专业班为单位各住一个小房间,这就多了一些自由和私密性。

轮机军士长"王大胡子"和全班人住在一个寝室。"王大胡子"爱逗别人笑,自己却一点儿也不笑,梅班长说他是假装严肃。平时,只要他的腿一迈进门,整个房间便是团结、紧张、严肃的气氛,而独少了活泼。可是一听说讲笑话,他就来了兴趣。

今天的熄灯哨吹响后,几个人躺在床上,又开始摆"龙门阵"了。梅班长说这是开"故事会",说白了也就是大家轮流讲笑话。

"熄灯号一响,立即就放躺。"这是部队多年的规定,目的就是保证官兵有足够的睡眠,能随时投入战斗。

熄灯前的十分钟,内务更要吹哨通知全艇人员"就寝",就是准备睡觉的意思,艇员开始洗漱、关闭电视机,再好的节目也不准看,除非是有毛主席最新指示发表或是遇上了重大节日。等二十一时熄灯号吹响后,必须立即关闭寝室灯光,艇员上床睡觉,即使睡不着,也要老老实实地躺着。躺着也睡不着,艇员就悄悄地聊天讲笑话,这样久而之久就逼出个"龙门阵"来。

刚开始摆"龙门阵"时,除了"王大胡子"只听不讲外,全屋人自告奋勇,各显其能,谁有笑话谁就讲,后来讲乏了就不大踊跃了。

今晚,"王大胡子"一改常态,拍板道:"下面啊,我以身作则先讲一个,'没少钱'第二个讲,'少一毛'第三个讲。"接着,他又叫着衣庚锦的绰号说,"'一根筋'是新兵,最后一个讲。如果谁讲得没有'笑果',就罚他再讲一个。"

"好,我们举双手赞成。"大家齐声赞同。

"没少钱"是班长梅绍乾,"少一毛"则是大轴兵邵玉卯。说起这两个谐音绰号,还有一段来历呢。一次,通信员上楼送信,一进门就高声喊:"'没少钱''少一毛'来信了。"从此,这两个绰号就在全艇叫开了,一时间不论两个人谁先出现,就有人分别站在走廊的两头搞起了恶作剧,一个在这头喊:

"没少钱!"另一个在那头对答:"少一毛!"两人谁也不发火,知道这都是大家没事瞎闹寻开心。

"王大胡子"果然说话算数,首先拉开了摆"龙门阵"的序幕:"下面啊,我先讲个'圈套圈'的笑话,你们听不听啊?"

"听,听,我们都听。""少一毛"怕他再卖关子,连忙催促道,"你快讲吧。"

"以前呀,我们村有个老兵,结婚后就离开妻子回部队了。""王大胡子"不紧不慢地讲道,"为了加强战备,老兵两年没回家探亲了。老是两地生活啊,老兵十分想念妻子,可又见不着面,只好写信表达思念之情。由于文化水平不高,有些字不会写,老兵只好画圈来代替。这天,老兵给妻子写了一封家书,妻子收到了来信就急忙拆开,只见上面写道:'小河流水响叮〇(圈),忽然想起俺家〇(圈)。两年没见妻子〇(圈),哭得两眼泪〇〇(圈圈)。'妻子刚开始时看不懂,后经反复琢磨,终于明白是什么意思了。要知后事如何啊,请听下次分解。"

大家正在兴头上,"王大胡子"忽然卖关子打住了,衣庚锦急忙催道:"快说啊军士长,什么是'圈圈'啊?"

"王大胡子"故意咳嗽了一嗓子,继续说道:"原来啊,这首诗写的是:'小河流水响叮咚,忽然想起俺家乡。两年没见妻子面,哭得两眼泪汪汪。'"

一阵笑声之后,"没少钱"打开了话匣子说:"我讲一个咱艇靳医生说的真事吧。一天,有个老头到医院看肝痛病,大夫让他先验尿。你们都知道大夫写字有时是很潦草的,老头就把处方上的'尿'字看成'屁'字了。他寻思了一会儿,问上哪儿验。大夫指了指厕所。老头走进厕所一看,木盒上插了一支支玻璃管,心里想这咋验啊。于是,他就转身回来问大夫说回家验行吗。大夫答应说,行,明天上午把它送来就行了。回家以后,老头吃了一把炒黄豆和一块萝卜,结果夜间屁声连天,他就用塑料袋接了一串屁,迅速将它系好放在了一旁。第二天,吃完老伴刚买来的早点后,老头要到医院送屁,可发现装屁的塑料袋不见了,便问老伴看到了没有。老伴说:'啊,你说那个气球呀，俺把气放了，就用这个塑料袋装早点了。'"

"哎呀，笑死我了，这也太能糟蹋人了。"衣庚锦捂着肚子说。

"下面啊，我讲一个自己所经历的笑话吧。""少一毛"接着说，"去年我回老家休假，乘着公共汽车去见对象。上车后，我就一直站在司机的旁边，为什么不坐下来呢？我是怕弄皱了熨得笔挺的呢子军服啊。这时，一个醉汉上了车，走到我的身边，拉拉我的衣袖，说要买一张车票，我没有理会他。可是醉汉锲而不舍啊。于是，我就转过身来说：'同志啊，我不是售票员，我是一名海军战士。'醉汉却答道：'那么你就把船停下来吧，我要搭公共汽车了。'"

这时，只听"砰"的一声，有人蹑手蹑脚地推门而入，大家迅速蒙头装睡，"没少钱"佯装打起了呼噜。"少一毛"眯缝着右眼悄声观察，原来是邵副长进屋查铺查哨了。他拿着手电筒挨个床铺照，看了一圈没发现什么异常情况，就转身走了，嘴里喃喃自语："这几个'屌毛灰'，装睡装得还挺像啊。"

就在邵副长将寝室门关上的瞬间，几个人低声"哈哈"地笑起来了。笑毕，"王大胡子"点名提醒说："衣庚锦，下面轮到你讲笑话了。"

"自觉点儿啊，'一根筋'，快讲吧。"大家纷纷催道。

衣庚锦一时不知道讲什么好，思忖了片刻，嗫嚅地说："在这屋子里，我年龄最小，是个新兵，我实在不知讲什么好……"

"没少钱"给他鼓劲："你这个'屌毛灰'，年纪小怕啥啊，新兵蛋子又咋了，照讲不误啊。"

衣庚锦终于硬着头皮开口道："那么，我就讲一个'三个女婿'的笑话吧。"

"少一毛"鼓励说："好，讲下去，我爱听。"

"在很久以前，一个地主家的三个女儿分别嫁给了秀才、铁匠和淘大粪的。话说这天地主过生日，三个女婿前来祝寿，地主心血来潮想让女婿们做几首诗，诗的题目是……"

衣庚锦讲着讲着，全屋鸦雀无声了，他以为是大家都被这个笑话迷住了，便问了一声："军士长，好听吗？"

可是，竟听不见一个人应声。衣庚锦再侧耳细听，却传来了一阵阵轻微的鼾声，这才知道全屋的人都进入了梦乡，压根就没听他在讲什么。

衣庚锦自言自语地说："是你们不听的，可别埋怨我没讲啊。"

上铺的"少一毛"还没有睡，低下头来悄声说："我说'一根筋'啊，你讲的那个老掉牙的笑话，我们都听八遍了。"

话音刚落，全屋人发出了一阵轻微的笑声。

衣庚锦忽地坐起，用家乡方言说："原来你们是在熊（骗）俺，都在装睡啊。"

"哈哈……"一阵笑声过后，"王大胡子"提醒他说："小衣啊，快睡觉吧，你老乡何久先要去上海锦江饭店学习，你早点儿起来送送他啊。"

"嗯"了一声后，衣庚锦入睡了。

橘子皮效应

自从来到了大上海以后，191潜艇都坚持每天晚上点名，最少也是唱名一次，目的就是防止有的艇员擅自外出。

今天晚上由副长邵建国负责点名。他号召全体艇员开展勤俭增收活动，所以唱名这一环节就免了。

由于邵副长的心里一直装着橘子皮的事，所以心不在焉地说："最近一阶段啊，大家遵守纪律还是不错的，可是也有的战士呢，请假不外出……"看到队列中有人窃笑，他训斥道："严肃点儿，笑什么笑？"

"副长，是你说错了。"电工兵刘百顺稚声纠正道，"是外出不请假。"

邵副长这才明白是自己把话说颠倒了，便不好意思地挠着头，纠正道："对，对，是我说错了，应该是不请假就外出了。"

"咕，吱——"这时队尾响起了短促的一声声屁响，大家哄然大笑。

"'屁毛灰'！"邵副长忍不住也笑了。可他又迅速地严肃起来，厉声问道："谁放的，咋这么不严肃啊？"

"报告副长，是、是，"舵信兵谭彦多羞得一脸通红，磕磕巴巴地说，"是我放的屁，中午吃牛肉洋葱包子了。"

"出什么洋相？"邵副长看是一个新兵所为，不高兴地说，"你才上艇几天，就敢在队列中放屁，而且还是个带着音调的连环屁啊？"

"我怕大家听到了，笑话我。"谭彦多慌忙解释说，"所以我就想悄声地一点儿一点儿放，没想到却闹出一串声了。"

"你看看啊，本来是一个完整的屁，竟让你给放零碎了。"邵副长风趣地批评说，"太不严肃了，下不为例啊。"

"是！"谭彦多立正回答说，"以后，我攒到一块儿放。"

"哈哈……"队列中又是一阵笑声。

在潜艇上，副长是个"管家婆"，艇上杂七杂八的事都归他管，平时要经常到各舱或寝室窜来窜去，督促检查卫生情况，碰到不合格的地方，免不了还要吹胡子瞪眼，所以说副长的工作是最累人也是最得罪人的差事。相比之下，艇长则是个"甩手掌柜"，平时很清闲，这样他可以把全部精力投入潜艇的作战指挥和操纵上，这完全是"男主外、女主内"的传统式家庭组合。不过，潜艇艇长个个都是从副长这个"苦行僧"似的岗位干过来的，也是多年的媳妇熬成婆。

看到大家停止了笑声，邵副长开始转入正题，一脸严肃地说："今天我重点要说的是，现在咱们还没有正式上艇，又不出海训练，趁着这个时机，全艇要开展一项勤俭增收活动。"

说到这里，邵副长随手从兜里掏出了一个黄澄澄的橘子，又继续说："我们每天都吃橘子，一斤橘子最贵是一角四分钱，而一斤一等的橘子皮能卖两角钱，这么多的橘子皮都被白白扔掉了，是很可惜的，所以我们从今天起，要在全艇进行一个'勤俭吃橘子'的活动。"

大家七嘴八舌地议论开了，都觉得这是一个好主意。

邵副长开始做示范。他两下就将橘子皮掰成了四瓣后，又将橘瓤放到了嘴里，一边"吧唧吧唧"地嚼着，一边举起花瓣形状的橘子皮说："你们不要小瞧了这橘子皮，它可是个宝贝啊。上好的橘子皮就是一等品，啊、咳……"

被满嘴的橘子噎得够呛的邵副长接连咳嗽了好几下，引起了大家一阵大笑。他终于止住了咳嗽，直起腰来说："这有啥好笑的？谁能说一下，橘子皮都有哪些药用价值啊？"

队列中开始交头接耳起来，一时没有应答者。鱼雷兵单若冰举起右手报告，邵副长高兴地让他回答。

"听我爷爷说过，橘子皮是中药的一种。"单若冰毫不胆怯地说，"它也叫'陈皮'，性温、味辛，有理气化痰等功效。"

邵副长一看这个新兵个儿不高，眉清目秀，肚子里还挺有"墨水"，便开口赞扬道："小单同志说得对，橘子的确浑身是宝啊。从明天开始，大家要把橘瓤吃了，把橘皮留下，以班为单位将它收拾好，晾干后再卖给药店。一来支援了社会主义建设，二来也增加我艇的经济收入，更重要的是我们要养成一个勤俭过日子的好作风。"

"哗哗……"大家鼓掌赞成。

衣庚锦知道单若冰的爷爷上过私塾，熟读《本草纲目》和《黄帝内经》，常到山里采集一些中草药在院里晒。单若冰出生了，爷爷就给孙子起名为单若冰，取"上善若水"之意。

单若冰儿时就会背诵《道德经》了。入伍临行前，爷爷从枕下掏出一本《道德经》递给他说："把老子写的这本书带上吧，你要想当一个好兵，就要认认真真学毛主席写的《为人民服务》。你要想当上官、当大官，还要老老实实学好《道德经》，这本书里既有做人处世的道理，也有运筹帷幄的哲理啊。"翌晨，单若冰怀揣《为人民服务》和《道德经》，从此跨入了这蓝色的"水下方阵"。

单若冰来到部队后，不论是在新兵连、潜艇专业教导队，还是在191潜艇上，听班长、教导员，特别是王政委，反复讲的一句话就是："千里之行，始于足下。"他知道这句话是取自《道德经》，充分说明了革命万里路、迈好第一步的重要性。所以，在这次全艇开展的"勤俭吃橘子"活动中，他毛遂自荐当上了勤俭节约小组组长。

衣庚锦深为单若冰的举动而高兴，当天他就以团支部的名义，组织各团小组全力给予配合，很快就把这项活动搞得有声有色，而且产生了拉动效应。他俩把各班的空罐头盒收拢起来，谁的毛巾、背心、海魂衫等衣物用破了，他们也收集洗净，积攒在一起，当抹布擦机械用。一时间全艇勤俭节约蔚然成风，一些艇员还坚持不用香皂、不戴手表，省下钱来邮给了父母。

春节前，衣庚锦和单若冰带领勤俭节约小组和全体团员，将洗净晒干的橘子皮和罐头盒、报纸等废品装包打捆，分别卖给中药店和废品收购站，一次就收获了两百多元。他俩兴冲冲地来到艇部，把钱全部交给了邵副长。

邵副长连数也没数，又将钱全交给了衣庚锦，鼓励他说："这钱就由你俩保存。挣钱靠本事，花钱靠技术，你俩商量一下，这钱怎样才能花在刀刃上。"

衣庚锦想了一会儿，建议副长说："能不能到上海搪瓷厂，给全艇每个人定制一个搪瓷缸子，再印上劈波斩浪的战舰图案，写上191潜艇的舷号？"

"好啊，这个想法不错！"邵副长乐得合不拢嘴，当即拍板道，"明天你俩就去完成这个任务，我让舰务班的柳继根领着你俩去。"

"是，保证完成任务！"两人高兴地答道。

初上南京路

舰务兵柳继根与衣庚锦是同年兵，邵副长之所以让他带着两人一道去完成这次任务，主要考虑有两点：一是柳继根家住上海，借着这个机会可以回家看看；二是考虑衣庚锦和单若冰是头一次到上海，去逛逛南京路，以示奖励吧。可惜这天正轮到单若冰值内务更，他说以后还有机会，硬是不让别人替更。

早餐后，柳继根带上平时节省下来的几瓶罐头和一盒大白兔奶糖，与衣庚锦一起乘公交车出发了。

自从来到上海后，衣庚锦这是第一次外出。以前，他只是从电影中知道，大上海有条南京路，南京路上有个好八连，今天可以到南京路上逛一逛，兴许还能看到好八连呢。他真是打心眼里高兴，迈起步来是那样雄赳赳、气昂昂。

衣庚锦跟在柳继根的身后细心观望，对一切都感到那么新鲜和好奇。车水马龙、纵横交错的街道，鳞次栉比的高楼，像万花筒那样令人目不暇接。

衣庚锦兴致盎然地饱览多姿多彩的美景，仿佛进入了梦境。弄堂里不时传来"哗哗哗""唰唰唰"的刷马桶的声音，家家窗户外还搭着一根长竹竿，竿上晒满了各色的衣物，远看去似"万国旗"。偶尔有身材窈窕的上海女人披散着头发、穿着睡衣，脚踩着轻快的步子出来买早点。一些上班族一边骑着自行车急匆匆赶路，一边津津有味地吃着油条……又快又尖的上海话让他一时听"勿清爽"了。

路过外滩时，衣庚锦猛地闻到了黄浦江上散发出的漂白剂味与土腥味。一艘艘机帆船"突突突"地在江中穿行。岸边的防波堤上，一对对情侣挽腰搭背，卿卿我我，他看了顿感脸庞发烫，心里也在"突突"地跳着。

柳继根带着衣庚锦又来到了南京东路，这里人头攒动，熙熙攘攘。一个戴红袖章的老阿伯拿着一面小红旗，轻轻地敲打着衣庚锦的肩膀，叮嘱他说："侬钱包看好了，勿要粗心大意哇。"

两人走进第一百货商店后，人越来越多，有些拥挤。衣庚锦一不小心碰到了前面一个少妇的胳膊，少妇转过身看是一名海军，灰呢子服只有两个上衣兜，她知道这不是个当官的，便张口教训道："侬个小当兵的，也想吃阿拉的'豆腐'呀？"

随即，路人纷纷投来歧视的目光。衣庚锦听不懂是什么意思，也不知道究竟发生了什么事情，仍然一脸疑惑地看着少妇。

柳继根一看是自己的战友受到了歧视，便低声向衣庚锦解释说："她是在说啊，你调戏了她。别急啊，看我如何收拾她。"

衣庚锦这才猛然醒悟过来，气愤地用两眼瞪着那个少妇。

"吃侬的'豆腐'？侬赶快回家吧，拿着镜子照照自己是啥个样子？"柳继根指着衣庚锦，用上海话大声地说，"他已经有嫩'豆腐'了，比侬这块老'豆腐'强百倍哩。"

少妇万万没料到，半路杀出个程咬金来，顿时哑口无言悄悄地溜了。

衣庚锦不解地问："继根啊，什么叫'吃豆腐'？"

柳继根笑着解释说："上海人所说的'吃豆腐'，是说你想占她的便宜，你可千万别放在心上啊。"

衣庚锦笑着学上海话说："谢谢侬啊，不然阿拉今天真的搞勿清爽了。"

来到了上海搪瓷厂后，两人认真看着琳琅满目的搪瓷缸和搪瓷脸盆。衣庚锦心里在想，上海制造的产品真是精致，这脸盆又轻便又漂亮，不像其他地方制造的大红脸盆，又厚实又不耐看，拿到手里还觉得挺沉的。

柳继根让衣庚锦拿出一个搪瓷缸和印有 191 潜艇的图案，走到销售柜台前说："同志，请照样定做……"

衣庚锦急忙补充说："啊，我们定做一百个搪瓷缸。"

柳继根不解地悄悄问："咱们艇不是七十六个人吗，你咋定做那么多啊？"

衣庚锦低声说："如果我们只按现有的人数来定做，无形中就把全艇的人数泄露了。所以我请示了邵副长，决定多做几个，这样明年上艇的新兵也能领到一个搪瓷缸。"

柳继根佩服地点了点头，觉得衣庚锦考虑得真周全啊。

女销售员拿着样品后一看就明白了，当即表态说："请海军同志放心，我们一定会以最快的速度、最好的质量造出搪瓷缸,以实际行动向解放军同志学习,向解放军同志致敬!"

柳继根问:"同志,我们是否先交点儿定金?"

女销售员笑着说:"全国都在学习解放军,我们搪瓷厂当然最相信解放军了。"

衣庚锦客气地说:"谢谢你们了,我们解放军也向工人阶级学习、致敬!"

定做搪瓷缸的任务完成后,两人离开了上海搪瓷厂。柳继根急急忙忙地坐车回家了,因为今天熄灯前他必须归队。

柳继根籍贯在湖北襄城,小时候随父母迁到上海,现住在上海市虹口区的一个里弄中,两间偏矮的小屋住着三代人。尽管如此,柳继根还是像大多数上海人那样自豪地说:"宁要浦西一张床,不要浦东一间房。"

衣庚锦步行来到了坐落在淮海中路的上海锦江饭店,看望正在学厨艺的老乡何久先,还给他带来几瓶水果罐头和一盒巧克力。

锦江饭店是上海最负盛名、独具特色的五星级饭店,显示出了20世纪20年代的建筑风格。衣庚锦走近饭店,一边仰头向上望,一边伸出食指认真数着楼层,总共有十三层。他推开铜门,进入富丽堂皇的大厅,还是头一次看到这种蟹脚式扶梯和别致的楼层指示钟,顿时感受到了一种典雅的气息。

在大堂领班的带领下,衣庚锦走进了厨师操作间。灶台前站了一排穿白大褂、戴白帽子的厨师,有的在颠勺,有的在切墩,还有的在打荷。他一眼就看见了戴着一顶不高的白帽的何久先,正在低头收拾一条大鱼。看到是衣庚锦来了,何久先真是喜出望外,赶紧领着他到一个小包房坐下。

两人寒暄之后,衣庚锦好奇地问:"久先,为什么厨师戴的帽子不一样,有高有低啊?"

何久先指着一个长相似相声演员马季的胖厨师说:"那是我的师父。你看帽子就知道烹饪水平了,帽子越高,说明手艺也就越高超。我师父是国家级烹饪大师,他的绝活就是素负盛名的上海'佘四鳃鲈鱼'。"

衣庚锦又问："'氽四鳃鲈鱼'？我是第一次听说，一定特别好吃吧？"

"那是当然了，美国总统尼克松访问上海就住在锦江饭店。"何久先引以为荣地说，"我师父亲自掌勺，为他做了一道'氽四鳃鲈鱼'呢。"

这时，胖厨师走过来了，考问何久先说："别瞎吹了，你先说一说'氽四鳃鲈鱼'的做法我听听。"

何久先扳着手指头熟练地说："'氽四鳃鲈鱼'的食材是活四鳃鲈鱼750克、春笋80克、蛋清1个、生油50克、葱段5克、姜片5克、黄酒10克、精盐10克、味精3克，还有清水760克。"

看到胖厨师频频点头称是，何久先又像背快板书似的说："先将鲈鱼洗净，春笋切成片。铁锅用旺火烧热，滑锅后，放入生油……"

听了何久先一鼓作气的回答，胖厨师眯缝着一对小眼，笑眯眯地赞赏说："好，不错，从今天中午起，阿拉再教侬一道'熘炒河豚片'。"

何久先立正道："谢谢师父，敬礼。"

午餐后，衣庚锦离开了锦江饭店，又到延安路新华书店买了几本书，最后花了一角钱坐车赶回到龙华路。

衣庚锦刚走进饭堂，就看到柳继根大汗淋漓地跑了进来，他不解地问："继根啊，邵副长不是批准你熄灯前归队吗，你怎么回来这么早啊？"

萧雨笛叫着柳继根的绰号说："这'留几根'啊，每次都是晚餐前归队，你还以为他是在积极要求进步啊，其实他是觉得潜灶的猪蹄髈远比自己家的香。"

这句揭老底的话把柳继根噎得直眨眼。

半个月之后，印有191潜艇图案的一百个搪瓷缸做出来了。全体艇员人手一个搪瓷缸，缸体为白瓷底，蓝色的潜艇与鲜红的军旗相配，很是漂亮。

邵副长兴奋得不亦乐乎，站在队列前情绪高昂地说："一张张小橘子皮，换来每人一个搪瓷缸，这是我们辛勤劳动的结果。尤其是衣庚锦和单若冰两位同志，在这次活动中表现突出，值得表扬，为此，经艇部研究决定，给他俩各嘉奖一次。"

"哗……"艇员们纷纷鼓掌祝贺。

浴池风波

自从进厂接艇后,艇员们每天可到浴池洗澡。每天下午,艇员们不用集体排队,可以自行结伴前往。周六的团日活动完后,衣庚锦、刘百顺和谭彦多拿着换洗的衬衣和肥皂,端着黄脸盆走向了浴池。

浴池在接艇部队"红楼"院外,步行五六分钟就到了。浴池左面的大浴室专供接、修舰艇部队的艇员洗浴,右面的小浴室专供女工和军人临时来队家属使用。由于条件设施简陋,平时人们都统称它们为"大澡堂子"。时间久了,来往的人多了,这里时常会爆出几条拈花惹草的花边新闻来。

当衣庚锦他们刚路过小浴室门口时,忽然看到一位妇女从里面慌张地跑出来,似宰羊般地大喊道:"耍流氓,有人耍流氓了!"

谭彦多惊奇地问道:"谁耍流氓了,流氓在哪儿?"

"真的有流氓啊。"妇女一边说,一边领着他们进了挂有"暂停使用"木牌的女浴室,可是他们一看,里面空无一人。

他们有些纳闷了,连个人影都没有,谁能耍她的流氓啊?

惊魂未定的妇女指了指浴池天棚,意思是说上面有人。

随着她指的方向,衣庚锦喊了一声:"有人吗,这里有人吗?"

"有人啊。"从天棚上传来一句回答声,"你们找谁呀?"

他们抬头一看,横梁上坐着两个工人模样的师傅,另一个人回答说:"我们是来修电灯的啊。"

原来是营房股接到军人浴池管理员的电话,说是女浴室的顶灯不亮了,要他们赶快派人来修理。于是,两个修理工背着工具就上了棚顶。

女浴池是下午四点开门，没想到这个妇女不知道规定的时间，三点半多钟就来了。进了女浴池后看没有人，她就脱光了衣服，先用手试了试水温，然后又坐在池沿上，一边用脚板拍打着水花，一边高兴地唱着儿歌："伸伸腿呀弯弯腰，天天锻炼身体好……"

天棚上的两个修理工循歌声望去，发现水雾中有一个裸体女人，就示意地咳嗽了一声。

忽然听浴室内有男性声音，妇女慌忙穿上衣服就往室外跑，正好就迎面碰上了衣庚锦他们。

"现在还不到开门时间，你怎么就进来了？"两个修理工严肃地说，"这可不能埋怨我们，再说我们什么也没看见啊。"

"浴池有明文规定，每天下午四点钟才开门啊。"衣庚锦对妇女说，"你怎么能提前进去呢？"

"是啊，工人师傅正忙着修电灯啊。"谭彦多接上话说，"哪儿有工夫对你耍流氓，他俩不是说了什么也没看到吗？"

"就是嘛，就是看到眼里也拔不出来了。"刘百顺帮腔说，"你就别大惊小怪的了，再说了你不是什么零件也没缺嘛。"

"你们……"妇女似哑巴吃黄连，支支吾吾地也没再说什么，谁让自己太粗心大意了，一转身披着湿漉漉的头发走了。

他们嘻嘻哈哈地进了男浴池，又赤裸裸地"扑腾扑腾"地跳入了水池。

这个俄式浴池是当年专门为援助造船厂的苏联专家修建的，就是现在所谓的桑拿浴池。水池台阶是拾级而上的木梯，下面的管道"哧哧"地散发着蒸汽，每人一个铁皮浴盆，衣庚锦和谭彦多上来就把脚伸入滚烫的水池中了。

刘百顺独自一人走到浴池一角，站在喷头的水流下，慢慢地搓着身上的灰尘。严格地说，他还未成年，是一个大孩子，也许是由于各个部件还未发育到位的缘故，所以身上的一些男性特征还未显现出来，战友都戏称他是"生蛋子"，意为乳臭未干。

初次看到大多数战友赤裸裸地站在浴池里时,刘百顺羞得脸都红了,低下头来好似在寻思着什么。

突然,喷头的热水水流越来越细,最后没了,刚打完肥皂的"兵蛋子"们,被冻得在浴室乱跳乱蹦。看一时来不了水了,几个人只好围坐在池台上等候。

一会儿,忽听刘百顺"哎哟"一声惨叫,原来是喷头又忽然开始喷水了,冷水一下子变热了,滚烫的水流喷出来,顺着他的头顶落到肩上、嘴上,又从肚皮流到了大腿根,本来细皮嫩肉的"生蛋子"被烫得嗷嗷直叫。

衣庚锦见状立即冲向了刘百顺,见他痛得双脚在地上直蹦,急切地呼喊:"百顺,你怎么样了……"

刘百顺缓缓直起了身子,龇牙咧嘴地忍着说:"没、没,我没事啊。"

看到刘百顺全身从上到下烫出了一条线形的燎泡,衣庚锦气得飞起一脚,将地上的一个铁皮浴盆踹飞,又大声说道:"这什么破澡堂,一会儿凉一会儿热的啊?"

得知刘百顺被烫伤的消息后,王政委赶快跑到了电工班,靳军医给他上完烫伤药后刚走。看到刘百顺身上被烫得通红一片,王政委不由想起了自己也有过相同的遭遇,便安慰地说:"小刘啊,不要紧啊,我也曾被烫伤过啊。"

"政委,你也被烫伤过?"刘百顺不解地问道,"也是在澡堂里?"

"是啊,我也是在澡堂。"王政委回忆说,"那是1951年4月,我们旅顺潜艇学习队的二百七十多名艇员第一天来到驻地报到。这里原是苏联海军基地所在地,我们进入时需要办理'入境手续'。大家议论纷纷地说,旅顺是中国的地方,中国人还办理什么'入境手续'啊。正说着一位苏军士兵走来,叫我们依次去理发。我们还没有反应过来,只见四个苏军士兵拿着像剪羊毛用的大推子走到我和其他三个学员面前,不由分说就连推带剪,我们乌黑的头发一会儿就不见了,露出了光亮的头皮。接着,一位苏军士兵领我们来到了澡堂。奉命脱下衣服后,我们光着身子向浴室走去。门口站着两个苏军士兵,其中一人手里拿着一瓶黑褐色的黏稠的消毒液,倒入每个人手中,又叫我们将消毒液抹在自己的身上。当时我们并不知道,这种消毒液抹上后必须立即冲洗掉,否则就会烧坏皮肤的。由于浴池人很多,脸盆都被占用了,我排队等待时感到抹过消毒液的地方又辣又痛,不禁又叫又跳起来,最后我被送进卫生所治疗三天才好转。这有什么办法呢?谁叫我们落后了,落后就要挨欺负啊。所以,为了把潜艇技术早点儿学到手,我们只好忍了。"

正聊得热乎时,忽然衣庚锦跑来说,接艇部队值班室打来电话,要艇上派人立即去领人。领谁?谁又犯什么事了?

王政委想让副政委左青云去,因为他还是团支书,可是也不知道左青云现在上哪儿去了。他亲自出面吧又不好,一旦遇到什么大事就没有退路了,所以只好派衣庚锦去了,因为衣庚锦是团支部副书记,处事又稳妥。

急急忙忙地来到接艇部队值班室后,衣庚锦一进门就看到谭彦多正站在墙角,目光呆滞,神情沮丧。看到竟是老乡衣庚锦一个人来的,他两眼立刻投来乞求的目光。

看到衣庚锦和谭彦多都穿了一身蓝色作训服,当值干部也不知他是什么级别的干部,便把他叫到隔壁房间问道:"你是政委?"

看衣庚锦摇了摇头,当值干部又问:"你是艇长还是副政委?"

一听衣庚锦说都不是,当值干部立马不高兴地说:"你们怎么磨磨叽叽的,这么严肃的事,你们艇领导就这样马虎啊!"

听了当值干部一口"海蛎子味"的话,衣庚锦指了指谭彦多,又凑近笑呵呵地说:"俺俩也是大连银(人),俺是艇上的团支部副书记。"

当值干部顿时有了一种"他乡遇故知"的感觉,随即满脸由阴转晴,伸出手来:"哟,咱们是大连老乡啊,我家住在剌(寺)儿沟。"

衣庚锦听到他把"寺"说成了"剌",知道遇见了真的老乡了,便马上伸手相握,热情地说:"俺是大连归服堡银(人),有空到艇上来玩,俺启最好的罐头给老乡歹(吃)啊。"

当值干部一听是老乡也没再客气,坦诚地介绍说:"今晚七时许,两名军人家属在洗浴时发现有一名男子趴在窗户上向里窥视。窥视者被她俩逮个正着，就送到值班室来了。经询问，他说自己是191潜艇的新兵，还能说出艇长和政委的名字。考虑到没有造成什么实际性危害，属于人民内部矛盾，咱们既然是老乡，你又是团支部副支书，就把他领回去加强教育吧。"

衣庚锦听完后，感谢地说："老乡啊，给你添麻烦了，回去后俺们一定要严肃处理他。"

衣庚锦到外屋领人，当值干部对谭彦多恨铁不成钢地埋怨道："你啊你，真是给咱大连银（人）丢脸啊！"

将谭彦多领回艇部后，衣庚锦什么话也没说就悄悄地离开了。

衣庚锦发现谭彦多最近似乎变了，有点儿邪道道的。由于在运动中表现积极，谭彦多入选了"革命理论学习小组"。其间，他有机会接触到了一些供批判用的材料，那些反面典型和事例让他不知不觉地就中了毒，躁动的心差点儿被点着了。特别是接艇来到大上海后，见到的女性多了起来，他就开始想入非非了。

看到艇部只有王政委一人在，谭彦多便如实地汇报了事情的经过。

王政委万万没料到，接艇部队值班室让去领的犯错误的人竟是新兵谭彦多，犯的还是男女作风错误，便严厉地说："谭彦多同志，让我说你什么好啊！亏你还是理论学习小组的骨干，这件事如果让大家知道了，今后你怎么再觍着个脸上台讲课啊。"

谭彦多辩解说："这都是被那些反面典型害的，我是中毒了啊。"

王政委冷笑了一声说："扯淡，这与那些反面典型有什么关系。说到底啊，还是你的思想出了问题。"

谭彦多怕王政委认真起来，又检讨说："政委，是我错了，我对不起您的培养啊。"

王政委无奈地"唉"了一声，又同情地说："我知道你正处青春期，对异性存有好奇心。可是，你不能一见到大姑娘、小媳妇就挪不动腿，把'三大纪律八项注意'第七条抛到脑后了啊。"

谭彦多真是后悔极了，又差点儿跪在地上恳求道："政委，你可千万别向支队保卫科报告，不然我就会被遣送回家了啊。"

王政委仍坚持原则地劝道："我看啊，你还是自己申请提前退伍算了，别再给部队丢人现眼了。"

谭彦多明白，有了这个污点就是给潜艇兵抹黑了，如果再传出去，自己有啥脸见人啊，搞不好还得回家种地，便央求地说："政委，我还没上新艇，连一天海也没出过，如果就这么走了，我会后悔一辈子啊。"

王政委的心软了，低头思忖了一会儿说："你回去吧，今天晚上这个事，我和衣庚锦同志暂时替你保密，如果再犯你就赶紧自己扒下军装吧。"

谭彦多感激涕零地说："谢谢政委，今后我一定加强思想改造。"

第三章

潜艇试航

第一次上艇

新艇员们终于盼来了上艇的这一天。

早餐后,轮机军士长"王大胡子"将他们带到了江南造船厂潜艇码头。

衣庚锦看到蓝灰色的潜艇像一头巨鲸,静静地停泊在黄浦江东岸,两舷各挂起了一张很长的防护网。从外表看去,潜艇呈水滴形,具有光滑而优雅的流线型艇体。艇艏的声呐导流罩像竖起的大鼻子,两侧的升降舵张开时如机翼,看上去并不像是多么凶悍和危险的家伙。

其实,在现代兵器之中,潜艇是最含威不露的一种"水下利剑"。衣庚锦终于第一次看到了自己的战艇,难道这艘又长又粗、中间凸出个肚子、上面一个驾驶楼、四周布满小窗孔的铁家伙,就是朝思暮想的191潜艇吗?他和新艇员们亲切地注视着,揣摩着,马上就要在这个铁罐里生活、战斗了,这会是怎样的滋味呢？

191潜艇是我国自行研制的033型潜艇，采用常规水面线型、艇艏水平舵、双轴双桨推进。前后有三个出入口，也叫升降口，分别位于艇艏、舰桥、艇艉，平时艇员都由前、后升降口出入。

"潜艇历来被称为'钢铁蓝鲸'，它代表着一个国家民族工业的发展水平。艇内有各类设备数千台，指示灯数千个，大小阀门好几千个，仪器仪表上万件，像一座水下'科技城堡'。所以说，一艘潜艇的价格很昂贵，差不多相当于建造一座长江大桥。"

"王大胡子"站在甲板上介绍完后又提问道："在教导队时，你们都学过了，潜艇共有几个舱室？各舱分工有什么不同啊？它们各自又有什么作用？请哪位同志讲下？"

"一舱是鱼雷舱，也就是武备舱，担负着鱼雷发射任务；二舱是电池舱，负责水下动力保障；三舱是指挥舱，是潜艇的'司令部'，所有指挥命令都是艇长从这里发出的。"鱼雷兵单若冰自告奋勇，背书似的说，"四舱同二舱相似，也是电池舱；五舱是主机舱，担负着柴油机航行时的保障任务；六舱是电机舱，是水下航行的生命线；七舱同一舱一样，也是鱼雷武备舱。"

"讲得很好，作为鱼雷兵就是要确保鱼雷冲出发射管，飞向敌舰，准确命中。下面呢，我们就进入舱室实地看一看。""王大胡子"既鼓励又强调地说，"你们都是第一次上艇，一定要脚下长眼，多注意安全啊。"

跟在"王大胡子"身后，衣庚锦和新艇员们依次走过甲板，轮流从艇艏升降口进入舱室。

"王大胡子"躬身钻入缸口似的升降口后，双手抓住扶梯杆，双脚紧钩两侧，从三米多高的垂直扶梯上"嗖"地下到鱼雷舱，只用两秒钟。如此干净利索的滑滑梯般的动作令人咋舌，后面的新艇员一时无法效仿，只能双手紧握扶梯杆，一阶一阶地往下挪动，每人都用了一分多钟。

单若冰的战斗岗位就在一舱，这里是潜艇净空间最大的舱室，仪表、阀门、管路密布，只留出窄窄一条通道，上下左右都要留神。他观察得很仔细，一道道圆形的金属肋骨上写着蓝字序号，它的作用是加强潜艇抗压强度。六个鱼雷发射管横卧在艇艏，后盖上新印上去的五角星和麦穗等彩色图案锃新瓦亮。他知道，潜艇共有八个鱼雷发射管，七舱那两个发射管是用来自卫的。一枚鱼雷很贵很贵，价钱相当于一架歼-5战斗机。

其实，每当聊起鱼雷兵时，潜艇兵们都是心知肚明。在潜艇上，凡是跟鱼雷沾边的活都是挺清闲的。出海时，全艇就数鱼雷兵最舒坦了，他们所在的艏舱和艉舱远离柴油机舱，既凉快又安静，值更时可以找个舒服的地方坐着，每隔半个小时用舱内通话器向指挥舱报告一下舱室的情况，说白了也就一句话："舱室情况正常。"这就算是完事了。潜艇下潜时，几个鱼雷兵同心协力摇摇把，做几圈圆周运动，打开鱼雷发射管前盖给发射管注水，以便潜艇下潜，这就算是重活了。返航时，再配合舰务兵把发射管的水排出去，擦擦地板，搞搞舱室卫生。总共就这点儿活了。

在微弱的灯光下，各种管道盘根错节，大小各异的仪表密密麻麻，数不清的阀门铺天盖地，成捆的线缆纠结缠绕，各种手柄、开关到处都是，见缝插针地布置在每一个角落。衣庚锦和新艇员们的视觉被塞得满满当当的，甚至觉得好奇怪："鲸腹"中塞满这么多沉重的铁疙瘩，居然还浮得起来，阿基米德搞没搞错啊？

"王大胡子"戴着白手套，用一根细铜管当教鞭，一边指着各种部件，一边详细地讲解："这五颜六色的数不清的管路、阀门和仪表，每一种颜色都是一种无言的符号，每一种颜色都代表着不同功能的部件：白颜色的是舱壁和通风管路，深蓝色的是高压气管路，红色的是高压气阀轮……当然了，潜艇上最大的铜件当数艇艉外舷那沉重的螺旋桨了……"

看到新艇员们都"嘿嘿"地笑了，"王大胡子"继续说："虽然舱内这种五颜六色的涂装是想让艇员尽可能地感到敞亮些，但是总体而言，下到舱室给人的感觉还是很憋闷、透不过气来，这主要是因为舱室过于狭窄、拥挤。

如果舱室涂成黑色或救火车似的红色会怎样呢？估计我们会一个不剩，宁可跳海也不在这里面待着了。"

"你们会走路吗？要在潜艇上走好路啊，你们还得从头学起。"看到新艇员小心翼翼的样子，"王大胡子"指着脚下的盖板，风趣地说，"在潜艇里行走啊，一定要有'眼力见儿'，做到眼观六路，耳听八方，否则就会被碰得鼻青脸肿。你们看这低矮的舱室和枝枝杈杈、硬邦邦的机械，随时都会在你们的头上留下点儿'纪念'啊。"

"王大胡子"有意地跺了一下右脚，又指着翻毛皮鞋强调说："例如，在潜艇上不能穿带钉子的皮鞋，这主要是防止行走时鞋与艇体摩擦产生火花，也是怕磕坏油漆。你们也不能随意脚踏升降口边缘、铜板等，以防锈蚀。当然了，你们现在还是士兵，穿的都是潜艇工作鞋嘛。"

"王大胡子"又登上了几级铁梯，站在了一舱水密门前。这个圆形水密门直径为九十厘米，外缘齿牙交错，开合原理与高压锅原理一样。他开始讲解通过水密门时的动作要领："请大家记住了，开水密门时，首先要用门的把手发出'铛、铛、铛'的敲击信号，让邻舱靠近水密门的人闪开，以免被水密门碰伤。然后，轻轻振动把手，让水密门露出间隙，使舱室间因各自密闭而产生的大小不同的气压得到均衡。当听不到'嘶嘶'的气体怪叫声后，才能慢慢打开水密门，否则，就要出大事，这是有过血的教训的啊。"

衣庚锦心里清楚，王军士长所讲的"血的教训"是指一次出海试航，有个轮机工人就是在相邻两舱压力差较大的情况下，贸然打开了水密门，不幸被猛地击中后脑勺而当场身亡的惨例。

"王大胡子"说完后，就让战位在二舱的电工兵刘百顺先通过一次。

刘百顺按照所学的要领打开了水密门，接着两手紧握松紧柄，当抬起双腿跨过水密门时，一不留神脑袋磕在了水密门的上边缘，痛得他直咧嘴。

"王大胡子"让刘百顺站到一旁观摩，自己如猫般地弓腰而过，与刘百顺刚才笨拙的动作形成了鲜明对比。做完示范动作后，他又讲解："打开水密门后,切记要低头、哈腰、蹽腿,前腿踏出后腿收,做到一气呵成,只有这样才能安全通过。"

按照"王大胡子"讲解的要领,新艇员们一一通过了水密门。为了加强理解和记忆,"王大胡子"又让动作连贯的衣庚锦示范一次,并要求他总结出动作要领。

衣庚锦低头哈腰敏捷地通过水密门后,又返回身来归纳说:"前腿踏过腰先弓,后腿才能绷;低头向前看,弯腰收后腿,身体平衡才前行。"

大家不约而同地鼓掌叫好,"王大胡子"也竖起了大拇指,觉得这个上个月和单若冰琢磨出了"潜构"学习口诀,今天又总结出"通过水密门"要领的"一根筋",真是一块干潜艇的料啊。

大家来到了"豪华"的二舱。这里过道狭窄,两人并行肯定是要跳"贴面舞"了。

"二舱号称'总统间',是艇长和政委等军官休息的地方。""王大胡子"指着右舷最后一个房间风趣地说,"住在'总统间'的人并不是什么首长,而是译电员,这是沾了工作性质的光。其他军官的铺位都在左舷,因而他们自称是'左派',艇长、政委、机电长和译电员都是'右派'。"

新艇员们又爆出了一阵笑声。

"王大胡子"转身又指着左舷说:"这里的空间大一些,还有两排沙发,围成了这个会议室,是艇首长'议政'的地方。"

刘百顺在教导队时就听教员讲过,二舱的小会议室兼有多重使命,长方形小桌称"多能桌",而且桌有坐规,不可乱坐,艇长坐哪儿、政委坐哪儿、副长坐哪儿……都是有讲究的。面向艇艉方向的正座是艇长的专座,这里距过道最近,出入方便,有利于紧急情况下艇长迅速赶到中央舱实施指挥。不言而喻,政委的座位当然是在艇长的对面了。

除在此"议政"外,这里还是部门长以上军官的餐桌、下军棋和掰腕的比赛桌,也是外来首长的睡床。桌两边的长椅可当床铺,用链条把长椅的靠背吊在舱顶，上下可以睡三个人，只是人躺上去半截小腿还悬在半空，是非常不舒服的，但总比没床铺睡觉好啊。

左舷壁上写着"卫战"二字，军医的战位就在这张"多能桌"上。如果有艇员生病了，就可以来这儿找到军医。潜艇上的军医都具备外科医生的手术水平。哪个艇员患急病需动手术，将白布一铺，"多能桌"立马就变成手术台了。平时，艇员常聚在这里搞恶作剧，干得最多的是"开阑尾"。

刘百顺在自己被分配的舱室里看得格外仔细。他指着"多能桌"上方的一盏圆形白炽灯问："军士长，这是干什么用的啊？"

"它叫无影灯，是军医给患者做手术时用的。""王大胡子"介绍说，"无影灯旁那个金属挂架，是外科手术时固定伤员肢体用的。"

"王大胡子"对刘百顺风趣地说："别看你是'新兵蛋子'，你可当上了二舱舱室长呢！包括艇长、政委、军医、小卞参谋和无线电军士长啊，加上两个无线兵，都归舱室长领导，你小子将来的官大着哩！"

刘百顺听后举手挠着头"嘿嘿"地笑了。

"这是无线电室，你小子的战位就在这儿。""王大胡子"指着左舷的一个房间向无线电兵萧雨笛介绍说，"潜艇无线电通信与一般的无线电通信不同，它既要负责陆上通信，又要在水下进行长波联络，报务人员经常会为一个极其重要的电报信号急得汗流浃背。所以小萧啊，你可要加紧苦练，练得手指长茧子，练出水下发报的硬功才行啊。"

萧雨笛诙谐地大声回答："好哩，我是水下'永不消逝的电波'。"

"三舱是指挥舱，也是潜艇的'司令部'。"进入三舱后，"王大胡子"站在指挥台前，指着左舷的各类柱式装备介绍说，"这是指挥潜望镜，那是对空潜望镜……这分别是航海长室，它能测天量海，将深海大洋烂熟于胸；雷达室，就是潜艇的眼睛，海面一切都逃不过它的目光；声呐室，是潜艇的水下耳朵，它能从杂音中确定敌舰踪影，这可是达·芬奇发明的啊。"

"王大胡子"又转向右舷，指点着密密麻麻有红、有绿、有黄的阀盘说：

第三章 潜艇试航

"这是高压气总站,那是中压气站、低压气站、失事排水站,还有这一排排平时要上锁的主水柜注水阀、通风阀的操作手柄……它们组合在一起,就能使潜艇像水下蛟龙一样上下翻腾啊。"

"王大胡子"低下头,打开舱室地板铁盖,提醒说:"在舱内行走啊,光顾头不行,你还得顾脚,这脚下稍一疏忽,就会一脚踏空掉进舱孔里,甚至一失足跌进陷阱似的底舱,就要造成非战斗减员,那可就麻烦了。"

来到了四舱,"王大胡子"让厨师何久先做介绍。何久先挠着头不好意思开口,衣庚锦鼓励他说:"你怕什么,军士长这是相信你啊。"

何久先鼓起了勇气,指着脚下说:"四舱是电池舱,与二舱一样,这下面也装有二百二十四块蓄电池。这每块蓄电池老贵了,相当于一辆苏联'伏尔加'轿车啊。"

何久先又指着两舷的吊铺说:"这些吊铺都是帆布做的,吊铺可以随时拆卸,睡觉时装上,起床后就拆下来,否则会影响正常的操作。"

衣庚锦仔细打量着一张张吊铺,觉得潜艇上的空间没有最狭小,只有更狭小。为了节省空间,床铺上下都是用吊链连起来的,有二层的也有三层的,层与层之间就一尺多宽。矮胖的何久先费了好大劲才横身钻入中间位置的厨师吊铺,连身都翻不了,只能面朝里侧躺着,可是屁股还留在外面半截。

衣庚锦插话道:"我听王军士长说过,这上床休息啊需要有三样硬功夫,一是'定时功',潜艇内部空间狭小、机器轰鸣,休息时上床能睡着,到点能醒来,准时换班上岗不误事;二是'定位功',上下床时头及身体不能抬得过高或过低,过低上不来床,过高头会撞到床头;三是'定稳功',睡觉要老实,少翻身或不翻身,否则极易从床铺上掉下来。"

"王大胡子"听了直点头,夸衣庚锦总结得好。

潜艇厨房位于右舷,与五舱为邻,面积只有三平方米,如果厨师个子高还要在里面猫着腰,两人进去就会屁股碰屁股。望着自己今后的战斗岗位,何久先一副踌躇满志的样子。

衣庚锦抢先一步来到了五舱，这里有自己的战斗岗位。左右两舷各躺卧着一台八缸 6390 型内燃机，一个工人师傅戴着大口罩，正在往缸罩上粉刷一层湿漉漉的银粉漆，散发出一种刺鼻的气味。

"王大胡子"既是轮机军士长，又是五舱舱室长，站在只有肩膀宽的中间过道上，他介绍完内燃机的功能和马力后，又详尽地说："潜艇远离岸基潜入水下，避暗礁，绕险滩，穿急流，一路神出鬼没，出海几十天，其奥秘主要是靠柴油机与电动机、联合动力装置推进潜艇前进或后退。在水上时使用柴油机做推进动力装置，而水下则用以蓄电池提供电力的直流电动机做推进动力装置。每当柴油机运转时，五舱震耳欲聋。当水下转为靠电动机航行时，这里温度高达四十五六度啊，你得有不怕热的本领，不管流多少汗，没有命令主机就不能停。"

"嘭哐"，突然，从艉舱传来一阵巨响声，紧接着从艇艉冲过来一个工人，像被狼撵了似的奔跑，一边跑一边"嗷嗷"地号叫，鲜血染红了他的右手，地板上淌下了一溜血滴，最后他匆匆地爬出了一舱升降口。

"王大胡子"见状，一溜烟地跑向了七舱，问过工人师傅后才知道，原来是师傅的徒弟在拆卸高压器分站阀门时没按规定提前关闭高压器总阀，结果造成一股高压气泄漏，将阀门猛地吹飞抛出，将他的右手臂击伤了。

站在事故现场，"王大胡子"对随后赶到的新艇员们大声说："你们看到了吧，这就是血的教训！干潜艇这行当，稍有大意，一时不按规定操作，就要出大事，甚至会付出生命代价啊！"

面对这突如其来的事故，衣庚锦和单若冰、萧雨笛等多数新艇员表现得异常镇静，谭彦多等几个人却有点儿惊奇，甚至惊慌了。

新一代潜艇兵破茧成蝶的历练，就从这里起步了。

航渡回母港

"各就离码头岗位。"

"一舱就位。""二舱就位。""三舱就位。"

……

早餐后,191潜艇全体艇员上艇,启航回东坪港了。

艇长朱惠凯站在舰桥上,手握通话器果断地下达着离码头口令。

潜艇上的口令采用"二次下达",先由"艇指"下达第一口令,接到口令后,再由指挥舱内的机电长或动力长将口令立即传达给各舱室。向"艇指"回复或报告口令的顺序则相反。通过这一严密而迅速的循环往复的过程,全艇瞬间结成连贯的战斗体系。

由于潜艇的两舷很低,出海前就已将艏艉的两个升降口都关闭,所以四个带缆组人员只能从舰桥升降口通过了。

衣庚锦从五舱来到三舱后,像猴子那样从升降口金属壁上陡直的梯子往上爬。爬到出口处,他靠在壁上,低头朝下一望,"嚄——"圆形升降口就像一口深井,从井口到指挥舱的地板差不多有六七米深。他没有半点儿喘息和胆怯,又从升降口外的陡梯爬下,迅速来到后甲板就位。

"两台电机准备。""两台电机准备完毕。"

"左俥退二,右俥进一。""左俥退二到,右俥进一到。"

……

潜艇徐徐离开江南造船厂码头,带缆小组人员由原路回到各自的战位上,新艇员们梦寐以求的第一次出海,就在这次回母港的航渡中拉开帷幕了。

谭彦多是舵信兵,在教导队学专业知识时就听教员讲解说,舵信兵是"舵工兵、信号兵、观通兵(瞭望)、帆缆兵"的统称。培训最多的是信号课,灯光信号与手旗信号使用不同的形式传递信息，或者说是传递字母。比如"你好"用灯光信号表达就是："— · （N）· ·（I）· · · ·（H）· —（A）— — —（O）。"手旗信号中最有意思的是"大南瓜"三个字，要用左右手在身体上下左右各画两个圈。"DANANGUA"（大南瓜）用灯光信号表达是很难接收的，原因是声母和韵母容易混淆在一起。所以学习信号是很有意思的，带来了很多乐趣。

谭彦多的战位在舰桥上的驾驶楼内，这里类似天井的开口，四周包着一圈黑色橡胶，人可以靠在上面，但风吹、日晒、雨淋是免不了，所以出一趟海回来，舰桥上的值班人员都是一副饱经风霜的面色。在水下摸爬滚打了多年的老兵墨镜一戴，嘴一撇，在舰桥上一站，那叫一个自信与剽悍。

单纯从外表上看，潜艇兵的个头大都不高，皮肤又往往晒成了古铜色，因此看上去就显得精壮、结实，这当然与潜艇舱室狭窄和日常训练繁重有关。身体灵活是潜艇兵执行任务时必备的能力，如果身材过于高大，在舱内操作时会显得非常笨拙。

谭彦多算是特例，一米八的个子，是潜艇兵中的"骆驼"。他个子高，力气大，与南方兵相比普通话好，水手长周尚兵就把他放到信号瞭望的岗位上。这样每当潜艇在水上航行时，谭彦多就可以第一个上舰桥，首先呼吸到新鲜空气，瞭望无垠的大海，仿佛世界是以自己为中心，那种感觉是非常惬意的。

可是，在谭彦多眼里，舵信兵技术含量不高，学不到技术，退伍后没有一技之长，他一直为自己分到了舵信专业而感到沮丧。衣庚锦多次劝说他，革命战士一块砖，哪里需要哪里搬，垒到长城不骄傲，砌到厕所不悲观。他这才勉强安下心来。

潜艇转入正常航渡后，周水手长一边认真操纵方向舵，一边详细地向谭彦多传授说："舵信兵是艇长的眼睛和耳朵，掌握着潜艇航行的方向和深度。如果把潜艇比作飞机的话，那么舵信兵就是飞行员，舵信兵是通过操作方向舵和升降舵保持潜艇的航向和深度的。"

谭彦多站在一旁默默地听着,从晃晃悠悠、摇摇摆摆的舰桥往下看,他感到有点儿眼晕,但还是咬牙坚持听水手长滔滔不绝地讲解:"关于号笛响的含义,行话叫:'一右二左三倒退。'这就是说,响一声表示'我艇正在向右转向',响两声表示'向左转',响三声表示'后退',响四声表示询问对方'想干什么?'两长声加一短声表示'我要从你右舷"超车"',两长声加两短声表示'我要从你左舷"超车"',对方如同意则是一长一短响两遍。这些音响信号都是国际通用的。"

这时,一艘扫雷舰迎面开来,快要相遇时,周水手长按响汽笛表示敬礼。

谭彦多不解地问:"水手长,潜艇是二级舰,扫雷舰属于三级舰,我们不应先向它鸣笛敬礼啊?"

"扫雷舰是'海上工兵',又称'开路先锋''敢死队'。"周水手长回答说,"所以啊,按条例规定,在海上所有舰艇,不论是大舰还是小艇,即使是航空母舰,只要遇到了扫雷舰都要主动鸣笛致敬,以示敬重。"

谭彦多点了点头表示明白了。

潜艇已进入了航道,趁着操作的间隙,周水手长又指着舰桥两边的航行灯介绍说:"左红右绿,它们对夜间安全航行非常重要。如果夜航时见到一艘舰船的航行灯的绿在左、红在右,那一定是在迎头逆向而行,此时两舰船应该各自向右转向避让,同时别忘响一声汽笛。记住了,就响一声!表示我艇正在向右转向。别看大海如此广阔,可撞船的事年年都有,许多都是人为操作失误所致。"

谭彦多开始用心观察起来,看到操舵台上有指示航向的罗经、舵角指示器,还可以透过前面和两侧的玻璃窗观察艇外的情况。由于操舵台可遮风挡雨,因而舵手风吹不着、雨淋不着,比艇长、值更官们可滋润多了。

朱艇长和军代表、交船队长坐在舰桥的金属板上,一块长方形有机玻璃挡在面前,遮住了"呼呼"吹来的海风。身后的天井"包藏"了许多东西:潜望镜、雷达侦察仪、无线电天线等,除了柴油机水下排气管是固定的外,其他设备统称为升降装置。天井的两侧一边一个电罗经的分罗经，是用来显示航向的，航海长用方位仪测量地标方位给潜艇定舰位。

水上航行时，王政委也坐在舰桥上，军代表开玩笑地说："有'党'在身边，航行有方向，心里特亮堂啊。"

"哈哈……"坐在舰桥上的人都笑了。

潜艇转入靠内燃机航行后，五舱的两台主机"隆隆"地咆哮着，强大的废气流分别从两舷排出，在海面绽出茫茫雪浪。

"王大胡子"站在内燃机前，两眼注视着仪表盘。对轮机舱来说，噪声是对人最大的危害。当更人员的耳朵上只好戴上降噪声耳罩。

为了不漏掉任何一个细微的隐患，当更的衣庚锦舍弃了耳罩，拿着螺丝刀，一头顶在内燃机的缸体上，另一头顶在自己的耳侧，认真倾听活塞的运转声，仔细寻觅和分辨着每一丝杂音，想以此练就敏感的"耳功"。

轮机兵算是潜艇上最艰苦的"工种"了，机舱的环境又热又吵，"咚咚"作响的内燃机会使操作人员的心脏非常难受。试想，如果在一个狭小密闭的房间里，人被夹在两排狂擂不休的大鼓中间，一口气待上几个小时，估计要患上暂时性的心率不齐。

"哐当"，突然，传来一声巨响，衣庚锦低头一看，原来是内燃机冷却水阀盘被震掉了，脸盆大的阀盘从天而降，擦着自己右边的发梢落下，掠过耳朵，直接砸向了地板。他摸着火辣辣的耳廓，顿时吓出了一身冷汗。多悬啊，阀盘要是再稍往左一点儿，兴许自己的脑袋就开花了。

听到响声后，"王大胡子"急忙跑过来，望着足有十多斤重的大阀盘，又捡起地板上的一个大螺丝帽看了看，凑近衣庚锦的耳朵吼道："这是没安减震垫片，螺丝帽也没拧紧，阀盘就被震松掉下来了，你要格外小心啊！"

把大阀盘重新安装上后，"王大胡子"发牢骚说："前几年搞武斗，现在又忙于'批林批孔'，结果造出来的潜艇故障不断，几乎声呐成了'聋子'，雷达成了'瞎子'，鱼雷成了'臭子'，咱们轮机成了'瘸子'啊。"

衣庚锦在心里嘀咕道，怎么能只抓革命不促生产啊？连个减震垫片都不安，螺丝帽也拧不紧呢。为了防止再出现隐患，他又认真投入巡视之中。

潜艇像一匹骏马踢开浪层，奔腾向前。东坪港越来越近，越来越清晰了。

"进港战斗警报！"

一阵铃响之后，潜艇缓缓降下速度，驶入了关门嘴。

朱艇长果断地下达命令："各就靠码头岗位！"

带缆小组从舱内鱼贯而出，迅速各就各位，笔直地站在甲板上。

"两俥停，两台电机准备！"

"左俥前进一，右俥后退二。"

邵副长拿起扩音器喊道："撇一缆。"

前后甲板相继回答："有，撇一缆。"

"撇二缆。""有，撇二缆。"

"撇三缆。""有，撇三缆。"

……

衣庚锦站在狭窄的后甲板上，将四缆的缆头握在手中，使劲摇成了一个圆圈，然后猛地向岸上抛去。只听"嗖"的一声，缆绳画了一个弧形飞向浮桥，岸上的帆缆兵迅速跑上前接过缆绳，将它套在双系柱上。

潜艇稳稳地靠上了码头，朱艇长下达了最后一道命令："我艇已靠好三号码头，机械恢复原状，舰员离艇。"

191潜艇官兵驾驭的这艘新型国产战艇，终于回到了母港。

"蟑螂面"

返回东坪港的第三天，191潜艇开始了紧张的试航。

早餐时，艇员们吃得较为清淡，主食是大米粥、馒头，副食是煮鸡蛋和几种小酱菜，没有黄油、油条之类的油腻食品，这主要是为了防止艇员晕船。

晕船呕吐对舰艇兵来说是家常便饭的事。出海次数多了，老艇员对防晕就有了一些小窍门，比如，平时爱吃的菜在出海前就不要吃了，不然吐出来返航后就会厌食；出海前不宜吃得过饱；遇风浪时脑子里不要老想着晕，要放松情绪，这样就会减轻晕船的程度了。

离开东坪港后，191潜艇先是在近海航道航行，一路风平浪静，感觉挺平稳，再加上是第二次出海，艇员们的心情都是不错的。

潜艇在水上航行时，舰桥上像冬季，海风"呼呼"地吹着，温度下降得厉害。在烈日下，舰桥人员都穿上了带绒的蓝色防寒服，可还是觉得冰冷如冬，被冻得打哆嗦。防寒服不是每人都有的，只有战位在舰桥的人员和冬季码头工作人员才能享受到。防寒服和衬衫、短裤、降温背心等服装都是特制的，既可御寒、防水、防风、吸汗，也可起到预防皮肤病的效用。

潜艇兵都知道，水下航行时舱室内有四季：一舱、七舱像秋季，空间大却潮湿，四壁的钢铁和鱼雷发射管的寒光辐射出阵阵秋意；二、三、四舱似春季，比较舒适；五舱、六舱和厨房像夏季，主机散发出的热量使舱内温度时常高达五十多摄氏度。因此，艇员们穿衣无法统一。衣庚锦总结出一首顺口溜说：一舱七舱秋风凉，一件绒衣披身上；二三四舱暖如春，一件衬衣裹在身；机舱厨房汗水滴，一年四季是"皮衣"（光膀）。

经过两个小时的航行，潜艇到达了试验海区，开始在这里往返试佅。一会儿前进一、二、三，一会儿后退三、二、一……临近十二时了，上午的测试内容基本结束，虽然没操练更多的科目，新艇员们仍感到眼花缭乱。

出了试验水道后，海面掀起了一层层浪头，潜艇仍以水面状态航行。这时，艇体开始摇晃起来，不仅有连续的横向摇摆，还有厉害的纵向颠簸。开始时，谭彦多站在舰桥上觉得没什么事，便问周水手长说："在潜艇上，不是不容易晕船吗？"

周水手长介绍说，潜艇并非一离开码头就下潜，它有一段路程是处在水上航渡状态。艇上空间狭小、封闭，再加上晃动与颠簸，在水面航行时很容易晕船。常言道："不怕浪，就怕涌。"大涌来了最可怕，上下落差有时高达七八米，把水面航行的潜艇抛入空中，然后摔下谷底，人眼前会呈现一个旋转的世界，身子发飘，脑子也发飘。正像"晕船十大全"所描绘的：一身虚汗，两眼发直，三餐不进，四肢无力，五脏翻腾，六神无主，七上八下，九（久）卧不起，十分难受。所以，每当吐得昏天黑地的时候，有人就开玩笑说，下辈子再也不干潜艇了，可是等下一次出海任务下达时，却没有一个人退缩，这就是潜艇兵的性格。

谭彦多开始觉得胃不舒服，全身一阵阵冒冷汗，他再也坚持不住了，就急步赶到舰桥角落的脏物桶前，把早餐全都"倒"入了脏物桶。呕吐之后，他的胃里暂时舒服了许多。此刻，他才悟出了一个秘密，为什么潜艇兵的伙食标准与飞行员差不多，因为他们要比从事寻常工作的人付出得多得多啊。

"不晕船，就不是真正的水兵。"朱艇长鼓励他说，"小谭啊，我从头一次出海起，一直吐到当上艇长才不吐了，这就是当潜艇兵的必修课。所以说啊，作为一名合格的潜艇兵，首先就是要战胜晕船呕吐。"

出海时，全艇最辛苦的人就是厨师了。别的战位都能换班，就是厨师即便辛苦也没人接替，因为按编制，每艘潜艇只设置一名厨师，最多超编一个新兵。但是厨师也有几个约定俗成的助手：副政委、军医、机要参谋，本舱的战友们也会帮厨。

由于潜艇空间有限，且在海上摇晃得厉害，出于安全考虑，灶具由两个约六十厘米的圆形炒锅、一个烤箱和一个蒸锅组成。厨房用的是电灶，全艇六七十人的一日三餐，全都由这间空间狭小的厨房烹制。"一烤一蒸一凉拌，外加一锅大米饭。晕船呕吐面条凑，回到码头再改善。"这是潜艇兵们对出海食谱幽默的总结。

何久先当上了"大老炊"后，没有像想象的那样感到自卑，他倒觉得潜艇厨师好歹是个"师"。

衣庚锦鼓励他说，好好学成这门烹调手艺吧，等退伍回家开个小"粑粑馆"，自己可以当大厨了。

何久先却开玩笑地说："我就爱当厨师，有什么好吃的我可以先尝为快啊。"

眼下，当别人晕船滴水不进时，何久先却开了一盒胡萝卜和一盒凤尾鱼罐头。那油炸凤尾鱼条条肚大子多，味道酥香，一盒鱼下肚真有美不胜收的感觉，遗憾的是潜艇出海禁止喝酒。

"开始做午餐了，吃什么好啊？"何久先请示罗班长。罗班长却无精打采地吩咐说："大家都晕成这样了，还是下、下面条吧。"

看到电灶上的一口不锈钢锅正热气腾腾地左摇右晃，何久先从橱柜里拿出几把挂面，一把一把地往锅里溜，挂面像鲤鱼打挺，在锅里一个猛子扎下去就浮出水面。他抓起一把盐扔进锅里，又倒进小半袋味精。最后，罗班长又切了一堆葱花，与碗里的鸡蛋搅成糨糊，往锅里一撒，一会儿工夫面条就做好了。

忽然，蟋蟀一般大的一只蟑螂晕得晃晃悠悠地爬上了电灶台，也许是晕船，一副有气无力的样子。何久先见状拽起脖上的毛巾用力上前扑打，不料蟑螂晃一下身子就掉进了锅里，被烫得在面条上翻了几个滚。他又猛地一把从锅里捏出蟑螂扔在地上，抬起右脚将还在挣扎的蟑螂碾死了。他知道这是在接艇时，这蟑螂还有老鼠都是从工厂码头伺机钻入潜艇升降口的。待试航结束，它们将会被彻底消杀，不然就会繁殖成窝，甚至咬断电缆。

看到好端端一锅面条被蟑螂糟蹋了，何久先的胃开始泛酸水，酸水爬上了喉头，才吃下肚的胡萝卜和凤尾鱼全都随着"哇"的一声喷射到了锅里。

顷刻，何久先的头脑清醒了一半，一时手足无措：马上就要开饭了，这让全艇人吃什么啊？

"闪开，重做也来不及了。"罗班长急切地说完，将何久先拉到了一旁，拿起大饭勺用力在锅里猛搅了几圈，热气腾腾的葱花鸡蛋面就这样出锅了，上面还漂浮着何久先才吐的胡萝卜和凤尾鱼子。

看到出海的人较多，还有晕船的，休更后的衣庚锦主动跑到四舱要帮厨。

罗班长见状慌忙阻拦说:"不用不用,面条都已做完了。"

说完,罗班长赶紧先打了一盆面条,让衣庚锦端回了五舱。然后,他通过话筒报告说:"三舱,午餐已做好,请示开饭。"最后,他还无奈地补充一句说:"午餐是……蛋花鱼子面。"

值更官向艇长请示后,立即向全艇下达口令:"各就二级部署,打饭、传餐人员开始就位。第三更开始值更,艇员开饭。"

传餐人员依次排队,将一盆盆"蟑螂面"从厨房陆续传到了各舱。紧接着,休更人员各自拿着瓷碗打饭,当更的艇员就在各自战位上吃饭。在这狭小的舱室空间,水兵用餐大都是这样各自为战的。

平时,艇员配餐荤素搭配、绿色相随,尽管有三四道菜,艇员也能在五分钟之内吃完,看似"不讲究"的饮食习惯却让人领略到潜艇兵一系列颇为"讲究"的水下生活——按量取食,容不得一丁点儿浪费,即便产生少量的垃圾,也必须采取特殊而严格的保存方式。

今天的"蟑螂面"看样子是很好吃,大概是比较新奇的缘故吧,不知真相的人还觉得味道不错呢。望着狼吞虎咽的艇员们,被晕船折磨得毫无食欲的人既羡慕,也有几分"妒忌"。

王政委看到不少艇员"绝食"了,便走到指挥台前,对着扩音器动员说:"同志们,人是铁,饭是钢,晕船再难受,也得把饭吃下去。现在,大家要把吃饭当作一项重要任务来完成,党员干部带头吃啊。"

听到王政委"劝餐令"后,晕船的艇员端起了饭碗,开始艰难地进餐了。衣庚锦一边吃一边观察,还真别说啊,被逼着进餐后,晕船艇员的精神头很快就好转许多,晕船反应也慢慢地消失了,饭后立即投入到了操练之中。

一天的试航终于顺利结束了。

潜艇靠上码头后,何久先追上了走在前面的衣庚锦,用大连话悄声问:"庚锦,今晌午的'蛋花鱼子面'味道怎么样啊?好歹吧?"

"好歹啊,俺歹了两大碗。也许是从小挨过饿怕浪费了,俺最后连面汤都喝了。"不大晕船的衣庚锦用方言连声夸奖说,"绝了,今天的面条啊,血(很)好歹呀。"

何久先耐不住性子,终于一脸坏笑地将"蟑螂面"的真相说了出来。

衣庚锦听后"哇"的一声吐起来,可是半天也没吐出一根面条,直起腰大骂道:"你俩真是缺德带冒烟,竟然让全艇人歹'蟑螂面'啊!"

险象环生

191潜艇的试航很快进入了水下试验阶段。

上午九时许,潜艇来到深海试验区后,艇长朱惠凯清晰地下达着下潜前的口令:"开始舱室降压,检查舱室气密。"

"一舱明白,二舱明白,三舱明白……"各舱舱室长有序地回答。

每次下潜前,潜艇必须进行降压试验,以检查舱室内的气密性。具体方法是启动一台内燃机,将空气抽出艇外,使舱内瞬间形成的真空度低于760毫米汞柱。如果哪个舱室某个部位有一丝漏点,就会发出"哧哧"的声音。

耳膜内陷与胃病、膝关节痛并称潜艇兵的"三大职业病"。对此,老艇员都习以为常了,而新艇员的耳朵却还未适应这种压痛。轮机兵衣庚锦感到两个耳蜗有点儿胀痛,右耳蜗不时发出鸣响,只好用两掌捂着耳朵不停地"啪啪"拍打着。

军士长"王大胡子"看他一副难受的表情,便示范说:"张开嘴,张大一点儿。再闭上嘴,咽吐沫,往肚里咽。"

按照"王大胡子"的方法做了几次,果然耳朵舒服多了,耳蜗也不胀痛了,衣庚锦心说:"这一招还真灵验啊。"

"铃……呜……"舱室降压完毕后,铃声和蜂鸣器骤响,全艇拉响了战斗警报。艇员们停止了跨舱室走动,潜艇开始下潜了。

在教导队学习时，衣庚锦就听教员讲过，潜艇下潜是依靠注入压载舱的海水来改变自己的重量，使自身受到的重力大于或等于所受到的浮力，从而达到下潜的目的。潜艇有艏水平舵和艉水平舵，一般艏水平舵面积较小，用于精确调整潜艇纵倾姿态，如保持潜望镜深度等；而艉水平舵面积较大，在潜航深度控制上有很大作用。潜艇下潜时将艏水平舵前压，艉水平舵上抬，这样潜艇就会形成艏倾，便于潜艇下潜了。

从艏鱼雷舱、蓄电池舱、指挥舱，再到主电机舱……艇员们都是"一个萝卜一个坑"，每个人都有专业岗位。周水手长操纵升降舵，舵信班长操纵方向舵，机电长和舰务军士长操纵均衡系统……一切都在有条不紊、循序渐进地进行。

艇员们都知道，潜艇在水下航行时，均衡绝对重要，均衡的目的就是使潜艇的浮力差、力矩差接近于零，这样潜艇在水下才有良好的操作性和机动性。潜艇完成动作，需要全艇上下实施几十甚至上百个口令，如一个小环节出现失误便会出事，甚至会造成葬身海底的后果。因此，潜艇官兵最讲究协调一致和同舟共济的团队精神。

此时，潜艇主水柜开始注水，主电机双伡进一。朱艇长操纵着潜艇进入半潜状态，开始以小艏倾角准备潜向深海。

突然，舷外传来一阵"咚咚"的急促的跺脚声，而且声音越来越大、越来越急促了。练有特殊"耳功"的衣庚锦顿生疑惑，难道有人被撂在了甲板上？他马上向军士长报告。

在接到报告的同时，潜艇开始下潜，朱艇长立即升起潜望镜观察海面，忽然发现眼前黑乎乎的，什么也看不到了。

是有人"落单"了，还是潜望镜被漂浮物糊住了？蓦地，朱艇长想起了二十年前，他所在的潜艇进行下潜训练时，曾有个轮机兵被意外地撂在了外面，幸亏发现得及时，潜艇紧急浮起才幸免于难。莫非这次真的是事故重演了？

想到此处，朱艇长立即命令："停止下潜，中间水柜供气，紧急浮起——"

"呼嘭——"潜艇披着一身水帘浮出了水面。

果然不出所料，还真有人被撂在了甲板上，此人正是舵信兵谭彦多。

原来潜艇舰桥下部有一个水上厕所，推开一扇窄而低矮的金属门就可以进去如厕了。

按照规定，潜艇航行时任何人都不得到甲板去，以免落水身亡，更不得上厕所，免得一不留神"落单"了。谭彦多晕船很厉害，吐又吐不出来，只觉得肚里难受，就悄悄跑到水上厕所蹲着。他晕晕乎乎的，全身难受，结果连艇长下达"舰桥人员下舱""紧急下潜"等口令时，他一点儿声音也没听到。加之试航人多嘈杂，部署不严格，他又是一个超编的新艇员，没有固定的战位，所以很容易就被忽略了。

等感到潜艇急速倾斜，海水开始从脚下涌上来时，谭彦多才惊恐地跑出舰桥，急忙用坚硬的工作鞋鞋跟"噔噔"猛烈地踹击甲板，幸亏被耳尖的衣庚锦听到后报告了。

看到一时没有什么反应，潜艇又开始下潜了，谭彦多又原路跑回来，顺着梯子慌乱地爬上了舰桥。一看升降口盖已经关闭打不开了，他机智地（也许是出于本能）像猴子一样爬上了舰桥顶部，一把抱住了正在徐徐升起的潜望镜，又迅速地用帽子盖住了潜望镜头，这才幸而被朱艇长及早发现了。

潜艇完全浮出水面后，周水手长打开升降口上盖，看到舰桥周围没有人，可再抬头向上一望，看到可怜的谭彦多浑身水淋淋的缩成一团，正在高高的潜望镜顶端"迎风招展"呢。

周水手长惊出了一身冷汗，急忙爬上去将他接了下来，又大怒道："多悬啊，你这个怂兵！如不是潜艇浮起得快，你早就喂鳖了。"

谭彦多吓得全身直哆嗦……

第四章

码头值更

"码头餐"

经过三个多月的试航,各项技术指标全部达标,经军代表验收合格,191潜艇正式入列,被命名为第91号潜艇,祖国的"水下长城"又多了一头"钢铁巨鲸"。

191潜艇入列后,停泊在东坪港三号码头,艇内更和码头更都由艇员轮值。

当兵嘛,站大岗是免不了的,当潜艇兵也是如此,陆军叫"站岗",海军舰艇部队叫"值更"。潜艇值更与其他兵种的站岗既有联系又有区别。潜艇值更分内务更、码头更和艇内更。

艇内更由机电专业的轮机兵、电工兵和舱段兵等轮值,须经考核合格后才能上艇正式值更。而内务更和码头更则由航海观通部门、鱼雷部门和勤务部门轮值。艇值日官是干部,由机电长、动力长和电工、轮机、舰务、鱼雷部门的军士长担任。

　　潜艇值更是二十四小时由三组人员轮值。第三更的轮机兵和码头更是最辛苦的，凌晨时分被第二更叫起，从热被窝里出来时那叫一个不情愿啊，迷迷瞪瞪地起床穿衣接更，一值就是三个小时，凌晨三点再去叫第一更接班。原本眼睛一闭一睁一夜就过去的好觉却被硬生生地拆成了两截，真的是很痛苦啊。可是，用衣庚锦的话来说，为了让全国人民都能睡上放心觉，对于潜艇兵来说再苦再累也值。

　　休更时，值码头更的人员都睡在潜艇舱室，由值艇内更人员负责叫醒。他们爬起来后得过水密门、爬梯子钻升降口，刚爬起来时迷迷糊糊的，很容易磕磕碰碰。有时夜里露水大，甲板湿漉漉的很滑，上甲板有缆绳和舱盖啥的绊脚，还要走窄窄的舷梯上码头。黑乎乎的几乎伸手不见五指，必须打起精神注意脚下，如果真被什么绊了一跤，那就成了"落汤鸡"了。

　　今天在码头值更的共有七个人，艇值日官是轮机军士长"王大胡子"。艇内更第一更是电工兵刘百顺，第二更是舰务兵柳继根，第三更是轮机兵衣庚锦，衣庚锦和刘百顺是考核合格后第一次独立值更。码头更分别由舵信兵谭彦多、鱼雷兵单若冰、厨师何久先当值。

　　除值更外，交完更后还要负责到饭堂打饭。第二更打早餐，第一更打午餐，晚餐当然是由第三更来打了。

　　码头值更的就餐地点没有硬性规定，几乎是随天气而定。一般来说，冬季或风雨天的早餐是在艇内吃，其余时间的午餐和晚餐大都在码头上吃。大家都是找一个干净、僻静的地方席地而坐，这样既可呼吸到新鲜的空气，又可以聊天。

　　从码头到饭堂要步行近两公里。平时，艇内更三个人，再加上艇值日官，只要一个饭盒打饭就够了。今天共有七个人值更，就要打两盒饭菜了。

　　艇员们用的不锈钢饭盒每个由四个小盒、一个大盒组成。潜灶是四菜一汤，所以小盒装四种菜，大盒装主食，如吃饺子或包子，这些盒全都装主食。

第四章 码头值更

饭盒从来不用来打汤,主要是饭堂与码头相距太远,如打汤三晃两晃的一路上全都撒光了。因此,特殊的生活方式让艇员们人人会就地做汤。

中午时分,刘百顺和谭彦多将饭菜打回来后,便在码头的东侧像摆地摊一样,把菜和米饭一盒一盒地摊开了。今天的午餐还真不错,红烧牛肉、藕炖排骨、蜇皮拌莴笋……最诱人的是清蒸鲳鱼,每条鱼有乒乓球拍那么大,银光锃亮的鱼身香气扑鼻。

七个人围成一圈,席地而坐,边说边笑,吃得津津有味。吃了一会儿,谭彦多告诉大家说:"同志们,今天的晚餐是牛肉馅包子啊。"说完,他伸出筷子将盘中的鲳鱼翻了个个儿。

看到谭彦多把鲳鱼翻了个个儿,"王大胡子"当即喝道:"别乱翻好吗?你不懂规矩啊?"

原来潜艇兵有许多禁忌,吃鱼时不能给鱼翻身就是一例,据说渔民也遵从这个规矩。因为翻身的"翻"字与翻船的"翻"是同一个字,所以在吃鱼时给鱼翻身是不吉利的,如果给鱼翻身就意味着出海时是要翻船的。因此,潜艇兵吃鱼时从来不给鱼翻身。听了这一解释,谭彦多哆哆嗦嗦地捏着筷子,生怕这时死鱼打挺,在自己手里闹翻身。

吃完饭后,"王大胡子"把剩下的青菜、藕片、笋丝各挑一点儿放在搪瓷碗里,又倒了一点点肉汤,然后把电茶壶里滚烫的水倒进碗中,即刻一碗汤就做好了。接着,他端起碗"哧溜哧溜"地喝下了肚,然后长长地吐出一口气,头上微微沁出一层汗珠。

感到满足之余,"王大胡子"悠然自得地坐在码头的引桥边,点着了一支香烟,随后一口口地吞云吐雾,施施然向远处望去。

西北方有块近百米长的褐色礁石,蜿蜒起伏,似一条蛟龙横卧水中,顶端是一米多高的黑褐色圆台,人们称之为"钓鱼角"。每逢金秋季节,常有一群群墨鱼和鲅鱼涌到岸边觅食。"王大胡子"想起自己站在这里"甩"鲅鱼时,那真是紧张有趣。只要把一种金属铅和鱼钩铸在一起的流线型钩坠猛地甩出几十米远，随即再迅速收线，钩坠就会在水中游动。鲅鱼一发现钩坠就会误认为是饵料，便穷追不舍，一口吞下，从而铸成了自己成为钓者桌上的一盘佳肴的命运。

晚餐果然是发面牛肉馅包子，是衣庚锦和何久先一起去饭堂打回来的。路上，衣庚锦提醒何久先说："你说话时注意点儿，要防止老兵肚饱嘴不饱，用什么熊招来捉弄咱俩啊。"

何久先似懂非懂地"嗯"了一声，提着饭盒继续向码头奔去。

将包子一盒盒就地摆好后，何久先便假装客气地说："同志们，请大家尽管吃，如果包子不够吃的话，我再回去打。"

听了这样客气的话，其他的人相互眨了眨眼，谁也不吭声，心照不宣地低头猛吃。一口口咬着乒乓球大的牛肉馅，真是香喷喷、鲜嫩嫩的啊。

平时，老兵们"调理"新兵常用的手法之一就是让他们去第二次打饭，提着一串饭盒来回走近四公里的路，要是在炎热的夏天那是非中暑不可。一会儿，两饭盒的包子被一扫而光了，几个人愣是说没有吃饱。无奈之下，何久先只好一个人又回去打包子，谁让自己假装客气了。

一小时后，何久先大汗淋漓地又打来了一饭盒包子，几个老兵每人只是象征性地吃了一个，还剩下十多个包子，衣庚锦开始心痛了。

记得在家时，逢年过节也难得吃上一顿牛肉馅的包子，衣庚锦非常舍不得，怎么办呢？纠结之下，忽然，他像演戏似的呼天抢地喊道："爹呀、娘呀，儿子不孝了，你们一年都吃不到这么多的肉，我这就要把牛肉包子倒进大海喂鱼了，我真是伤天害理啊……"

正当衣庚锦装着抹眼泪，要把牛肉包子倒进海里时，"王大胡子"实在看不过去了，招呼所有值更的人，每人再帮着吃一个或两个包子，这样平均下来每人都吃了八九个包子，肚子被撑得鼓鼓的，七个当更者只好沿着码头的浮桥"一二、一二"地来回跑步消食了。

"枪走火了"

凌晨时分,第三更开始接更了。

何久先从第二更单若冰的手中接过五六式冲锋枪,验完了五发子弹后,就直挺挺地站在码头上。海面朦朦胧胧,天空如墨低垂,偶有流星划过,发出一道奇异的光。潮汐声在这宁静之时听得异常清晰,宛如一首流动的乐曲。几盏高亮度的白炽灯照亮了码头周围,反而让人觉得它破坏了夜晚的沉静。

码头值更是有口令的,它一般以单词或数字一对一地问答。每天接更前,由支队司令部统一制定发布口令。各艇内务更接到新口令后,就将它记在值更桌上方小黑板的右上角,让码头更自己来领取。

何久先竟忘了领取今晚的口令了,就打电话向内务更询问。可是,为了保密又不能直接问,只好问今天买一盒烟是多少钱。不巧的是内务更也是个新兵,丈二和尚摸不着头脑,也没听出来是什么意思。

何久先引导地说:"你到走廊的小黑板上看看,上面写的是什么字?"

新兵反应挺迟钝,放下电话就跑去看黑板,一会儿回来说:"我看黑板上,没有写买烟是多少钱。"

何久先被弄得哭笑不得,只好让新兵去找萧雨笛。

萧雨笛睡得正香,一听说是何久先让问的,便迷迷糊糊地走到小黑板前,望了一眼右上角的数字后说:"'大红鹰',八毛一。"

新兵恍然大悟地说:"天哪,这大红鹰烟好贵呀,'大前门'才五毛钱一包啊。"

萧雨笛不大高兴地说:"什么贵不贵的,你就按照我的话说好了。"

新兵拿起电话筒说:"何厨师啊,萧老兵说是'大红鹰',八毛一啊。"

何久先低声地回答说:"好的,我明白了,'八一'。"

码头武装更配备的武器是折叠枪托的冲锋枪,何久先拿起枪仔细打量着,感觉它比木托的五六式冲锋枪轻便、秀气得多。

也许是由于半夜起来的缘故,何久先站了一会儿有点儿犯困,就进到岗亭里坐下了。可是,他又怕艇值日官来巡查,便突发奇想地找来了一根铁丝,一头捆在腰上,另一头拴在岗亭的门把手上,将腰倚靠在壁板上,脸朝门耷拉着脑袋,一会儿就迷迷糊糊地睡着了。

大约过了半个多小时,"王大胡子"来码头巡查了。查了一圈不见人影,喊了几声又没人回答,他就走到了岗亭前,透过窗口往里看,只见何久先耷拉个头、蜷曲着身子。

"王大胡子"着急地拉开门想看个究竟,可是拉了几次也没拉开,他就用尽全力一拽,"嘣"的一声门开了,何久先随即被门上的绳子拽起。虽然是睡眼惺忪,不过警惕性还挺高,忽地站起来,迅速端起冲锋枪,上前就是一句:"口令?"

"八一!""王大胡子"随即回答,似乎没有发现何久先在睡觉,半表扬半批评地说,"不错啊,你小子的警惕性蛮高啊。不过,不要只坐在岗亭里,还要多到外面走一走,注意观察码头的情况。"

"是!"何久先紧握冲锋枪回答,"我一定时刻提高警惕。"

"王大胡子"走后,何久先的睡意荡然无存,坐在台板上将冲锋枪抱在胸前,轻轻地抚摸着枪管、枪柄、弹夹……他还是第一次接触这种折叠枪托的冲锋枪,有一种爱不释手的感觉。想到要在年终的轻武器射击考核中取得好成绩,他便举起冲锋枪练习瞄准,先是瞄星星,再是瞄灯光,后是瞄浮桥的钢梁……

此时,衣庚锦正在艇内值更。与码头更相比,艇内更相对舒服一些,在舱内风吹不到,雨淋不着,半小时从艇艏至艇艉逐舱检查一下机械情况,如果没有异常变化,最后就在《航泊日志》写上:"检查全艇情况正常。"

上一更是舰务兵柳继根。接更后,柳继根从艇艏至艇艉看、听、嗅、摸

第四章 码头值更

了一遍，一次性就写完了六个"检查全艇情况正常"，然后，他就出艇与码头更单若冰吹牛皮了。这一招被有经验的"王大胡子"看出了破绽，他当着柳继根的面骂道："小赤佬，还想在我面前偷懒耍滑，这六个'检查全艇情况正常'咋都是一样的笔迹啊。"

衣庚锦却不是这样，第一次独立在艇内值更，感到既新奇又庄严，一切都严格按照值更守则操作，每半个小时就到各舱查一查有没有异常情况，听一听有没有异常声音，嗅一嗅有没有异常气味，摸一摸有没有异常温度，确信一切正常了，才在《航泊日志》上工工整整地写上："检查全艇情况正常。"

"砰！"一声枪响划破了夜空。衣庚锦听到艇外有枪声，立即操起一把太平斧，准备出艇查看发生了什么情况。这时，只见何久先已从三舱升降口爬了下来，右手提着冲锋枪，磕磕巴巴地说："庚锦啊，枪、枪走火了。"

衣庚锦一把夺过冲锋枪，迅速关上保险，并取下弹夹，一看里面五发子弹少了一发，便安慰他说："真是枪走火了，没伤着你吧？"

"没、没有。"何久先语无伦次地说，"我端着枪练瞄准，一不小心扣动了扳机，没想到枪就'嘣'地响了。"

正在二舱睡觉的"王大胡子"被枪声惊醒了。他来到三舱问明情况后，带着何久先回到了码头岗亭，又把刚才枪走火的情况用电话向支队作战值班室做了汇报。然后，"王大胡子"就坐在何久先身旁，陪他聊天，进行安慰，一直到谭彦多来接更。

天亮了，"王大胡子"仔细检查走火的情况，发现那一发子弹穿过岗亭的厚木板，又在远处引桥钢板上击出一个一分钱硬币大小的瘪坑，钢板的油漆上绽开了一朵花。

"王大胡子"倒吸了一口冷气，拍着何久先的肩膀说："幸亏没打着人，这真是不幸中的万幸啊。"

回到了舱内，何久先躺在吊铺上翻来覆去睡不着，心有余悸。

早餐时，何久先囫囵吞枣地吃完后，主动上码头岗亭换谭彦多下舱来吃饭。

083

衣庚锦不大放心，就放下饭碗跟在了后面。

何久先走到舷梯中间处时，突然来了一阵涌浪，瞬间将并靠的两艘潜艇拉开了距离，把连接在舷梯一头的绳索拽断了。何久先随着舷梯缓缓下滑，大半个身子坠入了冰冷的海水中。

说时迟，那时快。发现何久先落水了，衣庚锦迅速跑上前，俯下身一手握紧舷梯边缘，一手拽住了何久先，费尽吃奶的劲才把他拽出了水面。随即，又是一阵涌浪从外舷扑来，将两艘艇的距离猛地贴近。真险啊，如果再迟一点儿，何久先恐怕就被挤成肉饼了。

衣庚锦抽了一口冷气说："多悬啊，你这小命差点儿就没了。"

何久先被吓出了一身冷汗，棉裤已经湿透了，哆哆嗦嗦地说："哎呀，俺今天怎么这么倒霉啊。"

梦游虚幻境

早餐后，柳继根和单若冰开始值第二更，其他更次人员休更补觉。

谭彦多躺在四舱吊铺上毫无睡意，便从单若冰的挎包中拿出一本《红楼梦》。

记得第一次发现单若冰在看《红楼梦》时，他就问这本书好不好看。单若冰说，《红楼梦》是中国四大名著之一，毛主席都说过了，《红楼梦》读过一遍没资格参加议论，要看五遍才有发言权。谭彦多心里想，既然毛主席都能这样讲了，我为什么不看看啊？

谭彦多生于农家，儿时习惯光腚睡觉，长大后，尤其是当上兵之后，才勉强习惯穿上了裤衩和背心，他感觉这样睡觉很舒坦。尽管值更的被褥脏兮兮的，还有斑斑污迹，可他不在乎，还是照样盖在了身上，他认为这比在家时哥儿仨盖一床破被强多了。

第四章 码头值更

借着舷壁上微弱的灯光，谭彦多捧着《红楼梦》浏览起来。当目光移到第六回"贾宝玉初试云雨情"时，他的两眼一亮，凑近灯光，喃喃地念道：

> 袭人伸手与他（宝玉）系裤带时，不觉伸手至大腿处，只觉冰凉一片沾湿，唬的忙退出手来，问是怎么了。宝玉红涨了脸，把他的手一捻。袭人本是个聪明女子，年纪本又比宝玉大两岁，近来也渐通人事，今见宝玉如此光景，心中便觉察一半了，不觉也羞的红涨了脸面……袭人亦含羞笑问道："你梦见什么故事了？是那里流出来的那些脏东西？"宝玉道："一言难尽。"……羞的袭人掩面伏身而笑。

读到这里时，谭彦多觉得不过瘾，低声又念了两遍之后，继续看下去，看着看着就进入梦乡了。

日有所思，夜有所梦。虽然是大白天，可是谭彦多看了《红楼梦》后就开始想入非非了。

谭彦多梦到了《红楼梦》第十二回"王熙凤毒设相思局"中凤姐诱骗贾瑞上当的情景，还梦到了自己与薛宝钗一起在海边的小船上肩并肩坐着，先是抚着她的手，接着又摸着她的秀发，最后欲去吻她的嘴唇……

星期天上午，天空晴朗，左副政委组织青年团员上艇拆洗值更被褥。

由于潜艇舱内潮湿，值更被褥又爱沾油渍，加上多有"地图"，所以要一个月拆洗一次。对此，左副政委在军人大会上多次强调说："大家要爱护公用被褥，不要在上面'跑马''画地图'了！"

谭彦多是新兵，听不懂什么是"跑马"和"画地图"，就悄声地问坐在旁边的柳继根："东坪港连一头驴都没有，还跑什么马啊？值更的被褥上我也没见到有什么地图啊？"

柳继根用上海话讥笑地回答："侬真是个阿五六分分的，这'跑马''画地图'就是遗精的意思啦。"

谭彦多这才恍然大悟。

尽管多次强调，可是谁也不肯说出"画地图"的始作俑者。左副政委几次提出一定要查个水落石出，杀一儆百。

朱艇长冷冷地说："扯淡，你咋查？在被窝放个岗哨？"

王政委劝道："都是年轻人，查出来你咋办？多伤害战士的自尊心啊。"

听朱艇长和王政委这么一说，左副政委表面上也不再说什么了，可心里还是有点儿不服气，埋怨艇长和政委不敢与不良行为做斗争。

今天，左副政委带领几个青年团员来到艇上后，拿起已拆洗好的被褥和枕头套，逐舱给正在睡觉的休更人员换上。

看到左副政委上艇了，当值的柳继根一直跟在后面帮着忙乎。

正在梦游虚幻境的谭彦多突然觉得身上的被子被人掀开了，睁眼一看原来是左副政委站在面前，便不情愿地哈腰坐了起来。

当换下谭彦多的被子时，柳继根感到手里湿漉漉的，翻开被子一看，上面有一大圈像痰液一样的东西。他像发现了新大陆似的抱起了被子，急忙说："副政委哟，侬看看，这是啥个事体，黏糊糊的，是'跑马'了吧。"

左副政委拿起吊铺一头的《红楼梦》看了看，生气地大声说："谭彦多啊，'贪艳多'，你这是在做梦娶媳妇啊！"

左副政委像是缴获了一件战利品，将谭彦多一把拽下铺来，又大声吼道："这次，我可逮住你了！"

柳继根在一旁添油加醋地说："哎哟，你和何久先真不愧是老乡啊，一个晚上枪'走火'，一个大白天的人'走火'啊。"

"继根啊，你凑什么热闹啊？"听到柳继根在旁敲侧击，正在补觉的衣庚锦急忙从吊铺上爬下来，指着他不愠不火地劝道："别吵了，这被子就由我来拆洗好了。"

看到衣庚锦的态度如此积极，左副政委只好默许了。他也不想把这件事搞大了，便拿着那本《红楼梦》转身欲走。

谭彦多看左副政委要拿走《红楼梦》，急切地说："把书还我，我一遍还没看完呢。"

左副政委只好将《红楼梦》往谭彦多怀里一摔，气急败坏地说："屌兵，你就是看八遍，还是个屌兵。"

"哎呀，左副政委，看八遍可不够啊。"谭彦多一脸认真地说，"毛主席老人家说了，《红楼梦》他都看过十几遍了，有的地方也还是没有看懂呢。"

"'贪艳多'，你就准备在军人大会上做检讨吧。"左副政委气哼哼地扔下一句话，转身甩手而去了。

柳继根抱起"跑马"的被子，跟在左副政委的后面不知趣地唱道："跑马溜溜的山上……"

"青春期与水"

柳继根抱着"跑马"的被子，和左副政委一起径直回到水兵大楼。

左副政委指着被面上黏糊糊的斑迹，对王政委请功讨好地说："政委看看吧，这次谭彦多这个小子可让我逮了个正着啊。"

王政委看了一眼被子上的"地图"，不足为奇地说："战士们正处青春期，潜灶伙食又好，难免体力充沛，精多外溢嘛。"

听了王政委轻描淡写甚至有点儿包庇的话，柳继根不服气地说："这叫什么精力充沛，简直就是蓄意破坏公物嘛！"

王政委把被子叠好后，又征询道："左副政委，你看如何处理这件事啊？"

"杀一儆百！"柳继根似乎想也没想，即刻插话说，"把这床被子放到俱乐部，让全艇同志都来参观。"

"再给个警告处分？"王政委接上话头说，"让谭彦多这个新同志，在全艇人面前臭名远扬，抬不起头来？"

"对、对。"柳继根赞成地说，"看谁以后还敢破坏公物。"

"对？对个啥啊？他和你一样都是新兵。"王政委生气地说，"如果那样做，让他今后还有什么脸面见人,他这一生不就废了吗?"

王政委没再理睬柳继根,转过身来对左副政委说:"就为了这么一件小事,就往死胡同里去逼他,这样最容易激化矛盾,我们的政治工作不能没有人情味啊!再说谁还不犯点儿错误,难道你就没有犯过错啊?"

"那你说这件事咋办好?"左副政委看到王政委一副苦口婆心的样子,也就不再敢贸然行事了。

王政委思忖了一会儿,以商量的口吻说:"这样吧,谭彦多是个团员,这件事由你们团支部来处理吧。"

左副政委安排人拆洗完被子后,又找到了团支部副书记衣庚锦,商量如何处理这件事。

衣庚锦由衷地说:"左副政委,我觉得这不是什么原则上的事,最好能息事宁人,但是大会还是要开的,要让大家受到一次深刻的教育啊。"

左副政委不解地问:"小衣啊,既要不声张,又要大张旗鼓地搞教育,你有什么好办法吗?"

衣庚锦想了一会儿,建议道:"我们这批战士都处在青春期,能否给大家上一堂……"

还没容衣庚锦说完,左副政委两掌相互一击,兴奋地说:"好哩,就这么办,我先向政委汇报一下,再让靳医生准备一下。"

晚餐后,191潜艇按规定进行了点名。今天点名时没有在楼前列队,而是让全体人员在俱乐部里集合。

谭彦多坐在小马扎上低着头,心里忐忑不安。上午发生的事,他从心里怨恨左副政委和柳继根,觉得他俩这是小题大做,吹毛求疵,使自己在战友面前很没有面子,要是在军人大会上做检查,今后还怎么在艇上混啊?

军人大会开始了,上台讲话的并不是艇领导,而是医生靳伯虎,四位艇领导并排坐在台下的小马扎上。

靳医生一上来就单刀直入地说:"根据艇领导的安排,今晚的军人大会啊,由我给大家上一堂生理课,主题就是青春期与水。"

靳医生当兵前是温州郊区生产大队的赤脚医生，入伍后作为"军医苗子"被选送到上海医科大学深造。毕业后，他被分配到潜艇上当医官，每月坚持给艇员讲一次卫生课。上个月，他在讲课时强调饭前便后要洗手，说如厕完至少要用二十张手纸才能揩净残留在屁股上的细菌，听得大家一阵哈哈大笑。

靳医生有一个口头禅，平时总是"屌毛灰"不离嘴，不过他在说这句话时却与众不同，说到最后常是伸出嫩白的小手，悄悄地在对方头上轻轻地一拍道："摸屌，摸屌，摸摸屌哟。"久而久之，老兵都称他为"靳白屌"了。

看到大家坐在下面一副惊奇的样子，靳医生便把刚才说的"青春期与水"几个字，唰唰地写在黑板上了，又转过身来接着说："我们艇上80%以上是二十多岁的年轻人，你们正处在青春的旺季，加上潜灶吃得好、营养足、火力旺，因此夜间荷尔蒙分泌得很厉害，荷尔蒙多了就会跑出来，中医书所说的'精满自溢'，说的就是这个道理啊。"

台下传来一阵嬉笑声。大家来了兴致，都竖起耳朵认真听靳医生讲下去："我们平时所说的'跑马'，其实就是遗精，这通常是指男人或者到了青春期的男孩子在睡眠中的一种无意识的排精，常伴有带性爱色彩的梦。"

"'跑马'也是一种自慰，平时如果有人问你'跑马'了吗？千万别以为这是在问你是不是骑了马。通过自慰的行为达到射精，是一种主观控制、主动进行的遗精。这种行为大都流行在男性中，在士兵之中也非常广泛。我们平常说的'跑马'和'画地图'这两个词，都是暗指遗精或自慰行为，是男性中的一句'行话'。我们都知道这是一种暗喻，是用来调侃、开玩笑的，无须大惊小怪喽。"

看到大家开始窃窃私语，靳医生又由浅入深地说："这精液是什么呢？精液由精子及精浆组成，精子仅占精液数量的小部分，约为5%吧。精液的排出具有一定的顺序，即依次经过尿道腺、前列腺、附睾尾部及精囊，其中5%至10%来自附睾、输精管壶腹、尿道腺，30%来自前列腺，60%来自精囊。

如晨勃时憋精的话，可能丧失性功能。如果精液长时间停留在精囊中而不能排出，精子的活力就会削弱，生精的能力也逐渐降低。所以，男性就难免会在被褥上啊，床单上啊，留下一幅幅'地图'，用我们当兵的话说就叫'跑马'了。因此，对这一正常的生理现象不必害羞，更没有必要避而不谈、避而远之嘛。"

大家不再笑了，觉得的确是这个道理，谭彦多也慢慢地抬起了头。

这时，何久先举手问道："靳医生，请问如果一不小心将被褥画上了'地图'怎么办啊？"

靳医生反问道："你们说怎么办啊？"

看大家都沉默不语，靳医生继续传授说："就不要偷偷地用肥皂去洗了，这样是洗不掉的。那怎么办呢？我有一个绝招，就是用咱们东坪港的山水来洗，洗的时候不要打肥皂，更不能加热水，泡上个十来分钟，然后轻轻地用手搓个十多分钟，这'地图'就会消失了。"

大家面面相觑，似乎不大相信这个绝招。

"为什么如此灵验呢？"靳医生右手举起了一瓶水，神秘地说，"我对此做过专门的研究和试验，还为此请教了上海医科大学的专家，得出的基本结论是，咱们东坪港的山水里面含有丰富的矿物质，溢在被褥上的精液主要含前列腺素和少量的蛋白质等，这些物质和东坪港山水里丰富的矿物质结合，就起到了分解和中和的作用，那么'地图'也就消除了。"

靳医生的讲课结束了，大家七嘴八舌地开始议论，觉得这堂课结合实际，讲得生动有趣，都热烈鼓掌叫好。

王政委站起来补充说："当然了，我们革命战士要养成乐观向上的生活习惯，要爱护好公用被褥，不要再'跑马溜溜的山上'了。"

这场"跑马"风波就这样烟消云散了，左副政委侧过脸来望着王政委，又注视着衣庚锦，心里感到豁然开朗。

谭彦多慢慢地抬起头，挺起胸，他做梦也没想到此事竟是这样一个结果，深深感受到了部队大家庭的温暖。

第五章

迎接参观

喜换水兵服

1974年5月1日,经中央军委主席毛泽东批准,人民海军更换七四式军服。干部帽改用大檐帽,士兵帽改用苏式水兵帽,均佩红色五星帽徽。

衣庚锦拿着新军装仔细打量着,水兵帽帽墙钉了一圈黑色飘带,飘带上的文字仍然是简化字"中国人民解放军海军",水兵服双肩还佩戴着红色方块肩章。

新军服的出现使水兵风貌焕然一新,海风吹来,飘带和披肩哗啦啦地扬起,洋溢着青春的活力,这一新变化无疑吸引了国人乃至世界的目光。换装当天上午,衣庚锦、单若冰、萧雨笛、刘百顺、何久先和谭彦多这六个从黄海之滨归服堡走出来的水兵,脱下穿了一年零五个月的灰军装,换上了崭新的上白下蓝水兵服,肩并肩地站在191潜艇前,让战友给拍下了一张难忘的合影。

在全艇军人大会上，王政委回忆道，1965年5月24日，中国人民解放军取消了军衔制度，从6月1日起正式穿上六五式军服。海军军服样式改为与陆、空军相同，颜色为深灰色。干部服、战士服都改成了传统的中山装，干部服是上下四个口袋，战士服是上面两个口袋，所有军帽均为解放帽样式。

相对比较，海军更换服装的次数比其他兵种要多。衣庚锦这批1972年底入伍的兵正好赶上了结束"灰老鼠"的历史。他们中按期退伍的至少穿过六五式、七四式军装，干到转业的大都穿过八五式、八七式干部服，单若冰还穿过〇四式和〇七式将军服。这些样式各异的军服背后蕴含着中国海军发展的历史脉络。海军建设的更迭演进，军事思想的变迁进步，都会在一定程度上具体体现为服装的变化。

至于为什么要恢复水兵服，衣庚锦听知情人士透露说，1970年国庆二十一周年阅兵式时，党和国家领导人站在天安门城楼上，检阅由陆、海、空军组成的受阅部队，发现海军队列不易辨别。事后，海军专门成立了新军服研制机构，将恢复水兵服的工作提上了日程，四年后海军才得以重披新装。

191潜艇从上海归来后，驻东坪港的海军部队还未正式换发新军服。因此，191潜艇艇员顿时显得一枝独秀、引人注目了。八一建军节上午，支队组织全员会操，191潜艇官兵从水兵大楼列队出来，"唰唰"地奔向大操场，崭新的白水兵服被太阳镀上了一层银光。

队伍行进了没多远，正好遇见卫生院楼前的女兵在列队，女兵们的脑袋像潜望镜似的随着他们转动，脸对着行进中的队伍，正好可以名正言顺地欣赏这些身着新装的男兵。

新换装的男兵队伍显示出鲜明的特点，要的是气势，讲的是队列，秀的是军姿，比的是整齐。人人手臂绷直，前摆后甩，流畅自如，整齐划一，可以说他们的风头展露到了极致。

谭彦多个儿高，走在最前面，矮个子的何久先在队尾也被看清楚了。随着男兵队伍的一步步移过，女兵们头的转向角度也越来越大，一会儿又都不约而同地转向了右边。

见此状况，女兵队领队立即发出口令："都有了，向前——看！"

顿时，女兵队伍的人头"唰"的一下又恢复了正常，寂静了一会儿，突然间队列中传出了"嘎嘎"的笑声。

听到女兵们的笑声，男兵们越发来劲了，带队的周水手长迈着矫健的步伐，在队列的左侧有节奏地喊着："一、二、一……一、二、三、四！"

萧雨笛对右侧的刘百顺低声问："哎，你看那些女兵漂亮吗？"

刘百顺只是一笑，悄声说："她们再漂亮，我们只能远远地望一望啊。"

萧雨笛用家乡话不屑地说："漂亮哼么？一个个巴丑巴丑的，好看的女兵早都被挑到舰队文工团了。"

刘百顺和旁边听到萧雨笛说的话的兵差点儿笑出了声。

191潜艇艇员整齐地进入大操场，参加队列会操。

队列会操进行了一个小时。最终，191潜艇因口令准确、步伐整齐、仪表整洁，夺得了支队会操第一名。艇员们都心知肚明，这仪表整洁就是指穿上了新军服啊。

艇长朱惠凯敲打他们说："我们艇在这次全支队会操中夺魁，这没有什么可沾沾自喜的，说到底都是沾了先穿新军装的光了。"

衣庚锦和战友们都会心地笑了。

八一建军节前一天，甬江市枫城小学的王校长特地登门，热情邀请海军叔叔与孩子们一起搞庆祝活动，讲一讲水兵服的来历和故事。

支队政治部把这个任务交给了191潜艇，艇领导就派校外辅导员衣庚锦和萧雨笛前去参加这一活动。

政委王敬儒亲自找他俩谈话，讲起了二十三年前自己所经历的一段往事。

在旅顺潜艇学习队时，中国学兵都得穿着苏联海军水兵服。许多苏联水兵穿用粗帆布做的水兵服嫌热，就擅自剪下一小块海魂衫布当护胸，用按扣扣在胸口前。王敬儒也照着做，却被苏军长官发现了，严肃地批评他破坏了着装规定，一定要给处分。王敬儒辩解说，这是向苏联水兵学的。苏军长官一听更火了，说这绝对不可能，并指责他犯了错误还强词夺理，污蔑苏军……这时，正巧一个苏联水兵路过，王敬儒上前拦住了那位水兵，当场将他水兵服开口处的一小块海魂衫布揭下来，搞得苏军长官十分尴尬，此事只好不了了之了。

最后，王政委叮嘱他俩说，新式水兵服来之不易，一定要把课讲好，完成这次拥政爱民的任务。

于是衣庚锦和萧雨笛穿上新式水兵服，提前一天乘坐长途客车出发了。

出了枫城长途客运站后，两个人一副雄赳赳、气昂昂的样子，行走在大街上，瞬间就成为引人瞩目的焦点。不论走到哪里，都能感觉到所有人的目光全都集中在自己身上，他俩很快意识到，这身新式水兵服太引人注目了。因为人们在印象中已经看惯了那种灰色的海军服，对于上白下蓝、配有披肩的水兵服感到一种陌生和新奇，同时也感到羡慕。

一个女青年悄悄地问："他俩是做什么的？"

一个男青年莫名其妙地回答："他俩穿的是过去的老水兵服，可能是来拍电影的吧？"

……

衣庚锦和萧雨笛提前来到了枫城小学，刚跨入校门就受到了王校长和师生们的热烈欢迎。

听说两人都是潜艇兵，一位女老师请求说："海军同志啊，能请教你俩一个问题吗？"

衣庚锦笑着说："别客气，凡是我知道的，一定回答你。"

女老师问道："你们潜艇是怎样潜到水下，又浮到水上的啊？"

衣庚锦回答道："你知道'阿基米德定律'吗？"

女老师兴奋得滔滔不绝地说："我是教物理的，'阿基米德定律'是力学中基本原理之一，是流体静力学的重要内容。内容是说，浸在静止流体中的物体受到流体作用的合力等于该物体排开的流体重力,方向竖直向上,这个合力被称为浮力。古希腊学者阿基米德首先提出这一定律,并用它来确定王冠上的金银含量。"

衣庚锦肯定地解释说:"老师说得很对,再简单一些说,潜艇为什么能够上浮下潜呢?这是因为潜艇的舯、艉和中央部位各装有几组水柜。水柜空着时,潜艇就浮在水面上;当往水柜注水时,潜艇就下潜;而用高压气将水柜里的水吹空时,潜艇又浮上水面了。这就是你说的'阿基米德定律'的具体应用。"

瞅着两人的水兵帽,王校长又问道:"海军同志,听说水兵帽上的飘带起源于英国皇家海军为纪念阵亡的将军在帽后缀上的两条黑纱,是这样吗?"

"你所说的将军叫纳尔逊,是18世纪末至19世纪初英国海军的统帅。"萧雨笛解释说,"1805年,纳尔逊率领英国皇家舰队与法国拿破仑舰队激战,打败了敌人。纳尔逊在战斗中重伤身亡。英国皇家海军为他发丧时,全体水兵都在帽后缀上两条黑纱,表示悼念。从此,英国水兵帽就正式缀上两条黑色飘带了。"

"其实啊,这不全是因为纪念纳尔逊的关系。"衣庚锦又补充道,"水兵服和水兵帽的样式都是与海上和舰艇上的生活密切相关的。水兵帽无檐,主要是为了避免舰艇高速航行时帽檐兜风和使用观察仪器时帽檐碰坏仪器;水兵帽的硬檐圈对水兵的头部有保护作用,使他们不至于因海上颠簸而碰伤头部;别小瞧帽后的两条'小辫'啊,作用可大了,它既可以作为风向标使用,也可用以系住帽子使其不致脱落。"几位老师听后频频点头称是。

衣庚锦和萧雨笛并肩走进了小礼堂,师生们立即起立鼓掌欢迎,一个男生领头举手高喊:"向解放军叔叔学习!向解放军叔叔致敬!"

两人走到台中央,举手向师生敬礼。王校长致完欢迎词后,讲课就开始了。

衣庚锦首先走上讲台,连讲稿也不拿,对着话筒详细地介绍说:"中国海军军服按不同时期分为:北洋水师军服、清末海军军服、南京政府海军军服、人民海军军服。这些军服有一个共同点,就是水兵服颈前开有V字领,颈后是方形披肩，水兵帽后系有两根飘带。我们人民海军军服经历了五〇式、五五式、六五式和七四式，我俩现在穿的就是七四式水兵服。随着海军建设的发展，我相信以后还可能出现其他样式的军服。海军军服的演变过程显示着人民海军从低层次向高层次、从单一服制向系列发展的历史轨迹。"

讲完，衣庚锦又启发大家说："下面，咱们搞一下交流互动吧，哪位同学有什么不懂的地方，可以提出来。"

"叔叔，你的披肩上为什么有四道白杠啊？"一个女生举手问道。

萧雨笛回答说："20世纪20年代初期，披肩上只有三道白杠，代表着北海、东海、南海三大舰队。1955年，苏军撤出了旅顺口，人民海军又在披肩和袖口上各增加了一条白杠。披肩上变成四道白杠，这是人民海军担负着保卫祖国的渤海、黄海、东海、南海这四大领海任务的标志。"

一个男生举手诙谐地说："叔叔，我爷爷说海军有三怪：帽子歪着戴，衣服多一块，裤子像麻袋。"

衣庚锦笑着解释说："水兵帽的佩戴是有要求的，戴时必须倾斜，帽子位于眼眉上一根指头到两根指头的距离。衣服多一块嘛，这是指水兵服颈后的方形披肩。裤子像麻袋，这是说水兵裤的裤脚特别肥大。不过啊，现在我们水兵帽不再有歪着戴的要求了。可是水兵裤的前面不开档，也没有扣子，像女裤模样，这是为什么呢？"

看到师生们一阵哈哈大笑，衣庚锦又风趣地说："我给大家讲一个故事吧。在1713年的一天傍晚，英国'海狼'号军舰紧急出航，驶向爱丁堡港，航行不到半小时，突然与敌人一支舰队相遇。敌舰队炮火猛烈轰击，将'海狼'号击沉，三十八名官兵中只活下来一个叫约翰·卡尔的水兵。为什么他能幸免于难呢？原来他身上的那条裤子帮了大忙。出航前卡尔住在女友家，接到紧急出航的通知后，他黑灯瞎火中把女友的裤子穿上走了。当军舰下沉时，他迅速跳进海里，可奇怪的是当他钻入海中时，'呼噜'一声裤子就自行脱掉了，裤管里充满了气。卡尔伸手抓紧鼓成气囊的裤子，在海上漂流约二十个小时，终于被人发现救起。后经调查发现，原来是女朋友的裤子救了他一命。其他的官兵之所以遇难了，最主要的原因是下海后裤子贴到了肉体上，怎么也脱不下来，结果身体越来越重，就一个个沉下海了。海军总部觉得这种女式不开裆的裤子很适合海上水兵穿着，裤腰两边开衩，入水时易脱离，裤筒在垂直入水后容易充气，平时裤腿宽肥，冲刷甲板时也易卷到膝盖以上。从此，水兵裤就改用这种女式裤了。"

"哗……"同学们纷纷鼓掌，感谢两位海军叔叔生动的讲课。

讲完课后，王校长非常客气地问："衣同志、萧同志，你俩现在谈女朋友了吗？"

萧雨笛知道王校长所说的谈女朋友，就是家乡话中谈对象的意思，便试探地问："怎么，校长要给我们俩当媒人啊？"

王校长诚恳地笑着说："我们学校有好几个年轻漂亮的女教师，她们最想嫁给海军，特别是想选择潜艇兵当终身伴侣啊。"

萧雨笛不解地问："那是为什么啊？"

王校长风趣地回答："因为潜艇兵牙齿长得齐，脸形好看，长得帅气啊。"

衣庚锦解释道："我先谢谢校长了，不过我们部队有规定，战士不得在驻地谈对象。"

王校长理解地说："等你俩都当上军官了，就到我们学校来，我保证你们都能娶到最贴心的心上人。"

"哈哈……"三个人开心地笑了。

首长检阅

国庆节前夕，艇长朱惠凯和政委王敬儒奉命来到支队作战指挥室，接受赴上海迎接参观的任务。

蓝鲸兵魂

舰队给191潜艇下达了三项任务：一是接受周副总长视察，二是接待N国导弹巡洋舰来访，三是迎接朝鲜电影《卖花姑娘》的演员参观。

黄昏时分，191潜艇按计划抵达吴淞口，顺利停靠在为护卫舰、猎潜艇和扫雷舰预留的泊位。

191潜艇与前来迎接参观的舰艇都挂上了满旗。舰艇悬挂满旗，是国际通用的海军最高礼仪。入列不久，就来到上海接受接待参观的任务，衣庚锦和官兵们都感到光荣而自豪，把艇里艇外清洁得焕然一新。

下午一时许，191潜艇在码头列队，准备迎接周副总长前来视察。

朱艇长在动员会上说："首长这次视察的主要内容有两项，一是参观我国自行研制的新型潜艇，二是看望重新穿上了水兵服的潜艇兵。"

全艇随即进入迎接首长视察的准备状态。军官戴大檐帽，一身上白下蓝的干部服。士兵穿水兵服，头戴没装飘带的水兵帽，清一色配白手套，冒着酷暑在码头一遍遍地演练着。知了在树上叫个不停。

演练间，衣庚锦开玩笑地悄悄问水手长周尚兵："这个副总长也姓周，不会是你爸爸吧？"

周水手长一笑："我老爸是'走资派'，现在还养马呢。"

衣庚锦和大多数人都知道周水手长是高干子弟，他的父亲曾是徐向前麾下的一员骁将，解放后任军区参谋长，是开国少将。由于受"二月逆流"的牵连，他被发配到黑龙江的一个军马场了。临行前，周尚兵要求说："爸爸，我要去当兵。"父亲思忖了一会儿说："你去军区找马副司令吧，他是我的老部下，一定会帮你的，但是不要告诉他是我让你去的啊。"于是，刚满十六岁的周尚兵穿上了绿军装。

1971年，毛主席指示实施发展"飞、潜、快"的海军战略，军委决定从陆军选拔一些优秀士兵充实到潜艇部队，周尚兵又从陆军要塞警备区登陆艇上的一个信号兵调到潜艇，当上了一名舵信兵，后来因表现优秀被提升为水手长。至于父亲现在在哪儿，他的确不知道，当兵时父子俩连个面都没见到。

平时，他都是与母亲书信往来，偶尔通个电话也很少谈及父亲。其实父亲是铁骨柔肠，只是不大喜欢婆婆妈妈罢了。

演练了几遍队形后，朱艇长还是有点儿不放心，就站到队前大声说："同志们，现在我来扮演周副总长，咱们再演练最后一遍。"说完，他昂首阔步地从排头走向排尾，当走到队伍中间时举起右手喊道：

"同志们好——"

"首——长——好！"

"同志们辛苦了——"

"为——人——民——服——务！"

看到艇员们连吃奶的劲都用上了，朱艇长高兴地再三叮嘱说："好，就按照这个套路喊，千万别喊乱套了。"

话音刚落，一辆军用吉普车从远处驶来。车刚停稳，朱艇长就跑步上前，向刚下车的周副总长敬礼道："报告首长同志，191潜艇列队完毕，请您检阅。艇长朱惠凯。"

周副总长一身绿军服，中等个儿，左额角有一处明显的弹痕。面对跑来的朱艇长，他很是随意地举手还礼，然后又很是随意地向队列走来。

艇员们屏气凝神，等待着首长的问候。

周副总长微微地举起右手，用一口胶南话不连贯地、随意地说："同志们好啊，同志们辛苦了啊。"

衣庚锦一听愣了，这首长咋不按套路出牌？还没来得及细想，队伍中就响起参差不齐的声音："首长好！"还有的喊："为人民服务！"喊声此起彼伏，七零八落。艇员们知道喊乱套了，可又不敢笑，仍是笔挺地站着。

周副总长先向排尾走来，当走到最末一个兵何久先面前时，他停住了脚步，抬起手拍了拍他的肩膀微笑道："小伙子啊，挺胖呀！"

"首——长——胖！"汗流浃背的何久先显得格外紧张，情急之下立正站稳，"啪"的一个标准的军礼，一字一顿郑重地回答。

周副总长先是一愣，又爽朗大笑，官兵们也因刚才的一幕笑得前俯后仰。

周副总长继续向队列排头的方向走去，当走到排头兵周尚兵面前时，他一愣，停住了脚步，凝视着面前这个昂首挺胸的小伙子。

周尚兵瞬间也愣住了，眼前这位首长竟是自己多年不见的父亲，他做梦也没想到父子俩能在这种场合下见面，事先咋连一点儿消息也没有？

突如其来的喜悦让周尚兵差点儿喊出了声，可当看到父亲那严厉而慈祥的眼神时，他立即恢复了常态，仍是挺胸抬头、目不转睛地挺立着。

周副总长缓缓举起拳头，在周尚兵的胸前轻轻捶了捶，低声说："你长高了，长大了。"

周尚兵眼眶噙着泪花，默默无语……

晚上，周副总长不肯去舰队为他准备的宾馆，而是住在东坪港军人招待所。炊事班准备了四道菜一个汤，外加一盘炒鸡蛋。由支队长王国英、政委乔云龙和191艇的朱艇长、王政委陪同，周尚兵坐在了父亲对面。

周副总长开门见山地问："水兵帽上那两条辫子怎么没了？"

王支队长直言相告："这是遵照上级的指示，从今年'八一'起就取消水兵帽上的飘带了。"

周副总长风趣地说："水兵帽缺了两条辫子，怎么看怎么别扭啊，就像个秃尾巴的鹌鹑，哈哈……"

在隔壁的房间里，衣庚锦正陪着厨师何久先和他的父亲，桌上放着四菜一汤和几瓶啤酒。

父亲何有财昨天来队，他是为儿子谈对象的事而来。他怕儿子当上潜艇兵，穿上呢子服，将来再当上了军官，就嫌弃农村姑娘了，所以就急着赶来提前敲打儿子，反复地说："人生有三宝：丑妻、薄地、破棉袄啊。"

何久先年纪比衣庚锦大三岁，高中毕业时已二十一岁了。姐姐给他介绍了一个对象叫王桂兰，父亲是小队党支书兼队长。

衣庚锦以前见过王桂兰，她长得像朝鲜电影《鲜花盛开的村庄》里那位可挣六百工分的胖姑娘。何久先嫌她的长相太那个了，姐姐慢慢地劝导说："桂兰长得的确不俊，可是她爹管着咱爹呢。"

入伍临行的前两天，何久先带着王桂兰来家吃午饭，母亲表现出了十二分的热情，又是夹菜又是盛汤的，然而这反倒让第一次端何家饭碗的王桂兰显得拘谨了起来。一向大大咧咧的王桂兰只是低头吃着饭，直到她发现何久先快吃完了，才匆匆起身帮他新添了一碗饭……饭后，母亲悄悄地把何久先拉到一边说："儿啊，我看这闺女不错，今天就把这桩婚事定了吧！"

何久先逗趣地说："俺俩这才认识几天啊，八字还没一撇呢。"

母亲却一本正经地告诫说："别再错过这样的好闺女啦，能在饭桌上主动站起来帮你添饭，那是因为人家闺女心里有你啊。"

每当回味这幸福的时刻，何久先就感到喜滋滋的，他让父亲放一百个心。

衣庚锦也在旁边说："大叔，如果久先喜新厌旧当陈世美了，别说我不答应，组织上也会严肃处理他的。"

何有财满脸高兴地说："那就说好了，你就替我管着他啊。"

这时，周副总长发现了隔壁包间的何家父子和衣庚锦，细一瞅，其中的一位正是刚才喊"首长胖"的那个战士，旁边坐着一个其貌不扬的老头，上身穿了一件白褂子，腰间系了一条布绳，脚上穿了一双黄胶鞋。

朱艇长介绍说，这个战士是与周尚兵一条艇的厨师，陪同的那位叫衣庚锦。

周副总长起身走过来，伸手欲与何有财相握，何有财急忙把手在裤子上擦了一下，伸出了双手。首长用力地摇晃了一下他的手说："老哥，您好啊。"

"好、好、俺好。"何有财发现首长的手又大又硬，很是亲切。

周副总长又请他们三人到这张桌来一起就餐。

当得知他们是大连归服堡人时，周副总长兴致勃勃地说："你们归服堡盛产螃蟹、虾爬子，特别是那种'羊角鲜'，可是当地特有的一种海产品啊。"

衣庚锦拘谨而惊喜地说："首长，您去过俺归服堡？"

"去过，去过啊。1961年11月，我军举行辽东半岛大演习，周总理坐火车赶到归服堡,慰问我们参演部队。"周副总长回忆说,"6号那天夜晚,我在老古村东四公里的钓鱼台指挥炮兵团用高炮群与探照灯和雷达配合,仅三十秒钟就击落了从台湾飞来的美制蒋军 P2V 超低空电子侦察机,创造了我军以弱胜强的辉煌战例啊。"

一听说这档事,何有财像是遇到了知音,兴奋地说:"记得那天傍黑,俺正在喂牲口,突然间天空瓦亮瓦亮的,就听'嗵嗵……'几声响,不一会儿就没声了,也不知发生了什么事。"

衣庚锦用家乡话兴奋地说:"那天傍晌,俺在学校大操场上,看到拉来了一架大飞机。还来了一个挺大的官,大高个子,一面肩膀扛了四个金豆。"

周副总长笑着说:"那是罗瑞卿大将,他亲自到你们归服堡祝捷啊。"

何有财好奇地问:"对、对,就是罗大将啊,他现在身板还硬朗?"

周副总长一脸怒色地说:"他啊,还在'牛棚'里呢。"

何有财不解地问:"啊,这么大的官,还养牛啊?"

周副总长笑了,举起酒杯说:"老哥啊,我敬你们仨一杯酒吧。这一来,当初老乡们对我们帮助很大,战士们吃睡都在老乡家。这二来呢,我儿子尚兵与小衣、小何都在一口锅里搅勺子,所以啊,这杯酒我敬你们了。"

头一次见到这么大的官,何有财有点儿受宠若惊了,便举起大碗说:"首长,这可怎么弄啊,俺爷儿俩都不会喝酒啊。"

衣庚锦拉着何久先齐声说:"谢谢首长。"说完,两人端起一碗啤酒一饮而尽。

外宾参观

送走周副总长后,191潜艇按计划接待 N 国导弹巡洋舰来访。这是我国国防部与 N 国首次举行两国海军观摩活动。

第五章 迎接参观

N 国导弹巡洋舰停靠在第一泊位，第二泊位停靠着我国自行研制的 191 潜艇，第三泊位停靠着我国国产导弹驱逐舰，后面依次停靠着国产猎潜艇、扫雷舰和导弹快艇。我国制造的"风庆"号客轮停靠在最后一个泊位上。

早餐后，全艇开始机械保养，舱内人员再一次擦拭机器，完全达到了"木见原色铁见光，一尘不染铜见亮"的要求。

鱼雷兵单若冰值码头武装更，手持擦得锃明瓦亮的冲锋枪站在哨位上，警惕地巡视着四周。

这时，从"风庆"轮下来几个高鼻深目的人，径直向潜艇方向走来。单若冰觉得走在前面戴着新疆花帽的人好面熟，好像是在电视上还是报纸上见过，再细一想，这不是全国人大常委会副委员长赛福鼎·艾则孜吗？

他们走到哨位前，单若冰"啪"地敬了一个军礼。

上午十时许，N 国导弹巡洋舰舰长萨比也库夫一行五人登上 191 潜艇参观。舰艇前后甲板上各站着一列官兵。

穿了一身海军礼服的萨比也库夫踏上潜艇舷梯，邵副长鸣哨一长声，军官行举手礼，水兵行注目礼。

"嘟嘟"，萨比也库夫还礼后，邵副长又鸣哨两短声，示意礼毕。

在艇长朱惠凯的陪同下，萨比也库夫从一舱升降口下舱开始参观。

朱艇长一边走一边介绍，各舱室都有专人站在水密门旁边迎候。

由于潜艇舱室狭窄，为了避免碰着头，萨比也库夫和几个高个儿人员将帽子端在左手中，右手四处抚摸，还不时伸出手指看看白手套是否沾上了油渍或灰尘。

萨比也库夫在三舱看的时间最长，朱艇长通过翻译给他简要介绍了潜艇的主要性能和武器装备。他们也是看得多、问得少，而后四舱一走而过，就到了五舱了。

衣庚锦站在方形水密门旁，举手向萨比也库夫敬礼。

当走到过道中间时，萨比也库夫忽然停下来，特意分别摸了摸两台内燃机的缸罩，又细心看了一下自己的白手套和白军服，发现都是一尘不染，尔后伸出了大拇指，用生硬的汉语对站在一旁的衣庚锦说："No，No，我担心的不是你们的潜艇污染了我的衣服，而是我的衣服是否会污染了你们的潜艇。"

转头，萨比也库夫用英语狡黠地比画着说："And the submarine, we fight like cat and mouse."

衣庚锦不解地问："翻译同志，这位舰长最后说的话是什么意思？"

翻译不大情愿地回答说："这位舰长讲，他们如与这样的潜艇打仗，照样像猫抓耗子。"

衣庚锦听后觉得受到了蔑视，真想冲上去扇他个响亮的大耳光。可是他克制住了，因为有外事纪律的约束啊。他转而一想，还是忍着吧，等将来中国海军强大了，我们一定能扬眉吐气的。

最后，萨比也库夫一行看了一下七舱的鱼雷发射管，就爬上升降口出艇了。

朱艇长看了一眼腕上的手表，总共参观时间刚过半小时。殊不知，为了达到"上不见灰尘，中不见油渍，下不见滴水"标准，全艇官兵日夜"连轴转"，不知流了多少汗水，他们不仅仅是为了萨比也库夫说一声"OK"，而是为了展示中国海军潜艇的尊严啊。

衣庚锦苦笑着摇了摇头，低声对单若冰说："那个舰长就参观了这么会儿的工夫啊？为了没有一点儿铁锈和油污，咱们一个个都快成'石油工人'了。"

送走了萨比也库夫舰长一行后，支队作战值班室就打来电话说："朝鲜电影《卖花姑娘》访问团的演员下午二时到191潜艇参观，请给予接待。"

衣庚锦向谭彦多介绍说，《卖花姑娘》是1930年金日成在中国长春一带从事革命工作时创作的一部歌剧。1972年，在金正日的亲自指导下改编成电影。片中卖花姑娘一家人的命运始终牵动着人们的心，催人泪下的情节和动人的音乐旋律使它成为当时的经典。译制成中文在中国上映后，反响热烈，成为我国观众十分熟悉的一部经典的朝鲜电影。

每当《卖花姑娘》放完后，走出礼堂的人大多数都流着泪，特别是大闺女、小丫头，眼都哭肿了。看过这部电影的人说了，谁去看这部电影都要带块抹布，别到时候把脸抹得像大花脸。

听说今天能见到《卖花姑娘》的演员们，艇员们兴高采烈，提早就在前后甲板列队迎候。

谭彦多问衣庚锦："你知道朝鲜妇女为什么总是穿裙子吗？"

看衣庚锦摇了摇头，谭彦多继续说："我妈是朝鲜族人，我小时候听她讲过，朝鲜妇女只穿裙子，不穿裤子，裤子是男人穿的。因此，朝鲜女性俗称男性为'裤子'，未婚男子被尊称为'新裤子'，离过婚男子被戏称为'旧裤子'，再次离婚的男子就被贬称为'破裤子'。男性军人、党员干部、高学历者就会被尊称为'军裤'、'党裤'和'学裤'喽。"

衣庚锦听后差点儿笑出声。

突然，队列中响起了掌声，《卖花姑娘》访问团的演员们走出大巴，嘻嘻哈哈地向潜艇走来。

此时，潮水开始慢慢上涨，将潜艇缓缓托起。演员们穿着清一色的蓝裙子，踏上高高浮起的潜艇舷梯后，一个个双手紧握栏杆，慢慢地向前行走。忽然，一阵海风吹来，女演员们的裙子被掀起，突如其来的春光外泄让她们措手不及，双手急忙捂住裙子，发出一片惊叫声。

"全体注意了，"就在女演员的裙子被掀起的瞬间，最先发现的衣庚锦机警地吼道，"向后转——"

站在舷梯一旁的艇员们还没有回过神，就迅速转过身来，至于哪个女演员的裙子里都有什么，艇员们压根都没来得及看。

海风吹过之后，一切恢复了平静，女演员们从潜艇一舱升降口依次下到舱室参观。从一舱到七舱，处处洒满朝鲜姑娘的欢笑声。

当天晚上，衣庚锦和战友们在吴淞口军人礼堂观看朝鲜女演员们的答谢演出，美女主演洪英姬饱含深情地给中国海军演唱了《卖花姑娘》主题歌曲：

卖花来哟，卖花来哟，

朵朵鲜花红艳艳。

从山坡上采来了美丽的金达莱。

从小河边摘来了粉红色的杏花……

"航母一定会有的"

早餐后，191潜艇进行返港前的机械检测和保养。

二舱舱室长刘百顺拿着仪器开始测氢了。

没有检测出异常情况后，刘百顺又穿上一身奶黄色的防酸服，袖口和领口都系得很紧，帽子下只露出两只眼睛。

穿戴好后，刘百顺匍匐钻进了底舱的滑轨车上，开始仰卧着测量蓄电池的浓酸度。底舱温度比较高，气味也呛人。浓酸如果接触到了皮肤，皮肤就会被烧脱皮。身体更不能挨在汇流条上，稍不小心就会触电。

测量完了，刘百顺又开始检查电机绝缘。忽然，他发现有一部电机绝缘降低到0.1兆欧，正常绝缘应该保持在0.5兆欧，他清楚排除这个故障很费事，心里嘀咕道，绝缘低了一点儿，虽然不会发生大事，但是爱护武器装备不能有一点儿马虎。于是，他就开始仔细检查，把电机有关部分卸开后一件一件分解，终于找到"病根"，将这个不大显眼的故障排除了。

"百顺，刘百顺啊。"机要参谋卞宏伟站在舱面喊道，"快上来啊。"没听见人吱声，他又弯下腰对着底舱口继续喊："你这个'小生蛋子'，叫你没听到啊，给我拿一瓶酒精，我要去报务室清洗发报机。"

"稍等啊，卞参谋，"刘百顺仰着脖子回答说，"我马上就测量完了。"

刘百顺从舱底钻了出来，看到卞参谋、靳医生和雷达班长老骆将他围成一圈，脸上还露出了一丝坏笑，不知道将要发生什么事情。

路过的衣庚锦正好看出了其中的玄机，便一个劲地向刘百顺挤眉弄眼，暗示他说："你怎么还不赶快躲开啊？"

可是，还没等刘百顺反应过来，三个人就一起抢上前，拽手的拽手，抱腿的抱腿，搂腰的搂腰，把刘百顺抬到了被称为"多能桌"的手术台上。接着，卞参谋上前解开刘百顺的腰带，靳医生抢着撩刘百顺的上衣，骆班长将他的裤子忽地扒了下来。

这场恶作剧发生的缘由是，看到细皮嫩肉的刘百顺一脸稚气的样子，靳医生说，恐怕这"小生蛋子"连一根毛毛草都没长呀。

卞参谋不信，就与他打赌说，要假装给刘百顺"开阑尾"脱掉衣服看看，如果谁输了就给赢者买一盒"大前门"烟。

刘百顺被抬到手术台上后拼命挣扎，像杀猪一般号叫，可是终因寡不敌众，最终还是束手就擒了。他知道，在这个手术台上被人"宰割"的何止他一个，还不如老老实实任其摆布，兴许还能早点儿结束这场闹剧，以免遭受皮肉之苦。

刘百顺的裤子和裤衩被拉下来后，卞参谋看后惊奇地说："嘿，这小子啊，还真是个生蛋子，一棵草也没长哟。"

卞参谋一看自己赌输了，急忙跑回机要室拿来一个墨水瓶，用手指蘸着蓝墨水在刘百顺的白肚皮上划了一个大叉。

靳医生又急忙拿来一瓶碘酒，说是要给刘百顺消消毒，好早点儿长出"嫩草"来。

骆班长拿出失事照明灯刚要上前，就被衣庚锦阻拦道："行行好吧班长，你就别再凑热闹了。"

听到衣庚锦这么一说，刘百顺趁机一骨碌爬起来，一边提上裤子系上腰带，一边向一舱升降口跑去，那动作真比猴子还要快啊。

爬出了升降口后，刘百顺就跑到前甲板，站在声呐导流罩前喘息着。

衣庚锦不大放心，也跟随着刘百顺跑了过来。

突然，一股热流从上而降，直接浇到了刘百顺的头上。

刘百顺抬头一望，在N国导弹巡洋舰舰艉，一个高个子水兵正在站着撒尿，弧形的尿水撒到了自己的头上，外国水兵正得意地哈哈大笑。

顿时，刘百顺心中燃起一股火，转身从正在冲刷甲板的谭彦多手中夺过高压水枪，朝着撒尿的位置直喷而去，吓得外国水兵提着裤子连连后退，一个趔趄摔倒在甲板上。

衣庚锦先是举手愤怒大吼，转而又哈哈大笑，连声高喊："摔得好！外国佬！"

这时，朱艇长带着几个艇员跑过来，也朝着巡洋舰大声喊着示威。

有了衣庚锦和战友们的呐喊助威，刘百顺像受了委屈的孩子，一头扑到朱艇长的怀里，一边抽泣着一边大声地说："艇长，中国什么时候才能有航母，俺也要尝一尝往外国兵头上撒尿的滋味啊……"

顿时，泪水涌上了朱艇长的眼圈，他一手抚摸着刘百顺的头，一手紧握着拳头坚定地说："会有的，航母一定会有的。"

衣庚锦也坚定地说道："总有一天，中国一定会有自己的航母！"

刘百顺停止了哭泣，两眼露出了企盼而坚毅的目光。

可是，令朱艇长、衣庚锦和艇员们始料不及的事情又发生了。

由于受高压水枪的喷射，外国水兵后退时受伤，刘百顺受到了有关部门的批评，理由是他违反了外事接待纪律，对待外宾应是"骂不还口，打不还手"。为此，外事接待部门要求191潜艇和刘百顺做出深刻检查，视情形再做处理。

衣庚锦听到这一消息气愤得右拳紧攥，连续说了三遍："洋奴，洋奴，洋奴！"

最终，艇党支部达成了一致意见，由于现在忙于潜艇返航，此事待回东坪港后再酌情处理。

第 六 章

英年早逝

"百顺兄弟，你在哪里？"

夜里天降暴雨，又刮起大风，海面掀起了一波又一波的浪涛，像一座座山峰向前移动。

昨晚，191潜艇接到了返航命令，今天天刚放亮就离开码头，向东坪港驶去。上级要求务必在黄昏前抵达母港，参加明天舰队组织的新科目考核。

潜艇过了航道后，虽然风小了，可是涌浪还在不停地翻滚着。

"咣当，咣当……"突然，从头上甲板传来一阵阵异样的敲击声，耳尖的衣庚锦猜想是舷梯松动了。

站在舰桥上的朱艇长也听到了阵阵声响，立马向艇艉方向望去，发现是固定在甲板上的舷梯被涌浪打松了，每冲上来一个浪头，舷梯就被撞击一下。再这样撞击下去，后面几个固定螺栓也全要松动了，整个舷梯将有被冲到海里的危险。

朱艇长对邵副长说:"必须立即把舷梯固定好,不然会影响航行的。"

返回码头再加固是不可能的,只能在海上边航渡边排险了。此刻,舷梯在浪头的推动下更加猛烈地敲击着甲板,声音越来越大了。

派谁去固定舷梯呢?朱艇长让邵副长指挥,自己下到舱内,要与王政委商量。

王政委与左副政委还有衣庚锦和刘百顺正在四舱帮厨。听完朱艇长讲的情况后,左副政委主动请缨带一名战士上甲板排险。

这话被衣庚锦听到了,当即请战说:"艇长、政委,我跟副政委上去!"

刘百顺也抢着请战说:"艇长、政委,还是我跟副政委去吧。"

看到两位艇首长还在犹豫,刘百顺又急切地请求说:"艇长、政委,你们就下命令吧!"

朱艇长和王政委考虑到能使"涉外"事件有个理想的处理结果,还是同意了刘百顺的请战。

"好,你上去吧!"朱艇长亲手检查了一遍刘百顺身上的救生衣,看它系得牢不牢。

王政委再三叮嘱说:"百顺,上面浪大,一定要跟紧副政委,一定要保证安全啊。"

刘百顺"嗯嗯"地答应着,又举起拳头在衣庚锦面前有力地一挥:"我替你上战场!"

听了刘百顺这句话,衣庚锦的泪水一下就涌上了眼圈,心中似乎有一种永别般的预感。

"等一下,我去拿一瓶酒来。"朱艇长向厨师何久先要了一瓶"老白干",启开瓶盖后递上说,"来,每人喝上一大口,暖暖身子再上去。"

左副政委喝了一大口酒后,刘百顺接过酒瓶子,一仰脖"咕嘟咕嘟"灌了两口,一两酒下肚后,顿时觉得浑身发热,这是他有生以来头一次喝酒,酒壮人胆啊。

刘百顺抹了一下嘴唇，干脆地说："谢谢艇长、政委的信任！"

刘百顺又向两位老乡告别说："庚锦、久先，等着我俩回来的好消息吧！"颇有《红灯记》中李玉和"临行喝妈一碗酒"的气势。

一切准备就绪后，朱艇长又上了舰桥，下达口令："两俥前进——"潜艇随即降下了航速。

刘百顺跟在左副政委身后，从舰桥的升降口下来，双手紧紧把着栏杆，二人弓着腰一前一后地向后甲板奔去了。

瞅着海浪的走向，当一个浪尾刚过，另一个浪头还未到达的几秒钟内，两人以极其敏捷的动作闪电般地冲到了舷梯前头。刚蹲下来，又一排涌浪劈头盖脸地打来，两人紧紧抱住了栏杆的铁柱。

浪头刚掠过，左副政委就掏出一根安全绳索，将刘百顺系在左舷扶手栏的铁柱上，然后又将自己系在右舷栏杆的铁柱上。接着，两人都蹲了下来，开始固定舷梯。

左副政委掏出钳子，刘百顺递上铁丝，将粉条粗的铁丝缠在舷梯的一头，再穿过甲板上的舷孔，将前部舷梯牢牢地固定住了。接着，两人又向后挪动，要去固定已松动的后部舷梯。

"嘭哐——"突然一声巨响，一排涌浪从右舷铺天盖地袭来，将两人冲向左舷边缘。只听"咔嚓"一声，左舷栏杆的铁柱连根断裂，安全绳索脱落，刘百顺被抛向了大海。就在这一刹那间，左副政委奋力伸手抓向刘百顺，可是只拽下了他脖颈上的一把长命锁。

瞬间，刘百顺被卷入了巨大的漩涡中，旋转了几圈后就被茫茫的大海吞噬了，缀有红五星帽徽的蓝色作训帽在湍急的涌流上打了一个转，就被淹没在大海之中。

"百顺！刘百顺——"左副政委声嘶力竭地呼喊着。

"刘百顺！百顺——"站在舰桥上的朱艇长、王政委、邵副长还有周水手长和谭彦多也在大声地吼叫着。

内燃机停了,主电机开始运转,潜艇在原地寻觅,一圈又一圈,湍急的海水打着漩涡,海鸥在漩涡上盘旋哀鸣,始终不见刘百顺的身影。

左副政委握着刘百顺留下的那把长命锁,号啕痛哭。

衣庚锦、单若冰、萧雨笛、何久先和谭彦多这些与刘百顺一道入伍、一同上艇的战友痛不欲生。

大海在咆哮,战友们在呼唤:"百顺兄弟,你在哪里?"

哭祭战友

刘百顺走了,就这样悄然地走了,只留下了一把长命锁和一个画有红五星的黄布袋。

刘百顺当兵时十七岁刚出头,严格地说还不够征兵年龄。

在衣庚锦的眼里,刘百顺个子瘦长,鸭蛋脸面,忽闪着一双大眼睛,嘴角汗毛还茸茸的,一副乳毛未褪的样子,平时大伙都喊他"小生蛋子"。

衣庚锦痛苦地向战友们诉说道,1962年,百顺的父亲在中印边境自卫反击战中牺牲,母亲闻讯后大病不起,最后也撒手人寰了。百顺七岁时就跟着奶奶相依为命,奶奶在他的脖颈上挂了一把长命锁,图的就是保佑孙子长命百岁啊。

十多年来,奶奶一把屎一把尿地把百顺拉扯大。听说部队来征兵了,奶奶拉着他来到公社武装部,一进门就"扑通"跪到地上,硬是要送孙子当兵。接兵干部如果不答应,她就不起来,接兵干部只好说先让百顺参加体检。

奶奶看接兵干部答应了,就拉着怯生生站着的孙子高兴地说:"百顺啊,这位大首长让你去当兵了,赶快叫大叔,谢谢大叔。"

奶奶又转过身来,对接兵干部悄悄地说:"俺这孙子啊,可怜见的,打小就没了爹妈。把他交给你们，俺死了也能合上眼了。"

在体检时，军医发现百顺的牙齿有点儿"地包天"。按军医的话说，在正常情况下，当上下牙齿咬合时，应该是上前牙咬在下前牙的外面，若相反，即下前牙咬在上前牙的外面，医学上叫"兜齿"，俗称"地包天"。

潜艇兵的入伍条件并不是一定要长得像金刚力士，可是有一个特别的要求，那就是牙齿要非常整齐、坚固。其主要原因是，潜艇兵在水下执行任务时，万一潜艇失事了，需要穿戴救生衣和救生面具从潜艇里逃生，要能够紧紧地咬住救生面具上的呼吸器。如果牙齿里出外进的话，将无法咬合呼吸器，如果由于漏水而导致无法呼吸，人就要到上帝那儿报到了。

显然，潜艇兵对牙齿的要求是苛刻的，因为它是用来保命的，这就足以说明为什么并不是每个年轻人都能当上潜艇兵。虽然潜艇兵的体检标准较之其他兵种来得严格，招潜艇兵时淘汰率非常高，但是只要你的牙齿符合标准，那么你在体检这道关口就有了很大的胜算，至于你的高矮胖瘦，并不重要。

显然，刘百顺由于是轻微的"地包天"，最初还是落选，只能当步兵了。

次日，接兵的王连长到刘百顺奶奶家回访，看到门楣上挂着两块"光荣烈属"牌子，又看到瘦弱的刘百顺坐在炕沿边"呼噜呼噜"地一连喝了两大碗苞米楂粥，碟中只有几根咸萝卜条，他感到心里发酸，就找到了海军接兵的吕连长，请求说："这是个苦孩子，又是两个烈士的后代。你们海军吃得好、穿得也好，就把他接走吧，也算是咱们部队对烈士的一个交代，对老奶奶的一个安慰啊。"

吕连长两眼含着泪，如实地向上级做了请示。最后，海军接兵首长特事特办，同意接收刘百顺入伍当潜艇兵。也许是命运的安排吧，让刘百顺与潜艇结缘，却又让他这么早就魂归大海。

刘百顺与衣庚锦、单若冰是鑫城三中的同班同学。入伍离家的前一天，衣庚锦、单若冰一起来到刘百顺家告别，刘奶奶再三叮嘱说："顺子还小啊，俺就把他交给你俩了。"

两人不约而同地说："奶奶，你就放心吧，百顺就是我俩的亲兄弟。"

刘奶奶从柜里拿出一个用黄帆布做的口袋，袋上的一颗红五星已经褪色了。她悲伤地说："这是百顺的爷爷参加抗美援朝时，俺亲手缝的，还装满了一袋烟叶让他带走了，没想到他在朝鲜战场牺牲了，这口袋成了遗物。百顺的父亲当兵临走时，俺又用它装满了一袋烟叶让他带走，没想到他在中印边境自卫反击战中牺牲，它又成了遗物了。今儿啊，俺就把它交给孙子，孙子不会吸烟，俺就装上几个煮鸡蛋，留着你们几个人路上歹啊。"

次日，刘百顺背着沉甸甸的黄布袋，肩负着奶奶的嘱托走向了远方。

如今，刘百顺尸沉大海，看到黄布袋再一次成了遗物，衣庚锦悲痛欲绝，一个人跑到海边，蹲在礁石上发呆，自言自语地说："都怨我，是我害了他，我为什么不再抢着去排险啊？"

单若冰不放心，只好暗中盯着衣庚锦，唯恐他发生什么意外。

由于"涉外"事件尚未最后定论，刘百顺能否评上革命烈士还悬而未决。衣庚锦、单若冰、萧雨笛、何久先、谭彦多还有机要参谋卞宏伟他们三番五次地去找艇领导，甚至去支队政治部请求。在他们的眼中，刘百顺是为了保护潜艇武器装备而牺牲的，理所当然应被评为革命烈士。

这天傍晚，衣庚锦领着他们几个人来到凤凰山革命烈士陵园，在松柏树下给刘百顺挖了一个墓穴，还特地用楠木做了一个小箱，把刘百顺生前穿过的一套上白下蓝的水兵服和水兵帽等遗物放进去。最后，他们垒起了一个馒头状的坟墓，在墓前的石碑上写道："刘百顺同志之墓。"

按照归服堡老家的风俗，他们每人围绕坟墓走了三圈，算是"圆坟"了。最后，他们又跪在墓前磕了三个响头。

衣庚锦伫立在墓前久久不肯离去，几个战友开始轮番地劝他。

谭彦多说："百顺已经走了，你光哭有什么用，还能把他哭活了？"

何久先引用毛主席说过的一段大家耳熟能详的话劝道："中国古时候有个文学家叫作司马迁的说过：'人固有一死，或重于泰山，或轻于鸿毛。'为人民利益而死，就比泰山还重。刘百顺同志是为保护潜艇武器装备而牺牲的，所以他的死也比泰山还重，我们应该感到自豪啊。"

看到衣庚锦仍是悲痛欲绝的样子，卞参谋劝他要化悲痛为力量，还引用英国大作家莎士比亚的一句名言说："'死亡是寂静的睡眠。'百顺兄弟这是在长眠啊。"

萧雨笛借用一个故事劝道："一个老喇嘛对小喇嘛说：'当你来到这个世界的时候，你在哭，但别人都很开心；当你离开这个世界的时候，别人都在哭，但你自己很喜悦。'所以，死亡并不可悲啊。"

单若冰则讲了庄子鼓盆而歌的故事，最后劝解道："你想一想，庄子的妻子去世后，他也悲伤地哭过，但是他能很快调整过来情绪，鼓盆而歌，他鼓的不是哀乐，歌的不是伤词，而是顺应自然。所以庚锦啊，生老病死是自然规律，你为什么还老是悲伤啊？百顺兄弟如果有灵知道了，他在九泉之下会悲伤的！"

听了战友们的话，尤其是单若冰刚才所讲的故事，衣庚锦觉得的确是这个道理，心里头透亮多了。

衣庚锦转过头来对大家说："只是百顺走得惨啊，被那个外国屌兵撒了一身尿，最后连个尸首都没留下，听说还要处理他，我这心里头憋屈得慌啊。"

说完，衣庚锦又双手掩颊，号啕大哭道："百顺兄弟啊，我们怎么向奶奶交代啊……"

追认革命烈士

为了能给刘百顺同志有一个正确的结论，支队党委召开会议认真地进行了研究。

在党委会议室里，支队副师职以上的首长和司、政、岸三部的主官围坐在会议桌前。支队政委乔云龙、支队长王国英并排坐在上首。191潜艇艇长朱惠凯、政委王敬儒和事件见证人副政委左青云、轮机兵衣庚锦等应邀列席了会议。

会议由支队政委乔云龙主持。他脸色黝黑，说起话来很有底气，一上来就以一种不容违拗的口气宣布说："今天会议的主题，就是研究对191潜艇在接待外宾来访中……"

乔云龙的讲话刚开始，政治部崔副主任就进来报告说："政委同志，舰队政治部来电催问，支队党委对191潜艇电工兵刘百顺涉外事件的处理结果。"

乔云龙严肃地说："我们正开会研究这件事，等会议结束有了结论，再向舰队政治部汇报。"

"是，我立即答复。"崔副主任敬了一个礼后，转身走出了会议室。

会议继续进行，首先由政治部组织科秦科长向会议做了题为《关于刘百顺同志涉外事件和风浪中抢修潜艇装备情况的调查》的汇报。

听完秦科长的汇报后，乔云龙让常委们与列席人员各抒己见。

"刘百顺同志年龄不大，却表现得很勇敢，很有血性，最后光荣牺牲了，这不仅应给予记功，而且应被评为革命烈士。"

"刘百顺同志使用高压水枪将外国士兵喷射倒地，致其受伤，虽说违反了外事接待纪律，也造成了一定的国际影响。但是，后来他能自告奋勇上甲板，为抢修武器装备牺牲在风浪中，这种行为是有功的。我认为应该功过相抵，就是既不给处分，也不给记功。"

"我认为啊，过是过，功是功，建议给予刘百顺同志行政警告处分一次，革命烈士还是要评的。这样对外事部门嘛，好有个交代，对牺牲了的刘百顺同志嘛，也是一种奖赏啊。"

一听说要给刘百顺处分，王政委气哼哼地插话道："照你这样说，那个往百顺头上撒尿的外国屌兵不仅摔伤了活该倒霉，而且应该拉出去枪毙了。"

"各位首长，刘百顺同志本人没有错，有错的是我这个当艇长的。"朱艇长站了起来，检讨说，"我不应该让一个新兵去承担那么大的风险，我请求组织给我纪律处分……"

会议室里，与会人员一时沉默无语。

看到大家的意见还未统一，乔云龙又让朱艇长将事情的经过再述说一遍。

朱艇长站了起来，心情沉痛地开始回忆。他先是讲述了刘百顺用高压水枪喷射外军士兵的经过，后又描述了刘百顺主动请战上甲板排险及在风浪中牺牲的情况。

当讲到刘百顺恸哭着说"艇长，中国什么时候才能有航空母舰啊，我也要尝一尝往外国兵头上撒尿的滋味……"时，朱艇长的两眼露出悲愤的目光。

这时，衣庚锦请求发言，得到允许后，他站起来语气异常平静地说："各位首长，我是和刘百顺同志一起入伍的，又是亲眼看着他请战上甲板排险的。百顺同志光荣牺牲了，我心里非常难受，可是我更感到憋屈。当我听到N国导弹巡洋舰那个舰长在观摩时说如果与我们的潜艇打仗，他们就像猫抓耗子一样的话时；当我想起百顺临上阵时说'我替你上战场，等着我们回来的好消息'时；当我看到百顺牺牲后只留下一把长命锁时……"

看到衣庚锦还没等说完声音就哽咽了，朱艇长转头注视着一言未发的党委副书记、支队长王国英。只见支队长的脸色凝重，嘴使劲地抿着，说明自己和衣庚锦刚才说的话首长是听进去了，而且还被深深地打动了。

果然，王国英忽地站起来，用手指"咚咚"地敲着桌子，气愤地说："岂有此理，真是岂有此理。为了保护战艇的安全，一个新战士就这样献出了自己年轻的生命，怎么还要往他身上泼脏水啊？"

乔云龙又平静地回忆说："1951年在旅顺潜艇学习队时，我才二十一岁，也曾受到过这样的侮辱。我们的学员都被强迫剃成光头，穿苏军水兵服，天天吃黑面包就黄油，每天晚上还要'出公差'，削上几百斤的土豆。有一次，轮到我帮厨了，因为盘子洗得不合格，苏军值日军官开口就骂，抬手就打。令人特别不能忍受的是，由于苏军潜艇上不设政委，他们对我方政工干部很是歧视，曾讽刺地说：'你们政委在艇上有啥用？将来给艇员佩戴专业标志牌时，政委的标志就画成一张会吃饭说话的嘴，外加一支笔吧。'我们是敢怒不敢言，只能在心里憋屈着，为的是能早日把潜艇技术学到手啊。二十多年过去了，人民海军已经拥有了自己的潜艇部队，我们可以自豪地说，受洋人羞辱的时代一去不复返了。作为新中国的第一代潜艇人、支队党委书记，今天我就是要为这个有血性的战士撑腰！"

与会人员纷纷鼓掌，表示赞同。

王国英挥舞了一下右拳，语调激昂地说："'出师未捷身先死，长使英雄泪满襟。'刘百顺同志，一个刚满十八岁的战士，为了中国潜艇的崛起而光荣牺牲了，他的死比泰山还要重，他的名字将永远镌刻在大洋深处的丰碑上。"

魂归故里

为做好刘百顺同志的善后工作，支队派出了由司令部军务科刘参谋、政治部组织科聂干事、191潜艇副政委左青云和轮机兵衣庚锦组成的烈士善后工作小组，来到了刘百顺的家乡大连归服堡。

归服堡地处黄海之滨，吊桥河畔。这里三面环山，一面临海，人杰地灵，是一座充满神奇色彩的千年古镇。据史料记载，汉武帝元封四年(公元前107年)置沓氏县，归服堡即在其中，属辽东郡。明永乐二十年(1422年)，为了防御倭寇侵扰，在这里修筑了一座周长一千五百米的土城，派兵戍守，把城堡定名为"归服堡"，是取倭寇降于本城府下之意。

归服堡是座英雄的古城。1911年11月，革命先驱顾人宜率领千余名民兵在这里攻打清军巡防队，首战告捷，打响了辛亥革命东北第一枪。起义军成立了东北革命军第一军司令部，成了辽南地区辛亥革命武装的核心力量。

第六章　英年早逝

　　归服堡最大的河流叫吊桥河，滩涂上火红的碱蓬草形成了一片"红海滩"，每年都演绎出金秋的美丽。这里是《雷锋日记》中赞扬过的英雄战士郑春满牺牲的地方。1961年4月16日，解放军某部排长郑春满和战士隋信路过吊桥河边时，突然听到不远处传来了呼救声。郑春满顺着声音望去，发现两个小女孩在河水中时隐时现，拼命呼救，情况十分危急。郑春满见势不好，连棉裤都没来得及脱就跳进河里，奋力向两个小女孩游去，几经周折才将其中的一个小女孩推到浅水处。而后他来不及休息，毅然转身向另一个小女孩游去。被河水浸透的棉裤变得异常沉重，当他拼尽气力将另一个女孩拖到浅水处，自己却被一个浪头打进了漩涡，湍急的河面上只剩下一顶军帽，鲜亮的"八一"军徽在阳光下熠熠生辉……雷锋同志看到报道后，于1961年5月2日在日记中写道："我在《前进报》上看到了郑春满同志舍己救人的英雄事迹后，感动得流出了眼泪，郑春满同志这种见义勇为的英雄行为反映了人民军队的本质，我要向他学习，为共产主义奋斗终身。"

　　近一个世纪以来，归服堡人民常以打响辛亥革命东北第一枪的革命先驱顾人宜为骄傲，也以舍己救人的革命烈士郑春满而自豪。

　　刘百顺奶奶住在归服堡老滩刘家屯东头三间低矮的瓦房里，坡形的房顶从上至下遮盖着层层海草。由于长久的风吹雨淋，墙缝中的水泥已经脱落，整栋房子已是破陋不堪了。唯一能引起人注目的是门楣上并排挂着的两块长方形红色搪瓷牌，一块写着"革命烈属"，另一块写着"光荣军属"。

　　在大队妇联主任刘淑兰的带领下，刘百顺烈士善后工作小组一行来到了刘奶奶家。大家进门一看，外屋左侧是锅台，用苞米秸穿成的锅盖已快烂成了两截，铁锅底剩有一些还没吃完的水煮萝卜片，锅壁上残留一圈圈锈垢，看得出这是吃下一碗就多一圈的痕迹。

　　看到集"革命烈属"和"光荣军属"于一身的刘奶奶长年就过着这种清汤寡水的生活，衣庚锦和部队来的几个人不禁泪水夺眶而出。

　　进到里屋后，他们看到刘奶奶盘腿坐在土炕上，裹过的脚上穿了一双黑布小鞋。这是一个典型的东北老太太，额头刻满了皱纹，脸似一张槐树皮，嘴角已经瘪下去了。她身边的纸钵里还放着一个长杆旱烟袋。此时，刘奶奶正摇晃着身子吟唱："左耳坠，右耳坠，两个小鸟打瞌睡……"

刘淑兰低声介绍说："刘奶奶这一辈子没有像现代人一样的名字，娘家姓钱，嫁到刘家后就叫刘钱氏。丈夫在抗美援朝战争中牺牲后，她守寡大半辈子。1962年，在中印边境自卫反击战中，她的儿子高喊着'一不怕苦，二不怕死'的口号，牺牲在突击的阵地上。自从孙儿刘百顺当兵走后，刘奶奶的双眼开始模糊了，医生诊断她是患了早期老年性白内障。"

听到有脚步声走近，刘奶奶转过身来大声地问："是淑兰吧，还有谁来了啊？"

"是我啊，大婶。"刘淑兰回答说，"是百顺的部队来人看您了。"

"好、好啊。"刘奶奶伸出两手向前摸着，风趣地说，"是毛主席他老人家派你们来的啊？"

"大娘，您好啊。"左副政委急忙走上前，扶着刘奶奶槐树根般的手说，"是啊，是毛主席他老人家派我们来看望您的。"

"顺子，俺顺子也回来了？"刘奶奶睁大眼睛问。

"奶奶，是俺啊。"当听到问起了刘百顺，衣庚锦急忙走上前说，"俺是庚锦啊。"

"庚锦，百顺上学时的班长啊？"刘奶奶伸出双手，颤巍巍地抚摸着衣庚锦的头，从上到下，从左至右，一边摸一边问，"俺顺子怎么没和你一块儿回来啊？"

"大娘啊，你先别着急。"正在大家一时不知说啥好时，刘参谋上前安慰说，"百顺是好样的，你有一个好孙子啊。"

刘奶奶一怔，两手僵在半空，两眼直愣愣地说："俺顺子走了，牺牲了？"

顿时，大家怔住了，刘奶奶是怎么知道这一噩耗的呢？

刘奶奶收回了僵在半空的手，用手背擦着老泪，喃喃自语道："你们别再瞒俺了,'土改'时俺就是党员。俺丈夫走了的时候,部队来人了,说的是这套嗑;俺儿子走了的时候,部队又来人了,说的还是这套嗑。如今啊,你们又是这套嗑,俺就估摸着,准是俺顺子也走了啊。唉,这爷儿仨,怎么都是一样早走的命。"

衣庚锦不敢再看刘奶奶了,转过身来含泪面向墙壁。墙上贴满了批林批孔的报纸,还有一张报纸上刊有毛泽东的手书诗词:"为有牺牲多壮志,敢教日月换新天。"墙壁上贴了一幅表现鑫城战斗英雄于庆阳的《生命不息,战斗不止》的宣传画。一个褪了色的木柜摆在墙角,墙壁上挂了一排镜框,中间的照片是那张衣庚锦、单若冰、萧雨笛、刘百顺、何久先和谭彦多身着七四式水兵服站在潜艇前的合影。照片左侧是两张褪了色的革命烈士证明书,一张是百顺的爷爷刘富茂的,一张是百顺的父亲刘洪业的。右侧则是刘百顺的入伍通知书,可想而知这个位置即将被新的革命烈士证明书取代了。

左副政委悲痛地将刘百顺牺牲时的壮举向刘奶奶描述了一遍。最后,聂干事用双手将革命烈士证明书和一百七十四元的抚恤金送到了老人家的面前。

刘奶奶先接过革命烈士证明书,模模糊糊地看了许久,然后又接过抚恤金,连看也没看就递给了大队妇联刘主任说:"淑兰啊,你有多长时间没来收党费了?这钱俺全都缴党费了。"

刘淑兰从信封中抽出一张纸币,含泪劝道:"大姊啊,这十块钱交党费就够了,把这抚恤金都缴了,你以后喝西北风啊?"

刘奶奶指指墙上的革命烈士证明书,苦笑着解释说:"什么西北风、东北风的,俺不是还有两份抚恤金吗,够花了,还花不了呢。"

刘淑兰答应说:"好啊,大娘,我全都替你缴党费了。"说完,她将一百七十四元的抚恤金悄悄地掖到了刘奶奶的土布枕头下。

刘奶奶又用右手背擦了一把眼泪说:"俺顺子命苦啊,打小就没了爹娘,是俺一把屎一把尿把他拉扯大了。他爷爷走时,被敌人的机枪打得啊,全身没个囫囵地方。他爸爸走时,让炮弹炸得啊,只剩下半身了。这爷儿俩都埋在后山的乱葬岗了。可俺顺子啊，连一根头发都没留下，就这么年轻轻地走了，你们说，这孩子的命怎么这样苦啊？"

原本是一个活蹦乱跳的人，如今没了，竟成了白发人送黑发人，刘奶奶却表现得如此坚强，在场的后生们无不动容。

太阳落山了，大家忍着悲痛向刘奶奶挥别。

临走时，衣庚锦把印着红五星的黄布袋拎出来，又掏出刘百顺唯一的遗物——长命锁，一起递给了刘奶奶。

刘奶奶颤抖着捧在手里，又放在胸口紧紧攥着，最后双眼紧闭，微微地摇着头，如泣如诉地唱道："山鸦雀，尾巴长，俺百顺从小没爹娘，哎哎呀……"

刘奶奶唱着唱着，将要失明的那双老眼里淌出了两行浊泪。

当衣庚锦最后一个迈出门槛时，忽听屋里"扑通"一声，刘奶奶昏厥过去了，怀里还紧紧抱着长命锁和黄布袋。

大家急忙转过身，急切地喊道："刘奶奶……"

衣庚锦迅速地跳到炕上，将刘奶奶扶起，跪下哭喊道："奶奶，从今以后，我就是您的亲孙儿……"

从此，衣庚锦、单若冰、萧雨笛、何久先和谭彦多，刘百顺生前的这五位战友月月轮流给刘奶奶寄赡养费，常到刘奶奶家探望，这份爱的承诺一直延续到她老人家去世。

第七章

水下练兵

水下如厕

刘百顺牺牲后，191潜艇掀起了"继承烈士遗志，开展水下练兵"的热潮，在舰队组织的新科目考核中，艇员们每项指标均达到了优秀标准。接下来，全艇又马不停蹄地进入了下一科目的训练。

这天中午，在进行水下变深变速、瞬间倒车等一系列训练后，潜艇浮出水面，开始在预定海域漂浮。

艇长朱惠凯想趁这个时间缓和一下艇员们心里紧绷的弦，让艇员们小憩一会儿，然后午餐。于是，他对着舰桥上的话筒向指挥舱下达口令："三舱，开始第一更值更，其他人员离开岗位休息。"

"有三舱，第一更开始值更，其他人员已离开岗位休息。"指挥舱值更官陈机电长回复着。

这时，朱艇长想叫机要参谋卞宏伟起草一份电文，向支队作战值班室发报汇报上午的训练进度，于是喊道："三舱，小卞，上舰桥。"

"有三舱，小便，上舰桥。"陈机电长声音洪亮地回复口令。可是他把"小卞，上舰桥"，听成了"小便，上舰桥"，虽是一字之差，却给舱内的艇员带来了误导。

潜艇总共有三个厕所，其中舱内有两个水下厕所，甲板有一个水上厕所。当潜艇水上航行和锚泊时，艇员最喜欢使用水上厕所，因为水上厕所设在舰桥底部，没那么多复杂的"手续"，也不必像使用水下厕所那样战战兢兢地担心"坐喷气式"。舱内人员去水上厕所要通过舰桥，上舰桥后可以呼吸到新鲜空气、吸支烟、聊聊天，还可以借机饱览蓝天与大海的美景。但是上水上厕所要讲究公德，便后要用手摇泵抽海水来冲刷干净。

为了防止发生"落单"事件，潜艇上有两条规定：一是在三舱指挥台放置金属牌，艇员凭牌上升降口，这样既能控制人数，又可防止舱外有遗留人员；二是为甲板值更人员发放翻毛皮工作鞋，如遇险情可用它来敲击甲板发声警示。所以，一听到值更官下达"小便，上舰桥"口令，艇员们似盼到了曙光，踊跃地来到值更官处领铜牌，真真假假地都要求去水上厕所。

衣庚锦憋了一泡尿，一听到这个口令后，一路小跑地来到了三舱，领取到一枚写有"1"字编号的铜牌，往脖子上一挂，攀爬上十来米高的舷梯就登上了舰桥。

朱艇长一看上来的不是小卞参谋，就问衣庚锦说："谁让你上来的？"

衣庚锦举起胸前的铜牌说："是你刚才宣布说，小便，上舰桥啊。"

"我是喊卞参谋上舰桥。"朱艇长一脸严肃地纠正说，"你想钻空子啊？我是让小卞上来起草电文的。"

听了朱艇长的解释，衣庚锦连厕所也没来得及上，就乖乖地原路返回，摘下铜牌还给值更官，又急匆匆地跑向七舱的厕所了。

午餐开始了，191潜艇进入了半潜航行状态。伴随着两台主电机嗡嗡的欢唱，朱艇长下达口令："水下二级战斗部署，第二更开始值更，其他人员离开岗位开饭。"

休更人员陆续离开战位，回到各自的舱室开始就餐。

要说潜艇上比较宽敞又比较凉快的舱室就数一舱和七舱了。带着寻找一丝清凉的念头，衣庚锦又跑回了七舱。这里被称为"疗养舱"，安静，整洁，空气新鲜，生活舒适，这块净容积不足四十立方米的地方在非更次时间经常来人不断。不巧的是，此处的水下厕所出了故障，舰务兵柳继根正光着膀子紧张地抢修。

衣庚锦开玩笑地问："刚才不是还好好的吗？不会是让我的一泡尿给撒坏了吧？"

柳继根抬起头来说："你的一泡尿那么厉害，都能把密封盒堵死了？"

其实，衣庚锦在学"潜构"时就知道，在水下使用厕所时，尿水通常是通过出水口排到海里，粪便则储存在密封盒里。可是，现在密封盒的开口已经打不开了，厕所被迫停止使用，只能立即抢修，尽快排除故障。

柳继根双膝跪在狭窄的地上，徒手向粪坑里抠去，虽然戴着口罩，但大滴大滴的汗水迅速将口罩打湿了。他先把粪便清理出来，然后打开密封盒的开口一遍遍地疏通，直到口盖开闭自如了才罢手。

看到上海兵柳继根今天能有如此的举动，衣庚锦觉得真是难能可贵，同时悟出了一个道理，不论是哪儿的人，只要有险情，人人都冲得上，因为我们是一条潜艇上的兵啊。

"继根同志，你辛苦了。"这时，厨师何久先趁着艇员就餐的空隙进来了。与要离开的衣庚锦打了一声招呼后，看到柳继根正在用棉纱揩着手，他知道厕所已抢修好了，便拍了拍柳继根的肩膀，敬重地说："我代表全艇官兵感谢你啊。"

"有什么好感谢的？谁叫我是厕所'所长'呢。"柳继根以行家的口吻说，"再说了，厕所故障如果不及时排除，很容易造成事故的。'二战'期间啊，德国的一艘 U-120 潜艇就是由于一个抽水马桶失灵，导致了潜艇沉没。你没听说过这个教训啊？"

"柳'所长'啊，你说得太对了。"何久先急忙恭维说，"这教训是十分深刻的。"

柳继根没再言语，其实他心里头很清楚，何久先为什么对他如此客气，还不是想尽快解决内急嘛。

早餐后，何久先的肚子就开始"咕噜咕噜"地叫唤了，估计是吃了隔夜的牛肉馅包子闹的。潜艇兵是从来不吃隔夜餐的，剩饭剩菜在岸上时大都被炊事人员集中送到养猪场，出海时就直接扔到海里喂鱼了。可是，何久先对包子情有独钟，舍不得扔掉就吃了下去，没想到竟开始闹肚子了。他现在憋得够呛，如果再不如厕，恐怕真的要拉在裤裆里了。去三舱底的水下厕所吧，值更官怕味道大影响操艇，就批准他去七舱如厕，而七舱的水下厕所归柳继根管。

柳继根爱沾点儿小便宜，平时常到厨房悄悄烤个火腿肠吃，多要一盒麦乳精喝，几次遭到何久先的白眼。因此，柳继根就对何久先有了看法，私下常说东北兵"傻大黑粗"，满嘴"大蒜味"，可他从不敢公开惹怒何久先，因为他深谙"宁惹艇长，不惹老厨"的道理。现在看到何久先捂着肚子来了，柳继根心中一阵窃喜："小赤佬，阿拉刚修好厕所侬就来了，就等着瞧好戏吧。"

在潜艇上"方便"也是一门学问。如果在陆地上有人问"你会'方便'吗？"，那一定是在戏弄人，可在水下的潜艇上，这句话可是很深奥的，因为潜艇的水下厕所使用起来是有一道道严格的程序的：如厕时，先检查污物储存器内是否残留气体，如有残留气体则需打开通气阀将之排出；如厕后，要打开通海阀将脏物冲入污物储存器，并关上进口阀，再打开污物储存器的通往舷外的前盖，拧开高压气阀，将粪便排出艇外……

关于使用水下厕所的方法，何久先在潜艇教导队时就学过。潜艇操纵条令对水下厕所的使用时机有明确规定："潜艇在上浮、下潜过程中禁止使用，以防止厕所使用中压气排污时造成潜艇横倾；在作战海域不能使用，主要是防止排污产生的气泡暴露潜艇目标。"为此，潜艇上用的手纸都是特制的，排出艇外遇水后能迅速分解溶化，这样就不会暴露潜艇的行踪了。说归说，闹归闹，可是实地使用水下厕所，这对何久先来说还是头一次。因此，他只好不耻下问，向柳继根讨教如厕要领了。

"这上一次厕所吧，要依次打开三个阀门，如有一步颠倒次序，厕所内的脏物将无法排出。"柳继根摆出一副卖弄的姿态，诡秘地一笑说，"使用水下厕所啊，最可怕的一是便完了没水，擦完了有水没冲下去；二是便完了擦完了，有水也冲下去了，可是粪便又漂上来了。"

何久先捂着"咕噜咕噜"叫的肚子，假装耐心地听着，"人在屋檐下，不得不低头"啊。

"记住喽，上一次厕所要将三个阀门依次开关六七次。"柳继根不急不慢地说，"如果你操作次序颠倒了，或对阀门张冠李戴了，坐便器内的脏物就会'噗'的一下喷出来，你何大厨师这辈子啊，就会成为广大战友们的笑柄喽。"

何久先忍气吞声，终于打开了水下厕所的门，低头弓身进去后，看到地面有个不大的坐便器，舷壁一角还镶有一个三角形小盥洗盆。按照柳继根讲解的操作要领，他首先用脚踏下固定在坐便器下的一个踏板，一看储存器内没有残留气体，就急忙脱下裤子，一屁股坐在坐便器上，只听"哗啦啦"的一声响，水一样的液体就被倾泻到体外了。

何久先顿感一阵轻松，一边揩屁股一边想，什么叫幸福啊？原先的痛苦一下子就没了，多舒服啊，舒服不就是一时的幸福吗？

如厕完毕，何久先起身拧开冲洗阀注入海水，然后打开船舷外的前盖，再拧开中压气阀开始冲除粪便。本来这时右脚应该松开便盆下的踏板，可是何久先按柳继根的叮嘱仍踩着不动，致使中压气阀一打开，粪便就像开启了瓶盖的香槟一样，猛地逆向喷射出来，像天女散花般地落了何久先满身。

"呸呸……"何久先不断抖落着脸上和身上的粪便，大骂柳继根说："'留几根'，你这个小瘪三，你竟敢耍我啊！"

看到满身粪便的何久先从厕所出来，两眼瞪得滴溜圆，胸脯一起一伏，似乎受了挺大委屈，一股臭气扑鼻而来，柳继根吓得连连后退。本来是想给何久先一点儿小颜色瞧瞧，可万万没想到把事闹大了，后果竟如此糟糕，他有些害怕和后悔了。

何久先似斗架的公鸡，脸红到脖子根，但是他并没有主动出手打架，而是上前紧紧地抱住了柳继根，头对头、脸贴脸、身挨身地来了一个亲密的拥抱，让他一同尽享粪便的味道。

何久先并不傻，深知这是在几米深的水下，潜艇安全比生命还重要，对他来说这是最好的报复方式了。

柳继根虽然也尝到了粪便的味道，但是没敢吱声，只好吃了这个哑巴亏，因为毕竟这是自己惹的祸啊。

何久先看柳继根一声不吭，便一把推开了他，转身扔下一句话："小瘪三，咱们码头上见。"

柳继根不服气地"哼"了一声说："从南京到北京，还未见过大连兵管上海兵哩。"

何久先没再言语，来到五舱对衣庚锦气愤地说："'留几根'这个彪子，在耍我啊！"

听了何久先的诉说后，衣庚锦把他领到了舱底，打开海水制淡机，帮助他把身上的粪便全冲洗干净了。

何久先换了一身新衣服后，又愤愤地说："这口怨气，我一定要找机会吐出去！"

衣庚锦劝道："这件事就到此为止吧。我曾听一位哲学家说过，如果别人朝你扔石头，就不要扔回去了，留着做你建高楼的基石不好吗？"

可是，何久先还是觉得心里憋屈得慌，愤愤不平嘟嘟囔囔的。

衣庚锦问他："我们天天喊'听党指挥，同舟共济'的口号，你知道'同舟共济'是怎么来的吗？"

看何久先摇了摇头，衣庚锦说："《孙子兵法》里讲过一个故事。古时候，吴国人和越国人经常打仗。一天，他们同坐一条船过河，遇到了大风浪，在船就要被掀翻的危险时刻，他们忘掉一切怨恨，互相关怀救助，共同渡过了难关。后来就有了'同舟共济'这个成语。"

何久先点点头，又听衣庚锦说："在我们的潜艇上，七十多口人都装在这个'罐头盒'里，一口氧气大家呼吸，一个臭屁大家都闻，所以大家只能同舟共济、不离不弃啊。"

看何久先不言语了，心情也平静了下来，衣庚锦又循循善诱地劝道："久先啊，毛主席教导我们说，'我们都是来自五湖四海，为了一个共同的革命目标，走到一起来了……一切革命队伍的人都要互相关心，互相爱护，互相帮助'。咱俩来自大连，小柳来自上海，为了共同的潜艇事业，我们走到一条艇上来了，所以我们要共同成长才对啊。"

何久先顿时豁然开朗，不住地点头称是，开始为自己刚才的行为后悔了。

一个人的守望

衣庚锦刚上艇的第一个战位在五舱后面，配合主机长操纵内燃机，主要是盘车、打挡板等。潜艇试航结束后，他又被分配到六舱底看大轴，成了俗称的"大轴兵"了。

多少年来，也不知从何时起，凡是到这个战位的兵都被称为"大轴司令"。原来的"大轴兵"邵玉卯调到五舱当左主机长，军士长"王大胡子"经请示后，决定让衣庚锦来补位。

虽然衣庚锦平时有点儿"一根筋"，可是在领导眼里，他思想红，有主见，搁在哪儿都放心。衣庚锦心里跟明镜似的，虽说自己是"大轴司令"，其实就是一个"光杆兵"，天天坚持一个人的守望啊。

在教导队时衣庚锦就学过，常规潜艇以内燃机和电动机做动力。在水上航行时，内燃机工作，将柴油和空气混合燃烧，把热能转化为机械能，使螺旋桨旋转起来，推动潜艇前进；电动机是将电能转化为机械能，使螺旋桨旋转起来，推动潜艇前进。大轴是潜艇的动力传递装置，好比潜艇的两条腿，"大轴兵"的任务就是防止大轴在转动中因断油而产生过热，使轴瓦发生烧蚀，导致潜艇的"两条腿"瘫痪。

衣庚锦当上"大轴司令"的当天，"王大胡子"就强调说："看大轴可是个'好人不愿干，赖人干不了'的活，靠的就是一颗很强的责任心。因此，你一定要做到'勤看、勤听、勤摸、勤闻、勤记'啊。"

衣庚锦把这"五勤"不仅记在本子上，而且记在了脑子里。

"大轴兵"的战位在六舱底，半平方米的舱盖，不到一米高的底舱。每逢出海动员时，朱艇长总是特别强调"大轴兵"的职责。每次出海期间，上至艇长、政委、副政委，下至机电长、动力长、军士长，都要光临这一个人的岗位来问寒问暖，勖勉有加，生怕"大轴司令"一个人太寂寞，打瞌睡，把"两条腿"烧了。

每次出海前，衣庚锦都要写决心书，写的次数多了，结尾总是千篇一律的套话："要使大轴不跑油，毛主席教导记心头……"后来"反击右倾翻案风"运动来了，他便改成"要使大轴不跑油，批林批孔记心头"。再后来全国开始"学大寨"，他又写成"要使大轴不跑油，大寨精神记心头"。总之，每当来一次运动，衣庚锦就在"记心头"的前面写上最时髦的语句。时间一长，连他自己都感到写腻歪了。

全国"学大寨"运动开始不久，在萧雨笛的策划下，衣庚锦却意外地火了一把。他在决心书中写道："虽然甲板上不能种稻子，发射管里不能养兔子，水柜中不能长谷子，但是大寨红花水下开，潜艇健儿展风采……"这一串闪光的语言被左副政委稍做加工，推荐给了舰队《政工简报》，最后以《一个"大轴司令"的心声》为标题，在《人民海军》报头版发表了。从此，衣庚锦一炮走红，王政委和朱艇长，还有宣传科长，都夸他是政工干部的"好苗子"。

这天，191潜艇进行夜航训练。接更后，衣庚锦看到机械运转正常，就拿起长篇小说《欧阳海之歌》，翻开"脸不变色心不跳"一章，喃喃地朗读。

1963年11月18日早晨，欧阳海所在的部队野营训练行至衡山车站南峡谷时，满载旅客北上的282次列车迎面急驶而来，驮着炮架的一匹黑骡猛然受惊，窜上铁道，横立在双轨之间。就在火车与黑骡将要相撞的危急时刻，欧阳海奋不顾身，跃上铁路，拼尽全力将黑骡推出轨道，避免了一场列车脱轨的严重事故，保住了旅客的生命和人民财产的安全，自己却被卷入列车下壮烈牺牲了……

此刻，衣庚锦深深地被共产主义战士欧阳海的高大形象吸引了。

突然，一股热乎乎的气体直往脸上扑，衣庚锦转眼一看，哎呀，一股滑油正从接油漏斗向外溢出。"大轴大轴'两条腿'，滑油流光要烧毁"啊，他慌忙将书放到一边，转身扑过去捂住漏斗，滑油仍是一股脑地向外冒，他一时被吓蒙了。

"赶快关小供油阀！"恰巧这时王政委下到六舱底来探望，一发现情况就弓腰抢先一步关小了供油阀，等接油漏斗中的滑油渐渐沉下后，才把供油阀恢复到了原状。

衣庚锦知道这是自己三心二意了，如果不是政委赶到及时采取措施，险些酿成事故。他羞愧地低着头，摆弄着油乎乎的手，等待着政委的批评。

王政委递给他一块棉纱，温和地说："揩揩手吧，看你那脏样。"说着，他又捡起那本溅上油迹的《欧阳海之歌》，细心地用棉纱揩着。

衣庚锦检讨地说："政委，这个'司令'我没当好，你批评我吧。"

王政委开玩笑道："怎么了？你不想当这'司令'了，那就由我来当吧？"

衣庚锦低声说："政委，你真会开玩笑，哪有政委来看大轴的。"

王政委蹲在衣庚锦面前坦诚地说："我刚上艇的时候，就在这个战位当'司令'啊。"

衣庚锦仍不相信："政委，你别哄我了。"说完，他硬是与王政委调换了一下位置，自己蹲着，听王政委坐着讲话。

"那是在旅顺潜艇学习队的时候，我被分在'秀克'级潜艇上当'大轴兵'。"王政委深情地回忆说，"有一件事情使我终生难忘。那是1953年2月14日上午，有一位首长来潜艇视察，他从一舱走到六舱，看得很认真很仔细。当听说主电机设在底舱后，他坚决要下到底舱看看。电工军士长急忙上前阻挡说，舱口很小，只有半米见方，底舱低矮，还不到一米高。首长却温和而坚定地说：'你们能在这里生活、战斗，我就不能下去看看吗？'军士长只好领着首长进了底舱。这里平时一个人都转不过身来，现在两个人更难行动了。但是首长在底舱仍然仔细、从容地观看着密密麻麻的机械和管路，还叫军士长打开大轴的检查盖，看了大轴的内部结构。首长出了底舱后和蔼地问我：'你是看大轴的兵吧？'我急忙回答是。首长又亲切地说：'很好嘛，这个战位很光荣啊。'首长又询问了水下怎样调剂伙食、怎样储备营养品。他还扶着吊铺，了解艇上四季的寒暖情况，然后向陪同来的海军首长交代：'潜艇兵的生活很艰苦，你们可要关心他们啊！'首长回到指挥舱后，在航泊日志上写道：'遵照毛主席的指示，学会潜艇作战。'他还嘱咐艇长说：'要告诉大家，一定要把潜艇技术学到手啊。'"

王政委深情地说："一个位高权重的首长能够亲临这样狭窄的地方，这对我们潜艇兵是多么大的关怀和鼓舞啊。"

衣庚锦的心中既感到敬佩，又觉得内疚。

"小衣啊，你爱看书这没错。不过，如果不安心本职工作，只顾低头看书，这就不对了。"王政委把《欧阳海之歌》递给了衣庚锦，又细心地察看了一下大轴的油量和温度，嘱咐他说，"咱们潜艇兵所面对的是造价高昂、技术密集的潜艇，所以我们每个人都需要胜任自己的工作岗位，否则就会影响装备性能的充分发挥。如果今天的滑油跑光了，大轴被烧坏了，潜艇就要被迫停航，我们拿什么去保卫祖国呢？"

"政委，我、我错了。"王政委的话好像一缕阳光，照得衣庚锦心里亮堂多了，他惭愧地说，"今后，我一定向欧阳海同志学习，让毛主席他老人家放心。"

"好，我相信你，就看你的行动了。"王政委说完又抚摸了一下衣庚锦的头，上去走了。

休更后，衣庚锦躺在吊铺上久久不能入睡，心里想："我这叫什么'大轴司令'呀，连点儿滑油都管不住。"他越想越后悔，随手把一条垂在半空的细绳狠劲地打了一下。瞅着那条细绳前摇后摆地晃动着，衣庚锦猛然觉得它像高中《立体几何》教材中所说的"与平面相交的一条垂线"。这时，刚静止下来的绳子突然又倾斜了一下，接着舷外传来海浪声，潜艇也随即晃动起来。你瞧，多有意思呀，这条垂线还能显示潜艇的倾斜度呢。

蓦地，一个新的念头在衣庚锦的脑海升起，他一拍大腿爬了起来，以潜艇兵特有的技能，弓腰曲背地跑到了六舱底。他先找来一条细绳子，把一个螺丝帽系在绳的一头，又将绳子的另一头绑在上层地板的螺丝钉上，还在地板上与螺丝帽正对的位置画了个圆点，衣庚锦称它是"垂线和平面相交的垂线足"。

"衣庚锦，你在搞些啥名堂啊？"当更的电工兵小张莫名其妙地问。

"你看啊，只要它偏离了地板上的圆点。"衣庚锦指着拴在绳上垂下来的螺丝帽说，"这就告诉我们海浪要让潜艇晃动了，你就要关小供油阀控制供油量，防止滑油外溢啊。"

"我明白了，这样就可以预防滑油外溢了。"小张一看就懂，赞赏地说，"嚆，你这个'大轴司令'啊，还真棒！"

此后，衣庚锦创造的"大轴滑油外溢警示法"在全支队推广。

以后，在离开天地的日子里，衣庚锦每逢听大轴弹出的那种隐隐转动的琴声时，总似在与恋人相伴，他在日记中深情地写道：

我爱看她不停转动的身姿，犹如翩翩起舞。

我愿听她节奏鲜明的轰鸣，仿佛向我诉说快乐或忧愁的心情。

我愿抚摸她的身躯，微微发热的体温使我增添了许多豪气。

我愿闻她的体香，让我产生多少迷人的梦想……

逃生训练

做"水鬼"？没当潜艇兵前，一听到这个词，衣庚锦心里就像揣了一个小兔子。其实，这个词指的是轻潜水训练，因为穿上潜水服后，战士们就要被称为"水鬼"了。

轻潜水训练是共同科目，轻潜水是每个艇员必须掌握的一项基本技能。水下输送侦察兵、水下出艇排险、水下逃生等都离不开轻潜水。

衣庚锦心里清楚，潜艇如果失事了，艇员有四种逃生方式：乘深潜救生艇、乘潜水钟、进潜艇逃生舱和利用单人救生装具逃生。轻潜水就是艇员利用单人救生装具进行水下个人自救的一种逃生手段，这就好比是每个飞行员都要学会跳伞一样。

潜艇每个舱室都按照岗位人数配有单人救生装具。它是由面具、状似救生圈的呼吸袋、减压阀、气体深度转换装置与气体交换装置以及三个分别装有氧、氦氧和氮氦氧的高压气瓶等组成。气体深度转换装置可根据所在的水下深度自动转换不同气体以供人员呼吸：二十米内用氧气，六十米以内用氦氧，超过这个深度就要用氮氦氧了。在什么深度就呼吸什么深度该呼吸的气体，这样可以避免发生氮麻醉、氧中毒之类的潜水病。

第七章 水下练兵

如果在潜艇上仔细观察，会发现每个舱室的上部都挂有微波炉大小的白色食品箱和淡水箱，平时是不准随便动用的，只有在潜艇失事后没办法，到了"那一天"才可吃喝。箱内装有压缩食品和水果罐头。压缩食品是将肉松、巧克力、饼干等好几层压成一条，它的热量极高，但口感极硬，嚼起来"嘎嘣嘎嘣"响，而且味道极甜、极咸，就像一把糖再掺上一把盐。

厨师何久先品尝后说："齁咸齁咸的，齁死了。"

衣庚锦反驳说："你放心吧，齁不死，还有水果罐头和失事淡水呢。"

这天上午，191潜艇艇员在教练室潜水塔集合，全体进行轻潜水训练。这是支队新建的海军第一座井式潜水塔，专供艇员穿上单人救生装具搞轻潜水训练。

潜水班于教练现场讲解说："轻潜水有别于穿重潜服、戴头盔、靠外部供气的重潜水，它是个人佩戴橡胶面罩和呼吸时能将二氧化碳吸收、不断供给纯氧的潜水装具进行的水下作业，这种潜水装具也叫单人救生器……"

说完，于教练进行现场指导，手把手地教大家如何咬住呼吸嘴，还幽默地说："含呼吸嘴啊，这是很容易的呀，一定要含紧呼吸嘴，要咬紧它，要像与对象接吻那样紧紧地贴住，这样才能不漏气。"

"哈哈……"大家都被逗笑了，大多数艇员至今还没有谈过恋爱，他们上哪儿知道与对象"紧紧地贴住"是个啥滋味啊？

朱艇长强调说："大家严肃点儿，不要当儿戏。"

衣庚锦和战友们心里明白，当潜艇兵是一项高风险的事业，也就是说是个危险的行当，万一出大事了，能不当"烈士"就别去当"烈士"。在水下浮不起来了，那就得逃生了。说句大白话吧，都是人生父母养，长这么大容易吗？

朱惠凯向大家讲述说，二十多年前在旅顺潜艇学习队进行潜水训练时，一位副长头一个爬进鱼雷发射管，关闭发射管后盖后，传出"嗒嗒、嗒嗒"的敲击声，表示他"感觉良好"。接着开始注水、供气、调整平衡。可两分钟过去了，没有敲击信号声传出；又过了一分钟，还是没有敲击信号声传出。

苏军教官当机立断，一个箭步冲上去，打开发射管后盖，管内"哗"地流出一大摊水，教官猫着腰赶紧将那位副长拽了出来。看副长已经处于半昏迷状态，军医赶忙摘下他的面罩，两分钟后副长才慢慢醒过来。原来是开始注水时这位副长太紧张了，没有调整好呼吸，一口气"憋"住了。

傅大队长闻讯赶来，见大家面面相觑，神色有些紧张，便鼓励说："这是每个潜艇兵必须过的一关，否则你就将被淘汰。我还是那句话：'咱们干潜艇的人，就是要敢拍着胸脯下大海！'"

学兵们又来到模拟潜艇舱旁。苏军教官将步骤、要领详细讲解了一遍后，下达口令："第一名出列！""到！"不知什么时候，傅大队长已经穿戴好潜水装具，从队列中跨了出来。教官惊奇地说："大队长同志，你……"

傅大队长干脆地说："请教官下达任务。"教官却说："你不需要是第一名，你可以让你的士兵先训练。"傅大队长又坚定地说："不，在学习队序列里，我排名第一。"于是，傅大队长走到鱼雷发射管尾部，沉着地打开后盖，弓着身子爬进鱼雷发射管，又关闭了后盖。

当傅大队长顺利完成一系列动作，安全出水摘下潜水面罩时，教官立即迎上前，敬了个军礼，伸出大拇指连声说："哈拉绍（好）！哈拉绍！"傅大队长笑着对大家说："没那么可怕！只要胆大心细，按规定的操作程序一步一步做，我们每个同志都可以通过。"这天，中国学兵都通过了轻潜水考核。

对今天的轻潜水训练科目，衣庚锦是最自信的，毕竟他出生在海边，扎猛子潜水，碰海参、鲍鱼什么的，那是家常便饭的事。

衣庚锦是第一个下潜者，他按照规定程序穿好潜水装具，把橡皮呼吸嘴紧紧箍在牙床上，佩带好状似五六式半自动步枪子弹袋的压铅，又别上潜水匕首，顺着扶梯下到水池中。

衣庚锦的第一个感觉是：吸气时相当轻松，呼气时却感到困难，甚至心里有点儿发慌。后来，他使了很大的劲，才把那第一口气吹了出去，很快就把呼吸调整过来继续下潜。第二个感觉是：潜水装具虽然沉重，但是在水中还是轻飘飘的，和儿时扎猛子的感觉不一样，仅一个大气压就压得衣裤紧紧箍在身上。他开始在池底左、右、前、后不同方向行走，动作慢得像打太极拳，要知道水的密度可比空气大多了。

二十分钟到了，衣庚锦很快完成了一系列规定动作。这时，上面传来了"浮起"的命令信号，他真想在水下再多待一会儿，可是这不行啊，于是立即发出"明白，我浮起"的回答信号。他浮出了水面，又沿着扶梯爬上来，一道道水帘从身上淌下。他脱下潜水装具，在潜水塔池边稳稳地站立起来，右手举起"子弹袋"，左手举起潜水匕首，露出一副胜利者的微笑。

在衣庚锦的示范作用下，新兵们与老艇员一起顺利完成了这一天的岸井轻潜水训练。

次日上午，全体艇员又来到码头，进行难度最大和最危险的鱼雷发射管实地逃生训练。这是所有艇员必须掌握的逃生自救方法，一旦潜艇失事，艇员可从鱼雷发射管进行逃生。这一训练过程中，艇员必须具备良好的心理素质和过硬的业务技能，否则很难真正过关。

在艏舱鱼雷发射管前，鱼雷班刘军士长严肃地说："今天，我们在潜艇上先进行爬干发射管出艇训练，而后再进行发射管注水训练。"

衣庚锦知道，潜艇兵水下逃生时可利用鱼雷发射管出艇，每个发射管一次可以送出去四个人。

鱼雷班刘军士长详细地讲解道："人员离艇前，首先要放出失事救生浮球，然后顺着失事浮标绳爬向海面。由于深水压力太大，你们要一点儿一点儿往上爬，每隔二至三米，失事浮标绳上都有绳结作为记号，见到后就得停留三至五分钟，这叫减压。从最大深度逃生，减压过程需要三至四个小时，你们千万不可快速冲向水面，那样就可能像一个气充得太足又断了线的冲向高空的气球，你们的血管啊、肺里的气体会恶性膨胀的，非爆了不可……"

一听说是钻鱼雷发射管，舵信兵谭彦多心里就开始打哆嗦了。在教导队学习时他就知道，潜水时如对单人救生器使用不当，则会产生"缺氧症""二氧化碳中毒""肺撕裂""潜水夫病"等病症，这在无形中给他带来了疑惑和胆怯。但是为了不让战友们看出自己有这种恐惧感，他还是硬着头皮穿上了潜水装具。

为了让大家有一个逐渐适应的过程，刘军士长首先组织新艇员在潜艇上进行爬杆发射管出艇训练，然后再进行发射管注水出艇训练。谭彦多被分配在最末一组。

衣庚锦和单若冰、萧雨笛等几个人为他壮胆，齐声喊道："谭彦多加油！加油谭彦多！"

打开了鱼雷发射管后盖，谭彦多还是心有余悸，胆战心惊地随着前面的艇员，身负沉重的潜水装具依次爬进了黑暗、狭窄的鱼雷发射管。随即，发射管后盖"咣"的一声在他的身后关闭了。舱室的鱼雷兵开始由水柜向发射管内注满水，谭彦多按照规定动作打开均衡阀，均衡好了管内外压力。

看到人员全进入发射管后，刘军士长就拿着一个小铁锤，按照约定的敲打信号表"叮当叮当"地敲打发射管后盖，与管内人员进行联络。

"你们感觉如何？"刘军士长敲了一声问。

"我们感觉正常。"谭彦多敲了一下回答。

"准备好了吗？开始注水。"刘军士长又敲了两声问。

"我们已准备好，可以注水。"谭彦多又敲了两下回答。

谭彦多知道，往鱼雷发射管注水是为了平衡管内与艇外的海水压力。如果是一切正常的话，接下来敲打的信号应是：注水完毕，打开发射管前盖，开始出艇逃生……从管内爬出后沿着绳索攀行，还要进行换气呼吸，弄不好鼻子要灌进海水，所以他很怵这个训练科目。在敲打信号时，他的手有些微微颤抖，为自己和三个战友蜷缩在黑咕隆咚的发射管里而担心。

这时，发射管外的艇员开始向发射管里注海水了，冰凉的海水从他们的身下一点点漫了上来，即使隔着橡胶潜水服和保暖衣物，也能感受到海水的凉意。就在海水快淹没发射管顶部时，谭彦多的精神开始崩溃了，他拿起小铁锤"砰砰"猛烈地敲击发射管管壁，这是规定的出现意外的敲击信号。

刘军士长当机立断地大喊道："停止注水，打开发射管后盖，救人要紧！"

刘军士长不知道发射管里到底出了啥事，由于是直接命令，连给发射管排水都来不及了。在打开发射管的一瞬间，管内的海水像决堤似的狂泻而出，把位于发射管后端的谭彦多直接推了出来，舱里顿时乱作一团。顷刻之间，舱底全是海水，差点儿给锚机电机淹了。幸亏衣庚锦和单若冰发出紧急呼叫，让三舱失事排水，这才保证锚机没被水淹。

惊魂稍定的谭彦多感觉有点儿后怕，自己是否大惊小怪了？他没辙找辙地说自己的耳朵疼。

衣庚锦拍着他的肩膀劝道："潜水训练时，耳朵被压疼那算个屁事！如果真有那一天，即使'走麦城'或遭遇'滑铁卢'了，恐怕逃生本领再强也难逃厄运，这就是潜艇兵的职业风险，也是潜艇兵的光荣和神圣之处啊。"

经过这次逃生训练，再联想到上次出海时差点儿被撂到海上的事，谭彦多觉得受的刺激太大了，他感到危险系数太高，说不定哪天自己就魂飞魄散了。当天夜里躺在吊铺上，他梦到自己被海水灌得够呛，在水下拼命地挣扎，还大喊大叫，惊醒一看竟是在做梦。

一周后，谭彦多因患急性乙肝住进了医院。通过一个月的住院治疗，经医生检查，谭彦多病志上的"+"号没了，他出院回到了艇上。

潜艇里艇员高度集中，艇员最忌讳的就是肝炎，几乎谈"肝"色变。谁的肝患了病，其他人就如临大敌，这也就意味着他的潜艇兵生涯结束了。从此，有人不再称呼谭彦多的名字，而是叫他"谭老肝"了。

为了不把病毒传染给大家，谭彦多与大家分餐，脸盆、毛巾、碗筷和茶缸等个人物品都有固定的存放处。他只能坐指定的座椅，得用脚开门关门，还得瞄准厕所的下泄口小便。每周一次，他得用滚开的热水烫泡自己的衣物，用高压锅蒸熏自己的餐具。他似乎觉得那烫泡的和蒸熏的是自己的灵魂，自己简直就成了一个废人、一个可怕的"魔鬼",大家都在躲着他。有时他悄悄地滴泪,盼望着能早一点儿退伍回家。

看到谭彦多如此尴尬与狼狈的处境,衣庚锦感到很痛心、惋惜和内疚,深深地叹了一口气说:"唉,国家用黄金堆起来的一个潜艇兵,就这样半途而废了。"

碧波深处党旗红

繁星闪烁,渔灯点点,191潜艇进行夜航训练。

潜艇转入半潜状态航行后,衣庚锦坐在战位上,倾听两根大轴"嗡嗡"地欢唱着,心中油然升起一种惬意。

突然,从艇艉传来一阵"哗啦哗啦"的声响,衣庚锦赶忙竖起耳朵,贴近左大轴静心细听。声音变得小了,随着大轴的转动忽弱忽强,估计是螺旋桨缠上了什么物体,兴许是缠上渔网了。

蓦地,衣庚锦想起了教员曾讲过的一个例子,说是俄太平洋舰队一艘"普里兹"号小型潜艇在勘察加半岛东海岸海域时被水下不明物体钩住,无法浮出水面。潜艇起先是被渔网缠住了,当潜水员企图清理时,螺旋桨又被一条金属缆绳卡住,继而搁浅在水下一百九十米深处的海床上。多次打捞失败后,俄海军启用"蛙人"在水下将缠在艇上的所有缆绳全部剪断,又将渔网除掉,潜艇才开始上浮,终于成功获救,艇上七人全部生还。

衣庚锦想到这里,判断可能是有渔网缠到潜艇螺旋桨叶片上了,他立即向指挥舱报告:"艇艉方向发现可疑声响。"

朱艇长当即命令:"立即浮起。"

随即,潜艇徐徐浮出水面,周水手长从舰桥下来,一跐一滑地向后甲板走去。

第七章 水下练兵

当过了升降口时，他清晰地看到螺旋桨上方的水面上果然漂浮起一缕散乱的渔网。他断定渔网的另一头已经缠在了螺旋桨上，如不是发现得及时，螺旋桨很有可能要被渔网缠住，一条"大腿"会失去功能，潜艇将变成"瘸子"，甚至有翻艇的可能。当务之急是割除渔网，尽快恢复潜艇的战斗力。

朱艇长和王政委商量，决定由衣庚锦执行水下割除渔网任务。理由是他轻潜水训练成绩优秀，处事沉稳果断。还有一个理由是，按照原定计划，党支部要在这次夜航中举行入党宣誓仪式，安排衣庚锦独立执行这次水下排险任务，是他接受党组织考验的难得机会。

接受任务后，衣庚锦表示坚决完成任务，争取火线入党。他迅速穿好潜水服，背上氧气瓶，佩带上螺旋桨防缠绕转刀，雄赳赳地来到了后甲板上。

看到海面湍急的涡流，朱艇长想起刘百顺的牺牲。为了保证这次水下排险安全，他让周水手长给衣庚锦腰间再系上一根安全绳，另一头紧紧系在甲板的拖船钩上，以防不测。

衣庚锦像"蛙人"一样潜入了冰冷的水下，向螺旋桨附近摸去。一个个小山似的潮头从身后压过来，他紧紧抓住安全绳，像打秋千一样在水中漂荡，转瞬又被一股偌大的涌流摔向艇体。说时迟，那时快，只见他弓腰缩回双腿，随流一个转体，躲入了螺旋桨的圆形保护罩下。

又一股巨大的涌流过后，衣庚锦用另一根安全绳把自己绑在保护罩的壳体上，透过潜水镜看到螺旋桨已有两个叶片被缠上了几圈尼龙网绳。他从腰间迅速拔出刀，开始一刀刀地割渔网，割除上面又割下面，割净外面又割里侧。他累得两手发麻，冻得全身发抖，足足咬牙坚持了一个来小时，终于将缠在螺旋桨上的渔网全部清除干净了。

衣庚锦身上挂满了才割下的渔网，他刚浮出水面就摘下头盔，对一直站在甲板上指挥的朱艇长缓缓地说："报告艇长，渔网全部清除完毕。"说完，他就一头栽倒了，靳医生说他这是被冻昏了。

半个小时后，经过靳医生的一番急救，衣庚锦的脸上终于露出了笑容，左副政委当即送他一个绰号叫"水下兵王"。

潜艇恢复正常后，又潜入了大海。

舰务军士长李时龙精心操纵着均衡系统，刚才还在惊涛骇浪的海面，一眨眼潜艇就钻入了碧波深处。

"战斗警报，准备潜坐海底，倾听弦外噪声。"朱艇长沉稳地发出口令，"打开测深仪，报告水深。"

"报告艇长，我艇开始坐沉海底，深度二百米、一百米、五十米……"

"潜艇已潜坐海底，检查舱室水密。"随着朱艇长发出的口令，艇员们心中犹如一块石头着地，各舱相继报告："一舱水密情况良好。二舱水密情况良好。三舱水密……"

主电机停了，螺旋桨不转了，潜艇缓缓下沉，稳稳地坐在一片平坦而柔软的沙地上，进入了彻底的静态之中。

没有声响，没有吵闹，没有噪声，也没有人流的喧嚣，海底世界一片宁静，再也没有在风浪中摇摆的感觉了。

潜艇就是有这样的好处，即使遇上大风大浪，深水航行的潜艇也很平稳，这让吐得翻江倒海、晕得东倒西歪的水面舰艇兵望尘莫及。

潜艇兵都知道，潜艇潜坐海底是靠海洋中密度差产生的浮力承托起自身的重量，就像水下抛锚一样安安稳稳地坐沉海底，潜伏在液体海底下的水层里。如果在战时，潜坐海底是潜艇最佳的隐蔽状态，足以令所有舰艇防不胜防。今天潜入大海深处练兵，艇员们可放心地集结在一起，享受着海底的静谧了。

潜坐海底是潜艇操纵战术机动很重要的科目，目的是在战斗破损、堵漏损管、车舱故障时进行抢修，可以节省电力、冷却电池、重装鱼水雷、避风浪、待机行动或艇员休息。不过，潜坐海底时不能超过下潜极限深度，也不能在淤泥区，更不能在沉船区或雷区。潜坐海底后并不是高枕无忧了，每昼夜要起浮一到两次，防止潜艇陷入海底。一旦潜艇出现潜坐液体海底的情况，就会在水下自由下落，如处理不当，就会像一辆汽车掉下悬崖一样，后果是不堪设想的。一次，某潜艇搞潜坐海底训练时被泥沙淤住了，潜艇又是动伡，又是左右晃动艇身，反正是费了很大劲才总算脱了身，搞得全艇上下万分紧张，党员都缴最后一次党费了，真是好悬啊！

"潜坐海底部署，第一更开始值更。"朱艇长宣布道，"其他人员离开岗位，按计划进行。"

按照预定计划，一场别开生面的入党宣誓仪式就在这碧波深处拉开了序幕。

艏鱼雷舱左右发射管间的最高处挂起了一面鲜艳的党旗。衣庚锦、单若冰、萧雨笛、何久先和柳继根等六名战士将在这里进行入党宣誓。

对于一个普通士兵来说，"一年入团，两年入党，三年提干"是当兵政治上的"三步曲"，无疑也是吸引广大青年入伍的一个缘由。

衣庚锦是团支部副书记，单若冰和萧雨笛入伍前就是共青团员了，又是城镇兵，所以他们对提干不是特别关心，即使退伍回家也可安排个工作。但是他们对入党倒是很渴望，不然回家后邻居们会说三道四：这小子在部队没干好，怎么连个"党票"都没混上，真是"白丁"一个。

如果真是这样，恐怕连一份好工作都难找到了。刘百顺牺牲后，被追认为中共党员。谭彦多患肝炎住院，等于半道打了"退堂鼓"，入党的事根本连边都沾不上了。何久先与他们的想法大不一样，何家祖祖辈辈都是农民，只能靠入党、提干来改变自己的命运，跳出"农门"。

为了能早日入党，每天熄灯号吹响后，何久先总是悄悄地将扫帚藏在床下，目的是第二天早晨能第一个抢到它。在起床号还没吹响前，他就悄悄穿好衣服，等号声一响就以迅雷不及掩耳之势，跳下床去打扫卫生。

柳继根抢不到扫帚，又不会理发，就跑到艇部反映："何久先是假积极，扫地、理发、做好事都是假装的。"

王政委最讨厌背地里打小报告的人，可听了柳继根的话后又不好当面批评他，便笑呵呵地说："一年三百六十五天，如果一个人能天天坚持扫地、理发，那就不是装的，说明他这是真的了。"

柳继根却突然间想起了什么，抓住不放地说："政委啊，你可记得何久先在码头值更时枪走过火吗？"

王政委像被一时噎住了。

恐怕这一批何久先入不上党了，衣庚锦找到王敬儒真心地请求说："政委，我想把自己的入党名额让给何久先，他家在农村，将来退伍回家好找工作啊。"

王政委听了不但没有表扬衣庚锦，反而发火批评道："你把党组织看成是生产队了，想入就入，想让就让啊。我告诉你小衣，入党是有高标准、高要求的。"

衣庚锦满脸通红，知道自己说错话，就悄悄地离开了。

始料未及的是老天赐给了何久先一次良机，让他很快实现了入党梦。

这天傍晚，何久先独自一人在海堤遛弯。突然，他听到远处传来的呼救声，循声望去，发现是一名落水儿童在海里挣扎。随即，他急忙跑过去跳入海中，经过十多分钟与海浪的搏斗，终于救起了落水儿童。后来才知道，这名落水儿童是部队家属的孩子，他趁父母不注意独自到海滩捉小蟹子，不慎被海浪打到了海里。

救人的事情很快传开了，当孩子的家长找到191潜艇后，才知道何久先是那个"无名英雄"。支队政治部为此给他记了三等功一次。显然，何久先离党组织的大门又近了一步。

柳继根一看，这样下去，自己入党肯定是没戏了，就绞尽脑汁另辟蹊径。不料也是天赐良机。辽宁海城发生7.3级地震后，聪明的柳继根立即向灾区汇去十元钱，汇款附言写道："寄去一月津贴钱，革命战士做贡献。"落款是"红潜兵"。

不久，海城灾区人武部来信查询这位自称"红潜兵"的战士，提出要给予表扬。支队政治部将各艇政委找来，根据汇款单上的字体进行查证。王政委一看汇款单上的字,当即说这个"红潜兵"就是本艇舰务兵柳继根,因为他经常出黑板报,写的就是这种字体,最后查证果然不出所料。从此,柳继根出了大名,不仅受到支队政委的表扬,而且得了一个艇级嘉奖。本来这批发展党员的计划中没有柳继根,可是由于这一举成名,政治部又特批了一个入党名额,柳继根就这样梦想成真了。

可是,在填写入党志愿书时,柳继根的手异常紧张,连字体都变了样。那几天,他与战友说话都有些不好意思,好像做了什么不光彩的事,总觉得自己没有真正从思想上入党。

在轮机班党小组会上,衣庚锦宣读了入党志愿书相关的内容后,两个介绍人各自发表了意见。接着,党小组长"王大胡子"对发展对象做了评价,也指出其身上存在的不足,衣庚锦都虚心地记在本子上了。

最后,艇党支部经开会讨论,一致通过了单若冰等六名同志的入党志愿,支队政治部党委即时批准他们加入中国共产党。

这次入党宣誓仪式原先计划在水兵大楼俱乐部举行,可是新党员衣庚锦建议说:"'七一'期间正好进行夜航训练,是否能在'龙宫'举行入党宣誓仪式?这样既能使我们新党员终生难忘,也非常具有纪念意义。"

王政委和朱艇长觉得此话有道理,就采纳了衣庚锦的建议。于是,在这鲜为人知的大海底层,在这灯火阑珊处,人民海军又一批忠诚战士以特有的方式举行了入党宣誓仪式。

一舱两排鱼雷发射管中央的上方,升起了一面崭新的党旗,旗帜上的镰刀和锤子发出金光,熠熠生辉,似照耀着水下航程。所有的红色灯光都打开了,舱室顿时被渲染得红彤彤的,染红了每个脸庞,映红了每颗心灵。衣庚锦等六名战士站在鲜红的党旗下,艇党支部书记、政委王敬儒举起右拳,领着新党员一字一句地庄严宣誓:"我志愿加入中国共产党,拥护党的纲领,遵守党的章程……"

铮铮誓言,耿耿忠心,在海底"龙宫"久久回荡。

入党宣誓仪式结束了，衣庚锦回到战位上，捧起日记本高兴地写道："今天，我站在党旗下庄严宣誓，感到心潮澎湃，虽然潜艇水下没有阳光，但是我们比谁都灿烂。因为我们有潜航万里红心向党的忠诚引领，有深海砺剑闯大洋的使命担当，有'百人一杆枪，生死一条命'的肝胆相照，这种独具特色的潜艇兵魂，融入我们的血脉，迸发出了无穷的能量。"

最后，衣庚锦又工工整整地写了一首战地小诗：

鲜红党旗"龙宫"升，
潜艇水兵心沸腾。
永远听从党指挥，
党的阳光照航程。

何惧沧海闯"龙宫"

1975年春天，军委首长始终牵挂着我国新型潜艇的建造情况，关切地问："我们的新型潜艇究竟能潜多少米？"

海军领导同志回答说："按照理论设计，极限深度应该是三百米。"

首长又追问道："你们试潜过没有？"

海军领导同志表态说："我们准备马上组织潜艇进行深潜试验。"

首长当即鼓励说："在确保安全的情况下，你们要大胆试，真正检验一下我们的新型潜艇究竟能潜多深，'敢下五洋捉鳖'嘛。我预祝你们试验成功，我在这里等着你们的好消息啊。"

在场的各方领导同志当即领命，几天后海军和第六机械工业部共同签署了方案，上报总参谋部，最后经中央军委批准实施。不久，191潜艇领受了赴N海区进行新型潜艇深潜试验的任务。

出航就是出征，下潜就是战斗。接到深潜试验任务后，全艇热情高涨，党支部向全艇发出了"敢下五洋捉鳖，誓与战艇共存亡"的号召。以衣庚锦为代表的新党员纷纷宣誓表决心："何惧沧海闯'龙宫'，坚决完成党交给的艰巨任务。"黑板报和墙报写满了官兵们的决心书。

朱艇长在动员时说，所谓深潜试验，就是潜艇下潜到设计规定的深度，检验其总体强度和装置系统可靠性的试验。一般下潜深度是按潜艇战术技术性能和操纵安全要求，分为潜望深度、危险深度、安全深度、工作深度和极限深度。对033型新式潜艇，这次主要是进行工作深度和极限深度两种试验。

王政委补充说，潜艇为了保证安全，一般不允许在极限深度航行。在实际使用中，潜艇如因战斗或其他意外情况需要，只允许在此深度做有限次数的短暂停留。当今世界潜艇的极限深度通常可达三百至四百五十米，有的达到九百米。对这种深潜试验，各国潜艇极少进行，主要缘由是一个"怕"字。美国有一艘潜艇就是在深潜试验中爆炸沉没，落得个艇毁人亡的结果；苏联也有一艘潜艇在进行深潜试验时，还没潜到最大深度就中断了与指挥所的联系。

可想而知，在政治帽子满天飞的年代，要不是首长拍板，谁还敢搞这种试验啊？

这天夜晚，191潜艇悄然离开码头，来到了试验海区。与此同时，一艘救生船载着深潜试验现场指挥所的人员也来了。

现场指挥所为能及时对潜艇实施指挥，救生船临时安装了吊放声呐，指挥所和水下的人员可以在各自的声呐室内直接通话。

进入下潜海域后，潜艇舱内蜂鸣器响起，红的、绿的、黄的，各种灯光频闪，全艇战斗气氛骤然紧张起来。

朱艇长站在三舱指挥台前，果断地下达一连串口令："打开中间水柜注水，速潜柜注水，速潜——"

"中间水柜、速潜柜注水完毕，我艇开始下潜，一米、两米、三米……"

陈机电长一遍又一遍清楚地复诵着的各种口令，迅速地传向各舱，口令声连同各水柜强大的注水声，让每个艇员陡增几分紧张。

此时，"速潜"与"战斗警报"两种口令相互交错，此起彼伏，潜艇如此水上水下地反复沉浮，让人感到高度紧张。如果说"战斗警报"的口令最能让人紧张，那么"速潜"的口令就是最能让人精神抖擞的了。

朱艇长下达"速潜"口令后，官兵们在各自战位上开始了紧张的操作，海水涌进主水柜的声音撞击着耳膜，下潜深度显示屏上的数字快速地跳动着，潜艇如蛟龙入水，继续下潜。"五米、六米、七米……"周水手长不停地报告着潜艇的下潜深度，瞬间稳定在八米预定深度后，海面逐渐恢复了平静。

朱艇长掐着秒表欣喜地看到，这次速潜时间比以前又快了五秒钟。

"报告指挥所，我艇已到达预定深度。"朱艇长通过声呐室向岸上指挥所的支队长王国英报告，"请示执行'蛟龙'计划。"

"191，191，可以开始'蛟龙'计划。"指挥所回复王支队长的命令，"严密注意水密情况。"

"继续下潜！"随着朱艇长一声令下，深潜试验开始了，潜艇缓缓潜向海底。一个个动作轮番上演，纵横倾、大深度等显示屏上的数字不停地闪动。

"一舱准备完毕。"

"二舱水密良好。"

"三舱情况正常。"

……

此刻，船钟"嘀嗒嘀嗒"地响着，时间一分一秒地流逝……刚下潜时，各舱室每下潜十米就通报一次情况，后来则每下潜五米通报一次。各舱室的水密门早已封闭，互相不能通行，艇员们已经做好了应对突发情况的准备。

"三十米、六十米、一百米……深度计指针不停地变化，潜艇越潜越深，舱壁不时发出响声。深度计上的一根支撑的角钢随着下潜而逐渐变形了。全艇人员严阵以待，每个人都铆在自己的战位上镇定地操作，捕捉着每一个细微的变化。

"报告指挥所,艇身震动较大,不停地发出'叽咯叽咯'的声响!"随着潜艇渐渐地接近最大工作深度而出现变化,朱艇长报告,"人的身体也震动起来了。"

"机械有没有异常情况?艇壳有没有漏水?"王支队长关切地问,"你们的身体怎么个振动法,有什么感觉?"

"机械情况正常,只是艇壳焊接处较潮湿,但没有发现漏水。"朱艇长报告,"身体有些发麻,感到有点儿不舒服,但是艇员情绪很高,我们能坚持住!"

"继续下潜!"王支队长下达命令。

"是,继续下潜!"朱艇长复诵着。

潜艇开始向极限深度下潜,随着深度的不断增加,艇体承受的压力也在不断增大。

"一百八十米、二百米、二百二十米……"测量仪表的指针在不停地移动。

"钢板开始弹性变形!"朱艇长不间断地向指挥所报告,"出现巨响,巨响密度增大!"

"能坚持吗?"王支队长急切地问。

"没有问题!"朱艇长坚定地回答。

全艇随即进入"损管"部署,艇员们都处于极度紧张的状态,个个汗流浃背,直喘粗气。舱室不时传出撕心裂肺的响声,海水从冷却阀焊接处喷射进来,舱内海水渐渐增多。厨房门被压得变了形,怎么也打不开。潜艇还在下潜,海水不停地翻卷着往上推去……

突然,从五舱传来舱室长"王大胡子"的报告:"五舱右舷海水冷却阀焊接处漏水……"

"立即实施堵漏!"朱艇长一边下达着命令,一边向指挥所报告,"我艇五舱右舷海水冷却阀焊接处突然漏水!"

"漏水情况是否严重？"王支队长急切地问，"你艇是否需要浮起？"

"报告指挥所，我艇正在组织全力堵漏。"朱艇长补充报告说，"现在虽然进水增多，但是仍属允许范围，排除险情后，仍可继续试验！"

此刻，身为指挥长的王国英的想法是，最大工作深度已通过试验，现在正进入极限深度试验，这是试验的关键时刻。他想到，美国和苏联的有些潜艇在极限深度试验中，一见到钢板变形、发生巨响和渗入海水时，艇员就大呼大叫"危险"，以至于指挥员不得不下达中止试验的命令，这样就永远得不到潜艇在极限深度活动的数据，中国潜艇绝不可重复这种教训。所以，当听到朱艇长的决心以后，他又做了一番鼓励，从而坚定了艇员们的信心。

五舱的堵漏行动正在进行，左主机长衣庚锦第一个冲过去，只见拇指粗的一股高压海水从冷却阀焊接处喷涌而出，似子弹一样射进舱内，情形万分危急。如再不采取紧急有效的措施，海水将很快淹没舱室，后果不堪设想！说时迟，那时快，他拿起一根尖形堵漏棒，躺在发烫的内燃机缸盖上，面朝着漏眼用力地堵了上去。可是由于水压太大，一时找不准漏点，堵漏棒被冲向一边，海水仍是"哗哗"地直喷而下，他被水柱掀向了一侧。

"下定决心，不怕牺牲，排除万难，去争取胜利……"在战友们的鼓励下，衣庚锦又挺身躺稳，接过"王大胡子"迅速递来的缠上防水布的堵漏棒，用尽全身力气朝着漏点发起第二次冲击，猛地堵上了漏眼。

看到冷却阀下面的空间太狭窄了，别人也进不去，衣庚锦只好一人死死地握住堵漏棒，双手的力气用尽了，就用肩膀顶，胸膛的力气用光了，就咬着牙用头使劲地顶。

"王大胡子"和梅班长他们迅速搬来失事千斤顶，缓缓地顶在堵漏棒的后部，最后又浇上一圈"快干水泥"，终于将喷射的海水牢牢地堵住了。

"报告指挥所，我艇已排除险情，请示继续执行'蛟龙'计划。"

"可以继续进行'蛟龙'计划。"王支队长激昂地回答，"毛主席、周总理和军委、海军首长在等着我们的好消息啊！"

在朱艇长和艇员们的精心操纵下，潜艇慢慢地、稳稳地接近了规定试验深度……这时，潜艇的钢板变形更大，巨响声音更密，海水渗入更多，测量仪表的指针开始剧烈振动，颤抖着指向了三百米……

"艇长，极限深度已到。"王政委提示说，"是否请示停止试验？"

"再潜十米。"朱艇长当即回答说，"'敢下五洋捉鳖'嘛。"

潜艇继续缓缓下行，朱艇长屏气凝神地盯着测海仪的红色指针，庄重地宣告："同志们，中国潜艇史上的深潜新纪录诞生了。"

潜艇停止了下潜，朱艇长高声喊道："报告指挥所，我艇已潜至三百一十米，'蛟龙'计划已完成，请示停止试验！"

"祝贺191潜艇圆满完成'蛟龙'计划任务。"王支队长兴奋地命令道，"你艇浮起，胜利返航！"

第八章

老兵退伍

蹊跷的"丢钱风波"

1976年元旦,南方的东坪港意外下起了大雪。这第一场雪来得比往年早一些,还格外寒冷,大雪将毛竹"嘎巴嘎巴"地压折了不少。

除了卷起浪花的海水外,整个军港、营房和山峦已经成了银色世界。叠翠错落的竹枝托着一簇簇雪团,经海风这么一吹,雪团变成了雪粉,又轻盈地落到了下层竹枝或地面上了。一位八旬老翁叹道:"这是我有生来头一次看到这么大的大雪,莫不是天要塌了?"

新年夜里,191潜艇发生了"丢钱风波",闹得大家心里都别别扭扭的。当天是何久先和单若冰担任内务更,下半夜单若冰接更后,穿上一件旧棉大衣,将五四式手枪背在外面,继续坚守在岗位上。

天刚蒙蒙亮时,何久先匆忙跑到艇部说,他昨天才领的二十元津贴不见了,

第八章 老兵退伍

可能是遗忘在了值更的棉大衣兜里了，可是翻遍了所有兜也不见踪影。

春节快到了，孝子何久先准备邮二十元钱给父母过年，可没想到这钱不翼而飞了。觉得这事有点儿蹊跷，他便向艇领导做了报告。王政委责成左副政委去处理这件事。

左副政委顺藤摸瓜，最后查到了接更者正是单若冰。可是单若冰刚开始一副若无其事的样子，说是什么也没看见，这让他有点儿发怒了，便连声质问道："难道这大衣兜里的钱还能自己长腿飞了？真是奇了怪了。"

听了这句话后，单若冰才知道问题的严重性，仿佛是受了莫大的委屈，先是张了张嘴想解释什么，后又将嘴巴闭上，泪水却溢出了眼眶。

左副政委连唬带吓地说："如果这钱与你无关，那你就说出是谁拿的啊，否则，你和何久先就到军人大会上说清楚。"

单若冰擦干了眼泪，没再说什么，脱下棉大衣连同手枪一起交给了下一更。回到寝室后，他从自己的床头柜里拿出二十元钱，让何久先先邮回家。可是何久先死活不要，硬是将钱给塞了回去。

左副政委知道后表扬说："这就对了嘛，知错就改才是好同志啊。"

"丢钱风波"发生后，衣庚锦感到很蹊跷，分析可能是由于老兵退伍工作快开始了，何久先怕自己退伍回农村，就故意制造点儿麻烦。于是，他找到何久先，问是不是冤枉了单若冰，何久先则是脸红脖子粗地矢口否认了。

见何久先一脸诚实的样子，衣庚锦也不好再说什么了，他相信何久先不会无故乱猜疑，更深信单若冰的人品，绝对不会拿这个钱，可是这钱又上哪儿去了？老兵退伍工作马上就要开始了，单若冰会不会为此而受到影响呢？

舵信兵谭彦多因患肝炎被确定退伍了。他觉得一起从归服堡来当兵的六个老乡中，就数自己没出息了。可是，单若冰如果就为这件事和自己一块儿退伍了，那真是太可惜了。于是，他找到了衣庚锦，又从衣兜里掏出二十元钱，揽过责任说："反正我今年要退伍了，就说这钱是我拿的吧。"

衣庚锦想了想，只能"丢卒保车"，再也没有其他好招了，也就同意了这没有办法的办法。两人一起找到了左副政委说明情况，谭彦多还假装承认了错误。

左副政委根本不听他俩的解释，把钱往桌上一摔，气愤地说："真是乱弹琴，搞老乡关系还包庇错误，你俩真把艇领导都当成傻瓜了。"

显然，谭彦多这一招不仅没有救得了单若冰，反而帮了倒忙。

为了这桩丢钱的事，艇党支部专门开了会。左副政委提出，先给单若冰一个口头警告处分，然后让他退伍回家。可是，大多数支部委员不同意他的建议，认为没有证据。

新当选战士支部委员的衣庚锦引用毛主席的话说："一切结论产生于调查研究的末尾，而不是在它的先头。"

王政委和朱艇长表示赞同衣庚锦和大多数支部委员的意见，并强调绝不能冤枉一个无辜的好战士。

最后，支部委员举手表决通过：暂不对单若冰进行处理。理由有三：一是单若冰的表现一直很优秀；二是怀疑单若冰拿钱的证据不足，待再调查后再做结论；三是老兵退伍期间，要保持全艇人员的思想稳定。

一年一度的老兵退伍工作正式开始了。每年都是如此，就像有规律地潮涨潮落一样，新兵来队是涨潮，老兵离队是落潮。

在决定老兵退伍名单时，朱艇长据理力争，说单若冰同志政治思想和专业技术都过硬，提出让他继续服役。

衣庚锦借机笑呵呵地说："是啊，左副政委还称单若冰同志是'潜艇兵王'嘛！"

"我还说你衣庚锦是'兵王'了，那不过是随口叫出来而已。"左副政委先是推诿，后又强硬地坚持说，"潜艇非同一般船只，我们需要保持高度的纯洁性，千万不能拿着原则去搞老乡观念、徇私情啊？"

衣庚锦被噎得一时无语了，知道左副政委这是在说自己与单若冰之间的同乡关系，为了避免发生争吵，他还是忍了下来。

既然左副政委上升到如此政治高度，其他支部委员也就不好再说什么了。

听了支部委员们的发言后，王政委在心里嘀咕：说是单若冰拿的钱吧，的确有他主动还钱的证据。如果说不是他拿的钱吧，那为什么又"不打自招"？至今也没找出一条过硬的反驳的理由。他再一想，今年全艇有七个退伍名额，如果算上单若冰一个，那就是正好够数了，加之左副政委刚才一番上纲上线的讲话，他还真有点儿犹豫不决了。

最终，艇党支部以四比三表决结果，确定单若冰同志今年退伍。

这时，单若冰接到了妹妹的一封来信，说家中遭了火灾，五间瓦房有两间被烧成了灰烬。这真是"屋漏偏逢连夜雨"啊。

"随身利器"

自从被确定退伍后，单若冰仍像往常那样出早操、上艇值更、转动机械……好像压根就不知道自己要退伍了。

军士长和班长几次劝说："小单啊，你都快要走了，还是别干了，该准备一下自己的东西了。"

面对军士长和班长的问话，单若冰低头踢飞脚下的一块石子，一脸苦笑地回答说："我还是站好最后一班岗吧。"

单若冰嘴上虽然是这么说的，心里却是酸楚的，夜晚躺在床上，历历往事涌上心扉。他想起了与衣庚锦他们一起，在部队过第一个除夕夜时的思亲眼泪，第一次穿上水兵服时的欢乐陶醉，第一次随艇出海时的晕船狼狈……如今就要与朝夕相处的战友和战艇告别了，他心中充满了深深的眷恋，又默默地唱道："其实我真的真的真的不愿离开部队，流过多少汗哪，但我从不后悔，吃过多少苦啊，但我从来不觉得累，铁打的营盘流水的兵，流水的兵……"

对单若冰来说，退伍是早晚的事，只是没想到这么突然，又是以这种不光彩的方式啊。

谭彦多的心中却是另一番滋味。自从患肝炎后，他知道这在军旅生涯上就等于判了死刑，会像患了瘟疫那样被人躲着。他盼望着早点儿退伍，不好意思不出海还天天吃着潜灶。

不过，谭彦多觉得几年的潜艇生活还是值得留恋的，毕竟在风浪里滚了近四个年头。当过兵的人心情也许就是这样矛盾，如果说参军入伍时是怀揣着一颗期望的心，那么现在解甲归田时的心情则是一片茫然了。入伍前削尖脑袋要当兵，当上兵了又削尖脑袋地想退伍，退伍后又朝思暮想会战友。想到此处，他拿起钢笔，写下了最后一篇军旅日记：

当年入伍今难忘，乡愁装进轮船上。离家才有十七八，新兵蛋子最想家。写信刚写爸和妈，两眼早已泪哗哗。寄回照片雄赳赳，大都报喜不报忧。未想得了肝炎病，再也无缘潜艇兵。

写毕，谭彦多将翻开的日记本捂在脸上，两行泪水流出了眼角。

这几天，衣庚锦的心情格外沉重，既觉得单若冰太冤了，又觉得对不住他，是自己没有尽到最大的努力帮他。

衣庚锦在艇上破例地连续值了三天更，为的是赶制具有潜艇特色的纪念品，赠给即将退伍的同乡战友做纪念。刘百顺已魂归大海，谭彦多因患肝炎铁定要走，单若冰也将不明不白的退伍了，就剩下自己、萧雨笛和何久先继续超期服役了。

也许是想到了"铁打的营盘流水的兵"这句老话，衣庚锦的心里宽慰了许多。是啊，谁都不可能在部队干一辈子，都有脱下军装的那一天啊。

衣庚锦想给单若冰和谭彦多送一件有意义的纪念品，他不愿像其他人那样买来一个日记本，在上面写上几句话就算了，可是送什么好呢？最终，他想起进厂接艇时工人师傅在切割声呐导流罩时送给自己的一块不锈钢材质的边角余料，他要用它给每个战友做一把罐头刀，作为永久的纪念。

衣庚锦随身携带着一把别致的罐头刀，灰色的板面，侧面一根加强筋，小巧轻便，平时别在钥匙环里，开起罐头是非常方便的。

潜艇时常发水果罐头，但罐头好吃盖难开，常吃罐头就得有一件称手的家什，因此这把罐头刀就成为衣庚锦的撒手锏了。来个老乡，开筒罐头，边吃边聊，那叫一个惬意。

衣庚锦这把罐头刀是叔叔送的，当听说他当上了潜艇兵时，叔叔就送了这一把罐头刀作为纪念。抗美援朝时，叔叔在朝鲜战场缴获了这个不大的战利品，但是叫不出个名字，更不知是干啥用的，后来问志愿军翻译官，才知道这是专门开罐头用的，是美军的罐头刀，专供普通士兵使用。据说，它当时被美军官兵称为"20世纪美军最伟大的发明"。

第一天，衣庚锦交更后来到了轮机舱，找出那块巴掌大的不锈钢板，将它夹在台钳中，用钢锯分割成7厘米长、2厘米宽、0.2厘米厚的六块长方形不锈钢板，又用锉刀把它们一一打平，做罐头刀的材料就备齐了。

第二天休更时，衣庚锦拿出打磨好的六块不锈钢板，分别用电钻、钢锯、电磨、锉刀等工具进行精加工，先是在侧面的加强筋上嵌上一块三角形刀片，又在对称的侧面凿出一处耳形瓶起子，使之一刀两用，既能开罐头，也能开酒瓶。接着，他用砂纸包上电钻头，在罐头刀的另一面轻轻一转，顿时板面绽出朵朵雪花，煞是好看。

萧雨笛问："是否在上面刻几个有意义的字？"

衣庚锦说："我早就想好了，就刻上'听党指挥，同舟共济'几个字，这是潜艇兵魂。"

"很好，我举双手支持。"萧雨笛刚说完，衣庚锦就拿起电钻，装上比针头稍粗的钻头，在每一把罐头刀的正面点击上两行字："听党指挥，同舟共济。"落款的"191.1976.DPG"字样是用钢印精心敲打出来的，意思"191

潜艇，1976年，东坪港"。

最后，萧雨笛又用擦铜油帮着把罐头刀擦得锃明瓦亮。

第三天，衣庚锦从修理所老乡那里要来不锈钢焊条，把上面的药皮刮掉，用钳子将焊芯撼成了一个葫芦形钥匙环，将已钻好眼的罐头刀穿入环中，再系上一根绿绳枪缆，往腰带上一拴，嗬，真不赖。

于是，刻有潜艇兵魂的六件罐头刀终于制作成功了。

凤凰山下

星期天上午，在衣庚锦、萧雨笛和何久先的陪同下，单若冰和谭彦多来到凤凰山革命烈士陵园，向刘百顺做最后的道别。

烈士陵园松柏苍翠，山茶花正开。花朵有的坠下来，半掩在融雪中，红白相映，色彩灿然，使人有一种华而不俗、清而不寒的感觉。

烈士陵园有四十多座坟墓，一块全白大理石砌成的烈士纪念塔正面镌刻着"海军潜艇遇难烈士纪念碑"几个大字。这个墓群特别醒目，坐落在革命烈士陵园的中央，站在其前面正好可以眺望茫茫的大海。

这四十多座坟茔中长眠着多年来为潜艇事业而牺牲的官兵。在相当长的一段时间内，这里的一个个故事鲜为人知。由于大多数烈士的墓碑上没有镌刻任何事迹，即便在今天，不少年轻人也不知道，从中国潜艇部队诞生那天起，就有一群无私无畏的潜艇兵为潜艇部队的建设发展而捐躯在茫茫大海，他们是一群永久沉默的蓝鲸兵魂。

烈士陵园东侧的松柏树下掩映着用水泥砌成的一盏墓穴，墓碑上镌刻着：刘百顺烈士之墓。用搪瓷做的烈士遗照镶嵌在墓碑的正上方，刘百顺的容貌仍清晰可见。

这是刘百顺被授予"革命烈士"称号后，支队政治部精心修建的。刘百

第八章 老兵退伍

顺身葬大海后尸骨全无，留下的长命锁、蓝呢子水兵服和黄布袋等物品都转交给了刘奶奶，战友们只好将他的白水兵服和水兵帽等遗物埋葬在墓穴里。今天，同年同日入伍的五位战友又来了，来向故友刘百顺倾吐衷肠，做临行前的告别。

衣庚锦站在刘百顺墓前，用新做的罐头刀"唰唰"地开了两盒罐头放在墓碑前，又弓腰将罐头刀摆放在水泥台上，刀面上镌刻的"听党指挥，同舟共济"八个字耀眼夺目。

衣庚锦动情地说："百顺啊，今天我给你送来一把罐头刀，它是咱们潜艇兵的随身利器，这可是我亲手做的啊，手指头都被磨了好几个血泡哩，以后你爱吃什么罐头，就自己开吧。"

萧雨笛低声说："百顺啊，我们又来看你了，这次送来了你最爱吃的凤尾鱼和五香花生米罐头。"

何久先打开一瓶"老白干"洒在坟头，沉痛地说："百顺老弟啊，喝点儿酒暖暖身子吧。"

单若冰与谭彦多并肩站在墓碑前，动情地说："百顺兄弟啊，后天，我们俩就要退伍回老家了，兴许再也看不到你了。我们回家后，一定经常去看望咱奶奶，你就放心吧……"

说完后，五位战友向刘百顺墓三鞠躬。

从凤凰山下来后，谭彦多拿着一套蓝呢子水兵服来到裁缝铺，要把它改成四个兜的干部服。后天就要退伍了，总不能还穿着普通的水兵服回家乡吧。

衣庚锦知道谭彦多平时与裁缝铺老板娘眉来眼去的，便叮嘱他千万不要再与她黏糊了。

裁缝铺的老板娘是个寡妇，待人热情，手艺好，战士们都习惯称她"阿庆嫂"。

"阿庆嫂"正在低头麻利地裁剪水兵服时，发现进来了一个身影，抬头一看是谭彦多。于是，她抬起眼毫无顾忌地瞅着谭彦多，今天才发现他头发少，鼻子大。她曾听人说过，头发稀少、鼻子又大的男人天生性欲强，特别迷恋女色，就算女人不来引诱他，他也会主动出击，想到此处，"阿庆嫂"白皙的脸上露出一丝笑容，继而又泛出了红晕。

一般来说，其他人来改制水兵服，需要七天才能取走，即使多付三元钱的加急费，也得等个五六天。"阿庆嫂"知道谭彦多要退伍走了，一股恋恋不舍之情油然而生，便眉眼一瞟，含情脉脉地说："把衣服放在那儿吧，你傍晚来取，别让我等你啊。"

谭彦多已听明白了"阿庆嫂"的意思，何况早就对她有过心思了，便连声回答说："好，好，今晚我一定早点儿来。"

俗话说："当兵三年半，母猪赛貂蝉。"自从遇到了虽然有点儿丑但是身材还算丰腴的"阿庆嫂"后，谭彦多便或借着邮信的机会，或找个借口隔三岔五地跑来与她套近乎，有时还悄悄给她送两盒罐头，帮忙修个电灯什么的。慢慢地，两人就有了热乎劲，但是从未来过真格的。

傍晚，谭彦多如约而至，随手捎来了打行李包时特意留下的几条肥皂和两盒罐头。他心里想，明天自己就要离开东坪港，已经不是一个兵了，何不乘机尝试一次呢？

裁缝铺没有插门，外屋没有人，他转头走进了后屋。屋里收拾得井井有条，床上一条大红被子叠得四四方方，像进了闺房一样，只有"阿庆嫂"一人对着镜子在梳头。

谭彦多望着她的后背，虽然隔着蓬松的衬衣，但是她丰腴的臀部依然充满着性感，他的欲望完全被挑起来了，于是奋不顾身冲了上去，将她紧紧地抱住了⋯⋯眼看"鱼雷"就要发射了，突然"阿庆嫂"却呜呜地哭起来了。

顿时，谭彦多吓得全身瘫软，一时不知所措，不知道"阿庆嫂"为什么突然抱膝而泣。

谭彦多立即穿衣夺门而出，连改制的衣服都忘记拿了。

当谭彦多匆忙走后，"阿庆嫂"发现床下有一本《水兵手册》，显然是他慌忙之中落下的,捡起打开扉页一看,上面写道:"艇别:191 潜艇。战位:1 战 1……"

次日早晨,"阿庆嫂"拿着已改好的衣服,连同《水兵手册》,来到水兵大楼寻找谭彦多。

当值的内务更盘问"阿庆嫂":"你找谁?"

"阿庆嫂"还真不知道谭彦多叫什么名字,只好吞吞吐吐地说:"我找、找 1 战 1。"

值更的新兵一听说是"1",还以为是姓"衣",就误以为她是来找衣庚锦的,便热情地问她是衣庚锦的什么人。

"阿庆嫂"没好气地回答:"我是他大姐。"

内务更一边走,一边大喊:"衣庚锦,衣老兵,你大姐来找你了!"

衣庚锦只有一个妹妹,哪儿来的大姐啊?他走出来一看是"阿庆嫂",便问道:"你有什么事吗?"

看来者不是谭彦多,"阿庆嫂"知道找错人了,递上《水兵手册》说:"我找 1 战 1。"

衣庚锦接过《水兵手册》一看,低声道:"它怎么在你手里啊?"

"阿庆嫂"递上衣服搪塞地说:"他要我修改水兵服,这个小本子是揣在兜里的。"

衣庚锦似信非信地"嗯"了一声,怕把事情搞大了,便谎称道:"你要找的这个人啊,现在已经退伍走了,这两件东西就由我转给他吧。"

"阿庆嫂"不大情愿地说:"那好吧。"说完,她又把衣服递给衣庚锦,就悄然走了。

望着远去的"阿庆嫂",拿着《水兵手册》和新改成的干部服,想到明天就要退伍回乡的谭彦多,衣庚锦叹了一口气,默默地说:"谭彦多啊,'贪艳多',如果这拈花惹草的毛病还不改,你即使回到了地方,也会在屁股大的地方惹出天大的祸啊。"

"'兵王'不能走"

我是一名退伍兵,
军人的作风仍然过得硬。
人们常说铁打的营盘流水的兵,
我们永远是人民的子弟兵……

东坪港五号码头,乐声阵阵,人头攒动,广播里播放着《退伍兵之歌》。引桥上方悬挂的红横幅上写道:"热烈欢送老战士光荣退伍。"支队司、政、岸机关和各潜艇代表一大早就齐聚在码头上,为退伍老兵送行。

衣庚锦、萧雨笛、何久先分别与单若冰、谭彦多等退伍老兵握手话别,一时难舍难分。

单若冰穿了一件咖啡色夹克衫,身背捆成两竖三横的蓝色军被,提着一个旅行袋,一切像刚参军时那样利索、简朴。

谭彦多穿上了由"阿庆嫂"改好的干部服,左手提着旅行箱,右手频频摆动与大家挥别,俨然一副转业军官的派头。

军务科刘参谋拿着扩音器一遍一遍地大声喊道:"退伍老兵同志们,请你们赶快上船,赶快上船……"

单若冰和谭彦多刚才还有说有笑的,转过身时脸上却都挂满了泪水。他俩依次与朝夕相处的战友拥抱着,轮到衣庚锦时,衣庚锦用力地拥抱着,喃喃地嘱咐道:"若冰、彦多,到家后来信啊。"

单若冰在他的耳边低声说:"庚锦,潜艇虽然苦,可是我却舍不得走啊。"

一句话让衣庚锦的眼睛湿润了,他理解单若冰对军港的爱恋,潜艇上是艰苦,可毕竟刻印着每个水兵的青春啊。

第八章　老兵退伍

单若冰咬着牙强忍泪水，然后头也不回地随着老兵们登上了交通艇。

随着一声长笛鸣响，交通艇徐徐地离开了码头，送行的人群纷纷向退伍老兵挥别。

单若冰迎风站在船头，看着即将远离的军港和战艇，想到与朝夕相处的战友分别，鼻子开始发酸，泪水顿时涌上了眼眶，转身抱头而泣。

"朱艇长，站船头那个小家伙咋了？"前来送行的支队长王国英看到了这一幕后，询问站在一旁的朱惠凯说，"他怎么哭了？看样子还挺伤心的嘛。"

"报告支队长，那个兵叫单若冰。"站在旁边的衣庚锦似乎看到了一丝希冀，便大胆地上前汇报说，"他家的两间大瓦房全着火了，不愿今年退伍。"

王支队长看说话者正是上次列席常委会时为刘百顺鸣不平的战士衣庚锦，便来了兴致，问道："他是啥专业的兵，军事技术咋样啊？"

"共产党员，鱼雷兵。"衣庚锦急忙回答，"他每年都是一级技术能手。"

"这兵可是个技术尖子，有名的'潜艇兵王'啊。"朱艇长一看转机来了，马上走上前说，"前几年，那首流行的《033型潜艇构造学习口诀》，就是他和小衣俩编的啊。"

"既然是个'兵王'，那你们怎能轻易让他走了呢？"王支队长不解地问。

"这、这……"王政委支支吾吾地搪塞说，"为了完成退伍名额嘛。"

王支队长当即拍板道："潜艇发展需要人才啊，'兵王'不能走！"

"是，支队长！我立即让他回来！"朱艇长高兴地回答。

衣庚锦一听这话，拉着萧雨笛和何久先急忙跑向浮桥前头，摇晃着水兵帽大声喊道："支队长说了，'兵王'不能走，让单若冰回来……"

看到一群人晃动着帽子，还大喊大叫，交通艇艇长明白准是又发生了什么变故，便立即下令掉转船头。

交通艇"突突突"地返回来了，在海面画出了一道雪白的弧线后，又缓缓地靠上了五号码头。

"单若冰，快下来。"交通艇还没靠上码头，衣庚锦就大声催促他说，"支队长说，你是'兵王'不能走。"

朱艇长也高声说道:"小单,王支队长批准你继续留队了。"

单若冰轻轻一跃,"扑通"从交通艇跳上了码头,莫名其妙地望着朱艇长。

朱艇长拉着单若冰,一边走向王支队长,一边解释说:"支队长听说你是共产党员,还是一级技术能手,就决定让你留队了。"

听到这突如其来的消息后,单若冰心中一热,疾步走上前,面向王支队长恭恭敬敬地敬礼道:"报告首长,191潜艇鱼雷兵单若冰向您报到。"

王支队长举手还礼后,又上前拍一拍单若冰的肩膀鼓励道:"小伙子,你和小衣的《033型潜艇构造学习口诀》编得好,好好干,潜艇部队发展需要'兵王'啊。"

单若冰挺起胸脯,真诚地望着支队长,露出了感激而坚毅的眼神。

老兵退伍后,全艇开始了大扫除,重新开始归置各种物品。

衣庚锦开始拆洗内务更棉大衣,当翻到大衣下摆底衬时,忽然发现似有一卷纸,掏出打开一看竟是两张十元钱。

衣庚锦抱起棉大衣,拿着二十元钱跑向艇部,一进门就惊喜地说:"艇长、政委,二十元钱找到了,是在大衣的下摆里找到的。"

见到了失而复得的二十元钱,朱艇长让内务更喊来单若冰和何久先。何久先一见到钱就认出这是自己的,原来是那天夜里值更时,他觉得很寂寞,就把二十元钱卷成一卷,没想到大衣兜底开线了,钱卷就从缝隙掉了下去。

事情的真相终于水落石出了,朱艇长感到如释重负,先是踢了何久先一脚,气愤地说:"你这个'屌毛灰'啊,给我向后转——走!"

朱艇长又走上前,伸出食指狠狠地戳了单若冰的额头一下,疼爱地说:"小单啊,你差点儿把自己这一生给毁了啊。"

单若冰泪水盈眶,心里却在想:"这真是,人生如奔跑,走路靠自己,转折靠贵人啊。"

衣庚锦感悟道:"人这一生啊,输赢不只是决定在起跑线上,往往还决定在转折点上啊。"

第九章

回乡探亲

噩耗传来

老兵退伍后,沉寂几日的军港很快又焕发出了盎然生机。

1月8日,衣庚锦值艇内更。次日早晨,他像有什么心事,六点半还未到就起了床,从艉升降口爬向甲板,刚伸出了头,就听到码头广播喇叭传来一阵哀乐声,播音员沉重地播道:

"中国共产党中央委员会、中华人民共和国全国人民代表大会常务委员会、国务院以极其沉痛的心情宣告……"

又是哪一位中央领导逝世了?衣庚锦立即停止了攀爬,双手扶在升降口边缘,静静地听着。

"中华人民共和国国务院总理、中国人民政治协商会议全国委员会主席周恩来同志,因患癌症,于1976年1月8日9时57分在北京逝世,终年78岁。"

"不可能，这绝不可能。"衣庚锦简直不敢相信自己的耳朵，只觉脑袋"嗡"的一声，两腿发软，"扑通"从升降口掉回舱内地板上，摔痛了屁股也浑然不觉。

蓦地，衣庚锦想起去年9月7日看电视时还看到周总理在医院会见罗马尼亚党政代表团团长维尔德茨时的镜头。在老百姓的思想中，像毛主席、周总理和朱老总这样的伟人应该是永生的，可是现实毕竟是现实。想到此处，他立即跑到了二舱，叫醒了艇值日"王大胡子"，上气不接下气地说："军士长，总理、周总理他走了。"

"王大胡子"睡得正香，听到衣庚锦急切的话，睡眼惺忪地说："总理走了，又去哪个国家访问了？"

几千年来，人们都不喜欢死，更不愿意死，也就不想提及"死"字，因此就有了那么多"死"字的替代词——皇帝死了叫"驾崩"；战士们死了叫"牺牲"、"就义"或"捐躯"；百姓死了叫"过世"；长辈死了叫"老了"……人民总理的去世，对于一名普通潜艇兵衣庚锦来说，如陨星坠落，悲怆之情无法表达，对这个"死"字难以启齿。可是，"王大胡子"又听不明白，衣庚锦只好直白地说："是周总理逝世了。"

一听这话，"王大胡子"忽地掀开被子，一骨碌坐起，"嘭"的一声，后脑勺碰到了上方的阀盘。他捂着脑袋，顾不得疼，大声呵斥道："你小子啊，再胡说八道，小心我揍扁你。"

当看到衣庚锦的双眼噙着泪水，想到这么大的事他也不会开玩笑的，"王大胡子"就急忙起身与他一起出艇，站在码头上静静地听着广播。

"周恩来同志逝世的消息，将在我国人民的心中引起深切的悲痛。我们要化悲痛为力量。中国人民伟大的无产阶级革命家、杰出的共产主义战士周恩来同志永垂不朽！"

哀乐低奏，大海呜咽。"王大胡子"双拳不停地拍打着引桥上的钢板，大声哀叹道："老天呀，这天真的要塌了啊！"

第九章 回乡探亲

上午八时,海军舰艇部队进入一级战备,191 潜艇作为舰队的一号作战值班艇进入了待命状态。

官兵们停止了休假和探亲,衣庚锦和萧雨笛本来计划春节前启程探亲,现在也只好打消这个念头,全身心地投入战备之中了。

闻知噩耗,支队政委乔云龙第一反应是心里"咯噔"一下,浑身上下顿感散了架。他告诉有抑郁症的妻子说:"周总理逝世了。"

妻子当即手一挥说:"胡说八道!"说完,她拿起军线电话,打给支队长王国英:"你快来啊,我家乔老爷是个反革命分子,他说周总理逝世了。"

王支队长无奈地说:"嫂子啊,老乔说的是真话,周总理真的走了。"

她又对着话筒吼道:"你也是反革命,你们俩是一对老反革命分子!"

衣庚锦曾听朱艇长说过,王国英和乔云龙是一对老搭档,与 191 潜艇政委王敬儒都是从旅顺潜艇学习队走出来的中国第一代潜艇兵。人民海军潜艇部队宣告成立后,他俩分在一艘潜艇上,乔云龙是动力长,王国英是鱼雷军士长。几年后,乔云龙和王国英又一起去接 033 型新潜艇,一个当政委,一个当艇长。后来,两人分别被提升为政治部副主任和司令部副参谋长。再后来,两人先后当上了支队军政主官。

王国英和乔云龙第一次见到周总理是在 1953 年 2 月,第二次见到周总理是在 1964 年 10 月。今天,中国第一支潜艇部队的缔造者、奠基人周总理驾鹤而去,潜艇官兵都感到肝肠寸断,个个泣不成声。

1 月 15 日十五时,周恩来总理悼念大会在北京举行,在海上执行巡逻任务的 191 潜艇提前浮出了水面,半降的国旗在海风中缓缓飘动。

苍穹是那么静谧,海面是那么平静,海水是那么湛蓝,几只海鸥在哀鸣,天空洒落下点点雨花,天公似乎也体察到人们沉痛悲伤的心情。三声汽笛响起,全艇官兵列队甲板,肃立致哀。全艇官兵深深地凝思着,追寻着,哭泣声和哀乐声交集,风声和海浪声回响,震撼着水天茫茫的大海,震撼着所有人的心弦,这是潜艇兵给人民总理最诚挚的礼遇。

突然，衣庚锦泣不成声地说道："总理啊，您心里装的全是俺老百姓，唯独没有您自个儿啊。"说完，他当场昏厥了。

探亲路上

周总理追悼会结束后，全军解除了一级战备。191潜艇开始安排艇员正常休假了，衣庚锦和萧雨笛决定马上启程，争取在除夕之前赶到家中。

连日来，衣庚锦的床铺和床头柜上摆放着各种罐头和糖果，光罐头就有四十多盒，上海产的大白兔奶糖就有十多袋。其中有一种酒心巧克力糖，里面含有茅台、五粮液或竹叶青酒，一咬一泡酒水，特别醇甜润口。

潜艇部队有一个不成文的规矩，如果哪个战友要回家探亲了，全班乃至一个部门的人都会主动将近日所发的食品相送，不论是糖果还是咖啡，哪怕是金子也是照送不误，这就是潜艇兵多年潜移默化传承的战友情。

早年当过潜艇兵的人大都有过挑着小竹担将一箱一箱罐头往家里带的经历。当年有个老兵带了一些罐头回莱阳老家，父母舍不得吃就把它们拿到集市上卖了，换回点儿钱要买一头猪崽子，不料被工商人员以投机倒把罪抓了起来，说是倒卖军用物资，与家人合伙投机倒把，还将老兵告到了部队。王政委为老兵开脱："不就是几盒罐头吗？投嘛机，倒嘛把，这全是让一个'穷'字折腾的嘛。"

对战友们所送的东西，衣庚锦是能退则退，这倒不是因为他的觉悟有多高，而是他自己的东西实在是够多了，另一个缘由是他要省下地方装家中亟须的豆油。前些天，他向家中写信问都需要买什么东西。弟弟回信说，母亲再三嘱咐，一定要多买一些猪肉和豆油带回来过年。

按照规定，舰艇部队干部战士回家探亲，可购买三斤豆油。刚开始时，有人用啤酒瓶装，但既笨重又容易破碎，后来改用空置的油漆罐。衣庚锦用砂纸将罐的内壁擦洗干净，装上豆油后再用蜡严密地封好盖子，这样既轻巧又牢固，油漆罐就成为非常实用的"油罐"了。

衣庚锦的家乡归服堡虽然地处沿海，但是在物资匮乏的年代，老百姓的日子过得贫穷，城镇居民的粮油不仅凭证供应，购买肉、蛋、糖等副食品也要凭票，每人每月一斤白面、二斤大米、半斤猪肉、三两豆油。

衣庚锦清楚地记得，母亲凭票购买猪肉时专门拣最肥的，肥肉买回家后上锅熥油，没等油熥完，满屋就已经弥漫着猪油的香味，香气飘出了一条街，往往把人馋得不得了。

熥油的剩余物叫"油滋啦"，这可是不可多得的佐餐食物，将两块油滋啦夹在大饼子里，轻轻地咬一口，那叫一个香啊，令人垂涎。母亲把熥出的猪油小心翼翼地积攒在一个坛子里。衣庚锦和弟弟妹妹正是长身体的时候，也比较能吃，他们上学还要带中午饭，母亲便想方设法调剂他们的生活，将土豆烀熟之后去皮捣碎，用猪油和白糖拌好，既解饿又解馋，吃起来别有一番滋味。过节时母亲将猪油拌在咸菜里，在烀大饼子的时候熥上一钵，就是一道很好的美味了。

衣庚锦是长子，当然活就干得多，肚里又没油水，馋劲上来就打猪油的主意。趁母亲不注意时，他就从坛子里偷偷地挖出一点儿猪油抹在苞米饼上，再撒少许细盐末，那滋味好吃得没法说。一次，他在掺地瓜叶烀的苞米饼上抹了一层猪油，看着细腻的白色猪油，在半金黄的苞米饼上油光光地化开了，就用舌头轻轻地舔了一舔，滑滑的，腻腻的，香香的，还没等张嘴吃，那口水就流出来了。他正陶醉在偷吃猪油的快乐中时，却被母亲发现了，吓得他嘴里的饼子没来得及嚼就往下咽。看着满面通红的儿子，母亲没有训斥，只是眼神复杂地看了他一眼，"唉"地叹了一口气出去了。

所以，这次回家探亲，衣庚锦决定想尽办法多带一些猪肉和豆油，以满足母亲的要求，让她老人家高兴地过一个春节。

启程前，衣庚锦做了两根小竹扁担，送给了萧雨笛一根。几天后的早晨，两人头戴呢军帽，身穿蓝色作训服，挑起豆油、罐头和糖果等东西，美滋滋地踏上了回家的路。

乘船来到上海后，他俩住在龙华路海军招待所。去大连的船票已由进厂修艇的老乡提前给买好了。

次日一大早，两人就起床了，上街去完成采购猪肉的任务。上海的猪肉也是凭票供应，但是军人享受优惠待遇，凭军人通行证一次可买三斤，买完以后也不做什么标记，所以衣庚锦又去买来一个旅行包，沿着延安路挨个商店走，买一份就装进包里，一直买到旅行包实在装不下了才罢休。他使劲提了提旅行包，猪肉足有五十来斤重，又掏出手帕擦了擦额头的汗珠，像完成了一件重大任务，心里有了一种满足感。

午餐时，两人进了一家包子铺吃肉馅大包子，一个包子五分钱，收半两全国粮票。一屉四个包子，他俩要了两屉。包子是猪肉洋葱馅的，肉馅还没有拇指大，萧雨笛咬了一口不见馅，又咬了一口还是不见馅，咬到第三口仍不见馅，就问："为什么不见馅啊？"

老板娘操着一口上海话说："侬再咬一大口就见馅了嘛。"

萧雨笛咬了第四口后，把包子递到老板娘面前问："馅在哪儿？"

老板娘狡黠地笑道："馅嘛，刚才让侬一口咬到肚子里去了嘛。"

萧雨笛和衣庚锦哭笑不得，无言以对，勉强把两屉大包子全吃下去了。

午后，老乡借来了一辆三轮车，拉上衣庚锦和萧雨笛出发了。

一路上，三个人轮着骑，轮着坐，耗费了近两个小时，终于蹬到了公平路码头。看到码头上的大库房，衣庚锦不由得想起了四年前，自己刚入伍时与战友们从"长征"轮下船后，就在这一排大库房里集结。那时连个卫生间都没有。库房的一角摆了十来个简易马桶，自己和几个大连兵不知咋用，干脆就站到了马桶上如厕。由于承受不了那么大的重量，马桶开始剧烈摇晃，结果人和桶全都被晃荡翻了，撒了一身尿水和粪便，一个新兵蛋子还为此哭起了鼻子。

第九章　回乡探亲

衣庚锦和萧雨笛挑着担子走进了候船大厅,看到蛇阵似的队伍,每人都是大包小裹,肩扛背驮,话语中的"海蛎子味"透露出家乡人的亲切感。

开始检票登船了,人们鱼贯而入,奋力奔跑。出了检票口,他俩挑担就往前奔,左手还拎着一个大旅行包。肩上的小扁担压得弓一样,"吱吱呀呀"地痛苦呻吟,前后两个包裹悠来晃去。不料"咔嚓"一声,衣庚锦一使劲,小扁担折了,前后两个大包"扑通"掉在了地上。

衣庚锦一时傻了眼,萧雨笛却急中生智,让他看着东西,自己挑着担子先前行了十多米。在视线可及的地方放下包裹后,萧雨笛换下小扁担,跑回来挑衣庚锦的包裹。千米距离,你挑我担,彼此互换,两人总算把所有的东西一步一步地都挪到了轮船上。

轮船缘遇

衣庚锦和萧雨笛登上"长征"轮后,住的是三等舱,这是潜艇兵的待遇。部队有明文规定,潜艇士兵出差、休假可享受连级军官待遇,乘火车也可买硬卧票。

一切收拾妥当后,衣庚锦坐在床边,掏出手绢揩着头上的汗水。萧雨笛脱下作训服,换上了新买的皮夹克。

这时,两个胸戴"上海医科大学"校徽的女学生走进了房间。高个儿女生梳着齐耳短发,闪着一双光亮的大眼睛。她先是找到了自己的床位,而后躬身面带笑容地对衣庚锦低声说:"解放军同志,我、我晕船,咱们调一下床位好吗?"

"行,没问题。"衣庚锦很干脆地说了一声后,就与萧雨笛一起睡上铺了。

客轮开出吴淞口后,广播通知开始供应晚餐了。中等个儿女生露出笑靥对衣庚锦说:"解放军同志,帮我们照看一下东西好吗?"

衣庚锦还是那句话："行，没问题。"

晚餐后，衣庚锦还有中等个儿女生先后去了甲板，萧雨笛劝高个儿女生也去看看黄浦江夜景，自己留下来照看东西，可是她却迟迟不动。

一会儿，萧雨笛恍然大悟，原来她是对自己不放心啊。于是，他急忙打开旅行袋，一边取蓝呢子水兵服，一边自编自唱道：

哥哥我当海军，是一名潜艇兵，
为了国家的安宁，我在大洋深处行。
妹妹你村头站，羞涩把辫梢拧，
妹的心思哥明白，是难舍难分的情啊。

听了近似畲族民歌的小唱，高个儿女生觉得萧雨笛很风趣，忽闪着一双大眼睛，高兴地说："谢谢你，海军同志。"说完，她甩着两根短辫走向甲板。

大约过了半个小时，衣庚锦和两个女生先后回来了。高个儿女生对已穿上水兵服的萧雨笛赞美说："原来你俩都是海军啊！"

萧雨笛兴奋地与她聊了起来。

高个儿女生又说："不知道为什么，不论走到哪儿，一看见穿军装的人，我这心里头就有了一种安全感。"

衣庚锦补充说："因为军人可信，能让人放心，这是国家安全的象征啊。"

原来她俩也是大连人，曾在归服堡下过乡，现在是工农兵大学生。中等个儿女生是高个儿女生的闺密，叫哈丽。

萧雨笛想知道高个儿女生叫什么名字，可又不好意思问，便故意说："我不相信你是大学生，有什么凭证啊？"

高个儿女生急得拿出学生证说："你看吧，真的假不了啊。"

萧雨笛接过学生证，打开一看上面写道："姓名：汪芳。性别：女。出生年月：1956年10月。家庭出身：工人。政治面貌：共青团员。专业：医学系。

学号：0750191。"

"哟，好响亮的名字，叫汪芳啊。"萧雨笛看完后，半真半假地说，"咱们挺有缘分啊。"

"缘分？"汪芳的脸"唰"地红了，不解地问道，"咱们有什么缘分啊？"

"你的学号末位三个数字是191，我们潜艇的舷号也是191。"萧雨笛解释说，"再说，咱们都是大连人，你还在我们归服堡下过乡啊。"

"你是潜艇兵？"汪芳对他刮目相看，竖起右手大拇指由衷地说，"嘿，真了不起啊。"

"不仅我是，他也是潜艇兵。"萧雨笛指着上铺的衣庚锦说，"所以啊，咱们有缘分吧。"

"的确是有缘分。"汪芳如实地说，"这缘分还不浅哩。"

萧雨笛开始打量汪芳。两个人不期而遇，并且相对而坐，想不看对方那张脸都难了。汪芳那双水灵灵的眼睛，让他怦然心动，总觉得她像哪个电影演员，像谁呢？

萧雨笛想起来了，她特像《英雄儿女》里的王芳，那可是多少军人心中的女神，也是自己心中的偶像啊。他情不自禁地又扫了汪芳一眼，赶紧把目光移开，那眼神清澈透明得一点儿杂质都没有。他开始在心里合计着，这个汪芳今年二十一虚岁，比自己小两岁，学的是医学，长得白皙、端庄、文静，看上去清纯、漂亮，他心里头有点儿美滋滋的了。

看到萧雨笛和汪芳又说又笑的亲昵劲，衣庚锦知道有戏了，便低声鼓励他说："锁定目标，准备鱼雷攻击！"

萧雨笛一语双关地回答："目标已锁定，鱼雷攻击准备完毕！"

"哈哈……"汪芳和哈丽被这串看似莫名其妙的话逗乐了。

这时，哈丽仔细端详衣庚锦，越看越觉得他像《英雄儿女》中的英雄王成，便兴奋地对汪芳说："噫，一个像王成，一个似王芳，兄妹俩呢。"

衣庚锦与汪芳爽朗地笑了。

旅行的人一般都是这样，刚见面时较为拘谨，互不相识，互不言语，等过了一个时辰后，就慢慢地打开了话匣子，有聊不完的话语，扯不完的话题，甚至由一面之交成了终生的朋友。

进入夜晚了，同舱人都渐渐地熟了，汪芳和哈丽让萧雨笛也坐在下铺，请他讲个潜艇战斗故事。

萧雨笛故意卖关子说："要想听故事啊，那得先叫海军叔叔啊。"

坐在萧雨笛身旁的汪芳嘴巴一撇，嗔怪地说："你别故弄玄虚了，不讲拉倒，我们还不稀罕听了。"

萧雨笛又说："不过，中国潜艇至今还没有参战，我就讲个外国的'小土豆击沉大潜艇'的故事吧。"

汪芳和哈丽相互瞅了瞅，意思是说，这不是天方夜谭吧？可又怕听不到故事，便勉强地说："好啊，那你就快讲呗。"

"话说1939年9月1日，第二次世界大战爆发了。"萧雨笛绘声绘色地讲道，"那天，海面风平浪静。美军'奥班农'号驱逐舰离开水面，在所罗门群岛海域巡弋。突然，前方水面渐渐露出一艘日本海军潜艇。刹那间，日军潜艇也发现了'奥班农'号。这猝不及防的遭遇战让双方一时都束手无策。潜艇鱼雷已来不及发射，日军大部分人员爬上了甲板。美军舰指挥官抓住战机，抢先向潜艇指挥塔开炮。'轰！轰！轰！'炮声隆隆，震荡海面，激起阵阵波涛。可是硝烟消逝后，潜艇指挥塔竟然安然无恙。原来美军士兵心慌意乱，瞄准手没经过计算就胡乱打了一通，结果弹弹虚发。潜艇发疯似的向美军舰扑去，一瞬间逼近'奥班农'号左舷，进入了舰炮射击死角。面对如虎扑来的潜艇，美军士兵吓得六神无主，已来不及操纵轻武器反击了。"

萧雨笛用丰富的表情加上夸张的动作，把故事讲得出神入化。汪芳和哈丽屏住了呼吸，两眼直愣愣地看着萧雨笛。汪芳的身体不由得向萧雨笛依偎，双手还紧紧地抱住他的右臂不放松，仿佛真的有潜艇浮在她眼前。

萧雨笛感到一种从未有过的温暖，越发有滋有味地继续讲："这时，美军舰上一名叫史密斯的士兵急中生智,伸手抓起甲板上当菜吃的土豆,没头没脑地朝潜艇狠狠掷去。由于速度太快,日军潜艇士兵哪里看得清迎面掷来的是啥东西啊,连连呼叫:'快!快走,美国兵扔手雷了!'他们吓得连滚带爬钻进舱内。潜艇先是急速下潜,后又猛地开足马力逃命,只听'轰'的一声,潜艇撞上了暗礁,日军官兵就葬身海底了。"

汪芳和哈丽听得入了神,觉得小土豆竟能击沉大潜艇,太不可思议了,这在世界战争史是绝无仅有的,真是颇堪玩味啊。

听完萧雨笛讲的故事,汪芳的脸颊微微红了,似乎心中激起了爱的涟漪。

衣庚锦又特意向汪芳介绍说:"我这位战友啊,不仅是位帅哥,而且多才多艺,山东快书说得好着哪。"

哈丽鼓掌请求说:"帅哥,就表演一段呗。"

衣庚锦又替萧雨笛婉拒道:"你看,乘客都休息了,回到大连后,让他给你俩表演专场好吗?"

两个女生只好说:"那好吧,说话可要算数啊。"

一会儿,船舱的灯光渐渐暗下来,轮船进入夜航状态,乘客们准备就寝了。

伴随着柴油机的轰鸣声,衣庚锦和乘客都进入了梦乡。萧雨笛躺在比潜艇吊铺稍宽敞的上铺,回味着刚才汪芳依偎自己时的滋味,甜蜜蜜地入睡了。

汪芳睁着两眼愣是睡不着,在床上翻来覆去的,像是烙饼,是失眠还是失恋?她也说不清楚,反正满脑子都是萧雨笛那俏皮而风趣的影子。

突然,床铺下传来"咔哧咔哧"的声响,汪芳悄悄地转身向床铺下面探望,看到一个黑乎乎的东西在蠕动,吓得她"啊"的一声叫起来,全舱的人都被惊醒了。

萧雨笛迅速跳下床,像"护花使者"般地问汪芳:"怎么了,你怎么了?"

汪芳胆怯地指着床下面,急切地说:"耗子,有耗子,吓死我了。"

萧雨笛低头向床下旮旯望去,看到一只耗子"哧溜"地跑了。

衣庚锦也跳下床,将旅行包从床下拉了出来,看到包的一角被耗子咬了一个硬币大的窟窿,牛眼大的一块猪肉凸了出来。他心疼地把血红的猪肉按了进去,又将包放到舷窗下的桌子上。

经过这么一番折腾,衣庚锦的睡意荡然无存了。他悄然下了床,推开舱门,独自一人来到了甲板上,一股寒风扑面而来,顿时令他感受到了东北冬天的冷意。船舷两壁挂满了一袋袋猪肉,滴里当啷的,好似肉铺。显然,它们的主人与自己的想法一样,都想从上海多捎些猪肉回来,让家人能欢欢喜喜过个年。

衣庚锦举目远眺,三山岛锚地停泊了好几艘货轮,外轮都挂上了中国国旗。岸边万家灯火星罗棋布,忽闪着耀眼光柱的航标灯越来越近了。

记得入伍那天,衣庚锦和新战友都睡在世纪街二十高中大礼堂的地板上,半夜时分步行来到客运码头,也是乘坐着这艘"长征"轮离开大连,奔向了军港。

客轮出了大连港以后,衣庚锦看到有一艘军舰一直在伴随着,不禁好奇地问:"那条大船怎么老是跟在我们轮船后面呢?"连长神秘地说:"那是一艘护卫舰,因为这条轮船上都是才接的海军新兵,它是专门来为我们护航的。"衣庚锦听了感到很光荣,高兴地说:"哎呀,我们怎么这么伟大,还专门有护卫舰保护着啊。"

一晃四年过去了,如今的衣庚锦仿佛有了一种衣锦还乡的感觉。

"呜——"一声汽笛鸣响,"长征"轮进港了,航标灯渐渐地与他擦肩而过,客轮降下速度,缓缓驶入了大连港。

老枣树下

黄海岸边的归服堡,临海傍道,水陆交通发达,千年之前就是商埠之地。

在古镇东面春满街的一处院落,有三间坐北朝南的青石平房,这就是衣庚锦的家。

衣家院门口东侧耸立着一棵参天枣树,据说这是衣庚锦的爷爷小时候栽的，至今起码有百来年，可见树龄比衣庚锦大多了。

在主人的精心培育下，枣树向横里伸展，树冠半圆，如裁剪过一般，整日看不见树上鸟飞，周遭却鸟鸣声不绝。

老枣树年年开花，四月生小叶，五月开小花，六、七月使劲地长，青青的枣挂在高高的树枝上，俨然一树天然的风铃，微风轻轻吹过，脆生生的树叶竟然沙沙唱起小曲来。八月是枣成熟的季节，枣越长越大，脸蛋也越来越红，俏皮地掩映在深绿的叶片间，让人垂涎欲滴。等到了中秋节，枣都熟了，黄里透红，圆润饱满。小时候的衣庚锦常与伙伴们一起欢唱："枣儿香，枣儿甜，要吃枣儿喊爹娘。爹娘给根竹竿竿，打下枣儿一片片。爹不吃，娘不吃，留给娃娃过年吃……"

多年来，围坐在枣树下唠嗑，站在枣树下迎来送往，已成了衣家的一种习俗，甚至是一道风景。

在"全国山河一片红"的年代，除了每天"早请示、晚汇报"外，男女老幼还要学习"老三篇"。一天，母亲从街道学习回来，带回一本《为人民服务》，对坐在树下的衣庚锦说："儿子啊，给妈妈念一遍，让俺也学一学。"衣庚锦听了不耐烦地说："哪有工夫？我还要做作业呢。"他无意间一甩手，竟把母亲手中的书碰落在地。母亲急了，捡起书气呼呼地说："俺省吃俭用地供你上学，今儿个叫你念一念书都不行，翅膀还没硬，你就不听使唤了。"母亲越说越生气，竟伏在树身上抽泣起来了。衣庚锦慌了神，也跟着哭了。一会儿，母亲慢慢地抬起了头，抻起衣袖抹了抹眼泪，抚摸着儿子的头低声说："这不怨你啊，都怨俺是个'睁眼瞎子'啊。看到别人能念好几篇毛主席的书，俺连一篇也不会念，这心里头着急啊。"

衣庚锦抬起头仰视着母亲，母亲的眼神里透出一种企盼，他决心今后每天放学回来，都要先给母亲念一遍毛主席的书。几天后，母亲竟把这本书念得几乎一字不差了，还被居委会选为学毛著积极分子。

几年后的冬天，衣庚锦应征当上了潜艇兵。临行前，除准备几样生活用品外，母亲还特意把这本《为人民服务》放进了旅行包，嘱咐他说："把这本书带上。俺琢磨着，只要按照书上说的去做，你准能当个好兵啊。"于是，衣庚锦肩负着母亲的嘱托，带着这本《为人民服务》走进了人民海军的行列。

从此，每逢春节，母亲想儿子就掉眼泪。周总理逝世之前，衣庚锦来信说要回家过年，不料信刚到，马上又追来了一封加急电报说："部队战备，春节不回。"可是，母亲就像没那事一样，坚信儿子是一定能回家的。

除夕这天，母亲一早就站到了老枣树下，朝着路口的方向一遍遍望去，盼望衣庚锦能回家过年。

午饭时分，母亲坐在炕上端着饭碗，不时地向外张望，她总有一种预感，儿子一定能回来，儿子四年没回家过年了。

下午，母亲又站在了老枣树下，迎着凛冽的北风，仍在盼儿归。

太阳落山了，镇上渐渐地响起爆竹声，衣庚锦的妹妹走到老枣树下，心痛地劝母亲说："你快回家吧，部队战备，我大哥不能回来了！"

母亲站在树下一动不动，依然将右手举在眉头，向路口张望着，张望着，俨然像一棵"望儿树"。

突然，路口走来一个挑担子的人，越来越近，越来越清晰了。当走近家门前时，母亲怔了一下，以为自己看花眼了，揉了下眼睛，确信门口站立的就是儿子时，便伸出右手，惊喜地叫道："儿子啊，妈可把你盼回来了！"

一听这话，枣花扔下了正在煮饺子的漏勺，急忙从屋里跑出来，仔细一看，还真的是大哥回来了，便情不自禁地喊道："爹，二哥，俺大哥回来了，真的回来了！"

衣庚锦放下担子，急步上前搀扶着母亲，动情地说："妈啊，这么冷的天，你怎么还站在外头呀。"

拉着穿呢子服的衣庚锦，母亲左看看，右瞧瞧，像不认识似的打量着儿子。她两眼闪出了泪花，伸出树枝般的手在儿子的脸上抚摸着，一个劲地念叨："怎么不胖啊，不胖啊？"

显然，在母亲的眼里，只有胖才是儿子健康的标准。衣庚锦伸展双臂比画着说："妈啊，我再胖就快成胡传魁了。"

母亲笑了，用手背擦着泪花。

"部队战备解除后，首长就批准我赶回家来过年了。"衣庚锦掏出手绢给母亲揩干了泪水，解释说，"也没再往家发电报，我想给您一个惊喜啊。"

这时，母亲似乎想起了什么，打量着儿子挑回来的担子，急切地问："猪肉，妈让你买的猪肉呢？"

衣庚锦笑着把担子挑进屋里，拿过旅行包，拉开拉链，露出鲜红的猪肉，高兴地说："妈，爹，你们看，这包里全是猪肉啊。"

母亲一句话也没说，立马蹲在地上，拍着一块颤悠悠的肥肉膘，两眼噙着泪花说："儿子啊，这下咱们家可能过上个好年了。"

父亲衣耿山走来，高兴地催促道："快上炕坐，全家人一起过年，过个好年啊。"

妹妹一边往桌上端饺子，一边喜滋滋地说："嘿，这老天还真长眼啊，硬是让妈把俺大哥盼回来了。"

衣庚锦开始打量着这个曾经熟悉的家，几乎和他走时一样，院子还是那个院子，挺拔的大枣树已落叶，树枝上还有零星挂着小灯笼似的红枣。大门上贴着福字，门框上的挂旗"哗哗"作响。院旮旯拴着一头毛驴，还有一辆驴车。家中墙壁的镜框里镶着几张自己穿水兵服的照片，似乎离家这四年的时光家已经凝固了。显然母亲和父亲苍老了许多，鬓边的白发多了几许，身子好像比以前瘦小了。倒是弟弟成了小伙子，黑红的脸上挂着笑容，妹妹长得水灵了。看到一家人乐融融地坐在一起过年，他仿佛又闻到了儿时熟悉的味道。

晚上，衣庚锦和父亲母亲睡在了一个房间，三床被子挨在一起，这是他上学后头一次这么近地和二老躺在一起。家虽然简陋，他也已经不习惯睡火炕了，但还是感到亲切和幸福。

初 恋

半个月的探亲假真不扛过，一晃就到期了。

衣庚锦和萧雨笛几乎每天都安排得满满的，先是去看望了刘百顺病中的奶奶，又去了单若冰和何久先的父母家探望，还与等待分配工作的谭彦多一起吃了顿饭。

萧雨笛提前一天启程了，说要先到大连与新结识的朋友汪芳相见，表演之前承诺的山东快书，然后等衣庚锦一道乘船归队。

自从衣庚锦回来后，母亲觉得既满足又幸福，脸上绽放出骄傲的光晕。她最欢喜儿子穿着军装陪她上街买菜和走亲戚，因有当兵的儿子立在身边，她的腰身挺直了。半夜里，衣庚锦从睡梦中醒来时，蒙蒙眬眬见母亲还在望着挂在墙上的呢子军服。儿子后天就要走了，可对象还没有着落，母亲很是着急，总是唠叨着催父亲衣耿山想办法。

衣耿山总是扔出那句话："唉，你光着急有什么用？这还得看缘分啊。"说完，一声鞭响，"驾"的一声赶着毛驴车走了。

傍晚，衣耿山拉回来一麻袋稻种，说是明天要送到乡下供销社去。吃饭时，平时少言寡语的父亲郑重其事地问儿子："明天，你就要走了？"

衣庚锦还以为父亲要说在部队好好干之类的话，可是父亲又放下筷子说："你是赶下午四点半的火车吧？"

看儿子点了点头称是，衣耿山平和地说："你三叔给你介绍了一个对象，约好了明儿晌午来咱家。俺也知道这急三火四的，不过还是先照个面吧。"

母亲忙问："这女方是干什么的，家住哪儿？"

衣耿山说："是'五七战士'下乡户。女方高中毕业后，在街道搞计划生育工作。"

第九章　回乡探亲

母亲不大感兴趣地说："还是个'下乡户'，这成分行吗？不会影响咱儿子进步吧？"

衣耿山"哼"了一声说："他三叔是公安，给找的对象还能差了？再说咱儿子还是个穿水兵服的呢。"

母亲知道他的意思是儿子还不是军官，也就不再言语了。

衣庚锦觉得马上就要走，时间有点儿太仓促了，虽然他上来一阵是"一根筋"，但是从小信守《弟子规》所言的"父母教，须敬听"，还是答应明天去见一面。

次日早饭后，母亲问衣庚锦说："儿子啊，要回部队了，最后一顿晌午饭你想歹什么？"

衣庚锦不客气地说："妈，俺最爱歹您包的酸菜海蛎子包子啊。"

母亲高兴地连连说："妈就知道你好这一口，俺现在就给你做去。"

经过了整个冬天的发酵，衣家现在的酸菜味正浓。儿子要归队了，母亲亲手包一顿酸爽开胃的酸菜海蛎子包子，是必不可少的。

母亲传家的酸菜海蛎子包子，那真是美味。首先要把酸菜切得很细，横着将菜叶切成条之后，再竖切成豆粒大的菜丁，用清水洗一下，再迅速挤出水分。把肥猪肉切成肉丁，用酱油腌两个钟头，再将肉丁倒入锅中迅速翻炒到呈微黄色。其次，把地瓜粉条入锅焖一会儿，捞出来后切成一厘米长的小段，与炒好的肉丁放在一起。最后，将葱末、香菜末与酸菜丁、肉丁和粉条搅拌在一起，馅就基本和好了。

"那碗海蛎子什么时候放？"衣庚锦问。

母亲笑呵呵地说："不急，不急，海蛎子最后放。"

母亲又把荞麦面和小麦粉搅拌在一起，加温水揉成光滑的面团。一切准备就绪后，就开始包包子了。

衣庚锦擀包子皮，母亲亲自包，每包一个就用筷子往馅中夹一个海蛎子。半个小时后，包子上锅蒸了。又过了快半个小时，包子上桌了，还配上一盆黄澄澄的小米粥。衣庚锦拿起包子咬了一口，顿觉鲜香扑鼻，包子中一块块酸菜、一粒粒肉丁、一段段粉条和仅有的一个海蛎子配合默契，轻轻咬一口，真是又香又酸又鲜啊。

衣庚锦是肚饱嘴不饱，已经记不清自己吃了几个包子了，又喝了一碗小米粥，这肚子里才有了一种溜缝的感觉。

午饭后，母亲将本来干干净净的家又收拾了一遍，再一次站到老枣树下翘望，一点，两点，快三点钟了，可还不见女方的踪影。衣庚锦拿起旅行袋，执意要走出家门。

突然，驾在车上的毛驴昂首叫了起来，又忽听"啪"的一个甩鞭在半空炸响，父亲衣耿山似《青松岭》电影中的万山大叔，甩起长鞭又抽在了麻袋上，麻袋即刻绽出一道裂缝，稻种"哗哗"地流出，撒在了车板上。

就在母亲和衣庚锦发愣之际，衣耿山用鞭子指着驴头，一语双关地说："你叫什么叫啊，着急走了？"

衣耿山转过身来对衣庚锦说："这鞭子啊，没准头，抽到麻袋上了，这稻种都撒出来了。"

衣耿山伸出双手捧起稻种，一把一把地往麻袋里装，像是在故意拖延时间，衣庚锦只好放下旅行袋，走过来一把一把地往麻袋中捧稻种。

听到"三五"牌座钟"嘀嗒嘀嗒"地响着，秒针一个劲前进，母亲心里很着急，心里默默地想："这姑娘哪儿去了？可别耽误俺儿赶火车啊。"

"突突……"远处传来阵阵马达声，一辆手扶拖拉机由远而近，乡下人都称它是"蹦跶狗"。到了老枣树下，"蹦跶狗"还没停稳，一个姑娘就从车上跳下来，急匆匆地向院里跑来了。

衣庚锦抬头一看怔住了，来人似曾相识，像当时很火的电影《春苗》中扮演女主角的李秀明。这时，他猛地想起来了，来人正是牟桂英，是他高中时邻班的语文课代表。

高中毕业后，衣庚锦当兵远走高飞了，牟桂英被分配到街道。本来定好今天下午一点钟来衣家约会，可是没想到半路上遇到了一个计划外孕妇，牟桂英好说歹说，总算把她劝到了"蹦跶狗"上。拉到了医院给孕妇做完流产手术后，牟桂英才想起了约会的事，便跳上"蹦跶狗"又来到了衣家。

牟桂英发现对面正是同学衣庚锦，就急忙摘下红绒手套上前握手问候。

两人进屋坐下后，衣庚锦一边热情地请牟桂英吃"金猴"奶糖，一边借机再次打量着，觉得她长得挺吸引人的，那张脸红润而美丽，被才渗出的几点汗珠浸着，添了几分生动。她呼出的气息有一股秋枣般的气味，这种气味似在唤醒着什么。

聊了一会儿，衣庚锦抱歉地说："桂英同学啊，我还要赶四点钟的火车归队，再不动身就来不及了。"

牟桂英爽快地说："如果你不嫌乎，就坐'蹦跶狗'走吧，还能快一点儿。"

衣庚锦爽快地答应了，又转身劝道："妈，天冷，您回去吧。"

母亲慈祥地望着儿子，两眼闪出泪花，喃喃道："老大，你这一走，还不知何时再回来？"

衣庚锦想哭，但还是压抑着自己，泪水开始在眼圈儿打转儿。他一跃上了"蹦跶狗"，与牟桂英一起奔向了火车站。可是，让衣庚锦万万没料到的是，这一走竟成了他与母亲的诀别。

"蹦跶狗"开到归服堡火车站时，已经开始检票了。

牟桂英抢先买了一张火车票和一张站台票，把衣庚锦一直送到了绿皮车厢里。

离开时，两人握手话别，就在这两双手接触的一刹那，衣庚锦顿觉一股暖流涌入全身，瞬间两人又松开了双手，四目相对，含情脉脉。

"呜——"一声长鸣，火车拉响长笛，"哐当哐当"地开动了。

牟桂英站在月台上随着列车向前跑着，衣庚锦将头伸出车窗外，泪眼便模糊了她的身影。衣庚锦使劲摇动着棉军帽，大声喊道："桂英，等我来信……"

第十章

坞 修

"刮不完的铁锈"

七月,烈日炎炎。191潜艇离开东坪港,来到东海造船厂进行坞修,为即将执行突破第一岛链任务做最后的准备。

什么是坞修?邵副长在做动员时说,按照常规,潜艇是十年大修、五年中修、三年小修、两年坞修、一年坞保。坞修就是潜艇在船坞内,对水线以下的船体结构、推进装置以及浮于水面时不能施工的其他构件或设备进行的维修和保养。优质高效的坞修是潜艇正常航行和安全管理的重要保证,是保持战斗力的必要程序。

潜艇进坞后,艇员们住进修船厂招待所大楼。这里离船坞不远,推开窗户能望到潜艇长长的流线型艇体。工作区叮叮当当的,一天到晚热闹非凡,到了晚间,焊枪下爆出的一簇簇火花映照着无垠的夜空。

第十章 坞 修

进厂坞修前,艇党支部研究决定,提升衣庚锦为轮机班长、萧雨笛为无线电班长、何久先为厨师班长。本来拟定单若冰为鱼雷班长,可是"半路杀出个程咬金",他的班长任命被推迟了。

清明节这天,单若冰回家探亲时绕道北京,特地去看望在首都师范学院学习的姐姐。当时,上级要求追查"四五"运动期间到过天安门的人员。于是,左副政委就问单若冰去过没有。单若冰一口咬定说哪儿也没去,看完了姐姐就待在车站等火车了。由于没有旁证,左副政委一时又不甘心。

事情的来龙去脉没有最终搞清楚,所以单若冰当班长的事也就被搁浅了。

潜艇进厂后,朱艇长以艇在坞修、班长岗位不能缺人为由,再次提出提升单若冰为鱼雷班长,最终艇党支部一致通过了他的提议。

由于忙于进厂坞修,王政委就让妻子提前结束探亲,带着孩子回老家。他的妻子在唐山毛纺厂工作,每年享受十五天到部队的探亲假,没想到这才相聚了十一天,"牛郎"就撵着"织女"回老家了。

早餐后,王政委将妻子和儿子送到了长途客车站,看到有卖冰棍的,他就掏出五分钱买了一根给儿子,又问妻子要不要。

妻子擦着头上的汗珠说:"俺不爱吃冰棍,扎牙。"其实,她是舍不得花那五分钱。

儿子吃完一根冰棍后,还要买果味冰棍,一角钱一根。王政委嫌贵,便借口说:"冰棍扎牙,吃多了肚子痛啊。"

儿子不听话,哭着硬要买。正在王政委踌躇之际,一辆红色大客车摇摇晃晃地驶来了,车上挤满了人。

妻子抢先挤上了车,王政委举起儿子从窗口递给了妻子,接着又将旅行袋递进了车厢。半个时辰后,后屁股冒着黑烟的大客车缓缓地开走了,王政委这才恋恋不舍地回到了艇上。

"刮不完的铁锈",这是潜艇部队多年的老话。潜艇坞修时,各种水柜都要除锈、涂漆、保养。这种苦差事工人肯定是不干的,家属工也不愿干,所以只好由潜艇兵自己来干了。

在军人大会上，王政委提出一个响亮又朴实的口号："进坞抢修苦不苦，想想潜灶两元五；进柜刮修累不累，想想革命老前辈。"于是，全艇从干部到战士都穿着一身油渍麻花的破棉袄，腰间扎上一根绳子，再戴上一顶旧帽子，排着队去船坞钻水柜，这是修艇的必经科目。

收工回来的时候，艇员们的身上多少都沾上了油，可年轻人的脸上总是带着微笑，没觉得有多苦多累。一代一代的潜艇兵都是这样过来的。

为了防止受寒，虽然是三伏天，艇员们都穿上了厚棉袄、棉裤来保护身体。刚当上轮机班长的衣庚锦带领轮机班全体同志热火朝天地干起来了。他动员大家说："潜艇靠在码头上，很多机械设备在水下的部分我们看不见，这次艇进坞，坐落在墩上，除了刮锈涂漆外，我们还要抓紧时间学习平时看不到的东西，所以说修艇是个很好的学习机会。"

衣庚锦以身作则，率领大家抓紧时机学习"潜构"，数一数肋骨有几根，摸一摸钢板有多厚，量一量注水拿有多长，还要看一看传动装置信号灯和电路如何连接……艇员们蹲进狭小的水柜里，一点儿都不能动，只能侧着身体，顺着手提工作灯一点儿一点儿地摸索，有时呼吸都感到困难，加上水柜外面不时有电钻在柜壳上钻孔和电焊，让人耳朵嗡嗡地乱响。

一天下来，全班人的脸上、头发上和工作服上都沾满了铁锈和油漆。尽管这样，大家一点儿也不叫苦喊累，因为学到了平时不容易学到的知识，也培养了潜艇兵艰苦奋斗的优良作风。

潜艇上的水柜大大小小几十个，大的几十立方米，小的几立方米。一般情况下，钻水柜的人员要全艇统一按部门分配。机电部门是大部门，人数几乎占全艇总人数的一半，所以被分配了艉均衡柜、无泡发射柜、滑油循环柜和燃油柜、冷却淡水柜这五个大柜。

"油柜脏，水柜锈，内壳柜狭窄又发臭。"虽然困难重重，但是只要一声命令，就要立即无条件执行，千方百计做好，这就是潜艇兵的特点之一。

第十章　坞　修

下午，轮机班和舰务班共同负责清洁五号燃油柜。由于一次只能进去一个人，所以两个班长做了分工，柳继根和舰务班先挑选了柜内上新漆的活，衣庚锦便带领轮机班负责下柜刮铁锈。

用鼓风机对柜内进行了通风后，衣庚锦戴好防毒面具，第一个钻进柜内，但是站不能站，蹲又不能蹲，只能侧着身子一只手举着罩式照明灯，另一只手拿着刮刀一下一下地铲，再用铁刷一点儿一点儿地蹭，特别不得劲，也特别累人，他只好咬牙硬挺着。为了节省时间，无需再派人下来搞清洁，他用棉纱把柜内表面全部擦干净，一个人完成了所有旧漆和铁锈的清除任务。

衣庚锦终于光着两只脚从水柜里爬了出来，鼻孔和嘴里全是铁锈，身上的破棉袄全湿了，迎着鼓风机一站浑身直打战。他捧起一大茶缸冰凉的盐汽水，"咕嘟咕嘟"地喝下去，觉得特别过瘾。

望着茶缸里的盐汽水正不断往上冒小气泡，衣庚锦一打嗝，顿时鼻子发酸，眼泪直往外滋，将脸贴近杯口时还能感觉到小气泡"滋滋"作响。他又喝了一大茶缸，这次觉得甜里带点儿咸，有一点儿辣的感觉，还有点儿齁得慌，想必是水里补充了不少盐分和糖。这种盐汽水，在船体车间、喷砂车间、机修车间、铸锻车间……几乎每个车间都有，是当时流行的不可缺少的一种解渴饮品。

下一道工序是下到柜内涂红丹漆和防锈漆，这些涂料刺激性很大，如果防护不当就会中毒。柳继根戴上防毒面具，拎着油漆桶钻进了五号柜，蹲在下面开始刷新漆。大约过了二十来分钟，他就从燃油柜里钻了出来，全身沾上了一道道的防锈漆，明眼人一看就知道他这是故意而为，目的是炫耀自己下到柜里刷油漆了。

看到桶里的油漆没了，桶口下边缘有明显的倾倒痕迹，衣庚锦不高兴地问道："柳班长，你又偷懒了吧？"

柳继根知道衣庚锦所说的偷懒是指他没有将油漆刷在柜壁上，而是悄悄地倒在柜底了，便伸出右手小拇指碰了一下嘴唇又将手指朝下，发誓般地辩解道:"谁倒掉油漆,谁就是这个小瘪三。"

知道柳继根平常拿"小瘪三"不当回事,衣庚锦便气愤地说:"你怎么能这样糊弄?这可是武器装备啊。"

衣庚锦戴上防毒面具,提着装有红丹漆的小油漆桶钻进了五号柜。

他弓着腰一边慢慢地往前爬,一边举起照明灯仔细观察,柜壁上的新油漆大都刷上了。可是,当爬到柜尾时,他发现壁角的新漆一绺一绺地往下流,显然这是由于空间太窄钻进去困难,柳继根就将新漆直接泼了上去。

衣庚锦在燃油柜的壁角处蹲下来,匍匐钻过去,侧过身来,仰着脖子一刷子一刷子地往柜壁上涂着新漆,油漆一滴滴流到他身上,又滴落在防毒面具上,防护镜都快被遮住了,几乎什么也看不见了。他身体向前挪动了一下,又把照明灯放在头上,伸出油漆刷子往里够,想把最后一块油漆补上。

突然,照明灯熄灭了,鼓风机也不转了,显然是没电了。五号柜里漆黑一片,热浪骤起,衣庚锦仿佛被抛到了黑暗的角落,全身燥热,呼吸困难,有一种绝望的感觉。

"谁断电了,五号柜里还有人!"柳继根声嘶力竭地喊道,"快合闸供电啊!"

"谁啊?谁在柜里?"轮机军士长"王大胡子"急忙跑过来,急切地问道,"几个人啊?"

"是衣班长。"柳继根急得跺着脚回答说,"就他一个人啊。"

听说是衣庚锦一个人落在柜里,单若冰、萧雨笛和何久先发疯似的从前后甲板跑过来。

看到"王大胡子"正要下柜救人,萧雨笛抢上一步拉住他说:"军士长,我比你瘦,还是我来吧。"

萧雨笛戴上防毒面具,拿起失事照明灯,钻进了五号柜。他弓着腰一边向前搜寻,一边敲打出声响,大声呼叫道:"庚锦,是我,萧雨笛啊。"

当快摸索到柜尽头时,萧雨笛发现一个黑乎乎的影子躺在前面,爬近一

第十章　坞　修

看正是衣庚锦，手里还紧握着一把油漆刷子。

"衣庚锦，你醒醒。"萧雨笛急切地呼唤道，"你快醒醒啊……"

衣庚锦动了一下戴防毒面具的头，伸出右手向前指了一指，胳膊又无力地垂落下去。

萧雨笛跪下来，用九牛二虎之力将衣庚锦往后背上拽，觉得拽到肩膀上了，就驮着他一步一步向柜外挪动，总算挪到出口了，看到"王大胡子"还有单若冰他们都伸出手来迎接，萧雨笛也昏了过去。

衣庚锦和萧雨笛醒来时，发现自己已躺在了修船厂卫生院的病房里。

军医解释说："这是由于柜内闷热，加上被油漆熏了，才导致了窒息。"

显然，如不是萧雨笛及时相救，衣庚锦的命恐怕已经没了，不过现在两人已脱离了危险。

衣庚锦没啥大碍，只是中暑加上油漆味太重导致了休克，休息过来就好了。单若冰、何久先和柳继根一直陪护在两人的身边。

傍晚，见病情好转，两人坚决要求出院。萧雨笛只是手和胳膊划伤了几块皮。衣庚锦老是感到嗓子眼痒，再就是脸颊被油漆灼伤了几处。

出院后，衣庚锦带着脸上的疤痕，去军人摄影社照了一张相，说是要留作永久的纪念。

舌尖上的比拼

船坞地处海边，与军人招待所和大饭堂形成了个三角形。大饭堂空旷敞亮，一次能容纳四百多人就餐，透过饭堂窗户可以看见远处的一湾碧海。梧桐树上的声声蝉鸣让人感受到了盛夏的燥热。

这一批坞修的船只中有一艘导弹驱逐舰，全舰有二百多名官兵，他们仗着自己舰大人多，独居一幢旧式楼房，就餐时则与191潜艇、陆军要塞警备区的一艘登陆艇的艇员们合用一楼的大餐厅,当然,各用各的厨房。

驱逐舰的人多,占据了大半个餐厅。191潜艇占了九桌,位于餐厅中间。登陆艇上的二十多人分成三桌,坐在餐厅的最西边,与191潜艇的餐桌只隔了一道简陋的屏风。三个单位之间暗中开展了一场"舌尖上的比拼"。

修船部队的行政管理抓得很严,要求各舰艇官兵进入饭堂时要"列队到餐厅,一路有歌声"。所以,在去往饭堂的路上,驱逐舰人多势众,浩浩荡荡,煞是威风。官兵们一边行进,一边唱着《人民海军向前进》,格外引人注目。

登陆艇官兵唱起了《打靶归来》,别看人少,嗓门还挺大。在饭堂前列队完毕后,他们又唱了一遍《战士第二故乡》。

191潜艇官兵唱的是《中国海军潜艇兵之歌》,由于不是队列歌曲,所以步伐有点儿乱,只好甘拜下风了。

一舰两艇同在一个饭堂就餐,最大的好处就是能在伙食上互相比较,相互较劲。有一阵子,驱逐舰的伙食安排得不错,三天小改善,七天一会餐,听到他们喝酒吆喝的声音,看到他们兴高采烈的模样,对潜艇尤其是登陆艇的官兵都刺激不小。

潜艇也不甘示弱,邵副长亲自挂帅,从各部门抽调人帮厨,将厨师班长何久先也调来加强力量。不出两天,效果显现,伙食档次骤然提升了,餐桌上常有时兴的菜肴出现,加菜、喝点儿酒更是小事一桩,官兵们不住地称赞。

修船部队的给养全由当地军供站统一供给。潜艇的伙食不错,这全仗着伙食标准高,厨房每天进进出出的黄花鱼、蹄髈、大虾……这些市场上很少见的高档食材全由这里特供。早晨还没有开门,前来采购的各单位司务长等人就聚集在了军供站门前,一边等候着一边侃大山。

快艇司务长说:"你们潜艇有什么了不起,跑得比水牛还慢。"

潜艇上士反驳道:"快艇虽然跑得快,但只能在家门口转悠。我们潜艇

第十章 坞 修

虽然跑得不如你们快,但是能长时间在水下活动。"

争论到最后,两人还差一点儿动起了手,幸亏何久先及时制止了他们。

驱逐舰司务长领了两个新兵,一个新兵显摆地说:"我们吃的是舰灶,每顿三菜一汤,平时还有改善,节日里还发水果。"

登陆艇的上士不甘落后,炫耀地说:"别看我们是步兵,可我们享受海灶标准,不像其他步兵吃的是'呱呱叫'。"

驱逐舰新兵不解地问:"什么,什么是'呱呱叫'?"

"嘿,这你就不懂了吧?"登陆艇的上士不屑一顾地解释说,"就是南瓜、冬瓜和豆角啊。"

驱逐舰新兵又摆出一副不肯罢休的样子,转头问何久先说:"喂,你们吃得怎么样?"

"我们吃得也不是十分好啊。"何久先不紧不慢、故弄玄虚地说,"每顿饭也就是四菜一汤,每星期发两次罐头什么的,改善一次伙食。"

驱逐舰新兵听得一愣一愣的,羡慕地说:"原来你们是潜灶的,这真是没法比啊。"

"哈哈哈……"几个人听后都笑了。

驱逐舰来自北方舰队,饮食习惯倾向东北口味。一次会餐,潜艇兵路过他们的餐桌时用眼角扫了一下,从鼻孔里排出一股冷气说:"哼,那也叫会餐?还有一大盆猪肉炖粉条啊。"

驱逐舰官兵心知肚明,但苦于没招,他们的炊事班已经竭尽全力了。驱逐舰司务长想出了一个办法,每周三晚餐是面条,周六晚餐是包子,省下来的伙食费就用于星期天改善伙食。

登陆艇士兵是"穿绿军装的水兵",享受每人每天一元二角钱的海灶标准,看到潜灶有大鱼大肉吃着,觉得有点儿"窝心",多多少少感到脸上挂不住。于是,登陆艇指导员秘密召开了党支部扩大会议,说是"扩大",其实就是把司务长王大河和炊事班骨干给"扩大"进来了。他们分析了当前餐桌上的严峻形势，并对改进伙食提出了具体的要求。认识统一后，艇领导便围绕着改善伙食这个中心进行了具体分工，还提出一个"粗粮细做、细菜精做"的方案。

一时间，登陆艇的餐桌有了起色，大黄鱼吃不上就吃小黄花。你别说啊，小黄花的味还真比大黄鱼鲜，蹄髈啃不着就吃猪腿，还把以前节余下来的伙食"尾子"全都用上了。总而言之，与潜灶比起来，他们的饭菜虽简单了一些，但花样颇多，光土豆就变了不少花样，什么熘、炒、焖、炸……有时也让吃惯了山珍海味的潜艇兵垂涎欲滴。

驱逐舰和登陆艇上陆军老大哥的这点儿心思全被潜艇兵们洞察到了，邵副长迅即召开艇经委会，进行战前动员说："驱逐舰人多，咱们人数还不到人家的一半，唱歌比赛咱们比不过人家，可是在伙食上绝不能输给他们啊。"

会上，经委们充分发扬经济民主，进行了广泛而热烈的讨论。衣庚锦提出来，要发挥"特供"和潜灶伙食费高的优势，与驱逐舰和登陆艇打一场"持久战"，彻底把他们比下去，看谁笑到最后。大家都举双手赞成，会后马上行动起来了。

一个月比下来，驱逐舰伙食费出现超支，饭还是管饱，但几乎是"山穷水尽"了，幸亏驱逐舰提前完成坞修出厂了，才结束了这场"舌尖上的比拼"。至于登陆艇那儿，潜艇更是不战而胜了。

这天，听说登陆艇也快坞修完毕准备回海岛了，衣庚锦建议要为陆军老大哥饯行，邵副长立即派何久先去做好准备。

接到了邀请，登陆艇司务长王大河马上向艇长报告，提出搞两艇合灶会餐并获得批准。于是，两艇的司务长在一起协商分工，潜艇负责做荤菜，登陆艇做素菜。为了更加有颜面，登陆艇还提前从海岛上捎来了一些螃蟹、海螺和大虾之类的海鲜来助阵。

星期天傍晚，大餐厅的屏风被拆走了，海军潜艇与陆军登陆艇的官兵欢

第十章　坞　修

聚一堂，共进晚餐。

何久先亲自操刀掌勺，特地给每桌做了一道拿手菜——"平地一声雷"。

会餐开始了，大家频频举杯，一遍一遍地喊酒。两艇的领导坐在一张饭桌上，登陆艇郭指导员端起一碗啤酒，站起来说："各位首长，我先敬你们。"

王政委也站了起来，客气地说："你别称什么首长呀，在党内我俩都是党支部书记啊，彼此彼此。"

朱艇长接过话头，对登陆艇张艇长说："虽然你是连级，我是团级，可是咱俩都是艇长，不分上下啊。"

听后，全桌的人都哈哈大笑起来了。

在炊事班这桌上，王大河拿出用三七炮炮弹壳做的潜艇形状的笔筒赠给何久先说："老何，我这辈子虽然没能当上潜艇兵，但是我知足，我看到真的潜艇兵了。"

何久先觉得来而不往非礼也，便立马从腰间掏出衣庚锦给做的"随身利器"——不锈钢罐头刀，回赠给王大河。

这时，衣庚锦领着单若冰、萧雨笛走过来，客气地对王大河说："司务长啊，听久先说你也是大连归服堡人，我们向老乡敬酒来了。"

何久先兴奋地说："他们仨也是从归服堡入伍的，在鑫城三中上学。"

王大河一拍大腿道："嗨，咱们这才是真正的老乡啊。"

衣庚锦念念有词地说："'久旱逢甘雨，他乡遇故知。'咱们今天是有缘来相逢了。"

王大河酒兴顿起，举起酒杯说："来，为咱们老乡的相聚干杯！"

衣庚锦喝净杯中酒，向王大河说了一声"谢谢"后，就领着单若冰和萧雨笛离开了。

王大河叫着何久先的绰号，佩服地说："'喝酒仙'啊，衣庚锦这个老乡行！稳重还有底线，一看就有亲和力。还有姓单的、姓萧的，他们仨都是当军官的料，你就等着瞧好吧。"

何久先也喊着王大河的绰号说："'往大喝'啊，你小子看人挺准嘛。"

酒足饭饱后，"喝酒仙"与"往大喝"搭肩搂背地走出了大饭堂。两人喝得都有些大了，经海风这么一吹，肚子里的东西就要往外涌。

"往大喝"摘下绿军帽做好了接的准备，他"哇"的一声全吐到了帽子里，又抹了一下嘴唇说："老乡啊，我是陆军对吧，你是海军没错吧？"

"喝酒仙"似醉非醉地回答说："没错，我是陆军，你是海军。"

也没听出他回答得对不对，"往大喝"闭着双眼手一挥，干脆地说："所以啊，我就是吐了，也不能吐到你们海军的地盘上啊。"

说完后，"往大喝"又把刚接过呕吐物的帽子戴在自己的头上了。

地震来了

王敬儒政委和朱惠凯艇长有一个雷打不动的习惯——每天早晨都要听中央人民广播电台的《新闻和报纸摘要》节目。

7月7日这天早晨，起床号吹响后，王政委习惯性地打开了桌上的半导体收音机。忽然，传来一阵哀乐声，播音员沉重地播道："全国人民代表大会常务委员会委员长朱德同志，因病医治无效，于1976年7月6日下午3时1分在北京逝世，终年90岁……"

听到这儿，王政委和朱艇长几乎是同时怔在那儿，两人都在想，周总理逝世才半年，朱老总咋又走了啊？

王政委第一次见到朱德是在1952年夏天。想到当时难忘的一幕，就好像是昨天发生的事，王政委难过地流下了泪水。

真是"福无双至，祸不单行"。7月29日早晨，起床号吹响后，王政委坐在床头对朱艇长说："老伙计啊，我昨晚做了一个梦，梦到儿子向我要一

第十章 坞 修

角钱,硬要去买一根果味冰棍吃。"

"老王,不是我责怪你,你这个人吧,哪儿都好,就是对自己太抠门。"朱艇长开玩笑地说,"看看你这条毛巾啊,都快用成光板了,裤衩还补了几块补丁,你就不怕把下面那家伙硌坏了?上次儿子打老远来了,临走时要吃一根果味冰棍,你给他买一根不就完了吗?"

"这不是一根果味冰棍的问题。"王政委认真地辩解道,"小孩嘛,你就不能惯他那个毛病,要什么你就给买什么啊?"

"惯啥毛病了?"朱艇长不客气地说,"这说到底啊,你这个当爸爸的就是一块'老铁皮'。"

两人正说到这里,半导体收音机里传来播音员沉重的声音:

"据新华社消息:1976年7月28日北京时间3时42分53.8秒,中国河北省唐山、丰南一带发生了强度里氏7.8级的地震。"

听后,王政委一屁股坐在床上,怔在那儿一言不发。

朱艇长上前劝王政委不要出操了,王政委这才缓过神来,扎上武装带又像往常那样站在队列前头,高呼着"一、二、三、四"向前跑。

一连两天,王政委往家中不知打了多少次电话,可就是打不通,家中音讯全无。第三天上午,邮递员送来几封来自唐山地震灾区的加急电报,他拆开电报一看是小姨子打来的,上面只有七个字:"妻地震遇难 速归。"

朱艇长拿着这封加急电报立马跑到支队政治部,替王政委请探亲假。此时,支队正在召开党委会,专题研究唐山大地震的善后问题。

政委乔云龙手一挥说:"只要是现在不打仗,凡是唐山籍的官兵都要给假回去照料后事,我们这是遭遇了国难啊。"

支队长王国英补充道:"给干部一个月假、战士半个月假,能走的今天就可马上启程了。"

于是,王政委匆匆忙忙地启程回唐山了。

191潜艇随即进入了防震状态,大操场上搭起了防震棚,人员全都搬到室外宿营，一时搞得人心惶惶、草木皆兵。

一周后，地震的传言悄无声息了，官兵们又迁回了楼内，但有铺不能躺，都睡在了地板上。

柳继根发牢骚说："防震防震，十防九不震。"

衣庚锦批评说："你发什么牢骚啊，又不是你一个人在防震，再说了，有备无患嘛。"

这天熄灯前，衣庚锦找来了两个啤酒瓶子，将脸盆倒扣在地中央，又在盆底竖放了一个啤酒瓶，然后将另一个啤酒瓶倒过来，瓶嘴对瓶嘴地立在第一个啤酒瓶上。

何久先问："衣班长啊，你这是搞啥名堂？"

衣庚锦说："这是我自制的防震仪，只要稍一震动，上面的瓶子就会倒下来，说明地震来了。"

何久先觉得衣庚锦说得有道理，也效仿着做起了这种防震仪。

半夜时分，劳累了一天的艇员很快进入了梦乡，发出了阵阵鼾声。此时，世界宁静下来了。

近些天来，大家都被地震的消息折腾得精疲力尽，睡觉时连衣服都不脱了，一旦有情况好爬起来就跑。

衣庚锦半夜里睡不着觉，万般无聊地把脚伸向了柳继根，用脚指头给他挠痒。睡得正香的柳继根以为是耗子爬上来了，一个激灵坐起来，吓得用上海话小声嘟囔道："瓦特了，老虫钻到我被单上了。"

衣庚锦使劲憋着不笑出声音来，眯着眼睛偷看柳继根那种惶然的样子，觉得这次的恶作剧好搞笑、好开心呀。

大约过了一个时辰，衣庚锦看到一只耗子悄然从墙角"哧溜哧溜"地钻了出来，又蹑手蹑脚地走近了"防震仪"。突然，"哐当"一声，支在上面的啤酒瓶子掉了下来，大家"呼"地一跃而起。

柳继根惊坐起来，一边大喊"地震来了"，一边拔腿就跑，像被狗撵了似的蹿出室外,又从二楼阳台"扑通"地跳了下去,一头栽到了地面上。大家相继从楼梯跑到了操场后,也不见地震的动静,只有衣庚锦原地不动。目睹了这场活生生的防震演习,他感到后怕和自责,因为柳继根左小腿摔骨折了,还住进了医院。

一个月后,潜艇快出坞了。王政委料理完家中后事回来了,当天下午,他就到医院探望受伤的柳继根。

听说了"防震仪"事件之后,王政委讲起在这次唐山大地震中他的妻子、儿子还有岳父和小舅子全都遇难了,只有岳母和小姨子还幸存,这次还是小姨子把自己送到了归队的列车上。

听后,衣庚锦几个人都感到惋惜,朱艇长却觉得他的话中几次提到了小姨子,就半真半假地开玩笑说:"老王啊,你不会是相中你的小姨子了吧。"

王政委脸一红,一语双关地骂道:"我说老朱啊,你这真是'猪'嘴吐不出象牙啊。"

衣庚锦他们哈哈大笑。

戏台春风

八一前夕,为了欢庆建军节的到来,东海造船厂文艺宣传队和191潜艇要联合举办一台军民联欢会。

191潜艇为此恢复了水兵文艺演唱队,并重新排练革命现代京剧《沙家浜》选段。这个节目还是当年支队广泛开展"学习小靳庄"活动时,由左副政委领着几个文艺骨干排练出来的。萧雨笛由于能弹会唱,当然成为台柱子了。

衣庚锦知道《沙家浜》的故事。那是在一个江南的村镇,新四军某部和敌人迂回作战，一度撤离常熟一带，留下了十八个伤病员。以指导员郭建光为首的伤病员，由地下党员阿庆嫂负责，安置在沙家浜的革命群众家休养，他们和群众生活、战斗在一起，军民结下了鱼水深情。

当年，潜艇部队和全国各地一样，要求官兵要达到"人人会唱样板戏，个个会写革命诗"。为此，左副政委和几个文艺骨干经过商议，决定排练《沙家浜》选段。衣庚锦毛遂自荐扮演郭建光，萧雨笛提出要扮演刁德一。何久先由于体形较胖，就被安排扮演胡传魁。阿庆嫂由卫生院的一个护士扮演，后来她转业了。

这次重新排演《沙家浜》选段，由谁来饰演阿庆嫂呢？卫生院现在的几个护士和女兵不是面相不佳，就是五音不全。在随军家属中找吧，不是年纪大，就是体态太胖，因此大家一时犯了难。

萧雨笛忽然想起一计，提出回东坪港一趟，找裁缝铺老板娘"阿庆嫂"来演阿庆嫂。衣庚锦一下想起了谭彦多与她的暧昧关系，急忙摆手阻拦说："不行，这绝对不行啊。"

看到左副政委和其他几个人也坚决表示反对，萧雨笛笑着说："你们还当真了，我这是在开玩笑哪。"

这时，衣庚锦一个劲地盯着萧雨笛发笑。

萧雨笛笑着问："你有话就快说吧，笑什么啊？"

衣庚锦不好意思地说："我看啊，你扮演阿庆嫂最合适了。"

萧雨笛连忙问："那谁来扮演刁德一呀？"

衣庚锦又看单若冰一眼，学着阿庆嫂的台词说："参谋长，请抽一支烟呀。"

左副政委一听有门了，赞同地说："嘀，衣班长这个主意真是不赖啊。单班长有勇有谋，还真有参谋长的样子。萧班长呢，文质彬彬，嗓音柔和，我看男扮女装还真挺合适的。"

大家一听，觉得是这个理，就鼓起掌来表示赞同。

第十章 坞 修

萧雨笛心里想,也只能这样了,不能因一时找不到女演员就耽误了演出啊,便笑着答应说:"你们这是赶鸭子上架啊,我只能恭敬不如从命,来扮演阿庆嫂了。"

接下来,大家分头去准备道具和演出服装了。何久先从登陆艇的王大河那里借来了两套绿军装,又回东坪港被服仓库找来一套海军以前的灰军服,还从枫城买来几尺花布,全送到了裁缝铺,让老板娘"阿庆嫂"分别改成郭建光、阿庆嫂、刁德一和胡传魁所穿的演出服。

单若冰、萧雨笛和何久先每天一大早就跑到竹林里排练《智斗》。萧雨笛模仿着阿庆嫂的嗓音,反复地学唱:"参谋长休要谬夸奖,舍己救人不敢当……"

一周后,水兵文艺演唱队进行了第一次彩排,他们因有模有样的表演一炮而红。左副政委就给他们佂起了一个艺名,一时间,"浪雨红"组合扬名东坪港,蜚声全东海,成了学唱革命样板戏百花园中的一朵奇葩。

这天下午,军民联欢会在驻地露天舞台拉开了序幕。191潜艇演出的是拿手戏《沙家浜》中的《智斗》一场,修船厂演出的是《红灯记》选段。

军民要同台演出革命样板戏,这在当地是一件引起轰动的大事,部队和地方上的大姑娘、小伙子、老人和小孩都来了,一时间人山人海,热闹非凡。

"东海造船厂与191潜艇庆祝建军四十九周年军民文艺演出,现在开始——"

随着漂亮的女报幕员朗朗的报幕声,"浪雨红"组合首先登台演出。在伴奏声中,扮演阿庆嫂的萧雨笛穿了一身蓝底白花的村姑服,腰扎围裙,提着铜壶从屋内走出来,客气地说:"参谋长,烟不好,请抽一支呀!胡司令,抽一支!"

柔软悠长的女声配上娴熟的动作,萧雨笛把阿庆嫂演得活灵活现,不知底细的人还真看不出来这竟是男扮女装。

扮演刁德一的单若冰身穿一身国民党黄军服、腰佩手枪出场了。望着"阿庆嫂"的背影，他不阴不阳地唱道："这个女人不寻常！"

"阿庆嫂"接着唱："刁德一有什么鬼心肠？"

扮演胡传魁的何久先也穿着国民党黄军服，腰佩手枪，气哼哼地唱道："这小刁，一点儿面子也不讲……"

骄阳似火，热气灼人。豆大的汗珠从演员们的脸上一串一串地往下滚，扮演郭建光的衣庚锦这一场没有戏，便坐在后台拉二胡，衣服被汗水紧紧粘在了身上，大家多么盼望能有一阵凉风吹来啊。

突然，一股凉风徐徐吹来，衣庚锦顿觉身后一凉，转头一看是一个鬓发斑白的老阿妈站在身后，手拿一把橘黄色的芭蕉扇子均匀地扇动着，那布满皱纹的脸庞随着阵阵乐声绽开了笑容，多像戏中的沙奶奶啊。几个伴奏的人不由得心头一阵清凉。

衣庚锦停下了演奏，转过身来激动地说："大娘，你、你……"

老阿妈揩了揩满面汗水，亲切地说："孩子，你们演样板戏不怕热，我流一点儿汗心里甜着呢。"

老阿妈的话似一股春风，吹进衣庚锦的心扉。老阿妈越扇越有劲，演员们越唱越洪亮，现代京剧那嘹亮的唱腔、高昂的旋律，回荡在江南山村。

接下来，开始表演伤愈归队的新四军奇袭驻守沙家浜的忠义救国军的场面，演员们一个个龙腾虎跃，翻着各种筋斗越过了高墙。

最后，应该是指导员郭建光一个空翻站上墙头，再亮个相，翻身下墙的场景了。可是，饰演郭建光的衣庚锦功夫还差了点儿，结果一个空翻没上去。他后退了几步，运运气加助跑，再一个空翻还是没上去。那催人的锣鼓点一阵紧似一阵，台下的观众都急了，但他干着急没办法。

在这关键时刻，只见"阿庆嫂"萧雨笛迈着碎步上场，来到手足无措的衣庚锦身边，用手向台侧一指说："指导员，这边有一条小路啊。"

顿时，衣庚锦明白萧雨笛是来救场了，便乘机飞快地跑下了台。这机灵的一招让全场观众释然了。

第十章 坞 修

"一枝花"凋谢了

随着东坪港潜艇基地建设的扩大,随军家属多了起来,她们来自五湖四海,尤其是来自山东、河南、浙江等地农村的多一些。

家住城市的军人家属极少随军。大多数随军家属由于是农村户口,也就没有正式的工作,她们就提出一个响亮的口号:"我们也有两只手,不在家里吃闲饭。"于是,随军家属大多由岸勤部安排做临时工,负责给潜艇敲铁锈等工作了。

这些来自农村的妇女很能吃苦,什么脏活、累活都积极地干,每日工作八小时,每天能挣七角钱。因此,支队乔政委多次在大会上表扬她们吃苦耐劳的精神,并批评干部们说:"你们回家后,不要只顾晚上搂着老婆睡觉,还要心疼心疼自己的老婆,她们撇下父母来到了这穷山沟,容易吗?"

随军干部平时都与士兵同宿,只有星期三、星期六晚和星期天可以回家。干部们风趣地说:"到了星期三,回家站一站;到了星期五,还有一上午。"时间一长了,炊事兵们都摸到了一个规律,每逢星期五和星期一中午这两顿饭,一定要多做一些,并且油水还要大一点儿,因为随军家属吃肉、吃蛋是定量供应的,不少干部由于在潜灶吃得饱饱的,所以回家以后就很少动筷子了。

在随军家属区里经常会看到一个四十多岁、身材窈窕、衣衫花哨的女人,因为她长得漂亮,当兵的都戏称她为"一枝花"。不过,再美的女人也有缺陷,"一枝花"眼白青色颧骨高,算命先生说她福薄命浅,一副短命之相。

"一枝花"是191潜艇原机电长老金的妻子。前几年,老金在海上验收新型潜艇时突发脑出血撒手人寰,扔下了妻子和女儿。她的日子过得挺苦的。

由于丈夫去世,"一枝花"精神上受了不小的刺激,所以整天在部队营区转来转去,许多当兵的都认识她。时间长了,大家对她的性格也有所了解,知道她是一个性格开朗、乐天知命的人,还经常与她开玩笑,可她也从来不计较,还和当兵的插科打诨、互寻开心。

这天下午,衣庚锦骑着三轮车拉西瓜,蹬到黑风口大坡顶时,突然感到一阵轻松,回头一看,是"一枝花"正在后面帮着推车。到了水兵大楼后,内务更萧雨笛开玩笑地说:"'一枝花',来跳个舞吧,给你一个大西瓜。"

一听说有西瓜吃了,"一枝花"顿时就精神起来了,手舞足蹈地跳起来,哼着那两句老词:"哎——是谁帮咱们翻了身?是谁帮咱们得解放……"

"一枝花"跳完了,看热闹的艇员意犹未尽,又让她唱那段自编的老曲儿。于是,"一枝花"又半念半唱道:"东坪港真正好,小娘婢,姆姥姥,一个不跟当兵的跑……"

小娘婢和姆姥姥是当地方言,小娘婢是指小姑娘,姆姥姥就是老太婆。看到"一枝花"又唱又跳、憨态可掬的样子,衣庚锦觉得又可怜又可笑。

"一枝花"临走时,衣庚锦给了她两个大西瓜。她一边走一边摇摆着唱道:"左手一个瓜,右手一个瓜,回家送给俺胖娃娃,啊……"

说起来也巧,自从随军家属后勤服务队成立后,"一枝花"的病情有了好转,成了一名油漆女工,与一群刷油漆的妇女哪里需要到哪里去,大家都说"一枝花"像变了一个人似的。

给潜艇上油漆是个非常苦又危险的工作。每天天刚亮,"一枝花"就和她的伙伴们起床了,然后坐着大卡车到五公里外的东海造船厂上班。她们的任务就是随着修艇的进程,给艇体外部表面刮漆、除锈、上新漆,每天衣服上沾满了花花绿绿的油漆,头上戴着保护脖子的帽子。她们工作时满面油光、旁若无人地大声喧哗,经受的危险和毒害可想而知。

潜艇的前甲板和后甲板上各有一个长一米多、直径约半尺的拖船钩,呈圆柱体状,钩头中间有一个导索孔,如果潜艇失事沉入水下,潜水员利用钢

第十章 坞 修

缆拴住拖船钩，就可以将潜艇打捞上来了。

从上午开始，"一枝花"和朱艇长的家属刘云花、基地长的家属张桂香一组，任务是保养拖船钩。她们先是用一头尖的铁锤不停地敲击，将旧漆一点点地全部敲掉，再用铁刷子除锈，然后涂上新漆。"叮叮当当"的声音此起彼伏，在码头连成一片，形成了独特的音符。

俗话说，三个女人一台戏。女人凑在一块儿难免要讲一些悄悄话。"一枝花"拿着锤子一边敲击着钩头，一边问刘云花说："哎，你看它像个啥？"

刘云花低头不语，只是憨笑。

"一枝花"又问张桂香，张桂香先是一愣，后又恍然大悟，不由得脸红了。

"哈哈哈……"三个女人又开心地大笑。

八一建军节，部队将放假一天。放假的前一天，修船厂派出两辆解放牌卡车，拉上各灶司务长和随军家属去采购食品。

衣庚锦也随车到枫城药店去卖平时收集的橘子皮。

回来时，夜色渐降，细雨霏霏。衣庚锦坐在第一辆车上，遇到了"一枝花"和张桂香，就把雨衣让给她俩披上，自己紧靠车厢前站着。

卡车在泥泞的路上行驶着。驾驶员是个新兵，老兵坐在一旁"保驾"。路很窄，只能通过一辆车。再过一个大坡就到厂区了。

卡车行驶到黑风口陡坡时，突然一头水牛冲上路基，新兵想一脚踩住刹车，可是踩到了油门上，只听卡车"嗡"的一声，直向坡下冲去。

衣庚锦一看情况不妙，立即起身一跃，双手像抓单杠那样，紧紧抓住了路边的一棵粗大的梧桐树的树枝。瞬间卡车便冲到了路边，又接连翻了两个跟头，最后四个轱辘朝天了。

毫发无损的衣庚锦跳到地面后，撒腿就向车祸地点跑去。卡车翻在路边的沟里，车上的人全被倒扣在车厢下面。两个汽车兵先后从驾驶室爬了出来，新兵的头部只渗出点儿血。被扣在车下的人大都受了重伤，现场情景惨不忍睹。

蓝鲸兵魂

衣庚锦赶忙跑到路中央，招手拦住了后面的第二辆卡车。驾驶员一看发生了车祸，急忙停车招呼车上的人下来抢救。

过了半个时辰，车下的人大都被抢救出来了，张桂香和另两个家属伤势较重，几个战士受了轻伤，唯有"一枝花"奄奄一息了。

衣庚锦和他叫来的几个人把伤员送到部队卫生院，"一枝花"因抢救无效死亡了。

"一枝花"临闭上眼前，衣庚锦急忙抱来了她四岁的女儿。她握着女儿金铃的手断断续续地说："铃儿，你的命咋这么苦啊？"

看到"一枝花"永远地闭上了眼睛，衣庚锦蹲在地上悲痛地抱头而泣。

第十一章

突破岛链

誓师大会

191潜艇出坞后焕然一新,出于保密的需要将舷号涂掉了,为即将到来的远航做好了一切准备。

1976年9月9日,毛泽东主席逝世,举国哀悼。191潜艇再一次进入了一级战备状态,至于何时去执行突破第一岛链的任务,只能等待中央军委下达命令了。

作为海军第一代潜艇兵的王敬儒多次告诫衣庚锦和他的战友说,中国潜艇部队在诞生之前,就凝结了毛主席他老人家的心血。

1950年10月8日,共和国成立刚满一年,毛主席就亲自给斯大林发电报,要求苏联在中国海军潜艇艇员的训练上给予援助。半年后,苏方决定帮助中国海军训练四艘潜艇的艇员。1951年3月,毛主席亲自批准,中国人民海军成立了由二百七十五名官兵组成的旅顺潜艇学习队，王敬儒和王支队长、乔政委、朱艇长等人幸运地成了其中的成员。

经过三年学习，学兵们全部通过考试，为组建中国潜艇部队做好了人员准备。1956年1月10日，毛主席在江南造船厂视察了正在船台建造的我国第一艘03型潜艇。这是毛主席第一次视察潜艇，也是他唯一一次视察潜艇。从此，加速海军潜艇部队建设被提上了议事日程。

1960年，苏联单方面宣布与中国的核协定无效，并撤走了全部援华专家。毛主席以军事战略家的宏大气魄，说出了一句令所有闻之者热血沸腾的话："核潜艇，一万年也要搞出来！"

结果没用上一万年，只用了短短的十年，1970年12月26日，中国第一艘核动力攻击型潜艇顺利下水了。至此，中国成为世界上第五个拥有以海洋为基地、具有核威慑力的国家。当听到毛主席逝世的噩耗时，王敬儒悲痛欲绝，感到潜艇部队从此失去了一位掌舵人。

1976年10月6日，中共中央政治局一举粉碎了"四人帮"。消息传来，万众欢腾，东坪港的潜艇水兵沉浸在庆贺的欢歌声中。

这天上午，艇长朱惠凯和政委王敬儒奉命来到支队作战值班室，支队长王国英首先传达了中央军委主席签署的批准191潜艇远航的命令。支队政委乔世平传达了总参谋部提出的"严肃认真，周到细致，稳妥可靠，万无一失"的要求。

支队党委决定：为了完成中央军委交给的首次突破第一岛链的任务，支队长王国英和支队政治部主任肖德龙率领191潜艇远航。

从此，191潜艇全体官兵的一举一动都成了全支队、舰队、海军乃至全军关注的中心，每一名艇员的行动都要按级请示报告，每一个人身体都将受到医生的格外关注。因为潜艇是一个战斗集体，处处都要体现大协作精神，毕竟大家是一个生死与共的整体啊。

潜艇进入了远航前的准备阶段，水兵大楼的墙壁上醒目地贴着红纸黑字标语:"大洋深处我远航,潜艇水兵斗志昂。"黑板报上张贴着一份份请战书、挑战书和决心书。

为做好远航期间艇员体能储备,衣庚锦和战友们每周一、三、五进行心肺功能训练,每周二、四安排肌肉耐力和力量训练,以平衡发展肌肉耐力、力量以及心肺功能。

靳医生组织艇员进行血液、肝脏、肾脏、听力、视力、血压、脉搏等检查,同时还开展人格测验、情绪测验、意志力测验等各项心理检测,以量化艇员的体能和心理素质。

夜幕下,单若冰带领鱼雷班将鱼雷发射管全部装填上了战雷,艏舱的备用鱼雷架上也吊装上了一条条战雷,看上去油光锃亮,透出道道寒光。

衣庚锦率领轮机班将潜艇各油柜都加满了燃油、滑油和淀子油。舰务班给各个淡水柜加满了饮用水。

厨师班长何久先带领后勤人员连续装载远航食品,将冷藏柜里堆满了各种各样的新鲜蔬菜、肉类、禽蛋和罐头等食品。

平时出海前,为了使艇员吃得更好一些,何班长总是变着花样搞好伙食,什么清蒸鱼、虾仁百合、红焖牛肉……荤素共有十来个菜,主食从黄油面包、米饭、水饺到粗粮馒头,应有尽有,十分丰富,就是餐后水果,也有荔枝、樱桃、哈密瓜等好几种。可是,现在要去远航五十天,生活就没有那么惬意了。

由于潜艇空间的限制,携带新鲜蔬菜、水果和肉类的数量是有限的。为使远航做饭时少花工夫,在装艇之前,何班长就把鸡、鸭、鱼、肉之类的食品都改了刀、过了油,做成半加工品,连馒头、花卷之类的都提前蒸好了。潜艇上不得装载黄豆、大蒜、蒜薹和韭菜等会产生和挥发气味的食物。蔬菜之类尽量提前择洗,因为远航时用水会非常紧张,处理菜根、菜叶也非常麻烦,费水耗电不说,稍有疏忽就可能使潜艇丧失隐蔽性。

冷藏库装不下了,何班长就想方设法往其他舱室的空闲地方装,成袋的大米、成箱的水果罐头、成筐的新鲜蔬菜和水果、火腿、肉罐头等食品都装在鱼雷发射管和控制室之间的舱顶上，这样不挡道，虽然暂时挤巴了点儿，但是面包等即食品很快就会被消耗掉。

出航的前一天上午，临时党委举行了191潜艇远航誓师动员大会。全艇官兵集合在俱乐部里整装待发，首先由支队孙参谋长传达了中央军委、海军和舰队的命令，而后由朱艇长做动员讲话。

宣读完《191潜艇远航训练实施方案》后，朱艇长没有再照本宣科，而是慷慨激昂地说："我们潜艇是'水下狩猎者'，是'大海狙击手'，其威力主要体现在深海、远海。所以说，不到大洋，不突破第一岛链，我们就称不上真正的潜艇啊。"

朱艇长话锋一转，又激昂地说："可耐人寻味的是，我们酷爱和平的中国人对第一岛链并没有敌意，敌意是第一岛链强加给我们中国人的。我们是全训出来的战艇，但是仅仅达到全训水平还不够，只有参加过远航，勇于突破第一岛链，才算是过硬的潜艇，才称得上真正的'水下铁拳'。"

王政委宣布了《191潜艇远航"三阶段"思想政治工作预案》，提出在远航前的"准备阶段"，要保证做到"不带思想问题出航，不带机械问题离港"；在远航中的"实施阶段"，要坚决发挥临时党委、党支部的战斗堡垒作用，根据远航特点，开展灵活多样的活动，诸如运用《远航快报》、水下广播和水下歌咏比赛等形式，开展思想政治工作；在返航后的"总结阶段"，要做好经验总结，表彰先进。

临时党委委员衣庚锦代表机电部门，萧雨笛代表航海、观通部门，单若冰代表鱼雷部门，何久先代表勤务部门，上台表了决心。

最后，由支队首长做指示。政治部肖主任首先从政治工作的角度强调说："潜艇远航，在潜艇兵的生涯中，究竟意味着什么？离开码头，就是战场，而远航则是很远很远地离开码头，那么，这一望无际的大海，这深不可测的深渊，就是我们潜艇兵的战场了。在这特殊的战场上，我们最需要的就是将'听党指挥，同舟共济'的潜艇兵魂贯彻在远航'三阶段'的思想政治工作之中……"

第十一章 突破岛链

王支队长代表党委的动员讲话没有长篇大论，也没有华丽的辞藻，上来就诙谐地说："拿破仑有一句名言：'只有听到子弹嗖嗖从耳边飞过，才知道自己还活着。'对于我们潜艇兵来说，只有在大洋深处穿梭，突破第一岛链，才能证明自己是真正的中国潜艇兵！"

王支队长已不是头一次参加远航了，只是这次远航的时间最长，里程最远，任务最重。他至今还清楚地记得中国海军潜艇首次执行远航训练任务时，他正在这艘潜艇上当鱼雷部门长。1959年7月5日凌晨，人们还酣睡在梦乡中，他随着潜艇静悄悄地离开了码头。出港后一路向东，白天潜伏在二三十米深度以电机航行，夜间浮起到潜望镜深度内燃机充电，平均速度三节多，一天前行了七十多海里，在公海共活动了二十二昼夜，创造了潜艇远航时间的最长纪录。十七年后的今天，他将亲自率领潜艇远航太平洋，而且要首次突破第一岛链，为此充满了激情和勇气。

"从历史上看，中国在15世纪有过声名显赫的郑和水师，但是他的远洋舰队在中国南海最后落下九桅巨舰的船帆之后，我国再也没有任何舰只驶向远洋，而且渐渐沦为了一个海洋弱国。19世纪下半叶，中国曾有过一支舰艇种类齐全的舰队——北洋水师，但由于清朝的腐败，这支舰队在中日甲午海战中全军覆没了。"

王支队长继续声音洪亮地说："同志们，今天我们新中国的潜艇兵以'敢下五洋捉鳖'精神即将向第一岛链发起冲击，我们要以机智、成熟、坚韧、果敢和健壮的雄姿出现在太平洋上。我们是一个特殊的、神秘的精英群体，只要祖国需要，我们将随时以雷霆般的速度、凌厉的攻势、超强的战斗力，让任何对手遭受到致命的打击！"

王支队长越说越激昂，干脆站了起来，右拳一挥，铿锵地喊道："听党指挥，同舟共济！"

全艇官兵们"呼"地站起来，又"唰"地齐举右拳，发出了一阵阵吼声：

"听党指挥,同舟共济!"

"深海铁拳,勇往直前!"

夜写"遗书"

191潜艇进入了突破第一岛链的最后准备阶段。

舰船修理所来了一名技师和一名电焊工,他们登上潜艇前、后甲板,拿起焊枪将两个升降口盖子牢牢焊死,只留下了三舱一个升降口。

邵副长交代说:"舷梯就不用焊了,等潜艇离开码头前卸下来就行了。"

电焊工不解地问:"副长,为什么要把这两个升降口盖子全焊死啊?"

邵副长回答:"是为了防止风浪将升降口盖掀开,发生意外险情。"

其实,衣庚锦和艇员们都心照不宣,在茫茫的大洋深处,潜艇兵每次远航都要经历生与死的考验,进行一次彻底的人生历练。如果真有发生意外的那一天,谁也别想从这里爬出来,只能与潜艇共存亡,这就是每一个潜艇兵誓死的信念。

誓师大会后,官兵们开始各自整理自己的物品。每人领来一个麻袋大的黄帆布袋,一件件往里装着私人物品,装好以后再用一个白布条系好。衣庚锦没带笔,单若冰替他写好后,又在自己物品袋的白布条上工工整整地写道:"本人姓名:单若冰。父亲姓名:单衡水。物品编号:2战32。家庭住址:大连鑫城归服堡镇春满街127号。"

此刻,寝室里、储藏室里很少听到说话的声音,气氛显得很凝重。这意味着什么?大家都心知肚明。如果这次远航真的回不来了,那就是葬身海底,这个物品袋就会成为遗物,由每一个人的家属按名领取。

官兵们每人还准备好了一个黑色大塑料袋,这不是誓言,却重于泰山。这个大塑料袋就是裹尸袋,如果谁"光荣"了,就装入这黑色的塑料袋里,在蓝天和军旗下进行海葬。宁可自己牺牲了，也不能影响远航啊。说白了，这没有什么，成为军人就意味着牺牲，干潜艇嘛，就是要有勇于献身海洋的精神。

下午，衣庚锦接到妹妹发来的"母病重 速归"加急电报，他知道，肯定是母亲的肝病加重了。可是潜艇明天就要出航了，每个战位都是一个萝卜一个坑，自己又是班长，怎么能离开啊。这时，王政委走来，关切地问："衣班长，家里来电报了？"

衣庚锦两眼噙着泪花，从兜里掏出了那封加急电报。

王政委接过电报看了一眼后，带着衣庚锦在码头的双系柱上坐下，回忆道："咱们潜艇部队啊，从组建那天起就要求守纪律、讲奉献。记得我在旅顺潜艇学习队时，出于保密工作的需要，学员们完全断绝了同外界的联系。有个叫刘作根的电工班长，家就住在旅顺口水师营，离老虎尾不过几里路，由于长时间没有通信，家里人还以为他失踪了。他父亲两次跑到部队去找他，部队领导只能告诉说你儿子已经调离了，但是情况很好，请你们家人不必挂念。后来，他舅舅在旅顺口街上碰到了他，就告诉了他的家人，他父亲还是半信半疑。三年学习结束后，他被批准回家探亲了。一进家门，他就扑到母亲的面前，母亲竟问道：'你是谁啊，你有什么事啊？'他拉着母亲的双手，哽咽地说：'妈，我是你的大儿子作根啊……'母亲抬起头来，用疑惑的目光注视了儿子好一会儿，最后双手用力拍打自己的双腿说：'哎呀，你是作根啊，可想死娘了。'所以说，咱们干潜艇的人很难做到忠孝两全啊……"

还没等王政委把话说完，衣庚锦站起来诚挚地说："政委，请您放心吧！"

衣庚锦把电报悄悄地揣进了兜里，跑回了潜艇。

结束了一天紧张的备战后，衣庚锦便决定给父母写一封告别信，老兵们直言不讳地管这叫写"遗书"。衣庚锦像往常那样来到了俱乐部，坐在一张桌前掏出了自来水笔，工整地写道：

敬爱的爸爸、妈妈：

　　你们好！当二老收到这封信的时候，也许我已经回不来了。我知道，你们一定会悲痛欲绝。请二老别难过，参加远航的又不只我一个人，人家的孩子也同样有父母呀，他们能牺牲，我为啥就不能献身啊？毛主席教导我们说："人固有一死，或重于泰山，或轻于鸿毛……"我和战友们都是为祖国捐躯，这是很光荣的，你们应该为儿子而感到骄傲和自豪，你们不伤心才是儿子最大的心愿。一人吃苦万人甜，小家虽破大家圆啊！

　　爸爸、妈妈，我们的国家还处在发展阶段，帝国主义正在虎视眈眈盯着我国的海疆和丰富的资源，所以我们必须要时刻提高警惕，如果我回不来了，我感到遗憾的是，我不能给二老养老送终了，儿子对不住二老了。我将才买的一块上海牌手表留下来，算是儿子孝敬爸爸的唯一礼物吧。

　　爸爸、妈妈，今天我们在远航前会餐了，我吃得很多，呵呵，八菜一汤，还有一瓶茅台酒呢，因为我知道这可能是最后一次喝到这么好的酒了。听老兵们说，执行远航任务前都要写"遗书"，我不想留下遗憾，希望在向五星红旗敬最后一个军礼时，我第一个想到的就是你们二老。

　　爸爸、妈妈，你们如果想我的话，就摸一摸革命烈士证书，那就是我啊，是儿子用生命换来的。我当兵四年多，只见了二老一面，儿子太想你们了，我多么渴望在牺牲前能见上二老一面啊，我已经好久没有感受到妈妈的温暖了。以前，我要是有个头疼脑热的，妈妈总是寸步不离，我淘气地依偎在妈妈的怀里。每年秋天枣儿红了，妈妈背着我在树下唱童谣，唱着唱着，我就不知不觉地睡着了。

　　接到妹妹的电报，知道妈妈病重，我真想马上回家看妈妈，可是明天我就要随艇执行远航任务了，请妈妈原谅儿子不孝。正如我

第十一章 突破岛链

们政委所说,干潜艇的人最难做到的就是忠孝两全啊。

爸爸、妈妈,远航的号角即将吹响,我们就要出航,再见了。

最后,儿子衷心祈祷妈妈早日康复,敬祝您二老健康长寿!

你们的儿子　庚锦

衣庚锦含着泪写完了这封"遗书",噙着泪水从头至尾又复诵一遍后,才把这封信装入了信封。

在这封告别信中,衣庚锦丝毫没有提及这次远航要到哪儿、多少天、干什么,因为潜艇兵每次出海执行任务都要自觉做到"三不说":不说要到哪里,不说要去多少天,不说要去干什么。这是所有潜艇兵都必须严守的军事机密。

最后,他蹑手蹑脚地回到寝室打开床头柜,恭恭敬敬地将这封"遗书"夹在日记本中,又将"上海"牌手表用手绢包好放入抽屉里,挺起腰板深深地舒了一口气,似有一种如释重负的感觉。

衣庚锦明白,在他们潜艇部队里,写"遗书"已不是什么新鲜和可怕的事,凡是远航过的艇员有谁没有写过类似的"遗书"?每次远航前,许多人都会悄悄地写好"遗书",结了婚的写给妻儿,没结婚的写给父母,若是凯旋了,自己再悄悄地销毁。

朱艇长回忆说,他头一次参加远航时,就给妻子写"遗书"说:"嫁给军人不容易,嫁给潜艇兵更不容易,什么事情都可能发生。我不能陪你走完一生,一辈子欠你的情。希望你不要难过,要把孩子带好,再组织一个幸福的家庭……"远航平安归来后,妻子半夜把他推醒了,忍不住问:"听说你给我写过'遗书',都写了些啥啊?"妻子的话还没问完,已是泣不成声了。

其实,这些善良的军嫂们并不知道,在潜艇部队,这样的"遗书"屡见不鲜。对于潜艇官兵来说,每一次远航都是生死考验,他们虽然怀着最好的希望,但还是做好了最坏的打算。朱艇长的妻子曾对其他军嫂无奈地说:"其实啊,知道了他们的'遗书'又怎么样?他们常说的'使命担当',我听不懂。

但我知道，干潜艇的男人，心里装着大海，装着国家，值得托付终身啊。"

世界上有些事情的确是很奇妙，往往越是朝最坏处着想，结果反而是美好的。至今还真未听说过，有哪封潜艇兵的"遗书"最后真正派上用场，这封"遗书"最终都成了一封永不开启的"家书"。这也许是苍天的恩赐吧，潜艇兵保卫着人民的安宁，苍天就保佑着这些和平使者的平安。

萧雨笛躺在床上辗转反侧。这一夜似乎太漫长了，以往那阵阵的鼾声也听不到了，从支队首长到艇领导，从军官到士兵，都是翻来覆去，夜不成眠，都在盼望着潜艇解缆出航的那一刻。

挺进深蓝

午夜时分，霏霏冬雨笼罩着海面。191潜艇像一只硕大的鲸鱼缓缓地离开了东坪港，七十多个赤裸的生灵就在这庞大的腹腔里，开始了五十昼夜的水下航行……

这是中国海军潜艇首次去完成历史性的远航任务。海军、舰队和支队首长都赶到了码头，为潜艇健儿壮行。

黎明时分，按计划进入预定海域的潜艇犁开湛蓝的海面，一会儿跃出浪峰，一会儿劈开波谷，利箭一般向深蓝挺进。

突然，海面上一条条灰黑色的脊背时起时伏，时隐时现，不时搅溅起条条雪浪。

艇长朱惠凯站在舰桥上惊喜地说："我们遇到海豚群了。"

海豚们有的翘头张望，似乎在向潜艇探问；有的三五成队翩然跃起，露出白色的肚皮，好似在炫耀那光滑油亮的皮肤；有的蹦出水面几尺高，摆着各种姿势，再滑稽地坠入水中。朱艇长和战友们被逗得哈哈大笑。

这时，先是几只海豚向潜艇游来，随即又有成群结队的海豚呼啦啦地围

第十一章 突破岛链

过来，紧紧地追逐着潜艇。潜艇慢下来，海豚也慢了下来；潜艇变化航向，海豚也改变了方向；潜艇加大马力，海豚也摆动着尾巴腾跃着紧紧跟了上来。追逐了一个多小时后，海豚们终于没劲了，这才摆曳着尾巴远去了。

傍晚，潜艇准时到达了大洋深处。此刻，神秘莫测的深蓝大洋里，数百台电机、水泵、内燃机昼夜不停地轰鸣，折磨着艇员们的耳膜。各种气味混合在一起，在狭小的空间循环升腾。舱室内二十四小时制的船钟记载着出航的日夜……"蓝鲸"腹内的潜艇兵或在灰暗的灯光下，或在无灯光（全艇灯火管制时）的一片漆黑下，坚守在各自的战位上。

不料，潜艇遇上了强台风，洋面掀起了狂风巨浪，潜艇左右摇摆达五十多度，像罐头盒一样滚来滚去，上下颠簸。山似的涌浪一下子又把潜艇抛向了谷底，空气爆发出的巨大气流挤压着非水密艇体，发出"呼——呜"的呻吟声。

风浪更加猛烈了，连水天线都已分不清楚，只见一团团乌云和浪花混搅在一起。为防止海水倒灌入舱室，朱艇长一脚将升降口盖扣下，自己和水手长周尚兵留在艇外的舰桥上。他又让周水手长找来绳子，把两人的腰紧紧地绑在固定的铁栏上，两手紧紧抓住固定物，顽强地站立在舰桥上指挥操纵。

周水手长晕得终于压不住了，胃里的液体翻江倒海般一下子喷射出来。呕吐污物喷到了朱艇长的脸上，朱艇长不在乎地用溅上的海水洗了洗脸，问他怎么样。周水手长很不好意思地说自己还好，而对不住艇长的紧张心情竟使他忘了晕船，倒觉得好受多了。

为了躲避巨大的恶浪，潜艇潜到近五十米深度，可还是左右摇摆十二度。一排排巨浪袭来，把艇艏忽地掀起，又猛地抛下，艏鱼雷舱艇员的心都提到了嗓子眼，身子发飘，脑子也发飘，眼前是一个晃动旋转的世界。加上生物钟一下子给打乱了，艇员们感觉到很难受。

当更的衣庚锦也开始发晕了，额头冒虚汗，对着吊在脖子上的罐头盒一次次呕吐，直到肚里的黄胆汁都吐出来了。他无精打采地抬起头来，只见盆盆罐罐来回滑动，到处乱滚，那些没固定好的铁箱"稀里哗啦"地响成了一片。一只苍蝇却十分灵活，从左舷飞到右舷，又从右舷直线飞向艇艉方向。

忽然，一只耗子从舱盖下慢慢悠悠地爬了出来，蹲在地板那儿"啊哧啊哧"地向外呲，小肚子一抽一抽的，头一伸一缩的，与人呕吐的样子差不多。此时，衣庚锦别说是打耗子，就连打苍蝇的力气都没了，只能眼睁睁地瞅着它们。

过了一会儿，衣庚锦硬挺着直起腰来，伸手从工具箱里抓起一把扳手，用尽吃奶的力气扔向耗子，可是还没扔出半米远，扳手就"哐当"一声有气无力地落在了地面的钢板上。

耗子连晕带吓地瘫倒了，两颗绿豆粒般的小眼一眨一眨地望着衣庚锦。只见它前爪伸后爪松，肚皮紧贴在地板上，随着潜艇的摇摆，"吱溜"地滑到右舷，又"吱溜"地移回左舷，两边碰壁，"咚咚"有声。

看到如此惨状，衣庚锦自嘲地说："这是怎么了，我和这只耗子差不多了。"

衣庚锦咬紧牙关，用力伸手从工具箱里拿出一个铁夹子，瞅准机会一下捏住了耗子。只见那耗子尾巴摆动了一下，连叫一声都没有，就一命呜呼了。衣庚锦将它扔进了脏物桶，等夜间再传到舰桥上"海葬"。

衣庚锦已有气无力了，自从上艇以来，他还是头一次尝到这么严重的晕船滋味。看到战友们大都被折腾得交了"公粮"，他心里想，这样下去能完成远航任务吗？

这时，水下广播器响了，王政委激昂地说："同志们，我艇即将进入一号阵地。风再大没有我们的决心大，浪再高没有我们的斗志高，我们是人民的潜艇兵，党考验我们的时候到了，英勇的战艇，前进！"

瞬时，战斗警报响起，广播器传来雄壮嘹亮的《中国人民解放军军歌》：

向前，向前，向前，我们的队伍向太阳……

这一刻，衣庚锦和战友们猛地站立起来，进入一级部署，人人热血奔涌，

就像有一股力量在心中升腾着,爆发出了排山倒海般的声音:

  肩负着民族的期望,我们是一支不可战胜的力量……

  全艇官兵像没晕船一样,精神抖擞地屹立在战位上。潜望镜仔细地搜索海面,没有放过一草一鸟;声呐精心地捕捉着目标,没有漏掉蛛丝马迹。

  虽然风还在吼,浪还在哮,可在嘹亮的军歌声中,衣庚锦和战友们战胜了晕船,继续潜航。

跟踪航母

  191潜艇潜入大洋深处后,转为主电机航行,五舱温度达到五十一摄氏度。上至艇长政委,下到普通一兵,每个人都穿上了一身宽松肥大的亚麻裤衩和背心。

  在如此环境里,亚麻裤衩和背心与其他服装相比,优势不言而喻。还有一个重要原因是"龙宫"淡水贵如油,洗衣、洗澡条件受限,这种亚麻衣服虽不算高级,手感也略显粗硬,但吸汗性强,水分易挥发,即使长时间穿在身上也不会有汗臭味。

  轮机军士长"王大胡子"带领全舱人员想尽办法进行降温,给全艇进行空气搅拌。七舱艇员破例打开防水门,通过六舱给五舱降温。

  衣庚锦穿的背心上一个破洞接着一个破洞,这是他故意剪的,为的是利于散热,连脚上的布鞋也被剪得"千疮百孔",他戏称这身装束是"潜艇迷彩"。其余几个轮机兵干脆光着膀子,说这叫"自然装"。

  "王大胡子"穿着亚麻裤衩,坐在水密门下的工具箱上,一边习惯地将两膝劈开散热,一边高声朗诵起一首战地诗:

五舱温度似火烧，五舱气氛真热闹。
即使五舱受煎熬，然而人人斗志高。
今朝吹响出征号，水下万里传捷报。
即使五舱再难熬，乐在其中自逍遥。

高温、高压、高湿、高噪声，缺水、缺氧、缺阳光、缺维生素，这是远航的必修课，几乎哪次出航都躲不了。

舱内的空气浑浊散发恶臭是一个烦恼，长时间不洗澡造成的体臭、晕船呕吐物及变质食物、垃圾及废油的臭味……这些气味熏得艇员作呕，如果谁要是再放一个屁，那就成了众矢之的了。而且由于舱室是密闭的，这些气味散不出去，在这种情况下人难免变得心情烦躁，情绪低落。

没有新鲜蔬菜，食欲很低，大多数艇员吃罐头都吃得嘴角生了疮，一吃东西嘴就疼，当初大家最爱的豆豉鱼，现在几乎是人见人烦了，可是艇员们还是像打仗一样，顽强地去完成吃饭的任务。

为了保持大家体力，靳医生提着小药箱送医上战位。当来到五舱时，他一手握着药瓶，一手拿着小药勺，给每个人分配维生素片。每当分完一个人，他就不忘摸一下人家的头，诙谐地说："摸屌，摸屌……"当分到衣庚锦的面前时，他却命令似的说："'屌毛灰'，张开嘴，啊——我来喂你啊。"

当衣庚锦吞下了两粒维生素片后，他又挥舞着小药勺，有节奏地唱道："你牛、你牛、你牛个啥牛啊……"大家被逗得几乎忘记了烦恼和疲劳。

潜航这些天，最大的烦恼就是缺水了。关于如何使用淡水，艇上做了一系列规定：水龙头由专人管理。刷牙洗脸分给一杯水，半杯水用来刷牙，半杯水用来湿毛巾，艇员们常常在刷牙后，再用毛巾蘸上一点儿水擦擦脸。一天一杯定量淡水，只够用来润几下嗓子，谁还舍得洗手擦脸呢？

出航前，艇员们大都剪成小平头，可轮机班战士全都剃成了光头，这不仅是为了凉爽，更主要的是为了节水。在高温舱里作业，每天要排出两千多克的汗水。每个人的背上、脸上都大汗淋漓，衣庚锦用毛巾不停地擦汗，然后用手一拧，毛巾如同从水中刚捞出来似的，毛巾里的汗水，不是一滴一滴落下，而是呈一条水线飞流而下。

听说淘米水有美容的功能后，厨师何久先"近水楼台先得月"，就用淘米剩下的水洗脸，还美其名曰"美容汤"。

其实，潜艇远航时节水也是为了减少排污。对于潜艇来说，隐蔽潜航是最重要的，只有在特定时间和安全区域才能排污，否则易暴露目标。在高温高湿的环境下，人躺着不动也汗流浃背，艇员们都带了六七条裤衩和背心。靳医生准备了大量的湿巾、酒精棉等用品，让大家每天擦拭、定期消毒。

突然，声呐室报告："发现可疑目标，距离三十链……二十五链……十五链……"

支队长王国英两眉紧皱，不停地摩挲着下巴，只听船钟在"嘀嗒嘀嗒"地响着。短短的几秒钟，全体艇员仿佛经历了开天辟地以来的全部时间。

"调整航向，朝目标方向逼近！"王支队长终于发出了命令，这个命令出乎每个人的意料。然而，他的声音非常坚定，没有丝毫犹豫，显示了一个真正的指挥员所拥有的大智大勇的气魄。可遗憾的是，当潜艇调整航向后，可疑目标竟然奇怪地消失了。

凌晨时分，潜艇收到"岸指"发来的军情通报："M国航母编队在L岛屿附近活动，务必密切侦察跟踪。"

王支队长立即组织"艇指"开会，研究与M国航母编队可能遭遇的行动方案。

这时，潜艇进入了三号阵地，朱艇长指示声呐室加强对重点扇面的听测。声呐班全体上岗值班，加强对东北区域的搜索。

一会儿，声呐室传来急切的声音："报告艇长，右舷××度、×××度、×××度，发现嘈杂的噪音，初步判定是军舰噪音，方位向艇艏方向变化。"

根据时间、海域、噪音目标的性质，朱艇长马上判断出这就是"岸指"

所通报的 M 国航母编队，他立即发布"战斗警报"，全艇迅速转入了水下一级战斗部署。

蓦地，声呐扬声器发出一片嚣叫声，荧光屏上同时跃起一串波纹……声呐室报告："一号目标右舷×× 度，二号目标左舷××× 度，三号目标左舷××× 度，估计听测距离大于×× 链……"

"保持航向，注意观测！"朱艇长一面下达命令，一面升起潜望镜观测校对。果然是 M 国航母编队的十一艘舰船，正以每小时二十多海里的速度向南行进。191 潜艇迅速占领阵地，并转入平行航向实施跟踪侦察。

"上浮八米，保持好深度。"朱艇长下达完命令后，迅速用侦察潜望镜对准 M 国航母编队，"咔嚓咔嚓"地一个劲按动相机快门，进行跟踪拍照。同时，声呐室立即对 M 国航母编队进行录音，报告所测定的航母编队运动要素："航向××× 度，航速×× 节，目测估计距离大于×× 链。"

全艇进入一级战斗部署后，艏舱鱼雷进入发射状态，单若冰想到了刘百顺的受辱之死，就同战友们一起警惕地守候在发射管前，只等艇长一声令下，揍他娘个底朝天。

191 潜艇对 M 国航母编队紧追不舍，当转入平行跟踪航向时，M 国航母编队的噪音却悄然消失了。等了好长时间没有任何反应，191 潜艇这才解除战斗警报，转入计划航道。

后来，据我军情报报告，在 191 潜艇离开军港次日早晨，M 国间谍卫星就发现停靠在东坪港的一艘中国潜艇突然消失了。M 国航母战斗群演习期间，在日本南部和台湾海峡之间，191 潜艇成功越过了 M 国舰船组成的防御圈，并在距离 M 国航母仅几英里的地方上浮，M 国航母战斗群却没能侦测到 191 潜艇。191 潜艇浮出水面时，已在向 M 国航母发射鱼雷的射程之内，M 国航母战斗群见状紧急后撤了五十海里。事后北约一名高级官员透露说："这次事件令 M 国海军惊慌失措了。"

"水下阳光"

送别M国航母编队后，191潜艇潜航在深蓝大洋中，继续向第一岛链挺进。

这天是1976年12月26日，王政委清楚地记得，是毛泽东主席诞辰八十三周年纪念日。

毛主席早在中华人民共和国成立之初就为海军题词："为了反对帝国主义的侵略，我们一定要建立强大的海军。"近三十年来，毛主席时刻关心着海军潜艇部队的成长与发展，现在他老人家虽然离开了，但海军战士们决心要继承毛主席的遗志，为建立强大的海军而努力奋斗。

"毛主席像挂了没有？"王支队长询问。

"已通知下去，各舱正在挂毛主席像！"王政委回答。

"毛主席像挂起来以后，你们要再动员一下！"政治部肖主任交代说，"号召大家以纪念毛主席诞辰为动力，突破第一岛链，挺进深蓝！"

"是，我现在就到各舱落实。"王政委说完就做了分工，让左副政委到艇艉四个舱、自己到艇艏三个舱督促落实。

随即，全体艇员在大洋深处举起了铁拳，面向毛主席画像宣誓："继承毛主席遗志，誓死突破第一岛链。"

突然，舰务军士长李时龙报告："三舱液压系统失灵了。"

朱艇长果断地命令道："坐沉海底，马上抢修。"

艇员们都知道，潜艇液压系统相当于人身上的血脉，如果不迅速排除故障，潜艇就要处于瘫痪状态，显然坐沉海底进行抢修是最佳的选择。

坐沉到液体海底后，潜艇的主电机停了，多余的灯光全部被关闭，艇员们静静地坐在各自岗位上，目的就是养精蓄锐，延长续航时间。

经过一番排查，李军士长报告说，液压系统失灵的原因找到了，原来是液压设备密封不严,渗进海水,造成了系统失灵。可是,艇上没带那么多的液压油,这可怎么办啊?

朱艇长当即决定,用一种混合油把液压系统油全部换掉。于是,一场水下抢修战开始了……

在漆黑的海底,艇员们看不见日升月落,也听不到鸟语鸡鸣,只有船钟在"嘀嗒嘀嗒"地响,报告着时光的流逝和昼夜的变更。

由于长时间生活在水下,每隔四个小时就换班轮值,艇员们的生物钟很快就被搞乱了,所以舱室里的时钟的时针是二十四小时转一圈,这样艇员们就不会把晚上十点钟错当成上午十点钟了。在海底判断何时是白天、何时是夜晚,是一件不大不小的难事。

衣庚锦比谁都关心时间,盼望着能早点儿完成远航任务回母港,因为他还在牵挂着病重中的母亲。他总结出了一个判断白天黑夜的方法:何久先或帮厨的左副政委如果送来了稀饭、馒头,那么就表示白天开始了;如果送来的是麦乳精、咖啡加点心,那就表明深夜来临了;早、中、晚餐,外加一顿宵夜,四顿饭吃完,这一天一宿就过去了。

为了让时光留痕,每当船钟时针跑完一圈,衣庚锦就用匕首在一块木板上刻一道横,今天再刻上一道横,就是三个"正"字,这表明潜艇已潜航了十五个昼夜了。

如果说远航刚刚开始时是兴奋,甚至还有些期待的话,那么到了第二周,艇员们就开始步入了烦躁期。通过半个月的适应性训练,这个烦躁期会相应地缩短。

"各舱注意,各舱注意,"这时,值更官向全艇传达口令,"二氧化碳浓度已达到1%,开始使用氧气再生药板。"

衣庚锦懂得,空气是人类赖以生存的最基本条件,空气品质的好坏直接关系到艇员的身体健康。潜艇在潜望深度航行时,可通过进气管吸进舷外空气,并通过潜艇上的通风系统给各舱室提供舷外空气。

第十一章 突破岛链

潜艇潜入水下后，由于被周围的海水包裹，因而与空气隔绝了，这样舱室内的自然空气可以呼吸三个小时。每个舱室都有二氧化碳分析计，当二氧化碳浓度达到 0.8% 时，就要用氧气再生装置所产生的氧气来呼吸，氧气再生装置的核心是氧气再生药板，它的化学成分很简单——过氧化钾或过氧化钠，它能吸收艇员呼出的二氧化碳并放出氧气。不过，在我国潜艇部队创建初期，氧气再生药板还是从苏联进口的。

接到值更官的口令后，衣庚锦像各舱的当更人员一样，戴上专用胶皮手套，打开氧气再生药板密闭箱，用铁钳子将白色的药板夹出两片，插进格状金属架中。一会儿，药板开始发生化学反应，发出了轻微的"嗞嗞"声，向舱室散发出热乎乎的看不见的氧气，一种酸溜溜的气味充斥着艇内空间。

为了节省资源，等到潜艇浮起充电时，衣庚锦就把药板放回密闭箱保存。等下次潜入深水时，他再将旧药板放到下层、新药板放到上层，以延长使用时间。

随着远航时间近半，衣庚锦和艇员们的生物钟基本上调整了过来，值更、吃饭、睡觉都还算正常，就是吃饭时觉得口味不对劲。为了节省电能和减少热量消耗，何久先开始安排大家吃远航食品。

出航前，潜艇按标配装载了海军 KT-02 型组合远航食品，主要包括主食十个品种、副食三十一个品种，有盒装压缩饼干、牛肉干、巧克力和速溶咖啡等。厨师何久先觉得，这些食品在搭配上十分严谨，既考虑到营养均衡又兼顾了体积、成本、口味等问题。除了早餐做点儿稀饭外，其余都给各舱发各种罐头了。罐头有主食、副食和水果三大系列。主食主要是白米和红豆米饭。副食有十几个种类，肉类有鸡翅、猪排骨、火腿肉等，鱼类有鲅鱼、刀鱼等，海鲜类有油焖虾等，蔬菜类有芸豆、刀豆等，水果类有菠萝、橘子和荔枝等，此外还有茶叶、麦乳精、复合维生素丸等作为补充。在众多罐头里，艇员对肉类已经不感兴趣了，他们喜欢的是五香花生米、五香凤尾鱼和盐水鸭等罐头，特别受青睐的是酸黄瓜、酸辣菜和雪里蕻罐头。如果想吃哪一种罐头，也不受什么限制，在自己所在舱室里随便摸出一筒，就可以享受到美味了，怕只怕晕得胃口差了，没有这个口福。

衣庚锦特别爱吃红烧猪蹄罐头，随手从舱室舷边拿出一筒，用罐头刀"唰唰"地打开，酱红色的泛着油光的猪蹄即刻跃入眼帘。他用筷子夹起那猪蹄，浓浓的汤汁一丝丝地往下挂着，猪蹄皮厚厚的、腻腻的，吃在嘴里黏黏稠稠、肥而不腻，泛出一股特有的香味。吃完了猪蹄，他的手指和嘴唇上黏黏的，真有一种齿颊留香的感觉。他悄悄地对"王大胡子"说："我这是让小时候没有肉吃饿的。"

早餐后，衣庚锦到艏鱼雷舱开启一号燃油柜阀门，准备给内燃机柜供油。他还特地向何久先要来两支艇上自制的冰棍，准备捎给单若冰。

若论距离，艏鱼雷舱与内燃机舱不过几十米，可是自远航半个月以来，衣庚锦和单若冰各守战位，互不见面，如果今天不是衣庚锦急于去开启燃油柜阀门，也许两人只能等五十天后在码头上相见了。

此时的单若冰正坐在鱼雷发射管前，独自观赏着身旁的一盆文竹。这是出航前他悄悄带上艇的，隔一周就用自己节省下来的淡水浇一次，真想不到文竹长得如此翠绿，或许是舱室内二氧化碳含量的上升促进了文竹的生长。也许是水下生活太寂寞，缺少春意和绿色，他对从母港带来的这盆文竹倍感亲切，精心呵护。鱼雷舱似乎充满了春意，翠绿的文竹遥记着对祖国和亲人的思念，伴随着水兵在大洋深处度过了日日夜夜。

看到是衣庚锦来了，单若冰赶忙接过一支冰棍，送到嘴边用舌尖一下一下地舔着。

单若冰舔完冰棍后，衣庚锦钻到备用鱼雷架下方，低头打开了供油阀。他忽然闻到一股恶臭，感到恶心，直想低头吐，原来是有些豆角和青椒已经腐烂了。

这时，衣庚锦发现从地板缝钻出一簇绿莹莹的东西，细一瞧，是几棵绿豆芽。原来是装载时带的一批绿豆，准备熬绿豆汤喝，由于袋子没封好，有几粒落在了地板上，没想到在这湿漉漉的地板上，绿豆生根发芽，竟然长出了长茎。

衣庚锦高兴地喊单若冰快过来看，单若冰低头拔出一根绿豆芽，瞅了一会儿说："这一舱比较温暖、潮湿，所以就长出绿豆芽来了。"

衣庚锦把一包绿豆和几根绿豆芽送到了厨房，让何久先快来看，还感慨地说："水下能发绿豆芽，这正像毛主席在《矛盾论》中说的：'鸡蛋因得适当的温度而变化为鸡子，但温度不能使石头变为鸡子。'为什么？因为外因是变化的条件，内因是变化的根据。别看水下没有阳光又缺少新鲜空气，我想只要是温度适合，水下就可能长出绿豆芽来，这样艇员就能吃到新鲜的蔬菜了。"

衣庚锦引用毛主席的一席话，好似一缕水下阳光，照亮了何久先的心房。他马上拿出一些绿豆洗净装入盆中，又在盆上蒙上一块湿纱布，洒上一点儿水，耐心地等待奇迹的出现。

"报告艇长，液压故障排除。"这时，传来李军士长的报告，经过两天一夜的奋战，液压系统终于恢复了功能。潜艇开始上浮，可是刚开始时怎么也浮不起来，原来潜艇被大量的海沙掩埋了。最后采用主电机倒退的办法，用了近半天的时间，艇才浮起。故障终于排除，潜艇继续向前，向着第一岛链逼近。

三天后的早晨，何久先揭开纱布一看，盆中的绿豆竟绽出了白嫩嫩的芽。等到第五天时，盆里果然长出了一棵棵碧绿的豆芽。何久先清炒了几盘送到每个舱室，让战友们都尝尝鲜。大家吃着新鲜的炒豆芽，感觉特别鲜嫩爽口，觉得再好吃的罐头也比不上这盘清炒绿豆芽对胃口。接着，何久先就开始在温度适宜的舱室推广生绿豆芽的方法。

单若冰在两个低层备用鱼雷架下方的地板上撒下了一些绿豆，几天后，绿豆芽从备用鱼雷架的两侧向上延伸，郁郁葱葱。

衣庚锦来到四舱帮厨，把绿豆芽一根根地掐下来和肉做馅，让全艇人美美地吃了一顿豆芽水饺。

衣庚锦高兴地赞道:"谁说潜艇里没有阳光,我们比谁都灿烂。"

萧雨笛即兴写了一首诗刊登在《远航快报》上:

碧波深处绿豆芽,水兵心中朵朵花。
阳光沐浴它成长,骑鲸蹈海走天涯。

突破第一岛链

早餐后,191潜艇开始内燃机水下航行带充电,以储备充足的电力去突破第一岛链。

显然,突破第一岛链已成为当下海军、舰队和全艇人员最关注的焦点了。

衣庚锦听朱艇长介绍说,所谓"岛链",既有地理上的含义,又有政治、军事上的内容。第一岛链是位于西太平洋、靠近亚洲大陆沿岸的阿留申群岛、千岛群岛、日本群岛、琉球群岛、菲律宾群岛、印度尼西亚群岛等形成的弧形锁链状岛屿带。在这些群岛之间,有一条条宽窄不一的海峡通道,这些通道大都属于国际航道。第一岛链的"链头"在韩国,"链尾"在菲律宾,"链锁"在中国台湾,"重心"在日本。掌控第一岛链能有效地扼控南海和东海之间的咽喉战略信道,基本封锁中国海域。

但是在冷战时期,以美国为首的资本主义阵营为了从东亚限制苏联及我国在海上的活动,将这些通道全都置于他们的监视之下。20世纪50年代,美国国务卿杜勒斯提出"岛链战略",目的是围堵亚洲大陆,对亚洲大陆各国形成威慑之势。美国著名军事家麦克阿瑟将军把第一岛链称为"不沉的航空母舰"。

我国海岸位于第一岛链的西部,与第一岛链隔海相望。这样,第一岛链就成了我国舰船进入深蓝大洋的必经通道。到1976年,中国海军舰艇从未突破第一岛链进入太平洋,仅有的两艘潜艇去公海远航,离基地仅有几百海里,时间也从没有超过一个月。从1976年下半年开始,中国海军潜艇部队的远航训练有了新的发展,活动海域由近海伸向远海,直至大洋深处。

支队长王国英向舰队首长请战说:"我们不能老是在岛链内转来转去了,未来的战场应该在岛链以外,深蓝大洋才是我们的用武之地!"

舰队首长回答说:"是呀,人家要封锁我们,我们可不能自己封锁自己啊!"

于是,舰队党委向中央军委和总参谋部上报了突破第一岛链的计划,中央军委很快批准了,决定由191潜艇远航太平洋,执行这次光荣而艰巨的任务。

傍晚时分,七号台风在太平洋形成。由于风大浪急,潜艇水下内燃机航行深度难以保持,一会儿被涌浪推出海面,一会儿又被涌浪打到水下十多米的深度。在偌大的深蓝大洋中,潜艇就像一片小树叶,被涌浪打得摇晃漂忽。内燃机水下航行被迫中止了,衣庚锦稳妥操纵主机,保证潜艇浮起水面,一边航行,一边加速充电,持续向第一岛链逼近。

潜艇在海面航行时,不时摇摆的舰桥都快贴近水面了,似乎一撩手就可以碰到海水。周水手长全身湿透了,从舰桥下拿出几件雨衣挡风。为了安全起见,他又带了一根缆绳上去。舰桥上的人员都用缆绳把自己捆在固定物上,以免掉入海中。

舰桥上的几个人进行了临时分工。朱艇长负责观察航行并指挥。邵副长负责观察涌浪,当侧面涌浪压过来时,他就大喊一声"趴下",大家赶紧低下身子,涌浪像小山一样扑上了舰桥,又像铅块那样从他们背上压过去,等涌浪过去了,他再继续观察涌浪。可是,巨大的涌浪不断扑向三舱升降口,像一根大水柱打进指挥舱,严重影响了机械的安全运行。王支队长不得不命令关闭三舱升降口航行,五舱、六舱全部实行双岗位值班。

按照预定时间,潜艇终于转入水下航行了。狂风巨浪的冲击虽然有所减轻,可是仍能感到艇体还在缓缓地左右摇晃着。

突然，雷达室报告："我艇左前方发现军舰，疑似Y国驱逐舰。"

王支队长当即命令，升起潜望镜加强观察，果然发现左前方有一艘Y国驱逐舰。此时，雷达室又报告："从驱逐舰上腾空飞起一个亮点，方位急剧变化，疑似反潜直升机。"

朱艇长又迅速升起对空潜望镜，发现一架反潜直升机已飞临潜艇上空，并由潜艇艇艏向艇艉方向飞去，高度只有十几米，到了艇艉又返回来，在潜艇上空盘旋。

王支队长果断地命令道："浮出水面。我艇在公海上航行，对方对我艇情况不明，不敢轻举妄动。"

瞬间，191潜艇像一只巨鲸，披着一身水帘猛地蹿出了水面。忽然，反潜直升机停止移动，开始在191潜艇上方十几米处盘旋。

周水手长挺立在舰桥上，大义凛然地向对方发出国际灯光信号："我们是中华人民共和国海军潜艇，我艇正在公海执行巡逻任务。"

这时，对方的直升机猛地拉升了高度，并投下了一颗照明弹，霎时把潜艇周围照得如同白昼。

王支队长果断命令："战斗警报，速潜！"

顿时，潜艇中蜂鸣器、铃声骤响……朱艇长下达口令："三舱升降口已关闭，打开速潜柜。"

潜艇急速下潜至五十米处。此时，只听潜艇上空响起了炸雷般的爆炸声，过一会儿，又是一声爆炸声，舱内的深度表指针都颤抖了。

王支队长问声呐室："这是什么声音？"

声呐业务长由于过分紧张，拖着江苏口音大声说："报告首长，是深水炸弹。"

王支队长凭着经验反复说："这不像是深水炸弹，你再仔细听一听。"

声呐业务长缓过神来，说是像Y国最近装备部队的新式武器，叫声呐浮标炸弹。这种武器由反潜直升机投放在海面后，潜艇在声呐浮标炸弹下面通

第十一章 突破岛链

过时,所产生的噪音会引爆声呐浮标炸弹,除了有猛烈的爆炸响声以外,还会出现闪烁的灯光亮点并发出电波,只要两个以上的声呐浮标炸弹炸响,就能知道潜艇的航行轨迹。

为了稳定住艇员的情绪,王支队长在紧张的气氛下向声呐业务长开玩笑地说:"我们还没有见识过这种武器吧,那我们干脆就浮起来,上去捞它一个,回去研究研究,看看到底是什么玩意儿。"说完,他还做了个挖地雷的手势。

"不行,千万不能去捞!"声呐业务长当真地急忙摆手说,"这种武器有自爆装置,你刚靠近声呐浮标炸弹,反潜直升机马上就会人工引爆它,到时候还会炸伤我们的艇和人啊。"

王支队长笑了,大家也笑了,紧张情绪缓解了。

"深度八十米,航向四十五度,经航微速航行。"朱艇长不断地下达口令。

191潜艇与Y国驱逐舰和反潜直升机展开了惊心动魄的周旋,一会儿经航机快速前进,一会儿缓缓待机,尽量避免引爆声呐浮标炸弹。

此时,Y国驱逐舰和反潜直升机一直紧跟不舍,用探测声呐不停地侦测。191潜艇则不断变速、变深、变向,并利用海水液体断层,逐渐甩开了对方的跟踪。

这场近似白刃战的格斗持续了十多个小时,对方舰机彻底失去了目标。四时,声呐业务长大声报告:"驱逐舰和直升机加速离开我艇远去了。"

王支队长马上命令潜艇浮至潜望深度。朱艇长升起潜望镜一看,对方果然跑得只有一个小黑点大小了。

王支队长揉了揉充满血丝的眼睛,笑着说:"对方找不到潜艇后,怕我们发射鱼雷给他一家伙,才加速逃离了。"

朱艇长透过潜望镜,继续搜索着海面。此刻,天空阴沉沉的,犹如一张巨型黑网,罩住了茫茫的夜海。

"我艇已经到达距岛链目标三十海里处!""活海图"张航海长报告。

王支队长心里清楚,这里所说的"岛链目标",就是指潜艇已突破岛链,进入与大洋连接的口子了。这次舰队规定的出岛链的口子有两个，一个在 D 岛以南，一个在 L 岛以北。

出航前，由于对这两个口子无法进行实际调查，所以"岸指"只提了一个原则：选择威胁小、航道宽、纵深浅、海水深、暗礁少和流速稳定的口子通过岛链。那么，究竟选择哪个口子更合适一些呢？

"朱艇长，"王支队长命令道，"对两个口子进行侦察。"

潜艇即刻进入了侦察状态，各种数据很快汇总到航海室……

"我们从这个口子突破怎么样？"王支队长征询意见，大家都表示同意，潜艇朝着指定的口子开始运动了。

"航海长，测定舰位！"朱艇长命令。

"是！"张航海长答。

张航海长心里清楚，突破第一岛链的关键是能不能找准口子，而准确保持舰位是找准口子的重要条件。

测完舰位后，张航海长又报告道："我艇现在实际处于东经××度××分、北纬××度××分，与航迹显示的位置相距十七海里。"

"保持航向，加强对目标的观测和搜索！"朱艇长命令。

过了一会儿，潜艇对空潜望镜里隐隐约约映现出一片影子。

"方位×××度、距离××海里，发现目标！"观测员欣喜的声音传遍全艇每一个角落。

"扇面隐蔽使用雷达。"朱艇长命令。

经雷达探测判明：十六海里外的那个山头，就是潜艇要寻找的第一岛链目标。

"保持原航向，原速前进！"随着朱艇长的命令，潜艇犹如一只轻盈的长鲸，悄然朝着目标方向缓缓抵近，十三海里外的 D 岛已清晰可辨了。值更人员立即对目标进行照相，并绘制了对景图。

一小时后，朱艇长再次通过潜望镜观测："一切正常。"

第十一章 突破岛链

"太好了！太好了！"消息传开，艇员们个个欣喜若狂。距离右前方的 D 岛只有十海里了，指战员们做好了突破第一岛链的一切准备。

此时，王支队长却迟迟不下命令。他在思索：按原计划，突破岛链的时间定于二十四时，可现在刚过中午十二时，是现在就突破岛链，还是到夜晚再去呢？

最后，临时党委做出决定："凌晨十二时整，我艇准时开始突破第一岛链！向新年献礼。"

漆黑的夜晚，潜艇提前到达了预定海域，朱艇长在潜望镜中看到了远处岛链上的灯塔一明一暗地闪着灯光。

"铃铃……嘎嘎……"战斗警报急促地响起来了。

"一舱准备完毕！""二舱准备完毕！""三舱准备完毕！"

"航向××度，"朱艇长下达口令，"双俥前进三！"

雷达兵瞪圆了眼睛，声呐兵竖起了耳朵，每一个人都绷紧了神经。全艇分外沉寂，空气仿佛一点就着。

"三海里，两海里，一海里……"几小时的潜航犹如过去了一个世纪，航程仪上终于跳跃出一组艇员们盼望已久的数据。这个数据告诉他们：潜艇即将突破第一岛链了！

朱艇长胆大心细地指挥着潜艇，在灯光的照射下，神不知鬼不觉地进入了目标海域。

在太平洋西侧，在亚欧大陆的东端，王支队长果断地一声令下："全速前进！"

随即，英雄的 191 潜艇贴着海底顺利突破了第一岛链！

王支队长的眼眶湿润了，他看了看手腕上的表，时针正好指向 1976 年 12 月 31 日 24 时……新年的钟声敲响，人民海军胜利了！

潜艇浮出水面了，水手长周尚兵第一个登上舰桥，升起了一面国旗，并庄严地行了一个军礼。

鲜艳的五星红旗在太平洋猎猎招展，远航水兵的心头升腾起了从未有过的自豪和幸福。

激动的欢呼声响遍了每一个舱室。周水手长飞快地脱下工作皮鞋，把一个铅砣夹在鞋里，然后用细绳将它们捆在了一起，用力抛向了大洋，他大声喊道："第一岛链，中国海军潜艇兵来了！"

衣庚锦兴致勃勃地下到五舱底，缓缓打开通海阀水龙头，一股海水流了上来，他用罐头瓶接下这"大洋之水"，要留下永恒的纪念。

航电兵在航泊日志上一笔一画地写道："1977年1月1日0时，中国海军191潜艇突破第一岛链！"

这是中国潜艇首次穿越日本周边海峡，挺进深蓝，突破了第一岛链的封锁。这真是个激动人心的时刻，开创了中国潜艇远航的新时代。

《远航快报》在头版头条发表了述评，标题是《突破岛链闯"龙宫"，挺进大洋练硬功》。

1977年新年伊始，191潜艇终于把第一岛链远远地甩在了身后，折东往南，像一把尖刀穿过层层波涛，插向了太平洋深处。

海军首长和舰队发来贺电："初战告捷，表示祝贺，望再接再厉！"

得知191潜艇胜利的喜讯后，在东坪港支队作战指挥室里，支队政委乔云龙高兴地宣布："同志们，我们191潜艇已突破第一岛链，完成了中国潜艇跑得最远的航线，创造了人民海军巡视西太平洋的新纪录。"

说完，乔政委兴奋地踢起了正步，高声唱道："向前向前向前，我们的队伍向太阳……"

继191潜艇突破第一岛链之后，数年之内，一艘艘中国海军潜艇穿越第二岛链，挺进深蓝，铸成了深海雷霆。

第十一章　突破岛链

"我们胜利回家了"

为了纪念 191 潜艇突破第一岛链的英勇壮举，鼓舞全体艇员的斗志，萧雨笛策划推出了第五十期也是最后一期《远航快报》。这一期是以"太平洋抒怀"为主题的诗歌特辑，头条刊出了支队首长怀着激动的心情写的一首《满江红》：

> 小小洋丸，
> 怎敌我长鲸驰越？
> 奋旌旗，
> 耀我中华，
> 壮志激切。
> 横对寒流万重雨，
> 笑指狂涛千层雪。
> 看一代英豪续《春秋》，
> 亘古绝。
> 斩"锁链"，
> 捣"龙穴"，
> 雪国恨，
> 慰忠烈，
> 扬威在今朝，
> 雄关如铁。
> 九天揽月平常事，
> 四海捉鳖非传说。

为高歌一阕大同曲，

志不灭。

散发着墨香的《远航快报》像一只水下海鸟，从一舱飞到了七舱，给远航的水兵带来了挺进深蓝的豪迈，送去了一路凯旋的喜悦。

在水下创办《远航快报》，这是潜艇部队政治工作的老传统了。由于潜艇远航周期长，艇员看不到岸上发行的正规报纸，这份快报就成了特定环境下的一种重要的宣传工具。说是"快报"，其实与正规发行的报纸相比，就是一张"宣传单"，艇员们习称为"土报纸"。这张快报有八开纸那么大，对折成十六开四版，统一印有"远航快报"的红字刊头。别小看这是一张"土报纸"，被重视的程度可不低呢。为此，艇领导专门成立了编委会，王政委亲自挂帅当总编，萧雨笛是主编，下设有编委。

萧雨笛为什么能被选为主编呢？这除了由于他有善编会唱的本事外，还由于他的报务战位在二舱，二舱的"多能桌"白天可当主编桌，加上二舱没有机械噪声，地方也稍宽敞，所以在这独特的"水下编辑部"里，他可以静心办报。

萧主编上任后，果然不负众望，积极筹备各项编辑工作。他先是招兵买马，挑选出三名有写作能力、会画画的人组成了编辑部，每个舱室还选配一名报道员，专门为编辑部供稿。为了使快报的版面文图并茂，编辑人员提前把一些好看的插图和花边油印在每张快报上，用时只要根据稿件的内容往上誊写就行了。

萧主编特地制作了一个透明的塑料袋，把编写好的快报装进去，逐舱传递，这样，报纸既不会被弄脏，传阅后又可收回保存。

在潜艇上办快报，本来可以采取油印的办法，可是萧主编坚决主张誊写，理由是油印不仅需要携带油印工具，还会由于风大浪高、潜艇摇摆得厉害，给刻字和复写带来麻烦，影响编写人员的精力和快报的质量。再说，油印的

第十一章 突破岛链

废纸和阅后的快报如处理不当，还会漂到艇外，可能暴露潜艇的行踪。

为办好这张"土报纸"，萧主编跑到轮机班征询建议。大家献计献策，提出针对远航的不同阶段，在快报上刊登有针对性的稿子。在远航的头几天，可围绕着如何搞好吃、穿、住等问题，介绍一些远航卫生常识，使艇员更快地适应远航生活。接下来可以刊载海洋地理知识，介绍何谓第一岛链、突破第一岛链的重大意义是什么，以此激励艇员进军太平洋的斗志……

最后，衣庚锦提出，快报要以潜艇兵魂为办报方针，用"听党指挥，同舟共济"去鼓舞全艇官兵的斗志。

临时党委接受了衣庚锦的建议，要求各舱室的党小组长和团小组长把出航以来涌现的好人好事写成简短有力的稿件。一天之内，编辑部就收到了几十篇稿件。左副政委和萧雨笛把这些稿件分成两类，一类在快报上刊登，一类在广播里广播。对其中特别好的稿件，则又刊登又广播。在这个基础上，临时党委又表扬了一批表现突出的艇员。艇员们的情绪被鼓动起来了，个个精神抖擞地坚守在岗位上。

一张小小的水下快报激发了全体艇员的斗志和乐趣，从支队首长到每一个士兵，都能拿起笔来写稿子，哪怕是一篇"豆腐块"、一幅素描、几句顺口溜，都表达了艇员们高涨的热情。衣庚锦看到厨师工作任劳任怨，就写稿给予表扬，还经常提笔写诗。最终，他以"每天一稿"的战绩被评为"优秀报道员"，获得了由编委会颁发的一支钢笔和一本日记本。

远航五十昼夜，萧雨笛编辑出版和发行了五十张快报，衣庚锦称赞这份快报是"远航日报"。

当发行完最后一期《远航快报》时，萧雨笛既感到筋疲力尽，又觉得有一种收获的喜悦，毕竟每一张快报都凝结着自己和战友们的心血和辛勤的汗水。

衣庚锦建议萧雨笛说，等最后一期快报收回后，要将这些快报收藏起来，准备哪一天到北京亲自捐赠给革命军事博物馆，这可是中国海军潜艇首次突破第一岛链的最好见证啊。

"嘀嗒嘀嗒……"船钟时针又转了一圈，衣庚锦看完最后一期快报后，拿出计时木板，刻下了最后一道杠，他数了数，现在已是第十个"正"字了，说明潜艇远航已经整整五十个昼夜，再有十多个小时就要返回到母港了。

与衣庚锦有着一样的心情，在远航的最后一天里，艇员们越发感到有一种度日如年的煎熬。经历过的艇员都知道，在远航前三天也有过这种煎熬，疲倦、急躁、烦闷，甚至恶心，等到了第四天，渡过焦灼期，就逐渐开始适应，有一种光阴荏苒的感觉。下一秒钟是上一秒钟的翻版，这一小时是上一小时的再现，今天是昨天的重复，人便会忘记早晚，忘记昼夜，忘记日升月落，时间像水一样缓缓地流逝着。可是，等到了远航的最后一天，艇员们归心似箭，又觉得时间过得太慢太慢了，简直就是度秒如年了。

衣庚锦恐怕船钟的时针停了，问肖主任几点钟了。肖主任抬起右手腕，看了一眼军表上那缓慢挪动的荧光秒针，认真地说："衣班长，现在是北京时间二十时六分。"

这是衣庚锦今天第四次询问时间了，可每问一次，肖主任总是不厌其烦地回答，他理解，这是每一个远航归来的水兵的急切心情。

肖主任这块金光闪闪的军表的内表盘上，印有一枚铁锚与金链组成的海军军徽，下面刻着"水下蛟龙"。军表背面的不锈钢表盖上镌刻着两行红字：听党指挥，同舟共济。显然，这句荡气回肠的潜艇兵魂饱含着令人铭记的故事。这是海军潜艇部队特制的一种潜水表，虽然表壳较大，呈黑色，并不美观，但是它防水防震，计时准确，只配发至海军远航潜艇指挥员、潜艇艇长和政委，是上海钟表厂用了近一个月时间特地赶制出来的，充分显示了"一艘潜艇远航，千万人在关切"的军民之情。

今天的早餐是三鲜馅水饺，外加菠萝罐头和北京烤鸭罐头。为了做好这远航的最后一次早餐，何久先几乎一夜未眠，他与左副政委和靳医生一起用虾仁、鸡肉和绿豆芽为全艇人员包了"凯旋饺"。每个舱室都分有一盆水饺、一筒菠萝罐头和一筒烤鸭罐头，从四舱分别传递到一舱至七舱。

王支队长一边吃着水饺，一边回忆说："我参加海军首次远航训练时，正值物资贫乏时期，但国家对潜艇远航的物资供应却敞开了大门，要啥供应啥。带食品多了怕经费超标，海军领导明确指示：'特事特办，实报实销。'成箱的罐头上艇太占地方了，就把它们拆散塞进肋骨间和管路的缝隙中。我们管粉红色的压缩干粮叫'红砖头'，管奶白色的压缩饼干叫'石棉瓦'。猪蹄、牛肉、羊排等肉类罐头都吃腻了，我们就抢酸黄瓜吃。"

在内燃机舱，轮机兵都肃立在战位上，每人吃了三个水饺。衣庚锦举起手中的罐头盒当酒杯，先美美地喝了一小口菠萝汁，又递给了弟兄们。

各舱的烤鸭罐头基本未打开，只有衣庚锦开了一筒，勉强尝了上面一层，吃的还不到一筒的十分之一。其实每一个人都归心似箭，此时他们像即将回到母亲怀抱的孩子，一切劳累都抛到九霄云外了。

旭日东升，海面似锦。191潜艇最后一次浮出海面。

"把定航向270！"朱艇长清脆地下达口令。

"有，航向270到！"操舵兵响亮地回答。

191潜艇似一匹骏马，一路飞奔，向着祖国、朝着东坪港全速前进。

军旗在海风中迎风招展，在即将进入我国领海线那一刻，朱艇长对着话筒激动地说："同志们，还有一海里就进入咱们祖国的领海线了，全体起立，迎接这庄严的一刻：

"九链……七链……五链……一链。"

"我们胜利回家了！"

第十二章

凯旋之后

"踏着波涛远航回来了"

军旗军旗在舰上飘呀飘,
心儿心儿在胸中跳呀跳。
再理理飘带整整军帽,
我们踏着波涛远航回来了……

东坪港一片欢腾,码头的广播喇叭里播放着歌曲《妈妈,我们远航回来了》。码头上,列队站立着海军、舰队、支队首长和前来迎接的官兵们。

为了防止艇员体力不支,基地专门准备了三辆救护车,可是最后连一辆都没用上。

朱艇长威风凛凛地站在舰桥上,下达着操纵口令:"战斗警报,各就靠码头岗位……"

191 潜艇徐徐进港了，带缆的艇员整齐地在甲板上站坡，个个挺拔如松。

"右俥停，左俥进一。"

"左俥进一到，右俥已停。"

潜艇缓缓地靠上了一号码头，三条缆绳先后准确地飞向浮桥，岸上的帆缆兵伸手接住，将它们紧紧套在了双系柱上。

朱艇长下达着最后一道口令："我艇已靠好码头，机械恢复原状，艇员开始离艇。"

这久违的声音是如此陌生而又亲切。潜艇前后甲板的升降口盖被解焊后打开了，人们远远就闻到了特有的"潜艇味"——那是一股混合着各种气味的特殊味道。

衣庚锦在爬出升降口的一刹那，不由挡住了眼睛。此刻，刚刚升起的太阳播撒着柔和的光，即便如此，他仍感到这光很刺眼睛。他登上甲板时，一时不能适应，似乎还有些晃荡，他笑着说："酸啊，爽啊，味道好极了。"

七十多名远航官兵一一爬出了升降口，带着一身"潜艇味"走上甲板。他们远眺着蓝天和大海，呼吸着新鲜空气。五十昼夜的远航，艰苦的环境挑战着人的生理极限。

在与外界接触的一瞬间，艇员们愉悦的心情难以形容。此刻他们眼中，蓝天是黄色的，青山是黄色的，绿水也是黄色的，一切都是黄色的世界。由于长时间不见阳光，艇员们普遍皮肤发白水肿，腿脚有些发软，有人出现了溃疡，但回家的滋味仍是如此幸福。

轮机兵们的光头已经长成寸头，军士长"王大胡子"的两腮长满了长达十多毫米的胡须，留守的战友们在码头上对他大喊："'马克思'回来了！"

衣庚锦的双脚刚刚踩到甲板，就感到浑身发虚，眼前发晕，一个趔趄差点儿摔倒，幸亏靳医生扶了一把，他才站稳。

艇员全都离艇后，首长们马上登艇视察。他们从艏舱一直走到艉舱，又爬上舰桥,看到艇体外壳上留下了许多坑坑凹凹的痕迹,舰桥尾部被风浪撕开了一个口子,艇上一厘米厚的钢板都被台风打烂,外舷的漆全都脱落了,舷壁还长了许多海草和海蛎子。

舰队张副司令员感慨地说:"真没有想到啊,潜艇能经历如此极限考验后顺利凯旋,不愧是'水下铁拳'啊。这是一支拖不垮、打不散的队伍,充分体现了在太平洋的风浪中摸爬滚打铸就出的'听党指挥,同舟共济'潜艇兵魂啊。"

从191潜艇靠上码头那一刻起,全艇人员就进入了一周的全休期。官兵们封闭在军人招待所,集中进行为期七天的小疗养,连有家属随军的人员也不例外。

有几个干部认为自己的身体倍儿棒,磨磨蹭蹭地急着要回家看老婆和孩子,王政委诙谐地说:"为了你们的身体健康,还是再耐心忍一忍吧。你们不像我啊,他娘的地震把我老婆和儿子全震没了,你们都有老婆在,还怕拉不开'栓'吗?"

其实,每次远航归来,家属随军的干部大都不愿提前告诉家里,他们喜欢突然出现在妻子的身边,神秘地说一声:"老婆,我回来了!"

远航的官兵享受到贵宾般的待遇,俱乐部派人放映《英雄虎胆》等电影,各潜艇和岸勤单位还送来了祝贺潜艇远航凯旋的黑板报。

艇员们一天吃五餐,迈进宽敞明亮的餐厅,迎接他们的是各类点心、新鲜水果和热气腾腾、香飘四溢的大餐。大家顿顿吃滋养品,什么甲鱼、乌鸡、桂圆,还有羔羊肉、红枣滋补锅……衣庚锦开玩笑说:"这比妇女坐月子吃得都好啊。"

军人招待所大楼的四周设上了流动哨。艇上还规定:艇员不准外出,不准会老乡,不得出操,不要上艇转动机械,连艇内值更也由兄弟艇派人全包了。他们唯一的任务就是休息,尽快恢复体力。

这天午休时,警卫排的流动哨兵报告说:"后山竹林里有个可疑的老头在行动。"

警卫排长立即带人冲上山，走近一看，原来是支队政委乔云龙拿着竹竿，正在"嘘嘘"地赶鸟，原来他是怕这些鸟的叫声影响了艇员们的午睡。

乔政委是有名的爱兵如子的政委。1955 年 9 月，海军潜艇支队刚成立时，乔政委就在潜艇上当政委。一天，乔政委信步向码头走去，忽然听见身后传来粗重的喘息声。他转头一看，是一个士兵正拉着一平板车的西瓜去码头。他便急步上前弓着腰、伸出双手在后面用力推着。这时，苏联一位专家叫他，他正用力推着车，又喘着粗气，加上听不懂俄语，就没有停步继续往上推着，直到平板车上了引桥，松开手，直起腰，这才看着走来的苏联专家。苏联专家脸色发青，大声地嚷嚷着什么。他一时不懂其意，只能看着专家耸肩、摊手、摇头。正当他们打着"哑谜"的时候，走过来一位翻译，苏联专家一把拉过翻译的手，指指拉平板车的士兵，又指指乔政委双肩上的军衔牌，然后大声嚷嚷着什么，而且越嚷越激动，连声音都有点儿颤抖了。苏联专家说完了，翻译点点头，然后转向乔政委说："他说你是堂堂的潜艇政委、海军中校，不能帮那个士兵推平板车。你这样做，是违反他们苏联军队条令的。"乔政委赶忙解释说："平板车上的西瓜又多又重，又是过引桥，一个士兵推着很吃力，我帮着推一推是应该的。中国军队有一条规定：'官兵同劳动。'我这样做是符合人民军队优良传统的。"听后，苏联专家耸肩摊手，无奈地说："那好吧。"从此，这个故事不胫而走，在潜艇部队流传了多年。

191 潜艇首次突破第一岛链，进入太平洋进行远航侦察训练，这标志着中国海军潜艇部队的战备训练进入了一个新阶段。由此，中央军委及时向海军发出了"根据战略要求，有计划地、稳步地开展中远海战备训练"的指示，并转发和推广了该潜艇远航的成功经验。军报立即派出了两名记者，赶到东坪港采访报道。

王政委拿出了《远航快报》，两名记者看后连连赞道："这可是世界上发行量最少的报纸。不简单啊，远航五十昼夜一天一张报，这真是盛开的'战地黄花'啊。"

年长的记者对快报很感兴趣，就问王政委说："你们是怎样想起要办快报的？"

"这都是逼出来的啊！"王政委回忆说，"在陆军打仗时，指导员只要不怕死，可以从这个战壕跳到那个战壕，进行宣传工作。可是在潜艇航行过程中，在情况最紧急的时候，就连政委也不能随便走动，而这个时候正是政工干部进行宣传工作的最好时机，就是在这没有办法的情况下，生生逼出了一份快报来的。记得我头一次参加潜艇远航二十二个昼夜，就办了二十期快报，从那以后，办报就成了潜艇部队的'保留节目'了。"

年长的记者赞扬说："别看这张快报仅有一份，远没有军报发行量大，可它是世界上绝版的独一无二的历史性的报纸啊。"

戴金边眼镜的年轻记者稚声嫩语地问："在远航中，全艇官兵是如何突破第一岛链的？"

王政委谦逊地让左副政委给予回答。

左副政委似有备而来，感慨地说："有中央军委的英明领导，有'大寨精神'的照耀指引，有'听党指挥，同舟共济'的潜艇兵魂的主导，有全体官兵勇往直前的英雄气概，我们惊涛骇浪脚下踩，万里水下永向前……"

两位记者很是佩服左副政委的口才，夸他的讲话既有高度，又有深度，还有广度和温度。不过，他俩似乎还不满足，又提出要再找两位班长采访，让材料更加充实一些。于是，王政委就安排了轮机班长衣庚锦和无线电班长萧雨笛接受采访。

年长的记者先问道："衣班长，当潜艇突破岛链时，你有何感想啊？"

衣庚锦如实地说："我们出了岛链的时候，潜艇被Y国舰机的声呐敲击，那'嗡嗡嗡'的声音给人一种被人用枪管顶着头的感觉，我一时被这声音弄得心烦意乱。返航后这几天夜晚，我在梦中还听到了那种敲击声，像死神枯黄的手指叩击着房门。现在，我一点儿都不害怕了，因为我们潜艇兵是在大洋深处守护着国家的安全啊。"

年轻记者接着问:"你们光荣地远航回来了,上岸后你最想干什么?"

衣庚锦脱口而说:"最盼望的是看到家中的来信,最想的是美美地睡一觉,最想吃的是青菜。"

年长的记者追问道:"大家都爱吃啥青菜?"

萧雨笛开口说:"芹菜、油菜、小白菜、香菜、黄瓜、西红柿……就是绿树叶也行啊。"

年轻记者又问衣庚锦:"这次远航你都有什么体会,感觉好受吗?"

对记者没完没了的提问,衣庚锦有点儿不耐烦了,像是没听清楚,故意地问:"你说什么啊?"

年轻记者又重复了一遍:"我是说啊,在这次远航中,你的感觉好吗?"

衣庚锦又故意地问道:"大点儿声音,你说什么?"

年轻记者耐着性子,一字一句地大声说:"小衣班长,我是问你啊,在这次远航中,你的感觉好受吗?"

衣庚锦又扯着嗓子回答说:"你再大点儿声说,我这耳朵有点儿背,让内燃机的响声给震聋了。"

看到衣庚锦一副茫然的表情,年轻记者无可奈何地摇了摇头,扶了扶眼镜,一脸苦笑地在心里说:"我这才真正是秀才遇到兵,有理说不清了。"

年长的记者转过头来又问萧雨笛:"这次远航,你都有什么感受?"

萧雨笛知道衣庚锦的耳朵一向很尖,他这是在装的啊,但是又一想,记者从北京千里迢迢来采访也不容易,还是大力配合为好,便站起来说:"要说这次远航的感受嘛,我总结有'十最'。"

两位记者不约而同地追问:"快说说,都有哪'十最'啊?"

萧雨笛从腰间掏出那两片月牙形铜板,走到了屋中央,毫不怯场地说起了山东快书:

当哩个当，当哩个当，
要问远航有啥感想，
听俺慢慢给你讲。
俺最想看的是太阳，
俺最想听的是广播响，
俺最渴望的是进澡堂，
俺最想看见的是爹和娘，
俺最常梦见的是俺对象，
俺最盼望的是立功和入党。
当哩个当，当哩个当，
俺最想吃的是水果和蔬菜，
俺最想喝的是那凉白开，
俺最想抽的是那旱烟袋，
俺最讨厌的是"傻大兵"帽子往俺头上戴……

　　萧雨笛一番绘声绘色的山东快书表演博得两位记者阵阵喝彩，二人齐声夸他总结得精辟，表演得精彩，一个劲地往采访本上"唰唰"地猛记，又"咔嚓咔嚓"地给他拍了好几张照片。

　　临走时，他俩挑走了几张《远航快报》，还将单若冰那盆"水下文竹"要来了，说是要带回北京去，让社长和总编也看一看。

　　采访结束，送走两位记者后，萧雨笛急切地问衣庚锦说："你的耳朵真的被内燃机震聋了？不会是又犯'一根筋'了吧？"

　　"为了这次远航，我的大腿根溃烂了三厘米，有的弟兄都瘦了十多斤，你说这感受能好吗？"衣庚锦坦然地说，"其实吧，我这耳朵一点儿也没聋，我不愿听他装腔作势的娘娘腔，就是故意想累累他们。"

　　萧雨笛苦笑着同情地说："庚锦啊，我理解你，只有远航过的人才有这种心情啊。"

鸿雁传家书

虽值寒冬，地处南方的东坪港却渐露春意，山间的野菊花竞相绽放，一朵又一朵，黄灿灿的，几只蜜蜂在花蕊上寻觅，一只工蜂时而落在花枝上，时而又吮吻着花瓣，最后带着一缕芳香掉头南飞了。

午休后，远航归来的水兵三三两两结伴而行，来到楼后毛竹林边的草地上晒太阳。

东坪港的毛竹属于散生毛竹，靠鞭根上的芽繁殖，所以鞭根走到哪里，竹子就在哪里繁殖生长，这样就形成了满山的竹海。平时一到了星期天，何久先就拿着午餐肉、凤尾鱼罐头，又从伙房捎带一瓶白酒，顺便拿点儿红肠和酱瓜，再带上几副扑克牌就上山了。大家在竹林的地上铺开一块塑料布，喝着酒唱着歌，打起了扑克，谁输了就将竹叶贴在脸上，搞的脸上尽是"竹叶青"。

玩了一会儿，萧雨笛拿起一支笛子，发现笛膜破了，就将一根断竹内壁附着的一层白色薄膜取下来，轻轻地贴在笛眼上，然后就倚在一根粗壮的竹上横笛而吹。他微闭着眼睛，一只脚有节奏地打着拍子，《牧羊曲》《一网鱼来一网粮》……一曲连一曲，音符如流水，与阳光一起在竹海流淌。竹林里的小风吹得人迷迷瞪瞪，哪位喝多了就躺在竹林里呼呼大睡，梦话里还想着自己的小对象，一下午的时间就这样很快过去了。然后，他们再大呼小叫地跄跄着打道回府。晚饭吃不下了，艇长和政委以为他们生病了，还忙着给做病号饭呢。

兵谚道："新兵信多，老兵病多，不老不新毛病多。"刚入伍时，有的新兵最多一个月要写十多封信。潜艇兵的津贴费第一年是每月九元，虽然比陆地兵多三元钱，但是每月要花掉一两元的邮票钱，还是有点儿让人心疼的。

蓝鲸兵魂

写信可是技术活，到了星期天或是艇内值更时，就是写情书的特定日子，大家静悄悄地趴在床上一笔一画地写，还要提防战友偷看。很多新兵有时一天能收到三四封信甚至更多，见到来信那个高兴劲就甭提了。很多战友把家里的新鲜事当成显摆的谈资，拿出来相互炫耀。有些关系更好的战友会把女朋友的来信抢过来公开念，让大家笑得死去活来。收信、看信、抢信、谈信是潜艇兵们最快乐的事。

今天，满山婆婆多姿的毛竹已吸引不了远航归来的水兵了。远航五十昼夜，听不到广播，看不到报刊，更收不到家信，鸿雁传书已成了一种渴望与期盼。不少艇员的衣袋里装有一个秘密，那就是父母、妻子和儿女的照片，大家空闲时常拿出来瞅一瞅，甚至有时还轻轻地送上亲切的一吻，吻后再悄悄把照片夹在日记本里，将瞬间的记忆锁在脑海中。

衣庚锦、单若冰、何久先并排躺在已泛黄的草地上。萧雨笛则是面朝下趴着，表演似的亲吻了一下青草，又夸张地喊道："大地啊——母亲，你的儿子远航回来了！"

大家一阵哈哈大笑后，又各自读着家中的来信。衣庚锦收到了一份加急电报和一封信，细看邮戳的日期，都是离开码头去远航后的时间。他首先打开电报，电文只有六个字："母病故，火速归。"顷刻，他脑袋"嗡"的一声，泪水涌上了眼眶。他又忍着悲痛拆开信封，一看信是妹妹写来的，信中悲痛地说："大哥，妈妈患肝硬化已到了晚期，于昨晚走了。妈妈的肝病都得了好几年了，她一直隐瞒着不让俺告诉你，怕影响了你的工作。妈妈还心疼花钱，一直不肯上医院治病。妈妈临走前还挂念你，常念叨说：'我的病千万别告诉你大哥，他在部队战备忙啊。'大哥啊，你上哪儿去了，怎么连封信都没来，也不赶回来看看妈妈最后一眼啊……"

还没等看完信，衣庚锦的眼泪就"唰"地流出来了，他两手颤抖地攥着电报和信封，急三火四地跑回班里，要向军士长请假回家。

何久先拿出妻子王桂兰的来信仔细看着，不时咧嘴笑。这封信是远航后的第三天收到的，时间已过去了四十九天了，何久先越看越亲切，神秘地告诉单若冰说："我家桂兰有喜了。"

"有喜了？"单若冰不明白地问，"有什么喜事了？"

何久先解释说："你嫂子已经怀孕了，俺要当爹了。"

单若冰高兴地催促道："那你快回一封信，向嫂子表示祝贺啊。"

何久先将写好的信装入信封，贴上邮票寄走了。一般来说，东坪港寄往大连的信需要走三天的路程，也就是说，最及时的回信也要六天，所以等待回信也就成了一种焦急的期盼。每天内务更从收发室回来时，手里都会拿着一大堆信，一个一个地念收信人的名字。

"我的！来啦！给我！"看着战友们争相从内务更手里拿到了自己的信，一直看到最后一封信交给了最后一位取信的战友，何久先真的很失望，顿生一种"姥姥不疼，舅舅不爱"的孤独感。

虽然几天都没有看到回信，但何久先写信的热情依然不减当初，他又给王桂兰写了一封信，可仍是"泥牛入海"。

看到何久先盼信盼得愁眉不展的样子，单若冰跟着急，衣庚锦赶回老家给母亲烧"七七"了，他只好让萧雨笛赶快想出一个办法来。

萧雨笛眉头一皱，计上心来，拿出信封和信纸，用另一种字体，以王桂兰的名义给何久先写了一封回信。最后，他又从何久先收到的信的信封上揭下一张邮票，贴在崭新的信封上，把信悄悄地送到了通信站收发室的信筒里。

次日上午，内务更收到一摞信，挨个房间分发。他大声叫道："何久先，来信了！"

何久先听到呼喊自己的名字，一路狂奔，从内务更手中抢过自己的信，一看是王桂兰寄来的，心中一阵窃喜，嘴里就哼起了《谁不说俺家乡好》的小调。

萧雨笛悄悄把这一切告诉了单若冰，两人扒着门缝边看边乐，差点儿笑岔了气。

回到寝室后，何久先小心翼翼地用小刀把封口挑开，坐在角落认认真真地看起来，信中歪歪扭扭地写道：

亲爱的先：

　　你好。你的来信俺收到了，俺让小队会计代俺给你写回信，主要是想告诉你，咱爹咱妈都好，俺也好，俺肚里的儿子（女儿）更好，就是夜里俺一闭上眼就想你。

　　咱爹养的猪都长到二百五十斤了，等你回来时再杀。俺娘养了七只老母鸡，现在天天下蛋，攒着留到俺坐月子时吃。

　　另外，俺妈（就是你丈母娘）还酿了一坛酒，等你回来时喝，让你喝个够哟。

　　最后，祝你身体好，工作好，早日提干。

你的媳妇　桂兰
1977 年 1 月 19 日

何久先看完信后高兴得抿嘴直乐，可又隐约感到什么地方不大对劲。

熄灯号吹响后，何久先穿着裤衩和背心，打着手电悄悄走到萧雨笛床前，窸窸窣窣地从衣服口袋里掏出了信，压低了声音说："雨笛啊，你帮我分析分析，可要保密哟。"

萧雨笛借着手电光，将信从头至尾看了一遍后，故意地说："嫂子对你是一往情深啊，你还有什么好分析的？"

何久先搔着头说："俺爹上个月来信说家里的猪都快三百斤了，这怎么又瘦成二百五十斤了。再说，俺丈母娘不会酿酒啊？还有，你嫂子从来不肉麻地叫我'先'啊？"

萧雨笛捂着嘴，差点儿笑出声来，最后把信往他的怀里一揣劝说："你别瞎琢磨了，三百与二百五不就是差五十斤吗？再说嫂子亲昵地叫你一声'先'，这不是想你吗？看把你折腾的，快睡吧。"

萧雨笛说完转身用被捂着头,在被窝里笑个不停,为自己所炮制的恶作剧兴奋不已。

晋　升

191潜艇首次圆满完成了以单艇突破第一岛链的远航任务,中央军委主席签署命令,为191潜艇记集体二等功一次。

支队党委做出决定,对在本次远航中表现突出的官兵要给予记功受奖,并提升晋职。为此,191潜艇召开了党支部会议,研究上报立功受奖和晋升人员的名单。

艇党支部书记、政委王敬儒主持会议,支队长王国英列席了会议。

宣布会议开始后,王敬儒严肃地说:"毛主席生前对干部工作十分重视,他老人家曾经说:'无产阶级革命事业的接班人,是在群众斗争中产生的,是在革命大风大浪的锻炼中成长的。'通过这次远航训练,许多官兵在大风大浪中得到了锻炼,他们是我们艇的骨干,将来也是支队甚至潜艇部队的宝贵财富,我们要积极向支队党委推荐提拔使用的人选。现在海军院校都恢复起来了,我们以后还要推选一些有培养前途的骨干去深造学习嘛。"

王敬儒讲到这里,向王支队长请示说:"下面,请支队首长做指示。"

王支队长也没客套,站起身来指着窗户外的一片竹林说:"你们看到这满山的竹子了吗?它们给了我们一个很好的启示啊。竹子用了四年的时间仅仅长了三厘米,从第五年才开始以每天三十厘米的速度疯狂地生长。其实,在前面的四年里,竹子是将鞭根扎在土壤里延伸了数百米。等到了第六年,竹子就长到了十五米多高了。"

王支队长扫视了大家一眼,又加重语气说:"我们干部队伍的成长就像这竹子,不是一蹴而就的,而是经过厚积薄发,才有了今天的参天竹林的。"

听后,与会的支委们茅塞顿开,认为王支队长讲得很有哲理。许多优秀战士经过四年服役期的锻炼,特别是通过远航训练的淬火炼钢,像竹子生长那样已突破了三厘米孕育期,正拔地而起,节节成长,应该不失时机地提拔他们。

委员们统一了思想,很快就提出了晋升和立功受奖人员名单。可是,当讨论到衣庚锦时,委员们却意外地出现了分歧。

左副政委提出异议说:"衣庚锦的确出类拔萃,应当提拔使用,但是据反映,他的身体有点儿毛病啊。"他看了王政委一眼,又接着说,"我倒觉得啊,舰务班柳继根也应该在这一批被提拔使用,他虽然因超编没参加这次远航,但也是一个全训艇员啊。"

大家听后面面相觑,从来没有听说过衣庚锦的身体有什么毛病啊。

本来衣庚锦是多年的战士支委,因回家处理母亲的丧事,才缺席了今天的支委会,不然当面问问他不就清楚了吗?

王政委心里想,是不是左副政委对衣庚锦有啥偏见呢?

朱艇长不大高兴地问:"左副政委,你怎么知道衣庚锦同志身体有毛病?有啥毛病,你能说清楚点儿吗?"

左副政委似乎底气不足地回答:"我听有的同志反映说,他有、有疝气。"

"啥?啥气啊?"朱艇长一时没听明白,又问道,"你再说清楚点儿好吗?"

"就是小肠疝气,这可是危害人体健康的一种常见病和多发病,除了个别婴儿外,几乎不能自愈的。"支部委员靳医生大声解释完后,又感到奇怪地说,"我是军医,这事我咋不知道啊?每年例行体检时可没发现这个问题啊。"

其他几个支委也不约而同地说:"是啊,这件事还是头一次听说啊。"

王政委心里嘀咕道:"如果真有这病,小衣这个'兵王'就算彻底废了,那就是太可惜了啊。"

看到这突如其来的变故,大家便将目光都集中到了王支队长身上。

第十二章 凯旋之后

　　王国英虽是支队党委副书记，但是现在毕竟是列席艇支委会议，因此，他没有急于做出肯定性的回答，而是呷了一口茶水，不紧不慢地说："刚才我向大家讲了竹子的生长规律，那么我再说一下竹子的价值。同座山上长的两根竹子，一根做成了笛子，一根做成了晾衣竿。晾衣竿不服气地问笛子说：'我们都是一起长大的，凭什么我日晒雨淋地当晾衣竿，你却坐享其成地成了乐器呢？'笛子回答说：'因为你只挨了一刀，而我却经历了千刀万剐、精雕细琢啊。'听后，晾衣竿沉默了。我们革命战士也是如此，要经过打磨，耐得住寂寞啊。"

　　说完，王支队长起身回支队司令部开会了。

　　最终，支委会研究决定，待衣庚锦这几天从家里回来，将情况核实后，再将晋升人员名单上报支队政治部。

　　三天后，衣庚锦给母亲烧完"七七"后，就提前归队了。

　　王政委马上把衣庚锦叫到了艇部，先是委婉地讲了这次研究提干的情况，后又急切地问道："小衣啊，你小时候得过疝气吗？"

　　衣庚锦一听愣了，急忙反问道："什么叫三气？我只有脚气啊。"

　　王政委仿佛看到了这事有了转机，暗示道："小衣啊，在提干这件事上，你可要相信组织啊。"

　　衣庚锦释然地一笑道："政委啊，如果这次提干没有我，说明我和先进分子还有差距，我照样会努力干好工作，请组织上放心。"

　　衣庚锦离开后，王政委立马将左副政委叫来了，问他到底听谁说的衣庚锦有疝气。

　　左副政委终于回忆起来了，他说是听柳继根讲的。

　　王政委又找来柳继根，询问说："小柳啊，你说过衣庚锦有疝气吗？你咋知道的？"

　　柳继根毫不隐讳地说："是啊，是我亲口对左副政委说的啊。"

　　王政委从心里害怕这事是真的，又严肃地说："这可不能乱说啊，这关系到一个战友的政治生命啊。"

最反感吃大蒜的上海兵柳继根如实地说："那天晚餐吃鲜肉大包子，衣庚锦吃了好几瓣大蒜，我嫌他嘴上有大蒜味，就向左副政委反映说，衣庚锦身上有蒜气啊。"

王政委深深舒了一口气，原来是左副政委把"蒜气"听成了"疝气"了，便高兴地说："小柳啊，你做得对，能如实向组织说明真实情况。"

柳继根走后，王政委对左副政委说："你呀你，你对不住小衣啊，你还差点儿把一个有前途的'兵王'给毁了。"

左副政委羞愧得满脸通红，一时无语，心里反省道："为什么我常看不到彩虹？还是心里的尘埃太多了啊，看来我真的需要'向后转'了。"

此后不久，左青云以"因妻子患重病，急需回去照顾"为由，向组织上递交了转业报告。王政委已得知自己将到支队政治部工作，便劝左青云等着接艇政委的班，他却由衷地说："自从冤枉了衣庚锦后我一直有愧在心，不配当潜艇政委。不过，这辈子我能成为一个经历过全训、远航的潜艇兵，我心中无憾了。"

左青云原是190潜艇声呐军士长，由于平时能说会道，又积极参加运动，所以就被调到政治部当宣传干事，后被任命为新组建的191潜艇副政委，由副连直接提升为正营职，可谓是"青云"直上了。王政委知道他本质并不差，主要是缺少带兵经验，便安慰道："小左啊，谁都有看人走眼的时候，你吸取教训不就行了嘛。"不过，左青云最终还是去意已决。

在欢送左青云转业那天的酒席上，左青云鼓励衣庚锦和单若冰说："你俩都是'兵王'，好好干吧，潜艇事业的发展全靠你们了。"

衣庚锦动情地说："副政委，你可要常回来看看我们啊。"

几天后，支队党委下达了两份任职命令，一份任命朱惠凯为司令部副参谋长、王敬儒为政治部副主任，另一份是关于周尚兵等同志的任命。

支队司令部、政治部、岸勤部、各潜艇：

海军潜艇第××支队党委1977年2月9日政干令字第2号命令，任命：

海军潜艇第××支队191潜艇水手长周尚兵为司令部作训科正连职参谋；

海军潜艇第××支队191潜艇无线电班长萧雨笛为政治部副连职干事；

海军潜艇第××支队191潜艇轮机班长衣庚锦为该艇轮机军士长；

海军潜艇第××支队191潜艇鱼雷班长单若冰为该艇鱼雷军士长。

支队长　王国英
政治委员　乔云龙
1977年2月9日

"哩格儿楞"

支队党委的任职命令下达后，191潜艇被调入司令部和政治部机关的干部第二天就到各科室报道了。

衣庚锦背着背包，拎着旅行箱，一直把萧雨笛送到了政治部宣传科。

宣传科有一个老干事叫耿宝玺，吉林榆树人。大家习惯把他名字的最后一个字拆开，叫"耿宝尔玉"。他一脸笑模样，是个老"笔杆子"，要不是因一次打字发生了政治事故，他早就被提升为科长了。

一次，毛主席又发表了最新指示，为了宣传不过夜，"耿宝尔玉"加班去打印一份急件。打字员由于一时着急就检错了字，在文尾打上了"敬祝毛主席千寿无疆"的字样。"耿宝尔玉"将文件都认真校对了，唯有最后这一句，也就是每份文件惯用的"固定话"被忽视了，白纸黑字出现在了文件上，幸亏被分管宣传的副主任及时发现了，立即找到他严肃地说："这个'千'字与'万'字不仅仅是数字上的差别，而是让毛主席少活了九千岁啊。"听后，他大吃一惊，急忙跑到保密室追回了待发的文件。为了不连累打字员，他主动承担了全部责任。可是，以后每逢他晋升调级时，总有人会念念不忘这码事。他对萧雨笛坦诚地说："别提了，一提我的眼泪就哗哗的啊。"

宣传科与文化科合并不久，有一个科长、三个干事。萧雨笛分工负责新闻报道和文体工作。

由于才提干，萧雨笛的军官服还没发下来，所以仍穿着一身水兵服，平时水兵帽大都是在手中拎着前后晃悠着。新上任的司令部副参谋长朱惠凯说他是个吊儿郎当的"稀拉兵"，可是，他听了从来不生气，还嬉皮笑脸地说："我是'吊儿郎当'的，可也是你带出来的兵啊。"

朱惠凯佯装生气地说："你这个小兔崽子，我还管不了你了啊？"

萧雨笛又故意气他说："那当然了，你虽是司令部的大首长，可我是政治部的小干事，我没有资格接受你老人家领导啊。"

萧雨笛不冷不热的一句话，把朱惠凯的两个眼珠气得发蓝。

衣庚锦听说了这件事后，委婉地劝道："雨笛啊，我听老政委说，他在旅顺潜艇学习队时，机电长班有个学员叫叶楠，可爱好写作了，后来他出大名了，成了著名作家。你看过电影《甲午风云》吗？那就是由他编剧的。所以说啊，咱潜艇部队是个锻炼人的地方，你可要抓紧时间多写多练，最起码也要写出一部反映咱们潜艇兵生活的小说吧？"

萧雨笛知道衣庚锦这是在鼓励自己，也是在委婉地批评自己，也就哑默悄声了。

一个月后，宣传科长调到艇上当政委了。"耿宝尔玉"暂时代理科长事务。

第十二章　凯旋之后

萧雨笛与"耿宝尔玉"一胖一瘦，一高一矮，嘻嘻哈哈地搭档得挺合拍。一天，"耿宝尔玉"郑重其事地说："小萧啊，你好好干，等我转业走了你就当科长。"

萧雨笛知道自己才到机关，当科长是没有影的事，便用家乡话说："你少给我来那个'哩格儿楞'啊。"

从此，"耿宝尔玉"就称萧雨笛为"哩格儿楞"了，萧雨笛却反唇相讥，称他是"哩格哩格哩格儿楞"。时间一长，人们就戏称宣传科为"哩格儿楞科"了。

由于都是东北老乡，加之习性相近，"哩格儿楞科"的两人相处得很热乎。时间长了，加上叫起来拗口，干事们就叫"耿宝尔玉"为"老哩格儿楞"，叫宣教干事姜开文为"大哩格儿楞"，萧雨笛被称为"小哩格儿楞"。"萧"与"小"谐音，叫起来挺顺口。

几天后，支队党委要求政工干部随潜艇出海锻炼。"老哩格儿楞"和"小哩格儿楞"被安排在191潜艇上。那天出海风浪很大，"老哩格儿楞"一上艇就晕船交了"公粮"，脸色煞白，满脸冒汗，像死猪一样地躺在吊床上。

"小哩格儿楞"趁机一会儿掐掐"老哩格儿楞"的脖子，一会儿又捏捏他的鼻子，还不时哈哈大笑。

开饭了，衣庚锦送来了两只烤鸭腿。"小哩格儿楞"拿起一只鸭腿，在"老哩格儿楞"的嘴前晃来晃去说："你吃不？这焦黄的烤鸭腿可香了。"

"小哩格儿楞"还特意咬下一块鸭腿肉，大口大口地嚼着。

"老哩格儿楞"很是无奈，只能两眼直勾勾地盯着"小哩根儿楞"。

突然，"老哩格儿楞"的喉咙里涌出了一股热流，"哇"的一声直喷出来，"小哩格儿楞"顿时成了大花脸。

"老哩格儿楞"也不晕船了，"嘿嘿"地笑道："看你还敢不敢再给我来那个'哩格儿楞'了？"

"小哩格儿楞"只能是哑巴吃黄连。

出海回来后的当天夜里，下沙村王大爷家的茅草房突然着了火。衣庚锦发现后，立即带领全班战士跑去将火扑灭了。

衣庚锦想到萧雨笛是新闻干事，便打电话向他提供了新闻线索。

萧雨笛连夜写出一篇《子弟兵奋不顾身帮助村民灭大火》，第三天稿子就在《甬江日报》上发表了。新上任的副主任王敬儒当即表扬萧雨笛说："稿子写得不错，尤其是最后王大爷紧紧握着子弟兵衣庚锦的手激动地说：'谢谢，你们真是救命恩人啊。'挺感动人的啊。"

这篇文章是萧雨笛的处女作，他高兴地把它从报纸上裁下来，贴到了剪报本上，还打电话告诉衣庚锦，让他来机关拿两份报纸，再送给王大爷家一份。

中午时分，王大爷的儿子拿着报纸让衣庚锦领着找上门来了，说一定要见一见写这篇稿子的通讯员萧雨笛。

萧雨笛连饭也没顾上吃，立即跑到了门岗的会客室与之见面了。

王大爷的儿子毕恭毕敬地说："解放军叔叔，你的稿子写得太好了，我们全家感谢你啊。"

萧雨笛谦虚地说："不必客气，小稿一篇，不足挂齿。"

王大爷的儿子指着文中的最后一段话说："不过，稿子最后说火被扑灭了，王大爷紧紧握着子弟兵衣庚锦的手激动地说：'谢谢，你们真是救命恩人啊。'叔叔，你知道吗？"

萧雨笛不禁问道："你说，我知道什么啊？"

王大爷的儿子急忙回答说："我阿爸可是个哑巴，他不会说话啊。"

萧雨笛有点儿无地自容了，一时不知如何回答好。

衣庚锦马上揽过责任说："小王同志，这事怨我啊，是我没告诉清楚，请你和王大叔多多包涵好吗？"

王大爷的儿子看到衣庚锦的态度挺和蔼，又诚恳地说："是你搞错了，不过我真的是来感谢解放军叔叔的啊。"

送走王大爷的儿子后，萧雨笛似笑非笑地说："唉，怎么出了这么一档子事？"

衣庚锦关心地说:"这都是教训啊,今后你再写报道,一定要一是一、二是二,千万不能想当然了。"

"平地一声雷"

衣庚锦、单若冰和萧雨笛提升后,属于副连职军官了。潜艇最低的职务军士长是副连职,支队政治部机关干事最低也是副连职。可是,由于受编制的限制,何久先最多当个厨师班长也就到头了。

何久先悲观地说:"看来啊,我明年真的要回家开小'粑粑馆'了。"

衣庚锦劝道:"命运命运,有命还得有好运,如实在不行了,年底你就申请转成志愿兵吧。"

何久先无奈地说:"走一步看一步,撞大运吧。"

几天后,岸勤部食堂科刘科长带着几个人来到191潜艇饭堂检查伙食情况。午餐时,看到一道用油菜围边的"四喜丸子"油光闪亮,色泽诱人,他一尝就赞不绝口,急忙问这盘菜出自谁之手。

一听食堂科长在追问这是谁的手艺,正在吃饭的衣庚锦似乎捕捉到了希望,马上走过来介绍说:"这是我艇厨师班长何久先做的,他可是上海锦江饭店培养出来的大厨啊。"

刘科长笑着说:"我好像听说过这个人,是哪一位啊?"

衣庚锦马上把何久先推上前,力荐道:"何班长不仅会做'四喜丸子',而且还有拿手菜'平地一声雷',还会做尼克松喜欢吃的'佘四鳃鲈鱼'哪。"

刘科长一听来了兴致,便让何久先坐下来,想亲自对他进行一番面试。

二人聊了一会儿,刘科长就问何久先炒菜都有什么秘诀。

何久先毫不客气地说:"要说炒菜吧,也没什么了不起的秘诀。首先要用心去做菜,菜才能有味道;其次,就是食材为上;再就是要把握好'四口'

就行了。"

"哪'四口'？"

"刀口、火口、胃口……"

"这才三口，还少一口呢？"

"吃了以后，都赞不绝口啊。"

刘科长是山东济南人，习惯吃家乡菜，便问道："你会做鲁菜吗？"

"鲁菜是我国八大菜系之首，以鲜嫩香脆而闻名，以汤为百鲜之源。"何久先显摆地说，"仅烹调技法就有三十多种，分爆、炒、烧、扒、溜……尤以爆、扒见长。爆法急火快炒，慢火收汁；扒法味纯质烂，汁紧稠浓。"

"我老家附近就有家'聚丰德'饭庄，专做鲁菜。他家的'鼋鱼泡馍'借鉴了鲁西南羊肉泡馍、鲫鱼泡馍的技法，颜色酱红，口感嫩滑，既甜且酸，还有肉香。"刘科长兴奋地说，"还有'爆炒腰花'、'炖青鱼'和"葱烧海参"等鲁菜，味道极鲜，馋得客人直流口水。"

何久先似遇到了知音，又滔滔不绝地说："你们济南的宴席少不了三大件：整鸡、全鱼、扒肘子。鸡要现宰，鱼须现杀，这样做出来的味道才能让男方满意、女方颔首。"

刘科长兴致大发，继续问道："小何，你说得没错，那你知道鲁菜为啥这么有味道吗？"

何久先掰着手指说道："这鲁菜讲究制汤，汤分四类：高汤，鸡和猪肘骨合煮，当配料；奶汤，面粉加葱姜烩制，是成品菜；全汤，老母鸡、猪蹄、猪肘骨、火腿、鱿鱼、鲍鱼、虾仁、鲫鱼、干贝合炖，是催奶佳品；老汤，乃卤制扒蹄、扒鸡、酱牛肉之汤，继续使用。"

刘科长一拍大腿，赞许地说："鲁菜的高汤汤色纯而鲜，像牛奶一样，色白而香，色浓而醇。"

何久先听了一个劲点头称是。

衣庚锦看到何久先发挥得这么好，与刘科长聊得如此投机，仿佛见到了他提干的曙光。

看到何久先对厨艺讲得头头是道，人也憨厚，可连个司务长都不是，刘科长摇了摇头，感到挺惋惜的。

本来就为何久先提不了干的事烦恼，新任艇长邵建国一听就觉得这机会来了，当即问道："老刘啊，如果你真需要他的话，我艇党支部今晚就开会研究，明天就把小何提干的名单报到干部科。"

刘科长迫不及待地说："那敢情好啊，你们最好是特事快办，今晚熄灯前就上报，我去找政治部首长商量这件事。"

新任政委石景文当即表态说："好，一言为定，我现在就召开支委会，研究小何提干的事。"

三天后，支队党委提升了第二批干部，何久先没有去食堂科，而是被提升为管理科正排职助理员。柳继根由于会写一手好字，被干部科科长相中，加之政委的极力推荐，被任命为干部干事。他俩是艇上最后一批直接从士兵提干的军官了。

何久先听到任命后，找到衣庚锦说："庚锦啊，这让我怎么感谢好啊，你是我命中的贵人啊。"

衣庚锦风趣地说："要说感谢啊，你就感谢'四喜丸子'吧，是它让你沾了喜气啊。"

何久先当上助理员后，分管公务班和司政机关灶伙食。他恋恋不舍地说："我这四个兜的衣服一穿，恐怕再也吃不上潜灶了。"

衣庚锦笑着说："我听老艇长说，以前机关人员都是不吃潜灶的啊。"

正像衣庚锦所说的那样，以前，潜艇部队机关人员都是自己掏钱到大灶买饭吃。司政机关人员经常是早上买几个馒头，就着咸菜，喝碗稀饭，就随潜艇出海了。出海一天或几十天返航靠泊码头后，艇长和政委再三挽留他们吃潜灶，机关人员只好婉言谢绝，回到宿舍不是把早餐剩下的馒头烤烤吃，就是再到机关大灶买饭吃。

后来，随潜艇远航采访的新华社海军分社卢社长从当时还是司令部副参谋长的王国英那里了解到了这一情况后，就写了一份内参反映给海军首长。萧劲光司令员阅后非常关心，责成有关部门马上就潜艇支队机关吃潜灶问题展开调查，最后敦促解决了。从此，支队首长和司令部、政治部机关人员开始享受吃潜灶的待遇了，理由是以上人员经常随潜艇出海训练，岸勤机关人员则照常吃大灶。

　　司政机关灶的伙食归管理科管，可是管理科人员又不享受潜灶待遇，因此安排谁去管谁都不愿意去，怕有人说占了便宜，这让管理科长姜宏宝很是头痛，因此他就想到了何久先，他当过厨师，管理伙食有一套。

　　何久先调到管理科不久，就赶上了五一劳动节。这几天按照姜科长的分工，他主要忙乎两件事：一是司、政、岸机关会操；二是机关灶节日会餐。会餐好说，这是何久先的老本行，手拿把掐的事。可是会操他是头一次搞，心里没有底。

　　次日上午，支队在大操场举行五一会操。各潜艇和岸勤部队先后带着队伍"唰唰"地齐步入场了，最后才是司、政、岸机关人员列队入场。何久先站在队列前，大声喊道："全体都有了，立正——"然后，他将两臂迅速提到腰际，跑步至距会操总指挥朱惠凯十米处，"啪"地停住，敬礼道："报告副参谋长同志，机关列队完毕，参加会餐人数八十七名。"

　　何久先报告的话音还没落，全场笑声四起。他万万没想到，由于自己一时紧张，竟把"会操"说成了"会餐"，本来严肃的场面被搞得笑翻了天。

　　队列中的政委乔云龙没有笑，看到胖乎乎的何久先，他倒想起了在旅顺潜艇学习队时的一次队列会操。那天，苏军上尉航海长伊万洛夫教我方军官出队列。他身高仅一米六多点儿，做示范却很认真，走正步时屁股撅得老高，全身绷得紧紧的，摇摇晃晃，不想一脚踩在小石块上，"吧唧"摔出一米来远，额头鼓起一个包，他爬起来继续示范。我方军官又想笑，又从心里佩服。听伊万洛夫说，他的家在海参崴，一晃二十五年过去了，不知他现在何方。

　　傍晚时分，忙碌一天的司、政机关人员陆续来到了饭堂，等待五一会餐。

大家围桌而坐，每桌十道菜，有荤有素，一人一瓶青岛产啤酒。由于节日战备，担心一旦遇有突发情况会误事，所以白酒就免了。

由于舰队新任副参谋长王国英与大家一起会餐，所以支队首长这桌就需要加一道菜。姜科长提议说："那就加一道'平地一声雷'吧，让小何亲自掌勺，给首长展示自己的绝活。"

王副参谋长笑着说："那好吧，咱就尝一尝小何的手艺。"

会餐开始了，九道菜陆续上齐。首先由王副参谋长致辞，他祝全体官兵节日快乐。接下来，全体人员举起杯来，"嗷"的一声开始喊酒了。

这时，何久先闪亮登场了，他先是把薄而均匀的锅巴用油炸至金黄酥脆，放在一个大盘中码好，再准备上桌后趁热浇上用虾仁、鸡丝、蘑菇、西红柿酱及各种调料熬制而成的鲜卤汁，只要是听见"砰"的一声脆响，准能赢得满桌喝彩。

一会儿，何久先一手端着才出锅的一盘油炸锅巴，一手端着一盆热气腾腾的鲜卤汁，一路小跑地奔向首长这一桌。

何久先本想在首长面前露一手，可是欲速则不达。突然，"砰"的一声响，由于地面过于湿滑，他竟摔了一个大趔趄，盆从手中落地，摔了个稀碎，卤汁也撒了出来，刚出锅的油炸锅巴落到残汁上，在水泥地上发出了"吱吱"的声响。顿时，饭堂里哄然大笑。

看到一手绝活没露成，反而出了洋相，王副参谋长举着筷子，诙谐地说："小何啊，你这才是地道的'平地一声雷'哟。"

西湖情歌

衣庚锦提干后，被安排第一批到杭州疗养院疗养一个月。

听说是去疗养，他说什么也不愿意去，说自己没病没灾的疗养啥啊。

靳医生劝道:"这是健康疗养,凡是参加过远航的人员都要分批去,谁让你参加远航了呢?"

政委石景文命令他说:"轮机专业最辛苦了,让你先去疗养,这是组织上的安排,必须无条件服从。"

衣庚锦也只好恭敬不如从命了。

第一批疗养者的领队是副参谋长朱惠凯,他特地吩咐水手长领回一套新军装给衣庚锦穿上。

穿惯了水兵服的衣庚锦欣然换上了一身蓝色军官服,戴上大檐帽,再穿上一双牛皮鞋,走起路来"咯吱咯吱"地响,煞是英俊潇洒。

朱惠凯为什么对衣庚锦如此关爱有加呢?原来他有个老战友也是老乡,名叫宋道然,两人都是河南省鹿邑县太清宫镇的人,与中国道家学派创始人老子出自同一故里。

宋道然也是中国第一代潜艇兵,与《林海雪原》一书中英雄排长刘勋苍的原型刘蕴苍一起转到了海军。当时刘蕴苍高兴地说:"我要干一辈子潜艇了。"宋道然当即表态说:"我也是,打残废了进荣军学校,干老了就进养老院,我是干定了一辈子潜艇的!"

宋道然一生崇敬老子,对《道德经》几乎倒背如流,至今家里还保存着一本泛黄的繁体字版《道德经》。平时讲话或讲课时,他总喜欢引用老子的名言来论述观点,久而久之,他就有了"老子政委"的雅号。后来,他当上了艇政委、后勤部政治处主任、舰队副政委。一次,舰队有位年轻的首长来潜艇视察,艇政委宋道然向他介绍情况时说,操纵潜艇很复杂,正像老子所说的"治大国若烹小鲜",意思是说操纵潜艇、治理国家,就像烧菜煎鱼一样,都需要认真对待,精心操作。可是,那位年轻的首长听不大懂,硬说宋道然凭借自己的老资格,说话时一口一个"老子",倚老卖老。或许由于这个缘故吧,宋道然受到了牵连,在副团职的岗位上踏步了多年。后来由于受到舰队一位老首长的赏识和力荐,他这才一步步走上副师职领导的岗位。

第十二章 凯旋之后

宋道然的三丫头宋鸽是杭州疗养院理疗一科的护士，小时候长得唇红齿白，容貌柔美。当兵后，经过直线加方块的军营的锤炼，她更是女大十八变，穿上一身上白下蓝的军装，越发显得亭亭玉立。

男大当婚，女大当嫁。丫头一到了谈婚论嫁的年龄，老爸老妈就开始张罗着给女儿找对象。每年来杭州疗养的飞行员不少，可她偏是对潜艇军官情有独钟。疗养院陈院长操着一口川南话说："急啥子嘛，还是缘分不到，缘分一到，大姑娘上花轿。"

听说老战友朱惠凯要来杭州疗养，宋道然的老伴一定要让他帮助找个乘龙快婿。于是，朱惠凯第一个就想到了衣庚锦，并向老战友介绍说，这小伙子经过远航训练才提干，很有发展前途，人长得也蛮顺眼啊。

可是，当朱惠凯述说完这些情况后，衣庚锦客气地说："老艇长，我首先谢谢你啊。不过，我已经有对象了。"

朱惠凯一听就急切地问："是吗？你什么时候找的，定了吗？"

衣庚锦坦然地说："她是我的同学，叫牟桂英，远航后回家时才订婚的。"

朱惠凯一看生米已成熟饭，无奈地说："看来我是下手晚了啊。"

衣庚锦诚恳地说："不晚啊，我给你推荐一个人吧，他比我还优秀啊。"

朱惠凯猜想道："是谁，不会是小单吧？"

衣庚锦立即回答说："是啊，就是单若冰，他现在还没找对象呢。"

朱惠凯听到是单若冰，满意地点点头说："小单的确也很优秀，你俩都是难得的'兵王'啊。"

衣庚锦又进一步说："小单的名字叫'若冰'，意为'上善若水'；首长的名字叫'道然'，意为'道法自然'，两代潜艇兵都崇尚老子的《道德经》，男女双方又都是军人，这才叫缘分相近、门当户对啊。"

朱惠凯听了，又高兴又惋惜地说："小衣啊，也只好按你说的办了。"

送走衣庚锦后，朱惠凯马上给宋道然打电话讲明情况。宋道然听了没多说什么，只是最后一语双关地说："知老子者，可成大器也。"

就这样,衣庚锦将第一批疗养的名额让给了单若冰。来到了杭州疗养院后,单若冰和副参谋长朱惠凯住在一个房间。

早晨,朱惠凯笑着试探问:"小单,我给你介绍个对象咋样啊?"见单若冰不接话只是笑,他把嘴巴凑近一些说,"是这个疗养院的护士,我老战友的女儿,叫宋鸽。"

"嗯那。"单若冰有点儿不好意思,用家乡方言笑着默许了。

单若冰是第一次来杭州,人生地不熟,对一切都感到新鲜。朱副参谋长已是第三次来疗养了。当天,他就领单若冰来到理疗一科,与护士宋鸽打了一个照面,单若冰似乎显得很淡定。

杭州疗养院坐落在西子湖畔,距"花港观鱼"不远。他俩第一天就到这里来遛弯。

单若冰指着那块"花港观鱼"碑上的繁体"鱼"字问:"下面的四点水怎么写成了三点?少了一点啊。"

朱惠凯解释说:"这'鱼'字是康熙的御笔,传说康熙不是不会写这个字,而是有意错写的。康熙信佛,有好生之德,题字时他想,'鱼'字下面有四个点不好,因为在旧时四点代表'火',鱼在火上烤,还能活吗?这是杀生啊。于是有意少写了一点——三点成'水',这样鱼便能在湖中畅游,潇洒地活了。"

次日上午,杭州疗养院组织全体疗养员进行体检。经过一番检查,单若冰身体状况良好,各项指标指数均正常,仍属甲等身体。

接下来的日子,除了护士宋鸽给他点眼药水,再没啥可理疗的内容了。

这天上班后,宋鸽胸前挂着大口罩,正对着镜子梳理额前的刘海。单若冰进到了诊室,看到镜子中的宋鸽长了一张典型的瓜子脸,觉得她属于很耐端量的那种人。

此时,宋鸽发现了单若冰正在窥视自己,便戴上口罩遮住了脸,转过身来让单若冰坐下,准备给他点眼药水。

单若冰端坐在椅子上,头朝后一仰,两眼微微睁着向上看。这次他看得更清楚了，面前的宋鸽前额宽广，单眼皮，丹凤眼，柳叶眉弯如月牙，具有一种古典美。

宋鸽没有说什么，还像往常那样右手两指娴熟地撑开单若冰的眼皮，左手两指轻轻地捏着塑料瓶，瞬时一滴眼药水掉进了单若冰的眼眶中。

单若冰睁开眼睛眨了眨，感到有一丝丝辣感。当再次睁大眼睛时，他不自觉地看到了宋鸽丰腴的胸脯。她虽然化的是淡妆，但是他从她身上还是闻到了淡淡的紫罗兰雪花膏的气味，这股幽香让他心里非常亲近和安静。迄今为止，除了自己的母亲外，他还是第一次这么近距离地接触一个女性，顿时呼吸就急促起来了。

宋鸽平时虽然接触过很多男性患者，可是从未有过特别的感应，唯有这次从单若冰身上，闻到了一种男人的青春气息，脸庞不由得红了。

是什么产生了爱情？单若冰后来想，所谓爱情的产生，就是一个男人和一个女人由于心灵和心灵的撞击而发生的一次电流感应。

看到两人将接触的目光又迅速收回，走进诊室的朱惠凯会心地笑了，毕竟这两人都是花样年华。

次日早餐后，单若冰很快来到了诊室，像往常那样坐在椅子上，等待宋鸽来点眼药水。可是，他等来的却是马护士。马护士告诉他说："宋鸽今天是晚班，只好由我给你点眼药水了。"

单若冰连眼药水也不点了，悻悻地离开了。

今天早晨没能见到宋鸽，单若冰心里顿感空落落的，几乎一天都是无精打采的。

傍晚，一阵阵呐喊声把单若冰吸引住了，声音是从羽毛球场方向传来的。他走近一看，原来正在进行一场羽毛球比赛。一方是护士队，场上队员是宋鸽；另一方是疗养员队，场上队员是同来疗养的作训参谋周尚兵。

这时，宋鸽将球迅速打过网，周尚兵措手不及，跟跟跄跄后退好几步也没能接着球。宋鸽乐了，心里有点儿幸灾乐祸地说："这个球都接不住，水平也太差了吧？"

没一会儿，宋鸽高高地举起球拍，似乎准备用力扣杀，结果却轻轻一挑，来了个短球。周参谋见势不妙，向前猛跑了几步，结果慢了半拍，羽毛球还是落地了。

十九比二十一，周参谋败下阵来，将羽毛球拍递给了单若冰。单若冰接过羽毛球拍便上场了。

单若冰先发球，只见他凌空跃起，以迅雷不及掩耳之势挥拍一击。宋鸽顺势将球接住，用力挥拍，只听"唰"的一声，白色的羽毛球像流星一样飞向了对方，就在球离地面还有几厘米的时候，在一般人很难接住的情况下，单若冰一个箭步扑上去，把球反手用力打了回去。

宋鸽嘴上虽然没说什么，但是从心底里佩服他的技术。于是，两人越打越难解难分，羽毛球时而像出膛的子弹，时而又似离弦的利箭，在空中划出美妙的弧线。

这时，二人的口头禅不知不觉地就从嘴里溜出来了。

"哇——，你——来。"

"好球——，再——来。"

单若冰与宋鸽如此不经意间的重复对答，使众人发出阵阵善意的笑声。

"哇——"单若冰仍然用力挥舞着羽毛球拍。

"轻一点儿——"宋鸽还是迅速将羽毛球弹回。

"哇——""来——"

"哇——""来——"……

银球飞舞，你来我往。单若冰与宋鸽越是起劲地打，从嘴里蹦出的语句越短促而有力，最后竟都简化成了一个字，众人听后越发大笑不止。等明白了众人哄笑的原因时，两人已是满脸绯红了。

最后，当对方的羽毛球飞来时，单若冰一个海底捞月，球像磁铁一样粘在了球拍的网上。

第十二章　凯旋之后

二十比二十一，这场比赛单若冰最终以三局两胜结束战斗。

单若冰把自己的一瓶橘子水递给了宋鸽，顿时一股热流涌上了宋鸽的心田，脸颊不由泛出一缕红晕。

单若冰那坚毅而又憨厚的气质和他在行动中表现出的精干与机敏，产生了一种魅力，让宋鸽的心中绽放出朵朵敬佩、爱慕之花。她相信自己的眼力，也相信缘分和命运，她看准了单若冰是一个不肯服输的人，是对海军潜艇事业、对自己的人生具有重要意义的不能割舍的军营男子汉。

宋鸽此时的表情让单若冰心神荡漾，特别是她的脸颊上深深现出两个酒窝"咯咯"一笑的样子让人心醉。

单若冰依然清醒地坚持着自己的婚姻审美观："首先爱她的美貌和一双迷人的眼睛，其次爱她的军人气质。我要让她幸福一辈子啊。"

当晚，单若冰打电话给衣庚锦，欣喜地说："我有对象了，她就是疗养院的护士'小白鸽'啊。"

衣庚锦像不知道这件事一样说道："爱情尚未成功，同志仍须努力啊。"

第十三章

锚地唱晚

雨笛箫声

　　夕阳西下，碧波荡漾。191潜艇与190潜艇、192潜艇结束了一天的训练，返回了普陀锚地。

　　"开始抛锚，报告锚链长度。"

　　"锚链长度五米、十米、十五米……"

　　"抛锚完毕，艇员离开岗位，第一更开始值更。"

　　一条长长的锚链将潜艇拴在了普陀锚地。远处，一艘"泰山"补给舰的锚灯在夜幕下忽明忽暗地闪烁着。海面散落的点点渔火仿佛是眨眼的繁星和不眠的眼睛，在守望着静谧的夜海。

　　由于距离训练海区较远，所以潜艇每天出海训练完后，都要在普陀锚地锚泊，待第二天再去训练海区，这样比从母港直接去海区训练节省了一些往返的路程，航渡的时间也减少多了。

每次训练归来，潜艇"轰隆隆"地从朱家尖与柴山之间的航道直插普陀锚地。抛锚组上到前甲板，到了锚地就"稀里哗啦"地把锚抛下去，然后执行锚泊部署，航海长在航海日志和海图上记下舰位。

舵信兵开始值锚泊更，他们穿着防寒服站在舰桥上警戒着海面，保卫着潜艇锚泊的安全。

艇员们三三两两聚集在前后甲板，有的坐在舷梯上美滋滋地吸着香烟，有的倚在扶手栏杆上侃大山，还有的蹲在锚灯旁数着将光芒洒向海面的繁星。

普陀山素称"海天佛国"，在"文革"中却成了人烟稀少的孤岛，潜艇出海训练时，常把临近这里的锚地当成早出晚归的驿站。

在这里锚泊，可以看到洛迦山、羊峙山。洛迦山上的灯塔有规律地几秒钟眨一次眼，在海面放射出一道道光束，为过往的舰船送去祝福。

为了搞好这次训练，支队成立了锚训指挥组，由一名副支队长挂帅，从司、政、岸机关抽调了有关人员。司令部副参谋长朱惠凯、政治部副主任王敬儒率领机关参谋、干事和助理员来到了锚训第一线。

晚餐后，王敬儒还像当艇政委时一样，坐在二舱的"多能桌"前，与艇员们一道摆起了"龙门阵"。

政委石景文自告奋勇地说："我给大家表演一个'湖南人开会点名'的小节目，活跃一下气氛啊。"说着，他又"嗯"地清了一声嗓子说，"首先啊，我得解释一下，我们湖南人讲话有自己的特点，'局'发音为'猪'。因此，在湖南话里'猪'和'局'是同音字，发音均为 ju。"

接着，石政委开始绘声绘色地表演："这天，县长开始点名说，典型猪？电信局答：到！有点猪？邮电局答：到！绞肉猪？教育局答：到！人是猪？人事局答：到！娘是猪？粮食局答：到！兜底猪？土地局答：到！老逗猪？劳动局答：到！拐腿猪？国土局答：到！睡无猪？税务局答：到！阉全猪？安全局答：到！迷瞪猪？民政局答：到！叫疼猪？交通局答：到！稳罚猪？

文化局答：到！公阉猪？公安局答：到！主持人说，各个猪（局）都到了，现在开费（会）。"

大家一边听石政委讲，一边"猪、猪、猪"地随声模仿着，而后又是一阵哈哈大笑。

看到朱惠凯这时走来了，王敬儒借机鼓动说："欢迎老艇长给我们讲一个故事好不好？"

一阵"呱唧呱唧"的掌声后，朱惠凯也没客套，一屁股坐在艇长的座位上，讲了一个"断箭"的故事。

春秋战国时期，有个父亲和他的儿子出征打仗。父亲已做了将军，儿子还只是个马前卒。一阵冲锋的号角吹响了，父亲庄严地托起一个箭囊，其中插着一支箭，他郑重地对儿子说："这是家传宝箭，带在身边，力量无穷，但千万不可抽出来。"那是一个极其精美的箭囊，厚牛皮缝制，镶着幽幽泛光的铜边。儿子喜上眉梢，一眼认出这露出的箭尾是用上等的孔雀羽毛制作的。儿子贪婪地猜想箭杆、箭头的模样，耳旁仿佛"嗖嗖"地有箭声掠过，他仿佛看见敌方主帅应声坠马而毙。果然，儿子佩带宝箭所向披靡，英勇非凡。当收兵的号角吹响时，儿子再也禁不住得胜的豪气，完全背弃了父亲的叮嘱，强烈的欲望驱使他"呼"地拔出宝箭，试图看个究竟。可是，骤然间他惊呆了，原来箭囊里装着一支折断的箭。"我一直带着支断箭在打仗？"儿子吓出了一身冷汗，意志轰然坍塌了。最后，儿子惨死于乱军之中。硝烟散后，父亲拣起那支断箭，沉重地叹道："不相信自己的意志，永远也做不成将军。"

石政委气愤地说："把胜败寄托在一支宝箭上，这是多么愚蠢啊？"

王敬儒总结道："这个故事告诉我们，自己才是一支箭，如要它坚韧，如要它锋利，如要它百步穿杨、百发百中，就要去磨砺它，拯救自己的只能是自己啊。"

看大家还沉浸在思索中，王敬儒对单若冰说："我很少听你讲故事，今天你也给大家讲一个吧。"

单若冰想了一下，客气地说："老政委啊，那我就讲个'熬鹰'的励志故事吧。有个熬鹰的老人，养了一白一灰两只雏鹰。老人想把它们熬成鱼鹰，便把鹰的脖子扎起来了。听到鹰饿得嗷嗷叫，他便端出一盘鲜鱼。两只鹰扑过去叼鱼，老人就攥紧鹰的脖子拎起来，用一只手捏紧鹰的双腿，头朝下一抖。他的另一只手腾出来，狠拍鹰后背，鹰便无奈地把鱼吐出来，就这样反反复复地一直熬了下去。"

"这天，老人住的泥棚被风吹塌了，他被重重地压在废墟里。聪明的白鹰立即俯冲下来，扑扇着双翅，扇去浮土。老人凭借白鹰翅膀扇出的缝隙，终于呼吸到新鲜的空气，后来又是白鹰引来村里人救出了他。"

"此后，老人开始给白鹰额外喂饭，还扯去了它脖子上的红布带子，当它提到鱼时，鱼就滑到它的肚里去了。对灰鹰，他依旧用过去的熬法，甚至比先前还要狠呢。半年过去，终于灰鹰熬成了。"

"这天，老人神气地划着一条旧船出征了，灰鹰不断逮上鱼来，白鹰则半晌也逮不上鱼，只是围着老人转来转去，最后终于被他挥手扫到一边了。"

"在老人难看的脸色中，白鹰离家飞走了。几天后，当老人找到白鹰时，它已经被蚂蚁啃得只剩下一堆骨渣了。而此时，灰鹰正在空中高傲地飞翔。"

听单若冰讲完了，朱惠凯启发大家说："这个故事告诉我们，雄鹰是熬出来的，精兵是练出来，我们今天不辞辛苦来搞锚训，就是在'熬鹰'，要把我们的部队熬成水下雄鹰啊。"

"呱唧呱唧……"大家又是一阵掌声响起。

这时，单若冰悄悄地对衣庚锦说："咱俩上舰桥上呗，聊一会儿？"

衣庚锦跟在单若冰后面，从三舱升降口一直爬到了舰桥上的空气筒旁边，两人站在潜艇的最高处，把着扶手栏杆向前望去，普陀山的灯光时隐时现。

在皎洁的月光下，萧雨笛站在锚灯前正如醉如痴地吹奏笛子，悠扬的《扬鞭催马送粮忙》的乐曲在寂静的夜空中萦绕。几条鱼儿竞相跃出海面，画出了一道道清亮亮的弧形，仿佛是来伴舞的精灵，给枯燥而艰苦的锚泊生活平添了一丝欢乐。

衣庚锦似乎被这曲调所陶醉了，浪漫地说："你听，这是多么美的雨笛箫声啊。"

单若冰言归正传地说："庚锦啊，我还有喜事要告诉你啊。"

衣庚锦高兴地问："快说，是不是你和宋鸽要订婚了？"

单若冰笑着回答说："是的，组织上已经批准我俩确定恋爱关系了。"

衣庚锦感慨地说："恭喜啊，预祝你俩恩恩爱爱，白头偕老啊。"

单若冰由衷地说："这还得感谢你啊，是你把疗养的名额让给我，才促成了我俩这桩婚姻啊。"

衣庚锦笑着说："还是你俩有缘分啊。再说了咱们是战友加老乡，就应该同甘共苦、相互帮助嘛。"

单若冰征询道："我看啊，咱们干脆就定在明年春节一起结婚吧？"

衣庚锦高兴地赞成说："一言为定，咱们就一起明年春节举行婚礼。"

"哈哈……"一轮月光下，两位潜艇战友开心地笑了。

锚地鱼香

傍晚时分，三艘潜艇顺利完成当天的水下静默合练，准备浮起返回锚地。

就在191潜艇浮出水面的瞬间，忽然海面传来"哗"的一声响，原来是一艘渔船擅自闯入潜艇训练区，正在放拖网打鱼，没料到拖网下去后，却挂住了潜艇前甲板上的声呐导流罩，拖网一个劲地往后拽，船长还误认为打到了大鱼，赶忙挂信号旗招呼附近的渔船都赶快来帮忙。

这时，随艇保驾的副参谋长朱惠凯当即判断有情况，立即命令道："双伡后退一，右满舵。""满舵右，双伡后退一到。"

潜艇迅速安全地脱离了渔网。可当另一艘渔船赶到时，渔船船长却报告说：

"刚捕到的大鱼跑掉了。"

随即,潜艇缓缓浮出了水面,翻起的涌浪差点儿把渔船掀翻。

朱惠凯和邵艇长还有舵信兵各自戴着墨镜、穿着油渍渍的工作服站在了舰桥上,惊慌的渔民还认为是遇到了台湾潜艇,吓得立即跪下不停地央告道:"大军饶命,大军饶命啊。"

邵艇长命令舵信兵升起军旗,自己又戴上了蓝色的大檐帽。

渔船船长一看潜艇舰桥上飘扬的是八一军旗,当官的又是"一颗红星头上戴",顿时来了精神头,立即挺直了腰板,换了另一副面孔,大声喊道:"是解放军,快赔我渔网啊!"

刘副长拿起扩音话筒劝告道:"老乡,你们咋擅自闯进潜艇训练区?这是很危险的,请你们的渔船赶快退出去吧。"

船长知道自己理亏,又没有发现渔船有啥破损的地方,也不需要什么赔偿,想要赖都沾不上边啊,因此也没再做纠缠,只好驾着渔船"嘣嘣嘣"地远去了。

看到远去的船影,朱惠凯觉得这些渔民不愧是"潜艇杀手"。他想起20世纪60年代时,澳大利亚一艘"猎户座"潜艇刚抵达上海外海域时,就被渔网缠住了螺旋桨,迫使它既不能上浮,又无法逃跑。最终"猎户座"还是奋力一搏,总算躲过一劫逃走了。从此,该国再也不敢派潜艇前往中国实行侦察了。当然,靠渔网捕捉入侵的潜艇,从当时中国海军军力来看,不得不说是件令人哭笑不得的往事。

这时,舵信班长许洪平看到后甲板舷梯上挂了一片漂流的渔网,网里面藏着大小不一的鱼,正在拼命挣扎着向外蹦。刘副长喊何久先和厨师赶快上舰桥,还叮嘱他俩别忘了带一只铅桶上来。

何久先来到了甲板上,看到残网里有黄鱼、鲈鱼、墨鱼……大大小小,活蹦乱跳,不一会儿就捡了满满的一铅桶。

这时,水上厕所里又传来"扑通扑通"的声响,何久先打开厕所门一看,是一条大带鱼,比手掌还宽,一米多长的身躯泛着银光。他立马踩住了带鱼的脑袋，一手摁住鱼身，一手用铁丝穿过鱼鳃。

何久先把这些"猎物"提回舱内，和厨师一起又蒸又炖，准备晚餐时让每个人都饱尝到真正的海鲜。艇员们高兴得不得了。

傍晚时分，潜艇抛锚的锚地离沈家门不远，可以看到港内灯火通明，渔船云集，桅樯林立。

这些渔船大都来自福建，船头都写着"闽渔"字样和各自的号码。自古以来，渔民们祖祖辈辈以船为家，起居在舱内，后舱板上养着猪、鸭、鹅，前舱板上拉着一条绳子，各种衣物晒得像挂满旗。常可看到头戴鲜花的船女咧着满嘴大黄牙，身后背着一个孩子，怀里还抱着一个婴儿。

萧雨笛诙谐地描绘这些渔家船女说："近看镶金牙，远看头戴花，低头光脚丫，说话咿啊呀，吃的是地瓜。"

潜艇刚刚抛完锚，那艘渔船又追了回来，船长满脸笑容，像遇见亲人一样亲热地说："解放军叔叔，你们辛苦了。"

渔船渐渐靠近潜艇，一个渔民将一笼螃蟹扔上甲板，说是犒劳子弟兵的。

何久先觉得渔民送来慰问品，拒收不好，但收了不能白收，"三大纪律八项注意"不是规定了"不拿群众一针一线"嘛。

船长又主动地说："解放军叔叔，能不能给一桶柴油啊，我们船马上就没有油了。"

刘副长看了船长一眼，觉得艇上有一些即将废弃的旧物品，支援渔民总比扔了强啊。于是，他就让衣庚锦从废燃油柜中抽了两桶油，又搬来一箱猪肉罐头送到船上了。衣庚锦觉得过意不去，又给了渔民一捆待报废的铁丝。

看到这些东西后，船长一边说"谢谢解放军叔叔"，一边驾船远去了。

刘副长再三叮嘱说："这件事千万不能让锚训指挥组知道了，不然会被误以为我们拿军用物品换螃蟹了。"

何久先和厨师都答应一定保守秘密，衣庚锦却笑道："渔船长年在海上作业，常会遇到风浪或缺水少油的情况，看到了我们的潜艇后就有了一种靠岸的感觉，给予他们适当的援助也是应该的啊。"

晚餐时，何久先让厨师把一盘盘大螃蟹和鲜鱼分送到了各舱。

看到二舱"多能桌"上摆放着一盘又红又大的螃蟹，邵艇长拿起一只螃蟹默默吃着。石政委则搪塞地说："我不爱吃螃蟹，一吃就过敏啊。"

朱惠凯拿起一只螃蟹掂了掂，赞不绝口地说："好大的螃蟹，挺肥啊。"他又拿起螃蟹给每人分一只，还催促地说："吃啊，都吃，别光顾看着啊。"

萧雨笛开玩笑地问："朱副参谋长，螃蟹好吃吧？"

朱惠凯将还没吃完的一只蟹腿往桌上一扔说："新兵蛋子想骗我？还嫩了点儿吧，这事以后下不为例啊。"

普陀山上

潜艇锚训归来后，每隔一天必须充电。充电时那种"隆隆"的轰鸣声，在宁静的夜晚搅得人几乎无法入眠。而潜艇兵由于经常出海、值更，与潜艇朝夕相处，对于这种嘈杂、潮湿、狭窄的情况早已司空见惯了。

开始遇到充电时，衣庚锦被内燃机的轰鸣声搅得心烦气躁，迟迟不能入眠。可是渐渐适应后，他就在机器的催眠声中进入了梦乡。有趣的是，现在每次停机后，刹那间的万籁俱寂让他反而不适应了，或许这就是所谓的条件反射吧。

东方刚刚露出鱼肚白，参加锚训的潜艇就做好了"备航备潜"的准备。突然，潜艇接到"锚指"的指令说：训练海区风浪很大，各艇休整一天。

锚训休整的日子是快乐的，除了留下值锚泊更的人员外，其他人都可以上岸活动。由于不出海，潜艇今天就不用再充电了，所以衣庚锦、单若冰、何久先和大家坐上交通艇，一起登上了普陀山。一上到码头，三个人顿时就有了精神，疲劳也减轻了许多，感到大地真不愧是人类的母亲啊。

普陀山是闻名遐迩的佛教圣地，三个人都是头一次来。一踏上普陀山的岸边，他们便随着大家飞一般地奔向了南天门。

南天门是用石头搭起来的，可以看出，原来模糊的"南天门"三个大字已换成了"毛主席万岁"的字样，两旁涂有一些政治性的标语口号。门的外面是民用码头，每天有两班从沈家门开往这里的摆渡船，从这里返航的船也是两班。东面海滩上，他们发现岸边有四门加农炮，炮口直指海上，还有十几个女民兵在进行操炮训练。随着指挥员挥动的红旗和口令，女民兵们操练得有板有眼。衣庚锦不由得赞叹道："不愧是飒爽英姿的女炮手，真可谓是'中华儿女多奇志，不爱红装爱武装'啊。"

来到普济禅寺后，他们看到庙门半掩半开着，高大的佛像有的被砸掉了一只胳膊，有的头上还拉起了蜘蛛网。看到有人走进来，惊得几只鸟"扑棱棱"地飞起，又灰蒙蒙地撒落下一层尘埃。

衣庚锦对他俩说："这里的寺庙保护得还不错，佛像被破坏得比较轻。咱们老家三清观的神像早已被砸得面目皆非了，连城头上刻有'归服堡'三个字的大石碑都被人拆了拿回家垒猪圈了。"

他们仨又来到了千步沙，这里是海的"沙廊"，脚上的翻毛工作皮鞋踏在细软的沙滩上，像是踩在了席梦思床垫上。

在去往佛顶山路上，有个老太太虔诚地三步一叩首，爬上一千八百八十级台阶才到达了顶峰。在返回路上，有个男子背着个女人疾速上行。女人面黄肌瘦，两掌外翻，像个残疾人。

衣庚锦见了顿起怜悯之心，转身对他俩说："你看，这对夫妻的感情多深啊，丈夫背着妻子爬这么高的山来拜佛，太感人了……"

衣庚锦的话音刚落，男子将女人放到台阶后就溜了。女人刚坐下，就迅速从腰间掏出了一个小瓷碗，伸向衣庚锦乞讨。衣庚锦一时不知所措了。

单若冰上前低声说："昨天我俩不是给你钱了吗？你怎么还要呢？"

女人顿时哑口无言，羞涩地将小瓷碗又伸向了另一个路人。

看到这句话还真管用，何久先有点儿莫名其妙，悄悄问单若冰说："昨天，咱们不是在海上训练吗？"

单若冰解释说："是啊，她每天都在这里乞讨，根本记不住人的脸，我这一招在兵法上叫'瞒天过海'啊。"

何久先赞扬说："还是单军士长办法多啊。"

他们三人又从梅福庵向西走去，拾级而上，路过"二龟听法石"，来到了磐陀石。他们围着磐陀石转了一圈，发现它是由上下两块巨石相叠而成的，石头身与底座相连处仅几平方厘米，右面呈菱形，凌空孤峙。巨石上广下锐，体积约有四十多立方米。远远望去，磐陀石险如累卵，欲坠不坠，可风吹不摇，安稳如磐，实为"天下第一石"。石上题有"磐陀石"三个笔力遒健、势如飞天的大字，是由明万历年间抗倭将军侯继高所题。

衣庚锦惊奇地发现"石"字上多了一点。单若冰说："侯将军题字时大石左右摆动，摇摇欲坠，于是他在石字上加了一点，磐陀石便稳稳当当地固定住了。"

当然，这只是个传说，仔细观察可知，"磐"字的上部实际上少了"舟"字的钩。单若冰又解释说："这是因为作为一件书法作品，'磐'字笔画太多，钩作为不重要的笔画就被省略掉了，为了让视觉效果更好。而磐陀石的'石'字之所以多一笔，其目的与'磐'字少一笔是一样的。'石'字笔画较少，为了使整幅字看起来相对平衡，在'石'字不重要的空白位置加一点睛之笔，在书法艺术中这叫作'补白'。"

衣庚锦和何久先明白地点了点头。

为了登高远望，何久先让衣庚锦踩在自己的肩膀上，将他送上了三米高的磐陀石。衣庚锦爬上后，又蹲下来双手拉住何久先，单若冰在下面使劲往上推何久先的屁股。何久先一用劲却"吱"地放出个屁来，味道虽不臭，单若冰闻后一笑竟松开了手，衣庚锦一把没拉住，何久先一个屁股蹲儿坐在了地上，痛得他龇牙咧嘴。

稍后，单若冰说让自己先上。何久先说行，就蹲在下面使劲地往上推单若冰的屁股。单若冰上去后，又和衣庚锦各伸出一只手将何久先拉上磐陀石来。衣庚锦用步丈量，磐陀石面积能有五六平方米，可站二十多个人呢。

这时，夕阳西下，石披金装，灿然生辉。站在石巅，环眺山海，景色雄奇，好一处"磐陀夕照"的壮丽景观。

何久先说："咱们好不容易上来了，就刻个字留作纪念吧。"

衣庚锦掏出了习惯随身带的螺丝刀问："刻啥字好啊？"

单若冰思忖了一下说："就刻上咱们的潜艇兵魂吧。"

衣庚锦握住螺丝刀用力凿刻，一会儿凿累了，单若冰和何久先便接着凿，大约折腾了半小时，终于在磐陀石顶上留下了三个潜艇兵镌刻的十二个大字："听党指挥，同舟共济，坚如磐石。"

若干年后，每每回想起当时的情景，想起磐陀石上的刻字，他们在引以为豪的同时，也深为自己不爱护景物的行为而自责。

庙逛了，山爬了，字也刻了，最后一件事就是去看望萧雨笛。

萧雨笛属于支队"锚指"政工小组，主要任务是办《锚训快报》，宣传水下练兵中的先进事迹。王敬儒担任快报主编，萧雨笛是执行副主编，主要负责摄影、写稿、编稿和发稿。

萧雨笛自从当了干事后，热情就像新兵那样倍儿高，常背着一部120海鸥相机到处采访，真是出尽了风头。

出航前，支队在军人大礼堂举行潜艇锚训动员大会。副参谋长朱惠凯做动员讲话时，萧雨笛站在前面，手端相机给他照相，可一按快门镁光灯不闪了。他一边摆弄一边低头找原因，两手按着按着，"噗"的一声，镁光灯突然闪了一下，吓得萧雨笛全身一颤，引起台下哄然大笑。

朱惠凯摘下眼镜向台下望了望，还以为自己哪儿讲错了，听见笑声没了，又戴上眼镜继续念稿子。

萧雨笛又站回原地，端起相机继续照相，可还没等按下相机快门，镁光灯又"噗"地闪了一下，吓得他夸张地一愣神，台下又爆出了一阵哄笑声。

朱惠凯又摘下眼镜，先是向台下张望，又看了看站在面前的萧雨笛，一脸茫然地摇了摇头。

萧雨笛有点儿不好意思了，重新端起相机，将镜头对准朱惠凯，准备来一张大特写，可是一按相机快门，镁光灯却一闪也不闪了。他垂头丧气，一边往后台走，一边拍打着相机说："什么破相机，真给我掉链子。"没料到这么一拍，"噗"的一声，镁光灯又忽闪了一下，他又被吓了一跳。

看台下笑得前仰后合，朱惠凯站起来，风趣地说："我说'小哩格儿楞'啊，你这照相机该闪时不闪光，何时能不再'吊儿郎当'？"

编辑部原设在 191 潜艇上，由于舱室狭窄，印出的快报铺不开，也不好晾干。有时起风浪，潜艇摇摆起来刻蜡版就更难了。最后，编辑部又随"锚指"一起迁到普陀山荷花池旁的陆军招待所，条件改善了，出报效率也提高了。

这个招待所是江南庭园式建筑，蒋介石、宋美龄曾下榻过，刘少奇、王光美也曾在此休息。

衣庚锦他们来到陆军招待所，一个管理员上前问他们是干什么来的。

衣庚锦忽然发现墙角有一个储水池，便灵机一动抢着回答说："啊，陆军老大哥，我们是潜艇的，好几天没洗澡了，想到你们这里洗一洗。"

管理员有点儿为难地说："我们用水也很紧张，现在每天有两百多人吃饭，每天从下午四点用水泵打水。要不这样吧，你们就洗洗头吧。"

衣庚锦说了一声"谢谢"，三人便开始舒舒服服地洗起脑袋来了。

此刻，萧雨笛正往政治部副主任王敬儒的房间送审稿件。他写了一篇题为《锚地新风》的稿子，说的是 192 潜艇厨师战胜晕船呕吐坚守岗位的事迹。他平时写字潦草，特别是在写人名字时，总是喜欢龙飞凤舞。王敬儒批评他的字写得像天书，看不懂啊。

看到是衣庚锦他们进来了，王敬儒让他们仨先坐下，又继续审稿。

王敬儒摘下眼镜问萧雨笛说:"厨师叫啥名字?咋成了'汤水鸡'呢?"

萧雨笛不好意思地解释说:"不是'汤水鸡',他叫'杨永鸣',是我的字写得太草了。"

王敬儒又戴上眼镜,在稿子的右上角风趣地写道:"龙飞凤舞害他人,涂鸦变成'汤水鸡'。"

雨 浴

潜艇像一头老黄牛,被长长的锚链拴着鼻子,在海面上漂着。海浪有节奏地拍打着艇舷,海水从透水孔中涌进又流出,似在反复吟唱着锚地交响曲。

根据这次海上锚训计划,今天三艘潜艇要进行夜航编队训练,完成任务后将直接从训练海区返回母港。

早晨,一艘交通艇"突突"地开来了,当快靠近191潜艇时,排气口"突突突"地冒着淡蓝色的烟雾,在海面画了一道弧线后,就徐徐地靠近了潜艇的右舷。

潜艇前甲板上的几个战士准备带缆,交通艇带缆人员已经就位了,有拿撇缆绳的,也有拿碰垫的。交通艇停靠的速度似乎有点儿快,角度也有点儿大,也许是因为艇长对自己的靠帮技术挺有把握吧。

按照规矩,当两条艇接近靠上时,交通艇须倒车减速,以便借着惯性缓缓靠帮。可是这艘年代久远的交通艇丝毫没有减速的意思,也没有倒车之举,只听"砰"的一声,它撞上了潜艇,声音不是很大,潜艇只是微微地晃了一下,谁也没有把这当回事。大家对此已经习以为常,靠帮没一点儿晃动是不可能的。

交通艇是最后一次来送给养的。带完缆后,艇员们七手八脚地开始卸载,将一筐筐新鲜蔬菜、鱼和蛋等食品往潜艇的甲板上搬运,还顺便捎来了一袋报纸和信件。

一切卸载完之后,交通艇"突突"地离开了,向另两艘潜艇驶去。海面又绽出一道美丽的弧线,像是一道说"再见"的花环。

近一个月的锚训生活中,艇员们洗不上澡,用手指在身上一搓就是一卷灰,时不时渗出一种酸不啦叽的味道。每天早起后,艇员们伸完懒腰就拿着盥洗用具从前后两个升降口爬出来,开始在甲板上洗漱。

舰务兵在后甲板接上一根淡水管,认真地给每个艇员分水。每一个艇员先用毛巾搌成一个凹形接水,而后又迅速地在脸上搓摩两把就闪到一边,把位置让给后面排队的人。

有个别讲究点儿的艇员不忘抹两下香皂,可香皂沫很快被风吹干了,闹不好还会被吹进眼睛里,两眼被杀得生疼。由于海上没遮没挡的,有时艇员们会被吹一身水,湿乎乎的很不舒服。

衣庚锦劝慰大家说,锚训就是这个条件,只能将就点儿了。由于长时间洗不上澡,有个新艇员开始用海水擦身,擦后身上形成一层盐,然后再用毛巾擦干净,这便是洗澡了。

轮机兵还好说,五舱底有一台海水制淡机,造出来的水不能喝,仅够本舱人员和厨师洗漱用。

昨天气象预报说,今天上午有雷阵雨,艇员们像久旱逢甘雨的庄稼,个个都在盼望老天能降下喜雨,哪怕是一小会儿也好啊。

中午时分,一阵雷鸣电闪,天降大雨,雨点打在甲板上发出"啪啪"的声响。

看到喜雨果真降下,刘副长拿起扩音话筒大声喊道:"全体艇员注意了,除值更人员外,都到甲板洗澡啦!"

话音刚落,艇员们分别从三个升降口一个个地钻了出来。衣庚锦向轮机班全体人员催促道:"我留在舱内值更,你们快上甲板淋浴。"

艇员们穿着亚麻背心、裤衩,站在前后甲板和舰桥上,自动排成了一列,仰脸朝天,举臂向上,袒露胸膛,迎接大雨的降临。

后来,他们干脆都脱光了衣服,在这个清一色男人的世界里,尽情享受着海天雨浴了。战士们赤裸着身子,尽情地让大雨浇个透。"哗哗"的雨水在他们的头顶打个站，又顺着头发分流而下，流过耳朵、脸颊和下巴，在腹部汇成一溜，又从"好大一棵树"旁淌过，真是一幅壮观的"裸兵沐浴图"。

"溜锚了……"大家正在雨浴的兴头上，忽然传来了单若冰急切的报告声，"快，溜锚了！"

顿时，全艇拉响了战斗警报。

由于潮汐因素，海流的流向、流速是动态变化的，潜艇锚泊时最怕溜锚。一开始时，单若冰发现艇艏朝向西方，可是过了一会儿却逐渐朝向东方了。他根据经验判断，潜艇在锚泊状态一转圈，铁锚就可能抓不住，也就开始脱锚了。脱锚也有危险，容易造成潜艇触礁、搁浅等后果。

一听说是溜锚了，艇员们立即停止了雨浴，抓起衣服就向舱内跑，有的来不及穿衣，干脆就光着屁股跑下了舱。

"各就起锚岗位。"

"全艇已就起锚岗位。"

随着邵艇长的一声令下，全艇即刻进入了全员部署。

衣庚锦迅速断开了离合器，六舱的主电机启动了，潜艇又选择了一个锚位重新抛锚。

抛锚组人员开始忙乎起来了，舵信兵爬下舰桥，再跑到前甲板，钻进锚链舱，进行起锚、抛锚操作。

起锚时，鱼雷长与舵信兵在前甲板起锚。舵信兵负责操纵锚机，见锚链与铁锚沾满了淤泥，又打开水龙头冲洗锚链。鱼雷长打着手势，负责向舰桥指示锚链方向，以避免锚链与艇体纠缠。一会儿，铁锚被从海底"哗哗"地拔出来，又一节一节回到了锚链柜里。

起锚完毕后，潜艇又开始在新的锚位抛锚了。

抛锚完毕，全艇开始机械检试，为今天的夜航训练做好准备。

衣庚锦带领全班战士爬上爬下，精心对内燃机进行全面检查。打开内燃机曲柄箱检查曲柄轴承时，他用手提灯仔细一照，发现流出的滑油中有微不可见的金属碎屑，便当即断定这是曲承合金出现了磨损，立即让轮机班长拆开相邻的几个曲柄轴承进行了全面检查。

果然不出所料，轮机班长发现最后一个曲承合金出现了磨损。

衣庚锦顺藤摸瓜，再进一步细看，在第六缸活塞的裙部发现了一条不显眼的裂纹。于是，他立即组织全班人员进行吊装、拆卸，及时更换了破损的活塞，从而避免了一次重大事故的发生，确保潜艇准时参加当天的夜航训练。

经过半个多月早出晚归的奔波，三艘潜艇如期完成了这次海上锚泊训练任务，疲惫的水兵终于迎来了曙光，胜利抵达了东坪港。

第十四章

新婚蜜月

婚礼仪式

冬天来了，东坪港仍是那样郁郁葱葱，满山墨绿。

海水依然是那样清澈透底。山间翠绿的竹叶在和煦的阳光下舞动。一对喜鹊站在梧桐树的枝杈上，依偎在一起，"叽叽喳喳"唱个不停。

东坪港营区外有一座凤屏山，半山腰建的一栋楼是临时家属招待所。那是座有着青砖墙和水泥平顶的四层楼房，住的都是从全国各地来探亲的军官家属。官兵们戏称凤屏山为"革命后代的摇篮"，萧雨笛称这里是"爱的伊甸园"。光棍汉们私下给它起了一个不雅的名字，叫作"配种站"。

不知是从何时起，部队官兵习惯称妻子为"家属"。海军舰艇部队副营职以上军官的妻子被批准随军后，大都住在家属区。而连排职军官或未随军的副营职以上军官的妻子来队探亲，大都住在临时家属招待所。

第十四章 新婚蜜月

如果是艇长的妻子来队探亲了，交通艇还没有靠上码头，就会有人站在浮桥上扯着嗓子可劲地喊："喂——谁的家属来了？""191 的家属。"对方应道。乍一听好像这个媳妇是全艇人的家属了。这有什么办法呢，多少年沿袭下来，老兵们都是这样喊的。

从水兵大楼到凤屏山，步行需要半个多小时。每到星期天，临时家属招待所就热闹开了，来此探望的除了艇首长和本单位战友外，大都是老乡。午餐时，家家户户都是佳肴满桌，酒瓶排列，吆五喝六的好不热闹，显露出浓浓的战友亲情。

这几天，191 潜艇真是热闹开了，可以说是"三喜临门"：一喜是轮机军士长衣庚锦与牟桂英喜结连理；二喜是鱼雷军士长单若冰与杭州疗养院护士宋鸽修成正果；三喜是老政委、现任政治部副主任王敬儒再婚。果然不出朱惠凯所料，四年后由老岳母出面做主，王敬儒还真娶上小姨子了。

王敬儒的小姨子叫常秋萍，见她一副小鸟依人的样子，老搭档朱惠凯风趣地说："嘿，这真是姐姐比妹妹个儿高，妹妹比姐姐还妖娆啊。"说完，他站在王敬儒身旁一字一句地耳语说，"老倭瓜，老牛吃嫩草啊。"

找一个漂亮的媳妇，这是衣庚锦儿时的梦想。1963 年，国家正处在物资贫乏的年代。一天，在归服堡火车站候车室里，衣庚锦看到一个陆军军官和妻子正在吃苹果，一圈圈苹果皮落在了地上，差点儿把他的口水馋了出来。当时，刚满八岁的衣庚锦心里默默地想："等长大了，我一定去当兵，也娶一个漂亮媳妇当军官太太。"十七年后，军队大熔炉让衣庚锦梦想成真，牟桂英果真当上军官太太了。

可是，衣庚锦做梦也没想到，他在申请结婚时却遇到了麻烦。

牟桂英的父亲牟福刚"文革"前是渤滨造船厂副厂长，属于"走资派"。由于部队军官申请结婚前组织上要对女方进行政审，所以这对鸳鸯就理所当然地将被拆散了。

得知政审过不了关，衣庚锦的"一根筋"劲头又上来了。他跑到政治部找到老政委王敬儒表态说:"非牟桂英我不娶!"

按理说:"宁拆十座庙,不破一桩婚。"可是,潜艇部队对军官婚姻的政审历来都十分严格,对此王敬儒也无能为力。听说这婚结不成了,衣庚锦顿时火冒三丈地大喊了一声:"我申请今年转业,我回家结婚总可以吧?"

王敬儒了解衣庚锦的犟脾气,也就没有与他多计较,心想,这桩婚姻不批准吧,的确是不太尽人情;如果批准吧,又违反部队的政审规定。难道就为了一个莫须有的"走资派",真的要活活拆散一对鸳鸯吗?想到这儿,他想在职责范围内再想想办法,做最后一次努力。

几天后,王敬儒在政治部会议室组织全体人员学习讨论《光明日报》刊登的题为《实践是检验真理的唯一标准》的特约评论员文章。会上,军报刊登的一篇题为《被拆散的鸳鸯喜结良缘》的报道引起了大家的热议。

报道说,某高炮团指挥排长与未婚妻是青梅竹马,由于女方母亲家庭出身是地主,所以未通过部队政审。在开展大讨论的过程中,团党委冲破多年禁令,批准了他们的结婚报告,成全了将被拆散的一对鸳鸯。

王敬儒由此想到了衣庚锦,散会后他与政治部肖主任一合计,就果敢地在衣庚锦的部队干部结婚申请报告上写道:"符合条件,同意结婚。"

衣庚锦得到喜讯后,充满感激地向老政委敬礼,并连夜将结婚申请报告寄回了老家。按照规定,领取结婚证须男女双方都到场,可是由于牟桂英是街道妇联主任,所以他们就走了个捷径。

转年春天,牟桂英一身红装,拎着一个旅行袋,乘坐"锦绣"客轮来到东坪港结婚了。

傍晚时分,临时家属招待所里灯火通明,张灯结彩,三对新人在饭堂里举行婚礼。

结婚仪式由政委石景文主持,政治部肖主任首先致辞,司令部副参谋长朱惠凯担任证婚人。

第十四章　新婚蜜月

三对新人站好后,邵艇长首先介绍王敬儒夫妇,边说边从兜里掏出一张纸条,说是代表全艇同志赠送给老政委一副新婚对联,说着他又清了清嗓子,风趣地念道:

上联:老政委驾新艇轻车熟路;
下联:新钢套旧活塞游刃有余。
横批:进退自如。

接下来,何久先走上台,说是赠给单若冰与宋鸽一副婚联:

上联:在天愿为比翼鸟;
下联:军营乐做连理枝。
横批:军人之家。

宋鸽一身蓝军装,戴一顶无檐军帽,再被今天的喜庆的环境一烘托,立刻就焕发出了光彩。

萧雨笛没向新人赠送婚联,而是将衣庚锦与牟桂英的名字巧妙地连在一起,即兴做了一首藏头诗。他大步流星地走上前,富有感情地朗诵道:

庚齿不忘恩爱情,锦绣人生走前程;
桂花争妍分外香,英俊男儿浪里行。

萧雨笛的话音刚落,全场就爆发出一阵阵掌声,婚礼现场气氛达到了高潮。

洞房花烛夜

考虑到第二天还要早起出海训练，婚礼仪式很快结束，闹洞房这场戏也就免了。

单若冰与宋鸽乘坐父亲宋道然派来的轿车，连夜赶回杭州度蜜月了。

王敬儒副主任和衣庚锦各自带着新婚妻子，分别走进了自己的洞房。

王敬儒夫妇和何久先两口子分别住在三楼五号、六号房间，衣庚锦小两口则住在楼下六号房间。

部队招待所与营房建筑格局大体一样，房间里都是统一摆设，一样的家具、一样的写字台、一样的衣柜……弄不好很容易摸错门。上下楼之间的隔层都是水泥预制板，既薄又不隔音，所以稍有点儿风吹草动，楼下的住户几乎了如指掌。

王敬儒和小姨子，现在应该说是新婚妻子常秋萍走进了自己的房间。王秋萍独自坐在床头，怯生生地低头抚摸着自己的辫梢，一副害羞的样子。

望着比自己小十七八岁的新婚妻子，王敬儒倒有点儿羞赧了，显得有些尴尬，他不知所措地说："秋萍，咱们睡觉好吗？"

常秋萍点了点头，"嗯"了一声上床了，脱下衣服钻进了被窝。

王敬儒脱去海魂衫，露出强壮的身躯，当脱去内裤时，他犹疑了一下，还是钻进了被窝。他立刻感到她的身体苗条而结实，且富有弹性。面对着娇小的妻子，他有点儿语无伦次地说："你、你的嘴好漂亮，给我亲一下好吗？"

还没等常秋萍开口说话，他厚厚的嘴唇已经吻了过去，先是试探性地吻了一下她的额头，再慢慢地向她的嘴唇移动。头一次与男人接吻，对方还是自己曾经的姐夫，常秋萍觉得滋味好特别，也不知如何是好，只能听之任之了。

王敬儒发现新婚妻子接吻时连伸舌尖都不会，觉得她很单纯，心怀感激地安慰说:"秋萍,不要怕,有我在,啊。"他仍把她当成小姨子,她心里一震,整个身子似乎通了电,任凭他吻自己的嘴巴、脖颈……一直向下移,吻得她全身发软、发痒。

看到自己丈夫那贪婪相,常秋萍情不自禁地"嘻嘻"笑起来。

王敬儒不好意思地问:"秋萍啊,你、你笑什么?"

常秋萍用唐山话回答说:"知不道啊。"意思是说,我知道,但不告诉你。

一会儿,常秋萍又天真地问:"姐夫,我与姐姐相比,谁的皮肤白啊?"

一提到去世的妻子,王敬儒顿时像泄了气的皮球,"吁"的一声全身瘫软下来了……

何久先和王桂兰参加完婚礼后,就回到了自己的房间。何久先急得像个猴子,一上床就迅速钻进被窝,紧紧抱住了妻子丰腴的身躯,像久别重逢那样,才酝酿出的感情洪水般冲向了闸门。

王桂兰这是第二次来队探亲了,她家住农村,探亲也不用单位批假,所以想来就来,想走就走。

原本她怀孕三个多月了,可是收到丈夫在远航中荣立三等功的喜报后,她高兴地将喜报镶在镜框中,准备挂在墙壁上,想让春节来拜年的人都分享一下喜悦。

可是,当她腆着大肚子,两脚踩上凳子,左手按住墙上的钉子,右手拿着锤子正要往上钉时,没想到一使劲,踮起的脚跟没站稳,身体朝后一个趔趄,猛地摔倒在地上,流产了。

两人结婚四年了,虽然这期间何久先也回家过两次,可在短短的十五天假期里,她的"大姨妈"偏偏在这节骨眼大驾光临,再次错过了"播种期"。她这次来探亲的主要任务就是再次接受"春播"。

对衣庚锦和牟桂英来说,新婚之夜是激情、浪漫的。进入洞房后,两人走到窗前,透过窗玻璃上贴的一对红双喜字朝天空望去。一层层、一圈圈的鱼鳞状云彩簇拥在白净皎洁的圆月周围,在深蓝色天幕的衬托下,勾勒出十分美妙的意境。

衣庚锦高兴地说："太美了，太好看了。"

牟桂英甜蜜地依偎在丈夫的胸前。

欣赏完夜景，两人牵手走向床头。床上方方正正地摆着两床蓝军被，两对红枕巾盖着枕头，枕巾上绣着鸳鸯戏水的图案。

衣庚锦脱下了军装，催促道："咱们就寝吧。"

牟桂英羞答答地点了点头。

衣庚锦先是坐在床边，将下颚放在牟桂英的膝盖上面，头不停地晃动，像小猪在拱食。

牟桂英开始挺不住了，瘫软在床上，好似躺在无垠的棉花垛上，觉得整个房间好似在旋转，好似在漂浮。

衣庚锦"唔唔"地大口喘着粗气，毕竟这是第一次接触妻子，他像猎豹一样蹿上去，双手紧紧地抱住她丰腴的肩头，在她脸上使劲地吻，像要吃下她似的说："我喜欢，喜欢你……"

衣庚锦与牟桂英滚烫的肉体紧紧贴在一起的瞬间，"轰"的一下，两颗激动的心都似着了火。一个是热如火的丈夫，一个是仓促应战的妻子。在两人肌肤的摩擦中，衣庚锦渐渐地发出一些含混不清的耳语声，而且动静越来越小，他开始接触对方的"敏感地带"了。

突然，棚顶传来一阵"吱吱"的声响，两人的性趣随之荡然无存。

这"吱吱"的声响是从楼上何久先所住的六号房间传下来的，木板床急促晃动而发出来的声音使即将进入"鱼雷发射"状态的衣庚锦全身彻底瘫软了下来，他低声安慰妻子说："对不起，对不起……"

牟桂英觉得这个新婚之夜有点儿冷，接下来便像一只小羊羔似的依偎在丈夫的怀中，慢慢地进入梦乡了。

长期的军营生活使衣庚锦养成了独自睡觉的习惯，突然与一个女性抱在一起，他觉得浑身燥热，甚至发痒，便轻轻推开妻子想一个人独自睡。

后来，衣庚锦才慢慢体会到军人对于新婚的这种陌生感。不再是独自一个人，不再是自己独有的空间，身边多了一个女人，往往让他们觉得不自在。军人这种特有的婚恋生活多半是因为双方婚前未经恋爱阶段，相聚时间短，所以军人对爱的心理往往准备不足，常常是"先结婚，后恋爱"。

半夜时分，牟桂英醒了，夫妻俩再次融为一体，重新向高潮的顶点发起第二次冲击。

衣庚锦这次的频率特别急促，牟桂英双手抓住床单，紧紧地夹着双腿不断颤抖，一种从未有过的强烈快感顿生，禁不住发出了欢快的呻吟声，伴随着处女膜的破裂和阴道的阵痛，她咬着丈夫的耳朵呢喃地说："快点儿，别停下来……"

突然，"吱吱"的声音再次响起，就在衣庚锦刚要加大力气之时，楼上何久先房间的木板床又剧烈响动起来，真是讨厌极了。

顿时，牟桂英体内的快感再一次消失了，直到丈夫完事时，仍毫无感觉，她委屈地流下了泪水，从此在心理留下了阴影。

"要不，你就咬我几口吧。"衣庚锦一边给牟桂英擦眼泪，一边把一只手臂伸过去劝说，"把气发泄出来，兴许能好受一些。"

听衣庚锦这么一说，牟桂英还真的在他的手臂上咬了起来。咬过之后，她心里好像好受了许多。看到他手臂上紫红色的牙印，她心疼不已，说以后再也不咬了。

"没事的，一点儿也不疼，只要你觉得心里好受就行。"衣庚锦拍着自己结实的胸脯，安慰地说，"咱们睡吧，天快亮了。"

"吱吱……"天刚蒙蒙亮，楼上何久先房间木板床的晃动声又一次响起了，并且节奏加快，越"吱吱"越快了。

想到这一夜被折腾得几乎没睡着，衣庚锦"腾"地从床上坐起来，光着脚下地，拿起拖布杆就要往棚顶捅去。

牟桂英也光脚跳下床,从衣庚锦手中一把夺过拖布杆,耐心劝道:"他俩是久别胜新婚,咱们就体谅一点儿吧。"

衣庚锦有气无力地把拖布杆扔到了地上,坐在床边叹了一口气说:"这小子,火力也太猛了,一晚上干好几次啊。"

"嘀嘀嗒……嗒嘀嘀……"起床号吹响了,东坪港又迎来了新的一天。

衣庚锦习惯地迅速披衣而起,低头时目光落在洁白的床单上,他忽然发现了一抹嫣红,如雪中的红梅,艳丽而又妖娆。

衣庚锦有点儿不知所措,出操完后,就把这事悄声讲给了医生靳伯虎听,最后关切地问:"靳医生,这是怎么回事?是不是我老婆有什么病啊?"

靳医生没有直接回答,而是倒背着双手,一边朝前走,一边笑眯眯地背诵起了明代诗人冯梦龙《三言二拍》中的一首诗:

携手揽腕入罗帷,含羞带笑把灯吹。

金针刺破桃花蕊,不敢高声暗皱眉。

"摸错门"

临时家属招待所里长年住着南来北往的军人家属,用水紧张常会影响到她们的生活和心情。每个房间里都有一个大铅桶或是塑料桶,里面盛的都是淡水。洗菜、烧饭时只能用小碗盛着淡水冲洗一下。城市来的家属过不惯这种缺水的生活,夫妻间闹别扭是经常的事。

常秋萍是来自唐山市的姑娘,对用水格外讲究,丈夫王敬儒每天回招待所时,都要从小水井带一暖水瓶山泉水。他回到招待所的第一件事就是拿桶去打水,睡觉前给新婚的妻子擦擦身。几桶水打下来,他身上都要冒汗了,可是娇妻还是一个劲埋怨东坪港的生活太苦。别说潜艇兵了,就是家属吃罐

第十四章 新婚蜜月

头也腻了,她们不时唠叨着,以后再也不到这兔子不拉屎的地方来了。

星期六晚上,各潜艇例行会餐。何久先跑回191潜艇,先是喝了半斤老白干,又往肚里灌了五六瓶啤酒后才打道回府。当他双腿刚迈进招待所门槛时,不料停电了,全楼漆黑一片。

何久先晃晃悠悠地只好凭着以前的感觉黑灯瞎火地向楼梯口走去,找到扶手后就往楼上摸,估摸差不多走到三楼了,就摸到了六号房间的门,进屋后就一头倒在了床上,一嘴酒气地嘟囔道:"老婆啊……"

突然,电来了,房间如同白昼。何久先转过头来,正想与一旁的妻子亲热时,只听"啊"的一声尖叫。他一下子被惊醒了,睁开眼睛一看,一个女人从床上一骨碌坐起。这个女人不是自己的妻子王桂兰,而是衣庚锦的家属牟桂英!

"你、你怎么跑到我家来了?还躺到我的身边呢。"何久先先是一怔,又仔细一看屋里统一配备的桌、椅、床,和自己家的一模一样啊。

可是,何久先抬头再一看,窗户上贴有红双喜字,枕巾也是红颜色的,这才知道是自己走到二楼进错门了。

如梦方醒后,何久先立即拔腿就往三楼六号房间跑,进门就一屁股坐在床上呼呼直喘,还一个劲地喃喃自语道:"我怎么进了人家的洞房了,这不是摸错了门吗?"

这时,衣庚锦正好回来了,看到妻子牟桂英都快笑岔气了,他感到莫名其妙。

牟桂英毕竟是妇联干部,见多识广,根本就不相信何久先这是有意摸错门的,便如实向丈夫诉说了刚才发生的一切。

衣庚锦听后哈哈大笑地说:"咳,我还以为发生了什么大事了。"

衣庚锦转身上楼来到了六号房间,一边拍着何久先的肩膀,一边哈哈大笑道:"我说'酒仙'啊,你以为这是在潜艇舱内啊,想搞'无灯光操作'啊?"

何久先语无伦次地说:"酒喝多了,我摸错门了,你快回家陪媳妇吧。"

从三楼下来后,衣庚锦正好遇到侯机电长来探望。

见侯机电长拎着出海包进来了，衣庚锦急忙低声对妻子说："侯大队长来了，赶快迎接啊。"

一听说是来客人了，牟桂英立即迎了上去，接过对方手中的出海包，热情地说："哎呀，侯大队长，你来就来吧，还带什么东西呀？"

侯机电长一愣，尴尬地说："不客气啊，我是顺道来看看。"

衣庚锦一听妻子叫错了称呼，有点儿不知所措，急忙上前纠正道："这，这是侯、侯机电长……"

侯机电长是广东人，长相酷似《渡江侦察记》电影中的敌保安大队长，个儿不高，胖胖的，头顶有点儿秃，加之又是姓侯，所以大家就戏称他为"侯大队长"。

侯机电长家住在随军家属区，知道老政委他们几个人的家属来探亲，就顺道上临时家属招待所看望一下。出海时发了几盒罐头，他本来想是带回家的，没想到一迈进衣庚锦家的门就"交公"了不说，而且还被他的家属直呼绰号。

坐了一会儿，觉得很尴尬，侯机电长就借口去三楼，说是去看望王副主任和何久先的家属。

送走侯机电长后，衣庚锦就责怪妻子不应用这样的称呼。

牟桂英却毫不在乎："怎么，他不叫侯大队长啊？"

衣庚锦搓着手解释说："他是我们艇的机电长，是我的顶头上司呀，'侯大队长'是他的绰号啊。"

知道了真相后，牟桂英恍然大悟地说："这怨你没说明白，是你告诉我说侯大队长来的，所以我真的认为他是大队长呢。"

显然，牟桂英已经忘记了刚才由于停电所造成的误会，她转身躺在床上与丈夫唠嗑。

牟桂英好奇地说："今天上午，我和王桂兰一起到码头上看大潜艇了，你说这潜艇会不会翻转过来，你们不危险吗？"

衣庚锦解答说："这是不会的。其实潜艇不论是在陆上还是在水下，都是可以翻过来的,世界潜艇史上曾经出过这样的事故,而且是侧翻沉入海底。说白了,潜艇就是一个密闭的大圆桶,里面分成三层而且还被隔成多个舱室,位于最底层的是机械动力舱,这里有数十吨的机械压舱底,而且还有储备水柜和压舱铁作为稳定压载。因此,潜艇防翻沉的原理与不倒翁的原理基本差不多,依靠压载的机械、龙骨敷设的铅板和水舱注水保持平衡,稳定性很好。通俗地说,在你脚上拴上很重很重的东西,你就肯定不会脚朝天、头朝下,基本就是这个道理。所以说,我们在潜艇上很安全啊。"

看妻子似懂非懂地点了点头,衣庚锦反问道:"我问你一个问题啊,你知道部队为什么都铺白床单吗?"

牟桂英不假思索地回答说:"为了干净、好看呗。"

"这不仅仅是为了干净、好看。"衣庚锦意味深长地说,"更重要的是啊,这白床单有很重要的讲究,战士活着的时候它是铺在下面的,牺牲后就躺在它的下面了。"

听后,牟桂英心头一沉,深深感受到了一个军嫂的责任,便情不自禁地依偎到丈夫的怀中,渐渐进入了梦乡。

"龙宫"除夕夜

元旦前夕,191潜艇提前完成了年度训练任务,经舰队军训考核组的严格考核,达到全训合格标准,再度跨入海军战备值班艇行列。

正当官兵们准备欢度新春佳节之际,舰队命令191潜艇出航,到预定海域进行巡逻,执行节日战备巡逻任务。

考虑到衣庚锦的家属临时来队,二人又正处在新婚期间,邵艇长想从兄弟艇借调一个轮机军士长执行任务,让衣庚锦留守,不要再随艇出海了。

衣庚锦却坚定地说:"一家团聚是小事,保卫全国人民过个团圆年才是大事啊。"

看到衣庚锦态度如此坚决，艇领导决定不再从外艇借人了，还是让他随艇出航。

衣庚锦买了几种小胡桃、瓜子、桂圆等年货送到了招待所，又深深地与妻子吻别，而后就上艇备航了。

由于新来的副政委回老家过春节，政治部派出宣传科干事萧雨笛到艇上代职。单若冰中止了婚假，也提前赶回艇上。

除夕早晨，191潜艇按照预定计划驶向了预定海区，开始节日水下巡航。

午餐后，邵艇长、石政委与代理副政委萧雨笛商定，虽然潜艇离开了军港，不能在岸上贴春联、放爆竹、吃水饺，那么就想方设法创造条件，让艇员在"龙宫"过春节吧。

艇员们开始忙乎了，除了值更的人外，有的擦拭机械，有的美化舱室，还有的轮流理发刮胡子，碧波下洋溢出了节日的气氛。

轮机兵小罗用纸糊了一盏小红灯笼挂在五舱，惋惜地说："我们舱室啊，舢水密门是方形的，艇水密门是圆形的，如果能有副春联贴上就喜庆了。"

话音刚落，军士长衣庚锦拿出两副对联说："喏，这是我们舱的春联。"

小罗高兴地接过对联一看："真稀奇啊，这副对联怎么像一圈红彩带啊。"

衣庚锦领着小罗先来到艇水密门前，一边往门边上抹着胶水，一边追根溯源地说："贴春联的习俗啊，由来已久了。据说，西汉时它叫'桃符'，是用桃木做的。从宋代开始啊，人们用红纸写好祝福语贴在门楣，这习惯一直沿袭至今。人们都说贴春联能避邪，还能带来喜庆呢。今天，我们告别亲人来潜航，就是在除邪灭害，让祖国人民欢欢乐乐地过春节啊。"

一会儿，春联围着圆形水密门贴好了，没有横批，倒像一首回环诗，衣庚锦断句念道：

第十四章 新婚蜜月

上联：水下猫耳洞，舱舱卧虎藏龙；

下联：人民潜艇兵，个个骑鲸滔海。

接着，小罗又跟着军士长走到舱艉，将第二副对联贴到了方形水密门上。而后，小罗朗朗念道：

上联：驾战艇，一人辛苦万人甜；

下联：守海疆，一家不圆万家圆。

横批：欢度春节。

顿时，笑脸、春联、红灯笼，在"龙宫"交相辉映……

突然，轮机兵龙大勇报告："右内燃机发现异常声音。"于是，一场水下抢修战在内燃机舱打响了。

原来，潜艇在水上航行中，龙大勇把检查孔盖打开检查时，无意中把脚踏在油管上，当机器调速时，他马上感到有异常振动，而且脚被震得发麻。他立即将这一情况向军士长报告，衣庚锦分析可能是内燃机在这种速度下产生了共振，这很容易造成滑油管破裂。

衣庚锦立即组织人力进行仔细排查，终于发现右内燃机滑油泵前的油管出现了漏点，如不立即排除故障，势必将影响内燃机正常运转，影响战备巡逻。他当即将这一情况向指挥舱报告，请示潜艇坐沉海底进行紧急抢修。

内燃机刚刚停下，还没等高温散尽，衣庚锦就抢先钻进了管子的空间，在密密麻麻的各种管路的舱底下站不直、坐不下，弯着身子窝在里边很不得劲。这种姿势不要说是干活，就是静待一会儿，也是难以承受的。找到破裂的油管后，他开始对这根破损的管子进行紧张的抢修……

潜坐到海底后，单若冰和战友们暗暗在想，此时此刻，我们的亲人都在干什么？也许怀抱婴儿的妻子正坐在电视机前看春晚；也许银发的老母亲正在给孙儿发压岁钱；也许……可是，机要参谋卞宏伟却想起了爆竹。出航前，卞参谋购买了上千响的爆竹，他还吟诵起了《红楼梦》中的一首爆竹诗：

能使妖魔胆尽摧，身如束帛气如雷。
一声震得人方恐，回首相看已化灰。

眼下，卞参谋还能过上爆竹瘾吗？

萧雨笛抬头一看船钟，时针终于"嘀嗒"着指向了二十四时，除夕之夜姗姗地来了，水兵们在大海深处迎来了20世纪80年代的第一个春节。

"亲爱的战友，你们好。"突然，广播器里传来一个高山流水般的女中音，"首先，我代表全艇官兵家属向你们拜年。祝大家春节快乐，潜航成功！"

奇怪，在这"男儿国"里，哪来的女同胞呢？噢，水兵们听出来了，这是衣庚锦妻子牟桂英的录音："在这除夕之夜，大家一定想放爆竹吧？我给你们带来了。下面就请来自'爆竹之乡'浏阳的卞参谋来放鞭炮吧。"

卞参谋这才恍然大悟，走到录音机前，把播放键往下一按，随即爆竹声、礼花声、欢歌笑语声在水下回荡起来。

新春猜谜会是在各个舱室分别进行的。艇员们是那样认真，有的托腮沉思，有的低头轻吟。这里虽然看不到岸上的山水，也闻不到田园的花香，但是艇员们草拟的谜语都离不开祖国的名城胜地："一帆风顺——旅顺！雾中楼阁——烟台！海上绿洲——青岛！风平浪静——宁波！金锁钢闩——虎门！天南海北——天津、南京、上海、北京……"

新春的钟声还未敲响，衣庚锦就率领全班人员将内燃机故障排除了，潜艇进入了预定海域正常巡逻。

正月初一的早餐开始了，领餐员们来到厨房取餐，只见厨房的门上贴了一副红对联：

上联：酸甜苦辣别有滋味；

下联：凉热荤素独有情趣。

横批：水下餐厅。

早餐吃啥？这个人猜吃牛排加奶酪，那个人说是吃蛋糕和稀粥。

衣庚锦神秘地对大家说："一定是吃饺子，昨晚我看到石政委、军医还有萧干事在加班包饺子了。"

这时，厨房的门按时打开了，厨师穿着一身洁白的工作服，笑盈盈地把一盆盆饺子分给每个领餐员。

在艉鱼雷舱，军士长单若冰和几个战友拿着筷子高兴地夹起了水饺。

"铃……呜……"忽然，战斗警报拉响了，随即潜艇进入了战斗航向。水兵们连饺子也没顾得上尝一口，就又奔向了各自的战位……

雁南飞

191潜艇海上巡逻归来，已经是正月初六了。

虽然没能与丈夫一道欢度新春佳节，可是牟桂英没有一点儿怨言和寂寞，谁叫自己是军嫂呢，她反而还觉得很温暖，非常热闹。

除夕之夜，牟桂英是与何久先两口子一起度过的。正月初一上午，政治部首长登门拜年和慰问。正月初二，她被王副主任的妻子常秋萍请到了家中……时间过得真快呀，一转眼三个军嫂来队快一个月了。

部队对临时家属探亲有明文规定，来队时间原则上不得超过一个月。之所以这样规定，一是因为招待所房间有限，住长了不易周转；二是怕住得时间长了，影响军心。

军人家属的探亲假是二十天，因此大多数家属来队住不满一个月就打道回府了。王桂兰虽然家在农村，不用上班，可是来队时间也不短了，老是占着房子，怕别人的家属来了没地方住啊。何久先觉得自己才提干又在机关，怕影响不好，只好撵妻子回家，反正"春播"后也该开花结果了。可是妻子嘟嘟囔囔不大情愿。

牟桂英则不同，她探亲假期是二十天，曾当过兵的街道主任同情她，说："军人家属要照顾啊。"于是，就多批给了她十天假。一个月的假期真是不扛用，一晃就过去了。衣庚锦原定与妻子一道回老家，可是由于轮机班长元宵节要回家结婚，所以这个计划也就落空了。

想到妻子后天就要启程回家了，衣庚锦从心里头感到一种莫名其妙的烦躁。他决定星期天中午再请几个老乡来招待所聚一聚，算是告别宴吧。

早餐后，萧雨笛如约而至，一只手拎着罐头和猪肉，一只手拎着一桶柴油来到了招待所。多年来，潜艇兵有个习惯，去探望临时来队家属必须带这"三大宝"。带什么罐头是很有讲究的，带最高档次的，就是那种半斤装的小听精品橘子罐头，家属还可以把它带回家与亲友分享；绝对不能带玻璃瓶装的罐头，不然就是不够分量。

房门开着，牟桂英正在择韭菜，准备包三鲜水饺。衣庚锦正在切土豆丝，准备做海米炝凉菜呢。

萧雨笛站在门口，分别打招呼说："嫂子，我来喝酒了。庚锦的'刀工'可以嘛，土豆丝切得比火柴棍还细啊。"

衣庚锦笑着说："这可是咱们何大厨教我的手艺啊。"

牟桂英一边接过萧雨笛手中的东西，一边催他进屋喝茶。

一会儿，单若冰和何久先两口子也到了。

由于政治部开会，王敬儒就让常秋萍先来参加了。

他们一口一个嫂子的叫着，还带来鸡蛋、蹄髈和螃蟹等，仿佛是回到了自己的家乡，这让牟桂英和王桂兰着实感受到了一种暖暖的乡情。

午餐开始了。热菜、冷菜、海鲜等都有了，摆了满满一桌子。所谓桌子就是一张写字台，一桌多用，这也是部队的老传统了。

衣庚锦先致欢迎辞，萧雨笛再答谢，接着是单若冰和三位夫人的祝福。

最后，何久先开始举杯喊酒："一、二、三——""干、干、干——"

几个归服堡的老乡举杯一饮而尽。

一轮一轮地举杯，一巡一巡地喝，桌上的盘子几乎见了底，"菜不够，罐头凑"，潜艇兵喝酒历来就这个样。

突然，楼下传来一阵叫骂声："啥人这样缺德哟？吃完罐头往田里扔碎瓶子啊……"

招待所的楼前是一片水稻田，推开窗户就可看到几个妇女光着脚丫在水田里翻地。

听到窗户外的叫骂声后，何久先走到窗前往下一望，稻田中间站着一个妇女，手里举起两块玻璃碴子，仰着脖子朝上喊叫。

衣庚锦、何久先和单若冰跑下楼去一看，一个妇女的右小腿流出了鲜血，玻璃碴子将腿割出一道深口子，两边的白肉朝外翻开，看上去很是瘆人。

衣庚锦迅速掏出手绢，蹲下将妇女腿上的血水擦净。何久先又递来一块手绢，衣庚锦将妇女的伤口包扎好。

单若冰又说了一些道歉的话，妇女也就此罢休了。

回到房间后，衣庚锦对牟桂英恼火地说："吃完罐头了，瓶子就往下扔，你真能做得出来啊。"

还没等牟桂英做解释，衣庚锦的倔劲上来了，高声道："岂有此理，民女就应该下水田，官太太就应坐在屋里吃香喝辣的，还往下扔玻璃瓶子？"

衣庚锦吩咐牟桂英和王桂兰说："你俩，赶快把她送到卫生院包扎一下。"

头一次看到衣庚锦发这么大的火，牟桂英和王桂兰只好乖乖地下楼了。

宴席不欢而散。看到衣庚锦坐在何久先家里正在生闷气，开会才回来的王副主任连劝带训地说："小牟不是明天要走吗？你怎么像个孩子，还不快回去啊？"

衣庚锦回到二楼自家房间时，看到牟桂英已经躺下了，她两眼通红，像是刚哭过。他没吱声，脱完衣服就钻进自己的被窝里。

妻子来队头几天，睡惯单人床的衣庚锦突然与一个女人睡在一起，如坐针毡，感到不自在，干完那点儿事后，盖上自己的军被就呼呼大睡了。

前两天，小两口才合盖一床被子，可刚刚有点儿适应了，妻子却要走了，下次夫妻见面起码要半年以后。花前月下的生活，对军人家属来说，只是一种奢望。想到这里，衣庚锦的心里酸酸的，觉得对不起妻子。

一会儿，牟桂英转过身，钻到衣庚锦的被窝，倚在他肩头抽泣着说："罐头瓶不是我扔的，是王桂兰放在窗台上让风吹掉的。"

衣庚锦劝慰她说："好了，你明天就要走了，咱讲点儿高兴的事吧。"

听说要讲点儿高兴的事，牟桂英起身从抽屉中拿出日记本，喜悦地说："今天，我写了一首诗，念给你听好吗？"

衣庚锦披衣坐起，兴奋地回答说："好啊，快念，我一定洗耳恭听啊。"

牟桂英翻开日记本，"咳"地清了一下嗓子，朗诵道：

你浪下练兵不知苦累，回到家里倒头便睡。
关心战友体贴入微，对待妻子"没心没肺"。
为了战艇你把心操碎，油盐酱醋不知多贵。
在外带出优秀班队，回家是个"甩手掌柜"。
苦了小家是为大家安睡，这样的老公是我幸福之最。

听牟桂英念完了，衣庚锦觉得文中虽有讽刺的意味，但是内容很真实，也非常感人，随即将妻子一把搂在怀里，紧紧地拥抱着。

次日早晨，衣庚锦、何久先为妻子送行，两位军嫂一起来，又一道走了。

到了辅助船码头，何久先提着装满罐头的旅行袋，让炊事班战士送到了交通艇上。他说司令部开会请不了假,只能送到码头,不能送到客运站了。

王桂兰嘟囔着说:"估计俺快怀孕了,这么多东西叫俺怎么办啊?"

何久先左哄右哄,王桂兰还是哭丧着个脸,最后请交通艇的战士来帮忙,这才缓解了气氛。

衣庚锦一直把牟桂英和王桂兰送到了客运站。

牟桂英和王桂兰登上了汽车,车门在身后好容易关闭了。牟桂英透过车窗望着站在原地的衣庚锦,他仰起脸正冲着她挥手,还露出一缕僵硬的笑容。长途汽车启动了,两人的目光交织在一起,她嘴角一抽,泪水流了下来。

这时,客运站的广播里正放着电影《归心似箭》的插曲,听了令人酸楚,让人怜悯:

雁南飞,雁南飞,雁叫声声撕心碎……

第十五章

进校深造

久别胜新婚

送走妻子后,衣庚锦开始过起了牛郎织女式的生活。

牟桂英来队期间,衣庚锦饭后时常与妻子遛海堤。如今妻子走了,因对她有些恋恋不舍,他一连几天心里都感到空落落的。

这就是军人的生活,与最亲的人刚待上一个月,便又不得不活生生地分开了。每当想起妻子独自一人远去的身影,衣庚锦的心里便是一阵酸楚和惆怅。

半年后,干部科于科长来到艇上,分别找到单若冰和衣庚锦谈话,说经支队党委研究决定,选送衣庚锦去海军政治干部学校政委班学习,选送单若冰去潜艇学院鱼导部门长班学习。

一起被选送上学的还有干事班萧雨笛、后勤班何久先。于是,单若冰去了青岛,何久先去了天津。由于政治干部学校在大连,衣庚锦和萧雨笛就要

第十五章 进校深造

回家乡深造了。

谈话结束后,衣庚锦马上写信,把自己要进学校学习的消息告诉了妻子,问路过上海时都需要买点儿什么。

几天后,牟桂英回信说,由于落实了老干部政策,父亲官复原职,全家已经回城了,现住在寺儿沟附近的造船厂家属宿舍,离新成立的政治干部学校很近。信中还说,她已被安排在星海礁街道居委会,仍是做妇联工作。

信中最后说,天气渐渐转冷了,如果有好看的半截大衣就买一件,至于什么样式你就看着选吧。

到了上海以后,衣庚锦和萧雨笛从南京东路逛到南京西路,总算挑到一件称心如意的半截大衣。

经过一天一夜的航行,衣庚锦和萧雨笛乘"长秀"轮回到了大连。出了海港码头,衣庚锦大老远就看到牟桂英站在出口,一个劲地招手,还一脸灿烂地喊道:"庚锦——我在这儿!"

见面第一句话,衣庚锦就报喜说:"你要的半截大衣已经买了,还是萧雨笛帮助挑选的呢。"

得知牟桂英家住在学士街,离政治干部学校很近,接站人员就请衣庚锦和牟桂英上车一同前往。下车后不远,他俩就到家了。

萧雨笛暂行告别,直接到政治干部学校学员队报到了。

晚餐是在牟桂英的父母家吃的,海虾、海螺、飞蟹和虾爬子等海鲜摆满了一桌子。特别是那盘海凉粉,就像柔软颤动的玻璃条,银丝游鱼般闪动着,晶莹剔透,煞是诱人,衣庚锦还是头一次见到。

岳父、岳母和衣庚锦小两口,加上给局长开车的小舅子、在青少年宫工作的小姨子,这一大家子围坐一桌,推杯换盏,亲情融融。

酒过三巡后,岳父牟福刚问女婿说:"你在潜艇上干什么专业?"

衣庚锦知道岳父是造船行业的,对舰艇不陌生,便回答说:"我是轮机专业的。"

小舅子似乎懂行地说："噢，那不就是开潜艇的吗？"

牟桂英透露道："已经不开了，马上就改行当政委了。"

小姨子对姐姐风趣地说："哎呀，你这不是马上要当政委太太了吗？"

岳母对小女儿嗔怪地说："快吃饭吧，这么多的海鲜还堵不上你的嘴啊？"

岳父一边吃着蟹子，一边兴致勃勃地说："潜艇这个神秘的武器啊，我小时候就听说过。'九一八'之后，日本鬼子有一艘叫'玉卓丸'的客轮在从海洋岛返航大连途中沉没了。当时正赶上快过年，乘客也多，结果几百号人无一生还啊，除了找到船上的舷梯外，其余什么都没发现。我家一个邻居也遇难了。人们纷纷议论说这是被潜艇的鱼雷打沉的，还有的说是被潜艇在水下用大电钻钻了一个大洞，所以沉没了。当时出于对日本鬼子的仇恨，有人就说'玉卓丸'是'遇着完'，一遇到潜艇就完蛋了。后来，航运公司又换了一艘客轮叫'日冬丸'，人们说不用'一冬完'，再碰到潜艇一天就完蛋了，哈哈哈……"

小姨子讽刺地说："老爸啊，你这是'老母猪想起了万年糠'啊，我都听了八遍了。"

牟桂英似乎想起了什么，问衣庚锦说："你给我买的半截大衣呢？"

衣庚锦指指旅行箱说："放在行李箱里，还有二十斤上海挂面呢。"

牟桂英放下手中的筷子，打开了旅行箱，拿出了一件墨绿色大衣，看后乐呵呵地说："挺孝顺的啊，你还给俺妈买了一件大衣啊？"

衣庚锦知道她这是嫌衣服颜色太老了，便随机应变地说："没有适合你穿的大衣，所以就给咱、咱妈买了一件。"显然是头一次张口叫岳母为妈，他还不大习惯，话语显得有几分生硬。

牟桂英转身把大衣递给母亲，母亲穿上后，小姨子说："妈妈年轻多了。"

牟桂英高兴地说："庚锦啊，真没想到你还挺有眼光的，以后我们如果买衣服，就找你当参谋了。"

衣庚锦听后差点儿把口中的酒喷了出来。

第十五章 进校深造

这时,小姨子翻开衣领上的商标,要看是哪儿产的大衣。突然,她似发现了新大陆,惊叫道:"哎呀,真是开了,怎么是大连呢绒服装厂出的啊?"

牟桂英一听愣了,拿过衣服一看,还真不是上海产品,便找借口说:"这说明啊,咱们大连服装有名气呗,连大上海都有卖的,还是你姐夫有眼光啊。"

说完,牟桂英又转移话题催道:"好了,赶快收拾收拾睡觉吧。"

牟桂英没有分到房子,结婚后一直住在父母家。父母回城后,造船厂挤出了一套两居室的老式住房分给他们。

看到当兵的女婿回来了,岳父、岳母和小舅子、小姨子住到那间稍大的屋里,挤睡在了一张大板床上。

衣庚锦和妻子就住在小里屋,一张小木床占据了小半个房间。夫妻见面,恩恩爱爱,自然有说不完的话。

谈话间,牟桂英忽然像是想起了什么似的,目光一闪,望着衣庚锦说:"你这次回来,还有一件重要的事要办啊。"

衣庚锦诧异地问:"什么事啊?"

牟桂英故意嗔怪地说:"你说能有什么事啊?"

衣庚锦被闹糊涂了,莫名其妙地说:"你不说,我怎么知道啊?"

见衣庚锦一脸迷惘,牟桂英低声地说:"笨死了,咱俩该要个孩子了。"

衣庚锦这才恍然大悟,连声说:"对、对,你怎么不早说啊?"

结婚后,牛郎织女式的生活对衣庚锦和牟桂英来说不是快乐的,甚至是一种煎熬,彼此的思念和爱恋之情油然而生,且分别时间长,这种感情越强烈,越深沉,相互之间情爱的欲望也会与日俱增。

虽然牛郎织女今夜相会了,可此时牟桂英的内心里,却感到有一种压抑和忐忑。

睡在这么小的房间里,轻轻咳嗽一声,大房间都能听得清清楚楚,两人行事时只能小心翼翼了。

更可恨的是那张小木床竟一点儿不争气，稍一用点儿力它就"吱吱"地响个不停，吓得小两口刚加大"油门"就赶快"刹车"，生怕被隔壁的父母和弟弟、妹妹听到了。就这样，一连几天夜晚，小两口就像是做贼似的，总是偷偷摸摸地进行，根本没有体会到性爱的乐趣，更别说体验性高潮了。

按性心理学来说，男女久别重逢后，其激动之情是相同的，但性兴奋的发展速度却不一样，总是男性快些，女性慢些。男性好像没有做任何准备就马上要求一泻为快，这种现象当然是跟男性的性欲具有主动性、进攻性的特点相关，也与男性的性心理有关。当男女两个人遥遥相思之时，女性对异性的思念一般都偏重于情感，很少与性直接有关。而男性对女性的思念从来都不是抽象的，常常伴有性内容。夫妻两地分居的日子越久，这种想象就越多，性欲望也就得到了不断积累。一旦两人见面了，夫妻俩就能迅速进入角色。

可是，自从在部队新婚之夜落下了阴影后，现在每天夜晚，牟桂英只能靠咬一次衣庚锦来释放体内压抑的性欲。

开始时，衣庚锦还很高兴，可随着次数的增多以及后来妻子咬人力度的增大，他感到不适应了。虽然他很爱她，从不说什么，但从他不时小心地躲闪一下的动作中，牟桂英已经感受到了。

每当看到衣庚锦身上那一块块紫红的牙印时，牟桂英也很心疼，觉得自己伤害了丈夫，所以她也曾一次次在心底发誓，以后再也不咬丈夫了。但过不了两天又忍不住要去咬，牟桂英这一咬就是好多天。真是谢天谢地，幸亏她的"大姨妈"来了，衣庚锦心里想，不然他的肩头非被咬破了不可。

海军政治干部学校坐落在春华山下，油脂化学厂放出的气味让衣庚锦觉得真比内燃机排出的黑烟还刺鼻辣眼。

星期六晚餐后，学校照例放假，学员们都看电影去了。岳父家距学校不远，衣庚锦走了十多分钟也就到门口了。

这天夜晚，家里很静，也许是岳父岳母的精心安排，他们领着小姨子去奶奶家了，小舅子拿着姐夫给的电影票也走了。

衣庚锦和牟桂英早早就躺下，开始卿卿我我地聊了起来。

衣庚锦兴奋地问："桂英，你说咱们生个男孩好，还是生个女孩好呀？"

牟桂英笑着瞥了他一眼说："这由得了你吗？"

衣庚锦又说："先不管生男生女，你想要男孩还是女孩啊？"

牟桂英笑而不答，却反问道："你说呢？你想要男还是要女？"

衣庚锦又笑着说："我在问你呀，怎么反倒问起我来了？"

牟桂英想了想，刚要开口，却被衣庚锦一下拦住了。

衣庚锦说："咱们一起说，好吗？"

牟桂英笑着说："行，就一块儿说。"

"一、二、三——儿子！"两人几乎异口同声，而且说的都是"儿子"这两个字。说罢，两人又哈哈大笑，笑得是那样畅快。

一会儿，衣庚锦又诚恳地说："其实吧，生个女儿也挺好。"

牟桂英回眸一笑问道："怎么？你又不想要儿子了？"

衣庚锦坦率地说："想是想，不过这一来吧，女儿是妈妈的小棉袄，比儿子贴心；二来呢，女儿相貌随了你，生得像朵花似的，多好啊。"

牟桂英戏谑地说："这可很难说，万一生个女儿长得像你，嫁不出去咋办？哪如生儿子，丑俊都是男子汉啊。"

衣庚锦哈哈大笑地说："我长得真有那么砢碜吗？"

牟桂英抚摸着衣庚锦的头发，由衷地说："我想好了，如果这次有了孩子，不管是男是女，名字都叫'衣潜'，因为他们的爸爸是潜艇兵，你看行吗？"

衣庚锦点点头说："依依潜行，这名字起得挺好，很有纪念意义。"

瞬间，衣庚锦与牟桂英爱抚在了一起，两人有了结婚以来的第一次真正的高潮，那种感觉好像真的要飞起来了。

潜心研学

单若冰是提前一天来到海军潜艇学院报到的。

潜艇学院坐落于海滨城市青岛。这里依山傍海，山、海、城浑然一体，红瓦绿树与碧海蓝天交相辉映，似一幅美丽壮观的城市画卷。

在单若冰的眼里，家乡大连和青岛都很美丽，都像珍珠一样璀璨和浪漫，堪称黄、渤海捧出的一对"姊妹城"。

潜艇学院是一所专业性很强的技术指挥院校，是亚洲唯一培养潜艇、防救部队各类专门人才的军队重点高等学府，被称为海军潜艇和防救军官、士官的摇篮。

1953年，旅顺潜艇学习队与川北军区机关合并，组建了中国人民解放军第四海军学校，后更名为海军潜水艇学校，第一任校长是傅继泽将军。

"文革"期间，海军潜水艇学校和海军潜水艇士兵学校都被撤销了。1973年12月，这两所学校复校，合组中国人民解放军海军潜艇学校。单若冰和衣庚锦他们1972年入伍时，这两个学校还没有恢复，所以他们这一批兵只能在本支队开办的潜艇专业教导队受训，其潜艇技术水平是可想而知的。对自己这次能有机会进入海军潜艇学校深造，单若冰感到有一种幸运和责任。

入学报到开始了，校门的上方悬挂着一条横幅，红底白字写道："热烈欢迎潜艇新学员。"

单若冰被分配在二系学员一队。这个系的学员有的来自核潜艇，也有的来自常规潜艇，在"老核"们的眼里，常规潜艇的学员就属"第三世界"了。不过，常规潜艇学员的数量多，于是，他们就像被饨了行的黄脸婆，开始绞尽脑汁地编派核潜艇学员，说由于营养过剩，已婚"老核"们体内蛋白质流失很严重，天色刚黑，他们老婆的肚皮就会跟萤火虫似的烁烁发亮，且发亮的程度，跟他们的夫妻感情成正比。

他们还编了一首歌唱道："红区干部好作风，夜走山路打灯笼……"意思说他们如果与老婆一同出行，夜走山路连灯笼都不用打了。为什么？因为他们有放射性啊。得知天下竟然有如此恶毒的诽谤，"老核"们马上就变得特别愤怒，但又找不出笑话的原创者。

要知道，这类口头文学经过大家口耳相传、添枝加叶的不断完善，最后就变成集体创作了，你能找谁去啊？因此，"老核"们只能把一肚子愤懑化作一腔悲情，并且小心翼翼地避"核"不谈，免得授人以柄，遭人取笑了。

次日上午，单若冰领回了一大摞子教材，有《世界海军潜艇发展史》教材、《潜艇鱼雷攻击战术》教材、《潜艇战术群训练组织实施提要（草案）》等书籍。

这时，通信员送来一封信，信封落款是海军政治干部学校，地址是大连市中山区七星街47号。单若冰一看字体就知道是衣庚锦写来的，顿时产生了一种亲切感。

单若冰来到了教室，看到几个"老核"们也在自学，与他们点头示意打招呼后，他就找到自己的桌位坐下了。

单若冰急不可待地打开了衣庚锦的来信，喃喃地读道：

若冰：

　　你好，我与雨笛已来到学校报到了。回到了久别的家乡大连，我们感到十分亲切和自豪。不论走到哪儿，我都没有忘记自己是一个大连人。大连有闻名遐迩地承载着半部中国近代史的旅顺口，旅顺口老虎尾是中国的"潜艇摇篮"，而我们又是从"摇篮"走出的潜艇兵，所以更需要为水下长城的强大而发奋学习……

单若冰读到这儿，感到心潮澎湃，他深深被衣庚锦的家国情怀所感染了。读完信后，单若冰立即给衣庚锦和萧雨笛回信，表示要潜心研学，决心以丰硕的成果感谢战友的关爱，等回到潜艇部队后好好大干一场。

单若冰写完信后，又打开了《中国海军潜艇发展史》教材首页，一字一句地低声朗读着前言：

> 早在公元4世纪，我国晋代人王嘉就提出了潜艇的设想，这比英国人威廉·伯恩提出的"沉行海底"的想法早了1200多年。
>
> 清光绪六年（1880年），天津机器制造局试制出我国第一艘近代潜艇，可是这艘试验成功的潜艇没有正式使用或继续用于研究，便销声匿迹了。
>
> 民国政府虽然多次探究，寻求国外帮助，但始终未能如愿，使中国的潜艇梦成了泡影。
>
> 中华人民共和国成立后，组建潜艇部队成了国事。1951年2月，人民海军组建了旅顺潜艇学习队。
>
> 1954年6月19日，海军独立潜艇大队宣告成立，人民海军从此有了第一支潜艇部队，中国海军为之奋斗多年的潜艇梦终于成真了……

中国海军潜艇部队的前进步伐，深深地吸引了单若冰，他停顿了一下，挺直了胸膛，又继续读道：

> 人民海军潜艇部队经过准备阶段、初建阶段、发展阶段，由购买、仿制阶段进入自制阶段，现在已进入全面向现代化迈进的阶段。从无到有、从小到大、从弱到强的发展道路告诉我们一个真理：中国海军百年的潜艇梦，只有靠中国共产党领导下的人民海军，才有可能变为现实……

阅读完后，单若冰顿觉心潮激荡，眼界大开，深为自己是潜艇部队的一员而感到光荣、自豪和责任重大。

次日上午，学校举行了新学员开学典礼，而后，便开始正式上课了。第一堂课是世界海军潜艇发展史。

戴着眼镜的马教员站在讲台上，滔滔不绝地追溯说：

> 1620年，荷兰物理学家德雷尔成功制造出人类历史上第一艘潜水船，被称为"潜艇之父"。从此，各国海军开始大力发展潜艇，充分发挥潜艇在海战中的威慑作用。
>
> 在第一次世界大战初期，1917年2月，德国宣布进行无限制潜艇战，共有百余艘德国潜艇投入了战斗。仅一个月，德国潜艇在打击协约国运输船的战斗中，共击沉舰船500余艘。而在第二次世界大战期间，世界各国建造的潜艇总数已达1600多艘，共击沉各类运输船5000余艘、大中型军舰381艘，其中包括航空母舰、战列舰、巡洋舰30余艘，战果堪称惊人。仅这些简单的数字，就足以说明潜艇部队在未来战争中的地位，也足以说明我国把建设潜艇部队作为海军建设中的重要兵种之一的重大现实意义。因此，在座的各位学员，你们是中国海军的未来，是潜艇事业的精英。

马教员富有激情的讲课赢得了学员们的阵阵喝彩声。

半年以后，开始学习潜艇鱼雷攻击战术课。当课程进行到一半时，教研室临时布置了一个新课题，探讨研究战术群在潜艇攻击中的运用。

这天讲课前，马教员高兴地说："同学们，运用战术群实施攻击对我们中国海军潜艇来说，是一个新事物，又是一个新课题。海军领导非常重视，海军傅副司令，也就是我们的老校长傅继泽同志，已经来到我校了，准备开一个座谈会，与你们一起来研讨这一新课题，希望大家要做好准备啊。"

傅继泽可谓是"中国潜艇之父"。在潜艇堆里混，如果不知道傅继泽是谁，那就等于忘了中国潜艇的老祖宗了。

单若冰曾听老艇长朱惠凯多次夸奖傅继泽带兵严格。一次，身为海军潜艇部长的傅将军来支队征求意见，朱艇长露出手腕上磨出的茧子，反映说经常转动潜望镜，手腕都被磨出茧子了，要求给值更官配发一个手腕护套。傅将军听后批评道："就是你娇气，还磨出茧子了，要锻炼自己，不能发护套。"

听说能见到傅继泽将军，单若冰心里很兴奋，立刻投入新课题的研讨准备之中了。

第三天上午，傅副司令员穿着一身上白下蓝的军服来到了教室。他笑容可掬，平易近人，像一位慈祥的长者，如果不是提前知晓，很难看得出他是一位海军副司令。

傅副司令员坐下后，座谈会就开始了。

"同志们，今天，海军傅副司令员亲自召集你们参加这个座谈会，就是想听一听大家对潜艇战术群的看法。"陪同来的海军潜艇部陈部长开门见山地继续说，"大家知道，潜艇战术群是指在海战中担负一定战斗任务的潜艇兵力的战术编队，通常由两到三艘性能相同、有水声通信设备的潜艇组成。它主要用于攻击敌方海上战斗舰艇编队、护航运输编队和生命力强的大型舰船，可根据情况在出航前编成或由海上活动的潜艇临时集结编成。世界潜艇的经典战例证明，潜艇战术群能较好地发挥整体战斗威力，扩大潜艇作战海区的范围，有利于捕捉战机，提高攻击效率。"

陈部长顿了一下，继续说："不过啊，目前我们的潜艇还习惯于单艇攻击，这种单打独斗的战法太单调了，所以啊，我们的训练内容要变革，要增加更多的战法。下面，请傅副司令员给我们做指示。"

"同学们，二十多年前啊，我就来到潜校工作了，所以咱们既是战友，又是校友啊。因此，我今天不是来做指示的，而是与同学们一起来探讨一个新课题、一个新战法的。"傅副司令员又慢声细语地说，"目前啊，在潜艇战术群的讨论中，出现了意见分歧。一部分人认为，潜艇在未来战争中，主要是进行破袭游击战，破坏敌人的海上交通线，因此，对潜艇的使用仍以分散、单独活动为主要形式。又因为现在的水声通信设备还不先进，有人主张不要把潜艇战术群内容写到战斗条令中去。现在是两种意见相持不下啊。特别是有的潜艇支队长亲自给海军首长写信，反对搞潜艇战术群训练，并且讲了诸多反对的理由。今天召集大家来，我主要想听一听你们这些学员的意见，哪位同学先发言啊？"

学员们面面相觑，可能是因为头一次见到这么高级别的首长，谁也不愿先开口。稍后，大家几乎是不约而同地将目光投向了单若冰，好像在说："你学得那么好，那就带个头吧。"

"报告首长，我叫单若冰，是二系一队学员。"单若冰站了起来，自我介绍说，"我愿意向首长和各位同学汇报一下我学习潜艇战术群战法的体会，算是抛砖引玉吧，不当之处敬请首长和大家批评指正。"

看到面前这位年轻、利落的小军官，傅副司令员心中为之一喜，摆摆手说："好，你就坐下来慢慢说。"

"说到今天的'潜艇战术群'，首先要从'狼群战术'的创始人德国海军总司令邓尼茨元帅说起。"单若冰坐下后，侃侃而谈，"第一次世界大战前期，德国U9号潜艇艇长奥托·韦迪根创造了名垂潜艇史册的'一艇沉三舰'的战例。后来，这种战法在被推崇的同时，又越来越被敌友双方所熟知和运用。潜艇指挥官出身的邓尼茨经反复研究得出一个结论，护航舰艇仅能对付单艇攻击，而无法对付协同一致的潜艇群。后来，邓尼茨就总结出了'狼群战术'，即用多艘潜艇组成小分队，像狼群一样轮番对敌方军舰和运输船发起水下攻击。从1940年9月开始，德国潜艇普遍施行了'狼群战术'。仅头四个月，德国潜艇就击沉美国船只500余艘，有的船只甚至就在沿岸人们的注视下爆炸沉没。'狼群战术'显神威，德国潜艇开创了战绩辉煌的新时代。"

"哗哗……"一阵掌声响起，傅副司令员频频点头称是。

"德国潜艇的这一经典战法总结起来就是:'狼群战术'加隐蔽攻击,并且攻其一点,不计其余。"单若冰又站起来干脆地说,"现在我们的潜艇如果由单艇作战转为小集群作战,对今后的潜艇作战来说是一个飞跃式的发展。集群作战总比单艇作战的突击力量大,正如毛主席所教导的,'集中优势兵力,各个歼灭敌人'。这正是:能编能散,群威群胆,集中兵力,打歼灭战!"

"说得好,小单同学编的这个顺口溜啊,说出了潜艇战术群的活动方式及其特点,有力地回答了人们最关心的核心问题。"傅副司令员手一挥,称赞道,"如果大家的想法都能像小单同学所说的那样,就不仅解决了我们潜艇作战的战法使用问题,而且对潜艇技术装备性能的改进和科研工作都将提出新的课题和要求,起到促进和推动作用啊。"

几个学员陆续发完言后,座谈会就结束了。

全体学员起立向首长敬礼告别,傅副司令员特意深情地看了单若冰一眼,鼓励大家说:"同学们啊,你们风华正茂,好好学习吧,你们是未来的潜艇指挥员,海军的希望就寄托在你们身上了。"

几个月后,衣庚锦给单若冰打来电话,祝贺他说:"你在《海军杂志》上发表的《浅谈海军潜艇战术群的应用》论文,我拜读过了。我们学员队的同志们都夸奖你写得太棒了。"

三个"大老炊"

何久先来到后勤学校报到的当天,在学员队碰到了王大河和空军学员夏久财,来自陆海空三个兵种的"大老炊"正好住在了一个寝室。

王大河是陆军登陆艇的司务长,家住大连鑫城,在东海造船厂修艇期间,与何久先搞过"舌尖上的比拼"。两人既是老乡,又是酒友,没想到今天又

第十五章　进校深造

成为军校校友了。

两人一见面,王大河就奇怪地问:"哟,你也提干了?真没想到,你一个'大老炊'还能戴上大檐帽啊。"

"你别小瞧人好吧,我穿'四个兜'都三年多了。"何久先无不感激地说,"这多亏了衣庚锦,关键时刻帮我说了一句话,就改变了我一生啊。"

何久先又向王大河讲述了自己如何做"四喜丸子"被发现,衣庚锦又是如何力荐自己,最终被提干的经过。

最后,何久先高兴地说,衣庚锦现已是海军政治干部学校政委班学员,萧雨笛在干事班受训,单若冰去潜艇学院深造了。

王大河听后感慨地说:"记得当初咱们两艇合灶会餐时,我就对你说过,这哥儿仨都是当军官的料,尤其是衣庚锦和那个单若冰,将来的前途是大大的,我为有这样的潜艇老乡感到无比自豪啊。"

何久先信服地点头说:"应当是这样,他俩将来当上艇长和政委,那是手拿把掐的事了。"

三个"大老炊"有一个共同的嗜好,就是睡觉前喝一壶。当晚熄灯后,何"酒仙"拿出带来的一盒雪里蕻罐头,王"大喝"买来三包五香花生米,夏"酒菜"是空军场站飞行员灶的一个司务长,拿来了家属工厂自产的一瓶酒,三人围坐在床头柜前开喝了。

王"大喝"拿出别在腰带上的罐头刀,将雪里蕻罐头盖启开后,感兴趣地说:"这玩意真好使,不管多硬的罐头盒,只要这么一使劲,就'唰唰'地打开了。"

何"酒仙"展扬地说:"这可是潜艇兵的'随身利器',是衣庚锦亲手做的,正面还刻有潜艇兵魂呢?"

夏"酒菜"一把夺过罐头刀,一字一句地念道:"听党指挥,同舟共济。"

王"大喝"竖起大拇指,风趣地赞道:"好,现在我才明白了,原来是潜艇兵魂伴我上军校啊。"

夏"酒菜"端起茶缸说："来，我先敬陆军老大哥、海军老二哥一口。"

王"大喝"不客气地说："什么老大哥，你没听人家说吗，'空军的衣服海军的饭，陆军一群穷光蛋。'要是不来军校学习，我还是一个司务长啊。"

何"酒仙"说："站岗不站第二岗，当兵不当副班长，当官不当司务长。这次深造毕业后，你就可以当后勤部管理员了。"

夏"酒菜"鼓励地说："我看后勤部好，最起码不愁没酒喝。没听人说吗，司令部穿着马裤踢正步，政治部阿猫阿狗都进步，后勤部拿着毛毯当抹布。"

这时，王"大喝"回忆道："'酒仙'啊，咱们在一起修艇时，我有两个发现。一个是潜艇不仅吃得好，发的罐头和水果多，而且你们还挺会吃，吃东西挺快。你就说那个衣庚锦吧，那天我看到他捧着半片西瓜，左右'唰唰'地一晃荡，瓤全进肚了，哎呀，那溜道劲。"

夏"酒菜"吃惊地说："连子都不吐？这可非一日之功啊。"

王"大喝"又呷了一口酒，继续说："再一个发现是啊，潜艇兵会餐时特别爱喊，一边喝酒一边喊，喊得还那么齐，那么有力，让我羡慕至今啊。"

夏"酒菜"好奇地问："这是不是由于潜艇平时生活好，你们会餐喝酒的次数多，练的啊？"

王"大喝"揭秘似的说："别看你们潜艇兵喝酒时爱大喊大叫，却很少有人醉如烂泥。知道这是为啥吗？这么一大声喊叫，人的精神就兴奋，酒劲也就吓跑了。"

何"酒仙"笑着说："也许有这方面的缘由吧，但是我觉得主要是潜艇水下练兵生龙活虎，所以就练成了喊声阵阵；潜艇出海人人患难与共，所以就练就了喊声整齐；潜艇兵对祖国赤胆忠心，所以表达得就特别给劲了。"

王"大喝"赞成地说："你说得有道理。我经观察发现啊，你们潜艇兵在喊酒时，没有抻着脖子咧嘴式的号叫，也没有抓耳挠腮式的呻吟，大家都是挺直腰板稳端碗，一声酒令后，顷刻间就从心底爆发出一种有节奏的吼声。"

何"酒仙"说:"对这种特殊的喊酒方式,衣庚锦曾做过一番考究,说这来自多年潜移默化的传承。从过去的单音调的'干——'发展到现在的多音层的仄起平收、仄起仄收等喊法,潜艇兵形成了独特的喊酒号子。这种极具张力和震撼力的喊酒的方式,只有具备潜艇兵魂的人才能表达出来。可以自豪地说,这是我们潜艇兵的专利啊。"

夏"酒菜"连连说:"好,好,这样喝酒才爽,更能显示出气势来。"

王"大喝"羡慕地说:"通过修船期间与你们接触,我还发现啊,你们潜艇战友之间那种感情,与陆军、空军的战友相比,似乎更浓厚一些啊。"

"你说得对,这是因为我们既有'听党指挥,同舟共济'的潜艇兵魂,又一起经历了晕船呕吐伤了胃、极度温差伤了骨、有毒气体伤了肺、正负压差伤了耳。"何"酒仙"理直气壮地回答说,"这是潜艇特有的环境培养出来的。战友们始终彼此关心和信赖,彼此帮助和鼓励,彼此牵挂和祝福!哪怕分别再久,那份情谊也不会因相距遥远而被遗忘。所以我们潜艇战友的感情更深、更厚。我也深为一生有这段经历而感慨、自豪啊。"

夏"酒菜"举起茶缸说:"来,我们为这种潜艇精神干一杯!"

三个"大老炊"将缸中酒一饮而尽后,又聊起了妻儿老小。

何"酒仙"叹气道:"临来半年前,我老婆怀孕了,一个人腆个肚子回老家了。"

王"大喝"问道:"你老婆怀的是男孩还是女孩?"

何"酒仙"摇了摇头说:"还没生呢,我上哪儿知道啊?"

夏"酒菜"神秘地说:"这生男孩还是女孩啊,多少跟父母的职业有关系。你就说咱们部队吧,军事干部大都生的是'插头'。政工干部吧,生'插座'的多。后勤干部不仅生'插头'的多,而且常见'双胞胎',不是两'插头',就是两'插座'。如果这'活'干得好,还能生一个'插头'、一个'插座','龙凤胎'啊……"

王"大喝"感到夏"酒菜"说得不无道理,便问:"这是什么缘由?"

夏"酒菜"也往嘴里扔了一颗花生豆，头头是道地分析说："这军事干部吧，雷厉风行，所以生男孩多。政工干部吧，文质彬彬，当然生女孩的多了。后勤干部得天独厚，衣食丰足，因此生双胞胎的就多了。"

三个"大老炊"聊得正热乎时，忽听值班员喊道："何久先，长途电话！"

何久先跑到值班桌前拿起电话一听，原来是衣庚锦从大连打来的。

衣庚锦一番问候后，又叮嘱道："久先啊，你离家较远，家属又怀孕了，可要集中精力学习啊。"

何久先连声回答说："好、好，记住了，我一定往死里学。"

衣庚锦关心地说："国庆节就要放假了，我准备和家属一起去你家看看桂兰嫂子，看看她还有什么困难没有……"

听后，何久先的两眼湿润了，握着话筒感激地说："谢谢啊，我的好兄长！"

龙凤胎

何久先的妻子王桂兰春节前到部队探亲时怀孕了。探亲假期满后，她一个人腆着肚子回到了归服堡栾店村的娘家。

王桂兰的肚子一天比一天隆起，怀的是男还是女成了两家父母关注的焦点。国庆节上午，何母就拐了一筐红皮鸡蛋来到了王家。

一见到亲家母，何母就关切地问："怎么样了，快生了吧？"

王母回答说："临近预产期了，估计就这几天吧。"

何母先是瞅着儿媳的脸，看她长丑了还是变俊了，老话说"丑儿俊女"嘛，可是她基本还是那个模样，不丑也不俊。老话还说"尖肚男，圆肚女；小肚男，大肚女"，于是，何母又仔细打量着儿媳的肚子，肚子倒挺大的，可是还显得既不尖又不圆。

何母上前抚摸着儿媳的肚子问:"胎动得怎么样,是拳打脚踢,还是身体翻动啊?"

王桂兰含糊不清地说:"有时候拳打脚踢,也有时候身体翻动,没有什么规律性啊。"

何母似有经验地说:"拳打脚踢的是小子,整个身体翻动的是闺女。俺怀久先那时候,他就没有老实过,动不动就在俺肚里练拳呢。"

说着说着,两个亲家母就坐在炕头拉呱。

王母接着说:"老话还讲'酸儿辣女',俺这闺女不管酸的还是辣的,她都吃啊,真是说不准她能生小子,还是闺女。"

一会儿,王母又想起了什么,神秘地说:"听说还有一个办法挺灵,就是在孕妇尿中加什么硫酸还是酒精的,要是变成紫色就是小子,如果是变成别的颜色就是闺女。"

何母有点儿不耐烦地说:"什么硫酸、酒精的,怪麻烦的。俺看啊,还是请'瞎子'算一卦吧,俺听说归服堡街上有个'瞎子'算生男生女可灵了,准到百分之百啊。"

王母回忆道:"'瞎子'算卦那全是骗人的把戏,别花那个冤枉钱了。俺怀俺桂兰那会儿,去找那个'瞎子'算命,看了俺这大肚子几眼后,他就瞎目唬眼地说俺准能生个'带把儿'的,还人模狗样地在一个小本上记着什么。可俺生下来一看,哪是什么'带把儿'的,气得俺老头子去找那个'瞎子'。"

何母急忙催问:"那'瞎子'是怎么说的啊?"

王母愤愤不平地说:"'瞎子'知道俺生了闺女后,狡辩说:'口说无凭,俺有据可查哩。'说着他打开小破本,上面还真有俺的名字,紧后面写的是一个'女'字。'瞎子'还理直气壮地说:'你看看,这不是明明白白地写着是个闺女吗?'俺老头一看便有口难辩了。这时,当场就有人戳穿了他的鬼把戏,说'瞎子'给人测算结果总是反着写的。如果蒙对了就没有人来找了,蒙错了就会有人回来找，'瞎子'就以本上写的为证，弄得你是哑口无言。"

何母这才罢休地说："那就不用'瞎子'算了，生小子也好，生闺女也罢，还不都姓何啊。"

王母赞同地说："这话俺爱听，不管生个小子还是生个闺女，都是当妈的心头肉啊。"

何母接着说："就是啊，说的就是这个理。看俺媳妇那个大肚子啊，八成能生个大孙子，兴许还能是双胞胎呢。"

王母高兴地说："借你这个当奶奶的吉言，要是真能生双胞胎啊，还省了缴超生罚款了。"

此刻，远在大连的衣庚锦和妻子牟桂英坐在小舅子开的"上海"牌轿车上正往归服堡赶。

节前，衣庚锦提出说："趁国庆节放假三天，咱们回老家去看看父亲。再去何久先家一趟，估计他的妻子快生孩子了，问一下还有什么困难没有。"

牟桂英一笑道："桂兰嫂子生孩子，你一个大男人去能解决什么问题啊？"

衣庚锦觉得是这个理，便请求地说："那咱俩就一块儿去吧，一旦桂兰嫂子生了，也好有个照应啊。"

牟桂英答应说："好，除了看望老公公和桂兰嫂子外，我还想回青年点看一看。"

小舅子听后说："我和你俩一块儿去吧，正好局长回沈阳过节，不用车了，我就开车送你们去。"

牟桂英高兴地拍着手说："还是小弟够哥们儿，我代表你姐夫先谢了。"

小舅子驾车来到了归服堡三角地路口，下了坡再向左一拐就到衣家大院了。

衣庚锦却阻拦道："别急于回家，还是先去看望桂兰嫂子吧。"

按照衣庚锦的指引，小舅子驾车来到栾店村的路口。

突然，有一伙人吵吵八火地奔来了，四个人抬着一扇大门板，上面躺着一位裹着毛毯的妇女，正在一声声呻吟着。

牟桂英走近一看，门板上面躺着一个孕妇，再低头细瞅，原来是桂兰嫂子。

原来，当天迷糊了一会儿后，王桂兰突然感到腹部隐隐作痛，估计是快要生产了。可是丈夫何久先又不在身边，父亲只好喊来邻居，卸下门板，抬上她就往医院赶去。

得知这种情况后，有妇联工作经验的牟桂英急忙挥手道："快点儿，赶快把孕妇抬到轿车上去。"

于是，轿车拉着王桂兰和牟桂英、衣庚锦就向中心医院急驰而去。

行驶至半路时，王桂兰顿感腹部疼痛加剧，额头上豆大的汗珠直往下滴，还发出了阵阵呻吟，而且声音越来越大了。

小舅子加大了油门，仅用十分钟就到了鑫城中心医院。

车刚停稳，小舅子就跳下了车，一边跑一边声嘶力竭地喊："来人啊，生了，快生在车里了！"

听到了呼喊声，两个医生一前一后地跑来了。

这时，王桂兰隐约地感觉婴儿已经探出了小脑袋，羊水好似已经破了，如稍有耽搁就可能出危险。医生一看情况紧急，当机立断地说："来不及了，就在车上生吧。"

于是，"上海"牌轿车就成了特殊的产房。一个护士急步送来产包，并用白布把驾驶室的车窗挡上，一旁的衣庚锦脱下衣服遮住了后面的车窗。

随着"哇"的一声啼哭，一个小生命顺利诞生了。

由于车厢内的环境容易造成感染，不能马上剪脐带，医生只好先用钳子夹住胎盘，将王桂兰迅速转入了医院产房。

半个多小时以后，又一个男婴出生了，护士欣喜地说："女婴2.3公斤，男婴2.7公斤，母子平安。"

真没想到，王桂兰竟然生了一对龙凤胎。

醒来的王桂兰含着眼泪，握着牟桂英的手，又对衣庚锦和小舅子动情地说："谢谢，是你们救了俺一家三口人的命啊。"

歌咏比赛

光阴荏苒，萧雨笛进校轮训快一年了，文化班学员即将举行结业典礼。

学校教务处决定，全校举行一次歌咏比赛，前三名有奖。参赛的指定歌曲是《学习雷锋好榜样》，另两首为自选歌曲。经过一番讨论，文化班的干事们决定选《人民海军向前进》和电影《英雄儿女》的主题曲作为参赛曲目。

傍晚，文化班学员队进行了赛前动员，队领导决定由海政文化部的杨干事和萧雨笛负责排练。根据打分的规则，他们对这三首歌曲采取多种形式进行演唱，杨干事担任指挥，萧雨笛负责音乐伴奏。

近半个月的时间，大家每天晚上都进行一个小时的唱歌训练。为了保护好大家的嗓子，区队长买来了白糖和胖大海发给大家泡水喝。学员们个个充满了信心，下决心捧回全校歌咏比赛第一名的奖杯。

萧雨笛与海政文化部的杨干事、海航文化处的章干事一个房间，三个文化人聚在一起都成了"活宝"。

报到的当天，杨干事自我介绍说，自己是放映员出身。他还讲了一个笑话。

有一天，宣传股长来到了放映室，看见他正在倒片子就问："小杨啊，我一直就不明白，这个片子怎么一到银幕上就会说话呢？"他就把片子拉开给股长看，告诉股长说，这片子的右边有一条竖纹线叫"声道"，放映机里的激光镜头照射"声道"会产生不同的电波，传到音箱里喇叭鼓膜上，就会产生强弱不同的振动，就像人的声带颤动发出声音一样。股长似乎很明白地说："哦，原来是这样啊，我知道了。"晚餐时，股长端着碗走到团首长那桌说："我过去一直不明白电影胶片怎么就会自己说话，今天放映员小杨给我讲了一下，我才明白是怎么回事。"政委就问："我也一直不明白，你给说说是怎么回事？"股长说："你们不知道吧，原来是电影片子里都有'音道'。""声道"让他这么一说就变成了"音道"，联想起这个词的谐音，首长们一听都喷饭了。

杨干事虽然也是干事，可是属正团职，当干事快二十年了，真是干事不分大小，参谋不分老少。他是北京通州人，长得像相声演员李金斗，鼻子挺大，大家都称他"杨金斗"。

章干事是温州人，细高个儿，白净脸，说起话来有点儿结巴，唱起歌来不是很溜道。他是学员队的第一把二胡手，当他如醉如痴地拉起那把二胡来，那是相当好听，用现在的话来评价，绝对应该是大师级的了。

萧雨笛觉得章干事长得有点儿像相声泰斗马三立，于是就称呼他"三立章"了。他还直言不讳地告诉人家说，自己也有绰号，叫"小哩格儿楞"。

通过近一年的朝夕相处，萧雨笛发现温州人特聪明，难怪人们都称温州人是东方的"犹太人"。对比北方人的憨厚，南方人常显得聪明机灵，拿杨干事与章干事比较，北京人把吃就叫"吃"，用嘴；苏北人把吃叫"恰"，用心。他还有个感觉是，北方人饮食粗糙，南方人饮食精细。南方人如果吃得随随便便，多半是不想活了；北方人刚好相反，如果不想活了，才去好好地撮他一顿。

晚上，三个干事练歌回来了。一进寝室，萧雨笛就装模作样地朗诵道："大海啊你全是水，乌龟啊你四条腿……"

"三立章"则是仰面朝天地躺在床上，五音不全地唱道："学习雷锋好榜样……"唱了一会儿，他又翻过身来趴着唱，"人民海军向前进……"

萧雨笛费解地问："'三立章'啊，你为什么这样唱啊？"

"三立章"却懒洋洋地说："'小哩格儿楞'啊，你真笨啊，我刚才放的是磁带的A面，这回该放B面了。"

这个五音不全的人好像格外喜欢唱歌，接着"三立章"又唱起了《小白杨》：

"一棵小背痒……小背痒啊，小背痒……"

听他这么一唱，萧雨笛和"杨金斗"笑得前俯后仰，原来这"白"字用他家乡方言的口音一唱就成了"背"了。

这时，衣庚锦哼着《学习雷锋好榜样》进来了。萧雨笛介绍说："这是我的战友加老乡，在政委班学习。"

"杨金斗"乍一看衣庚锦，觉得像电影中的某个演员，可一时又想不起来了，便夸张地向他敬了个军礼，风趣地说："你好，未来的政委同志。"

"三立章"也上来和衣庚锦握手问候。

听到衣庚锦刚才哼唱的歌，"杨金斗"便问道："您知道《学习雷锋好榜样》这首歌曲是怎样诞生的吗？"

衣庚锦恭谦地回答："是由洪源老师作词，生茂老师作曲的吧。"

"杨金斗"走到了地中央，装模作样地清了一声嗓子，用地道的京腔说："1963年3月5日这天，伟大领袖毛主席发出了'向雷锋同志学习'的号召。上午，战友文工团团长晨耕说下午天安门有活动，全团都要去参加宣传活动。当时，许多同志都提议说：'我们是文工团，下午游行应该有首歌啊。'这个提议得到了大家的一致赞同，大家将目光'唰'地投向创作组的生茂和洪源。生茂便对洪源说，'你写词快，写首歌词吧，午饭前一定要交给我。'洪源高兴地说，'行啊，我马上就干。'"

说到这儿，"杨金斗"将大背头朝后捋了两下，又吹嘘说："当时，我正在文工团跑龙套，一听说下午可以去天安门了，就高兴地唱起了我小时候学的一首儿歌。"

"杨金斗"一边唱一边表演说："也许是我唱的这首儿歌让两位老师来了灵感，中午时分，生茂老师顾不得去食堂吃饭，拿着洪源老师写的歌词，就按照儿歌的曲子哼起来，仿佛和战士们一起高唱进行曲，走在了大路上，不到一小时就完成了作曲。于是，《学习雷锋好榜样》这首歌曲就诞生了。"

"杨金斗"说得有鼻子有眼，衣庚锦半信半疑地说："杨老师，你这是杜撰的吧？"言外之意是说，这太不严肃了。

"杨金斗"先是哈哈大笑，接着又一本正经地说："这次歌咏比赛啊，咱们要想拿名次就拿第一名，第二、第三有啥意思啊。咱们现在朗诵、领唱、轮唱都有了，不过还缺一个人扮演王芳的角色。'三立章'又瘦又高，扮演王成也不大理想。如果再有手风琴伴奏，双簧管、小号和架子鼓配合，那就是锦上添花，第一名就非我们莫属啦。"

衣庚锦猛然想起了有一个人相貌酷似《英雄儿女》的王芳，便建议说："我看雨笛的未婚妻汪芳是最佳人选，她还会拉手风琴呢。"

汪芳自从复旦大学医学系毕业后，被分配在大连妇产医院，与父母一起住在教师公寓。萧雨笛自从进军校学习后，就成了汪家的常客。他立即打电话把衣庚锦的想法一说，汪芳欣然答应了。

这时，衣庚锦忽然想起了什么，谨慎地说："哎，比赛可以借外来人员吗？"

"比赛明文规定，本校学员、教职工和家属可参加演出，总名额不得超过两名。"萧雨笛找理由说，"我与汪芳已登记结婚了，她现在已经是名正言顺的军人家属了。"

"王芳"和拉手风琴的人都搞定了，可是双簧管、小号和架子鼓还没着落啊。

看三个人急得没着没落的样子，衣庚锦站起来说："还是让我来试试吧。"

三个人一听都愣了，嘴上不说，心里却在想："你有啥办法？你会造还是会唱啊？"

衣庚锦知道他们仨是什么意思，便笑着不紧不慢地说："我妻妹在青少年宫管弦乐队工作，不知道她能否帮帮忙？"

萧雨笛急忙说："哎呀，你急死我了，你就说是你小姨子不就得了吗？"

"杨金斗"催道："不管是小姨子还是妻妹，你赶紧问问她能不能帮上这个忙啊。"

衣庚锦说了一声"好哩"，就跑去打电话了。

一会儿，衣庚锦打电话回来了，有点儿不高兴地说："他们太小抠了，就是不答应……"

还没等衣庚锦说完，"三立章"就打断话题说："理解，理解，眼下不都在讲经济效益吗？"

衣庚锦知道他听岔了，赶紧解释说："我是想说啊，他不答应借双簧管，说只剩一把了，意思是说怕咱们给吹坏了。"

"杨金斗"高兴地说："有了小号、架子鼓，加上手风琴伴奏，这就行了，这得好好谢谢你小姨子。"

衣庚锦淡淡一笑说："谢什么啊，只要咱们文化班能夺得第一名就行了。"

忽然，"杨金斗"似乎想起了什么，他让衣庚锦转过身来走两步，一番仔细地端量后，便欣赏地说："瞧瞧，这个儿头，这气质，还真像王成。"

"三立章"一看还真像，立马请辞道："我坚决同意，让衣政委当王芳的哥哥。"

萧雨笛带头鼓掌赞成，还揭老底说："衣庚锦可是我们支队'浪雨红'组合成员，还饰演过《沙家浜》中的指导员郭建光呢。"

衣庚锦只好服从地说："那我就恭敬不如从命了。"

一周后，歌咏比赛的帷幕终于拉开了。

汪芳身着一套军装当演出服，头戴一顶无檐军帽，白上衣配蓝裙子，鲜红的帽徽、领章映红了脸颊，一部手风琴抱在胸前。

"杨金斗"站在队前，两手平端，伸向前方，只见他将大背头往后一甩，右手的指挥棒朝前猛地一抖，"哗"的一声，手风琴被汪芳左右拉开，如行云流水，队员们齐声引吭高歌，一首时代的强音在空中唱响：

  学习雷锋好榜样，忠于革命忠于党。
  爱憎分明不忘本，立场坚定斗志强。
  ……

第十五章 进校深造

接下来，在小号和架子鼓等乐器的伴奏下，学员们又用轮唱、合唱和朗诵的方式表演了《人民海军向前进》。

曲子又换成了《英雄儿女》电影主题歌，上了妆的衣庚锦大步跃向前台，仿佛已孤身战斗在上甘岭。他头缠着血染的绷带，手握着爆破筒，怒目圆瞪，嘶声高喊："为了胜利，向我开炮！"画外音："我们的王成是毛泽东的战士，是特殊材料制成的。"

扮演"王芳"的汪芳站在队列前激昂领唱：

烽烟滚滚唱英雄，四面青山侧耳听……

歌声激荡，雄壮有力，全场爆发出雷鸣般的掌声。

最终，文化班学员演唱队凭借"歌唱响亮，形式多样，乐队添色"的评语，获得了全校歌咏比赛的第一名。

大家对衣庚锦和汪芳的精彩表演报以热烈掌声，向给予援助的青少年宫表示感谢。

歌咏比赛之后，萧雨笛与汪芳一起乘上南下的列车，开启了新婚蜜月之旅。

第十六章

激浪冲天

台风来了

从海军院校毕业后,衣庚锦和单若冰来到"蓝剑"号潜艇,分别被任命为副政委、鱼导部门长。

衣庚锦来到一号码头,看到潜艇像一只巨鲸,舒展着偌大的身躯独自停泊在码头上。"蓝剑"号是我国第一艘新型战略导弹潜艇,即将执行首次水下发射运载火箭试验任务。出于安全保密的需要,码头四周围上了铁栅栏,几名荷枪实弹的卫兵不停地巡逻。

这天早晨,衣庚锦听中央气象台发布的强台风预报,得知七号强台风已在我国台湾省台北市东南方四百九十公里的太平洋洋面形成,中心附近最大风力有十五级,预计将以每小时三十公里的速度向西北方向移动,将于次日中午至傍晚在东坪港一带沿海登陆。

第十六章 激浪冲天

舰队发出命令,各舰艇编队进入了一级防台部署,做好防台风应急准备,加固港口设施,防止舰艇流锚、搁浅和碰撞。随即,潜艇和水面舰艇开始驶离码头到海上抛锚、系水鼓,交通艇等小型船只一律停泊在码头上,禁止出港。

衣庚锦刚上艇时就听说过,"防台防台,十防九不来。防空防空,十防九空。"这是多年来老兵们的一句口头禅。

每逢春节和国庆节期间,部队都要进行战备防空演习;每年进入防汛季节,都要做好防台风应急准备。记得第一次参加防台风应急准备时,衣庚锦这批兵还在191潜艇上,当时他们感到很紧张。其实经历过第一次防台风后,这种紧张就大可不必了。随着应对次数的增多,他们渐渐觉得防台风是在繁忙的战备中的一种小憩,有时在锚地等待时似乎忘却了这是在防台风,而感到是在旅游胜地领略大自然的风光了。

大自然有时是捉摸不定的,有一次明明天气预报说台风将在舟山群岛登陆,可台风偏偏跑到大连,一拐弯又去了朝鲜半岛。有时候潜艇进入锚地不到一天时间,就解除了防台警报。还有一次潜艇刚靠好码头,一个防台警报来了,潜艇只好再次来到锚地避风。几天过后,带来的食品吃完了,可防台警报偏偏没有解除,艇员们吃了好几顿面疙瘩,才没有挨饿。这真真假假的台风真把艇员们害惨了。

久而久之,不见台风来,也不见敌机影,官兵们自然而然就产生了这种麻痹思想。可是,宁可信其有,不可信其无,每一次不管是防台警报还是防空警报拉响后,衣庚锦和战友们照常进入战备部署,以预防突发情况。

进入一级防台部署后,"蓝剑"号潜艇迅速就位,鱼导部门长单若冰带领鱼导部门的几个战士检试导弹发射筒,衣庚锦带着留守人员往艇上装载食品。

这时,一辆解放牌大卡车驶入了一号码头,车上拉着各种蔬菜、罐头、面包等食品。接着,从驾驶室跳下一个穿雨衣的人,衣庚锦抬头一看正是何久先,便上前问道:"久先啊,听萧雨笛说毛旦病了?"

毛旦是何久先的儿子。妻子王桂兰生龙凤胎时，幸亏半路遇到了前来探望的衣庚锦和妻子牟桂英，小舅子开的上海牌轿车就成了"特殊产房"。孩子的舅舅高兴地说，这俩孩子是在轿子上生的，我看小子就叫"车生"，闺女就叫"车诞"吧。牟桂英马上摆手说，不行，叫"车诞"不好听，那不是"扯淡"吗？衣庚锦说，今天是国庆佳节，女孩叫"何欢欢"，男孩叫"何国庆"，意思就是"欢乐国庆"。王桂兰赞同说，这名好，有纪念意义。得知妻子生了一对龙凤胎后，何久先当即说了一段山东快书："雄赳赳，气昂昂，我家添个小儿郎，双眼皮，高鼻梁，长相赛过唐国强。洪湖水，浪打浪，我家闺女俊模样，瓜子脸，大眼睛，长大超过刘晓庆。"……后来，王桂兰又给儿子取了一个乳名叫"毛旦"。

何久先回到支队后，被任命为岸勤部军需科正连管理员，主要负责各潜灶的粮油食品等物资的供给。这几天何久先很忙，他儿子在这个节骨眼又发高烧了，他心里感到很烦躁，听到衣庚锦问到儿子时，他心不在焉地回答："没什么大事，感冒引起的发烧。"

衣庚锦叮嘱他："你可别粗心大意啊，如果老是不退烧，赶快上卫生院啊。"

何久先又一扬手说："没事，你嫂子在家照顾着呢，没那么娇贵，吃几片药就好了。"说完，他又投入卸载之中。

"蓝剑"号潜艇这次执行水下发射运载火箭试验任务，各级首长都高度重视，海军首长指示后勤部门要全力以赴做好军需保障工作。

"兵马未动，粮草先行。"自从接到这项光荣任务后，何久先一门心思地扑到保障工作上，不仅按照远航餐标给潜艇配备食品，而且还要提前给护航编队中的驱逐舰、护卫舰和扫雷舰等舰艇配备各种食品。

可是，偏偏在这个节骨眼上，台风又来了，几十艘舰艇又都需要防台食品，何久先率领战士们连轴转，三天两夜没进家门，妻子来电话后才知道儿子毛旦发高烧了。

从军校轮训结业后，何久先回家将妻子、儿女都领到部队，现在毛旦都

第十六章 激浪冲天

快三岁了。虽然有人提出意见，说家属来队时间太长了，可考虑到他的特殊情况，军需科长便睁一只眼闭一只眼，甚至有时还帮着打圆场说："哎呀，军人夫妻两地生活苦啊。"

傍晚，看到满载食品的潜艇都离开码头，陆续驶向了锚地，何久先才带着一身泥水奔向五号码头，乘交通艇去锚地，开始为驱逐舰送给养。

东坪港的夜晚显得比往日寂静，月光含着湿漉漉的潮气，青蛙蜷伏在池塘边鸣叫着，路边的梧桐树连叶子都懒得摇晃了。港湾平静得像镜子一样，有经验的老渔民说，这是暴风雨前的平静啊，恐怕这次台风真的要来了。

半夜时分，七号强台风终于来了。黑压压的云团一堆一堆地涌过来，世界瞬间变得昏天黑地，混混沌沌。一排排浪头，呼啸地涌向海滩，又撞向岸礁，激起了几米高的雪浪。暴风雨像瀑布似的倾泻下来，风和雨缠绕在一起，像密集的子弹般"噼啪噼啪"射来，打在人脸上像针刺一般痛。

"丁零零……丁零零……"急促的电话声响把留守在水兵大楼的衣庚锦惊醒了，他一骨碌站起，刚抓起话筒，就听见何久先妻子王桂兰的抽泣声："俺家毛旦发高烧，烧毁了，老何又出海了，这可怎么办啊？"

衣庚锦急切地说："嫂子啊，你先别急，我马上就到。"

衣庚锦放下电话，急忙穿上雨衣，跨上自行车就向何家赶去。

风夹着雨往衣庚锦身上猛抽，向前一步都很吃力，他几次险些被风雨吹倒，只好下来推着自行车前行，原本十多分钟的路，骑骑走走折腾了半个小时，总算走到了何家门口。

衣庚锦推门进屋一看，毛旦躺在王桂兰的怀里，目光呆滞，两眼发直，脖子僵硬，四肢不停地抽搐。他脱下作训服盖在毛旦身上，抱着孩子就向卫生院跑去。

王桂兰叮嘱女儿何欢欢在家老实待着，便紧紧追随在衣庚锦的身后出了门。

来到卫生院急诊室后，衣庚锦把毛旦放在病床上，值班军医拿出听诊器在毛旦的胸前听了一会儿，然后埋怨地说："这是高烧引发脑膜炎的症状，你们怎么才把孩子送来啊？"

王桂兰只觉得脑袋"嗡"的一声，急切地问："什么？脑膜炎？那得怎么个治法啊？"

值班军医解释说："先进行头部 CT 检查，主要排除脑出血或脑内肿瘤。如果确诊是脑膜炎的话，还要为做'腰穿'，也就是做腰椎穿刺做准备……"

衣庚锦急切地催道："什么'摇船''摇橹'的，反正我们也听不懂，你就赶快想办法治吧。"

值班军医从脖子上摘下听诊器，一脸无奈地说："可是，咱们这小医院没有 CT 机啊。就是能做 CT 的话，咱也做不了'腰穿'啊。你还是抓紧去大医院吧。"

衣庚锦二话没说，抱起毛旦就往三号码头跑，当跑到岸边一看，海面波涛汹涌，小山似的浪头一浪高过一浪。不要说渔船了，就是交通艇也无法出港啊，看来只能走陆路绕道去枫城医院了。

衣庚锦抱着毛旦，又立即跑向岸勤部值班求援，值班首长立即调来一辆军用吉普车，拉着他们三个人和一名军医向枫城医院奔去。

风雨越来越大，风雨摇撼着爬行的吉普车，棚顶雨水的滴落声、沟渠里的淌水声，伴着不时响起的惊天动地的轰雷声，仿佛要撕裂天地，喧嘈不绝。一路上，军医不停地给毛旦降温、降颅压，一会儿孩子就睡着了。

经过四个多小时在崎岖山路上的奔波，吉普车终于在天亮时赶到了枫城医院。衣庚锦抱着毛旦急匆匆跑进了急诊室。发现急诊室里连一个人影也没有，他就大喊了一声："人呢？都死哪儿去了？"

见没有回音，衣庚锦又抱着毛旦跑向护士室，门紧关着，他抬起一脚将门"砰"的一下踹开了。

听到声音后，一个医生急步走来，把他们领进了急诊室。

第十六章 激浪冲天

衣庚锦把毛旦放到病床上，医生立即伸出了右手，先是摸了摸毛旦的额头，又用拇指和食指熟练掀开他的眼皮，看了看后埋怨说："孩子都烧成这样了，怎么才送来？"

衣庚锦显得很无奈地说："由于来台风了，交通艇开不了，只好从陆上绕了大半夜，这才赶来了。"

医生叹了一口气说："唉，太晚了。"

接下来，医生先给毛旦做脑电图，又做了 CT 检查，最终确诊为病毒性脑炎，需要马上住院，进行椎间隙穿刺手术。

王桂兰拿起笔签字时担心地问："医生，孩子的手术成功的把握有多大？"

医生思忖了一会儿说："病情不乐观，兴许会落下后遗症，你们家属可要有充分的思想准备啊。"

衣庚锦急切地问："医生，能落下什么后遗症啊？"

医生耐心地解释说："如果手术成功的话，能保住孩子的生命，但是由于错过最佳的治疗时间，孩子的智商可能会下降，大人说的话总是记不住，语言表达不顺畅，脑子里常会出现女人的影子等。"

听后，衣庚锦呆若木鸡。王桂兰蹲下了身，两手在腿上一拍，大哭道："哎呀，俺的毛旦啊，我怎么向你爸交代啊……"

毛旦很快被推进了手术室，王桂兰、衣庚锦和跟随来的军医在手术室外焦急地等待着。

黎明时分，折腾了一夜的台风终于远去了。天湛蓝着，有几抹朝霞亮在天际，风徐徐吹过，给盛夏添了些许凉意，海上抛锚的潜艇和舰船陆续返回了东坪港。

何久先急匆匆地赶到了枫城医院，看到刚被抱出手术室的毛旦，便哽咽地说："庚锦啊，这孩子在出生的半路上有幸遇到了你，今天又是你把他送到了医院，我老何这辈子欠你的啊。"

衣庚锦上前握着他的手，真挚地说："咱们是战友、兄弟啊。"

蓝鲸兵魂

欢腾的部落

不要问我在哪里，
问我也不能告诉你。
我们是中国海军潜艇兵，
航行在深深的海洋里……

"解缆！"随着"岸指"的一道命令，"蓝剑"号潜艇徐徐地离开了军港，似一匹骏马在波光粼粼的海面劈波踏浪，向运载火箭发射海域飞驰而去。

为执行这次水下发射运载火箭的任务，衣庚锦、单若冰和萧雨笛又汇聚在同一艘潜艇上了。看到儿子病情稍有好转，何久先谢绝了首长的关怀，又随运输保障船队一起出航了。

在远离蓝天、阳光、星星，分不清昼夜的海底世界，在与世隔绝的日日夜夜，对潜艇兵来说，苦与累算不得什么，难熬的是时间久了情绪就会变得愈来愈烦躁，不良情绪才是蓝色部落最大的敌人。

艇员们驾驭着潜艇在水下航行，拍打在头顶上的是万顷波涛，搁在肩上的是重如泰山的责任。当人们沉浸在睡梦中的时候，艇员们却睁大了双眼，竖起了耳朵，默默潜航在大海深处。

潜艇舱室禁止打扑克、搓麻将和下棋，没有报刊、电视看，也无法正常收听广播，艇员只好躺在吊铺上"侃大山"，没几天就侃厌了，哑铃也玩腻了，拉力器也失去了弹性。

除了值更外，大家几乎是"闭上眼睛就睡，张开嘴巴就吃"，就像罐头里的沙丁鱼，被折腾得无精打采。此时此刻，艇员最怕什么？怕失去动力？怕机械故障？怕空气污浊？怕枯燥寂寞？怕身体生病？

副政委衣庚锦虽然明白这些，但是他的回答很令人意外："我们最怕缺少士气。"如何让全体艇员欢腾起来，始终保持旺盛饱满的精神和斗志，成了他这个政工干部的头等大事。

潜艇由于受空间以及环境的限制，开展文体活动的原则和特色是简、小、快、活、灵。衣庚锦把单一的、零碎的、个体的体育锻炼活动统一汇集起来，在艇员休更之际，以舱室或部门为单位，采取多种形式开展训练和比赛。

艇员们可以依靠固定的大型管道设备做引体向上，在狭小的走道上做俯卧撑，在工具箱和床铺上掰手腕，在稍大一点儿的空间做操，用拉力器和哑铃来锻炼臂力，最便捷的体能锻炼方法是原地跑步。艇上还经常进行谜语竞猜、巧钻水密门、脑筋急转弯等比赛。参与文体娱乐活动的人员，上至随艇出海的最高指挥员、艇长和政委，下到士官和士兵，大家其乐融融。

这天，潜艇坐沉海底后，全艇举办了一次水下运动会。衣庚锦用几根塑料管做了几个"呼啦圈"，还自编了一套适合在潜艇上做的"呼啦操"。各舱选出代表来到了最宽敞的一舱，进行"呼拉圈"表演赛。圆圆的"呼啦圈"和参赛者滑稽的动作使舱室涌进了斑斓的色彩，艇员们各展风采，寂寞的海底变成了欢腾的部落。

为了完成这次光荣而艰巨的任务，支队成立了指挥组随艇出航。萧雨笛作为政工小组的一员，其职责就是配合艇上政工干部搞好宣传和文体活动，提升官兵的战斗力，圆满完成水下发射任务。

怎样提升呢？衣庚锦和萧雨笛搞了一项策划——诗歌出战斗力，用诗歌激励官兵。他们推出了《水下诗篇》系列专题节目，其中包括《话别篇》——用诗歌描述与家人别离时的情形，《画像篇》——用诗歌描绘身边的战友，《激励篇》——用诗歌讴歌潜航生活。

潜航第一天，萧雨笛亲自上阵，在"水下之声"广播电台，播送了水手长与爱人话别的诗句：

简简单单一声别离,
简简单单一套行李;
你就这样告别妻子,
为祖国劈波斩浪……

萧雨笛又风趣地播送了机电长与妻子的话别诗——《今天我为你画像》:

都说嫂子十分漂亮,
你最怕红杏出墙,
出航时你走得非常匆忙,
没把房间锁上,
只是说了一声:
亲爱的,晚上要把房间锁好,
这是我的专用房间,
千万不能出租转让……

从这一天起,每次水下广播都会播送一首题为《今天我为你画像》的诗,让大家猜猜写的是谁,听听写得究竟像不像。最后,衣庚锦为全艇官兵做了一首画像诗,亲自来到水下广播站,兴致勃勃地朗诵道:

我们从大海中走来,
带着祖国的嘱托和沁满血泪的爱。
我们从碧波下走来,
擎着军人的辉煌和青春的豪迈。
战艇珍藏着我们的风采,
大洋深处展示着我们的胸怀……

"龙宫"赏月

"蓝剑"号潜艇进入了水下二级部署,衣庚锦帮助厨房收拾完餐具后,就来到了柴油机舱。

按照艇上不成文的规矩,出海时副政委的岗位主要在厨房,更多的是干点儿削土豆皮、择菜之类的活,实在内急了可以爬上舰桥去趟厕所,一般情况下都待在厨房外面的过道上,跟黄瓜、茄子、芹菜们打交道。因此,艇员们戏称衣庚锦是"帮厨专业户"。

所以,凡在潜艇上有过政工经历的军官,他们帮厨时一般都有个三拳两脚的,厨艺如何暂且不论,但是菜一定是择得又快又好。可是,衣庚锦与众不同,除了能把文体活动搞得红红火火外,他还经常深入各舱室送茶送水、问寒问暖。

衣庚锦是轮机兵出身,深知轮机专业是全艇最苦的专业,所以他对内燃机舱的弟兄们关爱有加,经常与他们一起流汗聊天、拉家常,有时还特地带几根黄瓜或冰激凌等食品犒劳大家。

看到舱艉有好几个"烟民"正在悄没声地吸烟,脸上露出困倦的神色,衣庚锦便走上前与他们聊天。

一般而言,在潜艇舱内是严格控烟的,因为舱内氢气较多,易引发火灾。只有长时间水下航行时,有人犯了烟瘾实在非抽不可,而潜艇又处于通气管航行状态时,才可以到内燃机舱这个指定的角落吸烟,所吐出去的烟雾很快就会被柴油机吸收燃烧掉。但是,每次有机会轮上吸烟的艇员毕竟是有限的,还得经舱室长批准才行。

厨师一口接一口地吸着自卷的旱烟,一脸享受的样子,一股浓烈的烟味在舱室后角缭绕着。

衣庚锦对着厨师的耳朵大声说:"守着震耳欲聋的内燃机,又冒着高温汗流浃背地抽烟,你这是享受还是受罪呀?"

厨师美美地吸了最后一口烟,将烟蒂掐灭按在用罐头盒做的烟灰缸中,高声回答说:"副政委,这叫'水下一支烟,赛过活神仙'嘛,我们这也是攒足劲,好准备发射运载火箭呀。"

"哈哈哈……"衣庚锦开心地笑了。

东方欲晓,潜艇水上充电完毕,进行全艇通风,即将开始潜入深水了。

此时,正在当值的单若冰把观察潜望镜转向东方,调整到了1.5倍视野上。透过湛蓝的海水,他看到了舰艏升降舵,还看到了红白相间的失事浮标。忽然间,他发现了正在冉冉升起的一轮红日,赶紧张开手掌对准潜望镜目镜,太阳渐渐地缩成了一个小圆,正好投射在他的掌心。这一突如其来的发现让他喜不自禁,他让三舱人员轮流来看手掌上的红太阳,让战友们享受这久违的阳光。

一会儿,潜艇在轻松的气氛中潜到了水下三十米航行,单若冰又打开了对空潜望镜向天空瞭望,只见海水朦朦胧胧像透过毛玻璃看东西。平视海水似挡在眼前的暗绿色的翡翠。他知道如果航行深度再深点儿,眼前必是一团漆黑,因为阳光在海水里的穿透力有限,到了一定深度后大海就是诡异难测的黑暗世界了。

子夜时分,衣庚锦抬手看了一眼腕上的潜水手表,荧光指针正好指向北京时间凌晨零时。啊!今天是1982年国庆节,又欣逢中秋佳节。没有霓虹灯,没有喝彩声,在看不见太阳的狭小舱室内,在混合着汗味、机油味的密闭空间里,在无数个无声潜行的日夜交替中,一颗颗深蓝的心时刻向着祖国,向着人民,向着远方。衣庚锦的心情和艇员们一样,是多么盼望能提前完成发射,返航后在岸上洗澡、赏月、吃月饼啊。

此刻,衣庚锦和艇员们湿漉漉的思绪,穿过坚硬的艇壳,透过湛蓝的海水,飞向了遥远的故乡。

第十六章 激浪冲天

忽然,"岸指"来电:"'蓝剑'继续潜航,等待发射时间。"一道命令,又将水兵飞出的思绪拽了回来。

这时,舱室里依然是那样平静,原定国庆节举行婚礼的赵动力长仍默默地操纵着潜艇。原想中秋节给奶奶庆祝八十寿辰的声呐兵李小乐还是那样专心地注视着荧光屏。

衣庚锦提议说:"长时间潜航,思念是一种揪心的牵挂,牵挂是一种贴心的幸福。今天不能返航,咱们就在水下过中秋节。"

艇长石长啸赞同地说:"在'龙宫'赏月,可是咱潜艇兵的'专利'啊。"一句话把大家都逗乐了。

这时,潜艇已进入稳定的水下航行。"水下之声"广播电台又开始广播了,萨克斯曲《回家》的乐声在水下悠扬响起,艇员们听后,一缕乡情涌上心头,谁也没有想到,这节目竟然是送给电工兵江东阳的生日祝福。

"同志们,今天是江东阳战友的生日,让我们一齐为他祝福!"萧雨笛通过水下广播说,"下面,我就为东阳同志点播一首歌曲《祝你生日快乐》。"

"祝你生日快乐,祝你生日快乐……"

顿时,悠扬的童声歌曲与大海深处的祝福让每个艇员真切地感受到了一份来自"蓝剑"团队的温暖与关怀。

晚餐时,江东阳面前多了一碗热气腾腾的长寿面,里面还卧了两个荷包蛋,面汤上居然还漂着一些珍贵而少见的菠菜叶,这是他有生以来第一次在"龙宫"过生日啊。

夜晚,皓月当空,海面波光粼粼。

石艇长把潜艇操纵到指定深度,又缓缓地升起了潜望镜。第一个赏月的是未能回去给奶奶祝寿的李小乐,他睁大了右眼正对着目镜,深情地朗诵道:"举头望明月,低头思故乡……"

艇员们轮流赏月后,又别有情趣地品尝着自制的月饼,吃着水果罐头。

最后一个赏月的是没赶上婚礼的准新郎赵动力长，他走上前紧握黑色的潜望镜手柄，眼睛紧贴着瞭望孔："啊，多美的月亮呀，这是我一生中看到的最美最美的月亮。"

此刻，放大了数倍的月亮像挂在天空的一盏明灯，皎洁的月光洒向了大海，给潜航的水兵带来了期盼，送去了祝福。赵动力长一高兴，竟超过了赏月半分钟的限定，大家非要罚他唱一首《十五的月亮》。

衣庚锦看到他为难的样子，默默地递给他一盘录音带。不一会儿，录音机里传出了厉政委妻子的声音。

"老厉，我就不能到码头为你们送行了。虽然你一直瞒着我，但我知道自己的胃癌已经到了晚期。你返航时如果能赶上中秋节，咱们就能带上儿子去海边赏月了。如果那天你在码头上看不到我了，那就听一听我为你唱的最后一首《十五的月亮》吧。"

十五的月亮，照在家乡，照在边关。
宁静的夜晚，你也思念，我也思念……

婉转的歌声从艏舱传到了艉舱，在碧波下久久回荡。

突然，雷达兵报告："发现可疑目标。"

"速潜——"石艇长一声令下，潜艇随即潜入了茫茫的海底，可那一轮又圆又大的明月还挂在水兵的心中。

"一代玲珑骄"

金秋十月，我国首次潜艇水下发射运载火箭试验拉开了序幕。

"蓝剑"号潜艇在大海深处携弹以待，等候着祖国一声令下。

第十六章 激浪冲天

"一小时准备。"指挥部下达了命令。一支由导弹护卫舰、猎潜艇、扫雷舰等组成的舰艇编队已到达试验海区。

首先映入人们眼帘的是一艘艘执行警戒任务的舰艇，它们所过之处留下了一道道泛着浪花的航迹；接着气象船、防护救生船驶来了，它们从容不迫地在各自的就位点下锚停泊；最后是装有运载火箭的"蓝剑"号潜艇，它像一只大鲸鱼从水下行驶到发射海区。一会儿，一架直升机来到了预定海区上空，不停地在那里盘旋，运载火箭的发射时间已经临近了。

"战斗警报，各就发射岗位！"

按照指挥部的命令，"蓝剑"号潜艇艇长石长啸一声令下，潜艇渐渐地潜入了发射深度。

顷刻，潜艇舱室里灯光闪闪，口令声声，水兵们进入了战斗状态。石艇长指挥若定；航海长左测右勘，一丝不苟；鱼导长上传下达，全神贯注……

突然，一个标志着火箭出水点的红色亮点在海面上出现，离发射时间只有两分钟了。这时候，分布在陆地、舰船和直升机上的许许多多跟踪测量设备都一齐开机，准备接受火箭出水以后在飞向预定溅落点的过程中每一瞬间所传来的各种信息。

石艇长果断地下达口令："一分钟准备！"

顿时，潜艇发射舱里充满着紧张的战斗气氛。鱼导长单若冰沉着冷静地站在操作台前，等待着发射命令。衣庚锦静坐在四舱的沙发上，盼望着胜利的喜讯。

潜艇越来越接近发射时刻，水兵们紧紧盯着指示灯，只听石艇长字字如铁地下达命令："三——二——一，发射！"

一声令下，单若冰果断地按下了红色按钮，只听"呼——嘭——"，随着一声闷雷似的声响，一枚乳白色的火箭破水而出，飞向苍穹。

就在火箭发射的一瞬间，潜艇猛地往下一沉，衣庚锦觉得就像躺在席梦思床上，颤悠了一会儿才恢复了平静。

蓝鲸兵魂

火箭按照预定轨道飞驰,在湛蓝的天空留下一缕白烟,画出一道胜利的轨迹。

这时,在补给船上的何久先看到火箭尾部喷出的橘红色火焰立刻使海水剧烈地翻腾起一团雪浪,活像一朵硕大的莲花怒放在蔚蓝色的海面上。

顷刻间,火箭升高了,尾部的火焰也越来越长,如同一条出水的巨龙,扶摇直上,腾空而去。

火箭越飞越高,越变越小,直到变成一个小亮点,像流星般地穿过一片白云,消失在茫茫的天空之中。

当运载火箭发射成功的消息传来时,历经几载艰辛的潜艇官兵欣喜若狂。指战员们拉响了汽笛,扬声器中奏响了《义勇军进行曲》,参试人员一齐拥向甲板,欢呼雀跃。官兵们激动得流出了热泪,互相握手,互相拥抱着,含着激动的泪水欢呼起来,欢呼我国首次潜艇水下发射运载火箭成功!

"浮起,返航——"石艇长自豪地下达着命令。

潜艇完成发射任务后浮出了水面,胜利返航了。

中央军委委员张爱萍将军走出指挥所,兴奋地说:"走,去码头,迎接咱们凯旋的潜艇。"

首长车队一路呼啸地来到军港,抢先到达了码头。

潜艇靠上码头后,水兵们鱼贯走出潜艇,又自行在码头列队站好,等待首长的检阅。

"同志们好——""首——长——好——"

"同志们辛苦了——""为——人——民——服——务!"

参试官兵洪亮地回答张将军的问候。这时,衣庚锦走上前,恭恭敬敬地敬了一个军礼,请求地说:"请首长给我们题字好吗?"

张爱萍将军笑了,他走到方桌前,拿起毛笔,饱蘸浓墨,在一张宣纸上写道:

第十六章 激浪冲天

骑鲸蹈海，激浪冲天。

写毕，大家纷纷鼓掌。衣庚锦知道这八个大字蕴含着无穷的深意。

几天后，国防科学技术工业委员会和海军在大连隆重举行祝捷大会，热烈庆祝我国首次潜艇水下发射运载火箭取得圆满成功。

张爱萍将军受党中央、国务院、中央军委的委托，向全体参试人员表示慰问和祝贺，他兴奋地说："这次试验的运载火箭，是潜艇从水下发射的。运载火箭发射得很成功，飞行也很正常，在预定的海域溅落。各测控站跟踪良好，获得了全部的参数，达到了预定的目的。"

一阵掌声过后，张将军又声音洪亮地说："我国首次潜艇水下发射运载火箭成功，使中国一跃成为世界上第五个拥有水下发射战略导弹能力的国家，标志着中国运载火箭技术达到了一个新的水平，大大提高了人民解放军未来反侵略战争的作战能力。这是贯彻独立自主、自力更生方针的结果，也是参加这次试验的全体工程技术人员、工人和解放军指战员大力协作、团结奋斗的结果。是全党全军全国人民为全面开创社会主义现代化建设新局面而奋斗的一声春雷……"

张将军讲话结束后，又兴致勃勃地赋《相见欢》词一首，表示热烈祝贺：

扬威海上英豪，

战狂涛。

神剑飞来，

闪电破云霄。

天罗照，长空扫，

胜券操。

四海欢呼，

一代玲珑骄。

蓝鲸兵魂

1982年10月16日,新华社发布公告:"我国向预定海域发射运载火箭成功,达到预期目的,这一成就标志着我国运载火箭技术又有了新的发展。"

中共中央、国务院、中央军委打电报给参加我国运载火箭研制和发射试验的同志,祝贺我国在海上发射运载火箭获得成功。

当天晚上,"蓝剑"号潜艇举行了庆功宴,石艇长举杯高声说:"同志们,为了胜利,干杯——"

"干、干、干——"顿时,全场喊声惊天动地,衣庚锦和官兵们将杯中啤酒一饮而尽后,又爆发出了有节奏的吼声:"嗷、嗷、嗷……"

各桌轮番喊酒,声浪此起彼伏,不论年龄大小,不分职务高低,官兵们都在尽情地喝,尽情地喊。

汗水、泪水、酒水汇聚在了一起,连军港的星星都眨眼笑了。衣庚锦自豪地说:"这是潜艇兵喜悦之情的绽放,是战友心声的倾诉,更是'骑鲸蹈海,激浪冲天'的豪迈心情的迸发啊。"

第十七章

重振雄风

新上任的政委

"蓝剑"号潜艇水下发射运载火箭成功后，衣庚锦在当了三年副政委后，又回到191潜艇上担任政委。单若冰被提升为副长，后进入潜艇学院艇长班深造三年。

此时的191潜艇已进厂中修。休假刚回来的艇长周尚兵即将调至海军司令部机关当参谋。艇上的副政委刚转业了，只剩下副长柳继根一人在主持全艇工作。

柳继根原是191潜艇舰务兵，与衣庚锦是同年兵，又一起上艇、入党、全训。后来，由于他写有一手好字，被干部科长相中，调去当干事了。几年后，他又被选送到潜艇学院副长班参加学习。

别看柳继根平时挺灵光的，可在艇上时却有一个"小迷糊"的绰号。

潜艇在上海吴淞口接待外宾参观时，柳继根请了一天假要回家探望，衣庚锦便委托他买一盒相纸，还特别嘱咐道："买好相纸以后，你一定要好好检查一下，别买回来次品了。"谁知坏就坏在这句话上了。柳继根回来后，就把所买的相纸给了衣庚锦。当晚，衣庚锦兴冲冲地躲进储藏室里准备洗照片，可是一会儿他就气冲冲地跑了出来，把柳继根从床上叫起来问："'留几根'啊，我让你买的一盒相纸怎么全都曝光了？"

柳继根理直气壮地回答说："我可是按照你的要求，买时一张一张都拿出来看过了，全都是好的啊。"

衣庚锦发火道："什么？你把那盒相纸都打开了，全曝光了？"

柳继根不慌不忙地回答："是啊，不是你让我检查一下，看看相纸有没有毛病吗？"

衣庚锦听后差点儿晕了过去，哭笑不得地耐心解释说："这包相纸啊，它全是黑色的，一见光不就全都废了吗？"

从此，柳继根就有了这个"小迷糊"的绰号了。

萧雨笛曾风趣地说，柳继根穿的衣服是前长后短，意思是说他一见到首长就爱点头哈腰的。他之所以能从一个普通战士被调到政治机关工作，又由一名干事直接提升为潜艇副长，离不开政委石景文的一路提携。

柳继根回到老艇后，虽然充满了雄心壮志，但是他毕竟缺乏独当一面的能力，所以在他主持全艇工作期间，艇员纪律涣散，人心浮动，连欣赏他的石景文都有一些不放心了。于是，支队党委召开会议，决定让衣庚锦出任191潜艇政委，主持该艇在厂期间的修艇工作。

"命令一下，人走家搬。"接到命令后，衣庚锦送走了临时来队探亲的妻子和儿子，自己马不停蹄地赶到东沪修船厂报到。

周尚兵见到是老战友衣庚锦来了，打心眼里感到高兴。临走前，他拍着衣庚锦的肩膀，满怀希望地说："老弟啊，191潜艇就交给你这个政委了，听说小单要回来当艇长，我相信有你哥儿俩在，咱们艇一定能重振雄风啊。"

第十七章 重振雄风

衣庚锦握着周尚兵的手，依依不舍地说："老水手长啊，我从上艇那天起，你就带我们上码头，我这刚到你又要走了，真是舍不得啊。"

周尚兵泪水含在眼圈里，拍着衣庚锦的肩膀深情地说："小衣啊，以后如果到北京，一定要到我家做客啊。"

衣庚锦回答说："一定，回家后代我向你父母问好啊。"

衣庚锦把周尚兵送到了上海站，直到列车徐徐开动才离开了月台。

衣庚锦赶回艇时是星期天傍晚，按惯例，这正是点名的时间。艇员们有的穿军装，有的穿作训服，还有的军装和作训服混穿，队伍站得松松散散的。

柳继根心不在焉地说："最近啊，有同志反映我和艇长在晚上喝酒，确有其事啊。你们不是常把艇领导比喻成父母嘛，那么当父母的晚上喝点儿小酒，你们做儿女咋能有意见呢，还反映到支队首长那里去了。"

话音刚落，队列中就出现一片"喊喊喳喳"的嘀咕声。一个老兵低声说："扯淡，他咋就成了咱们的父母了？"

转头一看是衣庚锦走进门来，柳副长有点儿妒意地说："同志们，新来的政委到了，我们'呱唧呱唧'啊。"

随即，队列中响起零乱的掌声，显然大家一时还没有反应过来。

衣庚锦也没来得及准备，说了几句鼓励的话后，就让队列解散了。

次日上午，柳副长领着衣庚锦到各班熟悉情况。

由于修船厂住房不宽敞，艇员们分散住在好几处。当最后走到南头的轮机班时，柳副长发现门紧关着，敲了几次也没人开门。看见两扇窗上还遮掩着油渍渍的工作服，他大声喊着轮机班长的名字："龙大勇，衣政委来看大家了，你赶快开门啊！"

一会儿，门缓缓地打开了。柳副长领着衣庚锦进了门，看到四个老兵正围着桌子玩扑克，每人鼻子上粘着几张纸条，还有一个兵正躺在床上瞪眼。脏兮兮的墙壁上，不知是谁用白粉笔写了一首打油诗：

报名参军来到部队,青春年华献给艇队。

每天吃饭唱歌站队,逢年过节就得战备。

出海训练不知疲惫,晕船呕吐伤了我胃。

几年感情十分珍贵,一起欢呼潜艇兵万岁。

柳副长一把从龙大勇手里夺过扑克牌,"啪"地摔在桌上说:"这是工作时间,谁让你们打扑克了?"

看到四个老兵扔下扑克牌悻悻地走了,柳副长又转过身来质问:"龙大勇,你这个班长是怎么当的?"

不料,龙大勇从桌上抓起一只茶杯,高高地举起,又狠狠地朝地下摔去。随着"砰"的一声响,他一头倒在床上,一双翻毛皮工作鞋耷拉在脚上,鞋面还露出恶意剪出的两个鸡蛋大的窟窿,气哼哼地说:"这也不准玩,那也不让动,我躺在这儿挺尸总行了吧。"

衣庚锦走上前,拍着龙大勇的肩头说:"龙班长,你这是干什么,马力够大的啊,记得自己还是一个军人吗?"

短短一句话虽然声音不大,但是既有内燃机的术语,又暗含威慑力,龙大勇立马气短了,乖乖地站起来了。

衣庚锦心平气和地说:"龙班长,组织大家开始专业学习吧。"

龙大勇有气无力地回答:"是……"

衣庚锦和柳副长回到艇部后,柳副长接着说:"还有鱼雷班那个刘爱沪,整天跟在我屁股后磨磨蹭蹭的,说修船厂离他家近,非要请假回家一趟。这不,都三天了,连个人影都不见了,你说要是发生个意外,或者……"正在说话间,有人喊报告,柳副长一看,来人正是刘爱沪。

"我说'刘二乎',你是真二乎还是假装二乎?"柳副长不高兴地说,"这都三天了,你才回来,又擅自跑回家了吧?"

"副长,我真的请假了。"刘爱沪委屈地辩解说,"那天傍晚,咱们艇刚放完《渡江侦察记》电影，你背着手往回走，我跟在你后面说，要请几天假回家看我妈。你摆摆手说，你回去吧。所以我就回家去了。"

蓦地，柳副长想起来了，当时自己的确说过这句话，可那是模仿电影中的情节：侯大队长要去小老婆家，怕被跟在自己腚后的侯七发现了，就撵他说"你回去吧"。

柳副长又解释道："我说这一句话本是想让刘爱沪回寝室去，没想到竟让他钻了空子，跑回家住了三天，真是便宜了这小子啊。"

看到柳副长无可奈何地摇着头，衣庚锦有点儿哭笑不得了，心里在说："这真是个'迷糊'副长啊。"

"善结无绳"

单若冰从潜艇学院毕业后，被支队党委任命为191潜艇第四任艇长。

接到支队党委的命令后，单若冰征尘未洗，当晚就从青岛乘飞机风尘仆仆地赶往东沪船厂报到了。

艇党支部书记、政委衣庚锦当晚主持召开支部会议，宣布了支队党委关于新艇长的任职命令。

接下来的议程是由副长柳继根介绍前一阶段的工作情况。

柳副长汇报说："潜艇自从进厂后，由于各方面条件不如东坪港，所以管理上出现了'灯下黑'，最挠头的就是人员住得分散，纪律也松懈了。个别战士外出不请假，甚至夜不归营，这样任其发展下去，说不定还会发生什么花花事。"

接着，其他支委也列举了队伍纪律涣散的种种表现。有人认为潜艇进厂后，人没事干了，势必无事生非。还有人提出，干部怕聚堆，战士怕分散，要通过开展各种活动把他们的心拴住。

最后，柳副长提出全艇要做出几项硬性规定："不准擅自外出，不准打扑克，不准接触民女……如果谁违反了这些规定就给予处分，以儆效尤。"他同时建议，给予轮机班长龙大勇和鱼雷兵刘爱沪纪律处分，杀一儆百。

听了各支委的发言后，衣庚锦没有急于表态，而是请新上任的艇长发言。

单若冰讲了几句开场白后，循循善诱地说："《道德经》中有一句话是'善结者无绳约而不可解也'。意思是说，真正善于结绳的人，即使不用绳子也能把人绑住。'我认为行政管理与'善结者无绳约而不可解也'这句话有相通之处，各种硬性规定就相当于绳索，无绳约就相当于不用这些硬性的规定。因此，在日常管理中，我们做出了多种硬性的规定，作为制度，确实有其重要的作用，但是从某种意义上说，也确实有效果不理想的一面。"

衣庚锦又接着分析说："现在我艇训练、生活的条件都较差，开展文化活动又受场地和器材的限制，连打一场篮球的地方都没有，别说是搞其他活动了。艇员的娱乐工具只有一副扑克和一盘军棋。因此，我们要想方设法提升官兵的精、气、神，因地制宜开展文化活动，丰富官兵业余生活，达到'善结无绳'的效果。"

干过潜艇的人都知道，如果把艇长和政委比喻成大脑，那么艇长就是右脑，政委就是左脑。副长和副政委就是双臂，各专业部门长、军士长就是腰和腿，班长和战士就是手和脚。少了哪一部分，也成不了一个完整的人，就会缺少战斗力。

看到新来的政委与艇长配合得如此默契，还提出了"善结无绳"的带兵理念和管理之道，支委们信心陡增，预感到191潜艇重振雄风的日子来了。

经过充分酝酿和讨论，支委会做出决定：加强艇员厂修期间思想政治工作，进行作风纪律教育，积极开展文化体育活动，保证按时完成修艇任务。

会议结束后，衣庚锦组织全艇官兵先后参观了中共"一大"会址纪念馆，学习了中国共产党的发展史，又到龙华烈士陵园缅怀先辈，宣誓继承革命烈士遗志；参观了中国第一台万吨水压机，了解了新中国机械工业腾飞的起点。

第十七章 重振雄风

之后，他要求每人写出一篇观后感，择优在军人大会上交流学习，从此艇员们的精神面貌焕然一新了。

这天上午，轮机班长龙大勇怯生生地敲门走进艇部，说是做检讨来了。衣庚锦当轮机军士长时就知道龙大勇小时候当过放牛娃，淳朴，执着，是一个可塑性很强的战士，需要及时点拨才行。他心里想，龙班长不是爱玩扑克吗？为什么不去发挥他这一特长呢？通过一副扑克或者一盘棋来活跃艇员的业余生活，也可以达到陶冶情趣、凝聚士气、确保修艇任务完成的目的啊。

衣政委让龙班长坐下，好像是压根就没记得前几天他摔茶杯的事情，他和蔼地说："龙班长，我向你请教一个问题啊，你们现在打扑克都有几种玩法？"

龙班长听后愣了，一时摸不透政委的意图，可是看到政委笑容可掬的样子，又是在诚心请教时，就如实回答说："政委，我们现在玩'升级'，一副扑克四个人来玩。"

衣政委思索了一会儿说："四个人玩一副扑克，人数有点儿少，能不能把全班人的热情都调动起来，八个人一起玩，玩三副扑克怎么样？"

龙班长听了这个新玩法，感到既兴奋又疑惑。

衣政委说出了自己的设想："如果八个人玩三副扑克，扣十张底牌，每人十九张牌。如果在三副扑克中出现两张或三张同牌的情况，那就先出为大，后出'坐车'。另外，庄家出几张，闲家也必须出几张，扣令升级的规则也参照'升级'打法。你看这个玩法行吗？"

对这种用三副扑克打"升级"的玩法，龙班长听后兴趣大增，连连答应说："行行，这个玩法新颖，更吸引人，参加人数也多。"

衣政委又鼓励地说："那你就带个头，组织在全艇举行玩扑克比赛，前三名给予奖励。"

龙班长忽地站起来，像是在接受命令地说："政委，我保证完成任务。"

衣政委进一步叮嘱道："我相信你一定能行。通过这种娱乐活动，可以吸引更多的人参与，让扑克打出智慧和痛快，增强全艇人员的凝聚力。"

不久，191潜艇举行了首次扑克大赛，先以班为单位进行淘汰赛，再以部门为单位进行选拔赛，最后进行全艇决赛。

衣政委称这种玩法叫打"滚子"，因为扑克牌从A到K可滚成"一条龙"，用他的话说，革命战士就是要天天绑在一起，滚在一块儿，同舟共济才行啊。

后来，衣政委和战友们又将这种玩法进行了发展。为了增加趣味和对抗性，打"滚子"又增加了"喝血"，但是为了照顾弱者，又为每副扑克让出10分，三副扑克共让出30分，当闲家捡到150分以上时，每增加10分吃一个贡；闲家捡分少于80分时，每少捡10分吃一个贡。为了鼓励失败一方翻盘，闲家捡分超150分时，多出5分不算贡；而没达到80分时，5分按10分记贡。几天后，全艇掀起了打"滚子"热潮，人心逐渐收拢起来了。

随后，全艇参加玩扑克的人多了，由当初八人一起玩减为三人一伙、六个人一起玩。艇员们士气高涨，打上了瘾，一副扑克凝聚了人心，外出人员大为减少了。

最有趣的是，大家为了缩短打一锅的时间，原本从3打到A，连J、Q、K都要打，可是后来发现打K和打10有雷同性，所以就干脆只打到10了。

经过两个多月的打"滚子"较量，获得集体前三名的是鱼雷班、舵信班和轮机班，获得个人前三名的是轮机班长龙大勇、航海长刘国民、电工兵吕杰。

星期六晚上，艇上举行颁奖仪式，集体奖的奖励是一纸奖状，个人奖的奖品是每人一册日记本。

单艇长向获奖者颁发奖品后，衣政委做总结发言。他没有发表长篇大论，而是请三名个人奖得主发表获奖感言。

龙大勇总结道："打'滚子'是一项健康的运动，能刺激我们好胜心。通过打'滚子'，充分说明我们潜艇兵性情好胜，又不乏精明。但是，我觉得如果没有一张大牌开路，再顺的小牌也出不去，这说明艇首长领导得好很重要啊。"

看到大家哈哈大笑，吕杰诙谐地说："打'滚子'虽然形势变化莫测，其乐无穷，'喝血'很过瘾，也非常刺激，但是'小王'一出，基本上都会被'大王'拍死。这说明官大者是领导，当战士就要以服从命令为天职啊。"

刘航海长感慨地说道："我的体会是，人生就跟打'滚子'一样，拿到一手好牌的人不一定能赢，拿到一手烂牌的人也不一定会输，狭路相逢勇者胜。"

最后，衣政委归纳说："三位获奖者说得都很对，打'滚子'是智慧的娱乐，它给我的启发有两点：一是有时候为了取得最终的胜利，即使拆散自己手中的牌，也要送走'搭档'，这说明一个团队胜利的关键就是要有协作和自我牺牲精神；二是如果一手小牌连不起来，即使你抓到三个'大王'也未必会赢，这说明再牛的领导也需要一个好团队。因此，党支部的领导是胜利的保证，团队精神是胜利之本，这就体现出我们的潜艇兵魂'听党指挥，同舟共济'的重要性。"

"听党指挥，同舟共济！"官兵们齐声喊道。

一个月后，191潜艇提前完成修艇任务，返回了东坪港。

潜艇让女人走开

新春佳节快到了，军港增添了喜庆的气氛。

八一电影制片厂《蓝鲸紧急出航》剧组的演员来到东坪港拍电影，并慰问长年守卫在大洋深处的潜艇兵。

演员们受到了潜艇官兵的热烈欢迎，特别是那位漂亮的女主角田晓歌，更是受人青睐。

演员们每天吃着潜灶，穿着蓝色工作服，在潜艇各舱钻来钻去，体验潜艇兵生活。得知191潜艇要出海航行两周，演员们一直强烈要求随艇体验生活。支队首长被磨缠得实在没办法了，只好请示舰队政治部，最后只特批了几个男演员和田晓歌一人随潜艇出海体验生活。

萧雨笛这是第二次接待女演员了。第一次是几年前的夏天,舰队文工团到东坪港来慰问,演出结束后一帮女演员到潜艇参观,结果被捉弄了一番。当文工团女演员进入舱升降口时,有个舰务兵不知是有意还是无意地把通风机转换了方向,于是抽风机变成了鼓风机,结果沿着升降口陡直扶梯鱼贯而下的女演员的裙子瞬间被气流掀了个底朝天。

多少年来,由于特殊的作战环境,潜艇在世界各国海军中都被赋予了一层神秘的色彩。作为绝大多数国家唯一不能招收女兵的兵种,潜艇兵的生活充满了传奇的色彩。

为什么一直拒绝女兵上艇服役呢?这有很多原因,如厕、洗浴、起卧、着装、生理等方面的困难不必细说,其中一个重要的理由是女兵在水下比男兵更容易患上可怕的减压病。减压病是人体在高压环境下停留一定时间后突然回到常压下,由于压力降低过快,溶解于体内的氮气游离出来而引起的疾病。

不过,长期以来,西方军队一致认为并非每个岗位都适合女兵。美国海军早期不允许女兵登上核潜艇,一方面是因为要对潜艇的住宿和卫浴设施进行一定的特殊改造,需要付出额外的大量投资;另一方面也是因为男兵的家属们对艇员在狭小空间内不可避免的身体接触颇有意见,她们认为这种亲密接触的工作状态将给男兵的婚姻带来严重威胁。

美国海军直到2010年才批准首批女性艇员正式登上核潜艇,从此实现了在所有岗位男女混合工作的突破。2010年,英国皇家海军耗资百万英镑在一艘导弹核潜艇上建造了女艇员生活区,使之与男艇员隔离开来,可是最终还是发生了性丑闻,让女人离开了潜艇。

接到田晓歌和几个男演员随艇出海的通知后,萧雨笛马上通知191潜艇政委衣庚锦充分做好接待工作。

衣庚锦把这次接待工作当成一项政治任务来完成,特地挑选出几名已婚的老兵负责照料演员们。可是,这几名老兵都推托说一见到女演员就害羞,

第十七章 重振雄风

还晕船。

衣庚锦知道他们这是在找借口，便召集开会做说服大家的工作。

衣庚锦动员说："其实啊，你们不要大惊小怪的。听老艇长说，世界各国潜艇上虽然极少有女兵服役，可中国潜艇部队从诞生那天起就配有女兵了。"

几个老兵先是面面相觑，继而洗耳恭听：1951年，旅顺潜艇学习队成立，海军政治部秘书处的罗传芳和海军司令部办公室的陈玉梅是第一批调来的，以后又调来了胡嘉棠和罗治淮。可以说，这四个人是我国潜艇部队的第一批女兵。她们都是打字员兼保密员，主要工作任务是打印、装订、保存和借阅教材。老虎尾军营原来不曾有过女兵，苏军官兵见到她们后，觉得特别惊奇，都喊"姑娘，姑娘"，每逢周末舞会，他们还争着送鲜花，请她们跳舞，可都被婉拒了。为了安全起见，她们住的房间在大队部隔壁，与首长同在小餐厅同桌就餐，比艇长和政委的待遇还高啊。在学习结束那天晚上，她们穿上水兵服和直筒短裙，像是尊贵的公主。随着《喀秋莎》音乐响起，苏联海军史维佐夫中将和库德良切夫少将伸出右手，将她们引下了舞池。两位将军身材魁梧，而她们却长得小巧玲珑，像是两只熊猫搂着两只白兔，真是别有一番情味。几曲下来，她们都已经是大汗淋漓了。

听了衣政委讲的潜艇逸事后，几个已婚的老兵打消了顾虑。

出航前，衣政委把演员们集中在了最舒适的二舱，特地把政委室腾出来给田晓歌休息，还专门安排了一名已婚干部照看她。

离开码头后，潜艇航行还不到两小时，田晓歌就开始晕船呕吐了，她躺在政委室一动不动，再也见不到她往日在舞台上的风采了。

午餐时，看到她和几个男演员滴水未进，衣政委叮嘱厨师尽可能搞点儿清淡的罐头、粥和小咸菜，让她吐完了吃，吃完了再吐，保证身体不垮掉。她要上厕所了，就由两个老兵架着去。

好不容易熬到十四天返航了，一个兵在下面推，一个兵在上面拖，终于把田晓歌弄出潜艇。到了码头后，她马上被担架抬到宿舍，卫生院还安排了两个女兵帮她洗澡和整理卫生。照顾了一夜后,田晓歌才缓过劲,从而成为我国目前随艇出海时间最长的女兵。

农历腊月廿三夜晚是中国传统的小年夜,慰问演出如期举行了。

田晓歌已忘记了晕船的滋味,登台一亮相就郑重地向191潜艇官兵敬礼。而后,她一展歌喉,唱起了流行歌曲《泉水叮咚响》:

泉水叮咚泉水叮咚泉水叮咚响,

跳下了山岗走过了草地来到我身旁……

大练"刀工"

何久先的儿子毛旦病愈出院后落下了后遗症,八岁时,双胞胎姐姐何欢欢已经上小学二年级了,他才进入校门。班主任说:"这孩子的智力啊,只相当于四五岁儿童。"所以,毛旦每天上学时都由妈妈王桂兰牵着手送到校门口,放学后再接回家。

何久先常自责地说:"毛旦这孩子啊,是让我这个当爹的给耽误了。"

王桂兰感激地说:"如果没有他衣叔啊,这孩子兴许还活不到今天呢。"

何久先是个敬业的后勤干部。在军校学习期间,他想到参加远航时,由于潜艇长时间进行水下训练,在高温高湿的舱室环境里绿色营养食品无法长时间保存,艇员只能食用单一的冰冻肉食品和罐头餐,不少人患上口腔溃疡和厌食症的情况,便写了一篇《浅谈潜艇远航食品科学搭配的方法》,后经衣庚锦指点和萧雨笛润色,被评为优秀毕业论文,最后还在《后勤》杂志发表了。

毕业后,为了彻底改变"一烤一蒸一凉拌,外加一锅大米饭"状况,为远航潜艇提供合格食品,何久先多次请教海军医学研究所的营养学教授,运用逐步杀菌和含气调理技术，成功研制出了常温保鲜食品和速冻集体食品，保质保鲜期可达一年。尤其是那种用锡箔袋包装的食品，只需放入蒸箱稍稍加热就可以"出锅"了。官兵们反映说，这一新的保障模式实现了"六减"：减轻了炊事劳动强度，减少了动火次数，减少了油烟，减少了炊事垃圾，减少了炊事用水，减少了对舱室环境的污染。

为此，海军后勤部门在东坪港召开了潜艇远航食品科学搭配经验推广会，何久先登台现身说法，赢得好评如潮。不久，何久先荣立了一次三等功，被提升为支队岸勤部食堂科副科长，并以科长身份主持工作。

新官上任三把火。何久先上任第一周，就组织召开了由各潜艇政委、副长和司务长参加的座谈会，征求大家对潜灶伙食的意见和建议。

大家对目前潜灶伙食不大满意。柳副长发牢骚说，现在奶糖发得少了，以前在上海修艇时经常发奶糖，剥下的糖纸飞上天，都快成一道小"景观"了。

199潜艇政委说，头些年潜灶伙食那是真好，厨房大水池旁垒了一个小池子，里面养着海参和鲍鱼，想啥时吃就啥时吃。一次吃海参时，有个南方兵没见过它，竟先将刺咬下吐掉了再吃。看到许多艇员干脆不吃了，有个大连兵就将海参全部倒入自己餐盘里，"哧溜哧溜"地当粉皮来吃。

大家七嘴八舌地净提意见，反映潜灶伙食水平有所下降，弄得何久先一时显得很尴尬。

衣庚锦解围道："拿破仑有一句名言说：'部队靠胃行军。'多年来，美国军队把这句话当作伙食管理的座右铭。何副科长刚一上任就开始抓潜灶伙食，这是一个好兆头，抓到'胃'上了……"

何久先感到心里热乎乎的，诚挚地说："感谢衣政委和各位的大力支持，还是请大家多提宝贵意见和建议，以利于我们今后改正、提高。"

听了几个人的发言后，衣庚锦开诚布公地说："现在物价上涨，东西贵了，我们又没有条件搞副业，怎么办呢？我认为在伙食费还未调整之前，我们应开源节流。"

"开源节流？潜艇上既不能养猪，也不能种菜。"大家纷纷说。

衣庚锦又笑呵呵地说："比如说，提高炊事人员的光荣感，大练'刀工'，精工细做，总不能把土豆丝切得比筷子还粗，还没动筷就都倒了吧？"

看大家都鼓掌表示赞同，何久先表态道："从下周一起，我们就组织全支队的炊事兵集训，开展争当光荣炊事员活动，开始大练'刀工'。"

几天后，支队炊事兵烹调技术培训班开课了。

何久先放开嗓门动员说："同志们，别小瞧了自己这个'大老炊'，一个好的炊事员能抵得上半个指导员。自古以来啊，有不少名人志士都当过'大老炊'。清光绪年间，民国总统冯国璋二十五岁到淮军当兵，最先当的就是炊事兵。还有西汉开国名将韩信也是炊事兵出身。我何久先呢，虽说是一介草民，可是当初也是个'大老炊'，如今成了'火头军'的教头，我感到无比光荣和自豪。所以啊，当个'大老炊'不可耻，可耻的是自己瞧不起自己是个'大老炊'啊。"

在后勤学院学习时，何久先阅读过外军有关资料，对美国潜艇兵的伙食进行了重点研究。仅以周末晚餐为例，主菜有烤牛肉、基围虾，主食为甜点、核桃派、蛋糕等，还有烟熏三文鱼、咸饼干等开胃小吃，并配有水果、水果蘸巧克力。其中让他惊讶的不仅仅是色香俱全的食品，还有厨房的专业化程度和环境的干净有序。

上任伊始，何久先就采纳了衣庚锦的建议，首先从提高炊事兵的光荣感抓起，组织全支队炊事兵集训，在大饭堂举行了刀工比武，还特地请来潜艇领导衣庚锦来鼓劲。

衣庚锦走上台说："你们何副科长曾多次向我传授说啊，要做出一道美食来，一是要用'心'做，二是食材为上。而在烹饪方法上，有炒、熘、煸、煎、炸、烩等十八般武艺。所以说啊，要想当一个好的潜艇炊事兵，就必须具有一手过硬的'刀工'，俗话说'三分刀工七分锅'嘛。"

"大老炊"们听得很入耳，向衣庚锦报以热烈的掌声。

何久先面前的长方形案板上并排放着斧头状砍刀、半圆头菜刀、平头切刀……他熟练地依次拿起案板上的刀比画说:"炊事兵的刀工要从切土豆丝练起,土豆丝要切得像火柴棍那么细,这是基础刀工。各种刀有着不同的用途,这把砍刀是用来砍骨头的,菜刀是用来切冻肉和粗菜的,那平头刀是用来切细活的……每一名炊事兵都有一把属于自己的菜刀,一名好的炊事兵,菜刀对他来说就是手中的武器了。"

首先进行的是"刀工"演示,何久先指着长条板凳上的一块磨刀石说:"我们要练好'刀工',首先要把刀磨好。一把刀如果磨好了,用眼去看刀锋的线,越细越锋利。今天,我们就从磨刀开始。"

稍后,大饭堂里响起了此起彼伏的磨刀声。磨刀结束后,何久先又宣布说:"同志们,今天比武用的食材是淡水鱼和鲜猪肉,我先给大家打个样。"

何久先抓过一条大鲤鱼,左手摁住鱼背,右手持刀从鱼的尾部劙到鱼的头部,瞬间一条鱼就好像变成了两条。他又轻轻地用刀背敲了两下鱼肉,再用刀在没有鱼皮的一面徐徐地刮,一会儿就刮出一大盆鱼肉泥来。他将鱼肉泥拌上调料再用手搅过,用手抓一把,握拳挤一下,一个鱼丸就做成了。他用调羹先沾一下水,迅速地刮下鱼丸往开水里一放,一会儿一锅鱼丸汤就完成了。最后,他往锅内撒上香菜和葱末,又淋上几滴麻油,一股清香袅袅而出。

何久先演示完毕,大声宣布说:"下面,请191潜艇衣政委给我们露一手好不好啊?来'呱唧呱唧'。"

一阵掌声后,衣庚锦盛情难却地说:"好吧,恭敬不如从命了。不过啊,我这一手还是偷学何副科长的啊。"

衣庚锦换上了大白褂,拿起一块猪肉在砧板上一推一拖,刀往外轻轻地一抹,一张肉片就出来了。他又将一张张肉片侧叠起来,轻轻地一拖一拉,好像是用刀在反复地画着"一"字,一条条的肉丝就这样切成了。接着,他将肉丝切成肉丁,然后左右手各拿一把刀匀速地剁,一会儿做成了一堆肉泥。他把肉泥放在盘子里铺好,打上三个咸蛋上锅一蒸,不足十分钟,一道"平湖秋月"就出锅了。他又将剩下的肉末拌上粉条一煮,称这道菜叫"蚂蚁上树"。

衣庚锦演示完毕，近百名"大老炊"们便拉开了架势，开始操刀比武，刀声、勺声、欢笑声瞬间响成一片，奏出了锅碗瓢盆交响曲……

鱼雷，发射

孤胆、决断、骄傲、理想，这是一名潜艇艇长的荣光和自豪。一般来说，一名潜艇军官自从院校毕业到成长为全训艇长，至少需要十五年。培养潜艇艇长淘汰率极高，每名全训合格艇长都经历了千锤百炼。

单若冰和其他潜艇艇长一样，也有一种职业病，就是两眼瞅东西时一眨也不眨，显然这都是长期捕捉目标养成的习惯。这次到东沪修船厂来报到，他乘飞机在空中从窗口瞅着蓝天和大海，当看到火柴盒大小的一艘货轮时，他愣是瞅出了神，以为是瞅着潜望镜发现了"敌舰"，便突然下了一道口令："速潜。"险些引起飞机上的乘客一片惊慌。

单若冰当上实习艇长后，刚开始时靠码头的基本功欠火候，对涨什么潮、刮什么风、参照何物、多少距离停倚等因素考虑不多，一度影响了操艇技术。

这天，看到单若冰总是踌躇不前的样子，衣庚锦就与他坐在码头上，观摩别的潜艇是如何离靠码头的。

衣庚锦故意问："若冰啊，你知道《林海雪原》中刘勋苍的原型刘蕴苍吗？"

单若冰回答说："知道啊，刘蕴苍可是个传奇人物啊，在旅顺潜艇学习队时，他可是二艇艇长啊。"

衣庚锦回忆道："我在政治干部学校学习时，听过刘蕴苍给我们讲过革命传统课。刘老前辈说，他刚当潜艇艇长时也是被离靠码头难住了。有段日子里，他每天都往码头跑，隐隐约约觉得离靠码头肯定是有奥秘的。他与苏军教练艇长马斯洛夫交流了几次，可什么名堂也没交流出来。

后来，刘蕴苍探听到马斯洛夫喜欢喝酒。一个星期天，他准备了一瓶东北高粱烧和几瓶罐头，主动约请马斯洛夫到海边喝酒，还约上了俄语翻译。他打开酒和罐头，先敬了马斯洛夫三杯酒。马斯洛夫说："按照我们俄罗斯民族的习惯，主人敬我三杯酒，我也敬主人三杯酒。"六杯酒，差不多三两高粱烧下肚了，马斯洛夫的脸红得像关公。

刘蕴苍话中有话地说："马斯洛夫同志，以现在这种状态，要是让你靠码头，还能靠得上吗？"马斯洛夫又自顾自地喝了一杯，口气很大地说："靠码头算什么，现在就是鱼雷攻击，我也是发发命中。"刘蕴苍又说："咱们先不说鱼雷攻击，就说靠码头。你现在这种状态怕是靠不了码头了。"马斯洛夫眯缝着双眼："太小看人了。刘，我告诉你，靠码头是有诀窍的。每个港口码头都有标志物，作为一名艇长，到了一个新的港口，首先要熟悉标志物。比如说老虎尾码头，我们水兵食堂屋顶上的三根烟囱就是很好的标志物。靠码头的时候，如果没风，就将艇艏对准中间的那根烟囱；如果刮东南风，就将艇艏对准东边的那根烟囱；要是刮西北风，就将艇艏对准西边的那根烟囱，那就算找准了基本方向……还有呢……""太精彩了！喝酒，喝酒！"刘蕴苍又敬了一酒杯。马斯洛夫显得十分兴奋地说："刘，上课的时候，我不是专门讲过潜艇的余力和旋回特点吗？靠码头，一定要掌握好这两个要素。潜艇的余力就是潜艇在停车以后的惯性力……如果是平潮的话，潜艇离码头二十米左右停车，靠余力就可以靠上码头；如果是退潮的话，应该离码头十米左右才停车。我考考你，如果是涨潮的话，应该多少米停车？"刘蕴苍想了想说："大约应该在离码头三十米左右停车。"马斯洛夫嚷道："哈拉绍！哈拉绍！刘！"事后，翻译把整理好的谈话记录交给了刘蕴苍，他一拍大腿，兴奋地说："太棒了！这可是一份'密电码'呢！"

讲到这里，衣庚锦鼓励地说："若冰啊，你何尝不试试这段'密电码'啊？"

单若冰恍然大悟，立即跑回艇上，爬上了舰桥，仔细地观察起港口的信号台、烟囱和高压铁塔等标志物，终于寻找到了灵感，熟练掌握了潜艇靠码头的技能。

别看单若冰一副文质彬彬的样子，可是现在操起艇来虎虎有生气。

潜艇离码头时，随着他"两伡后退一，右满舵"口令的发出，只见巨鲸般的潜艇迅即后退，接着一个大转向，在水面画出一个漂亮的弧形，箭一般射向了大海。

潜艇进港靠码头时，单若冰多次大胆地用内燃机航行。当接近码头时，随着一道"右伡停，左满舵"的口令，只听"咣当"一声，像一块巨大的磁铁，潜艇就稳稳地吸上了码头，动作威猛、利落，令人咋舌。

在所有的军事训练科目中，单若冰最喜欢也最得心应手的就是鱼雷攻击了，每当听到或自己发出"鱼雷，发射"的吼声时，他就全身热血沸腾，顿时就有了一种"谈笑凯歌还"的激情。

一年后，舰队党委宣布："单若冰潜艇艇长考试合格，准予独立操纵。"

这天傍晚，191潜艇出海训练刚靠上码头，单若冰和衣庚锦就奉命来到支队作战值班室，接受新的任务。

朱支队长早已坐在作战值班室，等候两名爱将的到来。

单若冰和衣庚锦走进作战值班室，双双敬礼报告："191潜艇艇长单若冰、政治委员衣庚锦前来报到。"

朱支队长走到一张作战图前，开门见山地说："舰队要在乌龟山海域举行一次实弹演习，靶舰就是已经报废的'长沙'舰。总共发射三条鱼雷，第一条由咱们潜艇发射，第二条由鱼雷快艇发射，第三条由海航飞机发射。"

单若冰和衣庚锦静心凝神、一字一句地听着。

朱支队长走到沙盘前，语气沉重地说："经支队党委研究决定，由191潜艇参加这次实兵演习，希望你们为潜艇发射实雷打好'开门炮'。"

代政委石景文站在一旁，按照政治工作的方法鼓励道："支队党委希望你们艇党支部要摸透兵情练'知'功，以情带兵练'爱'功，身先士卒练'做'功，言传身教练'硬'功，圆满完成这次实雷发射任务。"

单若冰和衣庚锦齐声答道："是，坚决完成支队党委交给我艇的光荣任务。"

第十七章 重振雄风

头一次接受如此艰巨而光荣的任务,单若冰感到有点儿紧张。

衣庚锦知道他爱读《道德经》,就引用其中一句话说:"老子曰'静为躁君',就是说静能克服人身上的躁气,我俩现在需要做的是冷静面对才是。"

单若冰点头称是,开心地笑了。

衣庚锦平静地说:"咱俩回艇后马上召开支委扩大会,传达支队党委命令,发扬军事民主,让大家献计献策,坚决完成这次实雷发射任务。"

单若冰补充道:"再举行全艇军人大会,进行战前动员,你再让大家好好精神一下吧。"

在动员大会上,衣庚锦首先说:"潜艇兵是海军的骄子,而鱼雷兵又是潜艇兵中的骄子。如果没有鱼雷,潜艇只是一堆废铁。"

接下来,单若冰讲了一个"一艇沉三舰"的故事。1914年9月23日清晨,德国海军U9号潜艇在艇长韦迪根的指挥下,在比利时奥斯坦德港和英国马加特之间的伏击阵位游弋待机。傍晚时分,U9号艇发现了三艘英国皇家海军巡洋舰,韦迪根艇长指挥U9号艇悄悄靠拢,发射鱼雷将"阿布基尔"号击中。此后,U9号艇再次进入攻击阵位,又发射两枚鱼雷将"霍格"号击沉。接着,U9号艇在冲天的弹雨中,再次发射出两枚艇艉鱼雷,准确命中了"克雷西"号。看到敌舰没有受到重创,韦迪根下令艇艉鱼雷管重新装雷,并指挥潜艇进入新的发射阵位,终将最后一枚鱼雷射了出去,"克雷西"号在一声巨响中遭到了灭顶之灾。事后,这条爆炸性新闻迅速传遍了世界,国际海军界为之震惊:一条"铁皮壳"似的潜艇,只用了一个小时,就将三艘万吨级的巡洋舰击沉,造成1459名官兵阵亡,战果堪称惊人。

单若冰讲完这个世界潜艇经典战例后,衣庚锦又强调说:"这一次,我们191潜艇就要真刀真枪地干他一家伙,所以决不能'掉链子'。"

通过战前动员,全潜艇上下士气大振,艇员们决心稳操胜券,将靶舰一举击沉。

两天后,191潜艇接到了舰队下达的紧急出航的命令,要求五小时内必须到达指定海域，与某驱逐舰编队先进行一次对抗演练，然后再密切协同，共同击沉"长沙"舰。

接到命令后，衣政委向全艇发出动员："共产党员、共青团员同志们，考验我们的时刻到了。党支部要求你们听党指挥，同舟共济，严格操作，万无一失！"

单艇长精心计算过，由预定航线到伏击海区花费的时间较长，容易被敌方编队发现。于是，征得朱支队长的同意，他决定走"捷径"，出其不意地完成这次实战演习任务。

"解缆，出航——"夜幕下，黝黑的钢铁"巨鲸"出航了。

搏击着汹涌的波涛，驶过一条狭窄的水道后，潜艇直插预定海域。

深夜，潜艇准时进入了侦察阵地，艇员们像一颗颗螺丝钉拧在了机器上，聚精会神地坚守了两个小时，神不知鬼不觉地突破了防潜区域。

一艘潜艇突然出现在面前，这让由驱逐舰等舰艇组成的敌方编队惊呆了。他们多次测算，以潜艇的机动能力，绝不可能如此快地出现在演习海域，连声惊呼："潜艇是从哪儿冒出来的？"

潜艇这一出其不意的做法引起了争议，支队副参谋长说："这仅仅是一次演习，航行安全最重要，何必去闯狭窄水道的'禁区'？"

单艇长解释说："我们常讲'水深间隔带'，虽然保障了潜艇安全，却难以模拟实战环境，限制了潜艇战术机动范围，因此这也成了潜艇战斗力跃升的'阻隔带'。"

衣庚锦在旁边鼓劲说："是啊，我们要勇于冲破思想上这种'水深间隔带'的限制，才能提高实战化训练的质量和效用啊。"

朱支队长鼓励说："训练就要跟实战对表，只有大胆创新组训模式和对抗规则，真刀真枪地展开对抗，才能在未来水下战场赢得主动，成为捍卫国家主权和海洋权益的深海铁拳。"

次日拂晓，191潜艇按照预定计划悄然潜入了伏击阵地，寂静的波涛下潜

第十七章 重振雄风

藏着无尽的杀机。

声呐兵大声报告："方位67度，距离21链，发现敌编队。"

"战斗警报！"单艇长果断地下达了战斗口令。

顿时，潜艇舱室内铃声、蜂鸣器声、口令声大作，一场猎杀与反猎杀的殊死较量旋即展开了。

敌方编队调兵遣将，组成了反潜队形，开启了反潜探测设备，反潜直升机携带着深水鱼雷在低空盘旋，驱逐舰的深水炸弹也虎视眈眈地做好了发射前的准备，欲置潜艇于死地。

"左满舵，速潜！"钢铁长鲸瞬间潜入了深海，借助水声变层的掩护，静音航行，成功突破了敌方编队组成的反潜防线，悄然向"长沙"舰逼近，声呐、雷达、潜望镜锁定了目标要素，做好了施放鱼雷的准备。

"报告艇长，方位19度，距离10链。"声呐军士长大声报告，"发现敌护卫舰一艘。"

"铃……呜……"战斗警报再次骤响。

"战斗警报，准备鱼雷攻击！"单艇长下达命令。

"有，鱼雷攻击准备！"随即，鱼雷攻击的程序运转起来了。目标舰方位测定，鱼雷攻击诸元解算，鱼雷调试准备……全艇官兵一个个动作如行云流水般连贯起来，潜艇变成了一个精确的协调运转的整体。

"鱼雷攻击！方位17度，距离4链，目测敌舰角左舷111度。"单艇长高声命令，"左满舵，航速21节。"

"艇艏一号发射管准备，鱼雷一发，定深5米。"

"一号发射管准备完毕，鱼雷一发，定深5米到。"

"一号鱼雷发射管，预备——放！"

随着单艇长发自丹田、石破天惊的一声怒吼，一枚新型鱼雷从艇艏发射出来，闪电般地驰向"长沙"舰。

此刻，站在编队指挥舰上的舰队副司令员王国英正举着望远镜搜索着海面，还没有等找到鱼雷的航迹，突然听到"轰"的一声巨响，一个几十米高的水柱冲天而起，"长沙"舰当场被拦腰截断了。

接着，一艘鱼雷快艇急驰而来，又将一枚新型鱼雷射向目标。

最后，一架战机呼啸掠过，俯冲射下第三枚新型鱼雷。

"打中了！打中了！打中了！"

编队指挥舰上的官兵，挥舞着帽子，欢呼着，跳跃着。

顷刻间，1000多吨的"长沙"舰被彻底击沉，渐渐地沉入了海底，艏和艉的残骸漂在了水面。

"向191潜艇发电祝贺！"王副司令员兴奋地高声说，"打得好，首雷命中。希望你们认真总结经验，争取更好的成绩！"

潜艇刚刚浮出水面，舰队党委就发来了嘉奖电："实战演习圆满成功，给予191艇通令嘉奖。"

年终，191潜艇提前跨入了全训艇行列，单若冰荣立了二等功，衣庚锦荣立了三等功。军报刊文，夸他俩是"骑鲸蹈海擒龙人"。

第十八章

潮涨潮落

惜别后的日子

191潜艇完成实雷发射任务以后,单若冰接到了舰队党委的命令,担任导弹核潜艇实习艇长。

晚餐后,衣庚锦像以前那样陪同单若冰遛海堤,堤坝上最后一次留下了这对潜艇战友的脚印。

衣庚锦胸脯在起伏着,喘息声也明显变得沉重,嘴唇咬得紧紧的。

单若冰拍拍他的肩膀,恋恋不舍地说:"庚锦啊,我知道你现在的心情,说心里话我也不愿离开你、离开191潜艇的弟兄们,可是军人以服从命令为天职啊……"说着,他的泪水涌上了眼眶。

衣庚锦真挚地说:"若冰啊,你能当上核潜艇艇长,作为多年的战友、老乡,我真为你高兴,得为你祝贺,这也是191潜艇和咱们家乡人的光荣啊。"

"我从心里觉得有一种自豪感。每当我一走上舰桥,看到我们的潜艇乘风破浪,看到祖国的蔚蓝大海,我就下定决心,我一定要按照以前给自己设定的目标,一定要好好干,不辜负祖国的培养,不辜负你和战友们对我的关心和期望。"

单若冰继续感慨地说:"这些年来,我们海军在现代化建设中不但重视常规潜艇的发展,而且从 20 世纪 50 年代末开始就已经有计划地使潜艇向导弹化、核能化发展。1974 年,我国第一艘核潜艇正式加入人民海军的战斗行列,中国从此昂首进入了拥有核潜艇国家的行列。1983 年,中国第一艘战略核潜艇正式服役。据说,我所去的核潜艇还要进行水下发射弹道导弹试验呢。"

"想起 1960 年,当苏联单方面宣布与中国的核协定无效,并撤走全部援华专家时,毛主席以军事战略家的宏大气魄说出了一句话:'核潜艇,一万年也要搞出来!'"衣庚锦激昂地说,"我是个军人,不懂诗,但是我觉得毛主席的诗写得好,其中最好的就是这一句'核潜艇,一万年也要搞出来'。结果没用上一万年,只用了短短的十年,我国已成世界上第五个拥有以海洋为基地、具有核威慑力量的国家了。"

"是啊,如果弹道导弹发射成功了,中国将成为世界上第五个拥有海核威慑力量的国家。"单若冰满怀信心地说,"那么在风云变幻的国际局势中,咱们核潜艇就成了捍卫国家利益的撒手锏啊。"

同年入伍的两位老战友越聊越亲密,从海堤上回来后,熄灯号已吹响了。单若冰最后一次查完铺后,躺在床上与衣庚锦又继续聊了起来。

自从来到潜艇部队,除了上军校外,两人同在一艘艇上成长,共在一艘艇上发射运载火箭,又一起回到老艇并肩战斗,性格互补,配合默契,成了最佳搭档。他们一年带出全训艇,多次完成了上级交给的重大任务。

明天就要分开了,以后很难再能在一个锅里搅勺子了,想到此处,两人都觉得难舍难离。

衣庚锦觉得,战友与战友相处不仅仅需要靠老乡关系,磁场相同的人都会具有某种特殊的默契。平时，你一个眼神，他就能领会到你的意思；他一个动作，你就能懂得他的情绪。磁场不合的人即使朝夕相处，也终究不是一路人啊。

单若冰由衷地说："庚锦啊，自从入伍到现在，你对我的帮助是最多最大的。那年我退伍都打背包走了，是你在支队长面前说了关键的一句话，我才得以从交通艇上跳下来，从此改变了人生的命运，我真是大恩不言谢啊。"

衣庚锦诚恳地说："若冰啊，你要是真想感谢我，那就给我提点儿意见，也算是临别赠言吧。"

单若冰琢磨了一会儿，诚挚地说："《道德经》中说：'人之生也柔弱，其死也坚强。草木之生也柔脆，其死也枯槁。故坚强者死之徒，柔弱者生之徒。是以兵强则灭，木强则折。强大处下，柔弱处上……'"

衣庚锦领悟道："这句话的意思是，人活着的时候，身体是柔软的，死后就会变得僵硬。草木生时是柔脆的，死后就要干枯了。所以坚强与死是同类的，柔弱和生是同类的。所以用兵逞强必遭灭亡，树木粗壮必遭砍伐。强大者反居下方，柔弱者反居上方。所以'柔'才是道的本性，是天道的表现，是自然的真相，当然也是人生的大智慧。当岁月老去，坚硬的牙齿一颗颗脱落，可柔软的舌头却依然存在。这就是柔软的力量。你说我的理解对吗？"

单若冰连忙说："对、对，你理解得很透彻啊。"

衣庚锦知道他这是在借用老子的话批评自己的倔脾气，提醒自己今后要有"柔"的大智慧。

什么是战友？何谓老乡？这才是真正的战友加老乡啊。

两位战友兴致勃勃，越聊越亲切，一直聊到了后半夜。

起床号响后，在衣庚锦和全艇官兵的欢送下，单若冰踏上了新的征程。单若冰离开以后，副长柳继根被任命为191潜艇实习艇长。

柳继根没当过军士长、部门长，而是从政治部干部科干事直接进入潜艇学院副长班深造的，其操艇技术可想而知了。

单若冰在临行前对柳继根推心置腹地说:"潜艇出海就是出征,对于'不同生但共命'的兄弟们来说,我们当艇长的天职就是每次出海时既能把兄弟们带出去,又必须把他们平安地带回来!任何时候都不能头发昏、手发抖、腿发软啊。"

柳继根似懂非懂地点点头,似乎记住了。

柳艇长一口南方口音,下达舵令时,本来是"航向222",他却说成"航向勒勒勒",听起来就像666,惹得众人忍俊不禁。第一次独立操艇靠码头时,当湍急的潮流涌来时,他吓出了汗,伸出右手两根手指向后颤抖地说:"两、两伻前进二……"幸亏教练艇长在一旁保驾,潜艇才靠上了码头。

柳继根当上了实习艇长后,干部、战士探亲、休假都须由他签字。春节前夕,艇上回家探亲的人员陆续走了。电工兵赵常胜总是缠着他,硬要请几天假回家,可是他还是个新兵啊。

柳艇长觉得他是半个老乡,就点拨他说:"你傻啊,你就不会自己想个什么办法请假,比如说家里发生了啥大事啦?"

第三天,赵常胜家里真的来了一封"母病重速归"电报。柳艇长掂量着电报说:"小赵,你先别急啊,我到军务科给你请个假去。"

柳艇长拿着电报来到了支队司令部军务科,他原先也在政治部干过几年,对司政机关的人都熟悉,所以说话也比较随便。

"张参谋,你看又来电报了。"柳艇长对军务科张参谋说,"说是老娘病了,还挺重的,批几天假,让他回去看看?"

"不是爹病危,就是娘病重。"张参谋接过电报扫了一眼,指着桌面上的几张电报说,"为了能回家住几天,竟能想出办法诅咒自己的亲爹亲妈。"

"你说得对啊,张参谋。"柳艇长随机应变地说,"现在不像我们那个时候了,现在的战士想回家就来一封假电报。"看张参谋没有给假的意思,他又说,"这样吧,我回去再调查一下,如果是假电报,我就处分这新兵蛋子。"

回到了艇上,柳艇长把赵常胜叫到艇部,装出一副生气的样子说:"现

第十八章　潮涨潮落

在机关这些瞎参谋、烂干事都是些祖宗啊，我为你这事都磨破了嘴皮子，他们不但一天假也不给，反而还说你来的是什么假电报。"说到这儿，他又点拨道，"说你傻你还真傻啊，你再想想办法吧。"

赵常胜眨了眨眼，第二天家里又来了一封"母病危火速归"加急电报。

柳艇长指着电报劝道："小赵，你先别着急啊，反正你母亲也不是真病危，我现在就给你请假去。"

柳艇长拿着加急电报向机关走去，赵常胜在后面跟着。觉得一个新兵跟在后面不大好，柳艇长便习惯地摆摆手说："回去吧，你回去吧。"

显然，柳艇长的意思是让赵常胜回艇等待消息的。可是，当他好说歹说地给赵常胜请了七天假回到艇上时，赵常胜却不见了，估计是已经跑回家了。

柳艇长与衣政委商量后，立即派出几路战士到码头、汽车站和火车站寻找，还反复交代，如找到赵常胜，一定要把他带回来，可是这时的赵常胜早已踏上了回乡的列车。

按照规定，战士夜不归营，艇领导须在当晚十二时前向支队值班室报告。对赵常胜的不辞而别要不要报告呢？

柳艇长故作镇静地说："军务科已经批假了，赵常胜的做法属先斩后奏，别为这件事影响到集体荣誉了，还是不要上报，等他回来问清楚了再定吧。"

衣政委也只好默认了。

正月初五，赵常胜从襄城归队了。除去往返路上耗费的四天，实际上他只在家住了四天，比批准假期少了三天。过了正月初三，军人出身的父亲就撵他说："你母亲根本没有生病，快回部队去好好干，谢谢你们艇长的好意。"

赵常胜回来后，先来到了艇部销假。柳艇长问："你为啥提前回来了？"

赵常胜毕恭毕敬地说："我爸爸老是撵我回来，他还说谢谢你的好意，以后别再这样干了。"

衣庚锦觉得这件事挺蹊跷，就让赵常胜坐下，对他这种做法进行了表扬。

受到了表扬的赵常胜很是兴奋，便如实地讲了假电报的来龙去脉。

赵常胜走后，耿直的衣庚锦忽地站了起来，真想当面揭穿柳艇长的小把戏，可是这一次他没有发作，而是"咕嘟咕嘟"地喝了一大缸子水。

这时，衣庚锦想起了单若冰临走前关于"柔软的力量"的忠告，他努力将自己的一肚子火气化为耐心的劝告，直言不讳地说："柳艇长，咱当兵的人都有老乡，但是不能搞老乡观念。否则，迟早有一天，你不仅会害了自己，甚至会毁了全艇的弟兄们啊。"

听后，柳艇长心里一怔，脸霎地红了。

"撞船了"

每年的四五月份正是潮涨海雾生的时节，也是潜艇春训的黄金时期。191潜艇按计划进入了新科目训练。

早上，潜艇备航备潜完毕，政治委员衣庚锦与实习艇长柳继根一起来到支队作战值班室，请示下达出海训练计划。

看到海上雾很大，视距又不好，衣庚锦毫不犹豫地请示说："我们都知道艇动三分险，为了确保战艇的安全，是否取消今天的出海训练计划？"

"怎么啦？雾大就不出海了？"值班首长代政委石景文背着手，轻描淡写地说，"我说小衣啊，难道说由于雾大，敌人就不会来侵略了吗？"

衣庚锦被这句话噎住了，他和柳艇长只好服从命令，按原定计划出航。

对于柳艇长的操艇技术，衣庚锦包括大多数艇员都是心知肚明，心中的确没底。常人都知道，潜艇离开码头后，艇员的生命和全艇的安全就都交给艇长了。也就是说，跟着军事技术过硬、指挥水平高超的艇长出海，艇员心里是很踏实的。

常言道："兵熊熊一个，将熊熊一窝。"在潜艇上，每一个士兵都是一

第十八章 潮涨潮落

台机器上的重要零件。一个熊将能练出一窝雄兵吗？衣政委不止一次这样想过，可是为了维护与军事主官之间的团结，他只能在心里想一想而已，从来没在艇员面前说三道四。不过，他也决不答应拿全艇七十多条生命开玩笑。

每次潜艇水下航行时，衣政委常坐守在失事排水总站或高压气总站旁，对舰务军士长单独交代说："一定要记住，我让你紧急浮起时，你必须立即进行失事排水。"

舰务军士长默契地点了点头，本来这道命令只能由艇长或值更官来下达，可是他心里明白，身为党支部书记和政委的衣庚锦这是为了战艇和战友们的安全着想，自己理应服从，无条件地执行。

两人走出作战值班室后，衣庚锦叮嘱道："柳艇长，雾这么大，如实在不行，咱们就及早请示返航，不可勉强出海啊。"

柳继根一脸不在乎地笑嘻嘻地说："政委，谁都希望稳妥一些，可是我这个艇长总不能老是戴着'实习'的帽子吧？"

衣庚锦苦笑了一下，不再吱声了。

俗话说，左眼跳财，右眼跳灾。最近一个时期，衣庚锦老是感觉右眼皮在跳，总有一种不祥之感。前两天修理声呐，声呐班长搬机器往后退时，一不小心掉到了三舱底，机器掉下来把脑袋砸破了，到卫生院缝了好几针，伤没好利索又随艇出海了。

早餐后，191潜艇离开了码头。通过钢盔山水道后，柳艇长大声下达命令："两伡前进四。"顿时，两台主机轰鸣，海面波浪翻滚，潜艇像奔腾的战马呼啸着，搅起的水气与雾团融在一起，似雾里看花。

衣庚锦站在舰桥上，提醒说："艇长啊，我们都知道不到关键时刻不能开极速，这样对机械损坏较大，何况雾还这么大啊。"

柳艇长只好下令降为两伡前进二航行。

潜艇一路奔腾，接近训练海区时，夜幕降临了，海面没有一丝风，衣庚锦预料会有大雾来临，便向柳艇长提出结束训练、提前返航的要求。

"怎么，还没到训练区就返航了？"柳艇长不大情愿地说，"雾大正是练兵的好时机。支队首长指示我们，仗怎么打，兵就怎么练嘛。"

衣庚锦反驳道："现在不是还没打仗吗？保证潜艇安全是第一位的。"

柳继根却反唇相讥道："衣政委，你不会是觉得自己快当政治部副主任了，就求稳怕乱了吧？"

衣庚锦苦笑了一下，没再吱声，心里想，这都是哪儿跟哪儿啊。他又一想，按照职责分工，军事上实行的是艇长负责制，何况还有宫副参谋长保驾呢。

鱼汛季节，海上渔船特别多，东一艘西一艘地乱窜。训练海区又没栅栏，渔船追着鱼群走，动不动就闯进训练海区，潜艇稍微不小心就可能撞上渔船。

尤其是那些小木船，夜间挂着煤油灯，还有的挂着电池灯代替航行灯，影影绰绰的好似鬼火，稍不留神潜望镜就可能把渔船顶个人仰马翻，螺旋桨及伸出艇外的升降舵也很容易被渔网缠住。

进入训练海区后，潜艇开始潜望深度航行。柳艇长双手抱着指挥潜望镜把柄，像推磨似的转动着，转圈搜索着海面，看到船上的灯光就像天上的星星在闪烁。夜间把着潜望镜观察海面可是个苦差事，如果遇到雨、雾或天色不良时更糟，用不了多长时间就会两眼发酸，眼睛就跟得了沙眼病似的难受，所以观察一会儿就得把眼睛挪开休息一下。几个回合下来，他已是头昏脑涨了。

观察了一个小时后，柳艇长把潜望镜交给了牟副长，还叮嘱要加强瞭望。长时间地转动潜望镜，牟副长也有点儿发晕了。声呐兵鸡一嘴鸭一嘴地把四面八方的情况统统都报告了个遍，情况一多，人就容易发蒙，谁能记得住那么多啊？

衣政委特地给柳艇长和牟副长各倒了一杯咖啡，并提醒牟副长加强瞭望，注意规避来往船只。舱室温度高，潜艇摇摆不停，加之总觉得有一种焦虑感缠身，他生怕有什么意外事情发生。

半个小时后，牟副长被换下，柳艇长抱着潜望镜的手柄继续观察。雾越来越大，能见度已不足五百米，海面似黑雾压顶，船钟的指针指向零点三十分。

第十八章 潮涨潮落

突然,"咚"的一声响,如晴天霹雳,潜艇随即顿了一下。顷刻间,潜艇三舱顶部传来了撕心裂肺般的响声,潜艇摇晃得厉害,连海图室门口的航电工具箱都倒了,盘子和碗都掉落舱底,发出了"哐当哐当"的声响。

柳艇长一下子被吓蒙了,眼前发黑,两腿发软,说话的声音都变了。

衣庚锦心中一惊:"撞船了。"当即命令道,"失事排水,紧急浮起。"

舰务军士长疾速打开高压气阀,进行中间水柜排水,只听"呼"的一声,潜艇浮起到了水面。

如厕回来的宫副参谋长立即赶到,见状大声命令道:"左满舵,两俥前进二。"

瞬间,潜艇调整了航向,继续前行,躲过了一场沉艇事故。

这时,缓过劲的柳艇长又发出口令:"全艇检查水密,查看机械设备。"

各舱开始报告:"水密情况良好,机械设备正常……"只有声呐室报告:"声呐系统失灵。"

"这一定是艏声呐导流罩被撞坏了。"宫副参谋长立即命令水手长用升降舵把艇艏翘起来,从对空潜望镜中可以隐隐约约地看到,艇艏声呐导流罩已被撞歪了,观察潜望镜已折弯近九十度。

潜艇开始在水面漂泊,宫副参谋长、柳艇长和衣庚锦站在舰桥上,模模糊糊地看到海面上有一条渔船,船上的噪声响成了一片。两个小时后,五个渔民被衣庚锦带领的救生小组救起,渔船慢慢地沉入了海底。

宫副参谋长让柳艇长立即向支队作战值班室报告。译电参谋把拟出的电文交给艇长、政委看后,由无线电发出。

由于发生了碰撞,观察潜望镜弯了,声呐导流罩折了,但是潜艇仍能继续航行,遵命返航。

撞船事故发生后,全艇士气低迷。为了总结事故教训,尽快恢复正常训练,舰队白副参谋长特地赶到东坪港,组织召开了191潜艇碰撞事故现场分析会。

支队长朱惠凯到北京参加海军潜艇战术研讨会,会议只能由支队代政委石景文主持了。

石政委气愤地说:"潜艇就像是一只猛虎,我们要么去驯服它,让它为保卫海防服务;要么去对抗它,被它吃掉!今天出了这么大的事故,我们必须认真对待,切实改正。那种不重视血的教训的人,是在同国家的财产开玩笑,是在同全体艇员的生命开玩笑,是同自己的生命开玩笑啊!"

接下来,实习艇长柳继根汇报了这次潜艇撞船事故的经过和教训。政委衣庚锦代表艇党支部做了检讨,并请求给予自己纪律处分。

多数人认为,这次潜艇与渔船相撞事故是当班值更官麻痹大意、规避不当造成的,应该给直接责任人以相应处分。还有人列举了二战时期苏联一艘潜艇因撞上美国军舰而被逼上浮,最终艇长被送上军事法庭,艇员全部退役的教训。

在事故分析会上,衣庚锦诚恳地说:"出了事故当然要追究责任,虽然应各担其责,但是柳艇长还处在实习期,我是政治委员、党支书记,当然应负主要领导责任。"

衣庚锦在发言中主动揽过了责任,并提前向支队党委做了书面检查,体现了一个政工干部的高风亮节。

柳艇长和衣庚锦发言完毕后,随艇出海的宫副参谋长检讨说:"造成了这样的事故,我作为保驾的副参谋长负有不可推卸的领导责任,我请求组织上给予处分。"

最后,白副参谋长做指示,在分析事故发生的原因后总结道:"这次事故的主要原因就是责任心不强。教训有三条:一是不该出海的出了;二是不该撞的撞了;三是不该沉的沉了。希望191潜艇尽快修复,尽早恢复战斗力。"

石政委听后心里忐忑不安,他知道首长所说的"不该出海的出了",明显是指向自己的。

由于近两天过度疲劳,坐在最前排的衣庚锦双眼微闭,两手指使劲掐着眉心,想以此来松弛一下疲惫的神经,驱赶不断袭来的睡意。

第十八章 潮涨潮落

没想到这一举动让白副参谋长看到了，竟误认为他是在打瞌睡，便一拍桌子，恼怒地说："这么严肃的会议，有人也不做记录，竟然还打瞌睡，难道我说话是在放屁吗？"

衣庚锦和大部分在座的人被吓了一跳，不知所措地望着白副参谋长，一时不知道发生了什么事情。

白副参谋长越说声调越高："我说那个叫什么名字的政委啊，你们把渔船撞沉了，把潜望镜撞弯了，这给国家造成了多大的损失啊，你怎么还有心思打瞌睡啊？"

衣庚锦站起来想做解释。白副参谋长根本不容他开口，武断地说："我看你是不想干了，那你就走人嘛。"

会场上的人都低头不语，谁也猜不透这位白副参谋长究竟哪儿来的火。

石政委一脸堆笑地说："请舰队首长放心，我们支队党委一定要认真、严肃处理这件事。"

白副参谋长如释重负地说："真是万幸啊，幸亏潜艇没有被撞沉，也没有人员伤亡，不然那损失就惨重了啊。"

石政委又是一脸堆笑地说："是、是，首长批评得很对。"

几天以后，对这次潜艇与渔船碰撞事故，甬江市海监局和海军海事部门经审定认为，渔船擅自闯入潜艇训练区被撞沉没，应承担碰撞的主要责任；潜艇"由于没有及早减速，造成与渔船碰撞的事故，应承担次要责任"。

对此，舰队判定191潜艇此次为二级责任事故。支队代政委石景文负有领导责任，受到行政警告一次；随艇保驾的宫副参谋长被降为教练艇长，并记过一次；实习艇长柳继根被记大过一次，延长实习期两年。政委衣庚锦虽然没受到任何处分，但是由于白副参谋长的一句话，提升政治部副主任一事就被搁浅了。

支队长朱惠凯提前从北京开会回来后，立马找到衣庚锦和柳继根了解这次撞船的经过。

衣庚锦不解地说："老艇长啊，我当不当这政治部副主任没关系，可是潜望镜撞弯了，渔船被撞沉了，这本来都是可以避免的事啊，为什么硬要逼着我们出海啊？特别是掌握权力的人，随意运用伤害权，可随意地贬损你，而这一切都是由他们的一句话决定的啊。"

此刻的朱支队长面部表情变化是复杂的，有无奈也有同情。

"小衣啊，事故毕竟出了，给国家造成了这么大的损失，首长和我们一样心情沉痛，这需要服从和理解。"朱支队长又双手用力在桌子上一拍道，"对你遇到的不公，不能说是组织上不信任你，而是你自己不妥的举动惹出了是非。首长做指示时，你为什么不认真听，不拿笔做记录呢？再说了，你擅自下令失事排水让艇浮起，虽然避免了一次沉艇的危险，但是毕竟是越权行为。这都是教训啊，今后你可要记住喽。"

衣庚锦心服口服地点了点头。

"鞋儿破，帽儿破"

1988年秋天，对核潜艇艇长单若冰来说，是双喜临门的季节。

单若冰和战友们一道驾驭核潜艇，再次从大洋深处将运载火箭射向了蓝天。我军恢复了军衔制，作为正团职军官，单若冰被授予了海军上校军衔。

衣庚锦是常规潜艇政委，属副团职军官，只能被评为海军中校军衔。萧雨笛是正营职干事，何久先是正营职副科长，两人同属海军少校。

萧雨笛心里想，都是同年兵，几乎是一起入党、提干，却有上校、中校和少校之分。自己扛上了"两毛一"，心里就有点儿不平衡了。何久先也觉得面子上不大好看。

衣庚锦心里却在想，1955年我军第一次授衔时，也有许多人想不通，闹情绪。毛主席说："男儿有泪不轻弹，只因未到评衔时。"再说了，授衔的

第十八章 潮涨潮落

标准是由军委统一制定的，丁是丁，卯是卯，条条框框都摆在那儿，谁也不用争，谁也不用抢啊。可是，他没有这样直筒筒地去说教，而是故意问道："我军第一任装甲兵司令是谁啊？"

萧雨笛抢先回答说："许光达啊，战功赫赫的铁甲元勋嘛。"

衣庚锦说："对，就是许光达。刚开始评衔时，苏联军事顾问团举荐他授大将军衔，理由是苏联装甲兵司令是大将啊。得知这一消息后，他写下了著名的降衔申请书，先后几番请求降衔。毛主席高度赞扬说：'这是一面明镜，共产党自身的明镜。'可是最后啊，中央军委还是授予他大将军衔了。"

何久先笑着说："咱们一个小萝卜头，怎么能跟许大将军比啊？"

衣庚锦知足地说："想想咱们的同年兵刘百顺吧，为了保护战艇安全，他'光荣'这么多年了，而不管高与低，我们都成了校官。如果百顺兄弟在天有灵的话，我想他会为我们高兴的。"

听了衣庚锦的一番话，萧雨笛和何久先心服口服，不再言语了。

八一建军节上午，支队要在军人大礼堂举行授衔仪式。

傍晚，新来的政治部于主任特地叫来萧雨笛嘱咐道："你去大礼堂检查一下，看看会场布置好了没有，这可是一次庄重而严肃的大会啊。"

萧雨笛服从地说："我现在就到俱乐部去督促检查，带领弟兄们搞一次彩排。"

晚餐后，萧雨笛来到了军人大礼堂。俱乐部宋主任休假了，几个弟兄正围在一起聚餐，桌上大盘小碗地摆了七八个菜。一台双卡录音机播放着电视连续剧《济公》的主题歌，广播员伍青一边听，一边还学着济公的样子手舞足蹈地表演着。说是广播员，其实类似司号员，将一张灌制有起床号、出操号、开饭号、熄灯号的磁带，在录放机里定时播放，再通过扩音器传到军港的各个角落。这需要的是责任心，稍有马虎就闹出大笑话。

伍青是大连兵，家住马栏子。父亲是火车司机，常开着火车跑长途。伍青出生那天，父亲正好去哈尔滨了。第三天回来后，看到妻子生了一个白胖白胖的小子,父亲将儿子一下抱在怀里,高兴得一个劲地抚摸。妻子嗔怪地说:"就只知道彪呼呼地笑,还不赶快给儿子起个名字。"父亲想了片刻说了一声:"名字嘛,有了!"父亲便伸出沾有煤灰的五个手指头,在儿子嫩白的屁股上拍了一巴掌说:"我看啊,儿子就叫伍青吧。"妻子抱过一看,儿子屁股上还真的留下了五道黑手印。

俱乐部的战士吃大灶,也就是陆勤灶。由于伙食搞得差,肚里的油水也少,所以几个战士偶尔干一些杀鸡宰狗的事。他们常拿着新电影票去潜灶换一些大鱼大肉或罐头回来,有时晚上还偷偷摸摸地去钓鱼,以改善生活。对此,萧雨笛也就是睁一只眼闭一只眼,装作看不见。首长有时来过问,他就说上一句唐山话:"知不道啊。"

今天看到萧干事来了,伍青立马搬来一把椅子让他坐下,又拿来一个搪瓷缸倒满啤酒,让他一饮而尽。

萧雨笛虽然是分管俱乐部的头头,但是他与战士们的关系很融洽,甚至上来一阵还没大没小的。

放映员李茂富抢着往萧雨笛面前的盘子里夹菜,献殷勤地说:"萧干事,快吃一口菜,压一压啊。"

萧雨笛先是吃了一块油炸的东西,嚼了几口吞下后问:"这是什么东西,油炸大棒鱼啊?"

李茂富笑而不语,从一个脏兮兮的盆中夹出一块肉送到萧雨笛的嘴里。

萧雨笛一边嚼着一边问道:"嗯,这个味道不错,很特别,是鸡肉吧?"

李茂富先是笑而不答,然后一脸憨笑地如实说:"萧干事,你吃的头一块不是大棒鱼,是今天下午俺抓的一条长虫。这一盆也不是鸡肉,是伍青昨晚套的一只老猫啊。"

一听说不是蛇肉就是猫肉,萧雨笛顿时感到胃口一阵发酸,比那年出海时吃"耗子面"时还难受,刚才吞下去的食物直往上涌,"哇"的一声喷到了桌下。

第十八章 潮涨潮落

李茂富赶紧拿来一条白毛巾，给萧雨笛擦嘴。

伍青递上了一茶缸水，萧雨笛猛地喝下，快速漱了几下口，又将水"噗"地吐到痰盂里。

看一箱啤酒全喝了，萧雨笛就派李茂富到食堂科向何久先再要一箱酒来。

一会儿，李茂富回来了，可是一瓶酒也没拿回来。

萧雨笛奇怪地问："酒呢？没找到何副科长啊？"

李茂富如实地说："我半道遇上衣政委了，听说我来要酒后，他把我拉到191艇部，递给了我一盒茶叶说，酒就别再喝了，回去喝茶吧。"

萧雨笛听后似被扫了酒兴，抓起话筒给衣庚锦打电话说："衣大政委啊，你为什么不让李茂富去要酒？"

衣庚锦一听这话，知道他快喝大了，便提醒地说："雨笛啊，等授衔大会举行完了，我给你送两箱啤酒好吧？"

萧雨笛生气地说："衣大政委啊，你不够意思，不给哥们儿面子啊。"

衣庚锦又叮嘱道："让大家早点儿休息吧。明天的授衔大会很隆重，要细心准备好，千万不能掉链子啊。"

看萧干事一脸不高兴地把话筒撂下了，伍青赶忙拿出探家时带回的一瓶"金州大曲"，又开始喝了起来。

美术员田穗忽然想起了什么，心有余悸地说："萧干事，大礼堂有鬼啊。"

萧雨笛抬起头来，不解地问："鬼？什么鬼？我就不信那个邪了。"

"真的有鬼啊。那天晚上我在舞台后的美术室画画，"田穗绘声绘色地说，"突然，门'吱'地响了，我还以为是伍青来了，可转头一听又没动静了。我刚走到门口想看究竟是谁，只听见'啪啪啪'的脚步声越来越远，可连个人影都没有，吓得我毛骨悚然啊。我大声地喊：'李茂富，快来啊！有鬼了。'"

"这肯定不是有鬼，而是你见鬼了。"萧雨笛不相信地说，"今晚啊，我就不走了，看看这鬼究竟是什么样子。"

李茂富马上表态说："萧干事，今晚上我陪你一起抓鬼啊。"

蓝鲸兵魂

李茂富的家乡在河南上蔡，平时萧雨笛没少帮助、教育他。入党后，李茂富买来一条红玫瑰烟答谢他，萧雨笛苦口婆心地说："你能入党是组织培养的结果，你要感谢就感谢党吧。"李茂富却一本正经地说："萧干事啊，我是要感谢党的，可是党不会抽烟啊。"

萧雨笛硬是逼他把烟退回军人服务社。

今晚的熄灯号响后，萧雨笛和李茂富潜伏在礼堂舞台后面的美术室，开始了"捉鬼行动"。见一时没什么事，俩人就唠起了嗑。

李茂富问："萧干事，你和衣政委的关系咋那么铁呢？"

萧雨笛诚挚地说："衣庚锦这人吧，像个兄长，就两个字——可交。"

李茂富似懂非懂地又问："咋个可交法？是因为你俩是老乡的缘故吧。"

萧雨笛深情地说："我俩是同学，又一块儿当兵，一起入党、提干，同在一条艇全训，并肩突破第一岛链。我俩确实是老乡，但是我们更是同舟共济的战友啊……"

李茂富又羡慕地说："你们潜艇上的人与我们陆勤兵就是不一样。"

萧雨笛自豪地说："你不是潜艇兵，所以你不会知道，有一种出征叫静悄悄，有一种挑战叫爬发射管，有一种奢侈叫望一眼蓝天，有一种成长叫大洋深处行，有一种潜艇兵魂叫'听党指挥，同舟共济'……"

突然，"啪嗒啪嗒"地传来一阵声响，似脚步声一点点走近了。

两人同时屏住呼吸仔细聆听，瞪大眼睛向门口瞅去，手里紧握着小铁铲，伺机以待。

紧接着，门"吱"地开了一道缝，李茂富的心怦怦直跳，萧雨笛的心里也似在敲小鼓，莫非是真的有鬼了？

这时，一只大耗子探进头来，瞪着两粒绿豆般的小眼警惕地窥视了一圈。

李茂富伸出小铁铲刚要出手，被萧雨笛轻轻拦住了。只见他将一粒石子夹在大拇指与食指间，"啪"地一弹，石子正击中耗子的脑门。耗子应声倒下，随即翻转了个个儿，又爬起来晃着身子跑了，尾巴敲打着地板，好似一串"啪

第十八章 潮涨潮落

嗒啪嗒"的脚步声。

他俩折腾了大半宿，终于搞清楚了"闹鬼"的真相。

这时，天色已蒙蒙亮了，萧雨笛把弟兄们都叫起来，开始布置授衔仪式的会场。

李茂富爬到横梁上挂会标，伍青往帷幕上镶军徽，田穗往桌上铺台布……不到一个小时主席台就布置妥当了，毕竟这已不是第一次，对于俱乐部这些稀拉兵来说，布置会场是家常便饭的事。

上午八时整，军人大礼堂内一派庄严肃穆，全体官兵身着八八式新式军装，个个精神抖擞。授衔仪式即将开始了。

在宣传科长的陪同下，于主任特地走到了后台，问萧雨笛准备得怎么样了，并再次叮嘱说："这么严肃的大会，你千万不能出纰漏啊。"

萧雨笛拍了一下录音机，满口答应道："请首长放心，保证万无一失。"

授衔仪式开始了，支队长朱惠凯肩扛少将军衔，健步走到话筒前高声宣布："中国人民解放军海军潜艇第××支队授衔仪式现在开始。"

此刻，全场官兵"唰"地起立。

朱支队长继续宣布道："进行大会第一项，奏《中华人民共和国国歌》。"

"鞋儿破，帽儿破，身上的袈裟破……"谁也没料到，录音机里播放出来的竟是电视连续剧《济公》的主题歌。

顿时，整个会场一片寂静，转而又一片哗然了。

伍青知道是自己放错了录音带，立即按下录音机的停止键，迅速取出歌曲磁带，重新播放国歌，授衔仪式这才得以继续进行。

朱支队长气得两眼怒瞪，手指着萧雨笛的鼻子骂道："'小哩格儿楞'啊，这次你的链子算是掉大了。"

朱惠凯是正师职主官，按照常规应佩戴大校军衔，但由于他是潜艇部队的老支队长，加上率潜艇突破第一岛链成绩卓越，因此被海军破格晋升为少将军衔了。这本来是很喜庆的事，没想到让"济公"给搅了这么一下，他的心情忽然凉了半截。

萧雨笛感到这次真是"掉大链子"了，后悔自己没有听衣庚锦的提醒，粗心大意造成了严重的后果。

授衔仪式刚结束，萧雨笛独自跑到舞台后的美术室，面对着化妆镜，伸出了右手掌，朝着自己的脸蛋"啪啪"地扇了起来，左三下，右三下，总共扇了六个耳光，觉得胸中还有一口闷气没有发泄出来，就仰望着天棚，声嘶力竭地大声喊道："啊、啊、啊……"

听到了这奇怪的声音后，伍青和李茂富冲了进来，后面还有衣庚锦和何久先。从来没有见过萧雨笛这个样子，伍青胆怯地说："萧干事，都怨我不好，昨晚的《济公》歌带是我忘了取下来，结果捅了大娄子……"

衣庚锦安慰地说："雨笛，你没事吧？"

萧雨笛低下头，深深地吐了一口气，又抬起头来，摆了摆右手，说："没，没事啊。出了这档子事，都怨我，全由我一个人来负责啊。"

伍青的两眼湿润了，李茂富怔在那儿。

衣庚锦拍了拍萧雨笛的肩膀，安慰地说："记住教训，从头再来吧。"

河豚飞了

191潜艇撞船事故发生后，在东坪港闹得沸沸扬扬的。

衣庚锦由于受到了舰队首长的批评，晋升政治部副主任的事也就泡汤了。得知此事后，何久先心里有点儿愤愤不平，听到错放国歌事件，又觉得萧雨笛挺窝囊的，但是表面上他也只能听之任之了，因为食堂科长已转业，他开始真正主持工作了。

衣庚锦曾劝他说，别看由副转正只是一步之遥，可是这是一个质的跨越。副科长是正营职，属初级军官系列，而当上科长就是副团职，就可迈进中级军官队列了。所以说，在这个节骨眼上，何久先不想自找麻烦，只求早点儿

第十八章 潮涨潮落

转正,毕竟自己在正营职的岗位上"踏步走"已七八年了。

星期六午餐后,何久先通知萧雨笛和衣庚锦,叫他俩星期天到家里来吃晌饭,哥儿仨凑到一块儿要喝上几盅,以此来宽慰两位老弟,因为他俩最近太不顺了,老是遇到倒霉的事。

傍晚,何久先邀衣庚锦和萧雨笛到大坝上钓鱼,说是为明天准备下酒菜,更重要的是让他俩放松一下心情。

忙乎了半晚上,何久先和衣庚锦各钓了一条大鲈鱼,萧雨笛却钓到了一条身体浑圆、头胸部大、腹尾部小的花纹鱼,用手掂了掂能有一斤多重。

细一瞧,这鱼身体表面无鳞还有细刺,口中上下各有两枚门牙,腹部一按就鼓鼓的,像吹了气的气球。何久先一眼就认出这是河豚。这让他喜出望外,立即把河豚装进一个铁皮箱,再灌满海水,挂在自家的房檐下养着,准备明天做一道"熘炒河豚片"的拿手菜,来招待这两位老弟。

衣庚锦一再叮嘱说:"你一定要看好了,如果谁误吃了会要命的啊。"

对于河豚这种毒性很大的鱼,大多数人是谈"豚"色变,而衣庚锦却对它另眼相待。听父亲衣耿山讲过,在日本鬼子统治的年代,衣家的粮食吃光了,爷爷就领着奶奶到海边捞小鱼虾、捡海菜、砸海蛎子吃。后来,这些都被抢光了,家里彻底断了顿。有一天,爷爷在海边捡到三条河豚,想到全家人快到生不如死的地步了,就让爸爸把两条河豚先带回家做给弟弟妹妹吃,等孩子们都咽气了,自己再吃剩下那一条河豚去死。

可是,爷爷傍晚回到家里,看到三个孩子安然无恙。他感到奇怪,就问他们吃河豚了吗。爸爸说,河豚可好吃了,他们还吃了妈妈从山上才摘的马齿苋和小野蒜。原来是马齿苋和小野蒜将河豚鱼的毒解了,几个孩子才幸免于难。顿时,爷爷老泪横流,仰望着苍穹,大声地说:"天不灭我们啊!"

对于河豚,何久先也是情有独钟。十五年前在上海锦江饭店学烹饪时,除了学会做"四喜丸子"和"平地一声雷"等佳肴外,他还跟师傅学到了"熘炒河豚片"。至今,他还清楚记得这道拿手菜的做法,做好了那是鱼肉滑嫩,甜酸浓厚,汁色茶黄,是非常鲜美的。

不过，这道菜何久先平时极少做，一是因为河豚少，再一个是因为河豚属剧毒鱼种，如处理不净，食后半小时便发病，五小时内就可死亡，是万万不可掉以轻心的。

洗漱完毕，何久先就上床了，急于和妻子王桂兰亲热一番。由于近来忙于各艇潜灶伙食评比，时常不着家或晚归，所以他有好几天没做"那事"了。

儿子毛旦平时都是与妈妈一起睡觉的，今晚看到家里来了一个陌生的爸爸，毛旦认生，就不让他上床，硬是还要与妈妈挤一个被窝。

王桂兰劝道："毛旦啊，等你长大娶了媳妇，还和妈妈一起睡呀？"

毛旦天真地回答了一声："嗯哪——"

王桂兰又试问："那你的媳妇怎么办啊？"

毛旦爽快地回答："让俺媳妇跟俺爸一个被窝。"

听了毛旦的话，何久先心里不由一阵发酸，只好开玩笑地说："我家的毛旦啊，从小就懂事，就知道孝敬爸爸啊。"

王桂兰生气道："滚一边去，没个正形。"

何久先无奈，自己先躺下了，等到半夜儿子睡着了，他猴急猴急地把妻子拉进自己被窝，才开始行事。

星期天早餐后，何久先来到屋檐下，准备取回河豚进行加工，可是抬头一看，装鱼的铁皮箱不见了，难道它还能不翼而飞？他转身回屋去问妻子王桂兰看到没有。

王桂兰摇着头说没看见，并说两个孩子也没出过屋啊。

何久先顿感脑袋"嗡"的一声，一种不祥之感袭上了心头。

前年，193潜艇远航回来时，把废弃的再生药板铁皮箱堆放在仓库外，一不留神被村民越墙偷走了一个。村民还认为箱里面有压缩饼干，把它拿回家后就用锤子猛砸，结果"砰"的一声轰响，碎片横飞，村民当场身亡。今天再生药板铁皮箱又不翼而飞，虽然是空箱，可里面装有河豚，如果被谁误食了，那可是人命关天的事啊。

何久先正在忐忑不安时，突然，从远处传来一阵嘈杂声。他扭头朝院外

第十八章　潮涨潮落

一望，看到一个大汉背着一个妇女向卫生院跑去，后面跟着几个村民又哭又叫，听着好像是食物中毒了。

何久先拔腿就往卫生院跑，到急诊室细看，原来是一个中年妇女披头散发地躺在病床上，口吐白沫，呼吸困难，昏迷不醒。

值班军医诊断说："这是食物中毒的症状，家属说是误食了一条河豚。可惜的是治疗这种病的番木鳖硷，九点钟后才能送来啊。"

这时，衣庚锦正好赶到了。他猛然想起在家时大队赤脚医生说的一个白矾救命的神效方。他立即跑到附近饭堂，要来一大块白矾，敲碎后用开水冲化，兑了几碗凉水后，矾水散发出了一股浓厚的酸涩味。

军医肯定道："这种办法好，由于白矾性凉，味酸涩，解毒物，所以极对病症啊。"

军医又亲手给中毒妇女灌了两碗矾水，不到一刻钟，中毒妇女还真的将所食毒物全都吐了出来，一会儿就趋于平静了。

看到病人呼吸转入正常，何久先这才缓了一口气，谢天谢地，总算没出人命啊。

看到出了这么一桩子事，衣庚锦和萧雨笛觉得没心情再喝酒了，就提出改日再聚吧，尽管王桂兰再三挽留，但是他俩还是婉言谢绝了。

何久先觉得太窝囊了，后悔昨晚没听衣庚锦的劝告。这桩倒霉的事竟让自己摊上了，这就意味着自己朝思暮想的食堂科长位置现在八成是泡汤了，真是"万般皆是命，半点不由人"啊。

"唉——"何久先心不甘地叹了一口气后，拿出绍兴老酒，又开了一盒花生米罐头，独自喝酒解愁。

王桂兰在一旁劝解道："毛旦他爹啊，在家时听俺爹常念叨说：'命里有时终须有，命里无时莫强求。'实在不行，那咱就转业回老家吧。"

一坛子绍兴老酒下了肚，何久先觉得浑身发热，脑袋晕晕乎乎的，瞪了王桂兰一眼说："俺爹还说了，人啊这辈子，就是一命二运三风水，四积功德五读书，六找工作七找妻，八交贵人九养生……"

第十九章

转 业

尴尬的强吻

错放国歌事件发生后,萧雨笛受到了支队政治部的通报批评。

于是,萧雨笛有了转业的想法,便提出走人的要求。宣传科长说自己做不了这个主。

萧雨笛又找到了政治部领导,新来的宣副主任批评说:"国家培养一个潜艇兵的钱都堆成山了,你怎么能说走就走了呢?"

萧雨笛只好又写了一份转业报告,于主任毫不客气地说:"我明确告诉你,只要我当一天政治部主任,你就休想转业,国家白花钱养着你总可以吧?"

萧雨笛的转业问题成了"马拉松",年年提转业,年年走不了,因此他对工作就开始应付、对付和凑付了。

有一段时间,机关时兴编纸门帘挂在宿舍门上,既防止蚊蝇进入,又透风、

第十九章 转 业

漂亮。萧雨笛想,闲着也是闲着,也开始动手编了起来。他找来一堆过期的杂志,一张张撕下卷成筷子粗的纸管,用清漆刷好晾干后,再涂上各种所需的五颜六色的油漆,最后按照门的尺寸和图案要求,用细绳将纸管一根根地竖着穿连在长方木框下,没用一周时间,门帘就编织成功了。

萧雨笛编织的门帘图案叫"旭日蓝鲸",由太阳、潜艇和碧海组成的图案给人以清新的感觉。自从这个门帘挂上后,他的寝室就开始门庭若市了,前来参观取经的人络绎不绝,东坪港很快掀起了"卷门帘热",一时间,收发室和书店的新杂志一到就被抢光了。最后,石政委下了一道"禁编令",才刹住了这股风。

看着萧雨笛赠送的"旭日蓝鲸"门帘,衣庚锦启发他说:"雨笛啊,现在咱们工作虽不能过得硬,但是也要过得去啊。你何不多向报社、杂志社投投稿?发表的作品多了,说不定转业时还能用得上啊。"

萧雨笛觉得是这个理,就又开始热衷写诗了,有时还编个山东快书之类的段子,不断地投给《诗刊》《解放军文艺》等军内外文学杂志。

萧雨笛向来字写得潦草,为了能让编辑看得清楚,就让打字员给打稿,可是打字须由分管宣传的宣副主任签字才行,他又不好意思为个人写的稿老去找领导签字。于是,他灵机一动想出了一个办法,模仿宣副主任的字体,在稿件的抬头处写道:"同意打印。宣9月6日。"

萧雨笛得意地把这一招讲给衣庚锦听,衣庚锦笑着劝道:"若要人不知,除非己莫为。"

果然,宣副主任很快就识破了这一招,质问道:"萧干事,你为什么冒充领导签字?"

萧雨笛不慌不忙地辩解说:"是你老人家搞误会了吧,我所签的'宣'字是宣传科的'宣',可不是你宣副主任的'宣'啊。"

宣副主任一时哑口无言,觉得是让这"小哩格儿楞"钻了空子。从此,宣副主任再签批文件时,落款就一律改用"宣明亮"了。

萧雨笛再一次提出了转业的要求，政治部于主任说："你着哪门子急啊？等到年底前，政治部党委会统一衡量、研究后再报支队党委决定，你就耐心地等着吧。"

萧雨笛觉得领导这次似乎松了点儿口，便去找"大哩格儿楞"姜干事商量说："我都当了十五年干事了，干到营级就到头了，你说我今年能走成吗？"

姜干事试探地问："'小哩格儿楞'啊，你是真心急着想转业吗？不会是要什么花招吧？"

萧雨笛不解地问："看你说的，我能要什么花招啊？"

姜干事举例说："就拿193潜艇顾艇长来说吧，他当航海长时就要求转业，结果是每要求一次就被提升一格。如今都当上副参谋长了，可是现在还要求转业。等明年你看吧，没准他还能被提升为参谋长呢。"

萧雨笛有点儿发急地说："我说'大哩格儿楞'，好像我要求转业是假的了？我不关心别人是真是假，反正我最关心的是自己怎样才能真走成。"

姜干事急忙摆摆手说："我可不是这个意思，我是表扬你要求转业与干好工作两不误啊。"

萧雨笛听出了他的话外音，意思是说你既然提出了要转业，就要创造走人的条件。可是创造什么条件好啊？我又不能杀人放火、抢劫盗窃啊？

姜干事故意问："在我们这支革命队伍中，你说什么事最为敏感啊？"

萧雨笛不假思索地说："立功、授奖、提干和晋升嘛。"

姜干事点拨他说："错了，是男女生活作风问题。"

萧雨笛犹豫地说："虽然话是这么说，可是我总不能为了急于转业，去强奸妇女吧？"

姜干事诡秘地一笑说："'小哩格儿楞'啊，看你平时猴精猴精的，你怎么就想不出一个好办法呢？"

萧雨笛思忖了一会儿，自言自语道："为了达到转业的目的，我也只好豁出去，就这么办了。"

第十九章　转　业

姜干事开脱般地叮嘱说:"你可别做得太过分了,我可是啥也没说啊。"

萧雨笛似乎胸有成竹了,伸出小拇指比画着:"'大哩格儿楞'啊,看你那个胆。"

星期六晚上,天气酷热,萧雨笛吃完饭后就来到了大操场。

这里是军民文体活动中心,白天是球场,晚上是戏台子。几年前,八一电影制片厂来东坪港拍电影,听说当红明星卞小珍和田晓歌等人都要来演出,操场早早地就坐满了人,放眼望去全是穿水兵服的战士。大喇叭里反复播放着《人民海军向前进》等歌曲。演出开始了,官兵们翘首盼望着,歌曲、舞蹈、相声……一个个节目演过,演出即将结束了,还没见到卞小珍露面,大家都盼望着能亲耳听到她所唱的《太阳最红,毛主席最亲》。有人赶紧去打探才得知,原来她是被留在舰队演出了,只好由田晓歌的女声独唱《蓝鲸紧急出航》做压轴戏。演出结束后,田晓歌被大花蚊子叮了几口,她拍着红肿的胳膊风趣地说:"嘿,东坪港不愧是男兵的世界,连蚊子都是雄性动物,专挑雌的叮啊。"

萧雨笛笑着说:"你没听说吗?我们东坪港啊,有'十二怪'呢。"田晓歌似乎忘记了痛痒,着急地问:"都是哪'十二怪'?快说出来听一听。"萧雨笛像打快板似的说:"第一怪,三个蚊子炒盘菜,母比公的还厉害;第二怪,夏天'小咬'成灾害,勿露手脚和脑袋;第三怪,茅房朝着马路开,解决内急动作快;第四怪,厕所里面谈恋爱……"田晓歌感兴趣地说:"嗬,这'十二怪'还蛮有意思的,如能配上曲子,经我的口兴许还能唱响呢。"田晓歌这番诙谐的话让萧雨笛至今记忆犹新。

今晚,大操场放映的是老电影《平原游击队》。没开映前,几个儿童一边跑一边唱着儿歌:"双枪李向阳,打枪能跳墙。打完钻地道,敌人抓不到。一枪一个准,打死小日本。"

操场的中央坐着各艇队的战士,官兵们排列整齐地坐在小马扎上。认识的战友互相打着招呼,也有的凑在一起互相敬烟,说点儿各自的趣事。一会儿,各艇队之间又开始"一二三"地拉歌,到处洋溢着欢快的气氛。

大操场的最后面坐满了老百姓,他们连小凳子也不带,干脆席地而坐,显得十分拥挤。实在是没有地方了,不少人干脆就跑到了银幕后面去看。

以前放电影时,萧雨笛喜欢坐在电影放映机的旁边,他担负着监督职责。待电影开演了,他一边看电影,一边看放映员如何操作。当一部片子右上角出现一个白点以后,第二部电影便立即启动。等第二个白点出现,第一部机器便立即关机,由第二部机器开始放映。对于技术高超的放映员来说,观众是很难看出来更换片子是有间隔时间的。之后,放映员拿下第一部机器放完的片子,在长条椅上摇着手柄开始倒片,准备第二场电影的放片。

现在的两部放映机是海政文化部才下发的东风牌新产品,用起来特别展扬。萧雨笛特地约来何久先,也没敢让衣庚锦知道,两人就站到了银幕的后面观看,因为他今晚不是来监督放映的,而是在寻找创造转业条件的时机。

这时,两个民女在悄悄地议论。胖姑娘指着崭新的放映机说:"哎,你看海军的大'机子',演起来'嘎嘎'的,真过瘾啊。"

瘦姑娘接话说:"可不是咋的,上次陆军放电影时的'机子'不点儿不点儿的,都老掉牙了,还老断老断的,一点儿也不过瘾。"

胖姑娘又接上说:"前几天,空军放电影的'机子'不大也不小,还凑合着。'八一'时,陆海空军搞放映比赛,海军夺得头一名,空军得了老二,陆军是老末。咳,我就喜欢海军。"

听了这近似荤段子的对话,萧雨笛觉得真是幽默在民间啊。

电影已经开映了,当银幕上出现李向阳骑马掏枪,"砰"的一声将追兵一枪击毙的镜头时,萧雨笛像是发现了新大陆,对身旁的何久先说:"李向阳不是先右手打枪吗,今天怎么变成左手了?"

还没等何久先回话,胖姑娘就抢话说:"李向阳是右手打枪的,那是你看反了,成了左手打枪,咱们可是在银幕后看电影啊。"

"咱们?谁和她是咱们,这不是有意套近乎吗?"萧雨笛开始琢磨起她

第十九章 转 业

刚才说的话，又猛然想起了前天傍晚"大哩格儿楞"所说的生活作风问题，顿时觉得时机就在眼前了。

于是，萧雨笛又转过头去，开始仔细打量起这位胖姑娘，可是黑灯瞎火的也看不清楚啊。与此同时，胖姑娘也发现眼前的"兵哥哥"在看自己，愈加故作多情，向萧雨笛投来了媚眼。

萧雨笛感到这下总算碰到机会了，便主动向前靠近一步，愣是笨拙地将胖姑娘揽在怀里，还催促道："喊啊，你快喊啊。"

可是，出乎意料的是胖姑娘非但没有喊，而且还紧紧抱着萧雨笛的脖子，张嘴要与他强行接吻。

萧雨笛一看这假戏要被真做了，便猛地一把将胖姑娘推开了，转过脸"呸"地朝地上吐了一口唾沫，气急败坏地说："他娘的，你还认为老子真喜欢上你了？"

一听这句话，胖姑娘像受到了侮辱，扬起胳膊真的大喊起来："调戏妇女了，当兵的调戏妇女了……"

胖姑娘的几声大喊使大操场乱作一团，人们都凑上来看热闹。

何久先一下被搞蒙了，万万没料到会发生这种事情，朝着胖姑娘大喊道："胖得像个猪，谁稀罕调戏你啊？"

一夜之间，萧雨笛"调戏民女"的丑闻不胫而走，传遍了东坪港。

第二天，政治部保卫科查清了此事的真相，认为萧雨笛的行为虽然不属于道德败坏，但是有违反"三大纪律八项注意"的第七条"不调戏妇女"的嫌疑，加上又有何久先的目击证言，为此，支队党委决定对萧雨笛免于纪律处分，予以转业。

这出戏演得虽不大光彩，可萧雨笛终于达到目的了。

得知此事后，衣庚锦哭笑不得地批评说："雨笛啊雨笛，为了能早点儿转业，你怎么能用这种下三烂的招啊？"

最后一次出海

撞船事故发生之后，由于白副参谋长的一句话，衣庚锦晋升政治部副主任的事情被搁浅，又在191潜艇当了五年政委。

后来，支队党委又报请舰队，拟提升衣庚锦为岸勤部政委，属于正团职，可名额又被舰队政治部派来的一名老干事顶替了。

1993年，继"百万大裁军"之后，支队又面临着精简整编，正团职位少了好几个，显然衣庚锦的晋升之路被彻底堵上了。

衣庚锦预感到自己已是"船到码头车到站"，便产生了退意，正式递交了转业报告，耐心等待"向后转"了。

这天上午，支队政委石景文找来衣庚锦，进行转业前的谈话。

"海军已下达命令，支队将缩编为海军新型舰艇试训中心，降格为副师级了。"石政委直言不讳地说，"这样我恐怕也要告老还乡了，但是在没有正式交接之前，我还要站好最后一班岗，代表支队党委最后一次找你谈话。"

衣庚锦从石政委有点儿消极的话语里感受到了他的无奈、眷恋与为难，便非常平和地说："政委啊，在部队这个大家庭里，虽然你是首长，我是下属，可是谁都不能在部队干一辈子，服从命令听指挥是我们的天职啊。"

"小衣啊，你是全军'优秀政治工作者'，又是海军有名的'铁锚政委'，为潜艇事业做出了很大贡献。"石景文起身给衣庚锦倒了一杯水后，诚恳地说，"即将要转业了，都有什么要求，你尽管提出来，组织上尽力给予解决。"

衣庚锦笑了笑，提出的唯一要求就是随潜艇最后一次出海。

石政委当即答应道："我批准了，不过还有你的老乡萧雨笛、何久先，他们也都有这样的要求，我与支队长已经商定了，同意你们一起最后一次出海。"

第十九章 转 业

"丁零零……"桌上的电话铃响了。石政委拿起红色话筒,一听是老支队长、现任舰队司令员王国英的电话,立即毕恭毕敬地说:"王司令,我是小石,正在与衣庚锦进行转业前的谈话,请首长指示。"

王司令员在电话中究竟说什么,衣庚锦听不到,只见石政委一个劲地说:"是、是、是,请首长放心。"

最后,石政委把话筒递给了衣庚锦说:"小衣啊,首长要与你讲话。"

"小衣吗?我是王国英啊,你转业的命令舰队党委已签发了,石政委说正在跟你谈话啊。"

"谢谢老首长的关心,我坚决服从命令。"

"铁打的营盘流水的兵嘛,我也有离开部队的那一天啊。我就不能为你们送行了,就说几句话送给你、小萧还有小何,作为临别赠言吧。"

"请首长指示,我们一定牢记心中。"

"转业军官到地方工作是战场的转换,是长城的延伸。希望你们回到地方后不要急着和兄弟们欢聚,先好好抱一抱那个已经等待你很久的军嫂啊。"

衣庚锦听后,感到鼻子有点儿发酸。

王司令员又铿锵地说:"记住喽,今后不论走到哪儿,你都别忘了自己曾是潜艇兵,别忘了'听党指挥,同舟共济'的潜艇兵魂!无论道路多么漫长和坎坷,你绝不是一个人在战斗,你的身后有战友,还有我这个老头子嘛。"

"老首长,请您放心。"衣庚锦保证地说,"我们一定不辜负您的厚望,为咱们的潜艇兵魂,为中国海军潜艇部队争光。"

放下电话后,衣庚锦心潮难平。自己只是在远航时与王司令员有过五十天的朝夕相处。多年过去了,可是首长对一个普通的军官还能念念不忘,这正是潜艇兵魂所系啊。

石政委透露说:"小衣啊,你想不想知道刚才王司令在电话中跟我说了啥?"

见衣庚锦摇了摇头，石政委问："你知道新组建的试训中心主任是谁吗？"

衣庚锦摇摇头，心中嘀咕道："反正不会是我吧，我都被确定转业了。"

石政委又接着说："这个新主任啊，就是第××支队副参谋长、你的老乡单若冰同志啊。舰队党委命令已经下达了，估计没有几天他就来东坪港报到了。"

衣庚锦听后精神为之一振，挺直了腰板，心里想："好小子啊，怎么一点儿风声都没提前透露啊。"

一周以后，单若冰奉命来东坪港报到了，听说衣庚锦他们要随191潜艇最后一次出海，他决定亲自率艇出航。

早餐后，单若冰、衣庚锦、萧雨笛和何久先身着蓝色作训服，随同艇员一起来到了曾朝夕相处的战艇上，再次体验"龙宫"的春夏秋冬。

单若冰站在舰桥上，像往常那样下达着各种口令。

萧雨笛兴致勃勃地来到了报务室，重温"永不消逝的电波"。

何久先径直走进了厨房，开始了锅碗瓢盆交响曲。

衣庚锦是轮机兵出身，知道他们最辛苦，自己也曾汗流浃背地光过膀子，为了防噪声，自己两耳里有时也塞上一对小灯泡。今天，他来向战艇告别，首先到了六舱底，回到上艇时的第一个战位，深情地抚摸着两根大轴。

衣庚锦又来到五舱，站在主机前，恋恋不舍地抚摸操纵轮和每一只仪表。

看到老政委对内燃机如此眷恋，轮机军士长龙大勇请示说："政委，听说你当轮机班长时，在无灯光情况下操作，以五秒的成绩夺得了全支队比武第一名，今天你能给我们表演一下吗？"

衣庚锦高兴地答应说："可以，不过好久没操练，手脚不大灵活了，我就在灯光下操作吧。"

"当好一个轮机兵啊，首先要静下心来沉住气，排除干扰听仔细，眼观六路听八方，一看二摸三闻味。"衣庚锦一边示范一边说着操作要领，"在操作时，要以右脚跟为轴心，两手左右开弓，前后移动。就说内燃机停俥吧，它的口诀是：先管挡板后停俥，不要忘了离合器。"刚说完，他就握住操纵轮，"啪啪"地表演起来了。他三步并成两步，双手左右开弓，上下运动，犹如一阵旋风在身边掠过，动作如此娴熟，看得人眼花缭乱。

随着衣庚锦的一声"操作完毕"，龙军士长即刻按下秒表，指针正指向五秒，围观者纷纷鼓掌赞许，夸奖老政委雄风不减当年。

衣庚锦谦虚地摆摆手，有点儿气喘吁吁地说："老了，好汉不提当年勇啊。"

话音刚落，广播器响起，传来了单若冰下达的洪亮口令：

"五舱——"

"有五舱。"

"两台内燃机准备。"

"有，准备两台内燃机。"

衣庚锦回答完口令后，迅速打开各种阀门和开关，将俥钟的指针推向"内燃机准备"位置，一切准备完毕又向指挥舱报告：

"三舱——"

"有三舱。"

"两台内燃机准备完毕。"

"两俥前进一。"

"两俥前进一到。"

衣庚锦两手上下紧握操纵轮柄，向右下方轻巧地一按，顷刻内燃机便"轰隆隆"地启动起来了。

随即，衣庚锦又加大转速，将俥钟指针推向了前进一位置。一会儿，他又按照三舱下达的指令，将内燃机加速到前进二、前进三。潜艇像一匹骏马，踢开浪层，奔向大海。

191潜艇到达训练海区后，单若冰发布指令："速潜！"

瞬间，全艇铃声、蜂鸣器声、口令声大作。

蓝鲸兵魂

衣庚锦"啪"的一声将操纵轮扳至"零"档位置,顷刻内燃机停止了咆哮,主电机开始旋转了。潜艇像一只巨鲸钻入无垠的大海,进入了战斗部署。

这时,衣庚锦右手食指感觉隐隐作痛,指关节处渗出一丝殷红。这显然是刚才停车时,由于他的动作过于急躁、生硬,手指被操纵轮柄夹破了。

趁着还没被别人发现,衣庚锦立即将受伤的手指放入口中,吮净血迹后又握至拳中藏好,腆着微微隆起的肚腩,自嘲道:"老了老了,今天在灯光下操作慢了一秒钟,而且还把手指夹伤了,我真的是该'向后转'了。"

衣庚锦这个不起眼的小动作,没有逃过龙军士长的眼睛,他拿出一张创可贴悄悄地粘到了衣庚锦政委的伤口上。

衣庚锦顿时感到心里暖融融的,恋恋不舍之情油然而生。

水下变深变速、瞬间倒车、悬途打击……一天的训练科目结束了。

潜艇靠上码头后,龙军士长递上一本内燃机操纵记录簿,恭敬地请求说:"衣政委啊,这是你最后一次出海了,请你给我们写几句话好吗?"

衣庚锦接过自来水笔,思忖了一会儿,便在扉页上写道:

愿与191潜艇的战友们共勉,一个轮机老兵的心愿:
信念是潜艇兵的"方向舵",不能偏;
奉献是潜艇兵的"黏合剂",不能少;
执着是潜艇兵的"金刚钻",不能停;
精武是潜艇兵的"螺旋桨",不能松;
鱼雷是潜艇兵的"水下剑",不能钝。
愿"听党指挥,同舟共济"的潜艇兵魂代代相传。

衣庚锦
1993年6月19日

第十九章 转 业

"兵，别哭"

由于受河豚中毒一事的影响，加之常有人反映说为了照料儿子毛旦严重影响工作，所以何久先一直在副科长的位置上踏步。后来的协理员当上了食堂科长，他反而被确定转业了。

何久先一时想不通，如果自己由副转正，当上个团职干部，何家的祖坟上可说是冒青烟了，到那时再转业回乡就可与县太爷平起平坐了。本来伸手可及的事，如今却鸡飞蛋打了，真是点儿背啊。

几天前，何久先把自己转业的消息告诉了妻子王桂兰，她心里似乎早有准备，不在乎地说："有一句老话是怎么说来着？'铁打的碾盘流水的兵'，部队又不是养老院，谁也当不了一辈子兵，何况我们这些小萝卜头啊。"

话糙理不糙，何久先点了点头，妻子虽然把"营盘"说错了，但是说得的确是在理。

夜晚，月光如水。何久先夫妻俩躺在床上唠嗑，回忆着这些年来的部队生活。

从农村走出来的一对苦孩子，如今一个是海军少校，一个成了随军家属，在军供站有了一份正式的工作。两个孩子中唯一遗憾的是儿子毛旦，自从上次得了脑膜炎后一直未能根治，留下了后遗症。

别看毛旦今年十三岁了，其实只有七八岁的智力，他与姐姐何欢欢虽是龙凤胎，但是上学要晚两年。一次，老师在课堂上搞了一个调查，让一边做作业一边听收音机的同学举起手来。大家都举起了手，可唯独毛旦例外。老师当场就表扬了毛旦，还要求大家都向他学习，做到不听收音机，专心写作业。毛旦却站起来怯生生地说："老师，我是一边做作业，一边看电视的啊。"顿时，满堂大笑。

一想起女儿何欢欢长得如花似玉，都上小学六年级了，夫妻俩的心里最起码还有一些慰藉，总的来说，还是要感恩部队啊。接着，两人又扳着指头，一一历数着当兵的好处。

王桂兰开心地说："我看啊，这些年来，咱们最大的收获就是，自从你当上了厨师啊，练就了一手炒菜做饭的好手艺，这嘴巴不亏，天天吃香的喝辣的，酒也没少喝，大家都叫你'酒仙'了。"

何久先嗔怪说："你真是妇道人家，就这点儿觉悟。我是一名营职军官，你是一个军嫂，这收获还小吗？"

王桂兰心里豁然开朗，又掰着手指头说："这当兵啊，能提高思想政治觉悟、组织纪律性、生活独立性，还能养成吃苦耐劳的精神哩。"

何久先补充道："这最主要的是，当潜艇兵塑造了'听党指挥，同舟共济'潜艇兵魂，提高了思维反应能力、口才交际能力、阅读书写能力、卫生健康水平，建立起了战友联系……"

夫妻俩你一句、我一语的，嘻嘻哈哈地一连说出了当兵的N个好处。最后，何久先有点儿疲惫地说："睡觉吧，我们哥儿几个明天还要去看望老艇长呢。"

说毕，何久先转过身去，不一会儿就"呼呼"地进入了梦乡。

这几天，萧雨笛的心情倒是不错，为达到转业的目的，他绞尽脑汁创造条件，甚至采取了近乎下三烂的手段。在部务会上，于主任批评说："为了转业而故意去犯作风错误，这是你这个'小哩格儿楞'的一大发明啊。"

衣庚锦的心情很是复杂，晋升政治部副主任泡汤了，当岸勤部政委又被人顶了，看来正团职军官和上校军衔与自己是无缘了。

自从组织确定自己转业后，衣庚锦又觉得恋恋不舍了。回到艇部后，他一个人躲在房间里，悄悄地抚摸着穿了二十多年的军装。在即将结束潜艇兵生涯之际，在告别心爱的潜艇、军港和战友时，他突然又觉得心里空落落的。人往往就是这样，平时渴望得到的东西一旦真的悄然来临了，又觉得是那么突如其来，是那么惆怅和不知所措。

第十九章 转 业

当衣庚锦摘下大檐帽上那枚闪耀的帽徽,卸下肩上那两块金色的肩章,取下衣领上那两枚炫目的金锚,将它们紧紧握在手中时,心里是酸楚楚的,眼睛是湿漉漉的。

衣庚锦开始清理资料,当拿起了以前所收藏的一张军报时,看到副刊上的一篇《兵,别哭——献给退伍军人》,便情不自禁地朗诵起来:

兵,别哭!有一天我们还会相见,只不过那已成过去,没人可以打破的屈指一瞬间。

兵,别哭!弹指散落在指间的青春太短,人人都阻挡不了时光的穿梭,你必须接受这样残酷而无奈的现实。

兵,别哭!今夜将离开军营,在最美的青春里我谱出了最灿烂的一曲,我骄傲地说:别忘了你们的世界里我来过,此刻才知道再牛的肖邦也唱不出兵的悲伤……

十八岁那年,衣庚锦选择了人民海军潜艇事业,来到东坪港,天南地北的兵聚在一起,新的生活从此开始了。为了入党、提干,为了家乡父母的希望,他努力地工作,尽其所能地展示自己,有收获也有失望,有过痛苦也有过欢乐,如今即将解甲归田了,还真有一种难以割舍的感情啊。

起床号还未吹响,衣庚锦早早地就起来了。他认认真真叠好被子,铺平床单,依旧到码头走一走。虽然知道转业是板上钉钉的事,但是潜意识仍不断提醒他,自己即将结束一生中最难忘的军旅生活。离转业回家的日子越近,他越有一种心跳的感觉、一种自觉不自觉的珍惜,因而站好最后一班岗,也就变成了他的一种有意识的行为了。

收操后,衣庚锦向朝夕相处的战友恭敬地行了最后一个军礼。

将军点兵

自从确定转业后，衣庚锦、萧雨笛和何久先就约定，星期天上午一起到首长家属区，向老艇长、支队长朱惠凯辞行，向刘百顺兄弟做最后的告别。

单若冰得知后，也抽出身来一同前往拜访老艇长了。

朱惠凯住在凤屏山家属区的一套师职干部住房里，三居室。客厅朝南，不足二十平方米，厅内不乏军事元素，蛮像支队作战值班室，显示出主人独有的品位。客厅一侧的书架上层摆放着《孙子兵法》、克劳塞维茨的《战争论》、《毛泽东论军事》等书籍，中层和下层摆放有常规潜艇和核潜艇模型，最引人注目的是那艘不知名的航母模型。

朱惠凯正在客厅练书法，一张老子《道德经》中的名言"上善若水"刚刚完成，小孙子正在一旁看电视上播放的《弟子规》动画片。

看到衣庚锦他们走进屋，朱惠凯起身与老部下们一一握手。然后，他又走近茶柜，拿出一个紫砂茶罐，说这是大儿子才给买的武夷"大红袍"。

朱惠凯先走进了大阳台，请大家围着椭圆形的茶几坐下。这是一个古朴的红木茶几，外缘像一圈堤坝，凹面上摆放着一套功夫茶具。紫砂壶上雕刻着一束兰花，旁边镌有"清风"二字，壶钮是栩栩如生的一条小龙。六个紫砂口杯围着一尊紫砂壶，似众星拱月。

朱惠凯退休后的生活是很惬意的：每天起床后，先来到院中做一套健身气功八段锦；然后一杯汤色似琥珀、滋味香浓的老白茶入口，仿佛暖流在血管中穿梭，胃里暖洋洋，心里甜滋滋，美妙的一天就从此开始了。

各自落座后，单若冰先是温杯烫壶，然后拿起小竹镊子，从茶罐里夹出些"大红袍"茶放入紫砂壶中，接着倒入沸水。头道水在壶身、盅底、杯中浇过后，随着导水管潺潺流入了木桶。接着，他弃掉洗茶水，开始醒茶，随

第十九章 转 业

后再次倾入沸水。两分钟后，开始出汤了，一股茶香袅袅飘出。一阵摇动后，他又快速将泡好的茶水倒入公道杯中，然后将茶汤分别倒入小口杯中。茶水倒毕，他又用拇指与食指捏住小口杯，用小拇指托住杯底，举手将小口杯连同杯托，首先放到了老艇长面前，以示敬重。

衣庚锦如实地说："以前啊，我对茶道没什么研究，只听说应上午喝绿茶、中午喝乌龙茶、晚上喝普洱茶，今天一看还真有些门道。"

何久先端起眼前的一只小口杯送至嘴边，将茶一饮而尽后抹嘴说："盅太小了，这样喝不解渴啊。"

萧雨笛酌了一口茶笑道："我说'酒仙'啊，这是在品茶，不是为解渴。《红楼梦》中有一段关于喝茶的描述，说是妙玉请宝钗、黛玉、宝玉三人喝茶，宝玉想用竹根大盏来喝，妙玉便说，茶要细细地品，'岂不闻一杯为品，二杯即是解渴的蠢物，三杯便是饮驴了'。"一席话，逗得几个人哈哈大笑。

喝到第三泡茶时，朱惠凯打开了话匣子，颇含深意地说："退休后啊，我有时间天天喝茶了，沉浸在茶的清爽香味中，我幡然醒悟了，忽觉得这生活的真味就如同这茶味。我们的人生何尝不是如此呢？生活就如同这茶汤，不可能是滴滴香醇、口口甘甜，而是先苦后甜，苦中有甜，甜极则苦。你只有咽下这初尝的苦涩，才能品到终极的甘甜。"

单若冰呷了一口"大红袍"，深情地说："老首长说得很有哲理，'千秋大业一壶茶'啊，'茶'字拆开了，就是'人在草木间'。战友情好比一杯淡淡的清茶，没有酒的浓和烈，只是在你需要的时候，才会飘起那一抹淡淡的清香，静静地把你陪伴，为你解渴。正因为是淡淡的，所以才能长久；正因为心中有了淡淡的牵挂，才能经得起时间和岁月的沧桑变迁。"

朱惠凯又语重心长地说："这就是说啊，喝茶要慢一点儿，做人要笨一点儿，慢一点儿喝茶才能喝到真滋味，做人笨一点儿才能走得更踏实。急于喝茶会被呛到，生活中如果自觉聪明，就容易反被聪明误。喝茶就好像看一本书，慢慢品味才有滋味。生活是一杯茶，也是一本书，慢慢品尝就会喝出很多感悟，一页页读就会读出由衷的欢喜啊。"

"我们常说'铁打的营盘流水的兵'。人在部队的成长之路就像这只茶杯盖。刚开始起步时，大家都聚集在杯盖的下边缘，同在一条起跑线上；可越往上走，生存的面积就越小，被淘汰下来的人也就越多；最后能攀登到杯盖顶点，也就是金字塔塔尖的人，毕竟寥寥无几啊。"

朱惠凯深情地打量着眼前曾与自己同舟共济了二十多年的四位老部下，继续说道："你们大连来的这六个兵啊，刘百顺刚起步时就撒手人寰了，谭彦多走了一半就'向后转'了，小萧和小何正处于杯盖中部，衣庚锦比你俩稍往上了一点点。我干到支队长，又当上了将军，比你们还往上些，就算爬到了杯盖钮的位置吧。"

听后，几个人相视而笑，觉得老艇长比喻得很贴切。

朱惠凯又面向单若冰充满希望地说："从目前情况看，能向顶点冲的只有小单了。小单两次参加水下发射运载火箭试验，又曾驾驶核潜艇远航，打破了美国'鹦鹉螺'号核潜艇保持的最大自持力纪录，创造了中国核潜艇连续海上巡航九十天的新世界纪录，从而闻名军界。外媒可称你是'小巴顿'哩。"

单若冰谦虚地摆着手说："老首长过奖了，那都是组织上培养和集体奋斗的结果，特别令我难忘的是您和庚锦在关键时刻对我的提携和帮助啊。"

朱惠凯又分别看着衣庚锦、萧雨笛和何久先，笑呵呵地总结说："为什么小单的路走得较顺，进步也快啊？这除了他小时候学过《道德经》又赶上好机遇外，主要是他入伍后深受毛泽东思想的熏陶，经过了潜艇兵魂和惊涛骇浪的淬炼，机会总是留给有准备的人的嘛。如今啊，我和你们四个人一样，都解甲归田、回归原点了，我们在今后的人生阶梯上已没有再上一步的可能，这时就得服从组织安排，重新听从祖国的召唤。这也叫大浪淘沙、新陈代谢吧。"

衣庚锦、萧雨笛和何久先频频点头，陷入了沉思……

第十九章 转 业

再见，东坪港

自从正式确定转业后，何久先便承诺要带儿子到码头上最后一次看潜艇。可是，由于这几天忙于交接和托运行李，他就把这事给耽搁了。

午休后，岸勤部机关大楼的墙壁上忽然出现几处用红砖头写得歪歪扭扭的大字："打倒何久先是个大骗子。"其中"骗"字还缺了个马字旁。

是谁与何久先有这么大的仇啊？机关上下一时闹得沸沸扬扬，岸勤部政委下令立即查找罪魁祸首。

保卫干事就像当年查反动标语那样，立即跑到警卫排调查。当值卫兵回忆说："我看到了，是食堂科何副科长的傻儿毛旦写的。"

得知是毛旦所为以后，何久先气不打一处来，回到家里就训儿子说："你为什么要打倒我，还骂我是个大骗子啊？"

毛旦理直气壮地说："你就是个大骗子，答应领我到码头看大潜艇，到现在也没去，大骗子才说话不算数。"

何久先哭笑不得地说："爸爸这几天不是忙嘛，明天一定领你去，不过你得先把墙上的红字除掉。"

毛旦一听来了脾气，撒腿就跑出家门。

临近傍晚时，何久先的妻子王桂兰说："毛旦不见了，不能出什么事吧？"

夫妻俩找了一圈也不见毛旦的踪影，就发动几个老乡和全机关的人分头去找，结果发现毛旦爬到了五十多米高的烟囱上。

王桂兰吓慌了神，一个劲地念叨："哎呀，吓死俺了，这可怎么办啊？"

何久先急中生智地说："我看还是赶快叫衣庚锦来吧，这孩子就跟他衣叔亲啊。"

衣庚锦闻讯赶来，听到何久先气得向上面喊了一声"小兔崽子"，便一

蓝鲸兵魂

把将他拦住了。

衣庚锦走到大烟囱底下，和风细雨地喊道："毛旦啊，上面的鸟窝有蛋吗？"

毛旦一看是衣叔叔，虽然记忆有点儿障碍，但是他隐约记得妈妈常念叨是衣叔叔两次救了自己，所以他对衣叔叔有一种亲情。因此，他像没事似的回答："没，没有鸟蛋啊。"

衣庚锦又承诺说："没有鸟蛋你就下来吧，叔叔现在就带你去看大潜艇好吗？"

毛旦一听就来了兴趣，立即回答说："衣叔叔，我现在就下去跟你去看大潜艇。"

衣庚锦深深地喘了一口气，又叮嘱道："毛旦，你慢慢下，叔叔和妈妈在下面接你啊。"

毛旦说了一声"好"，踩着铁梯一级一级地下来后，先是气哼哼地瞪了何久先一眼，然后跟着衣庚锦上码头看潜艇去了。

何欢欢放学回来了，两只脚刚一踏进门槛，就看到爸爸坐在沙发上看电视，显然她还不知刚才所发生的一幕。

在何欢欢的记忆中，爸爸从来没有回家这么早过，都是部队的熄灯号吹响后，自己和妈妈、弟弟都睡着了，他才拖着疲惫的身子回来。等早晨醒来一看，爸爸早已起床走了。妈妈风趣地说："家是你爸爸的旅馆，你爸爸是两头见一面的人。"

今天爸爸回来得这么早，没有戴大檐帽，也没着军装，只穿了一身蓝色作训服，一个人目不转睛地在看央视播放的大型军旅电视片《延伸的长城》，一边默默地看，一边两眼还噙着泪水。

何欢欢蹑手蹑脚地走到母亲王桂兰面前，低声地问："妈妈，爸爸看电视怎么哭了啊？"

王桂兰叹了一口气说："你爸爸转业了，他是舍不得走啊，毕竟在部队干了快半辈子。"

第十九章 转 业

看到毛旦正在小屋里聚精会神地摆弄着衣叔叔送的潜艇模型，何欢欢没打扰他，又轻手轻脚地走到了何久先面前，替他擦去了眼角的泪花，童声稚气地说："爸爸，别难过，你和妈妈走到哪儿，俺和俺弟就跟你到哪儿。"

何久先一把将女儿抱在怀里，嘴唇嚅动着说："欢欢，你去告诉弟弟，就说咱们明天一起回老家，好吗？"

听了姐姐的话后，毛旦高兴地拍手说："好啊，明天回老家啦。"

次日，天刚放亮，衣庚锦、萧雨笛和何久先一家就启程了。

衣庚锦提醒道："今天是星期三，全体艇员例行上艇转动机械，早点儿离开吧，免得大家来送了。"

一辆长城面包车把他们几个人送到了六号码头。

衣庚锦先下车一看，老艇长朱惠凯、老机电长"王大胡子"赶来了，支队首长石景文和单若冰也来了，政治部和岸勤部的同志们早已站在了码头上。没有鲜花，也没有鼓乐，只有战友们紧握的双手、深深的祝福，大家千言万语汇聚成一句："再见！一路顺风。"

这时，单若冰急步走上前，挨个拥抱着衣庚锦、萧雨笛和何久先，恋恋不舍地说："多保重，回家后来信啊。"

"突突突……"交通艇缓缓地驶离了码头，海面留下一串由近及远的马达声。海风阵阵吹拂，海鸥翩翩起舞，机关大楼、水兵大楼、军人大礼堂还有一号码头、二号码头从眼前一一掠过。

三号码头越来越近了，停泊的191潜艇很快映入眼帘，舰桥壁上的舷号清晰可见。升降舵、潜望镜、无线电天线，还有八一军旗、空气筒、雷达天线……近在眼前了。

当交通艇行驶至距离191潜艇约百米处时，突然，一阵哨音"嘟嘟"响起，三人转头一看，前后甲板各站着一列队伍，艇长柳继根高声喊道："敬礼！"

瞬间，才脱下军装的衣庚锦、萧雨笛和何久先依然像军人那样迅速举起右手，向曾朝夕相处的战友、向日夜相伴的战艇敬礼！

看到衣叔叔和爸爸、萧叔叔面向威武的潜艇毕恭毕敬地肃然致敬，毛旦跑到母亲王桂兰面前撒娇地说："妈妈，我要坐大潜艇回家……"

王桂兰将毛旦一把搂在怀里，抚摸着他的头发说："儿子啊，等你长大懂事了，就像你爸爸和叔叔那样，也当潜艇兵，天天坐大潜艇好吗？"

毛旦很乖地说了一声"好"。

衣庚锦的眼睛红了，何久先的心里阵阵发酸，萧雨笛更增添了一丝难舍的眷恋。

他们动情地喊道："再见吧，同舟共济的战友！再见吧，朝夕相伴的战艇！再见吧，我们日夜守望的东坪港！"

这时，一个水兵站在交通艇的甲板上，一边弹着吉他，一边唱起了歌曲《告别军营》：

把心留在了这里，把爱留在了这里，
一个背包怎装得下战友的情谊……

尾 声

潜艇今天挂满旗

吹响"集结号"

星移斗转,时光进入了 2012 年,单若冰已晋升为军区副司令员兼舰队司令员,戴上了海军中将军衔。

单若冰这次重归故里,在筹备我国第一艘航空母舰入列仪式的空闲时间,来到了潜艇展览馆见到了老战友,心情是十分愉悦的。

在萧雨笛的陪同下,单若冰从潜艇七舱参观完后,又返回二舱,坐在了"多能桌"前。

萧雨笛看到老战友一脸兴奋的样子,征询道:"单司令,还满意吧?"

"不错,比我预料的要好。"单若冰回答说,"各种机械设备大都还在,基本上保留了咱们 191 潜艇的原貌啊。"

萧雨笛怀念地说:"刚接新艇时,我们这些同舟共济的战友都是二十来岁的小伙子，风华正茂啊。"

单若冰深情地说："是啊，一转眼我们都快步入花甲之年了，也不知道战友们都在哪儿，一定都还好吧。"

萧雨笛突发奇想地说："我想在今年国庆节前夕举办一次191潜艇老战友联谊会，请全国各地曾在一条艇战斗过的老战友到大连来参观潜艇展览馆，欢聚一堂，共叙战友情谊。"

"这个主意不错，我赞成。"单若冰肯定地说。"'集结号'吹响后，如果我还在大连的话，我一定会带着喜讯来参加老战友联谊会。"

"向前，向前……"单若冰手机的铃音响了，原来是刘秘书打来的，让他立即回招待所，说是军委首长要来大连视察了。

临行前，单若冰叮嘱说："请给庚锦带个好，等挤出时间来，我再去看望他啊。"

萧雨笛立即给鹤龙岗公墓董事长衣庚锦打电话，告诉他说单若冰回来了，在参观潜艇展览馆时让秘书给紧急叫走了。他还着重讲了举办191潜艇老战友联谊会的设想。

衣庚锦高兴地说："我举双手赞成，你具体操办，我出钱赞助。"

萧雨笛伤感地说："当年从归服堡走出的六个潜艇兵，刘百顺牺牲了，何久先'走'了，谭彦多进去了，现在就剩下单若冰、你和我咱仨了。再过个十年八年的，恐怕想见的战友们会越来越少了。"

衣庚锦建议说："咱们先成立一个小组，几个人凑到一起筹备一下。"

萧雨笛答应道："好，我把曾在191潜艇战斗过的大连兵先召集起来开个筹备会，大家分分工，一起行动，分头准备，一定要把这次老战友联谊会开好。"

衣庚锦表态说："我保证要钱出钱，要人给人，用车派车，全力以赴啊。"

萧雨笛高兴地说："有衣董事长做后盾，我更有信心办好这次联谊会了。"

萧雨笛又给转业在派出所的191潜艇第六任艇长厉剑打了个电话，讲了举行老战友联谊会的事。

厉剑赞成地说:"咱们退伍军人啊,是最有担当、最守纪律的队伍,我愿意参加这次联谊会。"

次日,一份关于举办 191 潜艇老战友联谊会的通知发到了"东坪港战友之家"、"东海蓝鲸 QQ 群"和微信朋友圈上,全国各地曾在 191 潜艇服役过的战友纷纷响应,盼望着联谊会早日到来。

四个月后,191 潜艇老战友联谊会如期在滨城大连举行了。

潜艇展览馆东侧是四星级的海之悦大酒店,门前的电子显示屏上不停地滚动着显示"欢迎参加 191 潜艇老战友联谊会的全国各地来宾"的字幕。大堂上方挂着宽大的红布横幅,"今生是战友,永远是兄弟"的金字格外醒目。

大堂东侧竖着一块醒目的彩绘广告牌,上书"191 潜艇老战友联谊会签到处",牌子下方是劈波斩浪的 191 潜艇彩色图片。

衣庚锦、萧雨笛和厉剑站在门口迎候大家。筹备组其他人员各就各位,负责签到等工作。

头一个来报到的是年逾花甲的军医靳伯虎。他戴了一项白色遮阳帽,鼻梁上架了一副蛤蟆镜,一进大堂就装出一种首长的派头,装模作样地喊道:"同志们好!同志们辛苦了!阿拉想死你们了。"

想起靳医生的口头禅,萧雨笛故意上前打招呼说:"'屄毛灰'驾到!"

靳医生装着不高兴,喊着他的绰号说:"你这个'小哩格儿楞',谁叫'屄毛灰'?"

萧雨笛马上追问道:"你不叫'屄毛灰',那叫什么啊?"

靳医生又用上海话诙谐地说:"阿拉经常讲的是这样两句话:一句是'侬这个小新兵蛋子';还有一句就是'摸屄,摸屄'。所以你们这些'屄毛灰'啊,就以其人之道还治其人之身,把阿拉叫成'靳伯屄'喽。"

听完,大家哈哈大笑,笑得还像当年那样开心。

老政委王敬儒在妻子的陪同下也从唐山来了。

老水手长周尚兵从北京来了。"王大胡子"、老机电长王金华从沂蒙山来了。邵副长来了，还带着患抑郁症的妻子……遗憾的是年逾八旬的老艇长朱惠凯因身体状况不佳，没能到来。

参会人员陆续报到，酒店大堂沸腾了。三十多年不曾见面的战友，先是两手相握，握疼了你我，握醒了记忆；继而是紧紧相拥，倾洒着止不住的婆娑泪雨，彼此呼唤着你我他的名字，喜极而忘情地哭泣。谁说男儿有泪不轻弹，只是未到相聚时啊。

当年帅气的一个个脸庞，现在已经被岁月铺满了沧桑，有的人面对面注视了很久才能相认，但是每个人心中的战友情谊没有改变。宝贵的青春年华在部队中度过，他们一起经历过磨难，一起经历过生死考验，一起经历过荣辱，一起铸就了潜艇兵魂，一起见证了胜利的喜悦。

最后一个报到的是雷达班长骆玉彪，他高鼻梁、深眼窝，一脸络腮胡，穿了一身海军陆战队的迷彩服，手提一个军用旅行箱，乍一看酷似古巴前任领导人菲德尔·卡斯特罗。

"卡斯特罗"借来一张长方桌放在大堂西侧，又从旅行箱中取出一些"老物件"，摆到了桌面上，高声喊着请大家来参观。

萧雨笛走上前，看到桌上依次摆着印有"191潜艇"的搪瓷缸、"随身利器"罐头刀、六五式海军灰军装、七四式带红五星的水兵帽……一本泛黄的军事训练簿格外醒目，封面是佩戴着红帽徽、红领章的毛主席头像，下面是一行题词："大海航行靠舵手，干革命靠毛泽东思想。"

先来的人报到完了，就开始站在一面海军军旗的模板前照相留念，并郑重地签上了自己的名字。

在咖啡厅的沙发上，几个人围着老政委王敬儒坐成一圈，开始摆起了"龙门阵"。

"王大胡子"略带悲观地说："唉，这一眨眼的工夫，我们都成老头了，我现在是坐着打瞌睡，躺着睡不着；想记的记不起来，想忘的忘不掉。更糟的是哭的时候没眼泪，笑的时候一直擦泪。头上现在是'白发拔不尽，春风吹又生'啊。"

一阵阵大笑后，周尚兵忽然想起了原先与自己同班的舵信兵谭彦多，不禁问衣庚锦说："我们舵信班的谭彦多好像是你们大连兵，我咋没见到他啊？"

萧雨笛抢着说："这个谭彦多啊，好色贪财，因挪用公款炒股，已经坐了三年大牢了。"

周尚兵惋惜地说："抽个时间吧，我去监狱看看他，毕竟我们曾是同舟共济的战友啊。"

罗班长忽然想起了本班厨师何久先，以前只是听说他在部队提干了，还生了一对"龙凤胎"，转业后当上了粮食局副局长，后来隐约听说他去世了，不知得的是啥病。

衣庚锦沉痛地说："他走了快两年了，为了当上'一把手'，他陪几个县领导搓了一夜麻将，结果官没升上，还活活猝死在麻将桌上了。"

罗班长叹了一口气说："人这辈子啊，不怕赚钱少，就怕走得早啊。"

王敬儒想起来说："我记得衣庚锦、单若冰、刘百顺，还有小萧、小何、小谭，你们都是从大连入伍的同年兵吧？"

衣庚锦点点头说："是的，我们六个人还是一起上艇的。"

王敬儒感慨地说："现在小单当上了将军，百顺成了烈士。小衣当过团职干部，小萧和小何又都是营职干部，而小谭不缺胳臂不少腿的，却只是个'大头兵'，最后还沦为了阶下囚。小何呢，又过早地走了。这不同的命运真值得深思啊。"

靳医生深受启发地说："我记得那一年，单若冰和谭彦多本来都一块儿退伍了，可是由于衣庚锦喊了一嗓子，单若冰又遇上了'伯乐'王支队长，就把他从交通艇上叫回来了，这一嗓子就叫回来了一个海军中将啊。"

周尚兵总结道:"这说明啊,人生的输赢不只是决定在起跑线上,而往往是决定在转折点上。起点可以相同,但是选择了不同的转折点,那结局就会大大不同了。因此,能把握转折点的人才是最后的成功者啊。"

萧雨笛接上话说:"若冰能当上海军中将,说明他命里有。久先没当上'一把手',还把自个的老命搭上了,这说明他命里没有。真可谓是'命中只有八斗米,走遍天下不满升',老天爷早就为我们每一个人安排好了。"

衣庚锦赞成地说:"若冰之所以能成为我军高级将领,是因为有很好的底子。他六岁时就会背诵老子的《道德经》,刚上学就会背诵毛主席的'老三篇',而且他还能按照书上说的去做,后又进大学深造,这就比我们高出几筹,所以在每次机遇来临时,他几乎都能紧紧抓住,并成为成功者。"

骆班长惋惜地说:"我觉得吧,只要还活着的都是成功的。我们191潜艇第一代艇员中已经去世了十多个人了。舰务军士长李时龙转业不久就得胃癌走了。咱艇的副政委左青云得了糖尿病,现在坐轮椅好多年了。鱼雷部门先后已有六人去见马克思了……"

"萧干事,衣政委,你们好啊!"这时,一声亲切的呼喊传来。萧雨笛和衣庚锦转头一看,是俱乐部放映员李茂富,旁边站着他亭亭玉立的女儿。

李茂富转过身来,对女儿说:"秀秀,这就是我经常向你说的萧干事和衣政委,快说大大好。"

秀秀长了一张苹果脸,眼睛大大的,很像陕西歌手王二妮。她一脸灿烂地对萧雨笛说:"大大好,我爸爸说你老厉害了,山东快书说得老好了。"

"哈哈哈……"萧雨笛被说乐了。

李茂富是今非昔比了,虽然是名牌裹身,但是满脸皱纹交错,举手投足间还是透露出一种乡土的痕迹,很像电视剧《士兵突击》中许三多的爹。

萧雨笛拍了一下李茂富的肩头,奇怪地问:"你怎么来了?"言外之意有两个,一是你咋知道我们开联谊会的,二是你也不是我们191潜艇的人啊。

李茂富"嘿嘿"地笑着说:"俺在网上看到 191 潜艇要在大连开老战友联谊会,所以就从河南赶过来了。"

李茂富又走到签到处,从拎包中掏出一叠百元人民币说:"俺赞助一点儿钱,给老战友们买点儿酒喝,就算是广告费了。"

接待人员点完钞后,报账说:"还是茂富大叔爽快啊,出手就赞助一万元。"

衣庚锦着急地说:"你装什么阔,这些钱得卖多少包'十三香'啊?"

李茂富又"嘿嘿"一笑说:"萧干事,俺早就不卖'十三香'啦。"

"那你做大生意发财了?"衣庚锦问。

"俺家开了一个小磨香油坊,俺爸已经是几十家连锁店的老板了。"秀秀介绍完后,转身走到一个大纸箱前,从里面拎出一个印有"茂富牌小磨香油"礼品盒,高声对大家说:"各位叔叔、大大,你们好!这是在国家市场监督管理总局注册的、我家自产的'茂富牌'小磨香油。它以芝麻为原料,采用传统的独家秘方加工生产,味道香醇,持久留香,是百姓餐桌不可或缺的调味佳品啊。"

大家被这丫头吸引住了,交头接耳议论着。看到叔叔、大大们都围拢过来,秀秀越发放开了胆子,从包里掏出两块竹板,鞠了一躬说:"各位叔叔、大大,你们好,我叫'香油女',下面给大家来一段快板书,就叫《香油碗》:

  竹板一打点对点儿,听俺说段小快板儿。
  俺家有个香油碗儿,以前香油一点点儿。
  自从小磨转了圈儿,香味直喷嗓子眼儿。
  全村乐得合不上眼儿,直夸俺家香油碗儿。
  勤劳致富多干点儿,香油换来金饭碗儿……

为中国航母，干杯

战友分别几十年，我们天天在思念。
今日战友重相见，大家笑得特别甜……

老战友联谊会在潜艇展览馆前的露天广场举行，音箱里播放着《终生难忘战友情》等军旅歌曲。

潜艇挂满了彩旗，舰桥上拉起了横幅会标，红底白字写着：海军191潜艇首届老战友联谊会。两侧悬挂着一副对联：

上联：爱艇，爱岛，爱海洋，不爱战友是空忙；
下联：有枪，有将，有士兵，没有战友等于零。

老战友们统一穿着短袖海魂衫，脖挂胸卡，头戴舰帽。帽子正面有金线刺绣的彩色海军军徽，下面是"中国海军潜艇部队"字样，右侧绣有"191潜艇"字样。帽檐边缘绣有美丽的橄榄枝，环绕着一艘033型潜艇的图案。与会者每人都有一本《191潜艇老战友通讯录》《191潜艇风采画册》，还有一张《我的潜艇我的兵》影碟，仿佛又把这些潜艇老兵带回到了军旅岁月。

从潜艇上参观回来后，大家以部门或专业班为单位，满满坐了十九桌。

老政委王敬儒坐在最前面的第一桌中间，他拿起战友通讯录细心地欣赏着。巴掌大的小册子印刷得很精致，蓝色塑料封面上有烫金的海军军徽。第一页是介绍首任艇长朱惠凯的。第二页是介绍每个人自己的，左右角各印有一张本人服役时和现在的标准像，并写有在部队时的最后任职和现在的工作单位、职务、通信地址以及手机号码。

王敬儒又拿起用铜版纸印制的画册翻看。画册沉甸甸的，足有一公斤重，封面是挂满彩旗的191潜艇图片，甲板和舰桥上有列队的水兵，朱艇长和自己并肩站在码头上，向前来视察的军委主席敬礼致意。画册各页是每个时期艇员们水下练兵、学习生活、体育活动和助民劳动等的图片。看到扉页上是现任舰队司令员单若冰写的序言，他戴上老花镜喃喃地念道：

潜艇今天挂满旗
——献给191潜艇首届老战友联谊会

  这是一群由中国海军潜艇部队哺育出来的优秀儿女，他们曾同舟共济，挺进深蓝，热血铸金锚；而今，他们各在一方，情同手足，汗水洒大地。不论是昨天，还是今日，不管转战在哪里，他们总是不忘初心，兵心依旧，始终践行着一句话：共和国的潜艇兵永远与战友在一起。

  2012年9月25日，海军191潜艇首届老战友联谊会在潜艇展览馆举行，潜艇今天挂满旗。190多名老战友和亲属们欢聚一堂，回首往事，倾诉情谊，再次印证了一个道理："生死之交是战友，百听不厌是军号，长唱不衰是军歌，本色不褪是军装，终生不悔是军旅，风雨不动是军旗，永远不变是军魂。"

  191潜艇服役于20世纪70年代初期，曾远航太平洋，首次突破第一岛链；多年担负中央军委、海军和舰队战备值班任务；多次赴南沙巡航；多次荣获全军和海军、舰队"军事训练先进单位""装备管理先进单位"等荣誉称号；多次接待外宾参观考察；涌现出了一批将军、军政首长和地方上的建功立业者……这光辉的历史将永载史册。作为曾经的191潜艇的一兵，我们可以自豪地说：英雄的191潜艇，您是我们生命里的花蕊，您是我们一生的骄傲。

2012年9月25日于大连

王敬儒的两眼湿润了，仿佛又回到了那骑鲸蹈海的年代。他摘下老花镜擦净眼角的泪水，觉得有一种力量在心中激荡，情不自禁地想起了老搭档朱惠凯。

　　这时，一位精干的中年人几步跑到台前，面向大家高声喊道："全体起立，立正！"

　　接着，他又转向王敬儒，举手敬礼报告："政委同志，队伍集合完毕，请您指示。191潜艇第六任艇长厉剑。"

　　王敬儒站起来，还像四十年前那样举手回礼道："按计划进行。"

　　"是。"厉剑举手回礼，转向大家宣布道，"请坐下。"

　　在嘹亮的《人民海军向前进》的歌声中，联谊会拉开了帷幕。男女主持人各持话筒，一道走向前台，一人一句地朗诵道：

　　　　尊敬的各位首长和来宾，亲爱的各位战友、各位亲属：
　　　　大家上午好！
　　　　二十多年的思念，二十多年的心愿；
　　　　二十多年的分别，二十多年的期盼。
　　　　今天，我们终于久别重逢，欢聚一堂；
　　　　今天，我们终于如愿以偿，圆梦相见。
　　　　欢迎您，欢迎您汇集在这浪漫之都，
　　　　欢迎您，欢迎您来到这潜艇展览馆！

　　女主持人一身素白，笑容可掬地自我介绍说："我是滨城电视台《子弟兵》栏目主持人水静，同时我又是一名军嫂，我的爱人也是一名潜艇艇长，我向自家人问好了。"

　　男主持人西装革履，一脸微笑地介绍说："我叫萧雨笛，来自191潜艇无线电班。此刻，我们荣幸地向大家宣布：海军191潜艇首届老战友联谊会现在开始！"

王敬儒低声问衣庚锦说："小单不是要来吗，咋不等他来了再开始啊？"

衣庚锦说："老政委，若冰来电话说，他正在参加一项重大活动，等活动结束了再争取赶过来，让我们先开始。"

王敬儒理解地说："小单现在当司令了，身不由己啊。"

接下来是视频连线环节，王敬儒走上台拿起手机与老艇长朱惠凯开始视频联络，大屏幕上立即出现了两位八旬战友亲切对话的场面：

"老伙计啊，我是你的老搭档王敬儒啊，你看见我了吗？"

"王政委啊，我看见了，都看见了。"

"老伙计啊，大家向您问好了。"

这时，全体与会者起立向老艇长敬礼，对着大屏幕齐声高喊：

"听党指挥，同舟共济！"

"水下铁拳，勇往直前！"

最后，两人又相互叮嘱道：

"你给我听好了，一定要照顾好自己的身体，世界上所有的东西都不是你的，唯有这身体才是自己的啊。"

"你也给我听好了，马克思不发通知，你不能插当先走。我这辈子和你搭伙还没搭够，下辈子啊，咱老哥儿俩还要在一条潜艇上，我当艇长，你当政委。"

"一言为定，如果马克思来通知了，咱俩要一块儿齐步走，不离不弃啊。"

顿时，大家被老政委与老艇长的真挚情感和幽默语言深深地感染了。

视频连线结束后，衣庚锦兴奋地走上台，本来他是代表联谊会筹备组致欢迎辞的，可是他却朗诵起了一位著名作家写的一首诗《战友》：

找一个理由，和战友见一面，不为别的，只想一起怀念过去的岁月，一口老酒，一首老歌，热泪盈眶。

找一个理由，去和战友见一面，不管混得好还是混得孬，只想看看彼此，一声战友，一份关切，情谊绵长。

找一个理由，去见一见战友，时间一年又一年，青春已逝，年华已老，一声珍重，一句祝福，感同身受……

衣庚锦朗诵完后，两眼已经湿润了，全场人被他的激情所深深感染，顷刻爆发出热烈的掌声。

接下来文艺表演开始了，有小品《"龙宫"除夕夜》、笛子独奏《扬鞭催马送粮忙》、快板书《爸爸曾是潜艇兵》……萧雨笛的妻子汪芳领衔的军嫂小合唱《军港之夜》，将演出推向了高潮。

这时，一辆绿色军用越野车疾驰而来，从车上跳下一位海军中将，大家抬头望去，正是单若冰匆匆走来。胖保安见状"啪"地立正举手敬礼。

单若冰兴冲冲地走进会场，先是与老政委紧紧握手，热情问候。

单若冰又健步走上台，接过萧雨笛手中的话筒，声音洪亮地说："同志们，战友们，我很荣幸参加今天的老战友联谊会，虽然你们不再穿军装、不再吃军粮、不再上战艇了，但是你们还是军人脊梁、军人衷肠！"

单若冰说到这儿，举手向大家恭敬地敬了一个军礼。然后，他又兴奋地说："现在，我向大家报告一个振奋人心的好消息：我国第一艘航空母舰'辽宁'舰今天上午在大连造船厂正式入列，中国海军终于有了自己的航母了！"

顿时，全场掌声响起。王敬儒激动地站起来，双手颤抖着说："好啊好，中国航母，这是我们几代人的梦想啊。"

衣庚锦激动地对萧雨笛说："刘百顺在牺牲前还握住老艇长的手哭着问，中国何时才能有航母啊。现在百顺兄弟可以瞑目了。"

萧雨笛含着泪默默地点点头，接着他又拿过话筒大声地说："全体起立，举起酒杯！"接着，他又对单若冰、王敬儒说："为了中国航母，为了我们聚会的成功,现在,请两位首长和主持人一道宣布喊酒令。"

单若冰右手端起酒杯,左手掌心向下打着节拍,用浑厚的嗓音喊道:

"听党指挥,同舟共济!"

"中国航母,全速前进!"

顿时,喊声骤起,回肠荡气:

"一、二、三!"

"干、干、干!"

"嗷、嗷、嗷!"

喊毕,单若冰率先一口喝干了杯中的"白酒",紧跟着人人都是酒杯见底。按照部队规定,军人不允许喝白酒,单若冰也只能以水代酒了,但是此时的将军喝下去的不仅仅是"凉白开",而是浓浓的一杯"庆功酒"。

瞬间,全场又爆发出了阵阵有节奏的喊酒的吼声,惊天动地,此起彼伏……

后　记

一名潜艇老兵的心愿

我在潜艇部队服役了二十二个春秋，潜艇兵鲜为人知的生活故事常使我辗转反侧，难以入眠。多年前，我曾立誓为战友们写一本书，真实反映潜艇兵的生活、命运。

在人民海军潜艇部队七十华诞之际，这本书终于要出版了，了却了我今生的一份夙愿。虽然这是一篇迟到的作业，但这既是我对战友们的交代和答谢，又是我对自己潜艇兵经历的回顾与总结。

本书的叙述是以中国海军常规潜艇的发展为主线，以重大事件为中心而展开的。全书着重写了一批人物，其中既回忆了毛泽东、周恩来、朱德等老一辈无产阶级革命家对潜艇部队建设的运筹帷幄和关心，又描写了潜艇官兵水下习武的精神风貌，以及他们之间的崇高友谊和真挚感情。

后　记　一名潜艇老兵的心愿

通过平凡、神秘而又惊心动魄的潜艇生活，本书全方位反映了一代潜艇兵破茧成蝶的历练过程，从一个侧面见证了人民海军潜艇部队从无到有、从小到大、挺进深蓝、亮剑大洋、圆梦航母的发展历程。

潜艇是中国海军的骄子。挺进深蓝，亮剑大洋，几代潜艇兵不负国家和人民的厚望，初心依旧，牢记使命，不懈奋斗，终于使中国拥有了全亚洲最大的潜艇战斗群，拥有了一支具有相当规模、具有较强战斗力的水下突击力量。我作为一名潜艇老兵，为之欢呼，为之骄傲！

潜艇兵的生活神秘而精彩，惊险而多彩。本书素材大都取自我与战友们的亲身经历或"老潜艇"讲述的故事，也有的取自央视《国家记忆》节目和有关报刊资料。因此说，潜艇战友们才是本书的真正作者，而我只不过是一个执笔者。

在写作过程中，我得到了海军92337部队、旅顺潜艇博物馆以及老战友们的热情帮助和鼎力支持。我的老首长王继英中将为本书亲笔作序。在此，我向他们表示衷心的感谢。

由于本人文字水平有限，本书如有不妥之处，敬请读者海涵。

作　者

2024年春节于大连

© 宋元家 2024

图书在版编目（CIP）数据

蓝鲸兵魂 / 宋元家著. — 大连：大连出版社，2024.4
（"新时代筑高峰"大连原创文艺作品丛书）
ISBN 978-7-5505-1479-9

Ⅰ. ①蓝… Ⅱ. ①宋… Ⅲ. ①纪实小说—中国—当代 Ⅳ. ①I247.5

中国国家版本馆CIP数据核字(2024)第036425号

LANJING BINGHUN
蓝 鲸 兵 魂

策划编辑：代剑萍　张　波　尚　杰
责任编辑：代剑萍　尚　杰
封面绘图：冉茂魁
封面题字：徐　铎
封面设计：林　洋
责任校对：杨　琳
责任印制：刘正兴

出版发行者：大连出版社
　　　地　址：大连市西岗区东北路161号
　　　邮　编：116016
　　　电　话：0411-83620245 / 83620573
　　　传　真：0411-83610391
　　　网　址：http://www.dlmpm.com
　　　邮　箱：dlcbs@dlmpm.com
印　刷　者：辽宁新华印务有限公司

幅面尺寸：170 mm × 240 mm
印　　张：27
字　　数：399千字
出版时间：2024年4月第1版
印刷时间：2024年4月第1次印刷
书　　号：ISBN 978-7-5505-1479-9
定　　价：78.00元

版权所有　侵权必究
如有印装质量问题，请与印厂联系调换。电话：024-31255233